刘学锴 著

安徽师范大学文学院学术文库

唐音浅尝集

TANGYIN QIANCHANGJI

安徽师范大学出版社
ANHUI NORMAL UNIVERSITY PRESS

· 芜湖 ·

图书在版编目(CIP)数据

唐音浅尝集 / 刘学锴著. -- 芜湖 : 安徽师范大学
出版社, 2024. 9. -- (安徽师范大学文学院学术文库).

ISBN 978-7-5676-6761-7

Ⅰ. I207.227.42-53

中国国家版本馆CIP数据核字第2024HA8756号

安徽省高峰学科安徽师范大学中国语言文学(诗学)建设项目
安徽师范大学中国诗学研究中心项目

唐音浅尝集

刘学锴◎著

责任编辑:胡志恒　　　　　　责任校对:李克非

装帧设计:王晴晴　姚　远　　责任印制:桑国磊

出版发行:安徽师范大学出版社

　　　　芜湖市北京中路2号安徽师范大学赭山校区

网　　　址:http://www.ahnupress.com/

发 行 部:0553-3883578　5910327　5910310(传真)

印　　　刷:江苏凤凰数码印务有限公司

版　　　次:2024年9月第1版

印　　　次:2024年9月第1次印刷

规　　　格:700 mm × 1000 mm　　　1/16

印　　　张:27.25

字　　　数:420千字

书　　　号:978-7-5676-6761-7

定　　　价:125.00元

凡发现图书有质量问题,请与我社联系(联系电话:0553-5910315)

作者简介

刘学锴（1933——　），浙江松阳人。1952—1963年，就读并执教于北京大学中文系。现为安徽师范大学文学院教授，中国诗学研究中心顾问。曾任中国唐代文学学会常务理事、中国李商隐研究会会长。主要论著《李商隐诗歌集解》（中华书局1988年版）、《李商隐文编年校注》（中华书局2002年版）、《李商隐传论》（安徽大学出版社2002年版），分别获国家教委首届人文社会科学研究优秀成果二等奖、第六届国家图书奖及第四届全国古籍整理图书一等奖、安徽省社会科学著作一等奖等。近著有《李商隐诗歌接受史》（安徽大学出版社2004年版）、《温庭筠全集校注》（中华书局2007年版）、《温庭筠传论》（安徽大学出版社2008年版）、《唐诗选注评鉴》（中州古籍出版社2013年版）、《刘学锴文集》（安徽师范大学出版社2020年版）等。

总　序

　　安徽师范大学文学院的前身是1928年建立的省立安徽大学中国文学系，是安徽省高校办学历史最悠久的中文院系。刘文典、姚永朴、陈望道、周予同、郁达夫、朱湘、苏雪林、冯沅君、陆侃如、罗根泽、方光焘、赵景深、潘重规、宗志黄、张煦侯、卫仲璠、宛敏灏、张涤华、祖保泉等一批著名学者曾在中文系著书立说、弘文励教，形成了优良的办学传统，培养了大量出类拔萃的人才。

　　作为教育部首批"三全育人"综合改革试点院系，以及国家语言文字推广基地、国家华文教育基地、教育部人文社会科学重点研究基地中国诗学研究中心、教育部卓越中学语文教师培养改革项目建设单位，文学院拥有安徽省一流学科（中国语言文学，2017）、高峰学科（中国语言文学，2020），中国语言文学博士后科研流动站，中国语言文学博士学位、硕士学位授权一级学科点，以及课程教学论（语文）学术硕士学位点和学科教学（语文）、汉语国际教育两个专业硕士学位点。先后建立辞赋艺术研究中心、安徽语言资源保护与研究中心、传统文化与佛典研究中心、朱光潜暨皖籍现代美学家研究中心、当代安徽文学研究中心、语文教育研究中心等。有1个安徽省社会科学知识普及基地，1个安徽省文联创研基地（新时代文学创作与研究互动平台）。

　　学院现有汉语言文学、秘书学、汉语国际教育3个本科招生专业，1个卓越语文教师实验班；1个国家级特色专业建设点（汉语言文学），1个国家级教学团队（中国古代文学），2个省级科研创新团队，7个省级教学团队，2门国家精品资源共享课程、1门国家精品视频公开课程、1门国家精品在线开放课程、5门国家级一流本科课程、11门省级精品课程；办有CSSCI来源学术集刊《中国诗学研究》、中学语文教育专刊《学语文》。

　　学院在职教职工129人，专任教师107人，其中教授27人、副教授39人，博士85人，省级以上各类人才25人。近五年来，国家级项目共立项37项，其中国家社科基金重点项目6项；省部级项目64项。出版著作110种，科研成果获省部级以上奖励24项。

　　九十六年来，经过几代学人的努力，目前中文学科方向齐全，拥有诸多相对稳定、特色鲜明的研究领域。唐诗研究、古代文论研究、儿童语言习得研究、古典诗歌接收史研究、魏晋文学研究、金元文学研究、现代小说与左翼文学研究、梵汉对音研究等，在国内外学术界有着很高的学术声誉。特别是李商隐研究的系列成果已成为传世经典，北京大学教授袁行霈先生认为，安徽师范大学中文学科的李商隐研究直接推动了《中国文学史》的改写。

　　进入21世纪以来，随着老一辈学者相继退休，中文学科进入新老交替的时期，如何继承、弘扬前辈学人的学术传统，如何开启本学科的新篇章，成为摆在我们面前的迫切任务。基于这一初衷，我们自2014年以来陆续编辑出版了"安徽师范大学文学院学术文库"四辑50余种，汇集本院学者已有学术成果作整体性推介。2019年，我们接受安徽师范大学出版社的建议，从文库已出版著作中遴选部分老先生的著作推出精装本（第一辑）10种，学界反响很好。现在，"安徽师范大学文学院学术文库"精装本（第二辑）10种即将付梓。衷心感谢学界同行、校友和各兄弟单位的大力支持！

我们坚信，承载着近百年学术积淀的安徽师大文学院必将向学界奉献更多的学术精品，为新时代中文学科的发展、人文学术的进步贡献我们的力量。

安徽师范大学文学院

2024年8月

目　录

几点有关古典文学研究的建议

《文艺报》编者按：丁山[①]*同志这篇文章所提出的几点建议很值得注意。这些建议不仅会引起古典文学研究工作者的兴趣，对于近代的和当代的文学研究工作，也是有参考价值的。我们乐于把它介绍给《文艺报》的读者们。*

作为一个普通读者，我对目前的古典文学研究有如下几条小小的建议：

一、适当地注意反面现象

在文学史中，存在着很多作为遗产来说应该排斥、批判，而作为文学史研究对象来说，却不应忽视的反面现象。优秀的文学遗产自然是我们首先应该研究、介绍的对象，但优秀的文学作品，是在和落后的反动的文学作斗争的过程中成长起来的；也只有在正反面文学现象的对比研究中，才能充分显示出优秀文学遗产的历史特点、历史作用，才能显示出文学史发展的规律。研究《诗经》，忽略了颂；研究楚辞，忽略了汉以来袭貌遗神的骚体赋；研究汉乐府歌辞，忽略了郊庙歌辞和汉赋；研究南北朝的山水诗，忽略了玄言和宫体……都有碍于更好地阐明优秀文学遗产的价值。文

---

① 丁山是作者发表此文时所用笔名。

学史上的作品，都是在一定历史环境和文学环境下产生的，脱离了这点，就很难有客观的具体的评价标准。陶渊明的诗，如果不是和此前的空虚的玄言，和稍后的浮靡的宫体，和整个南朝中充斥着的形式主义、唯美主义诗风相对照，就很难充分估价陶渊明诗的现实意义，甚至会像某些人所作的那样，因为他没有反映民族矛盾和阶级矛盾，而判定他是个反现实主义诗人。陈子昂之所以杰出，如果不揭示南朝几百年来诗坛的积弊，如果不揭示出唐初诗坛上这种柔靡的诗风仍有相当大的影响，不指出陈子昂当时几乎是在孤军作战、登高一呼而寂无反应的情况，也就很难了解"文章道弊五百年矣"这句话的分量和他那种力图扭转颓风的雄心壮志。现在不少文学史著作中，对南朝宫体在当时笼罩诗坛，并深远地影响初唐诗坛的具体情况很少分析。如果不了解作为一代英主的唐太宗是个带头写宫体诗的诗人，不了解当时最吃香的人物是上官仪、沈佺期、宋之问，不了解当时所推崇的李峤是怎样一个无聊的"咏物"诗的作者，不了解甚至在四杰的创作中也存在着不少宫体的影响，总之，如果不了解陈子昂是在这种情况下独树一帜，高倡风骨，不但无法估价其理论和实践的意义，就是连他诗中那种"前不见古人，后不见来者"的深沉的孤独感也是无法理解的。"正确的东西总是在同错误的东西作斗争的过程中发展起来的。真的、善的、美的东西总是在同假的、恶的、丑的东西相比较而存在，相斗争而发展的。"[1]我们中国文学史的现象，又何尝不是如此？

要适当地研究反面现象，还因为文学现象和文学发展本身具有的复杂性。坏的并不一定是绝对的坏，一切皆坏。某些在总的方面来看是落后的甚至是反动的文学现象，其中也并非没有丝毫可取的地方。六朝文学，诚然是柔靡淫丽，甚至堕入恶趣，但在文学技巧方面，却积累了一些有用的经验。应该承认阶级社会中文学艺术发展的过程有这种事实：上层统治阶级是文化的垄断者，他们虽然一方面在艺术内容上反映了糜烂的生活和狭隘的阶级利益，但另一方面他们又是有文化、有时间来对艺术进行精雕细

---

① 《毛泽东选集》（第5卷），人民出版社1977年版，第390页。

琢的人；因此就往往形成艺术内容和形式的矛盾。他们的艺术形式、技巧方面的某些收获，在我们看来有时甚至是不惜损害作品的内容而取得的。这是可悲的事实，但又不能不承认他们在这方面所作出的成绩，并看到这些成绩对后来文学的影响。

二、多研究一些规律性的现象

时常有人觉得，目前研究文章大部分是对具体作家、作品的评价（这当然是需要的），一部文学史在某种程度上更像是一本按时代的古代作家论集。这里，重要的原因之一是忽略了对文学现象的前因后果、来龙去脉作一些概括性的规律性的研究，而这，正是文学史的主要任务之一。

缺乏这种对规律性现象的研究，往往只能使读者知其然而不知其所以然。例如，我们知道有周初的周颂，有汉初的铺张扬厉的汉赋，有晋初太康时代绮丽而缺乏社会内容的诗歌，有南朝偏安小康局面下的宫体，有唐初的宫体余波，有宋初的西昆，有明初的台阁体，有清代局面比较稳定后出现的许多脱离现实的创作理论，然而，为什么所有这些类似的文学现象都出现在一个王朝政权比较稳定的小康时期？为什么这种时期歌功颂德、粉饰现实的作品特别充斥文坛？对这样一些问题的研究，我想是可能说明一些阶级社会艺术创作的规律的。否则，我们在论述时只能作类似现象的多次重复而已。

此外，如文学史上某些体裁、题材、风格、流派、创作方法、表现手法的盛衰交替，其中也是都有线索有规律可循的。若能对这些问题展开多方面的探讨，不但给古典文学研究开辟了广大的领域，而且也直接提高了研究的学术水平，有助于更好地吸取过去的经验。

三、多注意一些特殊的文学现象

这里所指的是古典文学研究中有这种现象：用一个固定的框子去衡量

一切不同时代、内容、体裁的作品。比如说，把反映阶级矛盾、表现人民疾苦作为评价古典文学的唯一标准，这样，就贬低了那些虽不合这一标准，但却仍有高度艺术价值的作品。

这里我特别要替盛唐诗歌所遭到的不公正的冷遇叫屈。我们时常提到我国古典文学的高度成就和世界意义，肯定唐诗的世界意义。但到具体评价唐诗时，却遗漏盛唐，不给它以应有的估价。因为从固定的框子出发，所以认为它没有反映阶级矛盾、人民疾苦，根本无法和中唐以来的现实主义诗歌相比。在这种思想指导下，甚至不能实事求是地去研究一下盛唐诗歌的特色，然后根据它所反映的时代对它作出应有的评价。"盛唐气象"这个反映当时诗歌特色的名词也好像无形中被取消了。然而盛唐诗歌的特色是客观存在的，它那种高昂激越的爱国热情和民族自豪感，那种对生活的积极的热情的肯定，对新鲜事物的敏感和向往，对生活、自然界中美好事物的发掘和歌唱以及高度完美的艺术技巧，都构成了盛唐诗歌统一的特色。同时，这些又是以各种题材、体裁、风格的作品百花齐放作为基础的。它不但反映我国历史上空前强大繁荣时代的精神和景象，并且一直到现在，那些意气风发的优美的诗歌还给我们以思想上的激励和美的享受。

对于封建社会的文学，我们不能不管社会发展阶段而对作品内容提出一律的标准。很明显，对于处在上升发展、繁荣阶段的和腐朽没落阶段的封建社会，应该区别对待。并不是在封建社会一切阶段上，都只有反映人民疾苦的作品才是优秀的。对于盛唐诗歌那种反映了当代生活中健康、积极、美好一面的作品，对那种在相当程度上表现了我们民族传统的审美情操的作品，为什么不能加以充分肯定呢？

对于盛唐诗歌究竟应当如何评价这个大问题，这里当然不能详谈。但我觉得，如果不从盛唐时期和盛唐诗歌的具体特点出发，就不可能得出正确的评价。

四、多注意一下目前文学创作的实际

好像无形中有这样的一种界限：古典文学研究只管客观地对作家作品进行评价，而如何批判地继承古典文学的成果、经验，则完全是创作者的事，研究者可以完全不去管它。这就形成了文学史研究和当前创作实践某些脱节的现象。自从提出厚今薄古，批判地继承古代文学的口号和方针之后，对文学遗产的批判是加强了，但在如何使文学遗产的研究积极地为当前创作提供借鉴，如何吸取前人创作的经验成果方面，注意得还是很不够。当然，不能也不必要求每篇研究文章都联系当前创作进行如何具体借鉴的探讨，但至少应该有一部分文章担当这方面的任务。

已经有人提到探讨和总结文学史上历史剧的写作经验，对目前的历史剧创作和理论探讨提供借鉴，我很同意。这方面的路子是很广阔的。例如，近年来的诗歌创作，相对于小说、戏剧创作来说，就要薄弱一些。这里，原因和促进的办法应该是多种多样的。但是否也可从文学史角度来提供一些借鉴呢？诸如诗歌的题材、内容、情调、语言等问题，都可以总结出一些有益的经验。例如，前些年关于诗歌格律问题的讨论，就是对今天创造为人民喜闻乐见的民族形式大有关系的课题，古典文学研究工作者是完全应该从文学史角度提出一些看法的。在体裁方面，像绝句这种短小的抒情诗曾经是诗歌史上占有重要地位的体裁，有鲜明的民族特色，为人民所喜闻乐见。而在目前，类似这样的抒情短诗在新诗中却不多见。如能总结和探讨一下这方面的成就和经验，对目前的诗歌创作并不是没有启发意义的。语言的精炼、典型化也是我国古典诗歌鲜明的民族特色，而目前的某些诗歌却往往忽略这方面，缺乏精炼、生动的语言和强烈的感情色彩，为什么会这样？适当地探讨这些问题，我想也是有益的。在这方面，古代的文学批评有很好的传统，他们在评论古人作品的时候，从来不只是客观地孤立地评价，而是联系当时的创作进行批评，很难分清是在评价古人还是议论今人，例如《文心雕龙》就是这样。古代许多文学史研究者同时也往往是当代文学批评家和作家。今天我们当然可以有适当的分工，但这种理论联系实际的精神是值得发扬的。

上述这些方面的问题之所以研究得较少，除了上面所提到的一些具体原因外，还可能由于我们的文学史工作者、文学理论工作者、文学批评工作者把各自的工作范围划得太分明了。例如文学史只管对古代作家作品进行评论，文学理论只探讨纯粹理论性问题，文学批评只管当代作品的评价。这样太壁垒分明，就会出现一些"三不管"的研究地段，彼此都觉得这是别人的事。比如，研究文学史上一些规律性问题，文学史家可能认为是文学理论工作者的事，而文学理论工作者又认为是文学史家的事。其实这应该是由两方面通力协作的事。近一个时期，已开展的例如革命现实主义和革命浪漫主义相结合的问题与山水诗的讨论，是个良好的开端，但范围还不够广泛，希望从事文学研究工作的几个部门更好地携起手来，更多地关心一下这些"三不管"地带，这无论是对提高本门学科研究的质量，还是对整个社会主义文艺事业的繁荣都将有很大的好处。

［原载 1961 年 12 月 17 日《光明日报》文学遗产专刊；1962 年第 2 期《文艺报》转载并加编者按］

李商隐开成末南游江乡说再辨正

清代注家冯浩和近人张采田都力主李商隐在文宗开成五年秋到翌年（即武宗会昌元年）春，有过一段历时数月的"江乡之游"。（见冯浩《玉谿生年谱》，张采田《玉谿生年谱会笺》。"江乡"系摘商隐诗语，冯、张均用以特指今湖南北部洞庭湘江一带地区）岑仲勉先生曾对此提出疑问，加以辨正〔见《唐史余沈（瀋）·李商隐南游江乡辨正》及《〈玉谿生年谱会笺〉平质》〕，但冯、张之说仍被多数研究者视为定论。初步统计，被冯、张系于江乡之游的诗就有三十多首，加上其他被认为内容涉及此游的诗，为数更多，足见这是李商隐生平游踪考证和诗歌系年上一个关键性的问题。细审有关材料，我们发现冯浩用来坐实江乡之游的一系列"证据"，实际上没有一条能够成立。本文拟就冯浩所提出的一些主要根据加以驳正，以澄清李商隐生平游踪考证中的这一重大疑案，作为岑文之后的"再辨正"。

李商隐诗中提到"江乡"，并被冯浩引为南游江乡重要证据的，是《崇让宅东亭醉后沔然有作》：

> 曲岸风雷罢，东亭霁日凉。新秋仍酒困，幽兴暂江乡。
> 摇落真何遽，交亲或未忘。一帆彭蠡月，数雁塞门霜。
> 俗态虽多累，仙标发近狂。声名佳句在，身世玉琴张。
> 万古山空碧，无人鬓免黄。骅骝忧老大，鸒鸠妒芬芳。

密竹沉虚籁，孤莲泣晚香。如何此幽胜，淹卧剧清漳？

冯浩说："集中江乡之游，一为开成五年（840年）辞尉任南游，一为大中二年（848年）归自桂管，途经江汉……此章当属开成五年。四句'幽兴暂江乡'，言将暂诣江乡。……'摇落'句谓罢官，慨入官未久，已遭失意。'交亲'句谓所亲或未忘我（按冯注本作"或未忘"），将往依之。'一帆'二句，预拟江乡之程。"

冯浩对有关诗句的解释和作年的考证都是错误的。此诗作年，有一个重要而明显的内证，即"交亲或未亡"一句。而冯浩恰恰根据错误的异文把它掩盖了。"亡"字冯氏校定为"忘"，但现存绝大多数李商隐诗集较早的本子（如蒋本、姜本、悟抄、毛本、影宋抄、戊签、席本）都作"亡"，仅钱本及朱注本作"忘"。作"亡"是正确的。因为"交亲或未亡"系暗用陆机《叹逝赋序》："余年方四十，而懿亲戚属，亡多存寡；昵交密友，亦不半在。""交亲"，即陆序所谓"懿亲戚属""昵交密友"，而"或未亡"，则正是"亡多存寡""亦不半在"的另一种表达方式。恰巧李商隐在大中七年居梓幕时作的《梓州道兴观碑铭》中也用了同一典故："谢文学之官之日，歧路东西；陆平原强仕（原作"壮室"，从张采田说改）之年，交亲零落。"强仕之年，即四十岁。（《礼记·曲礼上》："四十曰强，而仕。"旧因称四十为强仕之年）。这两句正是追叙大中五年他四十岁时承柳仲郢之辟入梓幕前后的情况。这一年，他的妻子王氏病故；先前对他颇加厚遇的崔戎、令狐楚、郑亚、卢弘止等也都已相继去世。过去关系比较密切的亲友中，仅连襟韩瞻健在。此外，就是那位早就视商隐为"放利偷合"的小人而屡加排抑的现任宰相令狐绹了。这正是"交亲零落""交亲或未亡"所包含的具体内容。由此可以断定，这首诗最早也当作于大中五年其妻王氏亡故以后。诗中一再说"身世玉琴张""骅骝忧老大""无人鬓兔黄"，也显然是接近迟暮之年的人感慨身世的口吻，而非不到三十岁的壮年人口气（开成五年商隐二十九岁）。末句"淹卧剧清漳"，用刘桢诗："余婴沉痼疾，窜身清漳滨"，与他在梓幕期间所作的《夜饮》（"谁能辞酩酊，淹卧剧清漳")、《病中闻河东公乐营置酒口占寄上》（"可怜漳浦卧，愁绪乱如麻"），《梓州罢吟寄同舍》（"漳滨多病竟无憀"）等诗语意多雷同，也可作为此诗作于商隐衰病之年的旁证。

再看冯浩对一些关键性诗句的解释。首先，把"幽兴暂江乡"解为"暂诣江乡"，无论从诗句本身或从全篇文义上看，都是缺乏根据的。诗慨叹摇落之急遽、交亲之零落、遭遇之不偶、身体之衰病，根本没有任何地方暗示将要出游。此句"暂"字与上句"仍"字对文，"仍"有重复、频繁义，"暂"有暂时、忽然义，两句盖谓新秋而重之以酒困，适对东亭曲岸、雨霁日出之清凉境界，忽似置身江乡。这是因眼前幽胜所引发的对往日所历江乡胜景的一种联想。其次，把"一帆"二句说成是"预拟江乡之程"，也显然不妥。因为"江乡之程"即使可以预拟扬帆彭蠡，却绝不可能扯到雁飞塞门。其实，这两句紧承上文身世沉沦、交亲零落，进而概述自己平生驱驰南北、羁泊飘零的经历，是对已往生活的回顾，而非前瞻。

冯浩还举出《送千牛李将军赴阙五十韵》一诗中的"异县期回雁"之句，作为商隐开成五年南游江乡的证据。这同样是不足为据的。此诗末段说：

> 披豁惭深眷，睽离动素诚。蕙留春宛晚，松待岁峥嵘。
> 异县期回雁，登时已饭鲭。去程风刺刺，别夜漏丁丁。
> 庾信生多感，杨朱死有情。弦危中妇瑟，甲冷想夫筝。
> 会与秦楼凤，俱听汉苑莺。洛川迷曲沼，烟月两心倾。

冯笺："异县二句，谓我将往异乡回雁峰前，今日过别，遽邀饯饮也。"按"回雁"与"饭鲭"（用五侯鲭典）相对，都是动宾结构而非名词，因此，"回雁"并非回雁峰的省语。"雁"指雁书，"期"是盼望的意思，而不是"指……以为期"的"期"。句意谓因分别而相隔异县，故望对方回寄雁书，与上"睽离"语正合。况且这首诗并非如冯氏所臆断系作于开成五年，而是作于商隐悼亡之后，姚培谦、程梦星都指出"弦危"四句系自伤失偶，这是很正确的。庾信、杨朱自喻，"生多感"，谓多时世身世之感；"死有情"，指悼亡丧妻之痛，谓王氏虽死而已则不能忘情。因此，根本不能用这首诗来证明开成末的江乡之游。

被冯氏编入"江乡之游"期间的绝大部分诗篇，连上面所引的那种不足为据的"根据"也没有，其中有的已为张氏《会笺》所驳正（如《过伊仆射旧宅》《寄成都高、苗二从事》《潭州》《岳阳楼》《楚宫（当作厉）》等），有的则根本无法证明与南游江乡有关（如《酬别令狐补阙》），或不易考定作诗年代（如《杏花》），这里不再论列辨析。张氏在冯编诸诗外，又将《燕台四首》《代越公房妓嘲徐公主》《代贵公主》《代应二首》《鸳鸯》《河阳诗》等艳诗系于"江乡之游"期间，其穿凿附会、主观臆想，更甚于冯氏，没有必要进行辨正。

其实，冯、张之所以力主开成末江乡之游，其主要根据并不是上述诸诗，而是李商隐赠、哭刘蕡的五首诗和《新唐书·刘蕡传》上的一段记载。冯浩《玉谿生年谱》开成五年下云：

> 时适杨嗣复罢相，观察湖南，因又有潭州《赠刘司户蕡》之迹[①]。司户历为宣歙王质、兴元令狐楚、襄阳牛僧孺从事，皆见传文。僧孺开成四年八月出镇，会昌二年（按当作"元年"）罢，蕡在幕正当其时。蕡卒年无明文。《新书传》载昭宗诛韩全晦等，左拾遗罗衮讼蕡云："身死异土，六十余年。"帝赠蕡左谏议大夫。是年天复三年癸亥，上距会昌四年甲子，得六十年。蕡当于开成、会昌间卒于江乡，故诗云"复作楚冤魂"，又云"溢浦书来秋雨翻"也。义山于此年至潭州。会昌元年春，与蕡黄陵晓别，而蕡于二年秋卒矣。凡此皆南游之实据也。

---

① 杨嗣复为刘蕡座主，开成五年八（一作九）月罢相，出为湖南观察使，冯、张都断定商隐南游必至潭州嗣复幕，张氏甚至断定南游江潭系赴嗣复之招，这完全出于想当然，在商隐诗文中找不出任何根据。

岑仲勉说："罗衮之言，实为冯氏涉想之最先出发点，因而将赠赟、潭州、哭赟诸诗，皆集合于此两三年中。"这对冯氏南游江乡说的形成，是一语破的之论。的确，如果不细审冯氏所提出的"实据"，不细疏商隐赠、哭刘赟诸诗，即便推翻冯氏对《崇让宅东亭醉后沔然有作》等诗所作的解释，也仍会对南游江乡说坚信不疑。许多李商隐研究者之所以信奉冯说，根本原因正在此。

问题恰恰首先出在冯氏引用的《新唐书·刘赟传》所载罗衮疏语的可靠性上。《新书传》原文是：

> 及昭宗诛韩全晦等，左拾遗罗衮上言：赟当大和时，宦官始炽，因直言策请夺爵土，复扫除之役，遂罹谴逐，身死异土，六十余年。

而《全唐文》卷八二八所收罗衮《请褒赠刘赟疏》的原文却是：

> 窃见故秘书郎责授柳州司户臣刘赟，当大和年对直言策，是时宦官方炽，朝政已侵，人谁敢言！赟独能指抑堕雨回天之势，欲使当门；夺官卿爵土之权，将令拥篲。遂遭退黜，实负冤欺。其后竟陷侵诬，终罹谴逐，沉沦绝世，六十余年。

将二者略加对照，就可明显看出：《新书传》所载"罗衮上言"并非直接引录罗疏原文，而是对罗疏的撮述，而这种撮述又是不准确的。如罗疏原文中的"遂遭退黜，实负冤欺"，系指大和二年刘赟对策指斥宦官而被黜不第一事；"其后竟陷侵诬，终罹谴逐"，则指贬柳州司户参军。二事分叙，条理明晰。而《新书传》竟将二事用"遂罹谴逐"一语概括，仿佛刘赟对策后即被贬逐往柳州，这显然与事实有出入。更重要的区别还在于：罗疏中"沉沦绝世，六十余年"一语，在《新书传》中变成了"身死异土，六十余年"。按"沉沦"犹沉没、沦落，通指政治上的失意沦没，《楚辞·九叹·愍命》："或沉沦其无所达兮。或清激其无所通。"杜甫《赠鲜于京兆二十韵》："奋飞超等级，容易失沉沦。"商隐《献舍人彭城公启》："沉沦者延颈，逃散者动心。"沉沦均作沦落不遇解。这里紧承上文"终罹谴逐"，当是指其远贬柳州，沦落异乡。"绝世"方指辞世。因此，罗疏原文的意思是：刘蕡从谴逐到柳州以至于身死，到如今已六十余年。"六十余年"应从谴逐之时算起，而不是从"绝世"之日算起，这样理解，才符合一般语言习惯。《新书传》删去"沉沦"，迳曰"身死异土，六十余年"，则"六十余年"当然只能从"身死"之时算起了。冯浩之所以坚信刘蕡死于会昌初年，正是由于此。

可能有人认为，刘蕡贬柳和身死异乡这二者之间或许并不存在太大的时间间隔，因而罗疏中也就统而言之曰"沉沦绝世"，而不去区分被贬之时与身死之日了。孤立地看，这样的推测不能说没有道理，而且《新唐书·刘蕡传》的作者之所以把"沉沦绝世"改成"身死异土"，恐怕正是出于这种理解（这从《新书传》"宦人深疾蕡，诬以罪，贬柳州司户参军，卒"的行文中也可看出）。但如果我们对李商隐赠、哭刘蕡诸诗细加疏解，并联系当时政治斗争形势的变化对刘蕡被贬一事进行考察，就不难得出与上述理解相反的结论。为了便于说明问题，将商隐赠、哭刘蕡诸诗全部引录如下：

> 江风扬浪动云根，重碇危樯白日昏。已断燕鸿初起势，更惊骚客后归魂。汉廷急诏谁先入？楚路高举自欲翻。万里相逢欢复泣，凤巢西隔九重门。

——《赠刘司户蕡》

> 上帝深宫闭九阍，巫咸不下问衔冤。黄陵别后春涛隔，湓浦书来秋雨翻。只有安仁能作诔，何曾宋玉解招魂？平生风义兼师友，不敢同君哭寝门。

——《哭刘蕡》

> 离居星岁易，失望死生分。酒瓮凝余桂，书签冷旧芸。江风吹雁

急，山木带蝉暗。一叫千回首，天高不为闻！

　　有美扶皇运，无谁荐直言。已为秦逐客，复作楚冤魂。溢浦应分派，荆江有会源。并将添恨泪，一洒问乾坤！

　　　　　　　　　　　　　　　　　　　——《哭刘司户二首》

　　路有论冤谪，言皆在中兴。空闻迁贾谊，不待相孙弘。江阔惟回首，天高但抚膺。去年相送地，春雪满黄陵。

　　　　　　　　　　　　　　　　　　　　——《哭刘司户蕡》

　　历来的李商隐研究者，包括否定有江乡之游的岑仲勉在内，都认为《赠刘司户蕡》一诗是李商隐和正在贬谪中的刘蕡相遇时写的。但这完全是误解。事实上，赠诗并不是作于刘蕡贬柳期间，而是作于他自柳州贬所放还途中。颔联出句指大和二年对策忤宦官而遭黜事，对句因有"骚客"字，注家都认为指刘蕡远贬。但这种理解却把"后归魂"特别是其中的"归"字忽略了。归，显然是指自贬所放归，不可能有别的解释。这里不说"不归""未归"而说"后归"，正意味着在写这首诗时刘蕡的放归已成事实，只不过是后归、迟归而已。正因为刘蕡已放归，所以腹联出句才会用贾谊被汉廷急诏自长沙召回的典故，来表达对刘蕡重入朝廷的某种希望；如果是在刘蕡万里投荒、正遭贬逐的情况下说这种话，真是如同呓语了。同时，尾联"万里相逢欢复泣"的复杂心情，也只有联系长期远贬、幸而放还的事实才好理解。否则，失意者和遭贬者相逢，还有什么"欢"之可言呢？

　　刘蕡曾自贬所放还，还可从《哭刘司户蕡》诗中找到有力的证据。此诗颔联说："空闻迁贾谊，不待相孙弘。"按"迁"有贬谪、迁调（一般指升迁）二义，这句中的"迁"显系后一义。因为如指贬谪，则根本不是什么"空闻"，而是百分之百的事实；只有指升迁，那才是徒有传闻而终于不曾实现的事。所谓"迁贾谊"，实即赠诗中的"汉廷急诏"。两相对照，可以推断刘蕡自柳放还时，并未授予新职（赠诗仍称司户可证），但却有将升迁刘蕡官职的传闻或猜想，故赠诗有"汉廷急诏谁先入"之句，疑问中寓有希望；而刘蕡却于翌年客死于楚，希望落空，故哭诗有"空闻迁贾谊"的感慨。下句"不待相孙弘"即进一步补足"空"字。公孙弘因使匈奴还报不合武帝旨意，被免归，后复征贤良文学，对策第一，累官至丞相。这是说刘蕡未能等到被朝廷重新征召、委以重任便去世了。注家们在赞赏这一句用事"警切"的同时，对用事的具体背景是很忽略的。试想如果没有自柳放还的事实，却平白无故地说什么"不待相孙弘"，岂不是太不切实际了？惟其已放还，甚至有升迁的传闻，这"不待相孙弘"方显出用事的精切不移，也才能与上句密切合榫。冯浩明知"迁"是升迁之义，却为成见所蔽，故意绕开问题，说"迁谊不必拘看"，其实，这个"迁"字是必须认真看待的。推而言之，《哭刘司户二首》（其二）首联，也并非泛说刘蕡才可匡世而无人推荐，而是具体针对刘蕡放还后未能征回朝廷、加以重用的情况而发的，也可以说是作者对"空闻迁贾谊"的原因的一种看法。[①]

弄清了赠蕡诗作于刘蕡自柳放还途中，我们就可进而考证刘蕡究竟何时贬柳，何时自柳放还并与李商隐相遇。刘蕡贬柳的具体时间，史无明文。《新唐书·刘蕡传》云："蕡对后七年，有甘露之难。令狐楚、牛僧孺节度山南东、西道，皆表蕡幕府，授秘书郎，以师礼礼之。而宦人深嫉蕡，诬以罪，贬柳州司户参军，卒。"按牛僧孺出任山南东道节度使（治襄阳），在开成四年八月；罢任的时间，据《新唐书·牛僧孺传》及杜牧《牛公墓志铭》，为会昌元年七月。从上引《新唐书·刘蕡传》叙事的次第看，刘蕡被贬柳州，应是罢襄阳幕之后的事；如系在襄阳幕时被贬，行文上当有所交代。从情理上说，牛僧孺是位望素崇的旧臣，武宗继立后，牛党虽失势，但牛僧孺的政治地位仍然相当高，恐怕还不至于在他镇襄阳时

---

① 如"无谁荐直言"句系泛说，则显与事实有矛盾。大和二年刘蕡因对策忤宦官遭黜，"物论嚣然称屈，谏官、御史欲论奏"，刚中第除官的李郃上疏，以为"蕡所对策，汉、魏以来无与为比……臣所对不及蕡远甚，乞回臣所授以旌蕡直。"（《通鉴·文宗大和二年》）这正是"有人荐直言"。

即将其"以师礼礼之"的幕僚贬逐到柳州去。而一旦僧孺罢镇，刘蕡离幕，宦官就很容易对失去庇护的刘蕡下毒手了。证以罗衮疏中"沉沦绝世，六十余年"之语，刘蕡贬柳约在会昌元年罢襄阳幕后不久，是大体上可以成立的（自天复三年逆数至会昌元年，为六十三年，与"六十余年"正合）。

刘蕡贬居柳州的时间究竟有多长？何时放还？要弄清这个问题，必须将刘蕡的贬逐与放还和政治局势的变化联系起来考察。

《新书传》所说的"深嫉蕡，诬以罪"的"宦人"，当指以仇士良为首的宦官集团[①]。但仇士良自甘露事变前后直到会昌三年致仕，一直掌握着很大权力，为什么等到会昌元年（最早也在开成末）才将一向深嫉的刘蕡贬逐到柳州呢？很显然，这和当时政局的变化密切相关，也和刘蕡与上层官僚士大夫中某一集团的人事关系分不开。刘蕡是正直敢言的士人，对策指斥宦官，本非代表一党一派的私利，但他和牛党的主要首领人物牛僧孺、令狐楚、杨嗣复都有较密切的关系，并受到他们的器重与庇护。令狐楚、牛僧孺辟蕡为幕僚，事以师礼，实际上是给他提供政治庇护所，使他得以暂时免受宦官的政治迫害。等到文宗去世，武宗继位，李党上台执政，牛党失势，政局发生明显变化。开成五年秋，杨嗣复罢相迭贬，翌年，牛僧孺又罢襄阳镇，刘蕡在政治上完全失去庇护。而仇士良则因拥立武宗有功，一时气焰更盛。在这种情况下，刘蕡被贬逐，就是不可避免的了。

明白了刘蕡被贬与政局变化之间的关系，对他何时放还也就可以作出较为合理的推断。仇士良虽于会昌三年致仕，翌年六月，又削其官，籍没家赀，但宦官势力仍盛，并且刘蕡得罪的也绝不仅仅是仇士良个人，而是整个宦官集团。加以当时与刘蕡关系密切的牛党势力正处于最低点（会昌四年十月，牛党两个主要首领牛僧孺、李宗闵分别贬汀、漳二州刺史；十

---

① 唐无名氏《玉泉子》载"：刘蕡，杨嗣复门生也，对策以直言忤时，中官尤所嫉忌。中尉仇士良谓嗣复曰：'奈何以国家科第放此风汉耶？'嗣复惧而答曰：'嗣复昔与刘蕡及第时，犹未风耳。'"

二月，牛再贬循州长史，李长流封州），因此终武宗在位之时，牛党失势之日，为宦官所嫉恨的刘蕡都很少可能被放还。直到武宗去世，宣宗继立，牛党白敏中当政，政局发生变化。会昌六年八月，武宗在位时被贬逐的五个牛党宰相（牛僧孺、李宗闵、崔珙、杨嗣复、李珏）同日北迁。翌年（大中元年）六月，牛僧孺移汝州长史，迁太子少保少师。在这种政治形势下，与牛党旧时首领关系密切的刘蕡自贬所放还的可能性就大得多了。但他原非显贵，所以放还的时间可能稍晚。如果我们把放还的时间和李商隐大中初年的行踪联系起来，就可以对两人相遇的时间得出比较明确的结论。

李商隐赠、哭刘蕡诸诗中涉及两人晤别地点时所用的一系列词语，如"楚路""黄陵""江风""荆江"等，都毫无疑问是指荆楚江湘地区；而分别的季节则正值初春（"去年相送地，春雪满黄陵"）。从刘蕡贬柳到大中初这段时间内，李商隐只在大中元、二年曾往返途经江湘（前后共四次）。元年赴桂，二年罢幕北归，途经江湘都在夏季，显与"春雪黄陵"不合。元年十月奉使江陵，途经湖湘约当十一月，与"春雪"也不符。只有大中二年初春自江陵返桂林，经黄陵时正当"春雪"飘扬之日，时商隐南返，而刘蕡则自柳放归，故二人相遇后旋即在黄陵分别。如果刘蕡会昌元年贬柳，那么到放归途中二人相遇时首尾已达八年。赠蕡诗说："更惊骚客后归魂"，这位骚客的确是"后归"了。①

两人晤别后的翌年（大中三年）秋天，刘蕡即死于异乡。李商隐时在长安。从他写的四首哭诗看，刘蕡最后就死在荆楚之地，很可能就死在浔阳（今九江市。又称溢城）。"复作楚冤魂"，虽系用典，也兼示蕡卒于楚地。"黄陵别后春涛隔""江风吹雁急""江阔惟回首"等语，则透露出刘蕡的卒地与商隐所在的长安遥隔大江，而且就在长江之滨。再证以"溢浦书来秋雨翻"之句，则刘蕡的卒地有相当大的可能就在浔阳。又"溢浦应

---

① 可能会有这种假设：刘蕡开成末被贬，当年放回，第二年（会昌元年）与商隐相逢于江乡。但这种假设是违反最起码的常识的，因为"深嫉蕡"的宦官绝不可能刚贬逐刘蕡，又将他放回。

分派，荆江有会源"一联，意颇隐晦，旧注多不得其解，我们颇疑"荆江"之"会"与"溆浦"之"分"并非泛语，可能隐喻两人曾在荆江一带相遇，而后蒉卒于溆浦，遂成永诀。刘卒于楚地这个事实，可以反过来证明他并不是在贬柳途中遇到李商隐的。因为如果是在贬柳途中相遇，那就意味着：刘蒉头一年被贬，第二年春天仍在途中，直到第三年秋天尚未到达贬所，而是死在楚地，甚至是死在贬柳途中根本不经过的九江。而这从事理上说，是根本不可能的。

归结起来，关于刘蒉的被贬、放还、身死可以得出如下结论：会昌元年七月，刘蒉罢襄阳幕，"宦人深嫉蒉，诬以罪，贬柳州司户参军。"大中元年自柳州贬所放还。二年春初，放归之时与自江陵返桂林的李商隐在荆湘一带相遇，商隐作诗相赠，二人旋即在黄陵分别。大中三年秋，刘蒉客死于楚地（可能在浔阳）。至于刘蒉为什么未归朝而客死于楚，我们认为可能仍为宦官所抑。盖宣宗继位后，牛党虽然复起，但宣宗亦系宦官所拥立，其时朝政仍基本上操纵在宦官手中。为宦官所深嫉的刘蒉，因其与牛党旧日首领的关系得蒙放还，已属"恩典"，再加升迁，便绝少可能。即使牛党中有人想召蒉入朝，但其时当权的以恃宠固位为目的的牛党新贵（如白敏中、令狐绹）恐怕也不愿为此触怒宦官。追赠一事，既须至宦官尽诛之日方能实现，则生前虽放还而未任用自不足怪。正由于宦官专权的总形势并未改变，所以刘蒉终于在"巫咸不下问衔冤"的情况下客死于楚。商隐赠蒉诗一开头就极力渲染"北司专恣，威柄凌夷"的政治局势，正十分真实地反映了当时的现实。

李商隐与刘蒉相遇的时间既不在会昌元年，而在大中二年，则冯、张的李商隐开成末南游江乡说便失去最有力的实据而告全线崩溃。为了彻底否定此说，最后还须澄清一个问题，即李商隐《献相国京兆公启》中所提到的"南游郢泽"一事。启文云：

　　某爰自弱龄，侧闻古义，留连薄宦，感念离群。东至泰山，空吟《梁父》；南游郢泽，徒和《阳春》。

　　冯氏谓"南游郢泽"似指开成、会昌间江乡之游。但原文"东至泰山""南游郢泽"都直承"某爰自弱龄，侧闻古义"而来，说明"东至""南游"的时间当距"弱龄"不远。"东至泰山"，冯谓指大和八年商隐居兖海崔戎幕，时商隐二十三岁，与"弱龄"语合；而"南游郢泽"如指开成五年游江乡，则其时商隐已二十九岁，恐不能再说"弱龄"了。我们认为这里所说的"南游郢泽"应是指作为"弱龄"时期的一次南游。为了证明这一点，我们举出《出关宿盘豆馆对丛芦有感》一诗略加讨论：

　　　　芦叶梢梢夏景深，邮亭暂欲洒尘襟。昔年曾是江南客，此日初为关外心。思子台边风自急，玉娘湖上月应沉。清声不逐行人去，一世荒城伴夜砧。

　　冯浩说："三句'江南客'者，指江乡之游也。……四句似丧母后将谋出居永乐，故以从关中徙关外对景写情也。"因此他将此诗系于会昌二年商隐丧母后。但他的解释和系年都显然是错误的。四句"关外心"系用杨仆移关事。《汉书·武帝纪》："元鼎三年，徙函谷关于新安，以故关为弘农县。"应劭曰："时楼船将军杨仆数有大功，耻为关外民，上书乞徙东关，以家财给其用度。武帝意亦好广阔，于是徙关于新安，去弘农三百里。"开成四年，商隐由秘书省校书郎调任弘农尉，曾作《荆山》诗："压河连华势孱颜，鸟没云归一望间。杨仆移关三百里，可能全是为荆山？"冯浩说："借慨己之由京调外也。不直言耻居关外，而故迁其词，使人寻味。"所笺极是。但他为"江乡之游"的成见所蔽，竟没有注意到《出关宿盘豆馆对丛芦有感》诗中的"关外心"同样是耻居关外之意。"此日初为关外心"者，即今日由秘省清职出为弘农俗吏，有感于杨仆移关之事，不觉油然而生耻居关外之心。说"初为"，正证明诗作于开成四年调尉时。李商隐一生中，由京职外调，途经函潼，而又时值夏令者，也只有开成四年调尉弘农这一次。又腹联"思子台"冯解亦误。"思子台"正暗示其时商隐母尚健在；如母已亡故而用"思子台"字面以寄情，岂非适得其反？实际上这一联当是以"思子台""玉娘湖"分别寄离母子悬念之情、夫妻相思之意。从这里也可看出，诗当作于开成三年婚于王氏后、会昌二年母丧前。而在此期间，有所谓"关外心"者，当然更只能是开成四年调尉时。既然如此，把"昔年曾是江南客"说成是开成末江乡之游，就根本不能成立。很明显，"昔年"当是开成四年之前的某一年。张氏《李义山诗辨正》认为指商隐少年随父两浙，恐非。所谓"江南客"，明指客游江南，与少年随父寓居显然有别。本篇所谓"昔年曾是江南客"，很可能就是《献相国京兆公启》中所说的"南游鄄泽"。但南游的具体时间、情况，由于缺乏材料，已不易考定。

［原载《文学遗产》1980年第3期］

附：

《李商隐开成末南游江乡说再辨正》补证

李商隐在开成五年九月至会昌元年正月（840—841）这四五个月内，究竟有没有冯浩、张采田所考证的"江乡之游"，是其生平游踪与诗歌系年的重大疑案。我们曾在《李商隐开成末南游江乡说再辨正》一文（载《文学遗产》1980年第3期）中，根据商隐赠、哭刘蕡诸诗提供的内证，特别是《赠刘司户蕡》诗"更惊骚客后归魂"之句，结合其他方面的分析辩证与解释论证，推断刘蕡于会昌元年被远贬柳州司户参军后，并非在翌年秋即卒于江乡（冯说），或卒于柳州贬所（张说），而是迟至宣宗即位后，方随牛党旧相的内迁而自柳州放还北归，并于大中二年正初与奉使江陵归途中的商隐晤别于洞庭湖畔的湘阴黄陵，商隐的《赠刘司户蕡》即作于其时，而不是如冯、张所说作于会昌元年春刘蕡贬柳途中，从而否定了李商隐开成末会昌初曾有江乡之游的说法。但刘蕡究竟有没有自柳州贬所放还北归，单凭《赠刘司户蕡》"更惊骚客后归魂"之句，似感证据不够充分。

近承陶敏先生相告，得见刘蕡次子刘瑅墓志拓本（《北京图书馆藏中国历代石刻拓本汇编》第五十二册），完全证实了刘蕡曾从柳州贬所北归。在进一步参证史事与商隐诗文的基础上，兹对《再辨正》一文作如下补证。

刘蕡自柳州司户内迁澧州司户及其时间

据刘蕡次子刘瑅墓志，蕡曾"贬官累迁澧州员外司户"。兹将志文有关部分节录于下：

> 唐故梁国刘府君墓铭有序
>
> 姨兄乡贡进士杨诣篆并书
>
> 府君讳瑅，字美玉，梁郡人。……曾祖晃，皇江陵府司录参军；祖俛，皇滑州胙城县丞；烈考讳蕡，皇秘书郎，贬官累迁澧州员外司户。秘书娶博陵郡崔氏，夫人即吾姨也。早有三子，君居次焉。先人禀气劲挺，临文益振（平声），奋笔殿廷，众锋咸挫。虽以直窒仕，而以名垂芳。果有令袭，式昭德门也。……（君）以大中十年八月十三日启手足于阳翟县之居□，以其年十月十二日归葬洛阳县平洛乡王□村。祔先茔，礼也。享年廿有四……

联系新、旧《唐书·刘蕡传》关于蕡为宦官所诬陷，"贬柳州司户参军"的记载，墓志所谓"贬官累迁澧州员外司户"，明显是初贬柳州司户之后的"累迁"。这一确凿的材料，不仅可补两《唐书·刘蕡传》之失载，而且完全证实了《再辨正》作出的刘蕡曾自柳州放还北归至江湘一带的推断（准确地说，应是自柳州量移内迁）。同时，它还进一步证明了刘蕡、商隐晤别的时间绝不可能如冯、张所说在会昌元年正月。

问题的关键就在于两人的晤别是在刘蕡这位骚客"后归"之时，亦即他在柳州贬所长久居留之后迟迟北归之时。刘蕡贬柳的时间，《再辨正》推断其当在会昌元年七月牛僧孺罢山南东道节度使以后（刘蕡曾在使府为幕僚，受到"位望素崇"的僧孺"以师礼礼之"的厚遇。故贬柳之事不大可能发生在僧孺罢使之前）。即使把贬柳的时间推前到开成五年九月杨嗣复由宰相出为湖南观察使之时（杨为贲之座主，宦官仇士良曾斥其"以国家科第放此风汉"），甚至推到开成五年正月文宗去世后不久（这已是最上时限，因为只有政局变化，宦官仇士良拥立武宗之后，才能借更大的权势气焰对刘贲实行诬陷报复），也绝不可能在不到一年甚至几个月之后就将刘贲由柳州内迁。因为"深嫉贲"的宦官既然"诬以罪"而将其远贬，实欲置之死地，根本不会在整个政局无重大变化的情况下于短期内突然改变态度，将其量移内迁的。

那么，刘贲内迁澧州司户究竟在什么时候呢？我认为当在会昌六年八月以后到大中元年六月这段时间内。这是因为，刘贲被贬柳州，根子虽在大和二年对策猛烈抨击宦官，但他贬柳及内迁的具体时间，则与朝局、党局的变化，以及跟他关系较密的牛党首领牛僧孺、杨嗣复的贬黜或量移、起用密切相关。武宗在位的六年中，牛僧孺、李宗闵、杨嗣复、李珏先后远贬岭外。直到会昌六年八月，随着武宗去世，宣宗即位，李党失势，牛党新贵白敏中任宰相，牛、杨、宗闵方与武宗所贬另一宰相崔珙同日北迁。刘贲由柳州司户内迁，当在此之后。其时间下限，当不晚于大中元年六月商隐随郑亚到达桂林使府以后。因为假如在此以后刘贲仍在柳州，则桂、柳邻近，商隐与贲当有交往。但现存商隐桂幕诗文包括《赠刘司户贲》诗在内，都看不出这种迹象。味赠贲诗"万里相逢欢复泣"之句，在此次黄陵相逢之前，他们并无相遇交往于桂、柳一带之迹。

如果将墓志中刘贲"贬官累迁澧州员外司户"的记载与赠贲诗联系起来考察，不难看出诗中所谓"骚客后归"，指的就是刘贲在长期贬居柳州之后量移内迁澧州司户这件事。按墓志所叙，刘贲当已到澧州任，因此诗题内的"司户"也有可能即指澧州司户。从地理位置上看，澧州在今湖南澧县东，距澧水入洞庭湖处很近。奉使江陵归途中的商隐在距澧州不远的湘阴黄陵邂逅已内迁澧州的司户刘贲，是完全合乎地理的。而"春雪黄陵"，又与商隐大中二年正初自江陵赴桂林的时间正合。那么，分手以后，刘蕡究竟何往？赠蕡诗中"汉廷急诏谁先入"一联，实际上已经透露了特定的时代政治消息，并与刘蕡别后的行踪密切相关。这正是下面要加以补证的。

刘蕡与商隐别后所往之地与逝世之地

刘蕡与商隐黄陵别后，第二年秋天即客死于楚地。澧州虽亦属古楚域，但刘蕡卒地并不在澧州（商隐大中二年五六月间曾至澧州药山访融禅师，而集中无澧州访蕡之诗，亦可反证其时蕡已不在澧州）。从《哭刘蕡》诗"黄陵别后春涛隔，溢浦书来求雨翻"一联看，蕡之卒地当在江州浔阳。道理很明显：在实际生活中容或有朋友的讣音传出之地与其逝世之地未必一致的情形，但在写诗时如遇到这种情况，诗人通常会在诗题、诗句或自注中加以说明交代。哭蕡诗此联将"黄陵别后"与"溢浦书来"对举，分言生离与死别，又未对"溢浦书来"作任何特别说明，则溢浦（浔阳）之同为刘蕡逝世之地与讣音传出之地不言自明。再参照《哭刘司户二首》中的"溢浦应分派，荆江有会源"，"离居星岁易，失望死生分"等句，蕡之卒于溢浦便更加明显。"溢浦"一联，系以长江之"分"与"会"隐喻两人相会于荆江洞庭，后蕡客死于溢浦，双方遂作死生之分。

随之而来的问题是刘蕡何以卒于溢浦。答案是蕡与商隐大中二年正初黄陵别后，前往之地正是浔阳。而去浔阳的目的，则是为了谒见或投靠当时正在江州刺史任上的往日座主杨嗣复。这里涉及嗣复内迁江州及在任时间，须作一些考证和说明。

杨嗣复是宝历二年刘蕡登进士第时的座主。开成五年九月，与牛党另一宰相李珏因附杨贤妃事分别外贬湖南观察使、桂管观察使，旋又叠贬嗣复潮州刺史、司马。直到武宗去世之后，才同其他被贬旧相同日北迁。《通鉴·会昌六年》："八月，……以循州司马牛僧孺为衡州长史，封州流人李宗闵为郴州司马，恩州司马崔珙为安州长史，潮州刺史（按：当作潮州司马）杨嗣复为江州刺史，昭州刺史（按：当作端州司马）李珏为郴州刺史。僧孺等五相皆武宗所贬逐。至是，同日北迁。宗闵未离封州而卒"（按：李珏会昌五年五月即已在郴州刺史任，见郁贤皓《唐刺史考》。《通鉴》纪李珏内迁年月有误）。《新唐书·杨嗣复传》也说："宣宗立，起为江州刺史。以吏部尚书召，道岳州卒，年六十六。"可见嗣复自潮阳北迁时任命的官职确是江州刺史。但究竟在江州任职几年，又在何时"以吏部尚书召"，新传却无记载。而《旧唐书·杨嗣复传》则云："宣宗即位，征拜吏部尚书。大中二年，自潮阳还，至岳州病，一日而卒，时年六十六。"这段传文虽然漏书了《通鉴》《新唐书》一致记述的自潮州内迁江州刺史一事，却明确记载了其赴征入朝的时间是大中二年。与《通鉴》《新唐书》对照，《旧唐书》"自潮阳还"显然有误。因为宣宗初立，会昌六年八月诸旧相内迁，率不过州郡司马、长史、刺史等职，嗣复自不可能自潮州司马骤迁吏部尚书这样显要的官职。李珏与杨嗣复同因附杨贤妃事而叠贬，李之重新起用时间虽比杨早一年，但仍是先迁郴州刺史，再迁舒州刺史，然后方征召入朝。嗣复之征召入当亦如《新唐书》所载，先迁江州刺史，再征拜吏尚，方合常例。因此，"自潮阳还"，很可能是"自浔阳还"之误。嗣复征拜吏尚与入朝道经岳州病卒的时间在大中二年，这一点还可从李珏召为户部尚书的时间得到旁证。《旧唐书·李珏传》："大中二年，崔铉、白敏中逐李德裕，征入朝，为户部尚书。"按大中二年二月，李德裕的两个主要助手李回、郑亚分别由剑南西川节度使左迁湖南观察使，由桂管观察使贬循州刺史。李珏与杨嗣复两位牛党旧相分别内召为吏尚与户尚，正是宣宗与牛党新贵在进一步贬逐李德裕等人的同时，起用牛党耆宿，以加强党派势力，巩固其统治地位所采取的一项政治措施。可见，杨、李二人的内召，最早当在大中二年二月以后。反过来说，可以推断在此之前，杨嗣复还在江州刺史任上。

既然商隐与刘蕡黄陵晤别的时间在大中二年正月初，《赠刘司户蕡》即作于其时；商隐哭蕡诗又透露出蕡之卒地是浔阳，而大中二年二月之前，杨嗣复又仍在江州任上；由此便不难推出刘蕡与商隐黄陵别后，极有可能是前往江州拜谒甚至依托其旧日座主杨嗣复。大中二年正月这个时间，正是杨嗣复行将征召入朝加以重用的关键时刻。《赠刘司户贲》的第五句"汉廷急诏谁先入"便透露了这一政治信息。历来注家对此句多不得其解，盖缘对诗的具体写作时间及政治背景不明所致。这句诗绝非泛泛而言，而是包含着非常具体的现实政治内涵，并透露出刘贲这位"后归"的"骚客"内心的企盼。因为从会昌六年八月牛僧孺等牛党旧相同日北迁以来，随着当权者对李德裕政治集团的一再贬斥，客观上已经形成一种重新起用牛党旧相的政治趋势。所谓"汉廷急诏谁先入"，说得清楚直白一点，就是在武宗贬逐的诸旧相中，究竟是谁最先被朝廷召回委以重任呢？在诸旧相中，与刘贲有幕主僚属或座主门生之谊者，是牛僧孺、杨嗣复。按资历位望，牛僧孺似最有可能"先入"。李商隐在大中元年四月赴桂林途中为郑亚代拟的《上衡州牛相公状》中说："况今庆属休期，运推《常武》，必资国老，以立台庭。伏料即时，入膺荣召。"同年六月在桂林为郑亚代拟的《贺牛相公状》说得更明显："今者复自衡阳，去临汝水（按：其时牛僧孺由衡州长史移汝州长史）。以旧丞相，兼老成人。窃计中途，即有新命，俯移高尚，还处燮和。欲将不为苍生，其若仰孤清庙！"这很能代表当时士大夫对政治人事安排的估计。刘贲与牛僧孺有幕主僚属之谊，又素为僧孺所敬重，很可能也有过与此类似的想法。但朝廷随后却只给了牛僧孺一个"太子少保少师"的荣誉职位，官复李德裕当政时曾给牛的闲职，便不再委以重任。其间原因，不得而详。可能是牛党新贵对这位位望素崇的旧相有所顾忌。在这种情况下，刘贲将"急诏先入"的希望寄托在旧日座主杨嗣复身上，认为他是能够改善自己政治处境的人物，因而前往江州拜谒甚至依托，便是十分自然的了。从大中二年正月这个特定时间及诗句的口吻来分析，刘贲当时或许已经听到了杨嗣复即将内召的传闻。因此商隐赠贲诗的第六句才紧接着说"楚路高歌自欲翻"。用"高歌"而不是"悲歌"，正透露出其时刘贲对政治形势与自己的政治前途有所企盼。殊未料杨嗣复在赴召入京途经岳州时猝然得病去世，子处江州的刘贲遂失去政治依托与重入修门的希望。他的死大概与此不无关系。

总之，刘瑝墓志有关刘贲"贬官累迁澧州员外司户"的记载，完全证实了《再辨正》关于刘蕡曾自柳州贬所放还北归江湘的推断。而联系有关史料及商隐赠、哭刘蕡诸诗和大中元年所撰拟的有关状文加以参证，则进一步确定了《赠刘司户蕡》诗的现实创作背景，特别是"汉廷急诏谁先入"这一诗句的确切政治内涵，从而更有力地证实了商隐与刘蕡晤别及商隐赠蕡诗的写作时间只能在大中二年正初。并证实了《再辨正》中提出的刘蕡与商隐别后之翌年客死于浔阳的推测，明确了刘蕡前往浔阳的目的是拜谒杨嗣复，对其客死浔阳的原因作出了合理的解释。这一切，都进一步证明冯、张关于商隐开成末会昌初江乡之游的考证是不能成立的。如按冯、张的考证，将赠蕡诗系于会昌元年正月，不但与第四句"骚客后归"之语完全扞格，而且第五句"汉廷急诏谁先入"也根本无法解释。因为会昌元年正月，李德裕早已入相，牛僧孺、李宗闵、崔珙尚未外贬，杨嗣复、李珏则正面临叠贬的险境。无论李党或牛党的重要人物，都不存在急召征入的问题。反之，如系此诗于大中二年正月初，则于时于地于政治形势于商隐行踪刘蕡去向皆一一吻合。李商隐生平行踪中的这一重大疑案，似乎到了可以作出结论的时候了。

一九八八年八月初稿

一九九二年十月改定

〔原载《文史》第四十辑，中华书局1992年版〕

李商隐与宋玉

——兼论中国文学史上的感伤主义传统

李商隐是善于多方面向前人学习的作家。在探讨其诗歌创作的渊源时，研究者大都注意到他对屈原、杜甫、李贺乃至徐（陵）、庾（信）的学习继承，而对他受宋玉的全面、深刻而明显的影响，却一直很少有人道及。其实，在楚骚的两大作家中，宋玉对他的影响远比屈原更为重要而直接。这一点，李商隐自己的作品便是最有力的证明。他在诗中多次提到宋玉，并处处以宋玉自况。举一些显著的例证：

《席上作》："淡云微雨拂高唐，玉殿秋来夜正长。料得也应怜宋玉，一生唯事楚襄王。"题注云"予为桂州从事，故府郑公出家妓，令赋'高唐'诗。"这是以宋玉"一生唯事楚襄王"的身世遭际，托寓自己栖身幕府、操笔事人的境遇，言外有与家妓"同是天涯沦落人"之慨。

《有感》："非关宋玉有微辞，却是襄王梦觉迟。一自'高唐'赋成后，楚天云雨尽堪疑。"这是借宋玉之赋《高唐》自喻其诗歌创作，涉及微辞托讽与借艳寓慨的特色。

《楚吟》："山上离宫宫上楼，楼前宫畔暮江流。楚天长短黄昏雨，宋玉无愁亦自愁。"这是以多愁善感的宋玉自况，表现出对昏暗时代氛围的感受。

它如《哭刘蕡》之以宋玉师事屈原喻自己尊刘蕡为师友，深表痛悼之情；《过郑广文旧居》之以宋玉"三楚"之游暗喻自己大中元年、二年的湘桂之游；《咏云》之以熟谙"神女"式人物的宋玉自况；《高花》之以宋玉"墙低"自况;《宋玉》之以文采才华冠绝当时、沾溉后世的宋玉式人物自许,隐寓才同遇异之慨,都是显例。

一个作家在自己的作品中一再以推尊的口吻提到前代作家的名字与篇什,这是常有的。如李白之于谢朓。但像李商隐这样,从生活经历、境遇遭际、思想感情到文学创作,都公然以宋玉式的人物自命,却属罕见。这已经超出了通常的向前代作家学习的范围,而表现为一种异代同心式的精神气质上的高度契合。

那么,李商隐和他所倾心的前辈宋玉之间,在"人"与"文"两方面究竟有哪些基本相似点呢?这些相似点,从文学发展的传承关系方面来考察,又反映了什么样的历史现象与规律?对上述问题进行归纳比较、联系思考,对具体作家研究的深入和对文学传统的发展线索的探究,都会是有益的。

一

作为文人,李商隐与宋玉有着明显的相似之处。

首先,他们都是生当衰世、遭遇不偶的失意文人。宋玉生平,难以详考。刘向《新序》说他"事楚襄王而不见察",习凿齿《襄阳耆旧记》说他"求事楚友景差",作过楚王的"小臣"。后来连这也"失职"了,尝尽羁旅的孤寂凄凉。李商隐生当唐代末叶,与宋玉之身处楚国末世相似。他"内无强近,外乏因依"(《樊南文集·祭徐氏姊文》),由于政局的昏暗与党争的牵累,一生落拓不偶,辗转寄幕,羁泊穷年,其不幸似更甚于宋玉。他们都是衰颓时世失意贫士的典型。

其次,他们又基本上都是专业的文人。古代文学史上不少大作家,实际上并不以文学为专业或主业。第一位伟大诗人屈原,便首先是政治家、外交家。而宋玉,"一生唯事楚襄王",除了充当文学侍从之臣,写作辞赋以外,几乎没有从事其他活动,可以说是中国文学史上第一位专业文人。李商隐更是毕生从事文字之役,无论是"刻意伤春复伤别"的诗歌创作,还是幕府记室的专业——骈文章表书启的大量写作，都说明他是以诗文为业的。这种专业文人，往往更具灵心慧感，也更醉心于艺术上的精雕细琢，呕心沥血，视文学创作为生命。

第三，他们又都是正直而不免软弱，关心国运却又常沉溺于个人命运的文人。从《九辩》中可以看出，宋玉对混浊的时世和没落的国运是怀着忧愤的，但更多的时候，是在诉说个人的穷愁落拓。《史记·屈原贾生列传》说宋玉等人"终莫敢直谏"，正揭示出其正直而不免软弱的思想性格。这一点，在李商隐身上表现得更为明显而典型。他一方面为国运的衰颓深感忧伤，另一方面却常沉溺于个人的哀愁而不能自拔；一方面对统治者的荒淫深为愤慨，但又只能出之以委婉的讽刺；一方面对令狐绹这种庸懦忌贤的显贵深感不满，另一方面却又不免希图汲引，陈情告哀。封建时代知识分子的正直与软弱，在他身上矛盾地统一在一起，表现得相当突出。

第四，他们又都是多愁善感型的文人。宋玉"悲秋"，历来被视为文人多愁善感的典型表现。读《九辩》，会突出地感到作者对萧瑟的秋色秋气的感受是何等敏锐、深刻和细致，其中融汇的对时代、社会、人生的凄凉感受又何等强烈！李商隐在多愁善感这一点上则又超过了他的前辈宋玉。他的许多优秀诗篇，都渗透了缠绵悱恻的哀感和不能自已的悲慨。评家说"情深于言，义山所独"①，正揭示出他的多情善感的个性，而"春蚕到死丝方尽，蜡炬成灰泪始干"，则正可视为这位主情诗人的心灵象征。古代文人中，有超旷型的，也有缠绵型的，李商隐与宋玉，便是纯粹主情的缠绵型文人代表。

上述几个方面的相似点，使他们在创作倾向与风貌上也呈现出共同的特征，下面，就进而对他们在文学创作上的相似之点进行归纳比较，以揭示他们之间实际存在的传承关系。

---

① 清钱良择评李商隐《七月二十九日崇让宅宴作》，冯浩《玉谿生诗笺注》引。

二

宋玉的作品，《汉书·艺文志》著录为十六篇。目前为研究者所公认的，仅《九辩》一篇，此外，如与《九辩》一起收入王逸《楚辞章句》，题为宋玉作的《招魂》，以及收入《文选》的宋玉《风赋》《高唐赋》《神女赋》《登徒子好色赋》《对楚王问》等，研究者对它们的归属与真伪，尚有争议。但王逸《楚辞章句》与萧统《文选》，久已流传士林，后者更是唐代士人家弦户诵的书籍。在辨伪观念尚不发达的当时，一般人都认为两书所载的七篇均为宋玉之作。从上引李商隐以宋玉自况的诸诗中也可明显看出，他是把《招魂》《风赋》《高唐赋》《神女赋》《登徒子好色赋》等都视为宋玉所创作的。因此，我们今天探讨李商隐与宋玉的承传关系时，理当根据当时的实际情况，将上述七篇都列为宋玉之作。

现在，我们来比较李商隐与宋玉创作特征的一个主要方面。这就是他们都以"贫士失职而志不平"为作品的基本主题。

由于身世的落拓与境遇的坎廪，宋玉在他的代表作《九辩》一开头，就触景兴感，发出了"贫士失职而志不平"的悲叹。这也是整个《九辩》的主题。作者有时采取直抒的方式，但更多的是通过对深秋萧瑟景象的描绘渲染，来抒写失职的悲怨、羁旅的孤寂，表达对现实环境的凄凉感受。杜甫说："摇落深知宋玉悲"（杜甫《咏怀古迹五首》之二）。摇落之悲，亦即所谓悲秋，是贯串《九辩》的主旋律，其中蕴含了对时代环境、政治局面、人生境遇的悲感，而其核心，则是对个人境遇的悲怨，这种以个人身世之感为核心的摇落之悲，更深深地渗透在李商隐各个时期、各种题材和体裁的作品中，成为他诗歌创作以及一部分与身世有关的骈文书启、祭文的基调。我们不但可以从他的《摇落》这种从题目、内容到语言都直接渊源于《九辩》的诗中看出二者的亲缘关系，更可以从贯串渗透在李商隐许多诗作中那股萧瑟的秋意和悲秋意蕴，看出他们之间一脉相承的关系。像下面这些最明显的例证："秋阴不散霜飞晚，留得枯荷听雨声"（《宿骆氏亭寄怀崔雍崔衮》），"秋风动地黄云暮，归去嵩阳寻旧师"（《东还》），"露如微霰下前池，风过回塘万竹悲。浮世本来多聚散，红蕖何事亦离披"（《七月二十九日崇让宅宴作》），"黄陵别后春涛隔，溢浦书来秋雨翻"（《哭刘蕡》），"四海秋风阔，千岩暮景迟"（《陆发荆南始至商洛》），"君问归期未有期，巴山夜雨涨秋池"（《夜雨寄北》），"秋霖腹疾俱难遣，万里西风夜正长"（《王十二兄与畏之员外相访见招》），"黄叶仍风雨，青楼自管弦"（《风雨》），"阶下青苔与红树，雨中寥落月中愁"（《端居》），无论是伤悼故交，怀念亲友，行旅羁泊，平居宴饮，几乎随时随地都会触发悲秋的意绪。可以说，这种意绪，已经深入骨髓，成为一种性情，使他习惯于用悲秋的眼光、心态去感受社会、感受人生、感受一切，因而感到无往而不含秋意，甚至连盛夏的丛芦之声在他听来也"清声不逐行人去，一世荒城伴夜砧"（《出关宿盘豆馆对丛芦有感》）。总之，李商隐与宋玉的悲秋，都是衰颓时世失职贫士凄寒伤感心态的一种典型表现。

传为宋玉所作的《招魂》结尾有一段点明全篇主旨的感慨深长的话："朱明承夜兮时不可淹，皋兰被径兮路斯渐。湛湛江水兮上有枫，目极千里兮伤春心。魂兮归来哀江南！"屈复说："顷襄忘不共戴天之仇，而犹夜猎荒游……听以极目而伤春心也。"[1]这是深得赋旨及"伤春"意蕴的诠解。这个结尾，集中表达了作者对国家前途的忧念感伤。李商隐对《招魂》的"伤春"特具神会，在诗中一再使用这个带有象征色彩的词语，并赋予它更为丰富的内涵，如"天荒地变心虽折，若比伤春意未多"（《曲江》），"曾苦伤春不忍听，凤城何处有花枝"（《流莺》），"年华无一事，只是自伤春"（《清河》），"我为伤春心自醉，不劳君劝石榴花"（《戏恼韩同年》），"君问伤春句，千辞不可删"（《朱槿花》）。以上诸例，"伤春"或指对国家命运的忧伤，或指遭遇不偶的悲慨，或指年华虚度的伤感、或指爱情追求的苦闷，具体内容虽不相同，但都贯串着对美的消逝的

———————
[1] 屈复：《楚辞新注》，按屈复认为《招魂》系屈原所作，这里取其对这几句的理解。

感伤。这种伤春之情，也像一条贯串的感情主线，展现在他的许多作品中，成为其诗歌创作中与悲秋相并行的又一基调——对美的哀挽，"刻意伤春复伤别，人间唯有杜司勋"（《杜司勋》），这是赞小杜，也是自道。他的《天涯》说："春日在天涯，天涯日又斜。莺啼如有泪，为湿最高花。"这流泪的啼莺正是伤春之情的绝妙象征。

贫士失职而志不平的思想主题，可以表现为强烈的怨愤与牢骚，甚至激烈的反抗，也可以表现为愤世嫉俗乃至玩世不恭。李商隐与宋玉，则以悲秋与伤春的特殊方式，表现了失职贫士的哀怨与感伤，以及他们对时代、社会、人生的悲慨。这种感情基调与诗歌意境，构成了他们创作的一个基本特征——感伤主义，也体现出他们之间明显的承传关系。

三

微辞托讽，是李商隐与宋玉另一重要的共同创作特征，也是他们之间承传关系的另一显著体现。

宋玉《登徒子好色赋序》说："大夫登徒子侍于楚王，短宋玉曰：'玉为人体貌闲丽，口多微辞，又性好色，愿王勿与出入后宫。'"这里所谓"微辞"，指用隐含不露的委婉言辞进行的讽喻，《史记·屈贾列传》说宋玉等人"终莫敢直谏"，正可与"微辞"相印证。《文选》所载宋玉诸赋，确实程度不同地具有微辞谲谏、婉而多讽的特点。像《风赋》将风分成"大王之雄风"与"庶人之雌风"，前者"乘凌高城，入于深宫；……徜徉中庭，北上玉堂，跻于罗帷，经于洞房"，而后者"塕然起于穷巷之间，堀堁扬尘，勃郁烦冤，冲孔袭门，动沙堁，吹死灰，骇溷浊，扬腐余"，一贵一贱，界限分明。表面上像是颂扬"大王之雄风"，骨子里却是揭露上层统治者与下层穷民间生活境遇的悬殊，暗讽上层的富贵尊荣、奢侈淫佚。这正是微辞婉讽的典型表现。《高唐赋》等，前人也多认为有所托讽。《文选·高唐赋》题注云："此赋盖假设其事，风谏淫惑也。"对赋旨的这种理解，似为唐人所普遍接受，杜甫就说："云雨荒台岂梦思"（《咏怀古迹五首》），认为高唐云雨，不过借梦托讽而已。李商隐说得更明白："非关宋玉有微辞，却是襄王梦觉迟。"直接点破《高唐赋》乃是微辞讽喻之作，《文选·登徒子好色赋》题注也说："此赋假以为辞，讽于淫也。"不论这种理解是否符合赋的本旨，但至少在李商隐，是根据这种理解来继承发扬宋玉微辞谲谏、婉而多讽的传统的。

这方面的突出表现，是一系列托古讽今、以古鉴今的咏史政治讽刺诗的成功创作。从早期写的《富平少侯》《陈后宫》起，李商隐就已显露出讽刺荒淫失政的统治者的特出才能，到后期其讽刺艺术更达到炉火纯青的境界，像《齐宫词》的托物寄慨，《隋宫》（七律）的兴在象外，《贾生》的议论以唱叹出之，都臻于微辞托讽的极致。他在这方面的突出特点，是能把尖锐深刻的讽刺与含婉不露的表现方式很好地结合起来，既避免了宋玉这类作品中倾向不够鲜明的缺点，又极富含蕴，使人玩之无尽。他的一些针当时政治现实中某种世情风习而发的讽刺诗，也具有这种婉而多讽的特点，像《宫妓》之讽玩弄机巧、终召其祸的"偃师"式人物。《宫辞》之讽得宠者志满意得而不知失宠命运近在咫尺，《梦泽》之讽"饿损腰肢"以邀宠者的麻木与愚蠢，都讽刺入骨而又极含蓄蕴藉，难怪学李商隐的西昆派主要作家杨亿对《宫妓》"措辞寓意"之"深妙"要赞叹不已了。[1]沈德潜在谈到李商隐的咏史诗时说："襞绩重重，长于讽喻。中多借题摅抱，遭时之变，不得不隐也。"（《说诗晬语》卷上）正道出他的这类诗讽刺深隐的特点。

四

抒写艳情绮思，是李商隐与宋玉又一共同的创作特征。在这方面，他们之间也存在明显的承传关系。

《诗经》中的风诗，颇多男女相悦之作；屈原的《九歌》，更多涉及神

---

① 杨亿《谈苑》，冯浩注引。

人、神灵间的恋爱，但那是民歌或加工提高的民歌。真正的文人独立创作的赋艳之作，应该说始于宋玉。他的《高唐赋序》记述了楚怀王游云梦之台，宿高唐之馆。梦见巫山神女自荐枕席的情事，自此"云雨高唐"便成为艳情的代称。《神女赋》并序又记述了襄王梦遇神女的情节，并对神女的"瑰姿玮态"作了出色的描绘。《登徒子好色赋》对东家女的妖姿媚态的描写同样绘形传神。这三篇赋可以说是文人艳情文学的百代之祖。后世如《美人赋》《洛神赋》等固然从此胎息，就是南朝的艳诗宫体也莫不与此一脉相承。晚唐写艳体诗的风气转炽，李商隐尤为赋艳之大宗。他的艳诗，近师李贺，中效徐、庾，远绍宋玉，融汇各家之长而成自己独特面目，不仅频繁地运用宋玉《高唐》诸赋的故事情节、人物形象、语言词汇，而且吸取了其华美奇幻的意境，创造出像《燕台四首》《圣女祠》《重过圣女祠》一类极富情采意境之美的艳诗。他笔下许多"神女"式的人物，明显从《高唐》《神女》等赋中得到启发，所谓"神女生涯原是梦"，"一春梦雨常飘瓦"，"我是梦中传彩笔，欲书花片寄朝云"[1]，说明他的诗思与联想常受到宋玉赋艳之作的影响。

《高唐》诸赋，除了传统的"假设其事，风谏淫惑"这种理解以外，是否更有隐微的托寓，难以确定。但作者虽未必然，后世的读者却不妨从它们的某些情节、人物乃至诗句中产生某些联想。如巫山神女自荐枕席于楚王的情节，就容易引发才士自献于君王方面的联想。李商隐《代元城吴令暗为答》所谓"荆王枕上原无梦，莫枉阳台一片云"，可能就包含了这方面的联想；而上引"料得也应怜宋玉，一生唯事楚襄王"的诗句，则更清楚地显示了诗人由"神女生涯"联想到自己身世的轨迹。《神女赋》中"怀贞亮之絜清兮"一段，也颇拟有托而言。曹植的《洛神赋》，仿《神女赋》而作，则是明显有所托寓的。李商隐的《无题》诸篇，绝大部分写男女之情，其中有的明显自寓身世，有的寓托似有若无，有的直赋艳情。这几类《无题》都或隐或显地受到宋玉《高唐》诸赋的影响。我们从"照梁

---

[1] 见李商隐《无题二首》（重帷深下）、《重过圣女祠》、《牡丹》（锦帏初卷）。

初有情，出水旧知名"，"神女生涯原是梦"，"东家老女嫁不售"①这些诗句中，分明可见宋玉赋中女主人公的身姿面影。作者正是通过抒写她们的离别相思，身世境遇，自觉或不自觉地表现了自己的身世之感。

五

李商隐论诗，标举怨刺与绮靡二端，其《献侍郎巨鹿公启》说："我朝以来，此道尤盛，皆陷于偏巧，罕或兼材。……推李、杜则怨刺居多，效沈、宋则绮靡为甚。"他既不满于诗歌只有怨刺的内容而乏文采，又反对一味追求形式文辞的华美绮艳而无怨刺的内容。他所赞美与追求的，乃是怨刺的内容与绮美的形式的统一。而宋玉，正是他理想中合怨刺与绮靡为一体的诗人。如果说，"贫士失职而志不平"是"怨"，微辞托讽是"刺"，那么，以华美的文辞抒写艳情绮思正是所谓"绮靡"了。这就无怪乎李商隐那样推尊宋玉了。

鲁迅在论及宋玉时指出："虽学屈原之文辞，终莫敢直谏。盖掇其哀愁，猎其华艳，而'九死未悔'之概失矣。……《九辩》虽驰神逞想，不如《离骚》，而凄怨之情，实为独绝。"（《汉文学史纲要》）这里不仅揭示出屈、宋的异同，也揭示了宋玉创作的几个主要特征。所谓"哀愁""凄怨"，即贫士失职的不平与感伤；"莫敢直谏"，即微辞托讽的另一种表述；以上两方面，亦即"怨刺"。所谓"华艳"，即以华美的文辞抒写艳情绮思，亦即"绮靡"。李商隐与宋玉之间的承传关系，不也正可借用"掇其哀愁""猎其华艳"来概括吗？

当然，两位相隔千余载的作家，处于不同的时代社会条件，有着不同的具体生活经历，他们之间在创作特征上的共同点，毕竟只是某种类似，而且在类似之中仍然包含着重要的差异与区别。例如宋玉的哀愁感伤，主要是感慨个人境遇的困顿和由此引起的对昏暗政局的怨愤，内容比较单纯

---

① 见李商隐《无题》（照梁初有情）、《无题》（重帏深下）、《无题四首》（何处哀筝）。

具体；而在李商隐的作品中，其哀愁感伤已在具体的经历遭际的基础上，扩展深化为一种包蕴着对整个现实人生的带哲理性的思索与感喟，内涵更为虚泛抽象，试比较以下两例：

> 白日晼晚其将入兮，明月销铄而减毁。岁忽忽而遒尽兮，老冉冉而愈驰。（宋玉《九辩》）

> 向晚意不适，驱车登古原。夕阳无限好，只是近黄昏。（李商隐《乐游原》）

同是因日落而兴感，在宋玉那里便只是叹老嗟卑的哀感，内容比较单纯；而在李商隐心中，则是"迟暮之感，沉沦之痛，触绪纷来，悲凉无限"，"百感茫茫，一时交集，谓之伤时世可，谓之悲身世亦可。"①这种包蕴深广的感伤，在李商隐诗中成为一种常调，而在宋玉的作品中却是未曾出现过的。李诗中深刻的感伤，不但与晚唐衰颓的国运密切关联，而且和整个封建社会越过繁荣昌盛的顶峰，逐步向后期转变所呈现的时代氛围有着内在联系。由于本文的重点不在揭示李商隐与宋玉的同中之异，而是指出他们的承传关系与共同创作特点，因此对前一方面便不多涉及了。

六

由宋玉所开创，而为李商隐所突出地加以继承发展的，是中国文学史上一个源远流长的传统——感伤主义传统。

在考察文学史上不同时代作家作品间的传承关系和某种文学流派的形成发展时，人们往往习惯于把目光专注在少数文学巨擘身上，而对一些看来比较次要、实际上对后世文学起过不容低估的影响的作家往往有所忽略。例如，屈、宋并称，其来有自。但文学史家在谈到楚骚对后世的影响时，往往只强调屈原的精神与作品衣被后世而忽视宋玉。尽管宋玉的人

---

① 《李义山诗集辑评》录杨守智、纪昀评语。

格、思想与文学成就远不能与屈原比肩，在文学上也受到屈原的明显影响，但宋玉其人其文，却代表了中国古代文人中一种具有相当广泛性的类型，一种在文学史上悠长的传统。屈原与宋玉，是两种不同类型的人物。屈原有理想、有操守、有伟大的人格。但后代文人中真正具有他那种理想与品格的并不多。许多虽比较正直却不免软弱、出身寒微而遭遇不偶的文人往往与宋玉的精神气质更为合拍。宋玉的"悲秋""伤春"，他的"风流儒雅"与"多情"的气质①，也往往更易引起他们的共鸣，并引为同调。

宋玉作品的上述几个特征对后世都有深远影响，但其中最主要的、影响最大的是感伤主义。他的《九辩》，是文人诗中感伤主义的最早源头和集中表现。屈原作品中，虽也有缠绵悱恻、哀怨感伤的一面，但其主要特征，则是雄伟瑰奇、富于阳刚之美的。只有到了宋玉的《九辩》，感伤主义才成为一种贯串的基调，并形成作家独特的风格特征。从此以后，每逢适宜的时代社会土壤（一般是封建王朝的衰颓期），这种感伤主义便往往出现在一部分失意的中下层文人作品中，成为一个时期文学上的一股潮流。

东汉末年，社会动乱，中下层文士政治上失意彷徨，生活上困顿流离，颇多人生哀感，这种情绪，集中表现在无名氏的《古诗十九首》中。建安文学，固以"梗概而多气"为主要特色（《文心雕龙·时序》），但由于世积乱离，风衰俗怨，在曹丕《燕歌行》、曹植《七哀诗》等作中也流露出感伤的情绪；正始时期的阮籍，其《咏怀》每有忧生之嗟；太康时期的潘岳，其《悼亡》哀凄深挚，也各具伤感色彩。南朝文学中，像江淹的《恨赋》《别赋》，将历史上和现实中一系列饮恨伤别的典型事例联结在一起，刻意渲染，透露出失意文人在更广泛地思考历史与人生的基础上产生的深沉感伤。而由南入北的庾信，因其特殊的身世经历，在《哀江南赋》《拟咏怀》等作中，更将对国家命运和个人身世的悲慨融为一体，上承宋玉《招魂》《九辩》，下启李商隐的感伤国运、身世之作，是感伤主义

---

① 分见杜甫《咏怀古迹五首》之二、韦庄《天仙子》词。

发展过程中一个承先启后的重要作家。

入唐之初，刘希夷的《代悲白头翁》感叹人生无常，充满哀伤情调；张若虚的《春江花月夜》却在美好的自然背景中展开对宇宙、人生的悠远遐想和对美好生活的深情期待。刘、张二作，正体现了由初入盛的演化，也透露出明朗乐观、充满青春气息的盛唐之音离感伤主义已经相当遥远。但安史乱起，时世维艰，中下层文人遭遇坎坷，感伤主义重新抬头，刘长卿、李益等人感时伤乱与边塞征戍之作中，已渗透萧瑟悲凉的秋意，白居易的《琵琶行》更在"枫叶荻花秋瑟瑟"的环境中展开对琵琶女与自身天涯沦落遭际的叙写。创造了具有浓重感伤气息的叙事文学新品种。同时的李贺，以冷艳的风格表现深刻的感伤，被杜牧称为"骚之苗裔"（杜牧《李长吉歌诗叙》），其实本质上是抒发贫士失职的孤愤。到了晚唐，由于国运的进一步衰颓和士人境遇更加艰困，感伤主义传统得到了新的发展。"伤春""伤别"成为以杜牧、温、李为代表的诗歌主流派的共同倾向。而李商隐的诗歌，融时世身世之悲感于"沉博绝丽"之中（朱鹤龄《李义山诗集笺注序》），贯感伤情调于咏史、咏物、无题等各种题材体制之内，将宋玉、庾信、杜甫、李贺诸家的感伤质素与文采华艳都加以融汇吸收，成为感伤主义文学传统的集大成者。

李商隐以后，词这种新的文学样式已经成熟，而且一开始就奠定了一个抒写离愁别恨、伤春悲秋的传统。从此，古代文学中的感伤主义便在相当长的时期内几乎全部集中到婉约词中。在婉约词中，感伤情绪的内容变得狭小了，表现方式则更为深婉细腻。在五七言诗领域里，"言志"乃至"明道"的特征越来越突出，"缘情而绮靡"的特征越来越减弱，感伤色彩也就显得很淡薄了。元明清三代，戏曲、小说取代了传统的诗、文、词在文学史上的主要地位，它们一般带有较浓的市民色彩，感伤气息并不浓重。但在封建社会行将解体的前夜，感伤主义却又大放异彩。洪昇的《长生殿》与孔尚任的《桃花扇》，在总结封建王朝兴亡的历史教训的同时，对整个封建社会的历史与封建地主阶级的统治流露了浓重的感伤情绪，充满了历史与人生的空幻悲凉感。曹雪芹的悲金悼玉的《红楼梦》，更是一曲充满感伤情绪的封建社会的挽歌。如果要找一个感伤主义文学传统的总结者，曹雪芹就是这样的历史性人物。

以上所勾画的，是感伤主义文学传统一个极为简略的发展轮廓与线索。从总体上说，它反映了封建社会中失意知识分子对自身境遇、现实人生和时代社会的伤感情绪。其中含有对现实黑暗的怨愤不满，对美好事物的伤悼流连，也含有消沉悲观、沉溺于个人哀怨等消极质素。在整个发展过程的各个不同阶段，感伤主义的具体内涵与表现形式，是有发展变化的。如果把宋玉、李商隐、曹雪芹作为三个阶段的代表，我们可以看到感伤主义从主要是伤感个人境遇到整个人生，最后发展为对整个社会的感伤的大体轨迹。与此同时，则是其表现形式越来越虚泛抽象，带有人生哲理的意味和空泛悲凉的色彩。这大体上反映了封建社会失意知识分子对现实感受的深化和由此引起的心态变化。

儒家诗教提倡"哀而不伤"（《论语·八佾》），感伤主义按说似乎是不大符合这种美学原则和审美趣味的。但感伤美作为艺术美的一种类型，却在我们民族的审美发展史上长期占有相当重要的地位，并得到人们的广泛欣赏。这可能是因为，感伤主义的作品大都是以伤感、哀挽的形式肯定生活中的美，从而引起人们对它的珍惜流连；很少表现出对生活的阴暗绝望和厌弃逃避，相反地倒往往在缠绵悱恻中透露出对生活的执着，因此能在感伤中给人以诗意的滋润。同时，这类作品中的大部分，在表达方式上也不是淋漓恣肆，而是比较含蓄蕴藉的。这也较为符合民族审美习惯与心理。从宋玉到李商隐再到曹雪芹，这个感伤主义的文学传统应当得到清理与总结。

[原载《文学遗产》1987年第1期]

李义山诗与唐宋婉约词

　　根据现存文献材料，晚唐大诗人李义山并没有填过词，不像跟他同时齐名的杜牧，还留下一首慢词《八六子》（洞房深），更不像温庭筠之大力填词，成为花间派乃至整个婉约词风的鼻祖。因此，在很长的时间内，研究义山诗或婉约词的人，往往忽略二者之间的联系。较早从总体上明确提出义山诗与词体关系的，是缪钺先生四十五年前写的一篇《论李义山诗》的文章，他说："词之特质，在乎取资于精美之事物，而造成要眇之意境。义山之诗，已有极近于词者……盖中国诗发展之趋势，至晚唐之时，应产生一种细美幽约之作，故李义山以诗表现之，温庭筠则以词表现之。体裁虽异，意味相同，盖有不知其然而然者。长短句之词体，对于表达此种幽美细约之意境尤为适宜，历五代、北宋，日臻发达，此种意境遂几为词体所专有。义山诗与词体意脉相通之一点，研治中国文学史者亦不可不致意也。"①这段精辟的论述指出了探讨义山诗与词体关系的重要门径，但由于它在文中属于"附论"，未能展开详论。最近十年来，一些研究义山诗的论著虽也间或提及它对词的影响，亦多为片言数语。本文拟对这个问题进行初步探讨。一方面，从比较中说明义山诗的词化特征②；另一方面，论述义山诗对唐宋婉约词的影响。这是一个问题的两个方面，它们之间既有

---

　　① 缪钺：《诗词散论·论李义山诗》。

　　② 这里所说的"词化特征"，特指词在艺术上成熟，并显示出自己特有的体性风格时所具有的那些特征。

密切的因果联系，又有区别。前者主要着眼于义山诗与婉约词在诸方面的相似点，以说明义山诗在由五七言诗向词递嬗演变过程中所处的重要地位；后者主要着眼于义山诗的一些重要质素与特征对婉约词的深远影响。对这个问题的探讨，可能有助于从一个为人忽略的重要方面说明李商隐在文学史上的地位，也有助于说明由诗到词的递嬗过渡和它们之间的传承关系。

一

个别诗篇出现词化特征，早在盛唐时期就已初露端倪。如刘方平的《夜月》：

> 更深月色半人家，北斗阑干南斗斜。
> 今夜偏知春气暖，虫声新透绿窗纱。

《春怨》：

> 纱窗日落渐黄昏，金屋无人见泪痕。
> 寂寞空庭春欲晚，梨花满地不开门。

无论意象、境界、写法，都逼近后来的闺情小令。但作为一种趋向，诗的词化是跟中晚唐绮艳诗风的发展密切联系的。不过，同属绮艳诗风的诗家，他们的诗在词化程度及对词的影响上却有区别。下面提出元稹、李贺、杜牧、温庭筠等诗人与李商隐进行比较讨论。

元稹写艳诗百余首，"其哀感缠绵，不仅在唐人诗中不可多见，而影响于后来之文学者尤巨。"[①]但他的艳诗，由于多为其青年时代的情人而作，内容不免受到具体对象及情事的拘限，其诗风又特长于铺叙繁详，因

---

① 陈寅恪：《元白诗笺证稿·艳诗及悼亡诗》。

此往往注重叙写事件、情节乃至细节，刻画人物妆束情态，带有较强的叙事性和写实性，而不大着重感情、心理的抒写，无论长篇如《梦游春》《会真诗》，短章如《离思》《杂忆》都具有这种特点。这跟长于抒情而短于叙事，注重隐微婉曲、多用比兴象征的婉约词，是很不相同的。因此元稹的绮艳之作词化迹象不很显著，其影响所及，也主要是后世的叙事文学（包括讲唱文学和戏曲小说）及五七言诗领域内的风怀之作，对词的影响仅限于《调笑转踏》及赵令畤的《商调·蝶恋花》一类变体。

李贺的绮艳之作则表现出不同的特征。它以抒写内心感受与渲染氛围为主，而不注重叙事；意象密度大而富于跳跃性，喜用象征暗示和借代，意境往往比较隐晦。这些都非常接近晚唐五代的香艳词风。如《残丝曲》《湖中曲》《屏风曲》《难忘曲》《夜饮朝眠曲》《蝴蝶舞》《美人梳头歌》《将进酒》《江楼曲》等作，在内容、情调上都不同程度地具有词化倾向。花间词"自南朝之宫体"①的渊源及特征，也不妨直接说成"自长吉之艳体"。不过，李贺的绮艳之作，有时不免流于幽冷诡异、虚荒诞幻，如《苏小小墓》甚至描摹鬼境，这跟词始终抒写现实人间的情思自有显著区别。特别是他追求感官与心理的刺激，喜欢运用浓烈的色调和酸心刺骨的硬语奇字，以造成强烈的刺激性效果，其审美类型近于阴刚型而非阴柔型，刺激型而非滋润型。这跟柔媚婉丽的婉约词风更有明显不同。因此李贺的诗虽对词有很大影响，但在审美类型上却与婉约词异趋。

晚唐绮艳诗风更盛。杜牧是被李商隐推许为"刻意伤春复伤别"的诗人，他的伤春伤别之作中固然有不少是感伤时世身世的，也有相当一部分是像《赠别》《遣怀》一类绮艳之作。不过，他的诗风，偏于豪宕拗峭、疏朗俊爽，与婉约词之偏于隐微含蕴、密丽柔婉者不同。即便是优美，也多表现为一种俊逸风流的男性美，而非婉约词所体现的柔腻婉媚的女性美。因此，他的诗歌意象与语言虽常为后世婉约词家所取资，"青楼""豆蔻""扬州梦"等甚至被用得熟滥，但整个来说，他的绮艳之作所表现的

---

① 欧阳炯：《花间集序》。

主要是诗境而非词境。

温庭绮是晚唐五代香艳词风、也是整个婉约词风的开拓者，又是晚唐绮艳诗风的代表人物之一。这样一位一身而二任的作家，其词风与诗风之间的联系很值得探讨。温诗中的绮艳之作绝大部分是五七言古体乐府（也有小部分近体律绝），篇幅一般较长，辞藻丽密，色泽秾艳，风格颇近其艳词。如他的《织锦词》《夜宴谣》《郭处士击瓯歌》《锦城曲》《舞衣曲》《张静婉采莲曲》《照影曲》《吴苑行》《晚归曲》《春洲曲》《钱唐曲》《春愁曲》《春晓曲》等，内容、情调与某些写法，都很接近词，举《春愁曲》为例：

> 红丝穿露珠帘冷，百尺哑哑下纤绠。远翠愁山入卧屏，两重云屏空烘影。凉簪坠发春眠重，玉兔煴香柳如梦。锦迭空床委坠红，飔飔扫尾双金凤。蜂喧蝶驻俱悠扬，柳拂赤阑纤草长。觉后梨花委平绿，春风和雨吹池塘。

写闺中春愁，对女主人公的外貌、心理与行动均不作正面描绘刻画，完全借助于环境气氛的烘托渲染和自然景物的映衬暗示，写法细腻婉曲，俨然花间词境。其中有些诗句，使人自然联想起他的《菩萨蛮》词中的句子。如"远翠"三句之与"小山重叠金明灭，鬓云欲度香腮雪"，"玉兔"句之与"江上柳如烟，雁飞残月天"，"觉后"二句之与"雨后却斜阳，杏花零落香"，取象造境，均极神似。但他的这类作品由于刻意追摹李贺，不仅意境比较隐晦，语言也时有生硬拗涩之处，如"脉脉新蟾如瞪目""碎佩丛铃满烟雨""玉晨冷磬破昏梦""藕肠纤缕抽轻春""蝉衫麟带压愁香""水极晴摇泛滟红""绿湿红鲜水容媚"等诗句，与他的"截取可以调和的诸印象而杂置一处，听其自然融合"[①]的词句相比，就显然可见生涩与圆融之别。这种生硬拗涩的字面与句法，在五七言古体中完全可以允许，但如施之于歌唱的曲词，则不但歌者拗口，听者亦难以入耳。而且他

---

① 俞平伯：《读词偶得》。

的这类长吉体绮艳之作，表现手法也稍觉繁尽，不像他的词含蓄蕴藉。倒是他的某些近体律绝，无论意境、情调和语言都更接近于词。例如《碧磵驿晓思》：

> 香灯伴残梦，楚国在天涯。
> 月落子规啼，满庭山杏花。

《瑶瑟怨》：

> 冰簟银床梦不成，碧天如水夜云轻。
> 雁声远过潇湘去，十二楼中月自明。

前诗以景结情，意境颇似"花落子规啼，绿窗残梦迷"（《菩萨蛮》之六），后诗"作词境论，亦五代冯、韦之先河也。"[1]从以上的对照中可以看出，温诗绮艳的内容显然更适宜于用词的形式来表现，而词的语言与表现手法也跟近体诗更为接近。同样或类似的内容，在五七言古诗中语言不免生硬拗涩，表现未免繁尽，在词里却一变而为婉丽纤秾、含蓄蕴藉，这显然由于词是一种配乐歌唱的歌词，语言的圆润乃是自然的要求。这也是温庭筠的长吉体绮艳之作未见出色，而他用李贺作诗之法填词却取得很大成功的原因。

从元稹、李贺到杜牧、温庭筠，可以看出，内容风格的绮艳，仅仅是诗歌趋于词化的一个条件或方面。诗的词化程度还跟其他一系列因素（诸如题材、意象、意境、语言、表现手法及审美特点等）相联系。李贺、温庭筠的绮艳之作尽管在内容、情调上已经接近词，但由于感情内质、表现手法及语言风格等诸多因素的影响，在审美类型上与婉约软媚的词仍有区别。词坛鼻祖温庭筠的绮艳诗作未必比没有填过词的李商隐的同类作品更接近于词，因为后者在上述方面具有更突出的词化特征。

---

① 俞陛云：《诗境浅说续编》。

二

李商隐的绮艳之作约占其全部诗歌的四分之一。这即使在晚唐绮艳诗风炽盛的时期，也是非常突出的。在这些作品中，词化特征比较显著的大体上有三类。一类是经过改造的"长吉体"艳情诗，如《燕台诗四首》《河内诗》等。一类是用近体律绝形式写的无题诗、准无题诗（如《重过圣女祠》《嫦娥》等）、有题的爱情诗（如《春雨》）和风格绮艳的咏物诗。还有一类是吟咏日常生活情思的小诗。后两类作品数量远比第一类多，词化特征也更为显著。以下从几个主要方面对这些作品的词化特征加以说明。

一是题材的细小化。

从盛唐、中唐的锐意功名进取、放眼江山塞漠、关注国计民生到晚唐的醉心男女情爱，这本身便是诗歌在题材领域内趋于词化的标志。李商隐除了大量创作爱情诗和无题诗以外，还写了许多所咏对象具有细小纤柔特点的咏物诗。盛唐人意气风发，咏物诗也以马、鹰、剑等最富刚健的时代精神的事物为主。这种特点，即使在李贺的咏物诗中也仍然有所体现（李贺有《马诗二十三首》《春坊正字剑子歌》）。但到了李商隐，咏物诗的题材发生了显著的变化。在他九十多首咏物诗中，绝大部分是柳、槿花、樱桃、燕、蝉、蜂、蝶、细雨、灯、泪、肠、袜这些细小而纤柔的事物，其中柳诗达十二首之多，蝶诗、雨诗也各有四首。这几种事物都是在婉约词中出现得很多的，对词的特殊情调、意境的形成起着重要作用。在晚唐著名诗人中，像他这样大量吟咏细小纤柔事物的，还找不到第二人。

二是内容的深微化。

李商隐的绮艳之作，与元白之偏于叙事与写实者不同，主要是抒写深细隐微的心灵感受和近乎抽象的精神意绪。李贺已经开始具有这种主观化的色彩，李商隐则进一步使之朝深细隐微的方向发展。如《燕台诗四首》，其中显然包含着一个悲剧性爱情故事，如果让元、白来写，极有可能写成

《长恨歌》那样的叙事诗。但在李商隐手里，却以四季相思的抒情线索贯串全诗，通过抒情主人公的回忆、思念、怨叹来表现内心深处那种热烈缠绵，执着痴顽而又迷幻历乱的幽忆怨断的情绪，叙事的成分被消融到几乎不见痕迹，只是在主人公的思忆中偶尔闪现若干难以连缀的片段。这种纯粹抒情，而且着重表现深微意绪的特点在他的无题诗中表现得更为突出。"身无彩凤双飞翼，心有灵犀一点通"，不但写出心虽相通而身不能接的苦闷，而且写出间隔中的契合，苦闷中的欣喜和寂寞中的慰藉。"春蚕到死丝方尽，蜡炬成灰泪始干"，也不仅仅是抒写思之悠长、恨之难已，而且透露出一种即使追求无望也仍然要作执着追求的殉情主义精神。诗人所注意的不是爱情事件本身，而是抒写他对爱情的痛苦而深刻的体验，有时甚至只是表现一种可望而不可即的更加抽象的意绪。他的咏物诗也同样具有这种特点。《霜月》的重点，不在描绘霜、月的外在形态，而是在展示霜天月夜一片空明澄澈的自然美的同时，象征性地表现了一种"耐（宜）冷"的精神美。《落花》所着意表现的，则是一种"伤春"的意绪。这种着重抒写深细隐微的内心感受和精神意绪的特点，恰恰是婉约词的特征。

三是意境的朦胧化。

李商隐诗歌意境的主要特征是朦胧，即用象征性的朦胧境界来表现朦胧的情思。这种特点在他的无题诗、准无题诗和一系列艳情诗中表现得尤为突出。成为千古诗谜的《锦瑟》固不待言，就是像"一春梦雨常飘瓦，尽日灵风不满旗"，"红楼隔雨相望冷，珠箔飘灯独自归"，"飒飒东南细雨来，芙蓉塘外有轻雷"等诗句，也都以意境的缥渺朦胧，隐约凄迷著称。纪梦诗和梦的意象频繁出现，对朦胧意境的形成起着重要作用；即使不正面写梦，诗中也常充满朦胧色彩。如《燕台诗》通篇都是抒写一种迷幻历乱的情感，所谓"絮乱丝繁天亦迷"，正可移作这组诗感情境界的形容。推而广之，他的一些抒写日常生活中一时感受、印象或情思之作，如《细雨》《屏风》《日日》等也都具有这种特点。李贺的诗境，是隐晦而不是朦胧，他的有些诗比较难懂主要是由于思路的奇幻和修辞手法的奇特，诗的内容意蕴倒比较实在，李商隐却是把朦胧意境作为一种美的诗歌境界来刻意追求，而且他那种缥渺朦胧的情思也确实适宜用这种意境来表现。而意境和情思的朦胧，也正是婉约词的一大特点。温庭筠的"长吉体"古诗近于李贺之隐晦，而他的《菩萨蛮》诸词却具有意境朦胧隐约的特点。这除了词着重表现深细隐微的内心感受这一内容的因素外，跟词作为一种音乐文学有密切关系。在所有艺术样式中，音乐作为一种"心情的艺术"，它所表现的情感是概括、宽泛的，其形象具有很大的不确定性与朦胧性，可以使欣赏者引起广泛的联想与想象。作为配乐歌唱的词，由于受音乐在表现情感上这种特点的影响，也自然趋向于意境的朦胧隐约。而初期婉约词花间尊前娱宾遣兴的性质，也显然需要曲词本身具有一种与整个享乐氛围相协调的梦幻式的情调气氛。

四是意象的纤柔化。

从诗到词，意象之趋于纤柔是一个显著标志，这跟题材的细小化有联系也有区别。贺裳说："义山之诗妙于纤细。"[1]不仅指其吟咏的生活内容与感情内容趋于细小纤微，而且诗的构成部件——意象也趋于纤细轻柔。在他的绮艳之作中，迷蒙的细雨、飘忽的灵风、婀娜的柳枝、纠结的丁香、啼泪的流莺、凄断的秋蝉成为最富个性特征的意象；红楼珠箔、轻帷翠屏、阑干高阁、纱窗回廊、落花枯荷、夕阳斜照等婉约词中最常见的意象也大量出现在他的诗中。在这方面，他与李贺、温庭筠都有所不同。尤其是长吉诗，其意象每多幽峭奇幻的色彩，动态性意象更显得峭硬而富有力度。

五是语言的圆润化。

语言和意象有密切关联，前者是后者的物质外壳和表现形式。义山的绮丽之作，在语言上跟李贺、温庭筠一样，都具有"丽"的特点，但李贺的"丽"往往跟奇诡、峭硬、生涩联系在一起，有时甚至"奇而入怪"，评家多谓长吉体生涩奇峭，"墨痕不化"[2]，确实如此。温庭筠仿长吉体的古诗，其语言除了表现出其特有的侧艳、轻艳的个性特点外，如前所举，

---

① 贺裳：《载酒园诗话》。

② 纪昀评语，见《李义山诗集辑评》。

仍然保留了李贺式的生硬拗涩。只有他的一些近体律绝，语言比较自然流丽，但这并非他在体裁上之所长。李商隐的诗歌语言，则以精丽圆融为特点。他的某些长吉体诗，固然还残留着一些拗涩的诗句，但集中体现他诗歌主导风格的近体律绝，其语言则既典丽精工又珠圆玉润，一点没有不和谐、不调匀的痕迹。他的《无题》《锦瑟》诸诗，意境虽朦胧隐约，语言却极清丽圆融，他如《夜雨寄北》《端居》《代赠》（楼上黄昏）、《离亭赋得折杨柳二首》等作，无不具有"水精如意玉连环"式的风格。这种珠圆玉润的诗歌语言与象征暗示的表现手法融合起来，造成了一种充分词化的语言风格。

以上所提到的这五个方面，归结到一点，就是李商隐的绮艳之作在审美类型上较李贺、温庭筠的同类作品更接近于词。无论是晚唐五代以温庭筠为代表的香艳词风，还是整个唐宋婉约词，从审美类型上看，都属于婉丽纤柔、温润妩媚的优美型、阴柔型，甚至可以说是一种最具女性美的类型。从读者方面来说，他们从婉约词中感受到的也是一种柔美温婉的诗意滋润，而不是尖锐强烈的刺激。这是跟婉约词的内容多表现离情别绪、春愁秋恨，意象纤柔轻细，语言圆融清丽等特点分不开的，也跟词多付女声歌唱密切相关，所谓"非朱唇皓齿无以发要妙之音"[1]、"唱歌须是玉人，檀口皓齿冰肤"[2]，都说明这一点。李贺的绮艳之作，由于往往寄寓其"哀愤孤激之思"，又好用奇幻诡怪的想象和生硬拗涩的语言，因此给予读者往往是一种带有强烈刺激性的美感，而不是柔美的诗意滋润。即使是那些写得非常华美秾艳的诗篇，也同样带有病态的刺激性。他的《将进酒》，写一个热烈的宴饮场面，这是后来词中常见的题材，但在李贺笔下，却写得极富刺激性效果。在一片以红色为基调的氛围中，透出了对生命行将消逝的深刻恐惧和极端感伤。那红色的酒，红色的杯，乱落如红雨的桃花，以及庖厨中"烹龙炮凤玉脂泣"的声音，罗帷绣幕中的阵阵香气，伴着龙笛鼍鼓的欢歌狂舞，处处都给人以感官上、心理上的强刺激，在目眩

---

[1] 王炎：《双溪诗余自序》。

[2] 李方叔：《品令》词。

神迷中唤起一种及时行乐的亢奋与沉醉。这种强烈的刺激正是诗人内心深刻苦闷的一种宣泄与补偿。而色彩同样秾艳的李义山《燕台诗》，所表现的却是抒情主人公对悲剧性爱情的热烈追忆与深情哀挽。尽管情调非常伤感，但对已经消逝的美好人事情景却充满了向往依恋，尽管惘然，也要追忆，而在回味追思中自有一种滋润心田的悲剧性诗美在流动回旋。表面上，这仍然是长吉体，但实际上已经变李贺的刺激型美感为滋润型美感，作了脱胎换骨的改造。他的近体，则正如缪钺先生所指出的，是"用李贺古诗象征之法于律诗之中……去其奇诡而变为凄美芳悱"[①]，可以说是更成功地实现了上述转变。

总之，中晚唐诗坛上以李贺、温庭筠、李商隐为代表的绮艳一派，是五七言诗向成熟的词转化过程中的一座桥梁。如果说，李贺的绮艳诗从内容、情调及某些表现手法上成为由诗向词转化的开端，那么李商隐的绮艳诗则进一步变"长吉体"的意境晦涩为朦胧，变语言的拗涩为圆融，变刺激型美感为滋润型美感，使五七言诗向词靠近了一大步。可以说，李商隐是五七言诗词化过程中一个带终结性的人物。

三

每一种新兴的文学体裁，在它的成长发展过程中，总是要继承在它以前的文学体裁，特别是性质相近或有亲缘关系的文学体裁的艺术经验。词，作为一种具有严格音乐形式的抒情诗，它的成熟，本来就跟汲取五七言诗，特别是李贺一派主观化特征突出、内容风格绮艳的诗歌创作的经验密切相关。词在成熟以后，仍然不断地从五七言诗汲取营养。由于多种原因，在很长时期内，词的风格一直以婉约绮丽为主，因此，李贺、温庭筠、李商隐等中晚唐绮艳诗风的代表也一直成为婉约词的主要学习继承对象。北宋后期著名词人贺铸说："吾笔端驱使李商隐、温庭筠常奔命不

---

① 缪钺：《诗词散论·论李义山诗》。

暇。"①南宋著名词论家沈义父《乐府指迷》也说："要求字面，当看温飞卿、李长吉、李商隐及唐人诸家诗句中字面好而不俗者，采摘用之。"实际上，这种学习继承远不限于采摘字面，而是涉及许多更重要的方面。在婉约词的发展过程中，作为五七言诗词化趋势的终结者，李商隐的诗歌有着特殊重要的影响。在探讨这个问题时，有两点值得注意：一是后代词家向前代诗人学习时，一般都是把他的整个创作作为对象，在涵泳体味中受到潜移默化的影响，而不大可能像对待类书那样专门撷取其辞藻字面；二是这种汲取或借鉴，固然要适合词在成熟以后形成的特殊体性风格，但并不只局限于上面已经指出的那些词化特征。一个诗人的创作对词的影响，固然与其诗歌的词化特征及程度密切相关，但有时更深刻而内在的影响倒恰恰是其创作的特殊的诗的素质，从这个认识出发，可以看出义山诗对唐宋婉约词的主要影响有以下几个方面。

第一，在绮艳之中融入身世时世之感与人生感慨。这是义山诗最突出的创作特征，所谓"寄托深而措辞婉"②、"沉博绝丽"③、"意多沉至，语不纤佻"④等评语，都离不开这个特征。抒写身世之感与人生感慨，本来是诗的内容与素质，跟功能上单纯为了娱宾遣兴、内容上单纯表现艳情绮思的晚唐五代文人词是有显著区别的。因此义山这种绮艳中寓慨的诗风对花间词的影响并不明显。只有韦庄的某些词篇（如《菩萨蛮》五首）"似直而纡，似达而郁"⑤，颇寓乱离时代的人生感慨，但由于韦词清疏的作风与义山诗之沉博绝丽迥然有别，人们一般不大注意到他们在抒情寓慨方面的相似点。南唐词是词由"伶工之词"向"士大夫之词"、由单纯娱宾遣兴向个人抒情寓慨转变的时期，也是义山诗于绮艳中寓慨的特征对词产生较明显影响的时期。冯延巳和李璟，处于风雨飘摇之危境，其词作虽仍抒写离情别绪，但其中已自然渗透对时世人生的悲凉感受。冯延巳的"河

① 《宋史·文苑传》。
② 叶燮：《原诗》。
③ 朱鹤龄：《李义山诗集笺注序》引钱谦益语。
④ 施补华：《岘佣说诗》。
⑤ 陈廷焯：《白雨斋词话》。

畔青芜堤上柳，为问新愁，何事年年有"，便包蕴着一种由时代氛围所酿成的说不清、排不开的愁绪，而"楼上春山寒四面，过尽征鸿，暮景烟深浅"的景象，更使人联想起义山《夕阳楼》诗的意境。冯煦说冯延巳"俯仰身世，所怀万端……周师南侵，国势岌岌……危苦烦乱之中，郁郁不自达者，一于词发之"①，虽或过当，但他有些诗中流露时世之感，则是事实。李璟的"菡萏香销翠叶残，西风愁起绿波间"之句，被王国维称为"大有'众芳芜秽，美人迟暮'之感"②，而另一首《摊破浣溪沙》（手卷珠帘上玉钩）则在"春恨"中寄寓着落花无主的身世家国之感，其造语取象明显受到义山《无题》（相见时难）、《落花》《代赠》（楼上黄昏）诸作的影响。李煜后期词，"眼界始大，感慨遂深，遂变伶工之词为士大夫之词"③，从"自是人生长恨水长东""流水落花春去也，天上人间"的深沉感慨中，仿佛可以听到李商隐"深知身在情长在""人世死前唯有别""天荒地变心虽折，若比伤春意未多"的声音在回响。从表面看，义山诗与李煜词，一婉曲，一直抒；一彩绘，一白描；一密丽，一清疏；一朦胧，一明朗，风貌似乎迥异。但就感情的真挚与感慨的深沉而言，却有着本质的一致。他们的创作正分别代表了诗、词领域内抒写人生感慨的最高成就。词里本来没有抒写人生感慨的传统，李煜在这方面的成就，决定的因素当然是生活，但也是词在扩大抒情功能的过程中向诗歌学习继承的结果。而且李煜在抒写人生感慨时，也并没有脱离"雕阑玉砌"、花月春风的绮艳生活和繁华旧梦，这与义山诗于绮艳中寓慨的特征也是一致的。北宋前期承平日久，上层社会享乐之风甚盛，但词风却主要继承南唐的抒情遗风。刘熙载说："冯延巳词，晏同叔得其俊，欧阳永叔得其深。"④晏殊的诗歌，深受李商隐的影响，他的《无题》（油壁香车不再逢）风格清丽，极近词境；他的词也每于流连光景、伤感时序中寓有轻淡的人生感喟。"无可奈

---

① 冯煦：《四印斋刻〈阳春集〉序》。
② 王国维：《人间词话》。
③ 王国维：《人间词话》。
④ 刘熙载：《艺概·词曲概》。

何花落去，似曾相识燕归来"，"昨夜西风凋碧树，独上高楼，望断天涯路"，或因其含蕴的丰厚，或因其境界的高远，每能给人以哲理的启迪与人生境界的联想。欧词亦每于时序风物的怅触中融入人生感慨，"人生自是有情痴，此恨不关风与月"，更由眼前的离别扩展到对整个人生的悲慨。晏几道的落拓身世与缠绵感情都类似义山，其词每抒写其旧梦前尘、如幻如电之感。在吟咏歌伎境遇的词篇中，亦常寓有天涯沦落、同命相怜的身世之慨。在北宋前期的词家中，柳永特长铺叙，词风发露，但他那些最有代表性的羁旅行役之作，同样在凄清景色的描绘中渗透身世之悲。北宋后期的秦观，年少丧父，仕途抑塞，于新旧党迭为消长之际，一再受到排抑，身世遭遇颇似义山，前人说他的词"将身世之感，打并入艳情"[1]，"寄慨身世……一往而深"[2]。贺铸词用义山诗语最多，其词亦秾密深隐，有类义山。《踏莎行》（杨柳回塘）隐然将荷花比作幽洁贞静、身世飘零的女子，借以寄寓骚人迟暮的感慨，设色秾丽，意蕴多重，与义山寓托身世的咏物诗一脉相承。李商隐"借托物寄兴的手法披露政治上受打击和仕途不得意的心曲……直接影响了周邦彦的词作风格"[3]。叶嘉莹女士还详细分析论证了其《渡江云》（晴岚低楚甸）于绮丽春光的描绘中"分明漏泄了其中政治托喻之消息"[4]。陈廷焯也说"美成词极其感慨，而无处不郁"[5]。此外，如李清照后期词融身世、家国之慨为一体，姜夔咏物词"寄意题外，包蕴无穷"[6]，吴文英于秾丽中时见沉郁之思，都或隐或显地可以看出义山诗绮艳中寓慨特征的影响，《四库提要》甚至说："词家之有吴文英，犹诗家之有李商隐。"从相提并论中正可见他们间的承传关系。

　　比兴寄托，是中国古代诗歌的老传统。但李商隐诗歌的寄托，却与传统的托物寓志有着明显的区别。一是它所寄托的不是偏于理性的"志"，

① 周济：《宋四家词选》。

② 冯煦：《宋六十一家词选例言》。

③ 沈家庄：《清真词风格论》。

④ 叶嘉莹：《论周邦彦词》。

⑤ 陈廷焯：《白雨斋词话》。

⑥ 周济：《介存斋论词杂著》。

而是融和着生命血肉的"情",是对悲剧性身世和人生的深沉悲慨。二是它并非从理念出发,为了表达某种概念化的"志"去刻意寻找一个托志之物,使物成为概念的图解,而是往往因事、因物甚至因情而起情,自然联及人生际遇,融入人生感慨。从创作过程来说,这种寓托往往是一种触着式的联想,而不是"志"与"物"的明确比附。正因为这样,李商隐诗的寄托往往带有不自觉的性质和寄兴深微的特点,他的一部分托寓似有若无的无题诗,以及《嫦娥》《霜月》《重过圣女祠》《落花》《梦泽》《楚吟》诸篇,都具有这种"令人知其意而不敢指其事以实之"①的共同点。而这种自然触发、自然流露的纯感性的寄托,对词的影响比传统的托物寓志方式要大得多。况周颐《蕙风词话》论词之寄托说:

> 词贵有寄托。所贵者流露于不自知,触发于弗克自已。身世之感,通于性灵,即性灵,即寄托,非二物相比附也。横亘一寄托于搦管之先,此物此志,千首一律,则是门面语耳,略无变化之陈言耳。

况氏所斥的"此物此志,千首一律"的寄托,实即托物寓志之末流,也就是那种根据教条化的理论、程式化的手法、类型化的喻物、公式化的语言所拼凑出来的主题先行的寄托。而"身世之感,通于性灵"的寄托,则无疑是一种更重视艺术创作规律和诗歌感发力量的更高级的寄托。义山诗的深层意蕴多因触事(物、情)而兴慨,表现得比较隐微,词中成功的寄托也多是这种类型的。从这里可以看出义山诗的寄托与词的寄托一脉相承的关系,也可以窥见由诗到词的演变中,寄托由志到情、由显到隐、由有意向无意转化的趋势。词的这种流露于不自知的寄托,跟词的自我抒情化的自然进程是一致的。尽管词在相当长的时间内,其创作的直接目的是娱宾遣兴,但一些优秀的词人在创作过程中总是"触发于弗克自已",在表现春愁秋恨、离情别绪时不同程度地融入个人的身世与人生感慨,在发展着个人抒情倾向的同时,也发展着这种无寄托的寄托。

---

① 冯浩:《玉溪生诗笺注》卷五《楚吟》笺语。

第二，表现感伤情调和感伤美。这是义山诗贯串一切的审美特征，既纵贯其整个创作历程，又横贯其一切题材、体裁的诗歌。他虽以“刻意伤春复伤别”推许杜牧，实际上在晚唐主流派诗人中，最能体现“伤春伤别”特征的正是他自己。小杜生性豪迈俊爽，诗中每逸出一股豪宕奇峭之气，多少冲淡了因时代与身世而引起的感伤；有时他又以旷达来淡化伤感，如“尘世难逢开口笑，菊花须插满头归。但将酩酊酬佳节，不用登临恨落晖”就是显例。而温庭筠的诗，却很少流露伤春悲秋意绪，相反倒往往充溢着一种春天的色彩与情调。如：“裂管萦弦共繁曲，芳尊细浪倾春醁”（《夜宴谣》）、“晴碧烟滋重叠山，罗屏半掩桃花月”（《郭处士击瓯歌》）、“珂马珰珰度春陌，掌中无力舞衣轻”（《张静婉采莲曲》）、“参差绿蒲短，摇艳云塘满。红潋荡融融，鹦翁瀏鵪暖”（《黄昙子歌》）、“桥上衣多抱彩云，金鲜不动春塘满”（《照影曲》）、“锦雉双飞梅结子，平春远绿窗中起”（《吴苑行》），以浓墨重彩描绘春色之美、游冶之盛，与义山诗之充满伤春悲秋意绪显然异趣，前人多谓温诗侧艳，当与这类描写之多有关。温词与整个花间词，虽也有伤离的情绪，但基本上也是这种秾艳的风格。因此，义山诗的感伤情调对花间词的影响并不显著，它的影响主要是在南唐词及以后，与上一方面的影响基本同步。南唐词即使写到春天，也常常充满深刻的伤春情绪，如“绿树青苔半夕阳”“砌下落花风起，罗衣特地春寒”“青鸟不传云外信，丁香空结雨中愁”“林花谢了春红，太匆匆”“帘外雨潺潺，春意阑珊”等句，都与以秾艳色调渲染春色春意的花间作风迥异，更不用说“菡萏香销翠叶残，西风愁起绿波间”“昨夜风兼雨，帘帏飒飒秋声”等充满悲秋意绪的词句了。可以说词的成熟虽在晚唐，但词的典型审美音调的形成却是在南唐。从此以后，伤春悲秋，不但成为婉约词的基本主题，也成为它的主调，一直贯串到南宋。柳永词在内容、体制，手法、语言等方面，对传统词风都有明显革新，但他词中所着意表现的悲秋意绪和羁旅凄凉况味，却是遥承宋玉，近祧玉溪，一脉相传。晏殊是所谓太平宰相，以善写富贵景象著称，但在安恬旷达的外表下仍然时露时序流逝的伤感与惆怅；欧阳修词风比较清疏明快，而

《蝶恋花》（庭院深深深几许）、《玉楼春》（尊前拟把归期说）等阙，同样表现了深刻的伤春伤别之情。小晏与秦观，被词论家称为"古之伤心人"①，他们的词也最具感伤主义特征。夏敬观说："叔原以贵人暮子，落拓一生，华室山邱，身亲经历，哀丝豪竹，寓其微痛纤悲。"②秦观词亦特擅言愁，善于描绘凄惋的境界。贺铸词颇秾丽，且有壮词，但真正使他获得声誉的却是"江南断肠句"。而这首秾丽中含有幽凄情绪的《青玉案》，无论遣词造境，都明显受到义山诗的影响。李清照也是工于言愁的词家，其词虽多白描与直抒，近李煜，但无论前期的《醉花阴》（薄雾浓云愁永昼），还是后期的《声声慢》《永遇乐》《武陵春》，其感伤情绪之深刻都超过前人。《声声慢》直是一篇悲秋赋。姜夔以健笔抒柔情，与香艳软媚的传统词风固然异趣，但其感伤的内质却无二致。《扬州慢》感时伤世，于清峭中寓无限感怆；《鹧鸪天》（肥水东流无尽期）感念旧情，于"人间别久不成悲"的淡语中含深沉悲慨。逮及南宋末期，国运日颓，王沂孙、周密、张炎等人的词作中，更充满了以秋蝉、斜阳、啼鹃等凄凉意象组成的秋声秋境。"病翼惊秋，枯形阅世，消得斜阳几度？余音更苦。"正是这一时期的典型音调。

文学作品中表现感伤情调源远流长，从宋玉《九辩》以来，历代诗赋中一直不绝如缕地在发展。但在李商隐之前，不但未能成为一个时代的文学主潮，也未能在一种文学体裁甚至一个作家身上成为一种主调。李商隐可以说是五七言诗领域内感伤主义的集中体现者。尤为重要的是，他把感伤情调作为一种美来自觉地加以追求。无论是"秋阴不散霜飞晚，留得枯荷听雨声"，还是"何当共剪西窗烛，却话巴山夜雨时"，都可以看出，表现感伤情绪，在他不只是感情的宣泄，更是自觉的审美追求。由于他的感伤气质和悲剧心态，他在表现感伤情调时完全是自写性灵，毫无造作，再加上绮艳的文采，遂使感伤情绪的内蕴成为一种诗美。经过他的自觉努力，这种感伤美终于在文学领域内取得了可与其他类型的诗美并驾齐驱的

---

① 冯煦：《宋六十一家词选例言》。
② 《夏评〈小山词〉跋尾》。

地位。由于这种感伤美相当典型地反映了封建社会向后期转变阶段许多失意知识分子的审美心理，因此它在词这种纯粹抒情的文学样式中，特别是在婉约词这种以抒写伤春悲秋、离愁别绪为主的作品中，便得到极大的发展。婉约词内部尽管还可以分出更细的派别（如花间、南唐、柳永、秦周、易安、白石、梦窗等体），但在情调感伤这点上，几乎没有多少例外，只存在程度的差别和具体内涵的差异。婉约词最主要的审美特征，就是内涵及情调的感伤；感伤，是婉约词最典型的审美音调。"少年不识愁滋味……为赋新词强说愁"，正说明传统婉约词的特性就是"说愁"。从这点上看，义山诗的感伤主义特征对伤春伤别的婉约词的影响是十分深远的。

第三，时空交错与跳跃的章法结构。这一特点，在李贺诗中已表现得相当突出，"忽起忽结，忽转忽断，复出傍生"[1]。但长吉诗这种兔起鹘突式的结构章法是跟他的"如崇岩峭壁，万仞崛起"[2]的文思体势相联系的，给人一种峭急奇险的美感。义山诗对此加以继承与改造，变峭急奇险为缥缈变幻，回环往复。他的长吉体古诗《燕台诗》《河阳诗》等，在抒情过程中常常凭感情意念的活动将不同时间、空间的情景交错加以映现，而略去其间的过渡联系，使人眼花缭乱，难寻端绪；就是他的近体律绝，如《锦瑟》《无题》《夜雨寄北》等，也呈现出这种特点。词的章法结构，由于韵律的多变与音乐上的分片，较五七言诗更明显地呈现出时空交错跳跃的特点，特别是长调，更多采取这种抒情手段和章法结构。其中最有代表性的莫过于周邦彦与吴文英。周词的结构，"主要是今昔的回环和彼此的往复。……今昔是纵向的，彼此是横向的。今昔与彼此的交错造成一种立体感。"[3]他的一系列名作如《瑞龙吟》（章台路）、《兰陵王·柳》《玉楼春》（桃溪不作从容往）等都普遍采用这种章法结构，《兰陵王·柳》更将现境与昔境融成一片，在同一空间融合不同时间的情事，甚至把将来的情事也融入现境之中。李义山的《夜雨寄北》身在巴山夜雨之现境，而诗思

---

① 钱锺书：《谈艺录》。

② 《旧唐书·文苑传》。

③ 袁行霈：《中国诗歌艺术研究·清真词的艺术特色》。

飞到故国的故人西窗之下，剪烛夜话的内容又是今夕的巴山夜雨，时空跳跃，现境与将来之境交融，极富回环变化的结构之美，这种手段在美成词中就常常运用。吴文英词在这方面有更进一步的发展。他之所以被称为"犹诗家之有李商隐"，之所以被讥为"七宝楼台，拆碎下来不成片段"，都跟运用这种结构手段的得失有密切关系。其实，这种手段在小令中也常有运用，晏几道的《临江仙》（梦后楼台高锁）便是典型的例证。

此外，如象征暗示的手法和朦胧隐约的诗境以及清丽柔婉的语言，对婉约词都产生过相当重要的影响，由于在义山诗的词化特征中已分别提及，词在这些方面的特性又为人所习知，就不再一一展开论述了。

［原载《安徽师范大学学报》（哲学社会科学版）1988年第3期］

李商隐的托物寓怀诗及其对古代咏物诗的发展

　　李商隐是唐代写作咏物诗数量达百首以上的少数几位诗人之一。[①]在他的整个诗歌创作中，咏物诗是和咏史诗、无题诗鼎足而三，最富艺术独创性的一大类作品。这百余首咏物诗类型多样，成就各异，其中尤以托物寓怀之作最具个性特色，且对古代咏物诗的传统有明显发展。本文着重从这一角度对其托物寓怀诗作一些探讨。

一

　　在李商隐之前，咏物诗大体上经历了以下几个发展阶段。

　　从先秦到南朝初期，是古代咏物诗的第一个发展阶段。《诗经》中虽无完整的咏物诗，但其描摹物态、托物起兴、借物喻人等艺术手段，实已孕育着后世各种不同类型的咏物诗的萌芽。屈原的《橘颂》，是古代第一篇完整而臻于成熟的咏物诗，它所开创的托物寓志的传统，历汉魏晋宋，一直不绝如缕地得到继承，成为这一阶段咏物诗的主要体式，其中如班婕妤的《怨歌行》、刘桢的《赠从弟三首》、曹植的《吁嗟篇》、陶潜的《饮酒·青松在东园》、鲍照的《梅花落》等，都是艺术上相当成功之作。这一阶段，咏物诗的数量不多（现存约五十首），但大都有所托寓，诗人咏

---

　　① 咏物诗达百首以上的，唐代有李峤、白居易、李商隐、陆龟蒙四人。杜甫亦近百首。

物只是手段，目的在于言志、喻人、讽世。对物本身，一般不作具体细致的描绘刻画，仅就所要寓托的内容对物的相应特征作大体勾画与形容。可以说，它们是一种略貌取神、因物喻志的比体咏物诗。

从齐梁到唐初，是古代咏物诗的第二个发展阶段。咏物诗数量猛增，成为诗歌中占重要地位的题材品种，其性质与特点也起了明显变化。尽管仍有少量借物托寓之作，但绝大部分都是单纯体物，别无寄寓。其共同特点是对所咏之物的外在形貌作比较具体细致的描绘刻画，而不注重传达物的内在精神气韵，表现诗人的情志。这种单纯体物之风的兴盛与长期延续，与宫廷贵族、上层文人狭隘空虚的生活及追求雕饰华靡的审美趣向有密切联系。他们所咏之物，多为宫廷日常生活中习见的事物，而且往往君臣上下多人同赋一物，甚至有咏领边绣、脚下履、袜褶（女人胁衣）的。这种咏物诗实际上是宫体诗的一个重要组成部分。南齐贵族文人谢朓，首开大力写作此类作品的风气。梁代诸帝，更以宫廷文学集团首领的身份倡导咏物诗的写作，其中简文帝萧纲，现存咏物诗五十余首，成为南朝写咏物诗最多的诗人。此外，南朝的许多著名诗人，如王融、范云、沈约、何逊、吴均、庾肩吾、阴铿以及王褒、庾信等无不染指于此，甚至为咏物之大家。历隋代初唐，此风不衰。李峤写了一百二十首杂咏诗，犹如一组规模巨大的咏物诗谜，可谓齐梁以来这类咏物诗的回光返照。从总体上说，这一阶段的咏物诗思想与艺术价值都不高，但在体物的工细方面较上一阶段却有进展。可以说，它们是一种以图形写貌为主要特征的赋体咏物诗。

从初唐后期开始，咏物诗进入一个新的发展阶段。陈子昂对"彩丽竞繁，而兴寄都绝"（陈子昂《与东方左史虬修竹篇序》）的齐梁以来绮靡诗风的批评，就是首先针对咏物诗而发的。在新的时代条件和这种理论批评的推动下，咏物诗又向第一阶段重比兴托寓的传统回归，而且出现了一批优秀之作，像骆宾王的《在狱咏蝉》、陈子昂的《感遇·兰若生春夏》、郭震的《古剑篇》以及稍后的张九龄《感遇·兰叶春葳蕤》等。它们不但有兴寄，有风骨，蕴含着慷慨贞刚的情思，艺术上也较前人更加成熟。同时，还出现了像贺知章的《柳》这种虽无寄寓，却具巧思与诗情的佳作。

这意味着咏物并不一定都要有寓托，单纯咏物，甚至巧为形似之言照样可以极富艺术魅力，关键在于诗人对所咏之物是否有新鲜独特的诗意感受。但紧接着到来的盛唐诗人，或醉心于雄奇的塞漠风光，或流连于幽静明秀的山水田园景色，似乎对身边显得琐细平常的"物"缺乏浓厚兴趣，因此咏物诗数量不多。迄至杜甫，咏物诗的创作方掀起一个高潮。杜甫咏物诗近百首，颇多寄托遥深之作。除早期所作《房兵曹胡马》《画鹰》《高都护骢马行》等表现盛唐人慷慨壮大情思外，大都取材于病残枯萎或弱小细微事物，如病柏、病橘、枯棕、枯楠、病马、苦竹、孤雁、萤火、鸂鶒、花鸭、白小、丁香、栀子等，藉以寄托他对那个苦难社会中许多受摧残的、病态的、微弱的人物的悲悯怜惜或劝喻嘲讽，"皆以自己意思，体贴出物理情态，故题小而神全，局大而味长。"（清张谦宜《絸斋诗谈》卷四）只是由于杜甫其他题材的诗作艺术成就更高，咏物诗的成就不免为其所掩。杜甫以后，中唐咏物诗呈多样化发展态势：刘、柳的寓言讽政，元、白的托物寓理，韩愈之极态穷形，李贺之借物抒慨，都各有所至。但总的来说，并没有突破性进展。

从上面对李商隐之前历代咏物诗发展的简要描述中可以看出，尽管已经出现了不少优秀的咏物诗，并形成了借物托寓和单纯体物这两种传统，但在内容和艺术表现方面都还存在相当大的发展余地，留待后起者作进一步的探索创造。

二

李商隐的咏物诗，在继承前人传统的基础上兼具多种类型，其中既有托物寓志、喻人、讽世之作，也有单纯咏物之作，其艺术质量亦精粗高下杂陈。但最能体现其咏物诗艺术特征、代表其艺术成就的，则是托物寓怀之作。从发展传统的角度来考察，他的这类诗最主要的特色与贡献，是实现了从类型化到个性化的转变。

从题材上看，他的这类作品所咏之物多属自然界与日常生活中一些细小纤柔的事物，如动物中的蝉、蜂、蝶、莺、燕、鸳鸯，植物中的柳、樱桃和槿花、杏花、李花等弱质易凋之花，自然现象中的细雨、微雨，日常生活中的泪、肠、灯等，其中柳诗多达十五首。李商隐很少咏及巨大而具有壮美崇高感的事物，诗集中咏松、柏的仅三首，其中一首还是小松。即使是高松这种在传统的咏物诗中多象征崇高贞刚品性的事物，在他笔下也显得闲静幽雅："客散初晴后，僧来不语时。有风传雅韵，无雪试幽姿。"这相当典型地表现了其审美个性。

如果进一步对他这类咏物诗所寄寓的内容作一番考察，就能更清楚地看出其个性化特征。

借咏物寄慨个人身世境遇，是李商隐咏物诗内容的主要方面。这类作品约占其全部咏物诗的一半，可见他是有意识地大量创作而非偶有所感而涉笔。他少年时期写的《初食笋呈座中》，把自己比作初出林的嫩笋，在表露凌云壮心的同时，着意抒写了遭受剪伐的忧虑。开成三年因遭忌毁致使宏博不中选，他在《回中牡丹为雨所败二首》中借牡丹遭雨凋败象征自己受摧抑而"先期零落"的命运。中年时期所作的《蝉》，则寓托着自身贫困梗泛的境遇和对冷漠无情的环境的感受。晚年所写的《锦瑟》，更借锦瑟弦柱所奏出的悲声象征一生的悲剧境遇，曲传悲剧心声。可见借咏物寄慨身世，贯串着他的整个创作历程，在嫩笋、牡丹、秋蝉、锦瑟等"物"身上，不但映现出诗人不同人生阶段的面影，而且凝聚着诗人这样一个"内无强近，外乏因依"（《祭徐氏姊文》），"沦贱艰虞多"（《安平公诗》）的寒士特有的感情、心态与气质。此外，如"已带斜阳又带蝉"的衰柳，"可怜荣落在朝昏"的秋槿，"不待作年芳"的早梅，"自明无月夜，强笑欲风天"的李花，"援少风多力""失路入烟村"的杏花，"为恋巴江暖，无辞瘴雾蒸"的北禽，"只知防浩露，不觉逆尖风"的蝶，"红壁寂寥崖蜜尽，碧檐迢递雾巢空"的蜂，"皎洁终无倦，煎熬亦自求"的灯等一系列物象身上，无不寄寓着诗人种种不幸境遇和对环境的独特感受。清人吴乔说："诗中亦有人也。人之境遇有穷通，而心之哀乐生焉。……诗而有境有情，则自有人在其中。"（吴乔《围炉诗话》）陈仅更强调咏物诗"必因物以见我，方有佳咏"（陈仅《竹林答问》）。李商隐这类借物寄慨身世之作正是诗中有人、因物见我的典型。

借咏物寄寓人生感慨，是李商隐咏物诗内容的又一重要方面。这跟寄慨个人身世境遇既有联系，又有区别。因为诗人所寄寓的已不限于一己之遭际，而是在此基础上延伸和深化了的内涵更为深广的人生体验和带有某种普遍性的人生感慨。下举三首咏柳诗，就寓含着内容不同的人生感慨。先看《柳》：

> 曾逐东风拂舞筵，乐游春苑断肠天。
> 如何肯到清秋日，已带斜阳又带蝉！

曾在融怡明媚的春天随春风轻拂舞筵，而今映带斜阳暮蝉的秋柳身上，固有诗人短暂的春风得意的往昔与憔悴困顿的当前的面影，但又蕴含着"先荣者不堪后悴"这种更广泛的人生体验与感慨。柳的形象甚至可以使人联想起白居易笔下的琵琶女、杜牧笔下的杜秋娘一类人物。而《关门柳》：

> 永定河边一行柳，依依长发故年春。
> 东去西来人情薄，不为清阴减路尘。

则又在感慨"人情薄"之中透出生活之无情。因为生活总是迫使人们离乡背井，仆仆道途，扬尘蒙柳。这里自然也含有诗人平生驱驰东西南北的生活体验，但又不局限于自身的奔波漂荡之苦。他的《离亭赋得折杨柳二首》，借歌咏离亭杨柳，抒发了"人世死前唯有别"这种深沉的悲慨；在这里，个人的别离之悲已经完全融入普遍的人生感慨之中，不见痕迹了。此外，如《题鹅》有慨于"眠沙卧水"的鹅不懂得同情孔雀"羁雌长共故雄分"的处境，《鸳鸯》因"雌去雄飞""云罗满眼"而发出"锁向金笼始两全"的悲慨，《泪》强调"青袍送玉珂"之泪比人世间许多悲痛之泪更为伤心彻骨，都在融和着个人身世之感的同时寄寓着更深一层的人生感慨。他的《乐游原》五绝和《晚晴》虽非咏物之作，但其中的警句"夕阳无限好，只是近黄昏"，"天意怜幽草，人间重晚晴"，所蕴涵的带有人生哲理意味的感慨，却是由"夕阳""幽草"等物触发的，从中正可见其触物兴怀，又托物寓怀的创作特征。管世铭谓"夕阳"二句"消息甚大"（管世铭《读雪山房唐诗序例》），田兰芳谓"天意"一联"于闲处用大笔"（冯浩《玉溪生诗笺注·晚晴》笺引），都道出其托寓内容之深广。这与其咏物诗因物兴感、借物寄慨的特点是声息相通的。

借咏物寄寓某种深微的精神意绪，表现某种感情境界，是李商隐这类托物寓怀之作更深层的内容。较之人生感慨，它的内涵更为虚泛，是一种在切身境遇和人生体验基础上进一步升华了的"高情远意"。《霜月》：

> 初闻征雁已无蝉，百尺楼南水接天。
> 青女素娥俱耐冷，月中霜里斗婵娟。

诗人将秋夜霜月交辉之景想象成霜、月之神在清冷高寒的环境中"斗婵娟"，从而象征性地表现了一种"耐（宜）冷"的精神。这是一种与清冷而高远的环境相称的超凡脱俗的风神意态之美，一种环境越清冷就越富有神采的精神之美。诗人虽身或未能至，而心向往之。在对霜、月的歌咏中，寄寓的正是这样一种高远的精神追求。《落花》：

> 高阁客竟去，小园花乱飞。参差连曲陌，迢递送斜晖。
> 肠断未忍扫，眼穿仍欲稀。芳心向春尽，所得是沾衣。

在花的飘零与人之肠断中所蕴含的，不仅有诗人的身世飘零之感和年华消逝之慨，更有内涵深广得多的"伤春"意绪。落花，不妨看作"伤春"的诗魂之象征。试参较"莺啼如有泪，为湿最高花"，"夕阳无限好，只是近黄昏"（《天涯》《乐游原》）等诗句，更不难体味出"芳心"二句所集中抒写的正是由时代、人生悲剧所酿就的"伤春"之情。

正像一石击水漾起的三个同心波纹一样，以上揭示的三个方面尽管内容越来越虚化泛化，但都或显或隐地与诗人特殊的身世境遇、独特的人生体验及精神意绪分不开。即使是"伤春"这种包蕴深广的抽象意绪，也完全是义山式的，其内容是个性化的。

李商隐托物寓怀诗内容的个性化，与他常常用特有的悲剧眼光、心态去体察、感受事物，从而赋予物浓郁的悲剧色彩密切相关。在他以前的托物寓志之作，大都侧重于正面歌咏"物"的品性，藉以象喻志士才人的人格节操之美，前举屈原、刘桢、陶潜、鲍照、郭震、张九龄诸作，大率如此。像班婕妤《怨歌行》、曹植《吁嗟篇》一类寓托悲剧境遇的为数不多。而义山托物寓怀之作，则每专注于物的悲剧命运。颜色鲜艳而朝开暮萎的槿花，因其适与诗人的才情命运相似而成为他经常赋咏之物，或写其"荣落在朝昏"的命运，或状其殷鲜相杂、啼笑难分的神情（《槿花二首》），或传其"回头问残照，残照更空虚"（《槿花二首》）的神态，可以说诗人在槿花身上发现了自己，也可以说是诗人将自己的悲剧气质、心态赋予了槿花，从而使它成为最具义山个性色彩之花，成为诗人的化身。更能说明问题的是，许多在一般人印象中并不具悲剧色彩的事物，在义山笔下，也染上了浓重的悲剧色调。菊花，常常是高士节操品格的象征，诗人笔下的野菊，却身处辛苦之地，"微香冉冉泪涓涓"；牡丹，本是国色天香，极为富艳之花，诗人却倾注感情于为雨所败的牡丹"一年生意属流尘"的悲剧命运；春风杨柳，原是美好春光的标志，诗人却用它来反衬清秋衰柳之可悲；乃至文彩艳丽的孔雀，旧思新愁牵绕（《和孙朴韦蟾孔雀咏》）；鸣声圆转的流莺，漂荡无枝可栖。正如王国维所说："以我观物，故物皆着我之色彩"（王国维《人间词话》）。

这类诗中所表现的诗人个性，当然不可能像叙事性文学如小说、戏剧中具有鲜明突出个性的人物形象那样丰富、生动、细致，但在表现诗人特有的气质心态方面，却也可以达到传神阿堵的程度。清人施补华在比较虞世南、骆宾王、李商隐三首内容各异的咏蝉诗时分别指出其为"清华人语"患难人语""牢骚人语"（施补华《岘佣说诗》），已初步接触到不同境遇、个性、气质的诗人，即使同咏一物，也会各具个性的问题。这里不妨将义山的《蝉》与《流莺》作一简要比较，以进一步说明同一诗人在吟咏相近事物、表达类似思想内容时所显示的诗人境遇、情感、气质的不同侧面。二诗都分别写到"梗泛""漂荡"的境遇，和它们的"费声""巧啭"，但《蝉》诗突出"高"与"饱"，"费声"与"无情"的矛盾，《流莺》突出的却是"巧啭"之"本意"不被理解的苦闷，和希冀"佳期"却无枝可栖的哀伤。《蝉》所描绘的形象更多清高无助的寒士特征，《流莺》描绘的形象则更多苦闷伤感的诗人气质。义山性格气质中不同的侧面，通过蝉与流莺这两个各具个性特征的形象，被成功地表现出来了。

传统的托物寓志之作，所寄托的"志"往往是类型化的。无论是"独立不迁""深固难徙"的橘树，"冰霜正惨凄，终岁常端正"的松树，还是"草木有本心，何求美人折"①的幽兰芳桂，象喻的都是类型品格，其中很难看到诗人的独特个性。而李商隐的咏物诗，所托寓的主要是诗人独特的境遇命运、人生感受和精神意绪，也就是说，寄寓的不是"这一群"而是"这一个"的心志情怀。这一从类型化到个性化的转变，是李商隐对古代咏物诗托物寓志传统的重要发展。中国古代知识分子具有较强的群体意识，而较少个性的觉醒与追求。他们往往以"士君子"的代表身份赋诗言志、托物寓志，而这种"志"又大都以儒家的政治伦理观念为准则，因而托物寓志诗所寓之"志"便常是合乎儒家政治伦理观念的一般志向品格，而主要不是由个人独特境遇、气质、个性所形成的特殊感情与心态。杜甫的咏物诗对物理人情世态虽有独特感受，但所谓"有赞羡者，有悲悯者，有痛惜者，有怀思者，有慰藉者，有嗔怪者，有嘲笑者，有赏玩者，有劝戒者，有指点者，有计议者"（钟惺《唐诗归》卷二十一），明显侧重于以"物"象喻他人而非重在表现自我，故在体现诗人个性方面终隔一层。李商隐思想性格中本就具有不受儒家传统局限的一面。他公然宣称"道"非

---

① 分见屈原《橘颂》、刘桢《赠从弟三首》之二、张九龄《感遇·兰叶春葳蕤》。

周、孔所独能，反对"学道必求古，为文必有师法"，主张"直挥笔为文"（《上崔华州书》），"咏叹以通性灵"（《献相国京兆公启》），抒写真思想真感情。这些带有离经叛道色彩的言论，显示出他对文学作品表现真实个性的重视。这正是他的托物寓怀诗能表现鲜明个性，实现从类型化到个性化的转变的内在原因。

三

与题材、内容的个性化相联系，李商隐的托物寓怀诗在艺术上也具有鲜明的特色。咏物诗（特别是托物寓志之作）的创作离不开对物与人、形与神、情与理等关系的处理，李商隐托物寓怀诗在上述诸方面对传统都有明显发展。

从物与人的关系看，义山的托物寓怀诗从先前二者比较简单的比附发展为注重整体神合的较高层次的象征。《诗经》中的《硕鼠》《鸱鸮》《蓼莪》诸篇，以物喻人，是单纯的比。屈原的《橘颂》，以"精色内白""绿叶素荣"等象喻诗人自己的内质外美，第一次将象征手法引入咏物诗。但这种象征还带有比较明显的物、我比附痕迹，过分注重象征对象和象征物之间每一局部的一一对应，显得比较拘泥，是象征手法在发展的初期与比喻尚未完全区分时一种比较简单的形式。它的优点（明朗）与缺点（过于显露）往往共生。但这个传统一经形成，即表现出一种惰性，此后长时期中，这种带有简单比附痕迹的象征便常成为托物寓志的程式化表现手段。义山的托物寓怀之作尽管也有少量被评家讥为比附捏凑、苦乏姿媚的，但体现其艺术个性的则是那种注重物与人的整体神合而不斤斤计较局部比附的更加空灵超脱的象征。这是和他此类作品所寄寓的内容本身比较抽象，多为悲剧命运、人生感慨乃至更虚泛的精神意绪分不开的。它们虽往往以触物兴感发端，物、我并提，但随即情随物化，物、我浑然一体。《回中牡丹为雨所败二首》不拘滞于从牡丹的花、叶、香、色等局部进行牵合比附，而是从整体着眼，抒写雨败的牡丹种种感觉、联想、追忆，在展现当前心伤泪迸，不胜暮雨清寒、重阴笼罩的环境之同时，追溯往昔下苑"罗荐春香"之繁华，预想将来零落成尘的凄凉，构成了牡丹命运的三部曲，从而使诗人遭受摧抑后的情绪、心理得到深层而完整的表现，牡丹与诗人，浑融神合。《高松》一反传统咏松诗之着意描写枝干苍劲端正、岁寒青翠不凋的特质，于轻描淡写中显示其幽雅的气韵风神，象征手法运用得洒脱自如，不粘不滞。《霜月》与《落花》，更是通体超忽缥缈的象征。前篇既不着力刻画霜月，更不分别生硬比附，而是在展现霜月交辉的空明澄澈之境的基础上，象征性地表现一种高远的精神追求，着眼于物境与心境的整体神合。后篇则着眼于落花与惜花的诗人"芳心"的感应契合，以曲传"伤春"意绪。这种物我浑融神合、妙绝言诠的象征，正是李商隐对咏物诗运用比兴象征手法的一种发展。

从形与神的关系看，义山托物寓怀诗的显著特征是离形取神，传神空际。齐梁至初唐的单纯体物之作，往往"裁剪整齐而生意索然"（王夫之《姜斋诗话》），属有形无神一类；传统的托物寓志之作，属略貌取神一类；杜甫的借物托寓之作和唐代其他诗人一些优秀的咏物诗，则往往形神兼备。义山的托物寓怀诗与上述三类都不相同。它不是不写物的特征，而是往往撇开其外在形貌特征，从虚处着笔，直接传出内在的精神气韵；而诗人对物的内在特质的感受，又总是带着自己特殊的印记，因而在传物之神的同时也传出了诗人自己的精神气质。他的咏柳名句"堤远意相随"，虽从《诗经》"杨柳依依"化出，但"依依"写柳之情态，形神俱出；而"堤远"句则离形得似，直取其神，故被袁枚誉为"真写柳之魂魄"（袁枚《随园诗话》）。"秋池不自冷，风叶共成喧"（《雨》），传出了秋雨的凄其寒意，同样是离形入神的化工之笔。《蝉》在这方面尤为典型。起手即撇开蝉的外在形貌特征，将它人格化，赋予它"高难饱"的清高寒士气质，直传其悲鸣寄恨而"徒劳"的悲慨。颔联更将蝉鸣稀疏欲断的神韵与所栖之树油然自碧相对照，把人格化的蝉对冷漠无情的环境悲苦无告之感传神地表现出来。这种描写，纯然是把蝉当作有知觉、有感情的人来写，而且表达的是义山这样一个有着清高品质、梗泛身世而又承受着冷漠环境压抑的士人的心态。评家谓此诗"取题之神"（沈德潜《唐诗别裁》卷十二），"意在笔先"（纪昀《玉溪生诗话》卷上），正道出其离形取神、传神空际的特点。在这方面，它比虞世南的《蝉》、骆宾王的《在狱咏蝉》更加脱略形迹，因为虞、骆二作都分别写到了"垂缕""玄鬓影"等外在特征。他的《十一月中旬扶风界见梅花》同样不对梅花的外在形貌作具体描绘刻画，而是取题之神，从"早"字生意，专写它非时早秀、不与年芳的悲剧命运，"素娥、青女一联，……用意稍深，着色稍丽，然下联即放缓一步，以淡语空际写情。其余各联，均出以雅淡之笔，不肯着力形容，可见梅诗所贵在淡静有神矣。"（朱庭珍《筱园诗话》卷四）试比较张谓、许浑、齐己等人的早梅诗，或写其"一树寒梅白玉条"，或状其"素艳雪凝树""禽窥素艳来"，都离不开对其颜色的形容刻画，与义山之作空际写情、离形取神有别。《柳》（曾逐东风）对柳枝柳叶等概不作正面描写，只将"拂舞筵"的春风杨柳与映带斜阳暮蝉的清秋衰柳作对照，于虚处烘染，而无限昔荣今悴之慨皆寓其中。这种传神空际的咏物诗，正像写意画一样，是咏物诗在形神关系处理上的一种新发展。他写斜阳映照下的槿花："回头问残照，残照更空虚。"槿花暮萎，适与一抹残照的命运相类。诗人由此生出槿花"回头问残照"的奇想，又进而幻设出槿花感觉中"残照更空虚"的神情。单看此联，几疑所写的不是槿花，而是满怀生命枯萎之空虚失落感的诗人自己。诗人盖非目接而以神遇，方能直摄暮萎的槿花之神，写出如此空灵缥缈的咏物警句来。

从物与情或理的关系看，义山托物寓怀诗的显著特征是不涉理路，极饶情韵。齐梁至初唐的单纯体物之作，"虽极镂绘之工，皆匠气也"（王夫之《姜斋诗话》），全乏情韵。传统的托物寓志之作，固有不乏抒情唱叹之致的优秀作品，但由于儒家诗教所谓"言志"，多指抒写诗人的政治抱负和政治伦理观念，理性的成分往往超过感情的成分；加以托物寓志诗所寓者又多为某一类人共同的志向品格，缺乏诗人的独特个性和感情血肉，因此这类诗创作时常有从理念出发，寻找某种现成的象喻物来加以说明甚至图解的倾向。而某些偏于理性的诗人又往往习惯于从对"物"的观察中领悟人生哲理，并在诗中托物寓理，这也加重了它的理性色彩，末流甚至流于论宗。义山的个性气质本属溺于情的缠绵型，因此他对"物"，较少理性的憬悟，而更多感情的兴发。他的托物寓怀诗，所寓者也主要不是偏于理性的"志"，而是由悲剧境遇酿就的"情"。他的《回中牡丹为雨所败二首》，不是"细推物理"，而是细体物情，被评家誉为"纯乎唱叹，无一滞笔"（纪昀《玉溪生诗说》卷上），"悲凉婉转，无限愁酸"①。《离亭赋得折杨柳二首》也极富情韵：

> 暂凭樽酒送无憀，莫损愁眉与细腰。
> 人世死前唯有别，春风争拟惜长条。
>
> 含烟惹雾每依依，万绪千条拂落晖。
> 为报行人休尽折，半留相送半迎归。

两首为联章体，均从"折"字生意。先因柳的眉愁腰瘦而嘱以"莫损"。"人世"句突作转折，评家赞为"惊心动魄，一字千金"（何焯《义门读书记》），正着眼于这饱含深刻痛苦的人生体验的抒情性议论所造成的强烈美感效应。末句就势翻转，从"莫损"转为"争惜"。体验的深化带来结构的转折和境界的提高，抒情的深度强度也更增加了。次首又由柳在斜日暮霭中轻轻飘拂的多情形象进一步生出"休尽折"，由依依惜别转出"迎归"。这一新的转折，不仅突破了折柳送别的传统构思，而且将"柳"的多情更深一层地表现出来了。这样的咏物诗，实际上也是最深刻而纯粹的抒情诗。同样是咏柳，"曾逐东风"一首则"只用三四虚字转折，冷呼热唤，悠然弦外之音，不必更著一语也。"（纪昀《玉溪生诗说》卷上）而另一首《柳》诗：

> 柳映江潭底有情，望中频遣客心惊。
> 巴雷隐隐千山外，更作章台走马声。

---

① 王鸣盛批语，见冯浩《玉溪生诗详注》初刊本国家图书馆藏本。

联想曲折，感情沉挚。三四由"望"而"闻"，由柳而联及章台，遂忽觉巴山之雷，偏类章台走马之声。身世摇落之感，怀想京华之意，均寓言外。诚如纪昀所评："深情忽触，不复在迹象之间。"（纪昀《玉溪生诗说》卷上）诗人咏槿花、李花、杏花、野菊、紫薇、木兰、梅花，咏蝉、蜂、蝶、莺，无不渗透一片感同身受的深情，可以明显感受到诗人对所咏之物的全力感情投注。

最后，要特别提到那首著名的《锦瑟》。无论从题目或内容看，它都是一首咏物诗，一首借歌咏锦瑟所奏的音乐境界象喻诗人华年所历的种种人生境界、人生感受，曲传诗人悲剧心声的托物寓怀诗。如果说，它是诗人晚年对一生悲剧身世境遇所作的一个总结，那么，作为一首托物寓怀诗，它又是其内容与艺术特征的集中体现。从内容方面看，它通过颔、腹两联所描绘的迷惘、哀怨、凄寥、虚缈诸境对诗人的悲剧性身世境遇和人生感受作了象征性的表现。这是一片"惘然"的心绪和感情境界，似极抽象，却又完全是独特的、义山式的。从艺术方面看，它绝去比附粘著之痕，象征性图景的寓意特别朦胧而多义，只要不离"思华年"与"惘然"这一主意，可以任人自领；它不去具体描绘锦瑟的形状，独取锦瑟之神魂——弦弦柱柱所发的悲声，而诗人之心灵境界亦曲曲传出；它不涉理路，不对人生作哲理性的反思，而是在惘然的追忆中一任哀怨凄迷的感情流注。它是一曲借锦瑟奏出的人生哀歌。

无论是从感情的产生（触物起情）或感情的表达（多用有神无迹的象征）来看，李商隐的托物寓怀诗都更接近于"兴"体，而与传统的因物喻志的比体咏物诗，齐梁到唐初以图形写貌为主要特征的赋体咏物诗有明显区别。从简单的比附到注重整体神合的高层次象征，从有形无神或略貌取神到离形入神、传神空际，从有景（物）无情或理胜乎情到深刻抒情，正是这种"兴"体咏物诗对古代咏物诗艺术上的重要发展。这些发展，连同内容方面由类型化向个性化的发展，都标志着咏物诗向更新阶段的进展。这正是李商隐在咏物一体中作出的重要贡献。尽管表现类型化之"志"的咏物诗，有不少思想、艺术价值很高的佳作，但内容的个性化从总体上看毕竟是一种进展。按照咏物诗的正宗理论和美学原则——"不即不离""不粘不脱"来衡量，李商隐的一部分托物寓怀诗可能过于脱略形迹，虽然"不粘"，却未必"不脱"；象征手法的运用也间或使寓意过于朦胧。但毕竟应该承认，它们在物与我、形与神、情与理等关系的处理上有新的发展，尽管这种发展多少带有一些旁枝侧出的性质。

［原载《安徽师范大学学报》（哲学社会科学版）1991年第1期］

李商隐咏史诗的主要特征及其对古代咏史诗的发展

　　咏史诗在李商隐的诗歌创作中占有重要地位。朱鹤龄阐发释道源对商隐诗"推原其志义，可以鼓吹少陵"（钱谦益《有学集》卷十五《李义山诗集序》引道源语）的评价，这样写道：

　　且吾观其活狱弘农，则忤廉察；题诗九日，则忤政府；于刘蕡之斥，则抱痛巫咸；于乙卯之变，则衔冤晋石；太和东讨，怀"积骸成莽"之悲；党项兴师，有"穷兵祸胎"之戒。以至《汉宫》《瑶池》《华清》《马嵬》诸作，无非讽方士为不经，警色荒之覆国。此其指事怀忠，郁纡激切，直可与曲江老人相视而笑，断不得以"放利偷合"、"诡薄无行"嗤摘之也。（《李义山诗集笺注》卷首朱鹤龄《序》）

　　朱氏用来论证其观点，驳斥传统偏见的诗例，咏史诗竟占半数，可见它对评价商隐诗品与人品的重要性。本文不准备对李商隐咏史诗思想与艺术的诸方面作具体论列，只着重从总体上揭示其主要特征，说明它对古代咏史诗有哪些重要发展。而要说明这一点，先要对李商隐之前的咏史诗作一简要回顾。

一

中国是一个历史悠久的国家，又是一个诗的国度。人们在缅怀历史、追慕前贤、评论前代的成败得失，褒贬前人的善恶美丑，总结历史的经验教训时，都会很自然地运用诗歌加以表现，咏史诗因而在古代诗歌史上有悠长传统。《诗·大雅》中关于周部族的系列史诗《生民》《公刘》《绵》等篇，不妨视为赞颂先民业绩的咏史诗，而《荡》诗假托周文王指斥殷纣，以寓讽周厉王之无道，则开托古讽今一类咏史诗之先声。荀况《成相篇》引述古帝王贤愚明暗之事为鉴，不妨视为以古鉴今一类咏史诗之滥觞。正式以"咏史"命题，始于班固赞颂缇萦救父的五言诗。此后，历魏晋南北朝，咏史诗代有制作，大体上有三种类型。一类以歌咏历史人物的品行事迹为主，其中又有偏于抒情议论的与偏于叙述的两种。前者如王粲、阮瑀咏三良殉死的《咏史诗》及颜延之的《五君咏》，后者如左延年、傅玄的《秦女休行》和陶渊明的《咏荆轲》。一类以歌咏历史事件为主，如阮籍《咏怀·驾言发魏都》、卢谌《览古诗》（叙蔺相如完璧归赵事）、虞羲《咏霍将军北伐》等。一类系借咏史以抒怀，左思《咏史八首》是其代表。以上三类，也不妨简括为咏人、咏事、咏怀。这种划分自然是相对的，各类之间常有交叉乃至交融。

从先秦到南北朝，咏史一体经长期发展虽已确立（萧统编《文选》列"咏史"诗一类，即反映这一事实），但作品数量很少，题材较窄（咏三良、二疏、荆轲、秦女休、秋胡等人的占很大比重），像陶渊明的《咏荆轲》这种艺术上高水平之作更属凤毛麟角，无论量与质都不能跟其他主要题材的诗作相提并论。

入唐以后，制作渐多，佳篇间出。陈子昂、王维、李白、杜甫、柳宗元、刘禹锡、吕温、白居易等，是初、盛、中唐时期写作咏史诗较多的诗人。子昂《感遇》、太白《古风》，均多借史寓讽现实之作。而陈作每有对宇宙人生历史的哲理思索，李诗则常借赞颂古人以寄托人格理想，体制虽同，个性有别。王维咏史诸诗，多为前期所作，《夷门歌》颂侯嬴、朱亥之侠义，诗人的慷慨意气溢于言表。杜甫《蜀相》《八阵图》等咏史名篇，则将对历史上英雄人物的悲慨与忧时、自慨融为一体，沉郁悲凉，为咏史一体别开生面。刘、柳咏史，每多隐射现实之意，吕温则好作翻案之语。白居易咏史，好发议论，常陷理障。总的看来，纵向比较，成就自高于唐以前；横向比较，成就显然不能与其他热门题材（如边塞、山水田园）、传统题材（行旅、送别）、重要题材（政治、社会）相比，甚至不能与咏物、怀古相比。在初、盛、中唐诗坛上，咏史诗所占的地位并不突出。有的研究者认为咏史诗在中唐已呈繁荣，并把刘禹锡作为工于此体的杰出代表，这恐怕是没有注意到咏史与怀古的区别，把怀古诗也划入咏史诗范畴的缘故。尽管它们都以"古"为吟咏对象，在发展过程中时有交叉，甚至有题为"怀古"实系咏史的情形①，但毕竟是两类诗。一般地说，怀古诗多因景生情，抚迹寄慨，所抒者多为今昔盛衰、人事沧桑之慨；而咏史诗多因事兴感，抚事寄慨，所寓者多为对历史人事的见解态度或历史鉴戒。如李益的《汴河曲》与李商隐的《隋宫》七绝，都咏隋亡与隋堤，而一咏春色常在而隋宫成尘以抒今昔盛衰之感慨，一写南游之靡费以寓奢淫覆国之教训，着眼点显然有别。刘禹锡《金陵五题》《西塞山怀古》《金陵怀古》诸诗中"淮水东边旧时月，夜深还过女墙来"，"人世几回伤往事，山形依旧枕寒流"，正是典型的怀古诗音调。以歌咏历史人事为内容的咏史诗，其繁荣期是在晚唐。小李、杜和温庭筠都是咏史名家，李商隐的咏史诗更达到这一体的艺术高峰，而且是后人从总体上未能逾越的高度。

从班固正式创体到中唐，咏史诗的创作尽管代不乏人，而且出现了一些优秀之作，但并未在某一时期形成创作风尚，艺术上也没有全面的突破性进展。这是因为，咏史诗的繁荣，既需要特定的时代和社会心理背景，又需要杰出的诗人在大量创作咏史诗的艺术实践中比较妥善地处理和解决咏史诗发展过程中所遇到的一系列关键问题，诸如歌咏史事与面对现实、

---

① 如陈子昂《蓟丘览古七首》、李德裕《东郡怀古二首》、李涉《怀古》（尼父未适鲁）、贾岛《易水怀古》、皮日休《馆娃宫怀古五绝》《汴河怀古二首》等均其例。

历史真实与艺术真实、议论讽刺与情韵意境等关系。晚唐时代统治者的荒淫腐败和深重的政治危机，以及由此引起的对统治者极端失望的情绪与强烈的危机感，促使诗人们观古知今，在历史与现实对照中触发诗思与感慨，引出鉴戒与教训，一种讽慨衰世末世的咏史诗遂应运而生。李商隐适逢其会，以其对现实政治的关注和高超的诗艺大力创作咏史诗，在实践中较好地解决了上述关键问题，遂有力地推进了咏史诗的发展。

二

李商隐的咏史诗有六十余首，无论数量或比重均超过同时代以咏史诗著称的杜牧。小李、杜的咏史诗艺术上各有千秋，但论总体成就，李商隐的咏史诗显然高于杜牧。

李商隐咏史诗的显著特征之一，是强烈的讽时性。咏史诗所歌咏的历史人事，并不一定都与政治有关；即使有关，诗人也完全可以泛泛咏古，不涉时政。但商隐的咏史诗却绝大部分都是借咏史以讽时的政治诗。前引朱鹤龄的一段话就明白揭出《隋师东》《汉宫》《瑶池》《华清宫》《马嵬》等均属寓讽时政之作。他的六十来首咏史诗，按其与现实政治联系的方式来划分，约有三类：

一类是以古鉴今之作。重在借历史上荒淫奢侈而召致祸乱败亡之君昭示历史教训，寓含对当代封建统治者的警戒讽慨，像《齐宫词》《隋宫》二首、《马嵬二首》等均为显例。

一类是借古喻今之作。诗面虽咏古人古事，实则借喻具体的今人今事。《陈后宫》二首、《北齐二首》，表面上讽陈后主、北齐后主，实为寓讽唐敬宗、唐武宗。《瑶池》《汉宫词》《汉宫》《茂陵》等，虽咏周穆、汉武，实亦对武宗之好神仙、宠女色有所讽慨。这一类与上一类的区别，在一为间接的鉴戒，一为直接的借喻；前者并不针对具体人事，后者则意有专属。

一类是借题托讽之作。第二类诗面所咏确系古人古事，这一类则仅在题目中假托古人古事，实际所咏与古人毫不相干，完全是今人今事。如《无愁果有愁曲北齐歌》，看题目像是要讽刺号称"无愁天子"的北齐后主高纬，但诗的内容与高纬生平行事及北齐时事全然无涉，仅借"北齐歌"这个题目作掩饰，用很隐晦的笔法暗讽当代的"无愁天子"唐敬宗之被杀（见拙著《李商隐诗歌集解》第一册20—21页关于此诗的笺语）。《隋师东》题面是隋师东征高丽，实际写的是唐廷东征李同捷的战争。有的注家不明此类诗借题托讽的特点，用北齐、隋朝史事去注解，结果越注越糊涂。如果说借古喻今之作还给今人以全副古人妆扮，那么借题托讽之作便只给今人戴上一顶古人的帽子。

以上三类，或鉴戒，或借喻，或托讽，方式不同，指向均在于"今"，因此可以认为都是政治诗，或者说是在晚唐特定时代条件下以咏史形式出现的政治讽刺诗。值得注意的是，就内容与表现形式的鲜明性来看，一、二、三类，依次递减，第三类最为隐晦；但就它们与现实政治的关系看，则第三类最直接，第二类次之，第一类最间接。这说明，越是跟现实政治关系密切的假托影射之作，就愈趋隐晦，正如沈德潜所说："义山近体，襞绩重重，长于讽喻。中多借题揽抱，遭时之变，不得不隐也。"（《说诗晬语》卷上）不过，从艺术上看，最成功的往往是第一类和第二类中所咏人事本身具有一定典型性者。因为以古鉴今之作与现实政治的联系着眼于以史为鉴。这种鉴戒意义是从历史现象的相似重复中感悟抽绎出来的，体现了一定的历史规律性，因而它的现实指向相当宽泛。诗人在构思时有较大自由，不必为了搞古与今之间的人事对应比附而使诗思受到拘牵，读者在阅读鉴赏时也可以有较大联想空间。作者不求跟现实中某人某事对号，读者反而可以跟过去当前一系列类似的人事对号。历史鉴戒所包含的规律性是跟诗歌内容的典型性、普遍性相联系的。另一方面，以古鉴今之作所咏之古既是真正的古人古事，它的表层内容便与现实拉开了一定的距离，诗人在创作时便不致单纯从功利着眼，只注意政治目的，而能较多地从审美角度去感受、审视对象，力图艺术地再现历史人事的场景或片段，因而它的审美价值也往往比较高。不仅以古鉴今之作是这样，实际上借古喻今之作中审美价值较高的也主要是凭借它所描写的古人古事本身的典型性与生动性。以《北齐二首》为例，它虽可能有某种现实针对性，但它的主要价值却在于入木三分地表现了北齐后主和冯小怜这一对末代帝妃不顾一切地荒淫享乐的行为、性格与心态。一个对唐代历史缺乏具体知识的读者可能根本想不到诗中的高纬与冯小怜跟喜畋猎、宠女色的唐武宗与"袍而骑"的王才人有什么联系，但却可从高纬与冯小怜联想起许多淫昏之极的"无愁天子"与宠妃。相比之下，那首句句影射唐敬宗被杀的《无愁果有愁北齐歌》反倒缺乏典型性而难以引发联想了。

但不论显明隐晦、直接间接，成功与否，李商隐的咏史诗大都具有强烈的讽慨现实政治的色彩，则是很明显的。这一突出特征使他的咏史诗具有鲜明的现实感、时代感。咏史诗所歌咏的是已经逝去的历史人事，如果诗人在创作过程中没有注入当代人对历史人事的感受与认识，没有渗透诗人对自己所处时代政治风云、社会生活或自身遭际的感受，历史人事便是冰凉的躯壳，引不起人们对它的兴趣。因此如何使咏史诗具有现实感、时代感，乃是咏史诗艺术生命与魅力的重要保证，也是咏史诗发展过程中必须解决的关键问题。在李商隐之前，诗人们在这方面已作过一些有益的尝试，左思借咏史以抒己怀，便反映出当时寒门庶族与门阀世族的对立，具有强烈的时代感。但这种咏怀之变体从另一方面说也是咏史之变体；它可以成为咏史之一体，却不能成为咏史的主体。此外，借咏史以讽时，亦由来已久，但在李商隐之前，还比较零星，形不成一种自觉的创作倾向。另一方面，在咏史诗的创作中，历来就存在单纯咏古的倾向，题材的蹈袭，命意的相因屡见不鲜。如果让这种倾向发展下去，咏史诗势必失去鲜活的时代气息而逐渐停滞、死亡。从这个意义上说。李商隐大量创作具有强烈讽时色彩的咏史诗，确实标志着加强咏史诗现实性与时代感的一种自觉努力。特别是他把讽刺的矛头集中指向当代荒淫昏愦的封建统治者，更触及时代政治的焦点和热点，其成功实践为咏史诗的发展注入了强大的生命活力。像贾谊、商山四皓这类题材，咏史诗中屡见歌咏，如泛泛咏古，便毫无新意。李商隐的《贾生》却借歌咏宣室夜召、前席问鬼之事翻出新意，将讽刺的矛头指向"不问苍生问鬼神"的唐代统治者；《四皓庙》（本为留侯慕赤松）则借对"萧何功第一"的异议，表达了对武宗、李德裕君臣未能定储的遗憾。陈旧的题材由于注入了现实政治内涵而获得了新鲜感与时代气息。对比之下，胡曾《咏史诗》中的《四皓庙》便显得非常浮泛，可以不作了。

咏史诗一向以正面赞颂、评论和抒发感慨为主，很少与讽刺结缘；即使咏荒淫之主，也常出之以严肃的指摘批判。商隐咏史诗除极少数带有自况意味之作（如《宋玉》《王昭君》）以外，大都具有强烈的讽刺性。对于他笔下的荒淫昏顽之君，诗人的基本感情倾向是辛辣尖刻而冷峻的讽刺和揶揄挖苦，不是充满感情的劝诫讽喻或惋惜遗憾。像"莫恨名姬中夜没，君王犹自不长生""休夸此地分天下，只得徐妃半面妆"这类尖刻的讥嘲固不必说，就是"谁言琼树朝朝见，不及金莲步步来""玉玺不缘归日角，锦帆应是到天涯"这类极圆转流美的诗句，也同样渗透了对荒淫亡国之君的揶揄鄙视之情，反映出身处末世怀着深重危机感的诗人特有的感情倾向。这同样构成了李商隐咏史诗鲜明的时代风貌和艺术个性。

三

李商隐咏史诗另一重要特征，是具有较高的概括性与典型性。

咏史诗所歌咏的题材，多为历史上著名的人物与事件，史实为读者熟知，自不能离开基本史实任意增添虚构，否则就会失去咏史诗的基本品格。但如全按史实的原样写作，又势必成为韵语的历史实录，达不到更高、更集中、更强烈、更典型、更具普遍性的境界。咏史诗要成为真正的艺术，必须正确处理历史真实与艺术真实的关系。围绕这个关键问题，李商隐作了多方面的成功尝试。他不是简单地"隐括本传"，撮述史事，而是根据主题表达的需要进行提炼加工（包括一定程度的想象虚构），使诗中的人物、事件、场景既不脱离历史的基本面貌，又不拘限于历史事实，融铸成具有典型性的诗歌境界。下面择要举例阐说。

一是用假想推设之辞突破史实拘限，更深刻地揭示讽刺对象的本质与灵魂。《隋宫》七律颔、尾两联分别用"不缘……应是"，"若逢……岂宜"这种推设之辞，深一层地揭示了炀帝这个淫侈昏顽之君肆意纵欲、死不悔悟的本性。尽管他生前并未乘舟游至天涯，死后重逢陈后主更属虚幻，但根据他已经充分暴露的无穷享乐欲和生前已打通八百里江南运河，准备南游会稽的事实，上述推想便完全符合人物的思想性格与行为逻辑。何焯说此诗"前半展拓得开，后半发挥得足，真大手笔"（《义门读书记·李商隐诗集卷上》），实际上已触及它运用典型化手段进行"展拓""发挥"的问题。这颇有些类似小说创作根据人物性格逻辑来写人物行动，从已然推想未然，事属虚拟，情出必然。是更高的艺术真实。

二是将两件本不相接之事，略去时间距离，将其紧相组接，以突出历史现象的前因后果。《北齐二首》之二："小怜玉体横陈夜，已报周师入晋阳。"冯小怜的进御与北周攻占北齐军事重镇晋阳，时间上本有相当长距离，这里将它们说成同夕发生之事，虽与史实有出入，却更有力地表达了"一笑相倾国便亡"的主旨。如解为进御之夕已预告亡兆，反失诗味与诗人用心。这很像电影中的剪接。现象间的因果联系借此集中体现，获得明快警动的效果。

三是抓住具有典型意义的细节或微物来表达深刻的政治主题。《齐宫词》通过九子铃这一微物，不但讽慨南齐后主荒淫昏愦，自取灭亡，而且串连齐梁两代统治者荒淫相继的情景，深寓无视前代亡国教训，必将重蹈覆辙的意旨，诚如屈复所评："荒淫亡国，安能一一写尽，只就微物点出，令人思而得之。"（见《玉溪生诗意》）小中见大，故微物不微，成为齐亡之见证，梁亡之预兆和亡国败君相继的象征。《隋宫》七绝不去铺写炀帝南游江都的巨大靡费，仅就制作锦帆一事作突出描写，"得水陆绎骚、民不堪命之状如在目前"。（《义门读书记·李商隐诗集卷上》）这种举一端以概其余的写法也是一种典型化的手段。

四是在史实或传说的基础上加以生发，创造出带有虚构色彩的场景。如《龙池》根据玄宗、杨妃、寿王间的乱伦关系构想出龙池宴罢归寝，

"薛王沉醉寿王醒"的情景;《瑶池》根据《穆天子传》中西王母宴穆王于瑶池及临别相约重见的情节构想出西王母在瑶池等候穆王重来而徒闻哀歌动地的情景,都颇具小说中虚构之场景的意味。

五是深入开掘历史现象的某一本质方面,融铸多方面的生活内容,使之具有更高的概括性与典型性。楚灵王好细腰,而宫中多饿死这一历史现象,如泛泛叙写,不过揭露统治者之荒淫与宫女命运之可悲,其意义局限于宫廷。诗人在《梦泽》中以其独特的视角,将讽慨的重点放在为邀宠而"减宫厨为细腰"的宫女身上,深刻揭示了为某种世风所左右,迎合趋时者的悲剧,从而使这首诗具有超越广远时空的典型意义。

归结到一点,上述典型化手段都是为了解决历史真实与艺术真实、史与诗的关系问题。在中国古代史官文化与崇实思想特别发达的文化思想背景下,咏史诗天然地与"史"有密不可分的联系。它的开创者班固就是大史学家,他的《咏史诗》实际上就是对缇萦救父这一史实的撮述加上作者的论赞。此后长时期中,咏史诗的写作基本上不离这一固定模式,即对史实的叙述和对历史人物、事件的议论褒贬。只是由于写作时有所侧重,从而形成以叙述为主的"传体"和以议论为主的"论体"。(刘熙载《艺概·诗概》)这两种写法和体制,究其实都未脱离传统的"史学"范围。有些作者为了避免将咏史诗写成人物本传的隐括和论赞的摹仿,曾从以下几方面努力。一是根据诗的主旨剪裁史实,安排叙述的主次详略,避免雷同本传;二是加强文采,避免班固《咏史诗》式的"质木无文"(钟嵘《诗品序》);三是在立意上出新,力求表达对历史人事的独特见解,甚至作翻案文章,避免与正史论赞及传统看法雷同。这些努力,应该说都收到了效果,特别是"在作史者不到处生耳目"(胡震亨《唐音癸签》卷三),反传统,翻旧案,在中晚唐咏史诗创作中形成一种风气,产生了一批像李益的《过马嵬》,吕温的《刘郎浦口号》《题石勒城二首》,杜牧的《赤壁》《题乌江亭》《题商山四皓庙》,皮日休的《汴河怀古二首》(其二),陆龟蒙的《吴宫怀古》,章碣的《焚书坑》等颇有新意之作,有的还表现了卓越的政治识见。但从根本上说,这种独出己意之作除了构思立意不落熟套有一定创造性外，对咏史诗艺术上的提高发展意义不大。因为它仍属于"史识"范畴。《题乌江亭》《汴河怀古》《焚书坑》给人的新鲜感，主要是由于对历史人事的独特见解，而不是艺术上有多少创新。沈德潜讥评《焚书坑》是"品不高"的"粗派"（《说诗晬语》卷上），确实说中了这类诗艺术上粗糙鄙陋的病痛。如果咏史诗一味在翻案上找出路，是很难从根本上提高艺术品位的。弄得不好还会陷于"好异而畔于理"。至于对史实的剪裁安排，也基本上属于"史才"的范畴。只有加强文采这个方面，对咏史诗的艺术多少有些促进作用，但这主要是量的提高，而非质的变化发展。要从根本上提高其艺术品位，必须进行艺术的典型化，使历史真实上升为艺术真实，变对历史人事的单纯逻辑思考为艺术思维，为审美的感受与表现。实现这种变化的关键，就是要将艺术的想象和一定程度范围内的虚构引入咏史诗的创作，使它不再是述论史事加诗的形式，而是包含了想象虚构的咏史的诗。李商隐一系列优秀的咏史诗正是在这个根本点上取得了突破性成就。上举典型化手段诸例，便无一不包含着想象与虚构，而非单纯的史才、史识、史笔所能奏效。正像唐代传奇因富于文采与意想而跨入真正的小说领域，咏史诗也是借助于文采与想象虚构才由"史"跨入"诗"的领域。

"史"是崇实征信的，"诗"却是最重想象虚构的，二者似乎天然对立。要想让咏史诗既保持其"咏史"的基本性质，又是包含了想象虚构的"诗"，则想象和虚构便必须有一定范围与量度。这就是不能脱离基本史实和主要情节。像李贺的《还自会稽歌》《金铜仙人辞汉歌》《秦王饮酒》一类只有一点历史事实影子，绝大部分内容凭空结撰之作，人们一般便不把它们看成咏史诗。《秦王饮酒》中的秦王，由于诗中对其生平行事缺乏必要的叙写交待，连所指究竟是秦始皇或秦王李世民或唐德宗也众说纷纭。说明这种一实九虚式的写法已经超越了咏史诗所能允许的想象虚构的量度。商隐咏史诗中的想象虚构，则多属"七实三虚"式的。以《齐宫词》为例。诗中涉及的永寿殿、步步生莲、玉九子铃、萧衍兵至宫门未闭等均属史实，但"梁台歌管三更罢，犹自风摇九子铃"这一点睛之笔，却出自诗人的想象,它对全诗意境的典型化与意蕴的深刻化有重要作用。

中晚唐以前,咏史诗多为五七言古体。篇幅较长,便于展开叙事、议论,相对而言,对情节、意蕴的提炼熔铸和对典型化的要求不很突出。中晚唐的咏史诗,体裁由古体转为近体为主,尤以七绝居多(李商隐咏史诗中,七绝占三分之二)。由于篇幅短小,难以展衍叙写,淋漓抒慨。但咏史诗因事兴感、抚事寄慨的特点又使它不能离开必要的叙事描写和抒情议论。为克服这一矛盾,集中概括和典型化便成为咏史短章艺术上成败的关键。上面提到的"夜半宴归宫漏永,薛王沉醉寿王醒","梁台歌管三更罢,犹自风摇九子铃","晋阳已陷休回顾,更请君王猎一围","可怜夜半虚前席,不问苍生问鬼神","春风举国裁宫锦,半作障泥半作帆"等,都是经过集中提炼而成的最富包蕴的情节场景。这也是他的许多咏史诗篇幅虽短而内涵深永丰厚的重要原因。

四

浓郁的抒情色彩和深长的情韵,是李商隐咏史诗的又一重要特征。咏史诗要表达对历史人事的见解,容易向议论方向倾斜,"论体"咏史诗固然以议论为主,即使是"传体",议论也常常是不可或缺的部分。特别是中晚唐的七绝咏史诗,由于篇幅短小,难以展开叙事,不少作者更以议论为主要表现手段,以之贯串全篇,这就极易流入论宗,全乏情韵。另一方面,晚唐以来,随着国运的衰颓,统治者的腐败,咏史诗中讽刺之风渐盛。而这类作品常犯的毛病之一就是因强烈感情的驱使,只图讽刺得尖刻痛快,淋漓尽致,而忽视艺术的含蕴,往往意尽言内,经不起咀嚼回味。李商隐优秀的咏史诗则既能避免单纯议论造成的质木无文,缺乏情韵,又能避免刻露的讽刺所造成的缺乏余蕴,达到深刻的思致、尖锐的讽刺与含蕴微婉的抒情唱叹完美结合。主要有两种类型。

一种是寓议论讽刺于经过精心提炼融铸的典型场景、情节之中,不着议论,不下针砭,有案无断,具文见意。这是李商隐运用得最得心应手的一种手段。其少作《富平少侯》即已显露这方面的才能。诗假托富平少侯暗讽少帝唐敬宗，结联"当关不报侵晨客，新得佳人字莫愁"，用"莫愁"巧妙地关合荒唐天子之"无愁"，刺其明有"七国三边"之内忧外患而早朝不起，淫乐无愁，势必召致更大祸患。妙在只摆事实，不加议论，轻点即止，讽意弥深。《龙池》后幅一"醉"一"醒"的对照包蕴极丰，寿王复杂的内心痛苦固可意会，诗人的鄙夷谴责亦隐见言外，无一语正面议论，而讽刺力透纸背。《齐宫词》在"金莲无复印中庭"与"犹自风摇九子铃"的映照中透出对荒淫相继、覆辙重寻的深长讽慨，使读者仿佛在夜半风铃声中品味出亡国的苍凉与历史的深沉回声。《吴宫》在"吴王宴罢满宫醉"之后拈出"日暮水漂花出城"的细节，不仅使"荒淫之状，言外见之"，而且微寓"流水落花春去也"的讽慨。以上诸例，都极饶情韵。胡震亨说："诗人咏史最难，妙在不增一语，而情感自深，若在作史者不到处别生眼目，固自好，然尚是第二义也。"（《唐音癸签》卷三）王夫之也说："咏史诗以史为咏，正当于唱叹写神理，听闻者之生其哀乐，一加论赞则不复有诗用。"（《唐诗评选》卷二）吴乔以商隐《龙池》为例，强调诗"贵有含蓄不尽之意。尤以不着意见声色故事议论者为上。"（《围炉诗话》）他们一概排斥咏史诗中的议论，可能过于绝对化，但强调抒情唱叹和含蕴不尽，确实抓住了咏史诗所必具的诗的抒情性这一基本品格。它是"咏"史，而不是单纯"论"史；诗人对他所歌咏的历史人事不是纯理性的评判，而是充满诗情的咏叹。李商隐是一位"深情绵邈"的主情型诗人，这种特质也同时表现在他对历史人事的感受体验上。他那些优秀的咏史诗，无不在辛辣严冷的讽刺中透露出深刻的"伤春"之情，即对唐王朝衰亡命运的哀伤和感慨。如《马嵬》《隋宫》两首七律，对玄宗、炀帝的讽刺固极尖锐，但在"空闻虎旅传宵柝，无复鸡人报晓筹"，"于今腐草无萤火，终古垂杨有暮鸦"这类诗句中，却又流露了无穷的盛衰兴亡之感。后一联将聚萤作乐、开河巡游二事与隋朝的衰亡联系起来，让读者透过饱含历史沧桑感的物象与图景去品味其内在意蕴，深刻的讽刺与深沉的感慨融合无迹，极沉郁苍凉之致。冯班说："腹联慷慨。专以巧句为义山，非知义山者也。"（沈厚墽《李义山诗集辑评》卷上《隋宫》诗引冯氏评）一个曾经是昌盛富强的大一统王朝因为君主的荒淫无度而迅速倾覆，面对荒宫腐草，垂杨暮鸦，对照历史与现实，诗人心中充溢着的不正是"天荒地变心虽折，若比伤春意未多"式的悲慨吗？

但丝毫不着议论的写法在义山咏史诗中毕竟只是一部分，在比较多的情况下，他还是将议论和抒情融合起来，即所谓"议论……而以唱叹出之"（纪昀《玉溪生诗说》卷上）。《贾生》在这方面表现得最为典型。诗借讽汉文以刺时主之不能识贤任贤，不顾苍生，但信鬼神；借悯贾生而慨才士之被视同巫祝，虽貌似受尊重，实不能发挥其治国安民之才。如此超卓的大议论，却以抑扬有致、唱叹有情之笔出之。前两句似叙似议似赞，欲抑先扬；第三句以"可怜""虚"轻点蓄势，末句方以"问"与"不问"作强烈对照，引满而发，直中鹄的。鞭辟入里的议论，犀利辛辣的讽刺，深沉强烈的感慨在贯串全诗的抒情唱叹中融为一体。宋人严有翼赞赏其"识学素高，超越寻常拘挛之见"（《苕溪渔隐丛话》后集卷十九引《艺苑雌黄》），明代许学夷则说它"全入议论"（《诗源辩体》卷三十），或褒或贬，均从议论着眼，其实都未领会到它那种"于唱叹写神理"的艺术妙谛。实际上，被评家经常并提的《贾生》和杜牧《赤壁》，其艺术魅力都主要不在做翻案文章，发表不同流俗的议论，而在于融汇在议论中的深沉政治感慨与人生感慨，在于它的深长情韵。如果只看到表层的诗意，而体味不到深层的诗心诗情诗韵，无异买椟还珠。叶燮说："宋人七绝，大概学杜者什六七，学李商隐者什三四。"（《原诗·外编下》）所谓学李商隐者，首先包括学其七绝咏史诗中新警的议论。其实被清人认为"多用翻案法，深得玉溪生笔意"的"王半山咏史绝句"（顾嗣立《寒厅诗话》），只学得了李商隐的"翻案法"，却丢掉了它的深长情韵。这正是喜言理而不善言情的宋人对李商隐这位主情的诗人在学习继承上的重大失落。

为了加强咏史诗的咏叹情调，他还往往借助抒慨、设问、反问等方式在篇末将全诗意蕴凝聚起来，显得既奇警遒劲而又韵味深长，如："未知歌舞能多少，虚减宫厨为细腰"（《梦泽》）；"三百年间同晓梦，钟山何处有龙盘"（《咏史》）；"八骏日行三万里，穆王何事不重来"（《瑶池》）；"地下若逢陈后主，岂宜重问后庭花"（《隋宫》）；"如何四纪为天子，不及卢家有莫愁"（《马嵬》）。议论以感慨语、问语出之，不仅增摇曳之致，跌宕之姿，而且正意内含，藏锋不露，平添了耐人涵泳的情韵。《梦泽》后联，以感慨语写趋时者悲剧命运，似慨似讽，亦悲亦悯，讽刺入骨，亦悲凉彻骨。《马嵬》结联，尖锐的讽刺借问语表达，引而不发，启人深思，不仅是诗意的凝聚，而且是诗意的深化。

咏史诗要从"史"进入"诗"的领域，加强抒情性决非锦上添花，而是涉及其是否具有诗的基本特质的关键。一首理正意足而缺乏情韵的咏史诗未必能讨人喜欢，而一首意只平常，却唱叹有情的咏史诗却能引起读者的浓厚兴味。即使同属见解卓异之作，杜牧的《赤壁》与《乌江亭》，李商隐的《贾生》与《四皓庙》（本为留侯慕赤松），其艺术成就相距却不能以道里计。原因之一，就在于后者诗的气质、情韵的缺乏。

讽时性、典型性、抒情性，是义山咏史诗的三个主要特征。如果说，讽时性赋予咏史诗以鲜活的生命灵魂，典型性赋予它丰满充实的血肉肌体，则抒情性便赋予它动人的情韵风神。这三者，对于咏史诗的思想艺术价值，都是至关重要的。尽管其他诗人也有过某一方面的成功实践，但最全面集中地体现上述特征的无疑是李商隐的咏史诗。这也正是他对古代咏史诗的发展作出的重要贡献。

［原载《文学遗产》1993 年第 1 期］

古代诗歌中的人生感慨和
李商隐诗的基本特征

    抒写人生感慨，是李商隐诗的一个基本特征。它既纵贯诗人的整个创作历程，又弥漫渗透在各种题材、体裁的诗作之中。何焯说"义山佳处在议论感慨"（《义门读书记》），义山自己也以"生多感"的庾信自况（见《送千牛李将军赴阙五十韵》）。这都反映出他对人生颇多感慨的生活个性与创作特征。他的诗"秾丽之中，时带沉郁"，"意多沉至，语不纤佻"（施补华《岘佣说诗》）的艺术风貌，"诗外有诗，寓意深而托兴远"（林昌彝《射鹰楼诗话》）的艺术境界，以及虽咏个人身世却能引起广泛共鸣的艺术效应，都与其深寓人生感慨密切相关。本文拟结合古代诗歌抒写人生感慨的发展轨迹，对义山诗的这一特征作初步考察。

一

    所谓人生感慨，通常是指对人生的诸方面（如生死寿夭的人生历程，穷通得失的人生际遇，离合盛衰的人事变化乃至形形色色的人情世态等）带有总体性的感受或认识。由于人是社会的一员，人生感慨因而往往与社会相连，甚至在人生感慨中就寓含对社会的感慨。同时它虽基于诗人的自我体验，但又往往熔铸或反映了更广泛的人群的普遍体验。人生感慨的社会性与普遍性可以说是它的基本特性。

    诗歌中抒写人生感慨，源远流长。《诗经》中"我生之后，逢此百罹"，"隰有苌楚，猗傩其枝。夭之沃沃，乐子之无知"这种沉重的悲慨显然是有感于乱世现实深重的人生忧患，而《楚辞·远游》"惟天地之无穷兮，哀人生之长勤。往者余弗及兮，来者吾不闻"的感叹，却将有限而长勤的人生置于无限的时空中来思考，表现出宏阔深远的哲理思辨色彩。两汉壮盛，这种带有忧悲情调的人生感慨相对沉寂。汉武帝《秋风辞》虽有"少壮几时兮奈老何"的感慨，毕竟是"欢乐极兮"而生的哀情。及至东汉末造，世乱飘荡，人命危浅，《古诗十九首》中才一再弹奏出"人生天地间，忽如远行客"，"人生寄一世，奄忽若飚尘"，"所遇无故物，焉得不速老"，"生年不满百，常怀千岁忧"这种万绪悲凉的主旋律。建安诗人普遍具有强烈的事功追求，人生苦短的悲慨在他们的诗中往往转化为慷慨激壮之音。以阮籍《咏怀》为代表的正始之音，每多忧生之嗟。政局的纷乱更迭和士人处境的艰危，使得人生无常的感慨、朝不保夕的忧惧成为这组诗最突出的音调。整个魏晋时期，时局与士人心态虽历经种种变化，但人生苦短的忧叹则随着对个体生命意义价值的重视而始终萦绕在他们心头，成为这一时期诗歌的基本主题之一。一代诗宗陶渊明，其诗作的一个基本主题便是对人生，特别是对生死问题的思考与感慨。他一方面慨叹"人生无根蒂，飘如陌上尘"，"一旦百岁后，相与还北邙"，另一方面又宣称"得欢当作乐，斗酒聚比邻"，"感彼柏下人，安得不为欢"。与西晋士人往往由慨叹生命短促走向颓废纵欲不同，他用委运乘化、乐天知命的思想化解忧生之嗟，达到一种超脱境界。由于体认到"寒暑有代谢，人道每如兹"，他对生死问题有清醒的超脱态度："有生必有死，早终非命促"，"死去何所道，托体同山阿。"他是古代诗史上第一个集中抒写人生感慨的诗人，也是把这种感慨与对人生的哲理思考融合，兼具哲人风范与普通人挚爱生活感情的大诗人。人生感慨由悲转达，是陶诗的一大特点。陶氏以后，南北朝诗歌中虽亦有抒写人生感慨之作，如谢灵运《岁暮》、鲍照《拟行路难》、沈约《别范安成》、庾信《拟咏怀》等。但从总体上看，这一时期的诗人无疑更醉心于日常生活的琐屑情事。他们似乎在对风云月露、花草树木、闺阁兰房、山水胜景的流连徜徉中便得到了感官与心理的满足，很少有兴味去思考咀味整个人生。诗歌内容境界的浅俗与人生感慨的沉寂恰好同步。

进入唐代，由于诗人眼界的开阔与阅历的丰富，对人生的体验随之加深，诗歌中抒写人生感慨亦日益增多。但主要内容已由此前集中在生死寿夭问题上转为对盛衰离合、穷通得失等问题的感慨。卢照邻《长安古意》、骆宾王《帝京篇》、刘希夷《代悲白头翁》、张说《邺都引》、李峤《汾阴行》等著名七言歌行都有慨叹富贵繁华难以久长的内容，且多出现于全篇关节处，反映出其时诗人们对这种现象的关注。陈子昂《登幽州台歌》《感遇·兰若生春夏》则又将慨叹人生短促、芳华易逝，与良时难遇、志业难成相联结，在俯仰今古、慨叹时序中表现出强烈的人生追求与阔远的宇宙意识。张若虚的《春江花月夜》将代代无穷的人生与年年相似的江月相对待，展现出充满诗情与哲理的明朗阔远之境，一扫前此许多抒写人生感慨之作那种浓重的感伤气息。陈、张之作在这类作品中是引人注目的别调，也是对传统的发展。

盛唐时期，诗歌中对人生感慨的抒写大体上有以下三种趋向。一种与诗人自身遭际结合，往往在抒写人生感慨时挟带着对社会与世情的愤激不平，如高适的"未知肝胆向谁是，令人却忆平原君"，李白的"吟诗作赋北窗里，万言不值一杯水"。这可以说是人生感慨与社会感慨的交融。另一种与登临怀古结合，如孟浩然的"人事有代谢，往来成古今"，李白的"宫女如花满宫殿，只今惟有鹧鸪飞"。这种人生感慨蕴含着历史沧桑感，可以说是与历史感慨的融合。再一种是比较单纯的人生感慨，如贺知章的《回乡偶书》、王维的《辛夷坞》，尽管其中也含有人事沧桑或者身世寂寞之感，但并不包含更大范围的历史、社会感慨。由于时代精神的影响，盛唐诗中的人生感慨，往往带有一种壮盛慷慨之气或明朗乐观情调，与前此抒写人生感慨每与悲、忧结缘明显不同。且不论像岑参的"花门楼前见秋草，岂能贫贱相看老。一生大笑能几回，斗酒相逢须醉倒"一类豪放洒脱的诗句，即使像前引李白吊古之作，也没有多少伤今之慨，倒像是跟历史愉快地告别。而贺知章的"儿童相见不相识，笑问客从何处来"，甚至还带有一种喜剧性的幽默情感，显示出历尽人事沧桑的老人仍然保持一份童真。这正是慨而不悲的典型盛唐音调。比较起来，在盛唐诗人中，杜甫诗的人生感慨便显得苍凉沉郁得多。无论是"纨绔不饿死，儒冠多误身"式的愤激不平，"人生有情泪沾臆，江草江花岂终极"式的深沉感伤，"人生不相见，动如参与商"式的深长喟叹，"世乱遭飘荡，生还偶然遂"式的强烈悲慨，还是"万方声一概，吾道竟何之"式的苍凉百感，"百年歌自苦，未见有知音"式的深深寂寞，都带有那个衰乱时世和杜甫困顿流离生活特有的印记。历史的、社会的、个人的感慨融为一体。晚年流落江湘所作的《江南逢李龟年》将社会巨变、人事沧桑概括在与李龟年的见逢离合之中，苍凉沉郁，达于极致，可以说是对他诗歌抒写人生感慨的出色总结，也是对传统的重大发展。

中唐前期，大历十子与刘、韦、李益等这方面的诗作仍带有时代衰乱色彩，且多抒离合聚散之慨，但却缺乏杜诗同类之作的厚重沉郁而显得有些轻浅。中唐后期元白、韩孟两大派诗人，多为热衷事功政治者。他们似乎少有从容咀味反思人生的心境，因而这类诗作不多。李贺满怀哀愤孤激之思，诗中颇多因不得志的牢愁而加重的人生悲慨，像"不须浪饮丁督护，世上英雄本无主。买丝绣作平原君，有酒唯浇赵州土"，"况是青春日将暮，桃花乱落如红雨。劝君终日酩酊醉，酒不到刘伶坟上土"等诗句，与高适的《邯郸少年行》、李白的《将进酒》对照，失去了豪纵与乐观，充满了苦闷与颓放。刘禹锡诗颇多蕴含人生哲理的感慨，像"沉舟侧畔千帆过，病树前头万木春"，"芳林新叶催陈叶，流水前波让后波"，"莫道桑榆晚，为霞尚满天"等名句，都表现出这位具有哲人气质与达人风范的诗人对人生的体悟。

从上面这个粗线条的叙述中可以看出，诗歌中抒写人生感慨，唐以前较多人生苦短的喟叹，唐以后较多人生困顿与离合聚散、盛衰变化的感慨。历代诗人围绕这两个基本方面，写出了不少优秀之作。陶潜、杜甫正是杰出代表。但从另一角度看，感慨的内容复多变少，人生苦短与人生困顿的主题一再重复，易入陈套。客观上要求诗人对人生的咀味思考有更深广细致的体验与发现。在艺术表现上，过去多采取直抒手段。这在体验深刻、感情浓烈、语言精炼的情况下，确能造成惊心动魄的效果。但也有不少作品，体验浮浅，又一味直抒，不免浅直乏味，像白居易后期闲适诗中一些抒写人生感慨之作，便不免此弊。因而在内容上更新深化的同时，在艺术表现上也提出了新的要求。李商隐正是以其主客观条件使诗歌中对人生感慨的抒写朝着更深细隐微方向发展的大诗人。

二

在通常情况下，人生感慨多为人们经历了相当长时间，特别是坎坷曲折的人生历程后才产生的。因为它不同于生活中偶尔触发的感受，而是一种在深刻体验基础上形成的强烈持久、带有整体性的人生感受。生活道路一帆风顺、平淡无奇者，长期沉溺于个人琐屑欲望者，乃至人生态度积极进取却生活得过于紧张匆忙者，都不易产生人生感慨。它往往是人生多艰而又富于锐敏情感、思索咀味习惯与时间者的产物。从这些主观条件看，李商隐无疑是一个最易产生人生感慨的诗人。他累世孑孤，家世带有悲剧色彩。幼年丧父，佣书贩舂，艰难度日。仕途坎坷，试宏博而被黜不取，入秘省而旋尉弘农。一生十寄戎幕，羁泊飘零。加以党争的牵累，令狐绹的疑忌和妻子王氏的去世等不幸，使他一生绝大部分时间都笼罩在悲剧氛围中。这种"沦贱艰虞多"的身世境遇，再加上锐敏而纤细、内向而缠绵、多愁而善感的性格气质，使他对人生的悲剧有极为丰富深刻细腻的感受。而他屡寄戎幕，远离家室，在独居异乡的漫漫长夜中，又正有充裕的时间来细细品味思考人生。另一方面，晚唐这个特定的时代，也促使士人由外向的事功追求转向内心自省。国运的衰颓、社会的危机，使才智之士沉沦废弃。他们在失意怨怅之余，往往由个人身世遭遇之不偶引起对命运的思索与感慨。这种普遍的时代影响与义山个人特殊的境遇、性格、气质的结合，遂使他成为晚唐抒写人生悲慨的代表。

比起一般诗人，义山的人生感慨形成得特别早，持续的时间特别长，几乎贯串整个创作历程。在初涉世途的青少年时代，他的诗中已不时流露对人生命运的忧虑感伤。到大和九年写的《安平公诗》《夕阳楼》等作，那种沦贱艰虞、感恩知己之慨和人生茫无着落的孤子无依之慨便已表现得非常强烈。开成三年宏博试落选，写下《回中牡丹为雨所败二首》，发出"先期零落"的悲慨以后，这类作品便日益增多，遍及各种题材、体裁，直至他的晚年。因此，抒写人生感慨，是义山诗的基本内容与主题，也是它的基本特征。

义山诗对人生感慨的抒写，颇具个性特点的有三种类型，即命运感慨、世情感慨和情绪感慨。它们分别体现了诗人对人生体验的深、广和细微。三者之中又以后者最具独创性。

对人生悲剧命运的深刻体认与深沉感伤，是义山诗的一个显著特点。这跟时代社会的悲剧，诗人自身的悲剧境遇、性格、心理密切相关。从文学史上看，抒写人生感慨之作固然多因有感于人生的种种缺憾不幸而与忧悲结缘，但如上所述，也有建安之梗概多气，陶诗之委运达观，盛唐之慨而不悲，刘禹锡之豁达爽朗，白居易之安恬自足等多种别调。义山这类诗不仅与上述别调异趣，而且有别于传统的抒写人生悲慨之作。在他的这类诗中，贯注着一种深刻的悲剧意识，一种身处衰世者对人生命运深沉的忧伤与哀感。他的《有感》说："古来才命两相妨。"才命相妨，固然是封建社会常见的现象，但尤以衰世末世为甚。他在《武侯庙古柏》《筹笔驿》二诗中慨叹诸葛亮才命相妨的悲剧："玉垒经纶远，金刀历数终"，"徒令上将挥神笔，终见降王走传车"，就明显蕴含着"生于末世运偏消"的悲剧命运意识。而"天荒地变心虽折，若比伤春意未多"的慨叹中，也同样含有对衰颓时世中个人命运的哀伤。在他看来，"茫茫此群品，不定轮与蹄"，"大钧运群有，难以一理推"（《井泥四十韵》），人生命运变幻莫测，不由自主，只能悒怏悲歌而已。这种悲剧命运感支配着他，使他对人生的许多方面都怀着很深的悲慨。例如，聚散离合，本是人生常事，他自己也曾说"人生何处不离群"，但当他用特有的悲剧心态去感受时，却发出了"人世死前唯有别"，"远别长于死"这样深沉的悲慨。如果不是对人生命运抱有很深的悲剧意识，是不会如此竭情而沉痛的。对人世的许多情事，他往往透过一层，深刻体认到一般人不易感悟到的人生悲剧底蕴。一般人总是希望月圆，因而在它初生或将缺时每感惆怅，义山却透过一层，说"初生欲缺虚惆怅，未必圆时即有情"，从而彻底揭示出希望之虚幻。在更多的情况下，诗人将悲剧命运感融入一系列托物寓慨的诗歌中。《回中牡丹为雨所败》这样慨叹：榴花开不及春，诚为可悲；牡丹未及盛开就已先期零落，命运更为可悲。今日遭雨凋败，诚为可悲，他日零落成尘，更为可悲；用他日对照今天，犹感雨中陨败的牡丹尚为新艳。通过层层推设比较，将诗人遭受挫折后对自身悲剧命运的伤感淋漓尽致地表达出来。在他笔下，早秀而遭严霜摧抑的梅花，"援少""风多"，"失路入烟村"的杏花，"荣落在朝昏"的槿花，"自明无月夜，强笑欲风天"的李花，悲鸣寄恨而"一树碧无情"的秋蝉，飘荡巧啭而无枝可栖的流莺，无一不成为其悲剧命运的象征和人生悲剧命运感慨的载体。将人生的种种不幸与悲哀提高到悲剧命运的层次上来表现，这就把人生悲慨进一步深化了。

对人间世情的独特感受与深长讽慨，是义山抒写人生感慨之作另一显著特点。感慨世情，诗中早已自之。但义山之前的这类作品，往往更多向社会感慨方向倾斜，如上举高适"未知肝胆向谁是，令人却忆平原君"，李白"吟诗作赋北窗里，万言不值一杯水"之句即表现出对社会的愤激不平。义山这类诗却主要是将某种世情作为一种典型的人生相来讽慨。它的主要目的不是宣泄对社会的不满，而是表达对人生的警悟，与高、李之作相比显然有向外向内之别。如他的《梦泽》：

> 梦泽悲风动白茅，楚王葬尽满城娇。
> 未知歌舞能多少，虚减宫厨为细腰。

这是由"楚王好细腰，而宫中多饿死"的历史事实引发的人生感慨。诗人对这种悲剧现象有独特的视角与感受。他没有把注意力限在楚王荒淫好色葬送宫女生命这一点上，而是从悲剧的主角宫女一边着眼，深刻揭示出她们为了迎合在上者的爱好，竞相节食减膳，最后成为牺牲品的悲剧命运。由于在构思过程中融合了广泛的与此类似的悲剧性人生相（甚至可能包括切身的某些体验），因而这首以宫廷生活为题材的诗就具有讽慨一切趋时邀宠者自己制造悲剧结局的典型意义。另一首《宫妓》取材于奇巧人偃师献假倡于周穆王几遭杀身之祸的故事：

> 珠箔轻明拂玉墀，披香新殿斗腰支。
> 不须看尽鱼龙戏，终遣君王怒偃师。

这种玩弄机巧于君前以取悦，到头来反因此而招祸的人物，不但宫廷中有，古往今来的政治生活乃至更广泛的社会生活中同样不乏其人。诗人的主要目的不是为了揭露政治现实，而是从讽慨世态人情的角度立意。与此类似的还有一首《宫辞》：

> 君恩如水向东流，得宠忧移失宠愁。
> 莫向樽前奏《花落》，凉风只在殿西头。

这首诗的视角也很独特。既不像一般宫怨那样怨恨君王之宠衰爱移，亦非同情失宠者的不幸命运，而是讽慨得宠者之恃宠得意，不知失宠的命运近在咫尺。这显然是借"宫辞"为题，将恃宠得意者作为一种值得警诫省悟的人生相来讽咏。以上三首诗所讽慨的对象，无论是趋时邀宠者、弄巧取悦者、恃宠得意者，都有共同的特点，即缺乏独立的人格与价值，将命运系于在上者，对自己的悲剧命运茫无所知。诗人揭示这些人的悲剧，寓含着很深的人生感慨，其中有深长的讽慨，亦有冷峻的悲悯。

三

比起在他之前的诗歌，义山诗中所抒写的人生感慨无论在内容或形态上都具有比较虚括，比较意绪化的特点。他的诗中较少先前那种内容具体明确，理性色彩较浓，能用简明的语言加以揭示的人生感慨，而往往是一种内涵相当虚括广泛的情绪性体验。这和他那种善感的主情型性格，沉潜于心灵感受的气质有密切关系。这种情绪型的人生感慨，比起上面所论的命运感慨、世情感慨更具义山个性特征。下面略举数端析而论之。

一是间阻之慨。李商隐是一个在政治上、爱情上和精神生活的其他方面有高远而执着追求的诗人。"永忆江湖归白发，欲回天地入扁舟"，"春蚕到死丝方尽，蜡炬成灰泪始干"，"微生尽恋人间乐，只有襄王忆梦中"，便是这种追求的自白。但种种追求，都遇到重重间阻。他想为国事"君前剖心肝"，但"九重黯已隔"；想追求深挚的友谊，却"新知遭薄俗，旧好隔良缘"；想追求美好的爱情，也是"刘郎已恨蓬山远，更隔蓬山一万重"。在他诗中，表现间阻之慨的句子不胜枚举，诸如："凤巢西隔九重门"，"相思迢递隔重城"，"倾城消息隔重帘"，"来时西馆阻佳期，去后漳河隔梦思"，"临水当山又隔城"，"红楼隔雨相望冷"，"分隔休灯灭烛时"，等等。至于字面上虽无"阻""隔"，意蕴上却有阻隔之感的就更多了。可谓无"隔"不成诗。他的无题诗、爱情诗，主要就是写阻隔中的相思与执着追求的。这纷繁复迭的种种阻隔之恨，凝聚成为弥漫虚括的人生间阻重重的感慨。使他在表现某种特定题材时，也往往自觉或不自觉地融合渗透了更大范围的间阻之慨。像"刘郎已恨蓬山远，更隔蓬山一万重"这种诗句，所包蕴的便不单纯是爱情方面的间阻感，而是能引起多方面的联想与共鸣。

二是迟暮之慨。李商隐身处唐王朝日趋衰颓的季世，整个时代环境呈现出衰暮萧飒的氛围。自身的遭际又非常不幸，青年时代即有先期零落之慨。随着年事渐增，迟暮之慨日益加深。他的诗中枯荷落花、寒蝉孤鸿、夕阳黄昏、冷灰残烛、秋池黄叶等带有衰飒迟暮色彩的意象也成为最富个性特征的意象。他的一系列名句，像"夕阳无限好，只是近黄昏"，"秋阴不散霜飞晚，留得枯荷听雨声"，"万里重阴非旧圃，一年生意属流尘"，"芳心向春尽，所得是沾衣"，"楚天长短黄昏雨，宋玉无愁亦自愁"，"四海秋风阔，千岩暮景迟"，"日向花间留晚照，云从城上结层阴"，"如何肯到清秋日，已带斜阳又带蝉"，"回头问残照，残照更空虚"等，无不蕴含着深沉的迟暮衰飒之感。在古代诗史上，李商隐可以说是表现迟暮衰飒之慨最集中的诗人，也是表现迟暮衰飒之美最成功的诗人。值得注意的是，他并非怀着病态心理去欣赏迟暮衰残的事物，而是怀着对生命、青春、时间的无限珍惜依恋去歌咏上述事物，因而读者从诗人的迟暮衰飒之慨中感受到的正是对人生的珍惜流连，是对美的事物消逝衰减的哀挽伤感。

三是孤寂之慨。义山出身在一个"内无强近，外乏因依"的寒素之家，早岁丧父，在沦贱艰虞的处境中挣扎奋斗，时时感到一身之孤孑。早在大和九年所作的《夕阳楼》中，就已发出"欲问孤鸿向何处，不知身世自悠悠"这种充满悠悠无着落之感的悲慨。随着各方面间阻的不断出现，相知幕主的相继去世，旧友故交的日益疏离，加上环境的冷漠，远幕依人的孤单，特别是高情远意的不被理解，这种人生孤寂无依之慨便越来越浓重。而他那种内向性格，又使这种感慨无法向外宣泄，只能在内心凝聚，从而无时不在咀味着人生的孤寂。"五更疏欲断，一树碧无情"，"黄叶仍风雨，青楼自管弦"，在对周围冷漠环境的描写中透露出一身的孤孑凄凉，"神女生涯原是梦，小姑居处本无郎"，"一春梦雨常飘瓦，尽日灵风不满旗"，在比兴象征的诗境中传出身心的寂寞无托。诗人把长期积淀的种种孤孑感熔铸为一种更为虚括的意绪，并在一些诗中集中加以表现。他的《嫦娥》《霜月》等诗便是抒写永恒的人生孤寂之慨的艺术结晶。

四是迷惘幻灭之慨。义山一生的遭际，如梦似幻，扑朔迷离。政治上的挫折，使他欲回天地之志成虚；爱情上的追求，又总是"一寸相思一寸灰"；昔日的昵交密友，旋成摧抑自己的势力；相濡以沫的妻子，又在盛年奄然去世。人生的迷惘失落幻灭之感，经常萦绕心头。而"梦"正是表现这种感慨最适合的形式。他的诗中，如"顾我有怀同大梦"，"怜我秋斋梦蝴蝶"，"神女生涯原是梦"，"一春梦雨常飘瓦"等句，或以梦象征美好的抱负与追求，或以梦象喻变幻不定的生涯身世，其中都渗透着人生的迷惘幻灭之慨。《七月二十八日与王郑二秀才听雨后梦作》这首诗将自己梦幻般的一生用纪梦的形式加以表现。从开始阶段梦境的明丽热烈，到中间阶段的恍惚迷离，再到后来的离奇变幻，虽难指实（也不必指实）所象喻的生平情事，但从总体看，这"低迷不已断还连"的梦境无疑是诗人一生不同阶段人生境遇的变形反映。"觉来正是平阶雨，未背寒灯枕手眠"，这个意味深长的结尾正蕴含着"生涯原是梦"的深沉感慨。与先前许多诗人慨叹人生如梦每着眼于人生之短促不同，义山这种人生如梦的感慨每因有感于美好理想与追求的幻灭而产生。因此他尽管深慨追求的屡次幻灭（所谓"一寸相思一寸灰"），却仍要坚持幻灭中的追求："微生尽恋人间乐，只有襄王忆梦中。"美好的梦境尽管破灭，仍值得追思回味。与幻灭感密切联系的，是一种弥漫的迷惘感。梦境本身便是扑朔迷离，令人迷惘的；梦的幻灭更令人惘然若失，惆怅不已。他常用"无端"这个词语来表达自己的迷惘感。"锦瑟无端五十弦"，"云鬓无端怨别离"，"秋蝶无端丽"，"无端嫁得金龟婿"，"今古无端入望中"，这些"无端"尽管在各自的诗中都有其特定的内涵意味，但又都透露出对人事景物与人生命运感到迷惘不解的情绪。这种迷惘幻灭之慨，在义山诗中同样构成一种经常出现的情绪基调。

由上面论列的几种人生感慨可以看出，它们都是比较虚括的内心情绪体验，而不是具体明确的关于人生的观念与认识。本身在内涵与形态上都带有一定朦胧性，因而在表现手段上也不能不引起相应变化，这就是由过去的直抒感慨转为借境（或物）象征。如《嫦娥》：

> 云母屏风烛影深，长河渐落晓星沉。
> 嫦娥应悔偷灵药，碧海青天夜夜心。

诗情的触发可能与嫦娥窃药、孤守月宫的神话传说乃至现实生活中女冠慕仙、寂处道观一类情事有关，但当诗人在构思过程中融合了更广泛的人生体验后，诗中所抒写的感慨便带有虚泛性和概括性。全诗展现的既高远澄洁又孤独寂寞的象征性境界，隐隐传出一个追求高远的理想之境而使自己处于永恒孤寂之中的苦闷灵魂的深长感慨，其中既有自悔自怅，又有自赏自怜。这种略可意会、难以言传的情绪型感慨，很难用直截明白的方式直抒，只有借助这种含蕴极丰的象征境界方能得到隐微而隽永的表达。再如《落花》，表面上是写春残日暮之时落花乱飞的情态和诗人的惋惜伤感，实际上是借此种象征境界表达内涵极为虚括深广的人生感慨——"伤春"之慨。联系诗人一系列"伤春"的诗句，诸如"天荒地变心虽折，若比伤春意未多"，"刻意伤春复伤别"，"曾苦伤春不忍听，凤城何处有花枝"，"年华无一事，只是自伤春"，"我为伤春心自醉"，"地下伤春亦白头"等，可以体味出其中蕴含的不仅有时代没落的哀感，身世飘零的悲慨，而且有青春消逝的伤嗟和一切美好事物消陨之无奈。他的《乐游原》五绝所抒写的因古原黄昏落日之境所触发的感慨，用管世铭的话来说，乃是一种"消息甚大"的人生感慨。迟暮之感，沉沦之痛，时世之悲，固然可以包容，扩大了看，也不妨说是对行将消逝的美好事物的深情流连和无可奈何的悲慨。上举数例，无论是孤寂之感，伤春之慨，迟暮之叹，其中蕴涵都深广虚括，感情也复杂微妙，但借助嫦娥孤月、小园落花、古原落日诸境却能得到完美的象征性表现。

由于所抒的人生感慨内涵虚括，又多用象征境界表现，因此他这类诗的艺术风貌每呈朦胧模糊的特征，这是跟传统的抒写人生感慨之作明朗劲直的风貌大不相同的。内涵的虚括，从另一方面看亦即内涵之不确定与多义，似此似彼，亦此亦彼。这实际上就是意蕴的朦胧，像《嫦娥》《乐游原》《落花》一类诗，尽管字面上很明白易懂，但其内蕴却朦胧多义，可以引起多方面的联想。还有一种情况，是诗中创造的象征境界本身就具有朦胧隐约的特征，如《重过圣女祠》的颔联：

> 一春梦雨常飘瓦，尽日灵风不满旗。

着意渲染圣女祠幽缈迷蒙的环境气氛：如梦似幻的细雨悄然飘洒在屋瓦上，境界既幽寂虚缈，又透出一种若有若无的朦胧期望；而轻柔得扬不起神旗的灵风则又暗暗传出好风不满的遗憾。联系诗的点睛之句，可以体味出这由细雨灵风构成的朦胧隐约之境寓有"沦谪得归迟"的诗人渺茫的期待与失落的惆怅。由于境界缥缈，读者只能于虚处约略感受到诗人的心灵叹息，却很难明确揭示这种感慨的具体内涵。再如《无题》：

> 紫府仙人号宝灯，云浆未饮结成冰。
> 如何雪月交光夜，更在瑶台十二层？

借游仙题材抒写人生感慨，更增迷离恍惚之致。想望中的仙姝，可望难即。方欲就彼宴饮，云浆忽已成冰；方欲觅其踪影，对方已高处瑶台之上。撇开触发诗思的具体情事不论，此诗所描绘的虚幻飘忽、遥不可攀之境，乃是表现人生的追求向往虚缈难即之感。这种感慨，其生活基础可能是多方面的（政治、友谊、爱情上的种种追求与渺茫失落均可包括在内），但一经铸成如此空灵虚幻、朦胧迷离之境时，就不宜以一事一情来局限它。而在义山所有抒写人生感慨之作中，内涵最虚括，意境最朦胧的无疑是那首千古诗谜《锦瑟》。从首尾两联只能约略得知这是一首听奏锦瑟而追忆华年，不胜惆然之作，但颔腹两联所展示的四幅各自独立的象征性图景，却很难确指其象征涵义。读者只能从它们分别展示的迷惘变幻、哀怨凄苦、清寥寂寞、虚缈飘忽诸境中揣摹诗人思华年时充满感慨的心声，想象诗人华年所历的人生境界与心灵境界。它超越一切具体情事，又涵盖一切具体情事。在这里，情思是一片惆然，境界则是一片朦胧。朦胧的境界为表现最虚括的感情内涵，引起读者最丰富的联想创造了最充分的条件。

从先秦到晚唐，诗歌中对人生感慨的抒写大体上有两条并行的发展轨迹。一是由主要感慨人生之短促到感慨人生之坎坷，再到感慨人生的悲剧命运以及人生的孤寂、间阻、迷惘、幻灭，呈现出由自然到社会再到内心的发展趋势，亦即由外向内、由表层到深层的过程。从自然与人生的对照中抒写人生苦短之慨，注目于生命的修短，这是人的生存欲望的反映，也是较低层次的人生追求。从社会与个人的矛盾中抒写人生困顿坎坷之慨，着眼于志业事功的追求，这是人的发展欲望的反映，是进一层的人生追求。从环境与自我特别是内心的关系上抒写悲剧命运的感慨以及间阻孤寂迷惘幻灭之慨，标志着对人生的思考体验更加深入，对人生的追求也进入更高的精神领域。与此相应的另一条发展轨迹，则是人生感慨的内涵由具体逐渐走向虚括，表现手法由直抒转为象征。李商隐诗对人生感慨的抒写正同时反映出这两方面的发展趋势。

诗歌中抒写人生感慨，是诗人对生活、对人生的感受体验趋于整体化、深刻化的标志之一，也是诗歌内涵深化的一种表现。在古代诗歌史上，抒写人生感慨虽有悠长传统，但在李商隐的诗歌创作中，这一传统却有很大发展。它不但成为其诗歌的基本主题，而且在内容、手法和艺术风貌上都有明显的开拓、深化与新变，特别是在运用象征境界表现内心深处隐微深曲的人生感慨方面更达到很高成就。后世如李煜、苏轼、龚自珍等在抒写人生感慨方面也各有独特成就，但艺术风貌与义山这类作品明显有别。总之，这种内涵虚括，充满伤感情调，具有象征色彩和朦胧意境的抒写人生感慨之作，在古代诗史上是独特的存在，它相当全面地体现了李商隐诗歌的基本特征。

［原载《安徽师范大学学报》（哲学社会科学版）1993 年第 1 期］

分歧与融通

——集解李义山诗的一点体会

在中国古代诗歌史上，李商隐的一部分意蕴虚泛之作可能属于歧解最多的作品之列。《锦瑟》及《无题》诸篇自不必说，就是像《嫦娥》《乐游原》一类短章，也是众说纷纭。但如将自古迄今的众多歧说细加排比研究，却可发现它们往往可以相容并存并加以融通。这种融通，既包括同一平面上对各种异说的某些合理成分的择取与综合，但更主要的是在把握义山这部分诗总体特征的基础上，从更高的层面来统摄、融合这些表面上歧异很大的解说。实际上，融通歧解的过程，往往就是对义山这部分诗创作特征的认识与把握的过程。本文拟结合在编撰《李商隐诗歌集解》的过程中所获得的对这类诗特征的认识，来说明这些歧解何以产生以及为什么能够加以融通。文中论及的这类意蕴虚泛之作，虽不能代表义山诗的全貌，却无疑是其中最富艺术独创性的。把它们的创作特征把握住了，也就在相当程度上把握了义山诗。

一

义山的一些诗，在诗思的触发上往往具有触绪纷然，百感交集，并且不主一端，浑沦书感的特点。因此它的蕴涵往往非常丰富，分歧的解说也由此而生。《乐游原》五绝在这方面表现得最为典型。诗写在"向晚意不适"的情况下登古原遥望夕阳而触发的感慨。由于诗中并未明言所感的对象与内容，注家便歧解纷纷，各执一端，或以为"忧唐之衰"，或以为"叹老"，或以为"爱惜景光"。实则无论哪一种解说都不足以说明此诗所蕴涵的深广内容。管世铭说"李义山《乐游原》诗消息甚大"，确实感觉到了这一点。关键就在触景兴感时所感者本非一端。正如杨守智所说："迟暮之感，沉沦之痛，触绪纷来。"纪昀亦云："百感茫茫，一时交集。谓之悲身世可，谓之忧时世亦可。"尽管他们所列举的"悲身世""忧时世"或"迟暮之感，沉沦之痛"亦未必能包括此诗的全部内涵，但他们所揭示的"触绪纷来""百感茫茫，一时交集"的感物发兴特征，却是非常切合义山这类诗创作实际的。这种纷至沓来的感触看似无端，实则仍有端绪可寻，纪氏已见及此："得力处在以'向晚意不适'句倒装而入，下二句已含言下。"这"向晚意不适"既是三四句的情感背景，又是其情感基因。它是一种包蕴丰富复杂而难以指言的浑沌弥漫的"黄昏情结"。对于义山这样一位身处衰世、遭遇不偶的诗人来说，举凡国运之衰颓，身世之沉沦，岁月之蹉跎，好景之不常等平素经常萦绕于脑际、形之于歌咏的感情意绪均可成为酿造此种黄昏情结的因素。它适遇古原夕照之景，情与境会，遂使其中潜含的诸种感情纷至交集，而发为"夕阳无限好，只是近黄昏"的深沉感喟。诗人浑沦书慨，正缘所感并非一端。把握住此诗发兴前情感基因之蕴含丰富、形态浑沌与发兴之际触绪纷来、百感交集的特征，诸家分歧之说自可在更高层面上加以融通。诗中的感慨不仅可以兼包时世、身世、人生诸多方面，而且表现出对美好而行将消逝的事物带有哲理性的沉思与浩叹。饶有意味的是，他的《晚晴》虽与《乐游原》同为触景兴感、深有寓慨之作，所触之景亦同为夕阳，但《晚晴》却几乎不存在歧解。这是因为诗中"天意怜幽草，人间重晚晴"，"越鸟巢干后，归飞体更轻"两联，从语言到意象都为读者的感受与联想规定了明确的指向，使人很容易由久遭霖雨、忽遇晚晴的幽草和体态轻捷的归巢越鸟联想到诗人的身世遭遇和珍重晚晴的态度、托身有所的欣喜；而原因又在于诗人于久雨逢晴之际所触发的感情仅为身世境遇这一端，与《乐游原》之触绪无端、百感交集有别。

　　《落花》《天涯》《楚吟》诸篇所引起的歧解虽不像《乐游原》那样纷繁，但其触绪多端的感物发兴特征与虚泛深广的蕴涵却与之神似。《落花》抒写因春残日暮花落而引起的浓重感伤。起联即透露出目接纷飞的落花时思绪之纷乱多端。面对飘洒弥漫、逐渐稀疏、与斜晖相映的落花，诗人所触发的不但有身世之飘零，更有青春年华之消逝、美好事物之陨落乃至国运之衰颓等无可奈何的哀感。解为"悼亡"（程梦星）、"身世之感"（姚培谦）、"寂寞之景"（纪昀）均未必能尽其意。诗中所抒写的乃是一种内涵极虚泛深广的"伤春"意绪。尾联"向春尽"而飘零"沾衣"的落花之"芳心"，不妨说就是"刻意伤春"的诗魂。吴乔说此诗"通篇无实语"，正接触到它的意蕴虚泛、难以指实的特征。《天涯》意极悲而想极奇。其意蕴固非单纯的羁泊天涯之慨或迟暮沉沦之悲，而是一种因春残日暮莺啼花阑而触发的对世间一切美好事物难以留驻的深悲。洒泪的啼莺，亦可视为对美的消逝深情哀挽的诗人之化身。屈复说："不必有所指，不必无所指，言外只觉有一种深情。"破执一端，指实为解，于虚处领其深情，可谓读此类诗妙法。这本身便是对诸多实解的融通。再如《楚吟》：

　　　　山上离宫宫上楼，楼前宫畔暮江流。
　　　　楚天长短黄昏雨，宋玉无愁亦自愁。

"愁"的内涵，注家们或因楚天云雨而解为男女间的离愁（程梦星），或因楚王云雨荒淫而解为贤者不得近君之愁（何焯），或谓因暮雨而增客愁（姚培谦），均不免拘执。诗人触景兴感，所感者本非一端。这是一种像暮色那样黯淡而弥漫，细雨那样纷披而迷茫，江流那样浩淼而悠长的愁绪。诗人以宋玉自况，而宋玉之愁本就是多方面的，既有"贫士失职"的凄怨，羁旅无伴的惆怅，亦有遭遇昏世的哀感。与其执于一端，何如融通虚解。冯浩说："吐词含珠、妙臻神境，令人知其意而不敢指其事以实之。"本非感于一事，自不宜指其事以实之。冯氏解诗，每伤于凿，对此诗却特具神会。

二

义山意蕴虚泛之作，往往在歌咏某一特定题材时融合渗透了更加广泛的人生体验，从而使它们具有远超出题材范围的普遍性与典型性。《梦泽》：

> 梦泽悲风动白茅，楚王葬尽满城娇。
> 未知歌舞能多少，虚减宫厨为细腰。

诗的主意在讽慨迎合邀宠的宫女。表面上诗人的笔始终未离楚宫，实则在"未知歌舞能多少，虚减宫厨为细腰"的深长讽慨中已经融合了古往今来许多与此类似的情事。注家对此诗的诠释，看似歧解杂出，实际上往往是对熔铸了广泛人生体验，具有典型性的诗境从不同侧面感受与联想的结果。如姚培谦说："普天下揣摩逢世才人，读此同声一哭矣！"屈复说："制艺取士，何以异此！"陆鸣皋说："从饿死生情，其意为因小而害大者也。"这些联想与感触，异途同趋，正可启发我们从更高的层面融通诸说，看出此诗所讽慨的乃是为私利而盲目趋时者的悲剧这一深广的内蕴。《宫妓》《宫辞》二诗可以说是《梦泽》的姐妹篇。前篇因巧匠偃师献假倡于周穆王，假倡"瞬其目而招王之左右侍妾"，遭王之怒几乎被诛一事发抒感慨，讽慨的对象自非传说中的偃师其人，而是一切弄巧者。杨亿称叹此诗寓意"深妙"，但引而未发；唐汝询、屈复、冯浩、张采田等分别从"为仕宦者戒"，"小人之伎俩终至于败"，"讽宫禁近者不须日逞机变"，"为朋党辈效忠告"等方面发明其寓意。在此基础上融通众解，不难得出讽慨弄巧者机关算尽，反因巧而招祸的深层意旨。《宫辞》所讽慨者自亦不限于得宠的宫妃。吴乔认为诗"有警绚意"，固稍嫌拘凿，但已看出它有警世之意。徐增、姚、屈、冯诸家不拘实为解，仅言"慨荣宠之无常"，"被宠者自当猛省"，反而得其神情。融通众解，诗所讽慨自明。将《梦泽》《宫妓》《宫辞》联系起来考察，则可进一步看出它们所讽慨的趋时而害己者，弄巧而招祸者，恃宠而旋败者，都是缺乏独立人格与价值，将命运系于统治者好恶的悲剧人物。诗人讽世之情可谓深矣！

《嫦娥》与《重过圣女祠》则是在特定题材的歌咏中叠合了意蕴相通的多重内容。《嫦娥》表层内容虽颇显明，但注家的解说却极纷纭，有以为咏"嫦娥贪长生之福，无夫妻之乐"者（谢枋得），有以为讽女道士"不耐孤子"者（冯、程），有以为借指作者所思之人者（唐汝询、黄生、屈复），亦有以为借嫦娥以自慨者（胡次焱、何焯、沈德潜、姚培谦、张采田）。表面上看，以上诸说似乎相距遥远，根本无法融通。实则这些歧解都可以在一个基本点上统一起来，这就是诗中着意表现的高远清寂之境和永恒的寂寞感。以为咏嫦娥贪长生之福无夫妻之乐的自悔固可，以为嫦娥借指慕道学仙而不耐孤子之女冠，或以为此即作者所思之人，亦非无根之谈（作者曾以"月娥孀独"喻指女冠之无侣，以"窃药"喻女冠慕仙学道）。但此诗还可能寓有更深微的感慨。诗中所描绘的既高远澄洁又孤独寂寞的境界，正透露出宅心高洁而身心孤寂的诗人在体贴同情"嫦娥"（或女冠）境遇的同时心灵的共鸣，流露出内心既自怜自赏又自伤自悔的复杂深微意绪。嫦娥、女冠、诗人，不妨说是三位而一体，境类而心通。咏嫦娥、咏女冠、咏自身境遇心情诸说也完全可以在"追求高远澄洁之境而陷于永恒的孤寂"这一基点上得到融通。

《重过圣女祠》的情况与《嫦娥》类似。有以为实咏圣女神者，有以为借圣女以咏女道士者，有以为托圣女以寄慨身世者，亦有谓有所遇而托其词于圣女者。这些分歧的解说又都可以在表现"沦谪得归迟"这一主旨上得到融通。明赋圣女之谪降归迟，孤栖无托，实咏女冠之寂守道观，孤子无侣（前此《圣女祠》五排即以圣女祠喻道观，故托圣女以咏女冠之说不为无据），而诗人长期沉沦飘泊，无所依托的境遇亦藉此以传。此诗意境虽较《嫦娥》朦胧，而深层的托寓痕迹反倒明显。除首联明点"沦谪得归迟"的主意外，尾联又以掌管学仙簿箓的天官"玉郎"暗指内征为吏部侍郎（职掌铨选）的幕主柳仲郢，企盼其助己重登"仙籍"。其托圣女以自寓的意图固不难窥见。如果说,《梦泽》《宫妓》《宫辞》诸诗由此及彼的联想类似连环式,呈横向的扩展,那么《嫦娥》《重过圣女祠》的联想则近乎同心圆式,呈由内向外的扩展。

咏特定题材而融合更广泛的人生体验,在义山一部分寄托似有若无的无题诗中有特殊的表现形式。这主要是指歌咏爱情的特征相当 显著突出,另有寄托的痕迹则不很明显的"相见时难","来是空言""飒飒东南""凤尾香罗""紫府仙人"诸篇。不少论者认为它们只是单纯歌咏爱情之作,而另一些研究者如吴乔、徐德泓、冯浩、张采田等则认为它们寄托着诗人与令狐绹之间的关系或仕途失意之感。两派的解说相互对立,似乎不可调和。其实它们之间并无不可跨越的鸿沟。细味上述诸作一些集中抒慨的诗句,像"曾是寂寥金烬暗,断无消息石榴红","刘郎已恨蓬山远,更隔蓬山一万重","春心莫共花争发,一寸相思一寸灰","春蚕到死丝方尽,蜡炬成灰泪始干",可以感受到其内涵并不单纯。那种寂寥中的无望期待,间隔中的沉重叹息,幻灭后的强烈悲愤和虽幻灭仍执着追求的精神,都不仅属于诗人的爱情生活领域,而是贯串渗透在他生活的各个方面。姚培谦笺"相见时难"篇云:"此等诗,似寄情男女,而世间君臣朋友之间若无此意,便泛泛与陌路相似,此非粗心人可知。"已经触及此类诗的感情内涵可以旁通的特点,而况周颐论词之寄托时提出的"即性灵,即寄托"的观点更可借作这种旁通现象的理论说明:

> 词贵有寄托。所贵者流露于不自知,触发于弗克自已。身世之感,通于性灵,即性灵,即寄托,非二物相比附也。

况氏指出的这种流露于不自知的寄托,与义山这类无题诗的创作机理颇相吻合。诗人某一方面的身世境遇之感越是深刻持久,就越会自然地沉潜累积、凝聚酝酿,内化为其性格、气质、心态的有机组成部分,此即所谓"身世之感,通于性灵"。当他歌咏某一特定题材(如爱情)时,这种感于外而蕴于内的"性灵"自然流露(义山自己也明确说过"咏叹以通性灵"），其身世之感也就包蕴其中了。举例来说，义山悲剧性的身世境遇，造就了缠绵执着，带有浓厚感伤气质的"性灵"。它往往在各类题材的诗作中不由自主地流露出来。当他歌咏生死不渝的爱情时，就写出了"春蚕到死丝方尽，蜡炬成灰泪始干"这样的至情至性之句。在主观上，诗人并不一定有意在爱情歌咏中寄寓身世之感，但由于它象征性地表现了这位主情的缠绵型诗人如春蚕作茧自缚般的感情个性与极端伤感而执着的气质，就自然将他的身世之感与更广泛的人生体验也不露痕迹地融化进去了。这样的诗是爱情诗，但又超越了单纯的爱情诗，成为诗人心灵特征的展现。对这类诗的对立解说之所以能够融通，说到底是由于诗中所抒的情感本身已经融合了更广泛的人生感受与体验。在这个意义上说，融通歧说，实际上是还诗中所抒之情以本来面目。

从上举诗例可以看出，融通歧解之所以可能，是因为诗中所表现的往往不是具体情事。而是形态与内容都相当虚泛的感情境界，例如间阻感、孤寂感、幻灭感、虚缈感等等。这些感情境界的形成，本来就是熔铸了多方面人生体验的结果。以间阻感为例。义山一生各方面的追求，几乎都遇到重重间阻。政治上，是"九重暗已隔"，"凤巢西隔九重门"；友谊上是"新知遭薄俗，旧好隔良缘"；爱情上，更是"来时西馆阻佳期，去后漳河隔梦思"，"谁言整双履，便是隔三桥"；甚至在观赏景物时也常有阻隔之感："红楼隔雨相望冷"，"隔岸渐渐雨"。这无往不在的有形或无形的阻隔，形成了他心中弥漫虚泛的间阻感。因此当他在《无题》（来是空言）中沉重地叹息"刘郎已恨蓬山远，更隔蓬山一万重"时，熟悉义山其人其诗的读者所感受到的便不单纯是爱情上的阻隔之恨，而是从这流露了深层心声的浩叹中联想到其他方面的间阻。推而论之，举凡上面提到的孤寂感、幻灭感、迷惘感等等，也都由于他在各方面有类似的痛苦经历与体验，并因此积聚、泛化为种种具有抽象形态的感情境界。它们往往因景物人事而触发，并宣泄出来，铸为诗语。表面上看，似是单纯就某种具体情事景物而抒的情，实则其内涵已远远超越具体情事的拘限。尽管诗人执笔为诗时未必明确意识到这一点，但实际上在感情倾泄之时已经动用了酝酿已久的、凝聚泛化了的人生体验的丰富贮藏。这正是义山意蕴虚泛之作无意于寄托而无所不托的原因，也是我们得以融通对它们的分歧解说的根本依据。

三

文学作品内涵意蕴的理解与把握，是一个不断发掘、丰富、深化的动态过程。对于李商隐这样一位素称"隐僻"的诗人的意蕴虚泛之作，更是如此。不同时代、不同价值取向、学术观点、审美观念的读者对同一作品的不同理解，从表面看，确实众说纷纭，莫衷一是。但从总的趋势上看，这些歧解又往往是不同时代的人们对作品内涵与特征认识不断丰富与深化的反映。一篇作品的诠释史、研究史，实际上是其内涵意蕴与特征不断被逐步深入认识的历史。我们采用"集解"的方式来整理义山诗集，就是为了在比较全面地展示前人对作品的不同理解的基础上，通过比较、分析、综合、融通，加上自己研习所得，以期达到比较全面、通达的认识。尽管由于主客观条件限制，这个工作可能做得很不理想，但真正的整理与研究必须充分吸收融会前人一切有价值的成果，则是无疑的。以千古诗谜《锦瑟》为例，自北宋迄今，解者不下百家，重要的异说也有十来种。面对这一大堆纷纭的异说，开始时固不免眼花缭乱，但细加寻绎，却发现不少异说乃是诗的丰富蕴含和暗示在不同读者中引起的不同感受与联想。如果紧紧抓住诗人明白揭示的全诗主意——因闻瑟而追忆华年不胜惘然，便不难发现许多异说原可相容或相包，并在"思华年"而"惘然"这个基点上得到融通。历代对此诗的解说，有一个大体的发展趋向，即由单一、具体走向综合、抽象与虚泛。最早出现的如刘攽的咏令狐家青衣说，托名苏轼的咏瑟之适怨清和说，都是把它的内涵理解得比较具体单一的。这两种解说，基本上支配了宋元明三代。清代以来，随着对义山诗研究的深入，悼亡、自伤身世、自述诗歌创作诸说纷起，对诗的内涵的理解逐渐扩大与虚化。到当代，一个明显的趋势是从象征性境界或象征性结构的角度将诗的内涵进一步虚化，有将颔、腹二联解为梦、幻、泡、影者，解为写困惑、失落、幻化等惘然之情者，解为幻梦、寄托、失意、无为者。随着对内涵理解的由实趋虚，是各种歧说的相互渗透与吸收。这一发展轨迹反映了人们对义山这类意蕴虚泛的诗认识的全面与深化。我们正可从中得到启发，沿着上述发展趋向对分歧的异说加以融通。这当然不是简单的捏合，而是抓住"思华年"与"惘然"这一中心，将颔、腹两联所展现的迷幻、哀怨、凄寥、虚缈诸种象征性境界，既看成锦瑟所奏出的音乐境界，又看成诗人华年所历的人生境界和思华年时不胜惘然的心灵境界。从最宽泛的意义上看，自伤身世说无疑最能兼融众说。华年身世之悲，迷幻哀怨凄寥虚缈诸境，既可包含悼亡之痛乃至其他爱情悲剧体验，又可包含其诗歌创作所着重表现的心灵境界、人生感受。以自伤身世为主轴，既可涵盖悼亡说，又可旁通自述诗歌创作说，而咏瑟声说亦包含其中了。总之，含悼亡之痛的惘然自伤身世之情，因锦瑟之悲声而起，借诗歌中展示的境界以传，这也许可以作为融通《锦瑟》众多歧解的简要概括。

　　一般地说，由于时代的进步与观念、方法的更新，今人的认识往往要比前人更全面、深刻一些。当我们站在今天的认识高度去融通纷歧的旧说时，可能很容易发现某些有影响的旧说在观念、方法上的缺陷。例如从吴乔、冯浩到张采田，他们对义山这类意蕴虚泛之作的诠解往往牵合具体人事（如义山与令狐绹的关系）进行比附，不少说法常流于穿凿附会。但他们这些对义山的时代、生平与创作下了很大功夫的研究者为什么认定包括《无题》在内的一部分诗是咏与令狐绹的关系与交往的，却值得我们思考。这至少意味着，根据他们的艺术感觉和对义山其人其诗的了解，这类诗中所表现的不单纯是爱情；同时启示我们，在研究《无题》这一类诗时，不能忽略义山与令狐绹的关系这一生活基础。从这个意义上说，他们一些近乎穿凿的解说中仍有合理的值得融会吸收的成分。如下面这首《无题》：

　　　　紫府仙人号宝灯，云浆未饮结成冰。
　　　　如何雪月交光夜，更在瑶台十二层？

吴乔解为对令狐绹"极其叹羡"，冯浩更牵合"绹为承旨，夜对禁中，烛尽，帝以乘舆金莲华炬送还"之事以类证首句，谓"时盖元夕在绹家，候其归而饮宴，故言候之久而酒已成冰"，将极虚幻的象征性境界实解为日常生活情事，其穿凿附会固显而易见。但诗中着意描绘的可望而不可即的境界和时感对方变幻莫测，难以追攀的情绪，却不能说与诗人跟令狐绹之间的关系毫无瓜葛。这种意境极空灵虚幻之作，其生活基础可能是多方面的。义山一生政治、友谊、爱情等方面的追求向往与虚缈难即之情事，都是酿造这种艺术境界的生活基础。当诗人融合多方面人生感受铸成此种蕴涵极丰的典型性艺术境界后，当然不宜用部分生活基础去解释其丰富内涵，但并不排斥在这蕴涵极丰的境界中包括了这方面的生活体验。只有细心辨析作品诠解史、接受史上每一认识成果，并分别加以扬弃吸收，方能做到较为全面通达。

以上分别从创作起始阶段的触绪多端、百感交集，创作过程中在特定题材的歌咏中融入多方面的生活感受，创作完成后接受主体对同一作品的多侧面感受与认识这几个主要方面，论述了义山的意蕴虚泛之作何以有许多歧解和为什么能够将它们融通。质言之，对这类融合了多方面生活感受，主要是表现某种感情境界的意蕴虚泛之作，应该按照作品的特征，虚解之或放空了看。作者酿米成酒，由丰富的生活原料提纯升华为艺术真实、典型境界，解诗者自不宜再将蕴含丰富的典型境界指实为某一局部的生活依据。但每一种提供了局部生活依据的解说对把握典型境界的丰富蕴涵仍有一定参考价值。

所谓融通，在某种意义上说，是用一般来概括个别。而任何一般又不可能完全涵盖个别，因而融通只能是求大同存小异，它但求兼该众说的合理成分，却不能也不必废弃众说。《集解》的编排形式就体现了这一意图。

[原载《唐代文学研究》1994年第五辑]

樊南文的诗情诗境

　　玉谿诗与樊南文，是李商隐倾其毕生精力与心血铸成的艺术珍品。自钱锺书先生提出"樊南四六与玉谿诗消息相通"（引自周振甫《李商隐选集·前言》）之说以来，先有周振甫先生对"商隐以骈文为诗"这一面作过精切的阐发，[①]继有董乃斌先生在其所著《李商隐的心灵世界》"浓缩的符号——典故""非诗之诗"等有关章节中对之作了进一步的发挥。周、董两位先生的阐论，大抵侧重于商隐骈文对其诗歌创作的影响。但玉谿诗与樊南文的关系，还有另一重要侧面，即玉谿诗对樊南文的渗透与影响，或可称之为"以诗为骈文"。作为一个在诗歌创作上卓有成就、极富个性特色的大家，他的骈体文不可能不受到其诗歌创作或明显或潜在的影响。这种影响，体现在樊南文中的诗语、诗情、诗境等诸多方面，而又集中表现为樊南文所特有的诗心——李商隐的诗人心灵与个性。钱先生所说的"樊南四六与玉谿诗消息相通"，当兼该"以骈文为诗"与"以诗为骈文"这两个方面。优秀的玉谿诗和富于诗情诗境的樊南文正是同一心源所生的珍奇硕果。

　　需要说明的是，本文所论，主要是樊南文中富于抒情色彩（特别是个人抒情色彩）的文艺性文章。商隐一生，辗转寄幕，为幕主或他人撰拟了

---

　　① 何焯《义门读书记·李商隐〈镜槛〉诗评》云："陈无已谓昌黎以文为诗，妄也。吾独谓义山是以文为诗者。观其使事，全得徐孝穆、庾子山门法。"此实即最早提出商隐以骈文为诗之说者。

大量表状书启及其他应用文。这些文章尽管在隶事用典、敷采摛藻、声切对偶等方面都达到很高的水平，堪称"今体之金绳，章奏之玉律"（孙梅《四六丛话》卷三十二），但从整体上看，仍属应用文而非文艺性文章。樊南文中，真正具有文艺性的，是哀祭诔奠之文和一部分抒情书启。这部分文章尽管只占现存樊南文的三分之一左右，却是最能代表樊南文的特色与文学成就的。由于玉谿诗对樊南文的渗透，有时一些非文艺性文章中也会出现文艺性的段落或句子，论述中也间或旁及这类文章。

樊南文中的诗语

在中国古代各种文章体裁中，骈体文是形式上最考究的一种美文。它以隶事用典、追求华藻、讲究声律为主要特点。这些特点，与诗歌语言的精练含蓄、富于音乐美、色彩美密切相关，有的就是在发展过程中吸收了诗歌语言的特点而形成的，特别是初唐四杰的骈文，其平仄的更加谐调，属对的更加精切，就与当时近体诗的发展定型有明显关系。但是，并非具有上述特点的语言就能成为诗语。作为诗语，还必须有诗歌语言特具的形象性与韵味，像王勃《秋日登洪府滕王阁饯别序》中的名句"落霞与孤鹜齐飞，秋水共长天一色"就是典型的例证。樊南文中的诗语，大体上有两种类型：

一类是在前代诗文隽语基础上熔铸而成的，如《为张周封上杨相公启》中的一段文字：

> 皋壤摇落，老大伤悲……心惊于急弦劲矢，目断于高足要津。而又永念敝庐，空余乔木。山中桂树，遂愧于幽人；日暮柴车，莫追于傲吏。将须理鬓，霜雪呈姿；吊影飔音，烟霞绝想。

这是代长期寄幕、落拓不偶的文士张周封向当朝宰相杨嗣复陈情告哀、祈求荐引的书信。节引的这一段融化了谢朓、古乐府、陆机、《古诗十九首》、《楚辞·招隐士》、江淹、陶潜、曹植等一系列清新俊逸、富于形象感、画面美而又诗味隽永的清词丽句。作者以"老大伤悲"的不遇之感为中心，将它们累累如贯珠似地串连成一个整体，不仅表现了张周封进不能仕、退不能隐的悲苦处境，而且活现出一个须鬓霜雪、形影相吊的失意沉沦之士的凄苦形象。由于这一连串诗语的巧妙组织与配合，便酿造出了非常浓郁的诗味。这种集合诗文隽语的方式，并非简单的数量叠加，而是在吸纳原诗语内涵、意味、色调的基础上，经作者的妙手点染，产生新的诗味。"心惊"一联，化用陆机诗句"年往迅劲矢，时来亮急弦"及古诗"何不策高足，先据要路津"，而分别冠以"心惊""目断"，就在强烈的对照中，更加突出了面对急弦劲矢般逝去的时光和自身仕宦无路的处境时那种既焦切惊心又无望无奈的心情。因要津之渺茫难即而益感时光流逝之迅疾，又因时光流逝，头颅老大而益感仕途之无望。这种集合式的诗语，在樊南文中随处可见，如：

> 今春华以煦，时服初成，竹洞松冈，兰塘蕙苑，聚星卜会，望月舒吟。羊侃接宾，共其醒醉；谢安诸子，例有风流。（《上李舍人状五》）

> 久乘亭障，长奉鼓鼙。猿臂渐衰，燕颔相误。弊庐仍在，白首未归。（《为濮阳公与丁学士状》）

> 某始在弱龄，志惟绝俗。每北窗风至，东皋暮归，彭泽无弦，不从繁手；汉阴抱瓮，宁取机心？岩桂长寒，岭云镇在，誓将适此，实欲终焉。（《上李尚书状》）

有时，用一两个典故也能熔铸成情味隽永、形象鲜明的诗语，如《上河东公启》：

> 某悼伤已来，光阴未几。梧桐半死，才有述衰；灵光独存，且兼多病。

分用枚乘《七发》"龙门之桐，高百尺而无枝，其根半死半生"与王延寿《鲁灵光殿赋序》"西京未央建章之殿，皆见隳坏，而灵光岿然独存"。以"梧桐半死"喻丧偶，不仅形象地显示了与妻子王氏同根共体的亲密关系，而且将自己遭到这场变故后形毁骨立、生意凋丧的情状描摹得鲜明如画，其内心的创痛亦不言而喻。以"灵光独存"喻己身独存，其孑然孤立、形影相吊之状固如在目，且于言外透露出一种人世沧桑之慨。

另一种类型是不用任何典故、藻饰，自出机杼铸成的诗语。如：

清秋一鹗，碧海孤峰。（《为濮阳公与度支周侍郎状》）

每水槛花朝，菊亭雪夜，篇什率征于继和，杯觞曲赐其尽欢。（《上令狐相公状》）

万里衔诚，一身奉役。湖岭重复，骨肉支离。（《上度支卢侍郎状》）

白露初凝，朱门渐远。（《上河阳李大夫状一》）

去岁陪游，颇淹樽俎；今兹违奉，实间山川。曲水冰开，章台柳动。（《上李舍人状五》）

今者冰消雪薄，江丽山春。（《为荥阳公与浙东杨大夫启》）

除首例是用秋鹗、孤峰象喻对方的品格风神外，其余诸例均为抒情写景的句子。或写对前辈知遇的感念，或抒亲故零落的悲痛，或叙羁旅漂泊的苦辛，或状两地相隔的怀想，无不清词丽句、诗味浓郁。末例遥想会稽春天风物，纯用白描，而名山胜景春日的盎然生机与明丽色彩宛然在目。从上举诸例可以看出，商隐并非纯以獭祭数典取胜，而是同样擅长白描。没有典故的骈句，照样可以成为清新俊逸的诗语，关键在于其中蕴含的对所写人事景物的诗意感受。从另一方面说，它们之所以成为诗语，也并非由于其语言比较通俗，不用藻饰典故。陆贽的奏议也很少用典，语言朴质明快，但它们仍是标准的文章语而绝非诗语，关键亦在于作者对所论的内容并没有诗的感受而纯出于理性的思考与剖析。这里已涉及诗语所蕴含的诗情问题。实际上，诗语与诗情是互为表里的，很难截然分开。

樊南文中的诗情

李商隐是一位主情型的诗人，其诗以"深情绵邈"著称。这一本质特点也同样体现在樊南文中，特别是抒情色彩比较浓的文章中。樊南文中的诗情，最集中地表现在两个方面：对自己身世遭遇的感怆，对亲朋故旧的感念及不幸遭际的伤悼，并以此为基点，辐射到其他人事上。

感伤身世，原是玉谿诗中一个贯串始终、弥漫于各种题材的基本主题。可以看出李商隐作为一个诗人，这方面的体验特别深刻，情感也特别浓挚。这种沉凝郁积的诗情，在他一系列陈情告哀或感念知己的书启中表现得最为充分，如大中三年十月他应武宁节度使卢弘止之辟后所写的一封谢启中这样写道：

> 时亨命屯，道泰身否。成名逾于一纪，旅宦过于十年。恩旧凋零，路歧凄怆。荐祢衡之表，空出人间；嘲扬子之书，仅盈天下。去年远从桂海，来返玉京，无文通半顷之田，乏元亮数间之屋。隘佣蜗舍，危托燕巢。春畹将游，则蕙兰绝径；秋庭欲扫，则霜露沾衣。勉调天官，获升甸壤。归唯却扫，出则卑趋。仰燕路以长怀，望梁园而结虑。

李商隐开成二年登进士第，四年释褐任秘书省校书郎，旋调补弘农尉。到大中三年，"获升甸壤"，仍然是一个畿县的县尉。其间经历了恩知令狐楚、王茂元的去世，老母的亡故，府主郑亚的被贬，以及自己辗转寄幕、南北驱驰漂泊的生活。13年中，绕了一个大圈，最后仍然回到原来的起点。明乎此，才能感受到这段倾诉十余年来坎坷经历的文字所蕴含的感伤身世之情的浓度，才能感受到诸如"时亨命屯，道泰身否"，"恩旧凋零，路歧凄怆"，"归唯却扫，出则卑趋"一类句子所包含的痛切人生体验和"仰燕路以长怀，望梁园而结虑"中所流露的急切期盼和感念。将此启与《偶成转韵七十二句赠四同舍》对读，当会更明显感受到其中所凝结的诗情。与此类似的，还有《上李尚书状》、《献舍人彭城公启》、《献相国京兆公启》、《献河东公启二首》（其一）、《上河东公启》等。这些启状所投献的对象，与商隐的关系虽有较亲较疏之别，但作者在抒写自己流离困顿的身世时，都毫无例外地充溢着感伤的诗的情愫。在诗歌中，他往往通过咏物、咏史甚至歌咏爱情的方式寄寓身世之感，表现得比较曲折深隐，在文中则表现得相当明显直接，甚至淋漓尽致。这当然与这些书信有明显的投献目的，不如此不足以引起对方的注意同情密切相关，但也可见其身世之悲蕴积之深。《上河东公启》是李商隐大中五年到东川幕后不久，辞谢柳仲郢赠歌妓张懿仙而作，是一篇工于言情的诗体式书信。启中自述妻亡子幼一段，写得最为哀恻动人：

> 某悼伤已来，光阴未几。梧桐半死，才有述哀；灵光独存，且兼
> 多病。眷言息胤，不暇提携。或小于叔夜之男，或幼于伯喈之女。检
> 庚信荀娘之启，常有酸辛；咏陶潜通子之诗，每嗟漂泊。

悼伤之情方浓，又复抛下年幼的儿女，只身远幕东川。一路写来，似乎只是在渲染丧妻后自己的孤凄衰病和骨肉分离、无暇提携的痛苦歉疚，实则处处都在暗示：自己既深念亡妻，更怜念子女，根本不可能移情他顾。虽未明言，对方自能从这充满哀感的自述中揣知商隐因丧妻别子衰病而风怀已淡的隐衷。虽用了一连串典故，却挟情韵以行，如同信手拈来，曲折如意，表现出驾驭骈文这种形式的高超功夫。

商隐祭奠之文，写得最富诗情的是祭奠与他关系最亲密的恩旧戚属的

文章。令狐楚是他正式踏入社会以后对他有指点提携之恩的第一位显宦，他的骈文章奏技巧和登进士第的荣耀，都与楚的拂拭照顾密切相关。开成三年，他在《奠相国令狐公文》中这样写道：

> 呜呼！昔梦飞尘，从公车轮；今梦山阿，送公哀歌。古有从死，今无奈何！天平之年，大刀长戟，将军樽旁，一人衣白。十年忽然，蜩宣甲化。人誉公怜，人谮公骂……愚调京下，公病梁山，绝崖飞梁，山行一千。草奏天子，镌辞墓门。临绝丁宁，托尔而存……故山峨峨，玉谿在中。送公而归，一世蒿蓬！

从大和三年初谒令狐于洛阳，得其垂拂，到开成二年令狐临终托其代草遗表撰写墓志，前后将近十年，可叙之事本多。但这篇祭文却撇开许多具体情事，以抒情的诗笔集中写令狐的知遇。十年的交契始末，只用"昔梦"16字高度概括，一生一死、一始一终，略去中间无数情事，亦包蕴无数情事。这种浓缩虚括的诗笔，最宜于浓郁深挚难以用具体情事表达的诗情。"天平"四句，似涉叙事，实为抒情，从"将军樽旁，一人衣白"正可见自己以白衣未仕之身受到令狐的特殊恩遇。包括下面的"临绝丁宁，托尔而存"，亦均从知遇之恩着笔，说明令狐直到生命终结之日，所信任倚重的仍是自己这样一个尚未正式入仕的小人物。结尾因令狐之逝而发"一世蒿蓬"的悲慨，其时义山已经登第，这种"预言"初读似有过情之嫌，但只要联系义山的身世境遇，便不难发现这实在是他的真情流露。令狐楚是他在"内无强近，外乏因依""沦贱艰虞"的处境中首先予以有力援助的知己，因此对楚的去世，不但倍感悲痛，而且有一种"一世蒿蓬"的不祥预感。而这种预感竟不幸而言中。冯浩说："楚爵高望重，义山受知最深，铺叙恐难见工，故抛弃一切，出以短章，情味乃无涯矣。是极惨淡经营之作。"所言诚是。

从《奠相国令狐公文》可以看出，商隐这类吊祭恩知亲戚之文之所以哀恻动人，富于诗情，是与其中融入了身世沦贱之感密切相关的。现存商隐祭奠文中,《祭外舅赠司徒公文》《重祭外舅司徒公文》《祭裴氏姊文》《祭徐氏姊文》《祭处士房叔父文》《祭小侄女寄寄文》无不具有这一突出特点。在这些祭文中,对恩知戚属的感念哀悼和对自身遭际的伤感往往水乳交融:

> 呜呼!往在泾川,始受殊遇。绸缪之遇,岂无他人?樽空花朝,灯尽夜室,忘名器于贵贱,去形迹于尊卑。语皇王致理之文,考圣哲行藏之旨,每有论次,必蒙襃称。(《重祭外舅司徒公文》)

> 祷祠无冀,奄忽凋违……此际兄弟,尚皆乳抱。空惊啼于不见,未识会于沉冤。浙水东西,半纪漂泊。某年方就傅,家难旋臻,躬奉板舆,以引丹旐。四海无可归之地,九族无可倚之亲。既祔故丘,便同遗骇。生人穷困,闻见所无。(《祭裴氏姊文》)

前者写在泾原时所受于王茂元的"殊遇"。在对当时情景充满诗情的追忆中所流露的正是茂元以尊显之位对他这样一个出身寒素的年轻人"忘名器""去形迹"的厚谊。后者写仲姊死后自己随父漂泊异乡,继又因父亲去世孤儿寡母扶枢回乡的情景,透露出商隐一家当时几乎跌落到社会下层的穷困处境。其中所蕴含的感情既深挚强烈,语言亦精练而富于含蕴,具有诗的气质。

值得注意的是,商隐有些代人写作的这类文章,也无形中渗透了作者由自身不幸遭遇形成的人生体验,如《为司徒濮阳公祭忠武都押衙张士隐文》:

> 举无遗算,仕匪遭时。何兹皓首,不识丹墀!剑折而空留玉匣,马死而犹挂金羁……泉惊夜壑,草变寒原,荒陌是永归之里,老松无重启之门。

《为荥阳公祭吕商州文》:

> 参差觐闵，蓁斐成冤。汉庭毁谊，楚国谗原……书断三湘，哀闻五岭。天涯地末，高秋落景。重叠忧端，纵横泪缠。

或因怀才不遇而白首不识丹墀，或因党局反覆而遭谗外贬。这种遭遇触动商隐自身的沉沦之悲，形成共振，故笔端饱含诗情。相反，对有些生平经历并无明显悲忧情事的祭奠对象，则笔下每较平淡。商隐胸中郁积的深沉强烈的身世之悲，可以说是其诗文创作一个极其重要的动力源，也是其骈文诗情的泉源。

樊南文中的诗境

这里所说的诗境，是指一篇文章或文中某一相对独立的段落，由诗语、诗情或诗景所构成的比较完整的具有诗的意蕴的境界。一般习惯于用意境之有无高下评诗，而较少以之衡文。但樊南文中一些出色的抒情文是具有诗的境界的，这正是它高出一般文章的地方。大中二年春他在桂林为郑亚代拟的几封书启，就在似不经意中渲染出一片诗境。《为荥阳公与浙东杨大夫启》：

> 不审近日诸趣何如？越水稽峰，乃天下之胜概；桂林孔穴，成梦中之旧游。遐想风姿，无不畅惬。一分襟袖，三变寒暄。虽思逸少之兰亭，敢厌桓公之竹马。况去思遗爱，遐布歌谣；酒兴诗情，深留景物。庚楼吟望，谢墅游娱，方知继组之难，不止颂条之事。今者冰消雪薄，江丽山春，访古迹于暨罗，探异书于禹穴，不知两乐，何者为先？幸谢故人，勉自遵摄，未期展豁，惟望音符。其他并附乔可方口述。

这封仅150字的短简，撇开一切浮文俗套，入手便问"诸趣何如"。以下便从杨汉公曾任官的桂林和现居官的越州分别落笔，写两地风物之胜与对方风姿之畅，写两地相隔的思念和汉公观察桂管留下的"去思遗爱""酒兴诗情"。于"方知"二句作一小束后，转又写遥想中会稽的春日丽景与汉公的寻春访古之趣，回应开篇。全篇以如诗似画之笔，行云流水之势，渲染出一片由明丽自然的诗语诗景、萧散自得的诗情诗趣构成的优美诗境。作于同时的《为荥阳公上宣州裴尚书书》与此可谓异曲同工：

> 待诏汉廷，但成老大；留欢湘浦，暂复清狂。思如昨辰，又已改岁。以公美之才之望，固令早还廊庙，速泰寰区。而辜负明时，优游外地，岂是徐公多风亭月观之好？为复孟守专生天成佛之求？幸当审君子之行藏，同丈夫之忧乐，乃故人之深望也。

裴休字公美，穆宗长庆中登进士第，历五朝尚居外郡，故云"待诏汉廷，但成老大"。时郑亚亦以给事中出为桂管观察使，处境堪忧，故于裴之屈居外郡，实有同命相怜之感。但文中并不直言屈居外郡之牢骚，而是用"待诏"二语微露消息，不满之意，寓于言外。以下转笔回忆去年"留欢湘浦"的情景，亦于"暂复"二字中略透本意。随即再转写时光流逝之迅疾，其中既寓思念，亦寓感慨。且将裴休"辜负明时，优游外地"的原因归结为"多风亭月观之好""专生天成佛之求"，语带谐谑，意含牢骚。表现上的轻松风趣与内里的不满牢愁形成对照，蕴含了耐人寻味的诗情。这段文字，可以说是在相反相成中构成了诗的意境。

王国维说："境非独谓景物也，喜怒哀乐亦人心中之一境界，故能写真景物真感情者，谓之有境界。"（《人间词话》）此论实可移之评义山抒情文。《祭小侄女寄寄文》便是一篇写真感情而具有优美境界的文章。韩愈的《祭十二郎文》是祭文中的名作，商隐此文完全可与之并驾，而写作的难度却比《祭十二郎文》要大得多。因为韩文所祭的侄子老成，年岁与韩愈相近，自幼一起生活，有许多共同的经历，包括生活琐事作为叙事抒情的凭借，而商隐所祭的小侄女，却是生下后就寄养于外姓，四岁方归本族，旋即夭折的幼女，跟作者接触很少，缺乏具体的生活情事作为抒写的材料。同时，骈文这种形式，比较板滞，不像散文那样可以自由舒展地叙事抒情。但文体与材料的限制却没有难住李商隐，相反他还对传统的骈文多用典、重藻饰的特点进行了改造，使之成为抒写真感情的有效形式。全篇纯用白描，纯以情胜，清空如话，在回环往复的抒情中不断将感情推向高潮。文章在抒写生未尽鞠育之恩的悲伤后，紧接着是一段抒写死未能及时迁葬之痛的文字：

> 时吾赴调京下，移家关中。事故纷纶，光阴迁贸。寄瘗尔骨，五年于兹。白草枯荄，荒涂古陌，朝饥谁饱，夜渴谁怜，尔之栖栖，吾有罪矣！

自寄寄夭伤到迁葬这五年中，商隐经历了移家、入幕、试判、秘省任职、丧母家居一系列事情与变故。作者化叙事为抒情，化实为虚，以"事故纷纶，光阴迁贸"8字概括许多难以尽言的人生经历与人生感慨。"白草"四句，纯用白描，将一个幼小的灵魂置身于异乡荒郊古陌的孤单凄凉渲染得十分动人，具有诗的意境与情韵。"尔之栖栖，我有罪矣"，仿佛是过情之语，但正如商隐所说："明知过礼之文，何忍深情所属！"这篇祭文所抒写的，正是"发乎情"而不大考虑是否"过礼"的至情。下面一段，又换另一副笔墨：

> 自尔殁后，侄辈数人，竹马玉环，绣襦文裤，堂前阶下，日里风中，弄药争花，纷吾左右，独尔精诚，不知所之。

以丽景衬哀情，以侄辈的天真嬉戏反托寄寄精诚不知所之的哀感与凄凉，同样写得极富诗情与诗境，"堂前"二句，几乎让人感觉不到这是骈文。

> 呜呼！荥水之上，坛山之侧，汝乃曾乃祖，松槚森行；伯姑仲姑，冢坟相接。汝来往于此，勿怖勿惊。华彩衣裳，甘香饮食，汝来

受此，无少无多。汝伯祭汝，汝父哭汝，哀哀寄寄，汝知之耶？

写到这里，不但完全撤去了幽明的界限，而且撤去了尊卑长幼的界限，一片深挚的柔情，溢出于字里行间。骈俪之文，运用得如此纯熟自如，不假雕饰，确实令人惊叹。全篇在反复抒情中所展示的，正是由至情至性所构成的诗境，是作者的心灵世界。

樊南文的诗心

樊南文中的诗语、诗情、诗境，从根本说，皆源于商隐特有的"诗心"。这种"诗心"，主要表现为互有关联的两个方面。

一是对人生悲剧特有的关注和深刻体验。商隐骈文中最具有抒情色彩和浓郁诗意的，除个别篇章外（如前举《为荥阳公与浙东杨大夫启》），几乎都是抒悲写痛、陈情告哀之作；即使代人撰拟的书启，写得最富诗情的也多为与人生坎坷经历、悲剧遭遇有关的内容（如《为张周封上杨相公启》）。这说明商隐具有异于一般作者的感受人生悲剧的诗心与个性。张采田说："义山诗境，长于哀感，短于闲适，此亦性情境遇使然，非尽关才藻也"（《李义山诗辨正·〈喜雪〉评》）。其文境亦然。诗、文俱长于哀感之境，正缘其同出一诗心。前已论及，义山一生的悲剧身世境遇及以此为基础形成的悲剧性人生体验，乃是他诗文创作最重要的动力源。创作中只要一遇到这类题材或内容，其敏感的诗心便会引起强烈共振而发为悲吟。像《为裴懿无私祭薛郎中衮文》中的薛衮，与商隐未必有很深的交情，只因他的死带有悲剧性（其兄弟薛茂卿系泽潞叛镇大将，因此忧惧而死），故义山在代写祭文时感情投注，写出极富哀感的文字。

与此相关，是义山独具的感伤气质与个性。对于人生悲剧的关注与体验，在义山心中凝成的主要不是愤激，而是深刻的感伤。由于悲剧性的身世之感、人生体验深入性灵，致使这种感伤情绪已内化为一种气质个性，发而为诗为文，则特具一种感伤的诗美。关于这一点，学界论之已详，不赘。

骈文既是典型的美文，也是最易犯雕琢伤真、堆砌窒情之病的一种文体。商隐这类以抒悲见长的骈文却以情之深挚取胜，而且具有诗的情韵意境，这说明商隐这类文章有一种极可贵的本质与底色。刘熙载《艺概·诗概》说："诗有借色而无真色，虽藻缋实死灰耳。李义山却是绚中有素。"此论完全可移之评樊南抒情文。上举诸文之所以哀挚动人，具有"沁人心脾"之诗境，关键在于其中蕴含了对人生的悲剧的深刻体验，在于作者的感伤气质与个性是深入骨髓的而不是肤浅表面甚至虚矫做作的。从这一点出发，也可看出，作者那些以白描见长的抒情文，之所以往往更加感人，根本原因也在于其中所蕴含的感情更为真挚深厚。义山诗文的魅力，根本原因在此，他学杜甫，得其神髓者亦在此。

中国古代骈文的发展，与诗歌有密切关系。二者相互为用，是在各自发展过程中自然会产生的现象。诗之骈化与骈之诗化差不多是同步进行的。六期和初唐骈文中，都有颇富诗意的篇章，特别是像庾信的《思旧铭》《哀江南赋序》，王绩的《答刺史杜之松书》，骆宾王的《与博昌父老书》，王勃的《滕王阁序》等，都有浓郁的诗情。但统观唐代，诗歌号称极盛，骈文却在一段相当长的时间里朝着越来越实用化的方向发展，很少出现具有诗情诗境的名文。直到李商隐，才以其特有的诗心诗才，在一部分骈文中恢复并发展了抒情和诗化的传统。由于商隐骈文的诗化，是在经历了唐诗的高度繁荣，包括作为传统五七言诗诗艺的总结者李商隐自己的创作实践基础上进行的，因此其诗化的程度较前更有所提高，艺术上也更加纯熟。这是李商隐对骈文发展的一种贡献。与此同时，他对改造骈文多用典、重藻饰的传统形式也作了成功的尝试，这就是像《祭小侄女寄寄文》那样，在抒情化、诗化的基础上使骈文语言通俗化。初唐魏徵、中唐陆贽的表疏奏议也很少用典，语言比较朴质通俗，这也是对骈文的一种改造，但这是在突出其实用性基础上的改造，改造的目的是使骈文更切实用，其结果是使骈文离文学、离抒情、离诗愈远。这和商隐的骈文通俗化尝试走的是两条不同的路。尽管现存商隐骈文中，像《祭小侄女寄寄文》

这种诗化、通俗化的文章数量很少，只能看作一种未必自觉的试验，但这个成功的试验本身却说明：传统的骈文，是可以改造成既具对仗声律之美、诗情诗境之美，又无堆砌典故辞藻之弊的美文的。只是由于商隐并没有将这种试验的范围扩大到形成一种明显的趋向与风格，因而后代的骈文家也未注意到这一偶发的成功尝试，以致其试验对后代并未产生明显的影响。其原因自然很多，但人们对骈文的传统观念（认为骈文必须大量用典铺藻）和思维定势该是一个重要原因。

[原载《文学遗产》1997年第2期]

历代李商隐研究述略

李商隐是中国诗歌史上最富艺术独创性的大诗人之一，又是大骈文家。他代表晚唐，又超越晚唐。随着研究的逐步深入，他的诗文创作的特征、意义、价值，及其在文学史上的地位，将越来越被人们所深刻认识。与此同时，随着改革开放与国际文化交流的进展，他的既古典而又颇具现代色彩的诗还必将进一步走向世界。

与中国文学史上其他一些第一流的作家作品相比，李商隐及其创作在相当长的时间内是比较受冷落的。屈原、司马迁、陶渊明、李白、杜甫、苏轼，都长期受到历代作家的推崇和研究者的关注，对他们的研究，早已成为显学。即使最晚出的曹雪芹的《红楼梦》，二百年来也一直是研究的热门。而李商隐研究，在整个唐诗学已经处于兴盛阶段的明代，尚未形成气候，显然滞后于整个唐诗研究。直到清代顺、康、雍、乾、嘉、道这二百年间，才陆续出现了一系列李商隐研究的著作，形成了李商隐研究史的第一个高潮。而李商隐的艺术成就受到人们高度重视并获得较深认识，则是最近这几十年，随着思想解放浪潮与李商隐研究的第二个高潮到来之后才出现的。从唐末李涪对李商隐"无一言经国，无纤意奖善"（《刊误·释怪》）的恶评，到今天将他置于中国文学史上第一流大作家的行列，竟经历了十一个世纪。这个事实说明，像李商隐这样一位其文学创作的内容与艺术表现手段都非常独特的作家，不仅对其准确地把握需要一个较长的过程，而且还说明，它的被接受、被认识，需要一个充分重视文学创作本身艺术价值的学术文化环境和政治环境。

本文对唐末到清末的李商隐研究作一概述,重点是评介清代一些重要的李商隐研究著作。

一、从唐末至明末的李商隐研究概述

从李商隐逝世到明末这八百年,在李商隐研究史上是一个显得过长的发轫期。与杜诗、韩文的整理、注释从宋代起就成为热门不同,李商隐的诗文创作在很长的一段时间内,并没有得到足够的重视。宋代蔡绦《西清诗话》提到都人刘克曾注杜子美、李义山诗,元代袁桷《清容居士集》提到郑潜庵曾编《李商隐诗选》(袁曾为它作序,今存),明代唐觐《延州笔记》载张文亮有《义山诗注》,今皆不传。此外,八百年中竟无一部流传至今的整理研究专著。值得注意的是,较早出现的对李商隐的诗品、人品的评论多倾向于否定。唐末李涪《刊误·释怪》中谓商隐诗文"无一言经国,无纤意奖善,惟逞章句……至于君臣长幼之义,举四隅莫返其一也",《旧唐书·文苑传·李商隐》多次提到时人对商隐"背恩""无行""无持操""恃才诡激"的批评,就是突出的例证。而且这种否定倾向的评论一直有支持者,像南宋张戒《岁寒堂诗话》从"思无邪"的传统诗教出发,将商隐列入"邪思之尤者",敖陶孙《诗评》谓李义山诗"如百宝流苏,千丝铁网,绮密瑰妍,要非适用",范晞文《对床夜语》指责《龙池》《马嵬》《曼倩辞》《东阿王》诸诗"发乎情止乎礼义之意安在",都是显例。大诗人陆游认为唐人《无题》"率皆杯酒狎邪之语"(《老学庵笔记》卷七),虽未必即指或专指义山《无题》,而其"温李真自郐"(《示子遹》)的贬辞则明白表示了对温李诗风的鄙夷。这种认为商隐在人品上无持操、在诗品上流于绮艳的观点,成为长期以来带有普遍性的传统看法。但另一方面,这一阶段,也出现了一些对商隐人品、诗品持肯定、赞扬态度的观点。如宋代黄彻《碧溪诗话》对义山正直品格和"扼腕不平之气"的肯定,王安石谓"唐人知学老杜而得其藩篱者,惟义山一人而已"(《苕溪

渔隐丛话》引《蔡宽夫诗话》）的高度评价，范温《潜溪诗眼》对义山诗
"高情远意"的标举，都是独到而对后世有影响的见解。

比较起来，这一阶段数量更多的是对商隐诗风格特征的讨论。虽多为
直观性的片言只语，且又多仅言及其某一方面，但综合起来，却可大体窥
见其整体风貌。如杨亿说义山诗"包蕴密致，演绎平畅，味有穷而炙愈
出，钻弥坚而酌不竭"（《韵语阳秋》卷二引），许𫖮谓熟读义山诗可去
"作诗浅易鄙陋之气"（《彦周诗话》），叶梦得谓其诗"精密华丽"，得杜
甫之仿佛（《石林诗话》），张戒谓"义山多奇趣"（《岁寒堂诗话》），
刘克庄谓义山诗"冶艳者类徐、庾"，"切近者类姚、贾"（《后村诗话》
卷四），胡应麟谓其诗"精深"（《诗薮·外编》卷四），胡震亨谓其诗
"深僻"（《唐音癸签》卷三十二），等等，都从不同侧面揭示出义山诗风
的某种特征。与此同时，一部分评论者已开始注意到李商隐在咏史诗、咏
物诗、无题诗、七律、七绝以及在艺术表现手法等方面的成就与特点（包
括其优缺点），如范温、张戒对其咏史诗的评论，王直方、吕本中、刘克
庄等对其咏物诗的评论，陆时雍对其七律的评论，严有翼、范晞文、胡应
麟对其用事数典的评论，均各有见地。而明初杨基《无题和李义山商隐
序》谓义山《无题》"虽极其秾丽，皆托于臣不忘君之意，而深惜乎才之
不遇也"，则成为《无题》有政治与个人身世寄托说的滥觞。对《锦瑟》
诗，从宋代的刘攽、苏轼到明代的谢榛、胡应麟、胡震亨，也一直有不同
的解说与评论。朱弁《风月堂诗话》谓黄庭坚"用昆体（按：此指义山
诗）工夫，而造老杜浑成之地"，以独到的眼光发现似乎相反的文学现象
之间的内部联系，从深层揭示出义山诗对江西诗派的影响，许学夷《诗源
辩体》从诗、词递嬗演变方面指出"商隐七言古，声调婉媚，大半入诗余
矣"，均为不拘于表面行迹的深刻见解。特别是元好问的《论诗》，不仅对
义山《锦瑟》别有会心，且以"精纯"概括义山诗之真精神，可谓独具只
眼。这种概括已颇近今人谓义山诗为"纯诗"的说法。

不过，从总的倾向看，宋人受江西诗派刻意锻炼的影响和作诗谈艺喜
欢在小结裹上做文章的习气，往往对义山诗的对仗、用典的实例表现出浓

厚兴趣，而上升到理论探讨的较少，对义山诗中某些偏离传统诗教的表现，更往往持严刻态度。严羽《沧浪诗话》是唐诗学的奠基之作（陈伯海《唐诗学引论》），但由于片面强调宗法盛唐，目光几乎没有注意到李商隐。明代前后七子亦普遍存在宗盛唐、鄙中晚的倾向，因而对晚唐翘楚李商隐诗的评论，无论数量或质量都远不如他们对盛唐诗的评论。而一代学风的空疏，又导致对义山诗文的整理笺注均付阙如。胡震亨说，唐诗"有两种不可不注，如老杜用意深婉者，须发明；李贺之谲诡、李商隐之深僻……并须作注，细与笺释"，并感叹"商隐一集迄无人能下手，始知实学之难"（《唐音癸签》卷三十二），这正是有惩于一代学风之空疏而引出的反思与呼唤，预示着下一阶段的李商隐研究将出现由虚到实、由局部到整体的重大变化。从根本上说，宋、元、明三代李商隐研究之所以未形成气候，与理学盛行的大思想文化背景密切关联。义山诗不但主情，且颇有溺而不返、偏离礼教诗教的内容，在理学盛行的时代自难找有利于认识、接受它的学术文化环境。

二、清代的李商隐研究

清代是传统学术文化的总结期。长期进展较慢的李商隐研究，到了顺、康、雍、乾、嘉、道年间，研究著作迭出。形成一个长达二百年的高峰期。这一阶段李商隐研究最主要的成就，是陆续出现了朱鹤龄、徐树谷、程梦星、姚培谦、屈复、冯浩、纪昀、钱振伦等人对玉谿诗和樊南文所撰的笺注考证评点著作，其中之优秀者，即使在朴学高峰期，也属上乘之作，而且直到现在仍然是研究李商隐非常重要的参考著作。在它们的前后左右，还出现了一大批选注、选评、选解的著作，如钱龙惕《玉谿生诗笺》，吴乔《西昆发微》，徐德泓、陆鸣皋《李义山诗疏》，陆昆曾《李义山诗解》，姜炳璋《选玉谿生诗补说》等。此外，在清人诗话、文集、选本、笔记杂著中还有大量有关李商隐的评论，特别是如何焯《义门读书记》、钱良择《唐音审体》以及吴乔、叶燮、贺裳、沈德潜、管世铭、朱庭珍、林昌彝、施补华、刘熙载等人的诗话著作中，更有许多精到的见解与评论。以上三个层次，构成了清人义山研究的洋洋大观，研究的范围与深度远非前一阶段可比。樊南文长期以来少人问津，到清代，不但陆续有徐树谷、冯浩、钱振伦等人的笺注校补问世，而且在孙梅的《四六丛话》这种大型的评论骈体文的著作中，开始将义山作为大骈文家加以评论。岑仲勉说"唐集韩、柳、杜之外，后世治之最勤者，莫如李商隐"（《玉谿生年谱会笺平质·导言》），岑氏所说的后世，主要指清代而言。

清代李商隐研究之盛，除了整个学术界总结传统文化的风气大盛，特别是考据之学兴盛这个大的学术文化背景外，就李商隐这个特殊对象而言，当与明代后期以来，思想界带有初步民主主义色彩思想的兴起，对于主情型的李商隐诗文创作持宽容甚至赞赏的态度有关，也跟对明代诗论家只宗盛唐、忽略中晚的做法不满有关。像清初冯舒、冯班、吴乔等人对晚唐诗特别是义山诗的推崇，就显然含有对明代诗学偏差进行反拨的意味。而义山诗文本身的艺术魅力、价值在全面研究过程中的被发现，又反过来激起后来一系列研究者深入探寻的浓厚兴趣。

下面简要评述清代一些重要的李商隐研究著作。

（一）朱鹤龄《李义山诗集笺注》

该书撰成于顺治十六年。系应钱谦益之命，有感于学者"类以才人浪子目义山"，以其诗为"帷房昵嫟之词"，故论世知人，笺而发之。朱氏取明末释道源义山诗注（今佚），"删取其什一，补辑其什九"（《四库提要》），复采钱龙惕《玉谿生诗笺》（共笺义山诗四十余首，今佚）及陈帆、潘畔诸人之笺解，撰成此书。朱注的主要贡献有两方面。

一是为义山诗提供了第一个完整的注释比较简明、释意大体稳妥的笺注本，成为以后一系列补注本、新注本的主要蓝本，开创之功不可泯没。其书"大旨在于通所可知，而阙所不知，绝不牵合新、旧《唐书》务为穿凿"（《四库提要》）。如被后来一些注家穿凿得很厉害的《无题》诸诗，朱注不作生硬比附，最多也只是说："窥帘留枕，春心之摇荡极矣。迨乎香销梦断，丝尽泪干，情焰炽然，终归灰灭。不至此，不知有情之皆幻也……不得但以艳语目之。"实际上只是说它表现了一种爱情上的幻灭感。至于是否还含有其他内容，则引而不发，任人自领。

二是序言汲取道源论义山诗"推原其志义，可以鼓吹少陵"（钱谦益《牧斋有学集》卷十五《李义山诗集序》引道源语）的精辟见解加以发挥。驳斥历来对商隐人品诗品的曲解、攻击，列举商隐一系列寓讽时政的诗篇，指出其"指事怀忠，郁纡激切，直可与曲江老人相视而笑，断不得以'放利偷合'、'诡薄无行'嗤摘之也"。并联系义山所处之时世及"厄塞当途，沉沦记室"之身世，指出其诗"楚雨含情皆有托"的特点，谓"义山之诗，乃风人之绪音，屈宋之遗响，盖得子美之深而变出之也"。这是李商隐研究史上第一篇从政治、道德、艺术诸方面对商隐其人其诗作肯定评价的论文。文中的观点可能有溢美或偏颇之处，但其拨乱反正、摧毁廓清之功是应予充分肯定的。在当时条件下，如无这样强有力地反拨，李商隐的艺术成就不可能得到更多研究者的注目与承认。从这个意义上说，朱氏这篇论文的价值不在其对义山诗的笺注之下。序中所引钱氏对义山诗风"沉博绝丽"之评，也对后来论义山诗有重要影响。朱氏所撰《李义山诗谱》，对义山生平及诗歌创作背景考证未精，疏舛颇多。

（二）徐树谷、徐炯《李义山文集笺注》

朱鹤龄曾辑录《文苑英华》诸书，编成《李义山文集》，而漏辑状之一体。昆山徐树谷、徐炯采摭《文苑英华》所载商隐诸状补之，又补入《重阳亭铭》，由树谷与炯分任笺、注，是现存义山文集在未发现《全唐文》所收义山佚文之前第一个完整的注本。由于徐氏对义山生平及有关人事考证远不及后来之冯浩，故其笺常有未当而为冯氏所纠者，然其注则什有五六为冯氏《樊南文集详注》所承，而冯氏大部分未标举出之。其书除康熙四十七年徐氏花豀草堂一刻及收入《四库全书》外，迄未刊印，冯注行世后，徐氏笺注遂不甚为人所引用。

（三）程梦星《重订李义山诗集笺注》

此书系对朱注之补订，采录始于康熙五十二年，至乾隆八年始脱稿。程氏因朱注"只详征其隶事来历而句释字疏之；至于作者之精神意旨，不过间有一二发明处"，故"以意逆志，或以彼诗证此诗，或以文集参诗集，兼复博稽史传，详考时事，谓某篇为某事而发，某什系某时所抒"（汪增宁序）。故是编之注实多从朱氏，而以笺释诗之意旨为主。今天看来，其笺释既有精到之处，也有明显失误。如《曲江》一诗，朱注谓"前四句追感玄宗与贵妃临幸时事，后四句则言王涯等被祸，忧在王室而不胜天荒地变之悲也"，前后幅割裂。程氏联系时事，通观全诗，认定此诗专为文宗而发，说："盖文宗时曲江之兴罢，与甘露之事相终始。曲江之修，因郑注厌灾一言始之；曲江之罢，因李训甘露一事终之。故但题曲江，而大和间时事足以概见矣。"这个看法不仅比朱氏合理，也比后出的冯说（伤杨贤妃赐死，弃骨水中）、张说（专咏明皇贵妃）切当得多。可以说是以知人论世、以意逆志之法解诗的成功例证（其句下笺仍有穿凿附会之弊，此不赘述）。《南朝》七律，诸家均以为主意在讽陈后主，程氏则谓"南朝偏安江左，历代皆事荒淫，宋齐梁陈，如出一辙……首举宋齐则梁陈可知，末举梁陈则宋齐概见，此行文参错交互之法也"，可谓深得题意及整体构思之要。尤其值得注意的是，他把诗集中一系列题材相同或相近的诗联系起来，加以比较区别，如《柳》（动春何限叶）笺云："义山柳诗凡十余首，各有寄托，其旨不同。有托之以喻人荣枯者，如'已带斜阳又带蝉'七绝是也；有托之以悲文宗者，如'先皇玉座空'五律是也；有托之以感叹跋涉者，如《关门柳》七绝'不为清阴减路尘'是也；有托之以自叹斥外者，如《巴江柳》'好向金銮殿，移影入绮窗'是也；有托之以自写平康北里之所遇者，如五律《柳》一首、《赠柳》一首、《谑柳》一首、七绝《柳》一首、《柳下暗记》一首、《离亭赋得折杨柳二首》是也。"这种方法，体现了具体问题具体分析的原则，所笺亦大体切合实际。在诗歌系年方面，认为《赠刘司户蕡》"乃随郑亚南迁以后之作"，谓义山大中元年自桂林奉使江陵,道遇刘蕡,赠之以诗,别来逾年,遂卒于贬所,又继之以哭也。亦属创见。尽管程对此说缺乏严密论证,谓蕡贬在大中元年亦误,但对此诗的系年确比所有旧笺更为切当。从上述例证看,程笺确是一部用力且有新见之作,但其穿凿拘实、索隐猜谜之弊也相当明显,这是刻意推求、务为深解造成的,也由于对诗的比兴寄托作了过分简单狭隘的理解,更缘于对义山一部分意蕴虚泛、并不一定为某人某事而发的诗的特点缺乏理解。如《乐游原》五绝,程氏将其系于会昌四年、五年间,认为诗系"为武宗忧",谓"武宗英敏特达,略似汉宣,其任德裕为相,克泽潞,取太原,在唐季世,可谓有为,故曰'夕阳无限好'也。而内宠王才人,外筑望仙台,封道士刘玄静为学士,用其术以致身病不复自惜,识者知其不永,故义山忧之,以为'近黄昏'也。"句句比附、落实,远不如杨守智、纪昀之笺解通达。

(四)姚培谦《李义山诗集笺注》

姚氏先有《义山七律会意》一刻,后乃拓展至笺义山全部诗歌。此书系分体笺注本,成于乾隆四年。注本朱氏而删繁就简,间有补正,以释意为主。笺解撮述各联(段)大意及全篇意旨,大体切实简要,较少穿凿臆会之弊,对诗之内蕴及艺术,亦往往能于关键处指点出之,如《无题》(八岁偷照镜)笺:"迤逦写来,意注末二句。"点出"十五泣春风,背面秋千下"乃全篇寄意所在,言简意赅,富于启示性。有的看似随意发挥,却侧面微挑,揭示出诗的典型意义的某一方面,如《梦泽》笺:"普天下揣摩逢世才人,读此同声一哭矣!"有的笺语,对诗的构思、手法也有一针见血的分析,如《齐宫词》笺:"荆棘铜驼,妙从热闹中写出。"《隋宫》七绝笺:"用意在'举国'二字,半作障泥半作帆,寸丝不挂者可胜道邪?"这些笺语,都显示出姚氏对诗的妙悟。但亦有凭一时兴会直感,对诗意的参悟显得隔靴搔痒,甚至有些故弄玄虚,如《早起》笺:"毕竟是谁春?参禅人请下一转语,答曰:大家扯淡。"《细雨》笺:"发彩如云,定有一茎白起头的时节,请从细雨时细参。"要之,姚笺优点是解诗谈艺,要言不烦，关键处点拨，较少拘凿之弊；缺点是有时不得要领，流于玄虚。

（五）屈复《玉谿生诗意》

书成于乾隆四年，与姚笺一样，也是分体笺解本，但以排律殿后。顾名思义，此书专解义山诗意，注则本朱氏而加以删削，较姚注更简，基本上不作补注。在解说方面，也以简要明了为特色。与姚笺不同的是，随感而发或随意发挥的成分很少，较为贴近诗的本意，显得更切实稳妥。其中不少解说，不仅能发明诗意，对艺术特色也有比较切实的分析，如《无题》（八岁偷照镜）笺："'十五'二句写聪明女郎省事太早，而幽怨随之；才士之少年不遇亦可叹也。"结合解诗的末二句，水到渠成地点出全篇寓意，显得自然贴切。《韩碑》笺："生硬中饶有古意，甚似昌黎而清新过之。"谈艺简而要，揭出此诗学韩而异于韩的艺术个性。

《骄儿诗》笺针对胡震亨"惜结处迂缠不已"的看法，谓"胸中先有末一段感慨方作"，可谓一语破的，揭示出此诗的深层创作动机。《齐宫词》笺："荒淫亡国，安能一一写出，只就微物点出，令人思而得之。"亦抓住此诗构思的关键和以小寓大的艺术手段。对《无题》《锦瑟》一类诗，屈氏的观点是："凡诗无自序，后之读者，但就诗论诗而已，其寄托或在君臣朋友夫妇兄弟间，或实有其事，俱不可知……若必强牵其人其事以解之，作者固未尝语人，解者其谁曾起九原而问之哉！"反对穿凿臆会，反对牵合具体人事执实为解，态度比较实事求是。

屈笺比较注意诗的结构层次及起承呼应分合的关系，往往用简要语言点出，但多数比较程式化，类似用分析时文的方法来分析诗的章法结构，显得琐屑平浅。据屈氏自序，此书仅"两旬而毕"，故不少诗未能深入体味钻研，流于一般串释。有些争论大、疑难多的诗也用这种方法笺解，虽免穿凿，却不免平浅。屈氏另有《唐诗成法》一书，其中选解义山诗的部分，与此书相关诗的解说大同小异。

（六）吴乔《西昆发微》

吴乔是清初著名诗论家，所著《围炉诗话》《答万季埜诗问》中有不少关于义山诗的精到评论。论诗宗唐抑宋，尤嗜以李商隐为代表的晚唐诗，曾说："唐人能自辟宇宙者，唯李、杜、昌黎、义山。"（《西昆发微序》）历史已证明这一论断的深刻与正确。《西昆发微》专解义山无题诗及义山与令狐楚、令狐绹往返酬赠的诗篇，成于顺治十一年，较朱注稍早。吴氏认为：无题诗都有寄托，绝非艳情，而寄托的内容则是对令狐绹的希望、欣羡、怨思、绝望、愤怒之情，并将《无题》诸诗按上述对令狐绹感情的发展过程排成次序。另外还将《曲池》《可叹》《富平少侯》《蜀桐》一类从题面到诗面都看不出与令狐有关的诗也解成为令狐而作。此书是首创义山《无题》寄托朋友遇合说的专著，也是首开义山诗研究穿凿附会之风的著作，对后来冯浩、张采田直至今人均有深远的影响。但吴氏的看法并非毫无合理因素。因为与令狐二世的关系，确实是商隐一生经历中的大事，也是他诗歌中所抒写的种种人生体验、人生感慨的生活基础之一个方面，不能说对他的创作没有影响，问题是如何正确地理解这种生活经历与其创作的关系。这是义山研究中一个值得深入探讨的问题。下面略举吴氏笺诗二例以见一斑：《无题》（昨夜星辰）笺："首联，述绹宴接之地；次联，言绹与己位地隔绝，不得同升，而已两心相照也；三联，极言情礼之欢洽；末联，结惟自恨，未怨令狐也。"《玉山》笺："当时权宠未有如绹者，此诗疑为绹作。首联，极言叹美；次联，言其炙手；三联，言君相相得；末联，即'拟荐子虚名'之意。"《玉山》之笺解，直到今天，仍为不少学者所沿用，亦可见吴解确有一定合理性。

（七）何焯《义山读书记·李商隐诗集》

此书笺解评点义山诗二百五十二题，几占义门诗二分之一。有总评、句下评，也有通篇笺解，对诗的章法结构、艺术手法的评析也常穿插其间。每首诗评点的条目、字数不等，有仅数字者，亦有长达数百字或先后下数条笺评的，可以明显看出是读书时随手记下的札记。其中颇有能发明诗旨诗艺的。如《潭州》笺："此随郑亚南迁而作。第三思武宗，第四刺宣宗。五六则悲会昌将相名臣之流落也。《楚词》以兰比令尹子兰，盖指白敏中言之。"合之商隐大中二年五月在潭州李回幕逗留的行踪，此解显然较其他诸解切当。《杜司勋》笺："高楼句，含下伤春；短翼句，含下伤别。高楼风雨，短翼差池，玉谿方自伤春伤别，乃弥有感于司勋之文也。"从诗思的触发、构思到全诗旨意都讲到了，而又要言不烦。《杜工部蜀中离席》评："一则干戈满路，一则人丽酒浓。如此结构，真老杜正嫡也。诗至此，一切起承转合之法何足以绳之。然离席起，蜀中结，仍是一丝不走也。"《二月二日》评："同一江上行也，耳目所接，万物皆春，不免引起归思；及忆归不得，则江上滩声，顿有凄其风雨之意。笔墨至此，字字化工。""其神似老杜处，在作用不在气调。"对这两首神似老杜的名诗构思上的特点确有会心。

(八)陆昆曾《李义山诗解》

此书成于雍正二年，是一个专解义山七律的疏解本。其凡例云："余解义山诗，欲使后人知作者用意并篇法字法所在耳。至于驱使故实，朱长孺先生笺行世久矣，兹不赘采。""诗自六朝以来，多工赋体，义山犹存比兴……余遇诗中比兴处，特为一一拈出。"作者态度比较矜慎，很少凿空乱道之弊，其解说多本朱注及何焯之解，故一般较平实稳妥，但亦少发明独创。间亦有较精彩者，如《赠刘司户蕡》解："此云'万里相逢'，当在潭州时遇蕡作也。江风吹浪，而山为之动，日为之昏，只十四字，而当日北司专恣，威柄陵夷，已一齐写出。"将时代背景、诗句内涵及所用比兴手法融为一体，说得既切实又精要。有的解说，对朱注亦有所纠正，如《咏史》"运去不逢青海马"，朱注联系大中年间吐蕃以原、秦等州归唐事，谓文宗崩后数年"西戎遂有款关之事，故曰'运去不逢'"，陆解指出朱氏此解"未免牵合"，"青海马，乃任重致远之材也"。并联系文宗用李训、郑注谋诛宦官，事败酿成流血事变的情事，谓"运去不逢，惜文宗不得任重致远之人以托之耳"。

(九)纪昀《玉谿生诗说》

此书成于乾隆十五年。上卷为入选之诗,下卷为不入选诗(题为"或问")。"意主别裁,故词多吹索,亦复借以说诗"(纪氏跋语)。纪评的突出特点是艺术品鉴较为精严。他对义山不少诗艺术上的缺点多有指摘批评,有的还是写得不错的诗,如《夜半》评:"此有意不肯说出,然不免有做作之态,盖意到神不到之作。夫径直非诗也,含蓄而有做作之态,亦非其至也,此辨甚微。"将此诗评与《夜雨寄北》评对照:"作不尽之语每不免有做作态。此诗含蓄不露。却只似一气说完,故为高唱。"更可明显看出纪氏辨析之细致入微和诗艺的高标准。从《诗说》所欣赏、所批评的作品看,他对浅露、做作、粗俗、尖新涂泽之作是很不满的,批评起来往往非常严厉。但对"尖新涂泽"之作的批评,有时不免显示出艺术上的偏见,将一些颇能体现义山艺术个性的诗排斥在好诗的行列之外,有时甚至与思想上保守、卫道的偏见结合,显得相当狭隘偏执。如他对《锦瑟》《无题》《燕台诗四首》一类诗,评价就很低,认为《锦瑟》"非真有深味可寻",《无题二首》(昨夜星辰)"了无可取",《无题》(相见时难)"三四太纤近鄙,不足存",并谓"大抵《无题》是义山偶然一种,本非一生精神所注"。对《富平少侯》、《寿安公主出降》、《马嵬》、《南朝》(地险悠悠)、《华清宫》一类语涉讥刺的诗,也多以"太尖无品,格亦卑卑""太粗太直,失讳尊之体"等加以否定。但《诗说》的艺术品鉴从整体上说是品位较高的,以下略举数例:

《蝉》评:起二句意在笔先。前四句写蝉即自喻,后四句自写仍归到蝉。隐显分合,章法可玩。

《乐游原》五绝评:百感茫茫,一时交集。谓之怨身世可,谓之忧时事可。末二句向来所赏,妙在第一句倒装而入,此二句乃字字有根。

《宿骆氏亭寄怀崔雍崔衮》评：不言雨夜无眠，只言枯荷聒耳，意味乃深。直说则尽于言下矣。

此外，对义山长篇五七言古、长篇排律的品评，亦多见精彩。

（十）钱良择《唐音审体》

本书选唐代各体诗千余首，其中选义山各体诗五十一首，有题下总评，有句下评、解。书成于康熙四十三年之前。评语颇有可采者，如《韩碑》评："义山诗多以好句见长，此独浑然元气，绝去雕饰，集中更无第二首。神物善变如此。"《王十二兄与畏之员外相访见招小饮》评："平平写去，凄断欲绝，唐以后无此风格矣。"在评具体诗篇之前，有时冠以总论性质的评语，亦颇精切，如《鄠杜马上念汉书》眉批："义山学杜，其严重者得杜之骨，其雄厚者得杜之气，其微妙者得杜之神。所稍异者，杜无所不有，义山自成一家；杜如天造地设，义山锻炼工胜。此时为之也，亦作者述者必然之势也。"

此外，冯浩之前的选评选解本，尚有徐德泓、陆鸣皋合解的《李义山诗疏》，姜炳璋的《选玉谿生诗补说》。唐诗选集中评笺义山诗较多者，有胡以梅《唐诗贯珠串释》（选义山七律七十二首）、赵臣瑗《山满楼笺注唐诗七言律》（选义山七律二十八首）等，不一一评述。

（十一）冯浩《玉谿生诗笺注》

这是清代李商隐诗集最完备精审的笺注本，也是李商隐研究史上一部里程碑式的重要著作。此书初刊于乾隆二十八年，至乾隆四十五年又加重校订正，并重新雕版刊印，其《重校发凡》云："初恐病废，急事开雕，既而检点谬误，渐次改修，积十五六年，多不可计。既欲重镌，通为校改，大半如出两手矣。"但乾隆四十五年重刊本仍非冯注定本，真正的定本是嘉庆元年重校本，"其注释订误之处更较笺注本为详备"（冯浩《嘉庆重校本跋》）。冯注的三个前后差别很大的本子，既显示出著者精益求精的精神，也说明义山诗的不易把握与诠释。有时即使同一个诠释者对同一首诗，前后的感受与理解也会有很大差异。这是与义山诗本身内涵的宽泛性以及表现形式的隐约朦胧分不开的。

冯注的主要特点与贡献是：

其一，根据翔实的材料和严密的考证，改订年谱，按年系诗，为李商隐诗文的注释、研究提供了坚实的知人论世的基础。朱、徐、程三家之谱，舛误甚多。冯浩在商隐二百零三篇佚文尚未发现的条件下，"征之文集，参之史书"，诗、文、史互证，不但考定了商隐比较确切的生卒年与家世，而且考证出其重要仕历交游及有关的时代政治背景。这是一个了不起的成绩。因为义山诗不像杜诗那样与时事关系密切，可以史证诗，并在此基础上较为准确地加以系年，而是多数与时事疏离，难以系年。冯浩在这种困难条件下，将占义山诗总数五分之三的诗一一加以系年，剩下来的未编年诗，对其大致的写作年代或时期也有所推断，提供了进一步考证的线索。尽管有些诗的系年有误或乏据，但从总体说，是第一次为商隐生平仕历交游及诗文创作年代背景考证出了一个较为清晰的基本面貌。直到现在，李商隐的诗文系年与年谱，冯谱仍是重要的基础。

其二，汲取此前注释、评点李商隐诗的丰富成果，并在此基础上对义山诗作了较以前更为详赡精切的注释，是一部兼有集成与创新优长的著作。除以朱注为主要依据外，还选录了程笺本、姚笺本、陆解本、徐逢源未刊笺本的笺注及二冯、何焯、田兰芳、钱良择、杨守智、袁彪、赵臣瑗诸家的评笺，嘉庆重校本还选录了徐陆合解《李义山诗疏》的一些笺解。除屈复《玉谿生诗意》、纪昀《玉谿生诗说》未收外，凡是冯氏当时能见到的笺注评点成果，几乎全被搜罗到了。同时，对朱、程等注，又"存其是，补其阙，正其误"，在解词、征事、数典、释意等方面都比朱、程注进了一大步。除笺解一部分疑难诗篇的意旨时因冯氏本人的观点、方法存在问题或因诗本身的困难而未能尽当外，具体的注释可以说大部分已经解决。

冯注的主要问题：

一是过分强调李商隐与令狐绹的关系对其诗歌创作的直接影响，将包括大部分《无题》在内的一系列作品都说成为令狐绹而作，甚至解释为与令狐绹某次具体交往的本事诗，不免拘凿。如笺《无题二首》（凤尾香罗）云："将赴东川，往别令狐，留宿，而有悲歌之作。首作起二句衾帐之具。三句自惭。四句令狐乍归，尚未相见。五六喻心迹不明，欢会绝望。七八言将远行，'垂杨岸'喻柳姓，'西南'指蜀地。"几同猜谜拆字。又如《曲江》一诗，竟从中附会出"文宗崩后，杨贤妃赐死……弃骨水中"之情节，更纯属主观臆想。这种索隐猜谜之风，吴乔肇其端，冯浩张其势，至张采田而登峰造极。

二是用主观随意性很大的"参悟"之法进行生平游踪的考证，致使年谱中有关"江乡之游"与"巴蜀之游"的考证与这两次游历有关的诗歌系年与笺释缺乏可靠证据，难以成立，并因此造成义山生平系诗考证方面长期的混乱。这两次用"参悟"之法考出的游踪，后来也被张采田变本加厉地发展了。

(十二)冯浩《樊南文集详注》

冯氏在徐树谷《李义山文集笺注》的基础上，加以删补辨正改订，撰成此书。其注十之五六采自徐注，补正者仅十之四五，但均为疑难问题；笺则纠徐之失者颇多，盖因冯氏对义山行年交游之考证远较徐氏为精。如《为京兆公陕州贺南郊赦表》，徐氏以京兆公为杜悰，冯氏据《旧唐书·韦温传》正为韦温；《为荥阳公贺幽州破奚寇表》，徐氏认为"荥阳"当作"濮阳"，引会昌时破回鹘那颉啜事，冯氏正为大中元年五月张仲武破奚事，"荥阳"不误。其他徐氏缺考而冯氏考出者颇多。故冯氏详注行世后，徐注遂湮没不闻。然冯氏校勘，颇勇于改字。虽有说极精切者，亦有实无据而逞臆者。如《为怀州李中丞谢上表》"万里以遥，三时而复，副介不离于疾故，人从免叹于凋零"，冯氏擅改"人从"为"少从"，谓旧本皆非。实则此"人从"指随从，文本不误。《为李兵曹祭兄濠州刺史文》，冯氏因误考李兵曹之兄为李文举，竟在毫无根据的情况下改"竟陵山水，钟离控扼"

二句中之"竟陵"为"严陵"，以证明其文举"先刺睦，继刺濠"之臆说。而"竟陵"字本不误，乃指复州，李兵曹之兄乃李从简，曾刺复州、濠州。冯氏详注系年有误者，多因其年谱有误，如谱谓大中四年十月卢弘止奏义山入徐州幕为判官，故因之误系《上尚书范阳公启三首》于大中四年十月；谱谓大中六年义山辟为东川节度书记，故因之误系《献河东公启三首》《为河东公上西川相公京兆公书》于六年，系《为河东公谢京兆公启》二首、《为柳珪谢京兆公启》三首于七年。此等张氏《会笺》已正之。

(十三)钱振伦、钱振常《樊南文集补编》

钱振伦从《全唐文》卷七七一至七八二所收义山文中辑出徐、冯注本所无的文章二百零三篇（其中三篇经考证非义山文），由振伦作笺，其弟振常作注，并用胡书农从《永乐大典》所录出义山文作校勘，于同治三年撰成《樊南文集补编》，与此前冯浩之《樊南文集详注》并行，成为商隐文笺注之双璧。钱笺颇精，根据史、文互证及义山所历幕职，改正了不少文题中的错误，并使文章得以正确系年。如《为汝南公上淮南李相公状》三篇及《为汝南公与蕲州李郎中状》，钱氏考辨"汝南"当为"濮阳"之讹；《为荥阳公上仆射崔相公状二》，钱氏考崔相公为元式，"仆射"当作"弘文"；《为荥阳公上弘文崔相公状三》，钱氏谓崔相公为崔郸，"弘文"当作"仆射"。注亦详赡。书末有振伦所撰《〈玉谿生年谱〉订误》，根据《补编》所辑商隐文提供的材料，订正了冯谱中的一些错误，如李氏实自怀迁郑，非如冯谱所云"旧居郑州，迁居怀州"；义山移家关中之时间当在开成五年，而非冯谱所云在四年。并提出了义山生于元和六年之新说。凡此，对义山生平考证均有参考价值。但《补编》所收商隐文提供的新材料，钱氏仅利用了一部分，后来张采田的《玉谿生年谱会笺》则进一步较充分地利用了《补编》提供的材料，作出了一系列新的考证结论，但这已经属于20世纪李商隐研究的范围，当另撰文评述。

[原载《二十世纪古典文学研究的总结》，新疆人民出版社1997年版]

李商隐诗集版本系统考略

　　李商隐诗集，《旧唐书·经籍志》及《文苑传·李商隐传》均阙载。《文苑传》仅载商隐有《表状集》四十卷，当即商隐于大中元年、七年先后编次之《樊南甲集》《樊南乙集》之合称。《新唐书·艺文志》于著录《樊南甲集》二十卷、《乙集》二十卷之外，又著录《玉谿生诗》三卷。此三卷本之《玉谿生诗》至宋已不传。宋代刻本商隐诗集系由北宋人陆续搜求编次刊刻而成。宋江少虞《皇宋事实类苑》卷三十四《玉溪生》条云：

　　　　公（指杨文公亿）尝言至道中偶得玉溪生诗百余篇，意甚爱之，而未得其诗之深趣。咸平、景德间，因演纶之暇，遍寻前代名公诗集，观其富于才调，兼极雅丽，包蕴密致，演绎平畅，味有穷而炙愈出，钻弥坚而酌不竭，曲尽万变之态，精索难言之要，使学者少窥其一斑，略得其余光，若涤肠而换骨矣。由是孜孜寻访，凡得五七言诗、长短韵歌并杂言共五百八十二首。唐末浙右多得其本，故钱邓帅若水尝留意摭拾，得四百余首。钱君举《贾谊》两句云："可怜夜半虚前席，不问苍生问鬼神。"钱云："其措辞如此，后人何以企及！"余闻其所述，遂爱其诗弥笃，乃专事缉缀。

　　据此可知至真宗咸平、景德间（998—1007），杨亿所搜求到的商隐诗有五百八十二首，已近现存商隐诗总数。以翰林学士的身分，遍寻馆阁藏书自极方便。同时之钱若水所得之四百余首，其中当与杨亿所得五百八十二首有重复。去其重者，杨、钱二氏所搜求之义山诗总数当已与现存义山诗总数五百九十余首相去不远。故二氏所得义山诗，实已构成宋本商隐诗集之基础。王尧臣于仁宗庆历元年十二月己丑（1042）上《崇文总目》，其中已著录"《李义山诗》三卷"，可证商隐诗集之编定乃至刊刻至迟不晚于庆历元年。参以上引杨亿咸平、景德间尚在搜求寻访商隐诗之记载，可进而推断商隐诗集之编定当在真宗景德至仁宗庆历初这一段时间内（约为1004—1042）。

除《崇文总目》著录之"《李义山诗》三卷"以外，据史志及私家书目著录，宋代流传之商隐诗集尚有下列数种名称：一为《宋史·艺文志》著录之"《李商隐诗集》三卷"；一为尤袤《遂初堂书目》著录之"《李义山集》（无卷数）"，陈振孙《直斋书录解题》诗集类著录之"《李义山集》三卷"（此二目所著录之《李义山集》是否同为一书，现尚难断定）。此外，郑樵《通志·艺文略》著录"《玉谿生诗》一卷"，与《新唐书·艺文志》著录之名称同而卷数异，然后世各种公私书目及流传之抄本、刻本商隐诗集，无称《玉谿生诗》者（冯浩《玉谿生诗笺注》系从《新唐书·艺文志》"《玉谿生诗》三卷"之旧名，非其所据本称《玉谿生诗》）。故宋代之商隐诗集实仅《李义山诗》《李商隐诗集》《李义山集》三种不同名称之版本。

由于宋代三种不同名称的商隐诗集原刻今均不存，宋人编集刊刻及后世传抄、翻刻时又未留下有关版本的刊刻年代与版本系统源流的记载，这就给今天归纳研究商隐诗集的版本系统带来很大困难。只能主要依靠对各种版本的详细比勘，结合书名及有关记载来确定。根据比勘，存世商隐诗集实为一个大系统之下四种不同的次版本系统。

一为《李商隐诗集》三卷本系统。此本自《宋史·艺文志》著录后，明杨士奇编《文渊阁书目》卷十、叶盛《菉竹堂书目》卷四均著录为"《李商隐诗》四册"（此四册当包括目录一册，卷上中下各一册）。清代尚存原刻，今存者唯清影宋抄本，北京图书馆有藏本，每半页十行，行十七字，白口，左右双边。卷上、中、下首行下端有"吴兴刘氏嘉业堂藏书"长方印。此本避宋讳颇严。"敬"之嫌名驚、警、檠字中的敬字皆缺末笔，"镜"字或缺或不缺。"匡"字或改作"边"，"胤"字或改作"胄"，以下恒、祯、贞、徵字亦缺末笔，"贞"或改作"真"。而"曙""让"均不缺笔。可证影抄所据之原刻当为宋仁宗时之刻本。此本虽有刻误或明显的影抄之误，如目录《三月十日流杯亭》，三误二；《韩冬郎即席为诗相送一座尽惊他日余方追吟连宵侍坐徘徊久之句有老成之风因成二绝寄酬兼呈畏之员外》，侍误待，久误文；《题道静院院在中条山故王颜中丞所置赣州刺史官居此今写真存焉》，写误焉；《行次昭应县道上送户部李郎中充昭义攻讨》，讨误计；卷上《题僧壁》"若信贝多真实语"，贝误具；《寄令狐郎中》"嵩云秦树久离居"，嵩误蒿；等等，不备举。然无妄改痕迹。故就总体言，当属最接近北宋《李商隐诗集》三卷本原刻之善本。此本上、中、下三卷，共收诗五百六十七首（其中下卷《席上赠人》一首系上卷《席上作》之异文重出），起《锦瑟》，终《井泥》。《井泥》之后有"续新添二十六首"，起《夜思》，终《安平公诗》（其中《送从翁东川弘农尚书幕》"昔帝回冲眷"五言长律，诸家考证多以为非商隐作）。合计收诗五百九十三首。属于《李商隐诗集》三卷本系统者，尚有清席启寓刻《唐诗百名家全集》本《李商隐诗集》三卷、钱谦益写校本《李商隐诗集》三卷（指钱氏据以改定之主要校本，非指其原写本）。席刻《唐诗百名家全集》卷首叶燮序称此集"百余家，皆系宋人原本，一一校雠而付之梓"，可见其虽据宋刻原本，但已作过校勘改正。第二十三册即《李商隐诗集》上、中、下三卷。每半页十行，行十八字，白口，左右双边。北图藏本有傅增湘据季沧苇钞本所校录之异文。席本校刻较精，改正了原刻中的一些明显错误，如卷上《归墅》"旗高杜酒香"，席本改"杜"为"社"；《咸阳》"自是当时秦帝醉，不关天地有山河"，"秦""天"二字互讹，席本加以改易；卷中《深树见一颗樱桃尚在》"惜堪充凤实"，席改"实"为"食"；《井络》"漫夸大设剑为峰"，席改"大"为"天"，等等。然亦有与诸本不同而意改者，如《重有感》"安危须共主君忧"，君字诸本均同，席本独作"分"；

《寄裴衡》"别地萧条极，如何更独来"，更字诸本皆同，而席本独作"笑"；《槿花》"可怜荣落在朝昏"，在字诸本均同，席本独作"任"。其他亦偶有刻误者，如《离席》"细草翻惊雁"，草字席本误作"莫"；《幽居冬暮》"急景倏云暮，颓年寖已衰"，倏字席本误作岁；等等。钱谦益写校本为一参校诸本而成之校本，三卷，每半页九行，行十九字，白口，黑格，四周单边。宣统元年（1909）国光社据钱氏写校本原本影印。扉页正面题"东涧写校《李商隐诗集》三卷"，背面题"《李义山诗集》旧抄本，绛云主人手书，东涧家旧钞善本，牧翁校宋本数过"。影印本卷末有吴县蒋斧（字无柯）跋，略云："此为东涧老人手写，以朱、墨笔一再校勘。其标题初作《李义山诗》，嗣以朱笔改'诗'为'集'，又以墨笔改为《李商隐诗集》。"知此写校本之原写本（即底本）称《李义山诗》，与《崇文书目》所著录者合；朱笔校所据本称《李义山集》，与《遂初堂书目》所著录者合；最后墨笔校定所据本称《李商隐诗集》，与《宋史·艺文志》所著录者合。将此本最后校定之文字与影宋抄比勘，明显可见其主要依据《李商隐诗集》三卷本改定，从他本者甚少（《绛云楼书目》卷三唐诗类有"《李商隐诗集》三册，诗三卷"，可见钱谦益藏有此本原刻）。蒋斧称此写校本乃"传世李集第一善本"，虽失之太过（因其并未很好吸取另几个系统版本之优长），然在《李商隐诗集》三卷本系统中，亦属较善之本。

二为《李义山集》三卷本系统。此系统之版本现存者实仅明崇祯十二年（1639）毛氏汲古阁刊《唐人八家诗》本《李义山集》三卷本一种，国图藏本有清毛扆校，另一种有介庵校。清光绪元年（1875）神州国光社有石印本。每半页十二行，行二十字，细黑口，左右双边。以此本与影宋抄《李商隐诗集》三卷对勘，其编次明显不同处有二：一为卷下《天平公座中呈令狐令公时蔡京在坐京曾为僧徒故有第五句》之后，影宋抄、席本、钱校本均为《席上赠人》（即卷上《席上作》之异文重出诗），而汲古阁本《李义山集》则为《江上忆严五广休》；《江上忆严五广休》，影宋抄等在"续新添二十六首"《城上》之后，汲古阁本《李义山集》"新添集外诗"中无《江上忆严五广休》。二为卷下《井泥四十韵》之后，影宋抄等作

"续新添二十六首"，至《安平公诗》为止；汲古阁本作"新添集外诗"，在《安平公诗》后多出《赤壁》《垂柳》《清夜怨》《定子》四首，共二十九首。全编共收诗五百九十六首，较《李商隐诗集》三卷本系统之影宋抄、席本、钱校本溢出三首。其中《赤壁》《定子》，当系杜牧诗误入，《垂柳》又作唐彦谦诗。冯浩《玉谿生诗笺注》引冯班云："《赤壁》至《定子》四首，北宋本不载，南宋本始有之。"冯班所称之北宋本，殆即《李商隐诗集》三卷本，而所谓"南宋本"，以有《赤壁》至《定子》四首证之，当即指《李义山集》三卷。然细审之，此本并非南宋本，因此本刊刻时于宋讳字悉加保留，实为翻刻宋本。除玄、敬、弘、殷及其嫌名字均缺笔外，恒字亦缺末笔（《安平公诗》"坐视世界如恒沙"），而祯、曙、让字不缺笔。可证汲古阁本系翻刻北宋真宗朝之刻本。然则《李义山集》三卷之编刻年代实更早于《李商隐诗集》三卷，其具体时间当在真宗咸平、景德之后，即大中祥符至乾兴间（1008—1022）。阮阅《诗话总龟》卷十一评论门："杜牧《赤壁》诗云（略）。《李义山集》中亦载此诗，未知果何人作也。"是阮阅所见《李义山集》即有《赤壁》诗。又姚宽《西谿丛语》卷下有"李义山《定子》诗"条目。阮、姚均南北宋之交人。据胡仔《苕溪渔隐丛话》后集卷三十六所录阮阅《诗总》（即《诗话总龟》）原序，知此书成于北宋宣和癸卯（1123），则《李义山集》洵为北宋本无疑。尤袤《遂初堂书目》已著录《李义山集》，尤亦南宋初人，其所见《李义山集》当亦北宋本。综上数证，《李义山集》三卷本之编刻于北宋真宗朝后段可大体肯定。冯班所谓"《赤壁》至《定子》四首，北宋本不载，南宋本始有之"，盖亦未审之论，不足为凭。毛氏翻刻《李义山集》，其正文明显之误字及阙文均一仍其旧，未加改、补，仅于校语中称一作某，可见其翻刻时力求保持宋代原刻面貌。故此本虽有若干他本均无之明显误字，然亦颇有他本所无之有价值异文，具有较高校勘价值。如卷中《忆匡一师》，影宋抄、钱校本、席本、蒋本、姜本、统签、季抄、朱注本及全唐诗均误作"住"，惟此本正作"匡"。证以《北梦琐言》卷三第二十八、三十二条小注"王屋匡一上人细话之"，"八座事，得之王屋僧匡一"

之文，当作"匡一"无疑。盖因避太祖讳缺笔作"匡"，遂讹作"住"也。又《昨日》诗"笑倚墙匡梅树花"，"匡"字影宋抄、钱校本、席本、蒋本、姜本、统签、季抄、朱注本、全唐诗均作"边"。此亦因宋刻避太祖讳改"匡"为"边"。悟抄虽误作"匡"，然亦可证商隐诗原本作"匡"不作"边"。"墙匡"唐诗常语。郑谷《再经南阳》："寥落墙匡春欲暮。"韦庄《长安旧里》："满目墙匡春草深。"皆其证。墙匡，即墙围。他如《寄罗劭舆》，"舆"字他本多误作"兴"；《过故府中武威公交城旧庄感事》"风飘大树感熊罴"，"感熊罴"之感，他本多误作"撼"；《喜雪》"联辞虽许谢，和曲本惭巴"，"虽"字他本多误作"追"，均其例。要之，此本初刻时间最早，异文亦富校勘价值。

三为季沧苇（振宜）抄本、朱鹤龄注本及清编《全唐诗》的三卷本系统。季抄原本今不存，今所见者为傅增湘于民国五年丙辰（1916）在席刻本上过录之季抄异文。通过比勘，知以上三本显为同一系统，第朱注本、全唐诗偶有校改、朱注本据《李义山集》补入《赤壁》至《定子》四首，《全唐诗》又在此外再补入《木兰花》、《游灵伽寺》、《龙丘途中》（后二题据统签补）。此系统之本亦有他本均无之异文，如《赠刘司户蕡》"江风扬浪动云根"，"扬"字季抄、朱注、全诗均作"吹"；《同崔八诣药山访融禅师》"未见高僧且见猿"，"且"字季抄等作"只"；《属疾》"寒花更不香"，"更不"，季抄等作"只暂"；《西溪》"天涯长病意"，"长"字季抄等作"常"；《北禽》"为恋巴江暖"，"暖"字季抄等作"好"；《韩碑》"碑高三丈字如斗"，"斗"字他本多作"手"，而季抄等作"斗"；《令狐八拾遗绹见招送裴十四归华州》"二十中郎未足稀"，"稀"字季抄等作"希"，"汉苑风烟催客梦"，"催"字季抄等作"吹"，等等，不细举。以上诸例，虽未必季抄等即是，然足可证其自成一系。由于季抄原本已不存，傅氏在校录时又未标其书名，故不知季氏所抄系何种版本。查《季沧苇藏书目》，延令宋版书目中有"《李商隐诗》三卷，三本"，与《绛云楼书目》所著录同，即《李商隐诗集》三卷之北宋原刻，系绛云楼旧物；另于诗集部又著录"《李商隐诗》三卷，照宋抄"，或即傅氏所过录之季抄欤？然朱鹤龄注本称《李义山诗集笺注》，似其所据原本当为"《李义山诗集》"。按前述钱谦益写校本封内第二页有"《李义山诗集》，绛云楼主人手书，东涧家旧钞本，牧翁校宋本数过"等语，其标题初作《李义山诗》，嗣以朱笔改"诗"为"集"，又以墨笔改为"《李商隐诗集》"，是钱氏原写本即称《李义山诗》，与《崇文书目》所称合。朱鹤龄之笺注义山诗，系应钱谦益之命而作，其笺注所用之底本即用钱氏家藏之旧钞本《李义山诗》，固极自然，故其书即以《李义山诗集笺注》为名。至于清编《全唐诗》，固以季氏所编《全唐诗》为最主要依据（详参周勋初《叙〈全唐诗〉成书经过》，《文史探微》249—277页），季氏编《全唐诗》，其商隐诗三卷，即用自己之抄本，而清编《全唐诗》商隐诗三卷，则又袭取季编《全唐诗》商隐诗三卷而稍事校补。其间线索，固较明显。至于《季沧苇书目》所著录之"《李商隐诗》三卷，照宋抄"是否即傅氏过录之季抄，则尚难确定。但根据比勘，季抄、朱注本与全诗属于同一版本系统是可以确定的。

四为明代分体刊本系统。属于这一系统的刻本，有明嘉靖二十九年（1550）毗陵蒋孝刻《中唐人集十二家》本《李义山诗集》六卷本（四部丛刊本据此影印）、明姜道生刻《唐三家集》本《李商隐诗集》七卷本、明胡震亨辑《唐音统签·戊签》李商隐诗十卷本。此三种版本虽卷数多寡不同，编次亦有异，然从文字上看，显属同一系统，其中姜本间有他本均无之异文，《统签》间有胡氏所作的校改。蒋本六卷之次序为五古、七古、五律、五排、七律、五七绝，基本上按三卷本原次第分出。唯卷四五排之次序，先依次列《赠送前刘五经映三十四韵》至《垂柳》等原在三卷本卷下后半之五排二十二首，然后再续以原卷上、卷中及卷下前半之五排《和孙朴韦蟾孔雀咏》至《喜雪》。卷末又缀以原应编入卷二之七古《河阳诗》。此则从三卷本分出时误置颠倒所致，非其所据原本次序与今见三卷本不同。在现存刻本中，此本刊刻年代最早。姜道生刊本除各体次序与蒋本有较多差异外（不能细举），其文字亦偶有与诸本绝异者，如《夜雨寄北》，"北"字姜本独作"内"；《韩碑》"入蔡缚贼献太庙"，"缚贼"姜本独作"斩馘"；《无题四首》之三"含情春晼晚"，"晚"字姜本独作"院"；

《楚吟》"宋玉无愁亦自愁"，"自"字姜本独作"有"；《无愁果有愁曲北齐歌》"日暮向风牵短丝"，"牵"字姜本独作"吹"；《所居》"前贤无不谓"，"不"字姜本独作"所"；《题李上暮壁》"饱闻南烛酒"，"烛"字姜本独作"邓"。以上所举，实多为姜本字误。故此本校勘价值不大。《统签》虽同属此一系统，但胡氏据他本及唐宋其他总集作了不少校改。有的虽无版本依据，但处理颇为得当。如卷上《寄成都高苗二从事》"家近红蕖曲水滨"一首，题与诗不相合，且与卷中"红莲幕下紫梨新"一首题重，显有误，统改为"失题"；《蝶三首》之二、之三（长眉画了绣帘开；寿阳公主嫁时妆），内容与蝶无关，显误，统签改为"无题"，均其例。但亦有误字或误改者，如《华岳下题西王母庙》"莫恨名姬中夜没，君王犹自不长生"，"犹"字统签作"独"，《无愁果有愁曲北齐歌》"凿天不到牵牛处"，"牵"字统签作"牢"；《和郑愚赠汝阳王孙家筝妓二十韵》"秦人昔富家"，"家"字统签作"贵"；《五言述德抒情诗一首四十韵献上杜七兄仆射相公》"清啸频疏俗"，"啸"字统签作"瘦"。胡氏对商隐诗的校注评点都作过一些工作，在他之前，还没有人做过较多的对商隐诗的校勘工作，其成绩仍应肯定。以上三种分体本，其祖本是哪一种三卷本呢？蒋本的一行题注提供了考证的线索。蒋本在每卷卷首第一行顶格书"唐《李义山诗集》卷之×"，次行下端书"太学博士李商隐义山"。这个题款与陈振孙《直斋书录解题》正合。《直斋书录解题》卷十九著录《李义山集》三卷，下题"唐太学博士李商隐义山撰"。现存各种版本系统的商隐诗集中，《李商隐诗集》三卷本的各本、毛氏汲古阁《李义山集》、季抄、朱注本及全唐诗，均无此题款。唯蒋本有此，且与《直斋书录解题》所著录合，可以推断蒋本即源于《直斋书录解题》所著录的《李义山集》。但陈氏所著录的《李义山集》已不可见，必须找到三卷本商隐诗集中既有上述题款，其文字、篇目又与蒋本、姜本、统签同属一系统者，方能理清这一系统版本之源流。现存三卷本中的明悟言堂抄本就是属于这一系统的三卷本。悟言堂系明代著名画家文征明堂名。文征明（1470—1559），其卒年与蒋孝刻《中唐人集十二家》的时间相近。悟抄上、中卷每半页十行，行二十字，下卷每半页十一行，行十八九字不等，用行草书写，版心下方有"悟言堂"三字，原本现存台湾。此本误字极多，是现存商隐诗集各本中最劣者。能有力证明此本与蒋本、姜本、统签同属一系统者，有以下几方面：一、悟抄在卷首目录下有"太学博士"四字，与蒋本合。二、悟抄与蒋本、姜本、统签均有《垂柳》《清夜怨》《定子》而无《赤壁》。三、最主要的是这四种本子都有四本全同而他本绝无的异文，如：卷上《北楼》"北楼堪北望"，四本均作"此楼堪北望"；《青陵台》"莫讶韩凭为蛱蝶"，"讶"字四本均作"许"；卷中《乐游原》（春梦乱不记），四本题内均无"原"字；《献寄旧府开封公》"地里南溟阔"，"里"字四本均作"理"；卷下《河内诗二首》其二"轻身奉君畏身轻"，上"轻"字四本均作"倾"，"此曲断肠唯北声"，"北"字四本均作"此"；《河阳诗》"忆得鲛丝裁小棹"，"棹"四本均作"卓"；《戏题枢言草阁三十二韵》"徒令真珠肶"，"肶"字四本均作"牙"；《行次西郊作一百韵》"抢攘互间谍"，"互"字四本均误"牙"，《晋昌晚归马上赠》（当改作《朱槿花二首》其二）"坐来疑物外"，"来"字四本均作"忘"；《寄太原卢司空三十韵》"孙谋复太庭"，"太"，四本均作"大"。以上诸例，四本有正有误，但不论正误，这种高度的与诸本不同的一致性却证明了四本的同一系统。我们虽不能说蒋本即从悟抄分出，但至少可以说，蒋本所依据的是一个与悟抄同属一个系统而错误较少的三卷本商隐诗集，而其更早的祖本可能就是《直斋书录解题》所著录的《李义山集》三卷本。

以上分述了现存商隐诗集四种不同的版本系统，它们分别与《宋史·艺文志》所著录的《李商隐诗集》三卷、尤袤《遂初堂书目》所著录的《李义山集》（包括阮阅《诗话总龟》所称《李义山集》、《崇文总目》所著录的《李义山诗》三卷、《直斋书录解题》所著录的《李义山集》）三卷相合，也就是说现存商隐诗各种版本，都来源于四种宋本（其中两种可确定刻于真宗朝、仁宗朝）。但总的来说，这四种不同系统的版本亦无太大的差别，它们实际上都属于一个大系统——三卷本系统，而且在文字上、编次上、所收篇目上差别不大。即以编次上与其他三个系统差别较大的明代分体刊本而论,它的文字其实与《李商隐诗集》三卷本比较接近。因此,这四个系统可以说是在一个大的版本系统之下的四个次系统。

[原载《安徽师范大学学报》(哲学社会科学版)1997年第4期]

本世纪中国李商隐研究述略

与中国文学史上其他一些第一流的作家作品相比，李商隐及其创作在相当长的时间内是比较受冷落的。屈原、司马迁、陶渊明、李白、杜甫、苏轼都长期受到历代作家的推崇和研究者的关注，对他们的研究，早已成为显学。即使最晚出现的曹雪芹的《红楼梦》，200年来也一直是研究的热门。而李商隐研究，在整个唐诗学已经处于兴盛阶段的明代，尚未形成气候，显然滞后于整个唐诗研究。直到清代顺、康、雍、乾、嘉、道这200年间，才陆续出现了一系列李商隐研究的著作，形成了李商隐研究史上的第一个高潮。而李商隐的艺术成就受到人们高度重视并获得较深认识，则是近20年来，随着思想解放浪潮与李商隐研究的第二个高潮到来之后才出现的。从唐末李涪对李商隐"无一言经国，无纤意奖善"（《刊误·释怪》）的恶评，到今天将他置于中国文学史上第一流大作家的行列，竟经历了11个世纪。这个事实说明，像李商隐这样一位其文学创作的内容与艺术表现手段都非常独特的作家，不仅对其准确地把握需要一个较长的过程，而且还说明，它的被接受、被认识，需要一个充分重视文学创作本身艺术价值的政治环境和学术文化环境。

一、传统笺注考证成果的总结

清代是传统文化的总结期。清代的李商隐研究，其成果之丰硕，与同时期对其他古代作家的研究相比，可以说毫不逊色。其主要内容是对李商隐生平经历的考证和对李商隐诗文的系年考证、笺注、解说与评点。自朱鹤龄、徐树谷、吴乔、何焯、朱彝尊、姚培谦、程梦星、徐武源、陆士湄、陆昆曾、屈复、冯浩、纪昀、钱振伦兄弟等人的诗文笺注及解说、评点著作陆续问世以来，既积累了许多极有价值的研究成果，又提出或留下了一系列需要进一步研究考证的问题，而《全唐文》中200篇李商隐佚文（钱氏兄弟据以收入《樊南文集补编》）的发现，又给进一步考证李商隐生平提供了极重要的资料。客观上需要对清人丰硕的研究成果进行一次清理与总结。长于史学的张采田所著的《玉谿生年谱会笺》（又有《李义山诗辨正》）便适应这一需要，对清人的笺注考证成果作了一次总结。书始创于民国元年，削稿于民国五年，正值五四运动前夕。

《会笺》以详考谱主之行年仕历及诗文之系年为主，同时又在系年诗文下对之作较具体的笺解，作为系年之依据。故此书实兼谱与笺的双重性质，有不少地方还涉及对玉谿诗的总体评论与具体作品的艺术评价。它的主要贡献有以下几个方面：

一是对李商隐所历各期（特别是文、武、宣三朝）与其生平仕历、诗文创作有关的人事作了较冯、钱等谱更详密的考订载录，不但纠正了冯、钱等谱考订上的失误，而且对史籍中相互矛盾的记载作出了准确的是非正误判断。如杜悰由西川移镇淮南，系代在淮南任上去世之李珏，西川节度使则由白敏中接任。旧、新《唐书》纪、传、表所载歧异，冯谱系于大中七年。张笺据《樊川集·册赠李珏司空制书》所载年月日及李商隐《为河东公复相国京兆公第二启》《新唐书·宰相表》《新唐书·白敏中传》《唐会要·祥瑞门》等所载，考定杜悰大中六年五月由西川迁镇淮南，否定了七年李珏卒于淮南之错误记载及冯谱之误，表现出治丝理棼的深厚功夫。其中有些条目载录，甚至已逸出与谱主仕历、创作有关的人事范围（如大和五年载录西川节度使李德裕奏收复吐蕃所陷维州，接受吐蕃守将之降，及宰相牛僧孺沮议之事）。岑仲勉谓："唐集人事之讨究，自今以前，无有若是之详尽，岂徒爱商隐诗文者须案置一册，亦读文、武、宣三朝史者必备之参考书也"(《玉谿生年谱会笺平质·导言》),洵为确评。从文学研究角度说,由于李商隐生平仕历与诗文创作涉及文、武、宣三朝一系列政治、军事大事和众多政坛重要人物的进退迁贬,因而张笺的这些载录实际上为李商隐诗文创作提供了相当具体的时代政治背景与人事环境,比起这方面记载相对较为简略的冯谱有高得多的论世知人价值。

二是对李商隐一生的经历作了较冯、钱等谱更细密准确的考证,纠正了冯谱中不少较大的错误。其中最重要的,是将李商隐应柳仲郢之辟,赴东川幕的时间定在大中五年,纠正了冯谱将李商隐妻王氏之卒、赴东川幕分置于大中五年、六年的错误。冯谱拘泥于《旧唐书·卢弘正(当作止)传》"镇徐四年"之文,认为卢卒于大中六年,李商隐亦于是年方应柳仲郢之辟赴东川。张笺据《补编·四证堂碑铭》述仲郢事有"(大中)五年夏,以梁山蚁聚,充国鸥张,命马援以南征,委钟繇以西事"之文,定柳仲郢除东川在大中五年夏秋间,并据李商隐诗文证明卢弘止卒于镇、李商隐离徐幕还朝、妻亡、任国子博士、赴东川幕均在大中五年,证据确凿。不仅纠正了李商隐生平经历中一件大事的时间误载,且纠正了冯谱中与此有关的一系列诗文的系年之误。张氏的这一重大纠正,固与《补编》提供的材料有关,但先他而见此材料的钱氏却未能利用它作出新的考订结论,可见主要取决于其史家的精密考证功夫。

三是在精密考证的基础上给一系列诗文作了正确的系年。《补编》中有为河东公上杨、李、陈、郑等相公状八篇,钱氏以为河东公为柳仲郢,而仲郢镇东川期间,宰相无姓杨、李、陈者,故于上杨、李、陈七状之诸相无考,而以上郑相公状为上郑朗。张氏根据以上诸篇所提供之内证,结合开成三年在位诸相之情况,考定此八篇题内之"河东公"均为"濮阳公"之讹,状系开成三年李商隐居泾原幕期间代王茂元上杨嗣复、李珏、陈夷行、郑覃诸相所作,考订精密,证据确凿。又如《补编·为濮阳公上宾客李相公》二状,为王茂元出镇陈许时所上,钱氏以为李相公指李德裕,然李德裕两为太子宾客均在此前,故钱氏于此实有所疑,然又谓"无他人可以当之"。张氏则据《旧唐书·李宗闵传》"(开成)四年冬,迁太子宾客分司东都"之文及二状提供之内证，考定此"宾客李相公"实为李宗闵，从而使此二状得以定编于王茂元出镇陈许时。诗之系年较冯谱更为准确合理者，亦所在多有。

四是对李商隐诗的总体特征及某些具体作品发表了一些比较精辟的见解。如说"玉谿诗境盘郁沉着，长于哀艳，短于闲适。摹山范水，皆非所擅场。集中永乐诸诗，一无出色处，盖其时母丧未久，闲居自遣，别无感触故耳。其后屡经失意，嘉篇始多，此盖境遇使然"（《辨正》）。结合境遇论诗，既指出其所长，亦不护其所短。论《漫成五章》，谓"此五首者，不但义山一生吃紧之篇章，实亦为千载读史者之公论"，较之杨守智、程梦星、冯浩仅从"自叙其一生之踪迹""即谓之义山小传可也""实义山一生沦落之叹"着眼，所见特大，显示出治史者之特有眼光。《武侯庙古柏》诗，前人评笺均从单纯咏古着眼，张笺则结合李商隐后期政治倾向，指出此诗乃"因武侯而借慨赞皇（李德裕）"，并谓"叶凋湘燕雨，枝坼海鹏风"二句分指李德裕之主要助手李回湖南、郑亚桂海之贬，亦为有得之见，非生硬比附者可比。

张氏《会笺》也有明显缺点。首先是在李商隐生平行踪考证上进一步坐实并发展了前人提出的江乡之游与巴蜀之游说。徐树谷笺《潭州》诗，疑杨嗣复镇潭，李商隐曾至其幕。冯浩《玉谿生年谱》乃提出开成五年九月至会昌元年春李商隐应杨嗣复之招南游江乡说，并谓是役兼有闲情牵引。其实本无实证，全从诗中参悟而得。张笺乃进一步张扬之，将明为早年所作之《燕台诗四首》及《代越公房妓嘲公主》《代贵公主》《石城》等一大批诗统系于所谓"江乡之游"中，且均附会为杨嗣复作，造成了比冯谱更大的混乱。关于巴蜀之游，冯谱以为大中二年李商隐桂幕罢归抵故乡与东都后，旋又出游江汉巴蜀。张笺虽辨冯说及系诗某些错误，但仍坚持有巴蜀之游，并谓此行系为拜谒李回、杜悰。巴蜀之游系诗中虽尚有个别诗篇（如《过楚宫》《摇落》）尚须推究，但像张氏所主张的为李回、杜悰而进行的巴蜀之游实为向壁虚构。

从吴乔的《西昆发微》开始，在解李商隐《无题》及其他一些诗时，往往牵扯与令狐绹的关系，认为均系为绹而作。程梦星、冯浩的笺注均有此特点。这种生硬比附、索隐猜谜式的解诗法，至张氏《会笺》而登峰造极。除毫无实据牵扯令狐绹作解的一大批诗以外，还有许多同样没有任何蛛丝马迹而任意牵扯其他人事作解的情况，这些诗解多为张氏的"首创"。如《代越公房妓嘲徐公主》、《代贵公主》、《楚宫》（复壁交青琐）、《河内诗》之牵扯杨嗣复，《河阳诗》之牵扯杨嗣复、李执方，《无题二首》（昨夜星辰、闻道阊门）之牵扯李德裕，《相思》之牵扯王茂元，《杏花》、《荆门西下》、《楚宫》（湘波如泪）、《无题》（万里风波）、《岳阳楼》、《妓席暗记送独孤云之武昌》之牵扯李回，《北禽》《梓潼望长卿山巴西复怀谯秀》之牵扯杜悰，《贾生》之牵扯牛党与李德裕，《席上作》之牵扯李党，《景阳井》之牵扯懿安太后，《景阳宫井双桐》之牵扯孝明太后与杜秋，《海上》《天涯》之牵扯卢弘止，《当句有时》之牵扯初除博士，《壬申七夕》《壬申闰秋赠乌鹊》之牵扯杜悰与令狐绹，凡此等等，不一而足。李商隐诗解中虽向有索隐之风，但像张氏这样生硬比附，逞臆为解的却不多见。

王国维在为张氏《会笺》所作的序中引孟子说《诗》"以意逆志""知人论世"之论，以为谱所以论世、笺所以逆古人之志。张氏《会笺》之指导思想，盖亦不出此二端。今天看来，此书在论世知人方面，虽亦有如上所述在江乡之游、巴蜀之游考证上沿袭前人而变本加厉之失误，但成绩是主要的。在年谱之体所允许的范围内已将李商隐其世其人论列考证得相当充分、清楚，确实做到了总结前人而又有新的发现，也为今天进一步研究其世其人提供了重要材料与参考，显示出治史者的优长。而在"以意逆志"方面，则问题较多，在某种意义上说，不妨视为对前人索隐比附之风的恶性发展。其中一个关键性的问题是对文艺创作特征，特别是对李商隐不少诗意蕴虚涵的特征缺乏认识；过分强调以史证诗，务求实解；过分狭隘地理解诗歌的比兴寄托，把它等同于影射。这方面的教训，值得后来研究商隐诗者汲取。

二、在新思潮和新文化运动影响下李商隐研究的新变化

从五四运动到新中国成立前这30年中，李商隐研究的成果不多，但这一时期出现的几部论著却都明显受到新思潮和新文化运动的影响，表现出与传统研究不同的特点。

1927年出版的苏雪林的《李义山恋爱事迹考》（又名《玉谿诗谜》），是一部专门考证李商隐恋爱事迹并对其爱情诗作出本事性诠释的专著（在此之前，于1922年出版的苏氏《唐诗概论》中已有《诗谜专家李商隐》一节，初步提出其基本观点）。考证李商隐诗爱情本事，并不自苏雪林始，冯浩、张采田都做过这方面的努力，冯浩还对李商隐的艳情诗作过概括性的结论："统观前后诸诗，似其艳情有二：一为柳枝而发，一为学仙玉阳时所欢而发。《谑柳》《赠柳》《石城》《莫愁》，皆咏柳枝之入郢中也；《燕台》《河阳》《河内》诸篇，多言湘江，又多引仙事，似昔学仙时所欢者今在湘潭之地，而后又不知何往也"（《玉谿生诗笺注·河阳诗笺》）。但所说的恋爱对象，仅限于像柳枝这样原为商人女后为使府后房姬妾者，以及女冠，且只涉及少量诗篇。而苏雪林却认为李商隐的恋爱对象有宫嫔飞鸾、轻凤，有原为宫女后入道观的女道士宋华阳，且将全部无题诗都看成爱情的本事诗。写《李义山恋爱事迹考》这样一本专著，本身就反映出受五四以来新思潮熏染的女性在思想观念上的变化，即认为李商隐的上述不符合封建道德规范的爱情行为以及表现这种行为的诗，不但是其生活与创作的重要组成部分，而且完全可以用肯定的态度去研究与评价。这与传统诗学以风雅比兴与美刺论诗，以是否有政治寄托来评论一个诗人的诗品，特别是以男女之情为题材的作品，是完全不同的两种文艺价值观。如果说朱鹤龄的《李义山诗笺注序》"义山之诗，乃风人之绪音，屈宋之遗响"的评价表现出将李商隐说成一位政治诗人的努力，那么苏雪林的《李义山恋爱事迹考》则力图将李商隐塑造成一位深挚纯情的爱情诗人。

苏氏所考证的李商隐爱情诗具体本事，由于缺乏可靠的证据，只是就

李商隐无题诸诗及其他一些诗中本身就很隐约朦胧的诗句进行推衍假设，其可信程度自然是比较低的。特别是与宫嫔飞鸾、轻凤恋爱之说，更是无论从事理上、从材料依据上都让人难以置信。但苏氏提出的李商隐两类不同恋爱对象的诗分别用不同的典故词语，女道士用仙女、仙境、仙家事物，宫嫔则用帝王、妃后、宫廷建筑、宫廷器用以为区别，不能说毫无道理。认为李商隐与某一女冠有恋情之说，也并非毫无依据。但苏氏这本书的主要价值并不在具体的考证结论和对具体诗篇本事的诠释上，而是它们显示的观念的更新、思想的解放以及由此带来的研究视角的变化对于以后研究者的启示与影响。董乃斌说："从要求把爱情诗只当作爱情诗（而不是政治诗）来读这一点看，苏雪林的观点显然是对前此种种阐释的超越，至少是这种超越的开始"（《李商隐的心灵世界》，55页），这是非常客观而中肯的评价。苏氏直到1986年第7—9期《东方杂志》上发表的长文《论一本风簩式的诗评书——〈李商隐诗研究论文集〉》中仍坚持她50年前提出的基本观点，并作了许多新的论证。

发表在《武汉文哲季刊》六卷三、四期上朱偰的《李商隐诗新诠》，基本观点与苏氏相同（认为李商隐与宫娥、女道士宋华阳有恋爱关系），但据以论证的诗例及具体解释与苏氏有别。《新诠》"义山与宫女之情诗""李义山之情诗"两节之要点，周振甫先生《李商隐选集》的前言中已详加节引，此处不赘。周先生认为苏氏之义山与宫嫔飞鸾、轻凤恋爱说乃是对朱氏义山与宫女相恋说的发展。朱氏之观点及论证虽亦与苏氏同样多属推衍假设，但其客观意义仍不容抹煞。它与苏氏之著作后先出现，更足以说明五四思想解放新潮流对古典文学研究的影响。尽管清代注家如吴乔、程梦星、冯浩及近人张采田等与苏、朱二氏在诠释李商隐诗时都有索隐穿凿的倾向，但前者是索政治之隐、君臣朋友遇合寄托之隐，后者则是索爱情本事之隐。方法虽似，观念自别。

发表在1933年安徽省立图书馆《学风》杂志上张振珮的《李义山评传》则显示出，随着马克思主义在中国的传播，一部分学者试图用唯物史观来研究李商隐诗歌创作的努力。在《绪论》中著者说："中国现时还没有一部唯物史观的文化史或经济史，所以文学史的研究比较困难。"即透露出著者认为唯物史观念应当成为文学史研究的指导。在具体分析晚唐诗风的成因时，著者试图从晚唐社会对文学的影响及文学本身发展演变的结合上来加以说明："因乱后的晚唐社会，须要强烈的刺激，他（李贺）便以冷艳奇险确立了独异的旗帜。韩、白一派的粗阔原即是盛唐的强弩之末，由粗阔而复以纤丽，自是文学演变的必然趋势"，"李贺可以算发难的戍卒，义山却是开国的元勋。"在联系时世、身世比较杜甫、李商隐诗风时指出："老杜和义山所处的环境虽然同属恶劣，但老杜身受暴风雨似的安史之祸，痛苦流离，较义山更甚。然其对于政治则尚希望其乱平后，而得治理。义山便不同了，他及身所受的痛苦虽不及老杜那样厉害，但因国家于大乱后悠久的未能治平，对政治已行绝望了。所以他们的思想内容，完全是两个不同的样式。杜是哀愁苦恼，而李则是伤感颓废；杜是抱有希望的注意他诗的思想内容，而李则是绝望的雕饰形式。"这些分析、比较虽或失之简单，但确实从时代社会与诗风的联系上揭示出了李商隐诗的一些特点。张著对苏雪林《李义山恋爱事迹考》将无题诗说成与宫嫔恋爱的实录，也结合李商隐生平进行了批评，但张著在实证研究方面并没有新的发现。

在实证研究方面作出很大成绩，纠正了张采田《玉谿生年谱会笺》一系列失误的，是著名唐史专家岑仲勉的《玉谿生年谱会笺平质》（稿成于1942年，发表于《历史语言所集刊》第十五本）及其《唐史馀沈》中《李商隐南游江乡辨正》一文。《平质》分导言及创误、承讹、欠碻、失鹄、错会、缺证六项。除导言集中讨论李商隐无关党局及批评旧笺动辄牵扯令狐以解玉谿诗外，其他六项均以实证条举张氏笺证之失误。其中最重要亦最有价值者，首推对冯、张关于江乡之游、巴蜀之游考证的批评。岑氏对江乡之游的辨正，主要是从开成五年九月到会昌元年正月这段时间内，李商隐正忙于移家、从调，以及正月在华州周墀幕为周墀、韦温草《贺赦表》来证明其不可能同时分身作江乡之游，辩驳极为有力。尽管还未能对冯、张真正持以为据的罗衮《请褒赠刘蕡疏》"沉沦绝世，六十余年"作出合理的解释，亦未从李商隐诗本身找出内证，以证明李商隐与刘蕡相遇的确切时地，因而难以彻底驳正冯、张之说，但所提出的否定理由确实动摇了开成末南游江乡说。对巴蜀之游的辨正，亦主要从驳论据着手，指出冯张藉以为据的一系列诗证，或为大中二年随郑亚赴桂途次所作，或为大中五年赴东川途次及梓幕期间所作，并对大中二年李商隐北归行程及系诗按时间先后作了排比论列。尽管其中有的诗（如《过楚宫》《摇落》）岑氏未曾涉及，致使此游的有无尚留下一些疑点，但其驳正冯、张大量误系诗证据确凿，可视为定论。驳正"东川访杜悰"之说亦极有力。此外，如对张笺李德裕入相在开成五年四月的驳正，对王茂元出为陈许节度使年月的驳正，对大中二年由桂归洛说的驳正，对《为濮阳公上陈相公第一状》作时的驳正，均证据确凿，且对考证李商隐行年及诗文系年关系重大。《平质》中亦偶有小疏或难以定论的条目，但从总体看，其考证之精密确有超越冯、张之处。

由于李商隐集中《过楚宫》《摇落》二诗反映他确曾有过夔峡游程，坚持有大中二年巴蜀之游者固资以为证，否定此说者亦难以说明此二诗之作时。陈寅恪《李德裕贬死年月及归葬传说辨证》（刊于1935年《历史语言所集刊》五本二分）根据大中六年李商隐曾奉东川节度使柳仲郢之命至渝州迎送西川节度使杜悰移镇淮南，及李商隐代柳仲郢所拟祭李德裕文残句，提出李商隐可能在"大中六年夏间……承命至江陵路祭李德裕归枢"的假设，认为冯、张指为二年往返巴蜀所作之诗，大抵为此次行程所作。这一假设由于该文主题的关系，在文中并未展开论证，是否能成立亦难确定，但至少提供了另一种考证的思路，即排除了冯、张所主张的大中二年巴蜀之游外，李商隐可能还有过另一次途经或短期逗留夔峡的行旅。

黄侃《李义山诗偶评》、汪辟疆《玉谿诗笺举例》也是撰于这一时期的笺评类论著。前者笺评七律44首（附七绝一首），后者笺评七律16首，其中均包括七律无题。黄评时有对某一类诗的总体看法，如谓："义山《无题》，十九皆为寄意之作……必概目为艳语，其失则拘，一一求其时地，其失则凿。"虽未必概括得全面准确，但对读者仍有启发。对具体诗篇的笺解，亦时有新见（如对《临发崇让宅紫薇》《宋玉》的笺解）。汪笺对《一片》《锦瑟》《重过圣女祠》《流莺》《回中牡丹为雨所败二首》的艺术品评，亦颇精到。

这一时期单篇论文之有价值者，首推缪钺的《论李义山诗》（作于1943年5月，收入著者《诗词散论》）。此文主要阐论李商隐在文学史上的地位，对李商隐其人其诗的特征提出了一系列很有见地的观点，如谓"义山盖灵心善感，一往情深，而不能自遣者，方诸曩昔，极似屈原"，"义山对于自然，亦观察精细，感觉锐敏……遗其形迹，得其神理，能于写物写景之中，融入人生之意味"，"义山诗之成就，不在其能学李贺，而在其能取李贺作古诗之法移于作律诗，且变奇瑰为凄美，又参以杜甫之沉郁，诗境遂超出李贺"，均极恰当中肯。而文中论及李商隐诗与词体之关系一节，尤具卓识，为明许学夷《诗源辩体》以来所未道，而其所体现之文学史宏观眼光，尤具启发性。

三、总结与创新并重的建国后李商隐研究

从新中国成立到现在这半个世纪，李商隐研究经历了从大落到大起的曲折。以1978年为界，可以分为两个大的阶段。

前一阶段，包括1949—1978这30年，是李商隐研究相对沉寂的时期。据不完全统计，30年中，关于李商隐的专题研究论文（不包括对单篇作品的一般性赏析）仅30余篇，平均每年仅一篇，诗文选注本及专著则均付阙如。与李商隐这样的大家，无疑极不相称。究其原因，主要是在"左"的思想路线和理论观念长期影响下，像李商隐这样一位艺术上极富独创性，风格偏于绮艳的作家，艺术上呕心沥血的追求反倒成了唯美主义的表现，甚至连《锦瑟》这样横绝古今的杰作，也被认为用典过多，隐晦难解，具有唯美主义倾向。这种在总体上贬低甚至有时带有否定色彩的评价，成为这一阶段李商隐研究的一种倾向。

但这一阶段仍然出现了一些态度较为客观、评价比较实事求是，且有

一定深度的研究论文，如陈贻焮的《关于李商隐》《谈李商隐的咏史诗和咏物诗》，马茂元的《玉谿生诗中的用典》《李商隐和他的政治诗》，何其芳的《〈李凭箜篌引〉和〈无题〉》，刘开扬的《论李商隐的爱情诗》，吴调公的《流莺巧啭意深深——论李商隐的风格特色》等。这些论文，涉及义山诗各种题材领域与艺术风格、艺术手段。特别是陈、马、何、吴诸先生侧重谈艺的论文，在当时的思想、学术氛围中，尤为难能可贵，显示了学术上的勇气。刘盼遂、聂石樵的《李义山诗札记》，对李诗的笺解也多有新见。

从1978年到1996年的这18年，随着思想、理论上的拨乱反正和改革开放，整个学术界思想的趋于活跃与解放，李商隐研究出现了一个新的高潮。据不完全统计，18年中，光是各种李商隐研究的专著（包括李商隐诗文的笺注疏解、选本、评传和研究著作），就多达30来种，这在中国古代大家研究中也是少见的，可以说形成了"李商隐热"。这个高潮的主要标志有以下几个方面：

一是形成了全面推进的态势。18年的研究成果中，既有侧重于全面清理总结以往研究成果，对李商隐全部诗歌进行疏注、集解的著作，又有侧重于运用新方法进行新的尝试与探索的论著；既有对李商隐作全面研究的著作，又有大量从某一题材、体裁或就某一问题、某一名篇进行具体深入研究的论文；既有笺注考证方面的成果，又有以"义理"即理论研究为主的著作，更有大量对具体作品的艺术品鉴，形成了义理、考据、辞章并重的局面；既有不少具有较高质量的学术研究著作，又有许多以普及为主或兼有普及与提高性质的选注、选析本。过去长期未被研究者注意的樊南文，这一阶段不但出版了新的校点本，而且陆续发表了一些有分量的论文。

二是对李商隐研究中一些难点、热点问题进行了比较深入的探讨，如无题诗有无寄托及其特点的探讨，《锦瑟》诗内涵及特点的探讨，李商隐与牛李党争关系的探讨，李商隐生平游踪中两大疑案（江乡之游与巴蜀之游）的考辨，李商隐诗歌朦胧情思与意境的探讨，等等。通过不同意见的讨论，有些问题逐步取得了比较一致的认识，有些问题由于不同意见的充分展开，使问题的讨论更加深入。

三是出现了一批有较高质量的学术成果，提出了一系列新的观点或新的考证结论。这是新时期李商隐研究的主要收获，也是研究高潮在"质"的方面的主要标志。

四是成立了全国性的专门研究组织——中国李商隐研究会，作为中国唐代文学学会下属的一个分会，有组织地开展李商隐研究工作。自1992年成立以来，已经召开了两次年会。研究队伍中，既有专门研究机构和高校中从事教学、科研，特别是从事李商隐研究的人员，又有著名的作家和诗人。后者参加到李商隐研究队伍中来，不仅使一向比较单一的古典文学研究成员组成发生变化，而且对活跃学术空气、改变纯学院派作风，特别是在沟通研究与创作、古代与当代方面起着重要作用。

在总体研究方面，钱锺书先生提出的"樊南四六与玉谿诗消息相通"及李商隐"以骈文为诗"说引人注目。它不但揭示了李商隐律诗运用骈文手法这一重要特征，而且指出了樊南文与玉谿诗之间存在着某些共同特征以及它们的相互渗透与影响。周振甫先生的《李商隐选集·前言》对二者的共同特点作了精切的阐述，董乃斌的《李商隐的心灵世界》于"非诗之诗"一章中重点发挥了钱锺书的"以骈文入诗"说。其实，钱先生的"消息互通"说还可以包含另一方面，即玉谿诗对樊南文的影响，这同样是一个饶有新意的课题。

关于李商隐诗歌的创作倾向和基本特征，董乃斌在其论著《李商隐诗歌的主观化倾向》《李商隐的心灵世界》中，将主观化作为其诗歌的主导创作倾向，认为它在李诗中是渗透性、弥漫性的，深潜于其诗的肌理血脉之中，表现在对题材的选择与处理、移情与全面象征、对客观时空限隔的突破与超越等诸多方面，成为李商隐诗风格的基本特征，且为其诗所具其他多种特征之基础。这是从总体上探讨李商隐诗风格特征的一种新见解。刘学锴的《古代诗歌中的人生感慨与李商隐诗的基本特征》则侧重于从诗歌所表现的内容方面着眼，认为抒写人生感慨，是李诗的基本特征。它既纵贯其整个创作历程，又弥漫渗透于各种题材、体裁的诗歌中，并指出其诗歌所抒写的人生感慨，多为内涵虚括广泛的情绪性体验，如间阻、迟暮、孤寂、迷惘幻灭之慨等。故在表现手段上亦多取借境（或物）象征，境界亦因此呈现朦胧模糊而多义的特征。

在运用新方法进行研究方面，董乃斌的《李商隐诗的语象——符号系统分析》作了有意的探索。著者通过对带有李商隐个性特色的"梦蝶""化蝶"两个语象——符号系统的示例分析，力图用客观的分析、比较、归纳手段将略可意会、难以言诠，且意会亦因人而异的象征涵义揭示出来。这种破译诗人心灵世界密码的工作，是将李商隐研究工作做得比较深入透彻的一项既基础又尖端的工作。张伯伟、曹虹《李义山诗的心态》分别从取景的角度、空间的隔断、时间的迟暮、对自然的描写、自比的古人、词汇的色彩、句法结构以及"无端"二字来透视李商隐的心态，得出"义山是一个由理想主义经过幻想主义而最终归于悲观主义的人"的结论。这种从多种角度透视诗人的心态的方法，与董著可谓异曲同工。

包括《锦瑟》在内的无题诗的内涵意蕴与艺术特征，历来是李商隐研究中的难点与焦点。有关这方面的文章，占了这一阶段李商隐研究文章的一半左右。在讨论的初期，焦点集中在无题诗有无寄托及寄托在什么内容上，大体上仍不出偏重寄托与偏重爱情两种观点。但各自的实际内容都有所变化发展，而且在相互渗透、交融、吸收的过程中呈现出你中有我，我中有你的面貌，在一定程度上显示出对立观点渐趋接近的态势。从总的趋势看，比附索隐式的寄托说越来越为研究者所摒弃，对爱情本事的考索也因缺乏足资征信的材料而渐趋衰歇，而对无题诸诗须"分别观之"，进行具体分析的态度与方法得到越来越多学者的赞同。在寄托的内容，寓意令狐说虽仍有一些学者坚持，但更多的学者比较倾向于寄托作者的身世之感、人生体验，而且认为这种寄托未必全是有意识的，有的甚至只是"身世之感，深入性灵"，"即性灵，即寄托"，是一种融汇或渗透。这种看法，较之以前有些注家字比句附的寄托说，比较不拘凿，比较符合文学创作的实际。而王蒙的一系列文章则反复强调，这些诗未必专为某人某事某景某物而作，它所创造的乃是一种涵盖许多不同心境的"通境"，所抒发的乃是一种与各种不同感情相通的"通情"。这可以说是对无题诗可能包蕴爱情以外感情内涵的观点所作的一种理论上的概括。尽管著者对此并未作更具体详尽的阐述，但仍值得充分重视。因为作为一位作家，他对诗歌创作及无题诗有一种别有会心的感受。由此出发，他又以《混沌的心灵场》为题，对无题诗的结构作了饶有新意的探索，指出可简约性、跳跃性、可重组性、非线性乃是无题诗结构的特点，它靠情感、意象、事典、形式的统一将全诗连贯统一起来，它所表现的乃是诗人混沌的心灵，而这类心灵诗的结构，则可称为心灵场。从这里可以看出，对《无题》《锦瑟》一类诗内涵意蕴的感受与理解，越到后来，越趋于虚化、泛化。王蒙的一系列文章，正是这种观点的突出代表。另一方面，认为无题诗是寓意令狐绚的周振甫先生在具体诠解时也摒弃了冯、张等人字比句附的方法，而注重从通篇所表现的缠绵悱恻、固结不解之情着眼。认为无题是表现李商隐与女冠恋情的陈贻焮、葛晓音也另立新说，谓李商隐所恋者系玉阳山灵都观的女冠，并分别作了详尽的考证，葛文还将这段恋情与江乡之游联系起来。《锦瑟》一诗的诠解仍众说纷纭，力主悼亡说的黄世中撰长篇考论，对宋以来的各种诠解详加爬梳整理，采取"以诗笺诗"之法，继承、扬弃、发展了清代以来的悼亡说，另出新解，认为诗中的"蝶"喻妻王氏，"珠""玉"亦似指妻与侍妾，"玉山"为妻之葬地。特别值得注意的是钱锺书先生用清人程湘衡"义山自题其诗以开集者"之说（王应奎《柳南随笔》以为系何焯说）而以己意发挥之，略谓《锦瑟》系义山自题其诗，开宗明义，略同编集之自序。首二句言华年已逝，篇什犹留，毕世心力，平生欢戚，清和适怨，开卷历历。庄生一联言作诗之法，沧海一联言诗成之风格与境界。钱说发表后，周振甫复加发挥解释，此说遂骎骎然成为《锦瑟》诸解中一种颇有影响的新解。

李商隐的七律，为其诗歌创作中最有成就的诗体，在七律发展史上有重要地位。程千帆、张宏生《七言律诗中的政治内涵—从杜甫到李商隐、韩偓》在论述李商隐七律对杜甫全面学习与继承的同时，着重指出李商隐

"结合自己的创作个性去学习杜甫，秾丽之中时带沉郁，别创一境界"。陈伯海则指出以无题诗为代表的李商隐七律，其创新意义"在于它最大限度扩展了诗篇的心理空间"。二文分别就其七律政治诗与无题诗揭示了李商隐在这一体中所作出的贡献。

　　牛李党争与李商隐生平遭际及创作的关系，是研究中长期争论的焦点之一。这一阶段发表的论著涉及这一问题的，有一个比较明显的趋向，即认为李商隐本人无意于参加党争，只是在客观上被卷入或受党争之累。傅璇琮的《李商隐研究中的一些问题》根据对大量材料的分析，认为王茂元并非李党，亦非牛党，李商隐入王茂元幕，根本不存在卷入党争的问题。李德裕一派在当时是要求改革、有所作为的政治集团，李商隐在李党面临失败、无可挽回的情况下同情李党，表现了明确的是非观念，坚持了倾向进步、追求理想的气概与品质，因此对其政治态度应作出新的评价。这种看法，虽朱鹤龄、岑仲勉均分别有所论，但如此明确而系统地论述的，这是第一篇。董乃斌的《李商隐悲剧初探》则从另一方面立论，认为李商隐悲剧的根源是晚唐时代统治阶级内部矛盾的激化和官僚制度的极端腐朽。如果仅仅停留在他与牛、李两党个别人物的关系上，势必有碍于对悲剧实质的深入探讨。傅、董二文，代表了对这一问题的两种不同见解，却都有助于对问题讨论的拓展与深入。关于李商隐与郑亚的关系及郑亚的生平仕历，周建国的《郑亚考》、毛水清的《李商隐与郑亚》作了详密的考证。毛文指出郑、李"不仅是幕主与下属的关系，而是政治上的同道，这才是桂幕期间李商隐诗文丰收的根本原因"。

　　李商隐与道教的关系，是研究中相对薄弱的环节。对此，吴调公的《李商隐研究》、董乃斌的《李商隐的心灵世界》两本专著的有关章节都有较集中的论述。钟来因的《唐朝道教与李商隐的爱情诗》《李商隐玉阳山恋爱诗解》对其爱情诗与道教的关系作了集中的探讨，后文指出道藏中的秘诀隐文的表达方式给李商隐的爱情诗打上了深刻烙印，其无题诗制题艺术，爱情诗的隐比、象征手法，都从道藏中学来。葛兆光的《道教与唐诗》则谓"李商隐在头脑极清醒状态中借用道教意象，早年为写浪漫的幻想与爱情，后来多写自己的痛苦与失望"。

李商隐文学上的渊源、影响及其在文学史上的地位，吴、董的专著均有专章或专节论述，论列了他所受于屈原、六朝诗人、杜甫、李贺的影响及其对西昆、王安石、黄庭坚及元、明、清诗家的影响。刘学锴的论文《李商隐与宋玉——兼论中国文学史上的感伤主义传统》《李义山诗与唐宋婉约词》则分别论述了宋玉对李商隐的深刻影响和中国文学史上自宋玉经庾信、李商隐直至曹雪芹的感伤主义传统，指出李商隐在这一源远流长的传统中的地位，论述了李商隐诗对唐宋婉约词的影响，指出他是诗、词嬗变过程中一位关键性诗人。陈伯海的《宏观世界论玉谿》则在全面考察晚唐诗歌六大流派的基础上，指出李商隐为首的一派是大宗，李的成就与影响超越了温李诗派的范围，成为晚唐诗坛的典型与高峰。李商隐及其所代表的晚唐诗，实质上是古典抒情诗发展到高潮后的余波，是文学创作主流由抒情写景向叙事说理转折过渡中的一卷水涡，亦构成了联系唐诗与宋诗、宋词之间的特殊纽结点，表现出宏远的文学史眼光。这在董著中亦有明显体现。

关于李商隐生平游踪中的两大疑案，自岑仲勉提出有力的质疑辨正以后，多数研究者仍倾向于冯、张的考证。刘学锴的《李商隐开成末南游江乡说再辨正》一文，根据李商隐赠、吊刘蕡诸诗提供的内证，特别是赠刘蕡诗"更惊骚客后归魂"之句，结合其他方面的分析辨正，推断刘蕡于会昌元年被远贬柳州司户后，并非在翌年即卒于江乡（冯说）或卒于贬所（张说），而是迟至宣宗即位后方随牛党旧相的内迁而自柳州放还北归，并于大中二年正初与奉使江陵归途的李商隐晤别于洞庭湖畔的黄陵，赠刘蕡诗即作于其时，从而否定了冯、张之说，继又据刘蕡次子刘理的墓志关于刘蕡"贬官累迁澧州司户参军"的记载，进一步撰文证实了刘蕡自柳放还北归之说，并推断他卒于江州。关于巴蜀之游，周建国的《李商隐桂管罢归及三峡行役诗辨说》论证了陈寅恪提出的大中六年至江陵路祭李德裕的假设，并对有关诸诗加以排比系时。他还撰文对张采田提出的李商隐晚年游江东之说提出有力的质疑。

李商隐骈文，这一阶段研究较少。董乃斌的《论樊南文》、吴在庆的《樊南四六刍义》是两篇专论樊南文的有分量的论文。董乃斌在《李商隐的心灵世界》"非诗之诗"一章中不仅对李商隐四六文，而且对其散文也作了中肯的论述。

此外，李商隐的政治诗、咏史诗、咏物诗、女冠诗，李商隐的七绝，这一阶段也都有较重要的有新见的论文发表，不一一缕述。

商隐诗文选集，这一阶段纷纷出版，各具特色，有陈伯海的《李商隐诗选注》，陈永正的《李商隐诗选》，王汝弼、聂石樵的《玉谿生诗醇》，周振甫的《李商隐选集》，刘学锴、余恕诚的《李商隐诗选》。其中周选诗文兼选，其前言长达五万言，全面论述商隐生平及其诗文创作，对钱锺书提出的商隐"以骈文为诗"说作了具体阐说，注、解详赡。聂石樵"文革"前即与刘盼遂先生合作研治李商隐诗，多有新解，《诗醇》的笺释也颇多作者深入探讨后得出的新见，征引详洽，评注结合，选目亦有自己特色，入选了一些开宋调的义山诗。陈永正的诗选分体编排，便于研讨李商隐各体诗的特色与成就，其注解文采纷披，颇能传原作之神韵意境。叶葱奇的《李商隐诗集疏注》，是他继《李贺诗集》之后，倾多年之力完成的一部著作。此书虽以新注面目出现，而其主要价值，仍在博采与别择旧本、旧注、旧笺之长而时出己之新见。对冯注本有时逞臆轻易改字的弊病，亦每多指摘纠正，所引评艺语多切合中肯。总的看，书中对许多意蕴较为具体的篇章疏解品评每多切实恰当，而对一些意蕴较虚的作品诠解有时不免流于穿凿。刘学锴、余恕诚的《李商隐诗歌集解》是一部会校、会注、会笺、会评，带有总结性而又兼有著者考辨研究成果的著作。校勘以明汲古阁本为底本，参校明清多种抄本、刻本及唐宋元主要总集，采录诸家校改意见；广泛搜辑前人乃至近人笺注、考辨、疏解、评点成果，加以排比汇集，为研究者提供了较为全面系统的研究资料，而著者自己新的考证研究成果亦每从融通旧说或补充发挥、纠正旧说中产生。在诗歌系年考证与诗意笺解方面用力较多，时有新见。

这一阶段重要的研究专著有吴调公《李商隐研究》、董乃斌《李商隐的心灵世界》。吴著对李商隐的生平思想、审美观、政治诗、爱情诗、诗歌艺术特色、诗歌风格的形成与发展、诗歌渊源与影响及对李诗的评价作了全面探讨。其中如审美观、风格的形成与发展、渊源与影响都是前人未系统论述过的问题，有不少新的见解。艺术特色部分，在此书之前，也没有论述得这样充分的。由于著者长于诗论研究，故此书理论色彩较浓，对作品的感受与分析亦时见精彩。董著的主要特点是运用新的理论、方法进行尝试与探索。书中融汇西方文论及相关科学成果，从理论高度将探索心灵世界作为作家研究的中心，抓住古代作家身心矛盾及其统一这个创作的动力源及外部环境折射于个人的聚焦点来进行考察。将李商隐放在中国文学发展史的纵轴和他所处时代的横断面所构成的立体坐标图系上，给以科学的定位，指出其主要贡献，在于充当了唐代诗艺乃至中国诗艺的总结者。通过横断面的剖析与横向联系比较，说明李商隐既代表晚唐，又高出晚唐，因为他更全面典型深刻地反映了时代精神面貌。书中对李诗语象——符号系统的分析、诗风演变的轨迹、李商隐文的研讨，亦饶有新意。

评传类著作，有杨柳《李商隐评传》，刘学锴、余恕诚《李商隐》，董乃斌《李商隐传》，钟铭均《李商隐诗传》等。杨著成书最早，筚路蓝缕，功不可没。董著虽以传主的生平经历为经，却紧密结合每一时期诗人的经历遭遇、时代环境、人际关系、创作实践，揭示其思想发展变化历程与诗风演变轨迹，揭示诗人的精神风貌。同时在有关章节较为集中地论述某一题材诗歌的特色与成就，使"传"与"评"较好地结合起来。

对诗人生平行事的叙写，在征实的前提下注重文学性的描写，亦使全书生色。

以上分三个时期对本世纪大陆的李商隐研究作了简略的回顾。疏漏缺失，所在多有，希望得到方家的匡正。

[原载《文学评论》1998年第1期]

古典文学研究中的李商隐现象

在中国文学史的大作家行列中，李商隐是非常特殊的存在。这不仅是指举凡杰出作家都具有的独特的艺术内容、形式、风貌与个性，而且是指超乎其上的更加特殊的东西。例如他那种不以"不师孔氏为非"的思想[①]，发乎至情而不大止乎礼义、极端感伤缠绵而执着的感情，都带有明显偏离封建礼教、诗教的倾向；特别是他那种既具古典诗的精纯又颇具现代色彩的象征诗风，和朦胧迷离、如梦似幻的诗境，更明显逸出中国古典诗发展的常轨，成为前无古人、后乏来者的独特诗国景观。这种超常的特质，导致了长期以来人们对他的诗感受、理解、把握、评价的不一致、不确定乃至矛盾对立，形成了古典文学研究中少有的"李商隐现象"。这种现象在古典文学研究史上虽属特例，但其中却蕴含着耐人思考的东西，值得加以分析研究。

一、钟摆现象

和中国文学史上其他一些第一流的大作家相比，对李商隐及其创作的评价有一个突出的现象，即从这一端摆动到另一端，而且出现不止一次的来回摆动，不妨将这称为"钟摆现象"。屈原、司马迁、陶渊明、李白、

[①] 《樊南文集·元结文集后序》。

杜甫、苏轼、辛弃疾等第一流的大作家，历代研究者对他们的具体评价尽管不完全一致，但在肯定他们是第一流的大作家这一根本点上却无二致。而对李商隐的评价，却经历了一个从否定到肯定的很长的钟摆周期。从唐末李涪对李商隐所持的"无一言经国，无纤意奖善"①的恶评开始，那种认为商隐在人品上"无持操"②，在诗品上流于绮艳的观点，便成为长时期内带有普遍性的传统看法。直到20世纪末的今天，人们才比较充分地认识到他的艺术成就，将他置于第一流大作家的行列，这中间竟经历了11个世纪。这个事实说明，像李商隐这样一位文学创作内容与艺术表现方式都非常独特，甚至某些方面逸出常轨的作家，不仅对其准确地把握需要一个较长的历史过程，而且他的被接受、被认识亦需要一个充分重视文学创作本身艺术价值的学术文化环境和政治环境，需要接受者具有比较高的艺术眼光和开放包容的接受心态。

如果把李商隐研究史上从唐末李涪的否定到今天的高度评价看作"钟摆现象"的大周期，那么在这个大周期内还包含着两个"钟摆现象"的次周期。这就是李商隐研究史上两次低潮与高潮。宋元明三代，可以说是李商隐研究史上长达800年的低谷。尽管其间也有北宋前期西昆体、明代王彦泓《疑雨集》的刻意摹仿，但从研究角度看，除了一些零星片段的评论外，800年中竟无一部整理研究专著传世，不但远远比不上所谓千家注杜、五百家注韩的盛大声势，而且明显滞后于整个唐诗研究。这种状况，到了清代，才有了根本的变化。从朱鹤龄撰《李义山诗集笺注》，谓"义山之诗，乃风人之绪音，屈宋之遗响，盖得子美之深而变化出之"③开始，历顺、康、雍、乾、嘉、道六朝，各种笺解、考证、评点著作迭出，形成一个长达200年的持续高潮期。岑仲勉说："唐集韩、柳、杜外，后世治之最勤者，莫如李商隐。"④岑氏所说的后世，主要指清代而言。这种长时期的

---

① 李涪：《刊误·释怪》。

② 《旧唐书·文苑传·李商隐》。

③ 朱鹤龄：《笺注李义山诗集序》。

④ 岑仲勉：《玉溪生年谱会笺平质·导言》。

低谷和长时间的高峰期的转接交替，在整个中国古典文学研究史上是罕见的。另一个低谷、高潮的交替，则出现在20世纪后半叶的前30年与后20年。前30年（1949—1978），关于李商隐的研究论文年均仅一篇，且时有从总体上贬低甚至出现否定倾向的评价。而后20年，则出现了"李商隐热"，形成了全面推进的研究态势，对李商隐研究中的一些难点、热点问题进行了比较集中的探讨，出版了一批有较高质量的学术论著，提出了不少新的观点或新的考证结论，而且第一次成立了全国性的专门研究组织——中国李商隐研究会。无论是在总结以往研究成果并加以融汇发展或运用新的理论与方法进行尝试与探索方面都有显著成绩。这一次低潮与高潮的交替，时间虽不像上一次那样长，但"钟摆"运动的幅度却与上次相仿佛，同样是从这一端摆动到另一端。

不仅对李商隐的总体研究与评价存在这种"钟摆现象"，而且对某一专题的研究也出现这种从一端到另一端的摆动。例如对李商隐无题诸诗的诠释研究，在整个清代乃至民初，寄托说占有优势，但当寄托说发展到顶点成为索隐猜谜时，就出现相反方面的摆动——爱情说的勃兴。从吴乔的《西昆发微》到冯浩的《玉溪生诗笺注》，再到民初张采田的《玉溪生年谱会笺》，寄托说发展到极致。随着五四新文化运动和反封建的思想解放浪潮的兴起，出现了苏雪林的《李义山恋爱事迹考》和朱偰的《李商隐诗新诠》。尽管苏、朱二氏所用的方法也是一种近似索隐猜谜的方法，但索的是爱情本事之隐而非政治之隐。再如"文革"后期，评法批儒，李商隐无题诗的寄托说被用来作为政治斗争的工具，又一次将寄托说发挥到荒谬的极致，随着四人帮倒台，思想解放，无题诗研究中的爱情说又重新兴起。

上述种种"钟摆现象"的表现，在古典文学研究史上相当独特。如对它们进行分析，可以发现其形成原因是多种多样的。例如对李商隐的总体评价从最初的否定到今天的肯定这个大钟摆周期，明显是由于文学观念的进步。无论是李涪的"无一言经国，无纤意奖善"的全称否定，《旧唐书·李商隐传》引述时人对商隐"背恩""无行""无持操""恃才诡激"的攻击，张戒《岁寒堂诗话》将商隐列为"邪思之尤者"，敖陶孙《诗评》

谓商隐诗如"百宝流苏，千丝铁网，绮密瑰妍，要非适用"的贬辞，范晞文《对床夜话》"发乎情止乎礼义之意安在"的责难，实际上都是以政治、道德等功利的评价代替或压倒了艺术的评价。这种诗歌批评标准，在以儒家政治伦理观念及文艺思想为主导的中国古代文学批评史上，本就有悠久的传统，用来评价李商隐这种主情甚至有些唯情、唯美倾向的诗人，更显得批评起来十分严厉而得心应手。因此便形成了学者"类以才人浪子目义山"，以其诗"为帏房昵嫕之词"①这种长期固定的看法，而很少有人去考虑这种批评标准是否科学，更无论那些对商隐人品、诗品的指责是否符合实际了。从根本上说，宋元明三代李商隐研究之所以长期处于低谷，当与力主"尊天理，窒人欲"的理学的盛行这一大思想文化背景密切关联；而清代李商隐研究之所以长期兴盛，除了整个学术界总结传统文化之风大盛，特别是考据之学兴盛这个学术文化背景外，就李商隐这一特殊对象而言，当与明代后期以来，思想界带有初步民主主义色彩思想的兴起，对于主情型的文学创作持宽容甚至赞赏的态度有关，也跟对明代许多诗论家但宗盛唐，忽略、贬低中晚唐的论调不满有关。

新中国成立以来前30年与后20年低谷与高潮的交替，其原因显为"左"的思想路线、理论观念的长期影响，与新时期以来思想路线的拨乱反正及由此带来的文学观念的变化。前30年出现的对李商隐的贬低甚至有时带有否定的倾向，所持的标准乃是一种纯政治的、非艺术性的标准。正是由于批评标准的非艺术化，导致了对艺术成就很高，而思想内容方面抒写个人内心世界较为突出的李商隐诗的贬抑。而后20年的李商隐热，则是随着文学观念的更新，对表现心灵、抒写主观世界的诗歌的艺术价值有了新的认识的结果。

这种从一端到另一端、从低谷到高峰的大幅度摆动现象，无论是大周期还是两个次周期，都可明显看出政治、道德及与之相关的文学批评观念对文学史研究的深刻强烈持久影响。文学批评和文学史研究自不可能脱离

---

① 朱鹤龄：《笺注李义山诗集序》。

时代政治、道德特别是占主导地位的政治伦理观念的影响，但如果用政治、伦理的评价代替艺术评价，则必然导致评价的失准。专题研究的"钟摆现象"要复杂一些。无题诗研究中的寄托说与爱情说本来各有其合理的依据，它们之间实际上也并不截然对立、互不相容。但如在一个时期内某一种观点从占主导地位发展到极致，则下一个阶段在某种外在条件的作用下，必然出现反弹，使钟摆朝相反方面摆动。这启示我们在研究中要避免片面性与绝对性，不要轻易地趋时或相反，力求全面与实事求是。李商隐研究史上从否定到肯定的大钟摆周期，固然是历史的进步，但如果在研究热中不注意客观与科学，将某一方面强调得太过分，也未必不会出现再次相反方向的摆动。

二、纷歧现象

在作品诠释过程中，出现某些分歧是完全正常的。但我们在李商隐作品的诠释中看到的却不是一般的分歧，而是让人眼花缭乱的纷歧。特别是对《锦瑟》《无题》一类作品的诠释，其歧见纷出的程度，已远远超出诸如对《红楼梦》《西游记》《长恨歌》主题的不同看法。即使像《一片》（一片飞烟）、《碧城三首》、《圣女祠三首》、《燕台诗四首》这类被视为类似无题之作，乃至像《乐游原五绝》《嫦娥》《落花》《梦泽》这类表面上非常易解的诗，也都众说纷纭，莫衷一是。有时同一诠释者对同一首诗，先后有截然不同的解说，如张采田在《李义山诗辨正》中将《燕台诗四首》看成言情之作，到作《玉溪生年谱会笺》时却改从冯浩之说，以为"四诗为杨嗣复作"；同一书的不同时期刊本改易得"大半如出两手"，如冯浩《玉溪生诗笺注》乾隆二十八年初刊本与四十五年重刊本。后来嘉庆元年重校本又有不少改动。这确实是中外文学诠释史上少见的奇特现象。可以说，李商隐一部分最富艺术独创性的诗大都具有歧解迭出的现象，而且至今乃至今后，还在或还将不断产生新解。

造成这种现象的原因固然是多方面的，但主要还是由于商隐这类诗本身所具的特征使然。这些诗无论从诗题、诗面都看不出具体的人、事、创作背景,难以考察它究竟因何人何事而作。同时,它们的意蕴也大都非常虚泛,多数只是抒发一种情绪,一种感触,一种内心体验,有的诗即使提到了某一具体地名(如乐游原),但由于其意蕴虚泛、表现浑括,读者同样可以作出各种各样的解释。而这些诗的艺术魅力又对研究者造成了强烈的诱惑。尽管冯班谓"此等语不解亦佳,如见西施不必识姓名而后知其美"①,屈复则主张"凡诗无自序,后之读者,但就诗论诗而已……若必强牵其人其事以解之,作者固未尝语人,解者其谁曾起九原而问之哉"②。但多数诠释者仍挡不住其诱惑,总想寻根究底,作出自认为最合理的诠释。于是歧解纷出现象的产生与持续便是必然的了。

问题恰恰在于这些诗所抒写的乃是一种概括面很广的"通情""通境"③。虽写相思离别而情感内涵融汇了诸多相类似的人生体验;表面上写锦瑟而表现的是极虚括的人生感受、心灵境界,表面上写小园落花、夕阳黄昏、嫦娥孤月、细腰歌舞,其中却包蕴深广的人生感慨。诗人在作诗发兴时本已"百感茫茫,一时交集"④,解者却每每执一端而求之,自然是以有涯随无涯,难以穷其底蕴了。表现这种"通情"、通境"的诗,特别是像《锦瑟》这种情与境都极虚泛、浑括的诗,不仅在李商隐之前极少(陈子昂的《登幽州台歌》庶几近之,但其主意明晰,不会引起歧解),而且在他之后也罕见。这种极其独特的诗情诗境,使习惯了明白无误为某人某事而作诗、对某人某事进行美刺、以某物象征某种人事的诠释者一方面感到困惑,另一方面又情不自禁地按照习惯的解诗思路去执实、执一为解。由于这种诠释最多也只能揭示出其深广虚括情境之某一端,因而别的诠释者从另一角度去感受,又会有另一种解说。因此歧解的纷出,从根本上说,是诠释者对这种特殊的诗情诗境缺乏认识造成的。而对这种独特的

① 朱彝尊评《燕台诗四首》引冯班语。见《李义山诗集辑评》。
② 屈复:《玉溪生诗意·〈锦瑟〉笺》。
③ 王蒙:《通境与通情——也谈李商隐的〈无题〉七律》,《中外文学》,1990年第4期。
④ 纪昀:《玉溪生诗说》,《李义山诗集辑评》引纪昀评。

诗的创作过程、机制缺乏认真的探索，则是对它的特点缺乏认识的深层原因。

在古代诗歌批评史和注释史上，反对对诗歌的意蕴拘执为解的言论并不少，说明人们对拘执之弊是有认识的。但不少人往往到此为止，得出的结论不是深入地去认识这类诗的特征，进而把握其深广蕴含，而是往往消极地认为只能就诗论诗，甚至认为解者纷纷，不过徒增纷扰。纪昀评笺《锦瑟》的言论在这一点上很有代表性："前六句托为隐语猝不可解，然末二句道明本旨，意亦止是，非真有深味可寻也。"以'思华年'领起，以'此情'二字总承。盖始有所欢，中有所限，故追忆之而作。中四句迷离倘恍，所谓'惘然'也。韩致光（尧）《五更》诗云：'光景旋消惘怅在，一生赢得是凄凉。'即是此意，别无深解。"甚至认为深解者正如"风幡不动，贤者心自动也"①。用貌似简单便捷的方法来诠解包蕴深广的诗，虽免于凿，却不免乎浅。

三、索隐现象

诗歌诠释中的索隐比附，起源甚早。汉儒解《诗》，主美刺兴比，其中有许多指实为颂美、讽刺某一具体君主、后妃、臣僚者，往往任意比附，并无实据，其所使用的解诗法，即为索隐。由于倡比兴作诗，又以此解诗，故索隐之风在诗歌诠释史上源远流长。但在李商隐诗歌的诠释中，索隐之风却发展到登峰造极的程度。这种索隐，有两个主要方面：一是索诗歌意旨之隐。二是索诗歌本事之隐。由于商隐诗中确有相当数量的诗，特别是咏物诗，明显有比兴寄托，无题诗中也有一部分，托寓痕迹比较明显，这就使解读者连类而及，将那些不一定有寓托甚至明显无寄托的诗也视为有寄托，从而努力地探寻其言外之旨。同时又由于商隐诗中有一部分意蕴极虚极活，意境极为迷离朦胧，解读者不仅可以对它作种种猜测，而

---

① 朱鹤龄：《笺注李义山诗集序》。

且越是难以索解，越激起索隐的浓厚兴趣。再加上商隐许多抒情诗，或通篇纯粹抒情，毫不及事；或偶露鳞爪，不见身首（如《燕台诗四首·秋》偶然提到"湘川相识处"这种隐约的情事），这就更增强了解读者探索其隐藏的本事的兴趣。以上种种原因的叠加，使商隐诗诠释中的索隐之风愈演愈烈。从清初吴乔在其《西昆发微》中首倡《无题》"托为男女怨慕之辞，而无一言直陈本意"，以为均属寓意令狐之作以来（明初杨基虽最早倡《无题》皆寓臣不忘君之意说，然无具体诠释），中经程梦星、冯浩，至民初张采田《玉溪生年谱会笺》，索隐比附之风达于极致（详见拙文《历代李商隐研究述略》《本世纪中国大陆李商隐研究述略》）。而且直到今天，诠释者对商隐这类难解的诗意旨与本事的索隐仍在继续。

索隐式的解读，由于其方法的不科学，违背艺术创作规律和鉴赏规律，更由于其主观臆测的随意性与缺乏实证，往往造成对作品的误读。义山许多意蕴虚泛、境界朦胧的诗，误读现象是相当多的，即使有些并不难懂的诗，也常有被误读得非常离奇的情形。但有两种性质不同的误读：一种是除了留作解读失败的教训之外毫无存在的价值的误读，一种则是有意义的误读。例如有一种对《锦瑟》的新解认为：此诗中间两联不是要追忆的具体事实，而是构造象征性结构。四句诗按其抽象意义可以概括为幻梦、寄托、失意、无为四个象征性符号，很多人生现象均可纳入此结构来解释。如可以是四种精神素质：幻想、意志、情感、无欲；可以是四种行为方式：梦想、追求、哀思、无为；可以是人生各个阶段：少年、青年、中年、老年；可以是艺术的四种境界：奇幻、热情、凄清、中和。如果将这一系列解释与中间四句一一对照，显然可以看出它们之间很难在形象及所透露的情感上吻合，如将"望帝"句释为四种精神素质中的"意志"，四种艺术境界中的"热情"，等等。但把中间四句视为四个象征性符号，认为由于符号的抽象性，产生了读者联想的丰富性，接受过程中体验的多面性，从而产生了诗的多义性这一总的论断却是非常切合实际而启人心智的。如果我们撇开具体解释中的误读不论，那么这一阐释是颇有创造性的。

对诗歌本事的索隐，由于多数并无可靠的证据，只是就诗中偶露的一鳞半爪加以串联编织，其中想象的成分很大，可信的程度较低，误读的现象更是大量存在。这种误读从考据学的角度看，可能价值不大；但从阐释学的角度看，未必毫无参考价值。例如冯浩解《无题》（紫府仙人）一首，引《新唐书·令狐绹传》"帝以乘舆金莲华炬送还"之事以解首句，从考察本事的角度说，可谓全属臆测，但从阐释学角度看，其中所包含的商隐对令狐显贵地位可望而不可即之感，却可能触及这首诗意蕴的某一方面。吴乔所谓"极其叹羡"，姚培谦所谓"所思之无路自通"，屈复所谓"远而更远"，纪昀所谓"求之不得"，均大体相近。相比之下，程梦星把这首诗解为与王氏合卺时的却扇诗，"起句比之如仙，次句待之合卺，三句叙其时景，四句欲引而近之矣"，却不免是大煞风景、毫无意义的误读了。

以上论列的三种李商隐研究中的突出现象——钟摆现象、纷歧现象、索隐现象，有一个共同的根源。这就是对李商隐的象征诗风缺乏深入的探讨和科学的评价。而这又和整个古典文学研究界对文学创作中的象征方式的研究一向比较忽视有关。钟摆现象一端的低谷期，固然与该时期的思想文化乃至政治背景密切相关，但李商隐创作的大量政治诗、咏史诗，绝大多数论者仍是持肯定态度的。对他的贬低、否定或责难，除了人品方面外，从作品方面看，主要是对他那些表现心灵世界、幽隐情绪，极富象征暗示色彩的诗，从思想内容到艺术表现的成就、价值缺乏认识与应有的估价引起的。因为这部分作品，恰恰是李商隐最富艺术独创性的诗作，对它们的贬低或否定，自然影响到对李商隐的整体评价。像清代评家中最具艺术眼光的纪昀，对商隐的《锦瑟》《无题》便颇有贬词，对《春雨》虽肯定其"宛转有味"，却认为"格未高"。而钟摆现象另一端的高潮期，则与该时期对文学中的比兴象征比较重视有关。如清代学者对李商隐诗总的评价之所以比较高，就是因为他们不但看到了其政治诗、咏史诗的创作"指事怀忠，郁纡激切，直可与曲江老人相视而笑"的思想艺术成就，而且特别注意到了其无题诗等"楚雨含情皆有托"的特点。最近20年，整个文学界，包括创作与批评，对文学的象征都比以前任何时期更加注意，因而对运用象征方式表现内心深隐情绪与体验的李商隐诗也形成研究的热潮。至于诠释中的纷歧现象，更明显是由于象征喻象与喻义联系的不确定性，以及商隐诗多个人独创的象征喻象所引起的。而象征寓意的朦胧性、抽象性则又导致象征作品的难以索解，从而激发了对它们进行无穷无尽的"索隐"。诠释乃至索隐过程中的种种误读，则又由于违背了象征作品解读的一系列原则，特别是喻象与喻义之间相似性的原则，把象征的解读变成了随意的想象与联系。商隐直接反映时事的作品中也有写得相当隐晦的（如《有感二首》《故番禺侯因赃罪致不辜事觉母者他日过其门》），但由于它们不是采取象征方式而是通过用典来暗示，因此只要弄清典故与时事之间的联系，阐释中就不会或很少产生误读。但如果将这种解读方式移之于《锦瑟》《无题》（紫府仙人）这类象征色彩很浓的作品，就极易产生将它本事化的误读。由于民族、地理、文化传统等多方面原因，中国文学史上写实的传统远远超过象征的传统，象征文学并不发达，对象征的研究也一直比较薄弱。"六义"中的比、兴虽很早就被提出并一直用来论诗评诗，但由于汉儒将比兴与美刺直接联系，历代诗论家往往更多从比兴的政治、道德功用着眼，而较少从艺术本身着眼。即使从诗艺方面着眼，也往往停留在一般的表现手法乃至修辞手段的范围，很少提高到艺术形象的基本创造方式这一层面来探讨。再加上比与兴本有区别，"比"更多作为一种表现手法或修辞手段，而"兴"则包含着象征的内容，笼统言比兴，极易掩盖"兴"所包含的象征实质与特征。由于上述原因，李商隐那些极富象征色彩的诗的特征、意义与价值不被人们所认识与重视，就是十分自然的了。再加上产生在九世纪中国文化土壤和文学传统中的李商隐的象征诗风，与主要产生在近现代西方社会的象征文学，其特征本有区别。由于东西方民族、社会、传统文化不同的特点，在西方象征派作家的作品中，象征形象所暗示的往往是抽象的思想乃至某种哲理，而在李商隐的一系列象征色彩很浓的作品中，象征形象所表现的往往是一种朦胧的情思、意绪，其中感情的成分往往超过思想的成分。这就更增加了解读的困难与歧解的纷杂。从这一点看，不但要加强对象征的研究，而且要结合中国文学的特点，加强对中国特色的象征的探讨。

　　古典文学研究中的"李商隐现象"虽然是带有研究对象独特性的一种现象，但它又多少具有一定的共性。而引起这些现象的共同原因——对文学象征探讨之不足，则尤其值得文学史研究者注意。像《红楼梦》这样的巨著，如果没有注意到它在整体构思上的象征结构和象征寓意，而只是看到某些局部的象征甚至影射，那就很难说真正读懂了这部小说。可惜在《红楼梦》研究中，对局部的索隐（不管正确的还是误读）远远超出对其整体象征的探讨。

〔原载《百年学科沉思录》，人民文学出版社1998年版〕

义山七绝三题

在唐诗大家中，李商隐是七绝在全部诗歌创作中所占比例最高的诗人。现存义山诗五百九十余首，七绝竟达一百九十二首，占总数三分之一。七绝诗的总量在唐诗大家中也仅次于白居易。对于像他这样一个"刻意"为诗，很少率笔成咏的诗人来说，这个数字和比例无疑能说明他对七绝一体的重视和偏爱。但历代诗评家普遍给予很高评价的主要是他的七律，公认他是杜甫以后最工此体的诗人。对他的七绝，除个别诗评家如叶燮、管世铭外，一般只将他列为晚唐擅长七绝的诗人之一，与杜甫、许浑、温庭筠、郑谷等并提，认为他的七绝有自己的特色，如说"小杜飘萧，义山刻至"（方世举《兰丛诗话》）、"樊川之风调，义山之笔力"（乔亿《剑溪说诗》）、"使事尖新，设色浓至"（毛先舒《诗辩坻》）等①。有时甚至颇有贬辞（这种贬辞，有的是不满其七绝的思想内容有违封建礼教和传统诗教；有的是出于只尚盛唐、鄙薄中晚的偏见）。实际上，李商隐七绝的成就和他对七绝发展所作出的贡献并没有得到足够的重视。

在唐代七绝发展过程中，存在着一种值得注意的现象：有的诗人，在七绝内容的拓展和艺术风貌的新变上作出过明显努力，但其创作的艺术水平和成就总的来说并不很高，如杜甫的七绝。有的诗人，其七绝的艺术水准完全可以列入一流，但从七绝发展的角度看，无论内容与艺术，都缺乏

---

① 郭绍虞：《清诗话续编》，上海古籍出版社1983年版，第779、1095、57页。

明显创新，如李益。这种不平衡、不统一的现象，说明七绝既需要拓新变化，同时这种新变又必须保持和发扬这一体制本身的优长，而不是以削弱甚至牺牲其优长为代价。李商隐的七绝，既在内容和艺术上都有明显拓新，又保持和发扬了七绝富于情韵风神的优长，因而在七绝发展史上有不可忽视的地位与影响。

运重入轻

自唐末迄今，对义山七绝评价最高也最有识的首推叶燮，他说：

> 七言绝句古今推李白、王昌龄。李俊爽，王含蓄。两个词调意俱不同，各有至处。李商隐七绝，寄托深而措辞婉，实可空百代无其匹也。（《原诗》外编下）①

如果不过分拘执"空百代无其匹"这种似乎过当的赞辞，那么"寄托深而措辞婉"确实是对义山七绝特点与成就的准确概括。

管世铭的评论与叶燮类似而不尽相同：

> 李义山用意深微，使事稳惬，直欲于前贤之外，另辟一奇。绝句秘藏，至是尽泄，后人更无可以拓展处也。（《读雪山房唐诗序例》）②

"用意深微"之评可与叶氏"寄托深而措辞婉"之论相发明；而"后人更无可以拓展处"的赞誉虽与"空百代无其匹"的说法类似，或有绝对化之嫌，但强调其七绝拓新的贡献，亦颇有识。

"寄托深""用意深微"，既是义山七绝内容方面拓新的体现，又是其

---

① 丁福保：《清诗话》，上海古籍出版社1978年版，第610页。
② 郭绍虞：《清诗话续编》，上海古籍出版社1983年版，第1563页。

艺术表现与风貌的重要特征。七绝这种体裁，比较轻巧灵便，适宜于抒写日常生活中即景即事触发的感情或瞬间景象，而不大适宜于表现重大的历史、政治题材和深重的政治、人生感慨。盛唐时期那些兴象玲珑、风神摇曳、情韵悠长的七绝佳制，绝大部分是一般的抒情写景之作，像王昌龄的《出塞》（秦时明月）、杜甫的《江南逢李龟年》那种包蕴广远时空、浓缩时世沧桑、感慨深沉的作品为数甚少，因为七绝短小的篇幅很难容纳承载如此深广的生活内容和感情内涵。但李商隐却运重入轻，用七绝这种轻巧灵便的体裁来抒写重大的政治历史题材和深重的政治、人生感慨，仿佛要使轻武器发挥重武器的作用，这是对七绝内容的拓新，也是功能的改进。

　　义山七绝，直接反映时事的仅《灞岸》《李卫公》等少数几首，却写了大量借咏史寄寓现实政治感慨的作品。如《瑶池》《华岳下题西王母庙》《海上》《贾生》《汉宫词》《汉宫》《过景陵》等借咏周穆、秦皇、汉文、汉武等寓讽当代帝王之求仙；《吴宫》、《齐宫词》、《北齐二首》、《景阳井》、《隋宫》（乘兴南游不戒严）、《马嵬》（冀马燕犀动地来）、《华清宫》（二首）、《龙池》、《骊山有感》之借咏吴王夫差、南齐后主、北齐后主、陈后主、隋炀帝、唐玄宗鉴戒当代统治者的荒淫奢侈；《南朝》（地险悠悠天险长）、《咏史》（北湖南埭水漫漫）、《题汉祖庙》之借咏南朝刘项讽当代帝王之不修政治、缺乏远图；《五松驿》借咏秦亡寓讽当代统治集团内部之倾轧；《旧将军》之借咏李广被弃暗寓会昌有功将相之被斥；《天津西望》《过华清内厩门》《旧顿》之借咏旧苑、旧厩、旧顿深寓今昔盛衰，承平不再之慨；《复京》《浑河中》之"借往日之名将，叹今日之无人"（程梦星笺语）[1]；乃至《咸阳》《人欲》《明神》诸绝，虽写得相当隐晦，也无不在咏史中寓有深沉的现实政治感慨。上述七绝，讽刺的对象集中指向最高封建统治者，触及当时政治腐败的焦点，心系国家兴衰命运，其现实性、时代感相当鲜明突出。这和稍后胡曾、汪遵、孙元晏、周昙等人单纯咏古的大型七绝咏史组诗固有明显区别，即与同时以擅长七绝咏史诗的杜

---

　　① （清）朱鹤龄注，（清）程梦星删补：《重订李义山诗集笺注》卷上，清乾隆东柯草堂刻本。

牧相比，其讽慨现实的色彩也更为突出。小杜咏史七绝，每好对历史人事
发表独异的见解议论，常作翻案之语，如《赤壁》《题乌江亭》《题商山四
皓庙》等均为显例，但未必有针对现实的政治感慨。如同咏商山四皓，小
杜之"南军不袒左边袖，四老安刘是灭刘"便只是单纯翻案之论（当时现
实中并不存在类似情事），而义山的"本为留侯慕赤松，汉廷方识紫芝翁。
萧何只解追韩信，岂得虚当第一功"，则借翻"萧何功第一"的旧案，抒
发对李德裕能任用大将破回鹘、平泽潞却不能为武宗定储的现实政治感
慨。可见，大量写作咏史七绝并普遍寄寓现实政治感慨，是李商隐七绝在
题材领域的一种开拓。

　　义山七绝"运重入轻"的另一重要表现，是大量写作抒发深沉人生感
慨的作品。其中，抒发"才命相妨"之慨，是一个重要方面。无论是"却
羡卞和双刖足，一生无复没阶趋"的卑趋之痛（《任弘农尉献州刺史乞假
归京》），"杨仆移关三百里，岂能全是为荆山"的斥外之慨（《荆山》），
还是"伶伦吹裂孤生竹，却为知音不得听"的贤愚倒置之愤（《钧天》），
"梁台初建应惆怅，不得萧公作骑兵"的命运弄人之悲（《读任彦升
碑》），都不是泛泛的议论，而是在切身痛苦体验基础上的沉痛愤郁之语。
像这种质量沉重的感慨，一般较少用七绝来表现，而在义山七绝中，抒写
人生感慨的诗达五十余首，七绝成为其表达人生感慨的主要形式，这在唐
代诗人中是独一无二的。一般他很少用直接抒慨的方式，而是通过咏史、
用典、登临、游赏、寄酬等方式婉曲地加以表现，尤以托物寓慨的方式最
为常见，也最为成功。我在《李商隐的托物寓怀诗及其对古代咏物诗的发
展》一文中曾从寄寓个人身世之感、普泛的人生感慨及某种抽象的精神意
绪三个方面，列举一系列咏物诗进行分析，其中即包括许多七绝，此处不
赘①。叶燮谓义山七绝"寄托深而措辞婉"，这应该是其中重要的方面。

　　以上两个方面，都体现出义山七绝"运重入轻"的特点和对七绝题材
的拓新。但题材的拓新与艺术的成功是不同的两回事，真正的困难不是前

---

① 《安徽师范大学学报》（哲学社会科学版）1991年第1期。

者而是后者。这就必然涉及问题的另一面。

化重为轻

　　将重大的政治历史题材和深重的政治、人生感慨纳入七绝这种轻巧灵便的体裁，内容与形式势必产生矛盾。这种矛盾主要表现为两个方面：一是轻而小的形式，难以容纳重而大的内容；二是因重大题材、内容的引入而多取概略叙述或单纯议论的表现方式导致七绝固有优长——情韵与风神的削弱乃至消失。杜甫入蜀以后一系列反映时事的七绝在艺术上未获成功，关键就在引进重大现实政治题材后，未能根据七绝本身特点对它进行艺术的改造和处理，像《江南逢李龟年》这种成功的范例在杜甫七绝中是个别的特例。李商隐的七绝在"运重入轻"之后，也同样面临这一矛盾，也不是都解决得很好。但他一系列优秀七绝，则在"运重入轻"的同时，"化重为轻"，在艺术上获得较大成功。这主要是两个方面。

　　一是将重大的政治历史题材典型化，将沉重的人生感慨意绪化，使之成为与七绝的形式相适应的艺术内容。前者主要是精心选择提炼最富包孕的具体情节、场景、事物，加以集中表现，以收到小中见大、以少总多的效果。如《齐宫词》之以九子铃这一微物，贯串齐梁两代荒淫相继情事，深寓覆辙重寻的意旨；《吴宫》借宴罢满宫醉后"日暮花漂水出城"的细节，不仅烘托出吴宫的醉生梦死、狂欢极乐，而且微寓"流水落花春去也"的讽慨；《龙池》通过龙池宴归"薛王沉醉寿王醒"的情景，对玄宗的荒淫秽行作了冷峻的讽刺；《隋宫》（乘兴南游不戒严）"借锦帆事点化，得水陆绎骚、民不堪命之状如有目前"[①]；《北齐二首》（其二）拈出"晋阳已陷休回顾，更请君王猎一围"的情节，将北齐后主和冯小怜这对末代帝妃不顾一切地荒淫享乐的本性刻画得入木三分；《贾生》借前席问鬼的场景对"不问苍生问鬼神"的当代统治者进行尖锐的嘲讽。上举诸例，都

---

　　① （清）何焯：《义门读书记》卷五十七《读李义山诗笺记》，乾隆三十四年蒋维钧重刻本。

是义山咏史七绝中的精品，可见他运用这种典型化手段之自觉与得心应手。另一种情况，是以独特的视角来观照、处理题材，表达诗人新颖独特的感受。这在《梦泽》《宫妓》等诗中表现得最为明显。"楚王好细腰，宫中多饿死"这一历史现象，包含"上有所好"与"下必趋之"两个方面。按照一般的惯性思维，多将注重点放在"上有所好"这一主导方面，借以揭露统治者的荒淫如何葬送宫女的生命，虽有意义，但不免落套。义山却取独特视角，将讽慨的重点放在"下必趋之"方面，从而揭示出为某种在上者所好之风左右，迎合趋附者的悲剧，使《梦泽》这首取材于楚国宫廷生活的咏史诗具有远超于宫廷生活的典型意义。《宫妓》取材于奇巧人偃师献假倡于周穆王，假倡歌舞应节合律，唯意所适，"瞬其目而招王之左右侍妾"，遭穆王之怒，几乎杀身的故事，义山亦独从玩弄机巧终遭君怒这一角度立意，以警示现实生活中类似的人物。这种取独特视角揭示历史现象蕴含的某一方面本质的写法，本身就是一种典型化手段。它所给予读者的思想艺术启示都很突出。总之，由于视点的集中与独特，重大的历史政治题材在提炼熔铸过程中化为具有丰富包孕的典型性情节、场景，亦即化重为轻，而这样的轻，又是能反映重和大的。

化重为轻的另一种方式，是将深沉的人生感慨意绪化，使之适宜于七绝这种轻巧灵便而又含蓄蕴藉的形式表现。义山胸中郁积的诸多人生感慨，多由悲剧性的时世、身世遭遇铸成，其质量之沉重自不待言，但义山却将生活中得来的感受虚泛化、意绪化，酿成某种内蕴深广而形态抽象虚泛的意绪，如孤寂感、间阻感、迟暮感、幻灭感等等。由于作者多借象征性境界加以表现，从而使这类七绝含蓄深永、意蕴多重，达到"寄托深而措辞婉"的极致。《嫦娥》在这方面表现得最为典型。诗中所抒写的是一种高远澄洁而又孤独寂寞的境界，一种永恒的"寂寞心"。由于借助碧海青天、嫦娥孤月之境作象征性表现，而这种"寂寞心"又为神话传说中的嫦娥、寂处道观的女冠、追求高远而身心孤寂的诗人所共同具有，因而解者往往各有所会，各执一端，其实明白此诗所表现的乃是一种虚泛的意绪，则上述表面上歧异的解说本可相通。蕴含深广的孤寂感在这里化为一种测之无端、玩之无尽的虚泛意绪的缥缈意境，与七绝的形式遂能达到高度的和谐。《霜月》所表现的境界与《嫦娥》类似而侧重于表现一种"耐冷"的精神意绪，一种与清冷高寒的环境相称的意态风神之美，一种环境越清冷就越富于生气神采的精神之美：

> 初闻征雁已无蝉，百尺楼南水接天。青女素娥俱耐冷，月中霜里斗婵娟。

霜华月光似水一色的空明澄澈之境与这种高远的精神追求、空灵的意境与虚泛的意绪在七绝的形式中得到完美结合。《无题》（紫府仙人号宝灯）则把意绪化的人生感慨表现得更加虚缈迷离：

> 紫府仙人号宝灯，云浆未饮结成冰。如何雪月交光夜，更在瑶台十二层？

诗中着意表现一种向往追求之对象变幻迅疾、邈远不可即之感。这种人生感受，来源于政治、友谊、爱情经历的诸多方面，如据实抒写，七绝的形式绝难容纳。作者将它们虚泛化为一种近乎抽象的意绪，并借迷离变幻之境加以表现，形式与内容方能适应。从这里可以看出，人生感慨的虚泛化意绪化，实际上也是一种典型化。如果说，将重大的政治历史题材典型化是对"事"的典型化，那么将深沉的人生感慨意绪化，则是对"情"的典型化。

"化重为轻"的另一方面，是用多种艺术手段，使七绝在表现重大题材和深沉感慨的同时保持七绝的情韵与风神。这方面的难度并不比上一方面小。像《灞岸》这种伤时感事，直接涉及当时抗击回鹘侵扰的重大军事行动的诗，用七绝来表现，本极易流于一般化的叙述议论，义山写来，却既感慨深沉，又具远神：

山东今岁点行频，几处冤魂哭虏尘。灞水桥边倚华表，平时二月有东巡。

妙在末句淡淡收住，化重为轻，而无限今昔盛衰之感，均寓于"灞水桥边倚华表"的沉思默想之中。《李卫公》《旧顿》《天津西望》《过华清内厩门》诸篇，用的是同一笔法。

义山不少咏史七绝，寓深刻的讽慨于经过精心提炼熔铸的典型场景之中，已如上述。由于不着议论、有案无断，往往写得颇富情韵风神。但这种写法，原是七绝的传统表现手段，义山的贡献是用它来表现重大政治历史题材，使之富有情韵风神。更能显示其艺术独创性的是像《贾生》这类议论而以唱叹出之的篇什：

宣室求贤访逐臣，贾生才调更无伦。可怜夜半虚前席，不问苍生问鬼神！

此诗借端托讽寓慨，揭露当代统治者表面上敬贤重贤，实际上不能识贤任贤、迷信鬼神、不问苍生的腐朽本质；慨叹才士空有治国安民之术而被视同巫祝、虚受礼遇、实同沦弃的悲剧命运；透露出诗人不以个人荣辱得失而以是否有利于国家苍生衡量遇合的思想。确如评家所说，"绝大议论，得未曾有"[1]。诗人却以抑扬有致、唱叹有情的笔调贯串渗透议论，将警策透辟的议论与深沉含蕴的讽慨融为一体。田雯说："义山佳处不可思议……一唱三弄，余音嫋嫋，绝句之神境也。"（《古欢堂杂著》）[2]施补华说："义山七绝以议论驱驾书卷，而神韵不乏，此体于咏史最宜。"（《岘佣说诗》）[3]均为确评。他的《咏史》（北湖南埭水漫漫）、《梦泽》、《隋宫》、《瑶池》诸篇，在将议论与抒情有机融合方面也很成功。寓深刻的议论于抒情唱叹之中，方能化重为轻，使之既具深刻思致，又具深永

---

① 姜炳璋：《选玉溪生诗补说》，郝世峰辑，南开大学出版社1985年版，第111页。
② 《清诗话续编》，上海古籍出版社1983年版，第704页。
③ 《清诗话》，上海古籍出版社1978年版，第998页。

情韵。

抒写人生悲慨的七绝，在运用多种艺术手段化重为轻方面，尤多成功范例。他年轻时写的《夕阳楼》抒写的是一种沉重的人生悲感：

> 花明柳暗绕天愁，上尽重城更上楼。欲问孤鸿向何处，不知身世自悠悠。

知己远贬，国事堪忧。在同情别人不幸遭遇的同时，猛然醒悟自己的命运亦复如孤鸿之悠悠无着落，而竟无人怜悯。这种触绪而来的深沉人生感喟在诗中被表现得极富情致。谢枋得说："若只道身世悠悠，与孤鸿相似，意思便浅。'欲问''不知'四字，无限精神。"[①]深得此诗于纵收转跌中见情致风神的特点。《寄令狐郎中》：

> 嵩云秦树久离居，双鲤迢迢一纸书。休问梁园旧宾客，茂陵秋雨病相如。

第三句用"休问"提起，末句跌落，用貌似客观描述当前处境的笔调缓缓收住，感慨身世落寞之意，全寓言外，"一唱三叹，格韵俱高"[②]。《暮秋独游曲江》：

> 荷叶生时春恨生，荷叶枯时秋恨成。深知身在情长在，怅望江头江水声。

前两句作大跨度的概略叙述，第三句"深知身在情长在"，是极沉挚的至情语，末句若再接以议论或直抒，全篇便不免平直重拙，以不尽语作收，传出怅然惘然情态，遂宕出远神。

运用当句有对及重言复沓的句式，造成整齐中有错落，往复回环中有

---

① （宋）谢枋得《谢叠山先生评注四种合刻》卷四，清光绪八年刘春轩刻本。

② （清）纪昀：《玉溪生诗说》卷上，光绪十四年朱氏行素草堂刻本。

转进，极具风调声情之美的审美效应，是李商隐运用得很成功的重要艺术手段。关于这一点，钱锺书先生与黄世中先生在他们的论著中均分别有所论。钱先生所举当句有对诗例，多为七律[①]；黄先生则兼七律七绝而言[②]。黄文对所举七绝诸例均有具体分析，此处仅指出这正是义山七绝"化重为轻"的有效方式，兹不再赘述。钟秀谓"七绝须有气有神，而其入妙尤在于声"[③]，洵为有得之言。

推进一层

义山咏柳七绝云："柳映江潭底有情，望中频遣客心惊。巴雷隐隐千山外，更作章台走马声。"姜炳璋评曰："言旅况难堪也。巴山重叠，柳映江潭，客心伤矣。而雷声隐隐，更作从前走马章台之声，不益难堪耶？义山绝句，多用推进一层法。"《赠白道者》云："十二楼前再拜辞，灵风正满碧桃枝。壶中若是有天地，又向壶中伤别离。"姜氏评曰："义山善用进一步语，长吉诗'天若有情天亦老'是此诗蓝本。"[④]姜氏解义山诗，每伤穿凿，但评以上二首七绝，指出其善用推进一层法，则切合实际。义山用此法自不限于七绝，但七绝运用得较多而且成功，则是事实。除姜氏所举二例外，像《宫辞》：

> 君恩如水向东流，得宠忧移失宠愁。莫向尊前奏《花落》，凉风只在殿西头。

失宠固可悲，暂时得宠者又焉知明日不为新的失宠者？透过一层，得宠与失宠者均属同悲。再如《梦泽》：

① 钱锺书：《谈艺录》，中华书局1984年版，第11—12页。

② 黄世中：《古代诗人情感心态研究》，浙江大学出版社1990年版，第129—145页。

③ （清）张谦宜：《观我生斋诗话》卷二，清光绪四年刻本。

④ 姜炳璋：《选玉溪生诗补说》，南开大学出版社1985年版，第49、62页。

梦泽悲风动白茅，楚王葬尽满城娇。未知歌舞能多少，虚减宫厨为细腰。

即令减食苦熬成细腰，又能在君前歌舞承宠几时？透过一层，"减宫厨为细腰"之举实属徒劳自戕之悲剧。又如《海上》：

石桥东望海连天，徐福东来不得仙。直遣麻姑与搔背，岂能留命待桑田？

姚培谦云："此又是唤醒痴人透一层意：莫说不遇仙，便遇仙人何益？"[1]《瑶池》《过景陵》《华岳下题西王母庙》等讽慨皇帝求仙的七绝亦同用此透过一层之法。

义山七绝屡用此法，并不单纯是一种艺术表现手法，仅仅起强调、加深某种意蕴的作用，这里实际上蕴含着义山对人生的悲剧体认。如《月》：

过水穿楼触处明，藏人带树远含清。初生欲缺虚惆怅，未必圆时即有情。

月初生欲缺之时，人每望其盈惜其亏，为之惆怅不已。殊不知其圆时亦未必于人有情。失意人每苦于人生已历之缺憾而寄希望于圆满之将来，义山则透过一层，揭示人生之悲剧底蕴，即令希望实现，仍不免于失望。人生之不能避免缺憾，希望之虚幻，于透过一层中得到有力表现。前面提到的《赠白道者》"壶中若是有天地，又向壶中伤别离"，翻进一层的奇想中所表现的正是人生伤别之不可避免的悲剧意蕴。《梦泽》的"未知歌舞能多少，虚减宫厨为细腰"，写趋附世风者自戕其身的悲剧，讽刺入骨，亦悲凉彻骨。《宫辞》之讽慨得宠者"莫向尊前奏《花落》，凉风只在殿西头"，得宠失宠，都是悲剧流水线上的人物，不过时间先后而已。总之，

---

[1] 姚培谦：《李义山诗集笺注》卷十六。

透过一层感悟到人生悲剧的底蕴，正是义山七绝常用透过一层写法的内在原因，也是这种写法具有艺术力量的内在原因。在常人所不能感悟、所不能忍受处揭出更深一层的悲剧，才能给人以思想的启示和艺术的震撼。

但义山七绝的推进一层写法，并不全然是表现人生的悲剧底蕴，它还包含着另一种相反方向的作用，或可称之为悲剧情感的缓解或化解。《夜雨寄北》在这方面具有典型性：

> 君问归期未有期，巴山夜雨涨秋池。何当共剪西窗烛，却话巴山夜雨时。

三四句从眼前巴山夜雨的凄寂萧瑟之境，转出异日重逢，西窗剪烛，回溯今宵巴山夜雨情景的遥想。纪昀说："探过一步作结，不言当下云何而当下意境可想。"[1]纪氏之意，盖谓探过一步之遥想更见今夕巴山夜雨之境凄寂难堪。但实际上它所显示的主要是凄寂情绪的缓解。在重逢的欢愉中回首往夕之凄清，不仅使重逢显得更为珍贵而富于诗意，而且那遥想中的重逢也多少给眼前凄冷的异乡雨夜带来一丝温暖，给寂寞的心灵带来几许慰藉。因此，诗给予人的感受并不是阴冷凄暗与绝望，而是在凄寂幽冷中闪现温煦与希望之光圈。这说明，作为一个感伤诗人，义山不仅能将感伤化为诗美，而且具有一种排解感伤的诗心。他的《宿骆氏亭寄怀崔雍崔衮》写相思不寐，寂寥之情难遣，但"秋阴不散霜飞晚，留得枯荷听雨声"之句，却从似乎无可排遣之中推开一层，发现在深宵不寐时"枯荷听雨"竟另有一番韵致，从而得以在不知不觉中稍慰寂寥。美的意外发现与欣赏的过程，也是凄寂情怀化解的过程，"留""听"二字，写情入微。《花下醉》：

> 寻芳不觉醉流霞，倚树沉眠日已斜。客散酒醒深夜后，更持红烛赏残花。

---

[1] 纪昀：《玉溪生诗说》卷上，光绪十四年朱氏行素草堂刻本。

客散酒醒，夜深花残，本意兴萧索阑珊之时，诗人却转进一层："更持红烛赏残花。"客散夜深，正可静中细赏；酒醒神清，与日间醉赏又自有别；所赏者为"残花"，"方是爱花极致"①，把本来萧索凋残的景象写得如此兴会淋漓，富于美感，正可见诗人"推进一层"观照事物时，往往会发现常人所不能发现的美。这本身即是对悲剧情绪另一种形式的化解。李商隐的诗，包括他的一些七绝在内，尽管有时凄惋入神，感伤入骨，但并不阴暗绝望，相反，在凄惋感伤中自有一种滋润心田的美在缓缓流注，原因或正在此。

［原载《文学遗产》2000 年第 3 期］

---

① 姚培谦：《李义山诗集笺注》卷十六，清乾隆五年松桂读书堂刻本。

李商隐诗文集中一种典型的脱误现象

——从《为尚书渤海公举人自代状》题与文的脱节谈起

　　《文苑英华》卷六三九荐举下载李商隐《为濮阳公陈许举人自代状》《为怀州刺史举人自代状》《为尚书渤海公举人自代状》《为荥阳公奏王克明等充县令主簿状》《为荥阳公举人自代状》《为盐州刺史奏举李孚判官状》《为濮阳公陈许奏韩琮等四人充判官状》《为安平公兖州奏杜胜等四人充判官状》，共八篇。上列诸状又均载于清编《全唐文》，其均为商隐所作当属无疑。其中，《为尚书渤海公举人自代状》，徐树谷笺云："渤海为高氏之郡望，'渤海公'不知何人，据状云'风采章台，羽仪华阃'、'内史故事'、'尹正旧仪'，则其人盖尚书尹京兆者，或云计其时当是高元裕。"（《李义山文集笺注》卷三）冯浩《樊南文集详注》、张采田《玉谿生年谱会笺》进一步证实题内"渤海公"为高元裕。但细审状文，发现状题与状文之间存在明显脱节与矛盾。为了便于说明问题，将状文《为尚书渤海公举人自代状》全部移录于下：

　　右臣伏准某年月日敕，内外文武官上后举一人自代者。伏以京邑为四方之极，咸秦乃天下之枢，必命英髦，以居尹正。臣谬蒙抽擢，素乏材能，将何以风采章台，羽仪华阃。况又方营鄑毕，肇建园陵，苟推择之不先，则颠覆而斯在。前件官庄栗以裕，简严而宽。玉无寒温，松有霜雪。顷居内署，实事文皇。引裾而外朝莫知，视草而中言罔漏。洎分符近甸，廉印雄藩，不徇物以沽名，善推诚而立断。浑若全器，宜乎在庭。傥召以急宣，被之眷渥，必能明张条目，峻立堤防，肃千里之封畿，总五都之货殖。轩台禹穴，无亏充奉之仪；汉苑秦陵，尽绝椎埋之党。特乞俯回宸断，用授当仁。免今日之叨恩，冀他时之上赏。干冒陈荐，兢越殊深。（某官周墀）

伏以内史故事，例带银青，尹正旧仪，平揖令仆。必资髦硕，方备次迁。臣特以鲰儒，猥丁昌运，位崇八座，官绍三王。况驾有上仙，车当宴出，务烦厩置，役重津涂。傥让爵之不思，则败官而斯疚。前件官荆岑挺价，赤堇扬锋，禀松筠四序之荣，包金石一定之调。由中及外，自诚而明。昨者故郭利迁，朝台受律。隐之清节，无愧于投香；江革归资，唯闻于单舸。必能集同轨之会，奉因山之仪，使桴鼓稀鸣，建瓴流化。伏乞特回凤诏，以命龟从，成圣朝《棫朴》之诗，减微臣维鹈之刺。干黩宸旒，伏用兢惶。（某官崔龟从）

冯浩笺云："按《旧书·高元裕传》：开成四年，改御史中丞。会昌中为京兆尹。《新书》于'御史中丞'下书'累擢尚书左丞，领吏部选，出为宣歙观察'，不言尹京兆。二书所叙，互有详略。证之此文，及《英华》所载除吏尚制文，则由尹京进检校尚书而观察宣州也。徐曰：'文宗于开成五年正月崩，八月葬，状云肇建园陵，则尹京当在是年春也。'按《英华》又有崔嘏所撰《授高元裕等加阶制》，盖因肆赦霈泽，即上篇华州加阶之时（按：指冯注本此状前一篇《为侍郎汝南公华州谢加阶状》），而以尹京者冠之耳，文中所叙必文宗崩后未久也。《旧·传》概云'会昌中'稍疏矣。"张采田《会笺》则云："（状）云'臣谬蒙抽擢，素乏材能……况又方营鄗毕，肇建园陵，苟推择之不先，则颠覆而斯在'，是元裕尹京，必在文宗将葬，七八月间。"冯浩引徐树谷说认为高元裕任京兆尹在开成五年春文宗崩后未久，张采田则谓在文宗将葬之七八月间，时间虽略有先后，但都认为状文是为任京兆尹的高元裕举人自代而作。但实际上状题与状文的具体内容明显矛盾。首先须考定高元裕任京兆尹的具体时间。萧邺《大唐故吏部尚书赠尚书右仆射渤海高公神道碑》（有残阙）云："公讳元裕……（郑）注败，复入为谏议大夫，兼充侍讲学士，寻兼太子宾客……未几，擢拜御史中丞……进尚书右丞，改京兆尹。未几，擢散骑常侍。迁兵部侍郎，转尚书左丞，知吏部尚书铨事。会恭僖皇太后陵寝有日，充礼仪使，公为左右辖也……寻改宣歙池□□□□使……入拜吏部尚书……迁检校吏部尚书、山南西道节度观察等使……大中四年夏六月廿日，次于邓，无疾暴薨于南阳县之官舍，享年七十六。"（《全唐文》卷七六四）碑文未言元裕任京兆尹的具体时间，但据《旧唐书·文宗纪》，开成四年九月："丙午，以前江西观察使敬昕为京兆尹。"《通鉴·开成五年》：八月，"壬戌，葬元圣昭献孝皇帝于章陵，庙号文宗。庚午，门下侍郎、同平章事李珏坐为山陵使龙𬨎（载枢车）陷，罢为太常卿。贬京兆尹敬昕为郴州司马"。而《金石萃编》卷八十《华岳题名》："正议大夫守京兆尹崔郇、华州华阴令崔宏，会昌二年六月十六日郇自汝海将赴阙庭，时与宏同谒庙而过。"可证高元裕之任京兆尹，当在敬昕、崔郇之间，即开成五年八月至会昌二年六月这段时间内，乃接替被贬的敬昕继任京尹者（据《旧唐书·高元裕传》，"（开成）四年改御史中丞"。《神道碑》云其后"进尚书右丞，改京兆尹"，时间正合）。但敬昕之贬，既明因文宗葬章陵时枢车塌陷之事而致，则元裕接任京尹之时，文宗业已安葬，章陵业已建成启用，绝非状文所云"方营鄗毕（周文王、武王葬毕，在鄗东南，指帝王陵墓），肇建园陵"、"务烦厩置，役重津涂"，乃始动工营建尚未完成之役。故状文所云"肇建园陵"之事必非指"肇建"文宗章陵，而当另有所指，状题与状文的脱节已经明显暴露。

但更为可疑的是，状中叙及举以自代的周墀、崔龟从二人的历官，与高元裕任京兆尹的时间存在着不可调和的矛盾。状中言及周墀历官时云："顷居内署，实事文皇。引裾而外朝莫知，视草而中言罔漏。泊分符近甸，廉印雄藩。"周墀文宗开成二年冬加知制诰、充翰林学士。三年迁职方郎中，知制诰。四年拜中书舍人。武宗即位，改工部侍郎，出为华州刺史。会昌四年，迁江西观察使，兼御史大夫。会昌六年十一月，迁吏部尚书、郑滑节度使。大中元年六月，入拜兵部侍郎判度支（据杜牧《唐故东川节度使检校右仆射兼御史大夫赠司徒周公墓志铭》及两《唐书》《通鉴》）。状文"顷居内署"，指周墀在文宗开成二年至五年历任内职："分符近甸"，指文宗开成五年至武宗会昌四年任华州刺史；"廉印雄藩"则指武宗会昌四年至六年任江西观察使（周墀一生中"廉印雄藩"即任观察使只此一次），是为撰状文时周墀现任之官职。据《旧唐书·武宗纪》，会昌六年十一月，"以江西观察使周墀为义军节度使、郑滑观察等使"。故此状文撰拟的时间下限当在会昌六年十一月，上限则在会昌四年周墀由华州迁江西后，然则状文所谓"方营鄜毕，肇建园陵"，显然不是指开成五年正月文宗卒后修建章陵。又状中叙及崔龟从历官时云："昨者故鄣利迁，朝台受律。隐之清节，无愧于投香；江革归资，唯闻于单舸。"故鄣，指汉丹阳郡，首县为宛陵，唐为宣歙观察使府治所在，《旧唐书·文宗纪》：开成四年三月癸酉，"以户部侍郎崔龟从为宣歙观察使，代崔郸"，故鄣利迁，即指龟从自户侍迁宣歙观察使事，据封敕《前宣歙观察使崔龟从岭南节度使制》："江左奥区，宣为右地，一去临湍，五更炎凉。"杜牧《唐故宣州观察使韦公（温）墓志铭并序》："回鹘窥边，刘稹继以上党叛，东征天下兵，西出禁兵，陕当其冲（韦温曾为陕虢防御使），公抚民供事就，不两告苦。入为吏部侍郎……复以御史大夫出为宣歙等州观察使……凡周一岁……自至大治。""会昌五年五月头始生疮……以其月十四日，年五十八，薨于位。"）可考知韦温任宣歙观察使在会昌四年五月至五年五月间，而崔龟从作为韦温的前任，其观察宣歙的时间当在开成四年三月至会昌四年三月间，与"五更炎凉"者合。"朝台"即朝汉台。《水经注·浪水》，尉佗旧治处，负山带海。佗因冈作台，北面朝汉，朔望升拜，名曰朝台。"朝台受律"，指崔龟从自宣歙观察使迁岭南节度使。《文苑英华》卷四四五封敕《授崔龟从岭南节度使制》："前宣州观察使崔龟从……可检校礼部尚书、兼御史大夫、充岭南节度等使。"崔之赴岭南节度使任，当在会昌四年春夏间，即韦温接任宣歙观察使时。状文"隐之清节，无愧于投香；江革归资，唯闻于单舸"，分别用吴隐之、江革典。《晋书·良吏传》载，吴隐之隆安中为广州刺史，从番禺罢郡归，其妻刘氏赍沉香一斤，隐之见之，遂投之于湖亭之水。《南史·江革传》，革除武陵王长史、会稽郡丞，称职，乃除都官尚书，"将还，赠遗一无所受……唯乘台所给一舸。舸艚偏欹，不得安卧……革既无物，乃于西陵岸取石十余片以实之，其清贫如此"，这两个典故，既切崔龟从受朝命出镇岭南期间为官清廉，又切其自岭南罢任归朝。因此这篇状文当作于崔龟从自岭南罢任归后。

崔龟从何时罢岭南节度使任？吴廷燮《唐方镇年表》据商隐此状"唯闻单舸"下有"必能集同轨之会，奉因山之仪"之文，谓"奉因山之仪指会昌五年正月葬恭僖皇后于光陵柏城之外"；复据明《万历广东志》"卢贞，唐岭南节度使，会昌五年任"之文，及《新唐书·孝友传·王博武传》"会昌中，侍母至广州。及沙涌口，暴风，母溺死，博武自投于水。岭南节度使卢贞俾吏沉罟，获二尸焉，乃葬之，表其墓曰孝子墓"之记载，又《湖南通志》载《浯溪题名》，会昌五年杨汉公后有卢贞，将崔龟从罢岭南节度使、卢贞接任的时间定在会昌五年。但吴氏举出的这四条证据都不足为据。明《万历广东志》是后出的方志，其记载是否有可靠依据，很值得怀疑。《新唐书·孝友传·王博武传》的记载只能证明"会昌中"卢贞曾为岭南节度使，但"会昌中"不过泛言会昌年间，也可能是会昌六年；至于《浯溪题名》，也只能证明会昌五年以后，卢贞曾于浯溪题名，而不能证明其题名即在会昌五年。吴氏谓商隐此状"奉因山之仪"指葬恭僖皇太后于光陵，更是绝大的误会，下文将详辨。这里可以举出一个有力的反证，证明直至会昌六年三月宣宗即位后，卢贞仍在河南尹任上，并未接到迁镇岭南的任命。商隐《上河南卢给事状》云："给事显自琐闱，出临鼎邑，登兹周甸，训此殷顽。锋芒不钝，而綮肯自分；桴鼓稀鸣，而囊橐辄露。方今维新庶政，允伫嘉谋。载考前人，聿求往躅，袁司徒入膺论道，杜镇南出授专征，并资尹正之能，适致超升之拜。"据商隐《为河南卢尹贺上尊号表》，知会昌五年正月武宗加尊号时，卢贞正在河南尹任上；而《上河南卢给事状》所谓"方今惟新庶政"，定指会昌六年三月丁卯宣宗继位后之事。①因此可证卢贞自河南尹出镇岭南，当在宣宗即位以后；据此亦可知崔龟从之罢镇岭南还朝亦当与之同时。

萧邺《渤海高公神道碑》载："改京兆尹。未几，授左散骑常侍。迁兵部侍郎，转尚书左丞，知吏部尚书铨事。会恭僖皇太后陵寝有日，充礼仪使，公为左右辖也。"吴氏《唐方镇年表》因谓"奉因山之仪"指会昌五年正月葬穆宗恭僖皇后于光陵柏城之外一事。然高元裕开成五年八月任命为京兆尹，而恭僖皇太后卒于会昌五年正月庚申（据《通鉴》），前后相距六个年头，其时元裕早已不在京兆尹任，何能在六年前任京兆尹时"肇建"六年后之"园陵"？且恭僖系葬光陵东园，并非新营建园陵，亦不得云"肇建园陵"。尤为重要者，状文所谓"鄏毕""园陵""轩台禹穴""驾上有仙，车当晏出""集同轨会，奉因山之仪"，用语引典无一不切已故的皇帝身份，而绝非指皇后、太后。除"鄏毕"前已注明用周文王、武王葬于毕，在鄏东南以指皇帝陵墓外，"轩台"即轩辕台，"禹穴"为禹葬地，亦均指帝王葬地。"驾有上仙"用黄帝驾龙上仙事，见《汉书·郊祀志》；"车当晏出"，用《史记·范雎传》"宫车一日晏驾"之典，均喻指皇帝去世。"集同轨之会"用《左传·隐公元年》"天子七月而葬，同轨（华夏诸侯）毕至"；"奉因山之仪"用《汉书·文帝纪》"治霸陵，皆瓦器，不得以金银铜锡为饰，因其山，不起坟"，均指帝王之葬礼。总之，状中所用之典，均切皇帝去世、营建园陵及殡葬之礼，而绝非指皇后、太后。

前已考明，状中举以自代的周墀、崔龟从，其现历官分别为"廉印雄藩"及"朝台受律""江革归舸"，即周墀仍在江西观察使任上，而崔龟从已罢岭南节度使任归朝，可证作此状时必在会昌六年三月宣宗即位后。而此时所谓"方营鄏毕，肇建园陵"，自必指武宗逝世，营建端陵之事。武宗卒于会昌六年三月，八月壬申葬端陵，这又可进一步证明此状文当作于会昌六年三月至八月这段时间内。

_____

① 同作于会昌六年三月宣宗即位后的《上忠武李尚书状》云："先皇（指武宗）以倦勤厌代，圣上（指宣宗）以睿哲受图……便当讲惟新之政"可作为旁证，用"惟新之政"指新君即位，商隐文中多有其例。

会昌六年三月至八月，任京兆尹举周墀、崔龟从以自代的既然绝不可能是高元裕（高于会昌五年五月十四日韦温卒于宣歙观察使任后，已继任宣歙观察使，此时正在宣歙任上），那么此人又是谁呢？检《新唐书·薛元赏传》："德裕用元赏弟元龟为京兆少尹，知府事。宣宗立，罢德裕，而元龟坐贬崖州司户参军。"《通鉴·会昌六年》则载明，四月"甲戌，贬工部尚书，判盐铁转运使薛元赏为忠州刺史，弟京兆少尹、权知府事元龟为崖州司户，皆德裕之党也"，元龟在宣宗即位前即以少尹知府事，故状文举以自代的京兆尹不可能是薛元龟。宣宗即位后新任京兆尹的乃是韦正贯。《新唐书·韦正贯传》："久之，进寿州团练使。宣宗立，以治当最，拜京兆尹、同州刺史。俄擢岭南节度使。"《全唐文》卷七六四萧邺有《岭南节度使韦公（正贯）神道碑》云："今上（指宣宗）即位，以理行征拜京兆尹……居二年乞退，除同州刺史、长春宫使。"又《全唐文》卷七二六崔嘏有《授韦正贯京兆尹制》，云："敕权知京兆尹韦正贯……近者拔于郡府，以尹京师。有抑强扶弱之心，得通变适时之用……是用嘉乃成效，宠之正名。"可证韦正贯先是以治行征入权知京兆尹，而后再正式任命为京兆尹的。其权知京兆尹当在会昌六年四月薛元龟贬崖时，正式任命则在其后不久。据商隐大中元年三月初所撰《为荥阳公与京兆李尹状》，李拭于大中元年三月初已"荣膺新命"，则韦正贯之任京尹，当在会昌六年四月至大中元年二月之间。这段时间内，商隐正"羁官书阁，业贫京都"（《上李舍人状七》），母丧期满复官秘省正字，故正可为新任京尹的韦正贯撰拟举人自代状。据萧邺《岭南节度使韦公神道碑》。正贯曾"为天平军节度判官，得改员外郎，所奉之主即故相国令狐公（楚）也"。其时当在文宗大和三年十一月至六年二月，商隐亦适在天平幕为巡官，故二人早已结识。这次正贯被任命为京兆尹，作为先前的同幕僚友。商隐为韦拟此状，是完全符合时间、地点和人际关系的。

从这篇举人自代状的状文看，状的原题可拟为《为京兆公举人自代状》（韦氏世居京兆）。为什么会讹为《为尚书渤海公举人自代状》呢？比较近理的解释是，商隐自编的《樊南甲集》中，既有为京尹高元裕代撰的举人自代状，又有为京尹韦正贯代撰的举人自代状。由于编集时"以类相等色"（《樊南甲集序》），二状因体裁相同，性质相似，遂紧相连接。《文苑英华》在编书时，"于宗元、居易、权德舆、李商隐、顾云、罗隐辈，或全卷取入"（周必大《文苑英华序》）。抄胥在誊抄时，因前后紧相连接的二首同为京尹举人自代状，遂脱抄《为尚书渤海公举人自代状》之正文与《为京兆公举人自代状》之文题，将前题与后文合而为一，成为这样一篇前题不对后文的剪接品。冯浩等注家由于未具体考证周墀、崔龟从任江西观察使、岭南节度使的时间与高元裕任京兆尹的时间存在着不可调和的矛盾，致使这篇拼接品的秘密一直掩盖下来，至今已历时一千余年了。

这种前题与后文拼接的情况，现存商隐文中并非仅此一例。《全唐文》卷七七二有商隐《为汝南公贺元日朝会上中书状》。按文章的题目，应当是代华州刺史周墀所拟贺武宗元旦朝会上中书的状，但文章的实际内容却是贺会昌二年武宗上尊号。状首云："今月日，皇帝御宣政殿受册，尊号为仁圣文武至神大孝皇帝。礼毕，御丹凤楼，大赦天下者。"事在会昌二年四月二十三日，非元日。钱振伦笺云："惟元日朝会，为岁举之常仪，而请上尊号，为一朝之盛典，本属两事。且武宗受册在四月，而文中亦不引元正，故实尤属可疑。岂《元日朝会状》另有一文，而后文乃贺上尊号状，传钞脱误，遂合为一与？"钱氏的这一判断，是完全正确的。这种误"合为一"的情况也只有在二文相连，尤其是二文文题或内容性质相近时最易发生。现存《为汝南公贺元日朝会上中书状》无疑是《为汝南公贺元日朝会上中书状》的题目和《为汝南公贺上尊号上中书状》的状文的合二为一。

如果我们将商隐文在传抄过程中出现的这种前题与后文相拼接的现象作为一种典型事例，进一步据以考察商隐诗集中的脱误，就会发现这种现象在商隐诗集中也多有存在，从而有助于我们解开不少题与诗相脱节的疑团。这里，典型的例证莫过于《留赠畏之》三首和《蝶三省》。先看《留赠畏之》三首。此诗题下原注云：时将赴职梓潼遇韩朝回三首。三首诗是这样的：

清时无事奏明光，不遣当关报早霜。
中禁词臣寻引领，左川归客自回肠。
郎君下笔惊鹦鹉，侍女吹笙弄凤凰。
空记大罗天上事，众仙同日咏霓裳。

待得郎来月已低，寒暄不道醉如泥。
五更又欲向何处，骑马出门乌夜啼。

户外重阴黯不开，含羞迎夜复临台。
潇湘浪上有烟景，安得好风吹汝来？

　　第一首中提到开成二年与韩瞻同应进士试、同赋《霓裳羽衣曲》诗及韩瞻子韩偓赋诗相送、才思敏捷之事，其为赴东川前留赠韩瞻之作无疑（此诗当是大中八年商隐回长安探亲返回东川前作，已另撰文考证），但二、三两首，内容与"留赠畏之"题意绝不相干（二章谓待郎归时夜已深，甫及五更郎又骑马出门而去；第三首谓户外重阴，迎夜登台，盼意中人之来）。后二首明为情诗，因与首章相连，传抄时遂脱后二首之题而误与首章相连，后人遂于首章题注之未加"三首"二字以实之。但"时将赴职梓潼，遇韩朝回三首"，实属不文，"三首"二字人为增添的痕迹非常明显。《蝶三首》的情况与之类似。诗云：

初来小苑中，稍与琐闱通。
远恐芳尘断，轻忧艳雪融。
只知防灏露，不觉逆尖风。
回首双飞燕，乘时入帘栊。

长眉画了绣帘开，碧玉行收白玉台。
为问翠钗钗上凤，不知香颈为谁回？

> 寿阳公主嫁时妆，八字宫眉捧额黄。
>
> 见我佯羞频照影，不知身属冶游郎。

第一首的托寓虽诸家说法间有差异，但诗面的确是咏蝶。而二三两首则根本没有蝶的影子，显为艳情冶游之作脱去原题后与《蝶》相连，编集者遂冠以"蝶三首"，《唐音戊签》后二首作《无题二首》，虽未必符此二首原题，但胡氏已看出此二首与前一首《蝶》内容绝不相干，并非同题组诗。

其实，现存商隐无题诗中确有与本来另有题目的诗相连而误合者，这就是《无题二首》：

> 八岁偷照镜，长眉已能画。
>
> 十岁去踏青，芙蓉作裙衩。
>
> 十二学弹筝，银甲不曾卸。
>
> 十四藏六亲，悬知犹未嫁。
>
> 十五泣春风，背面秋千下。
>
> 幽人不倦赏，秋暑贵招邀。
>
> 竹碧转怅望，池清尤寂寥。
>
> 露花终裛湿，风蝶强娇娆。
>
> 此地如携手，兼君不自聊。

前首写少女伤春，托寓才士渴求仕进，忧虑前途的心情，寓意明显。后者则写秋暑情怀怅惘寂寥，无心招友同游。两首诗的性质、内容毫无关联。清代学者何焯、纪昀、冯浩都认为后一首必另有题目而失之，遂与前一首《无题》相连，纪昀的表述最为具体准确："有与无题诗相连，失去本题，误合为一首，如《幽人不倦赏》是也。"（《李义山诗集辑评》引）

商隐的无题诗究竟有多少首，诸家说法不一。根据上面的考辨，将原题《留赠畏之》三首的后二首、《蝶三首》的后二首、《无题二首》的"幽人不倦赏"一首去掉。再将《无题》（万里风波一叶舟）也根据纪昀的意见（纪云："此是佚去原题而编录者署以《无题》。"）排除在外，将这六首都标为"失题"，那么，剩下的真正的《无题》诗其实只有十四首。而删除了上述误入的失题诗后，《无题》诗的面貌便变得比较清晰。那就是它们都是写爱情的，而且绝大部分是写爱情间阻引起的幽怨、苦闷、追求与幻灭。至少表层内容是这样。通过对商隐诗文集中"前题后文（诗）相连误合为一"这一典型现象的全面梳理与考辨，有助于我们对商隐无题诗情况的正确了解。校勘考证之学为批评提供正确的文本依据，这是一个典型的例证。

如果说前面提到的五首失题诗由于与前题相连误合为一，今天已难以复原其原题，未免令人遗憾，那么商隐诗集中另一些诗，虽也因与前题相连而误合为一，却因其以"一作"的形式保留了原题，为我们提供了判断的依据，从而让我们更看清了这种"前题后文（诗）相连误合为一"的具体情况，典型的例证是《咏史二首》和《楚宫二首》。《咏史二首》：

> 历览前贤国与家，成由勤俭败由奢。
> 何须琥珀方为枕，岂得珍珠始是车。
> 运去不逢青海马，力穷难拔蜀山蛇。
> 几人曾预南薰曲，终古苍梧哭翠华。
>
> 十二楼前再拜辞，灵风正满碧桃枝。
> 壶中若是有天地，又向壶中伤别离。

前首借"咏史"为题寓伤今之慨，伤悼文宗图治无成，难挽颓运。后首则明显是留赠道流之作，与"咏史"无涉。后首题一作"赠白道者"，一作"送白道者"。此"白道者"当即商隐《归来》诗中所云"难寻白道士"之白道士，乃旧隐玉阳山时所结识之道侣，"十二楼"即道观之别称。"十二楼前"一首即拜辞白道者而去时留赠伤别之作。原题"赠白道者"在传写过程中脱去，遂与前首相连，误合为《咏史二首》，致误的原因、

过程显然。故后首应据一作将题复原为《赠白道者》。再看《楚宫二首》:

> 十二峰前落照微，高唐宫暗坐迷归。
> 朝云暮雨长相接，犹自君王恨见稀。
>
> 月姊曾逢下彩蟾，倾城消息隔重帘。
> 已闻佩响知腰细，更辨弦声觉指纤。
> 暮雨自归山悄悄，秋河不动夜厌厌。
> 王昌且在墙东住，未必金堂得免嫌。

第一首借咏楚宫美人之得宠寓现实感慨，与《深宫》诗之"清露偏知桂叶浓""岂知为雨为云处，只有高唐十二峰"寓感略同，有荣枯遇异之慨。第二首却是纯粹的艳情诗，所怀想的女子似为贵家姬妾或歌伎。《才调集》选此首，题为《水天闲话旧事》，必有所据。详此题及诗，似是抒情主人公对贵家姬妾或伎人有所属望，却重帘相隔，徒能得其倾城之姿于想象，虽未能免嫌而终不能相亲。这段充满怅惘的旧事在一个雨天与友人闲话时忆及，遂笔之于诗。制题虽稍晦，但肯定是原题。《唐音戊签》从《才调集》，是。这也是因失去原题《水天闲话旧事》后，与上首相连误合为《楚宫二首》者。

商隐诗集中这种二诗相连，后题失去，遂与前题合为一题的情况，在现存的几种源于宋本的旧本中均相同，说明早在北宋编辑刊刻商隐诗集时就已经存在这种脱误。也正因为这样，后人对此虽有种种怀疑，却不大敢断定，从而使这种脱误现象长期存在，得不到纠正。当我们详细地考辨了《为尚书渤海公举人自代状》的典型脱误例证，并与商隐诗文集中与此类似的脱误联系起来考察时，就可以发现这原是作品传抄过程中很容易发生的一种常见的脱误，从而在校理过程中增强判断的正确性。对其他诗文集类似现象的发现与校理，也是一种参考。

[原载《中华文史论丛》2001年第三辑]

李商隐的七言律诗

　　李商隐最擅长的诗歌体裁是七律与七绝。两种体裁的诗加在一起，占了其诗作的近三分之二①。对他的七言律诗，前人早有定评。明陆时雍《诗镜总论》说："李商隐七言律气韵香甘，唐季得此，所谓枇杷晚翠。"清钱良择《唐音审体·七言律诗总论》云："义山继起，入少陵之室，而运之以秾丽，尽态极妍，故昔人谓七言律诗莫工于晚唐。"清舒位《瓶水斋诗话》云："尝论七律至杜少陵而始盛且备，为一变；李义山瓣香于杜而易其面目，为一变；至宋陆放翁专工此体而集其成，为一变。凡三变，而他家为是体者不能出此范围也。"陆氏仅揭示出商隐七言律"气韵香甘"的艺术风貌，钱氏则进一步指出其学杜而"运之以秾丽"，已注意到商隐对七律的发展；舒氏更把商隐七律放在七律发展的整个过程中来考察。从中可以看出论者对商隐七律认识的深化。舒位的论断是否完全切合七律发展的实际，是否"为是体者不能出此范围"，尚可讨论。但他为七律发展变化阶段划出的大体轮廓，特别是指出杜甫、李商隐、陆游在七律发展过程中里程碑式的重要地位，却对我们研究李商隐的七律有重要启示。义山七律，从具体的每一细部看，当然还有不少值得深入细致地加以研究的地方。但如果要从总体上去把握它，则必须从大处着眼，着重揭示商隐对七言律诗的发展所提供的新东西，所作出的新贡献。一般来说，一个作家在

---

　　① 其中七律117首，七绝192首，合计309首。

某种文学样式、体裁范围内作出带有里程碑性质的贡献，往往是在内容与形式两方面都有明显创新的结果；同时，也和一个作家是不是将主要精力放在某种体裁的写作上，专精独诣，竭尽才智去试验、去创造分不开。这两方面是有联系的、统一的。

一、对七律内容的开拓

为了说明这一点，需要回顾一下自杜甫以来七律发展的情况。杜甫七律内容方面最大的拓新，是把重大的时代政治主题引入到这一传统上以奉和应制酬赠为主要内容及功能的诗歌体裁之中，创作出了一大批具有浓郁时代悲剧色彩、风格沉郁悲壮的政治抒情诗，特别是入蜀以后和在夔州期间的七律，更达到这一体的思想与艺术的高峰。但是杜甫以后，七律在内容方面，却在一个时期内走着回头路。中唐前期大历十才子的七律，就多为宫廷唱和及友朋酬赠之作。单看其代表人物钱起一些著名七律的题目，如《和李员外扈驾幸温泉宫》《赠阙下裴舍人》《和王员外晴雪早朝》《汉武出猎》《乐游原晴望上中书李侍郎》，就可见其内容的一斑。中唐后期的元、白、韩、柳，都把主要精力用在古体诗的写作上，李贺更是一首七律也不写。元、白的七律，像他们的古体，走的是坦易流畅一途，有自己的风格，但内容上并没有多少拓新。这个时期，七律内容方面多少有些开拓的，当推刘、柳、韩等人贬谪远郡及描写边徼风土人情之作，如柳宗元的《登柳州城楼寄漳汀封连四州刺史》《别舍弟宗一》《岭南江行》《柳州峒氓》，刘禹锡的《感吕衡州时予方谪居》《再授连州至衡阳酬柳柳州赠别》《酬乐天扬州初逢席上见赠》，韩愈的《左迁至蓝关示侄孙湘》《赠张十一》等，可以说是开辟了七律内容上的新境界，而为前此诗家所少涉①。元稹用七律写悼亡诗《遣悲怀三首》，刘禹锡用七律写怀古诗《西塞山怀

---

① 初唐沈佺期、宋之问、杜审言的五律、五古有不少写贬谪生活、心情的，七律则仅宋之问有一首。中唐刘长卿七律中有一些写贬谪生活的诗，但像刘、柳、韩那样形成一种风会，且与边徼风土人情结合起来写，则为数很少。

古》，虽均为传世佳作，但究属个别事例，在七律创作中未能形成一种风气。到了晚唐，杜牧亦擅七律，且具有既拗峭劲健又俊逸明快的独特风格，但总的来看，他的七律绝大部分是啸志歌怀，抒写牢骚感慨之作，除《早雁》《河湟》少数几首外，缺乏重大题材和积极的思想内容。许浑的怀古七律数量较多，艺术上也有相当成就，但作品意境每多雷同相似。因此，从杜甫以来，七律在内容方面可以说没有多少新的拓展，没有开辟出多少新的题材领域和新的境界。但李商隐的七律，却打破了这样一种长期以来相对停滞的局面。

李商隐七律思想内容方面一个显著的特点，是恢复并发展了杜甫七律关注国运、感伤时事的传统。这是他学杜最主要的方面和成就。从青年时代的《隋师东》《重有感》《曲江》《安定城楼》《咏史》（历览前贤国与家），到中年时期的《赠别前蔚州契苾使君》《行次昭应县道上遇户部李郎中充昭义攻讨》《赠刘司户蒉》《哭刘蒉》，再到晚年的《井络》《杜工部蜀中离席》，杜甫的忧国伤时精神一直在深刻影响着李商隐七律的创作。王安石谓"唐人知学老杜而得其藩篱者，唯义山一人而已"（《苕溪渔隐丛话》前集卷二十二引《蔡宽夫诗话》），其所举诗例，一半即为七律（《安定城楼》《杜工部蜀中离席》二诗中的"永忆江湖归白发，欲回天地入扁舟""雪岭未归天外使，松州犹驻殿前军"二联）。这些七律，不但神似老杜，而且有的确有发展，像《曲江》：

> 望断平时翠辇过，空闻子夜鬼悲歌。
> 金舆不返倾城色，玉殿犹分下苑波。
> 死忆华亭闻唳鹤，老忧王室泣铜驼。
> 天荒地变心虽折，若比伤春意未多。

杜甫《哀江头》藉曲江今昔，抒写盛衰之感，深寓国家残破之痛。商隐此诗在构思方面明显受到杜诗影响。诗的次句"子夜鬼悲歌"，隐寓不久前发生的甘露之变中大批朝臣惨遭宦官杀戮之事。五句用陆机为宦官孟玖所谗害，临死前叹息"华亭鹤唳，岂可得闻乎"的故实，六句用西晋索靖预感天下将乱，指洛阳宫门前铜驼叹息"会见汝在荆棘中耳"的典故，其政治内涵、政治色彩都非常突出，但比杜诗写得更加深隐。诗以丽句写荒凉、以绮语抒感慨的手法，也显然可见杜甫《秋兴八首》等七律的影响。但杜甫感伤时事的七律境界雄浑壮阔，声情沉雄悲壮，而商隐此诗则思深意远。诗人并没有将思绪停留在不久前发生的这场事变上，而是从这里生发开去，想得更深更远。尾联说，这场天荒地变式的大变故、大劫难固然使人心摧，但它所预示的唐王朝的荆棘铜驼命运却更使人忧伤。这种深沉的忧思和感伤（即所谓"伤春"）正是商隐特有的，反映了他所处的唐王朝衰世的特点，也反映了他对时事的深层次思考。如果说、在此之前写的《隋师东》只是学杜而肖其貌得其神，基本上未越出杜甫《诸将五首》的范围，那么到了《曲江》，就显出了义山伤时感事七律的独特面目。

不过，像《曲江》这样学杜，而又具有自己独特面目的诗，在义山伤时感事的七律中毕竟不多，多数还是属于学杜而肖貌得神的一类。而义山如果只有这一类学杜的七律，即使学得再像，也是在重复杜甫。李商隐的可贵之处，在于他能适应时代的要求和自己的艺术个性，创造了用咏史的形式反映时事政治的新体式，为七律开拓了新的内容和意境。七律咏史诗，晚唐之前少有制作。刘禹锡的怀古诗很出名（其中包括了《西塞山怀古》这样的七律名篇），对晚唐许浑、刘沧等人也有影响，但它与咏史诗是两种各有特点的诗[1]。李商隐的咏史之作，遍及古近体各种体裁，但写得多而且好的，除七绝以外，主要是七律。像《隋师东》《咏史》（历览前贤国与家）、《览古》《富平少侯》《马嵬》（海外徒闻更九州）、《茂陵》《隋宫守岁》《宋玉》《楚宫》（湘波如泪色漻漻）、《利州江潭作》《筹笔驿》《南朝》（玄武湖中玉漏催）、《隋宫》（紫泉宫殿锁烟霞）诸作[2]，几乎绝大

---

[1] 参看拙文《李商隐的咏史诗》第一节论咏史诗与怀古诗的区别一段。载《文学遗产》1993年第1期。

[2] 其中《隋师东》、《咏史》（历览前贤国与家），内容是直接反映时事的，却用咏史诗的题目，兼跨两类。故上文及此处都提及，但论述角度不同。

部分是七律中的上乘之作，特别是像《马嵬》《隋宫》《筹笔驿》等，更被评家奉为七律的圭臬。这一系列优秀的咏史七律的创作，为七律这种体裁提供了在晚唐那种特殊时代条件下用咏史的方式反映时事政治，抒写对现实政治的感受的成功范例，使七律在杜甫直接抒写时事的传统之外提供了以咏史方式反映时事的新手段、新经验。沈德潜说："义山近体，襞绩重重，长于讽喻，中多借题揽抱。遭时之变，不得不隐也。咏史十数章，得杜陵一体。"（《说诗晬语》卷上）"遭时之变，不得不隐"，正说明李商隐咏史七律是适应时代需要，发扬杜甫七律忧国伤时传统的新创造。这种新创造对扩大提高七律反映现实政治的功能所起的作用不能低估，因为它等于提供了一种新的揭露批判现实政治的有效手段，使诗人得以在"咏史"形式的掩盖下，可以较少顾忌，较多创作自由度。唐代文网较疏，但像《隋师东》《咏史》（历览前贤国与家）这种直接针对当时平叛战争中所暴露的腐败现象而归咎于朝廷中枢，针对当朝君主勤俭图治无成而悲慨"运去"的诗，如果采取直接抒写的方式，其自由度不免受到较大影响；而采取咏史的方式，则可较少顾忌。至于以古鉴今一类的咏史诗，其反映现实政治虽较间接，写作的自由度则更大。整个晚唐时期咏史诗的繁荣，自然有更深刻的时代社会原因，但李商隐在这方面提供的创作范例和经验的启示作用，也是不能低估的。李商隐以后，咏史诗数量大增，而且出现了像罗隐这种擅长七律咏史诗的诗家，可以看出李商隐七律咏史诗的影响。

李商隐七律内容和体制方面另一拓新，是创造了无题这样一种特殊形式的抒情诗。关于无题诗的性质、内容和艺术特征，已另有专文讨论[①]，这里只就七律无题诗对七律内容、体制的拓新这一角度来谈。李商隐在写作无题诗的过程中，虽曾运用除五绝以外的所有诗体来进行过试验，但实践的结果，写得最多最好的无疑是那六首七律无题。只要提到李商隐的无题诗，人们首先想到的就是那六首最能代表其无题诗艺术特征与成就的七律，在某种意义上说，它们也是李商隐诗的代表。在李商隐之前，爱情诗

---

① 见拙著《李商隐传论》增订本下册"李商隐的无题诗"一章，黄山书社2013年版，第538—556页。

一般多用五、七言古诗或五言排律,间用五、七言绝,而用七律写爱情的则较少。以"无题"为题,以七律为主要形式,将政治失意、身世沉沦、年华消逝和种种纷繁复杂的人生体验与感受,自觉或不自觉地融入伤离恨别的爱情歌咏之中,使它成为一种幽怨微茫,测之无端,玩之无尽的具有多重意蕴的纯粹抒情诗,不能不说是李商隐对七律内容和体制的重要拓新和创造。它所表现的是一种以悲剧性的爱情心理为表层内容,又渗透了更广泛的人生体验、人生感受,具有复杂深层内蕴的感情境界。七律一体,从它诞生之日开始,无论是初盛唐的高华典丽,还是中唐白派的坦易流畅,在内容意境方面一直是比较单纯明朗的。只有杜甫晚年的一部分七律(如《秋兴八首》),由于思想感情的深沉复杂,风格偏于深微。但是像李商隐的七律无题这样,既具有内容意蕴的多重性,表现又特别微婉的抒写内心幽隐情绪的诗,可以说还从未有过。在七律这种格律精严、形式整饬的诗歌体裁中寓含深微多重的感情内涵,对提高七律的抒情功能,无疑是很大的贡献。

总之,无论是在反映现实的功能或抒写内心深微情绪的功能上,李商隐对七律的发展都作出了卓越的贡献。如果说前一方面主要是拓展,则后一方面主要是深化。它们都是对七律内容、体制的一种拓新。

二、对七律艺术的创新

与内容的拓展、深化相应,李商隐的七律在艺术上的创新主要表现在以下两个方面。

一是显著提高了七言律诗的讽刺艺术。七律从它诞生之日起,就和歌颂赞美结下了不解之缘。从初唐沈佺期等人的奉和应制,到盛唐王、岑、贾、杜的早朝大明宫唱和,再到大历十才子的朝廷酬唱,长久地在这上面兜圈子。这正说明,七律在许多诗人心目中,就是用来颂圣或应酬的,它似乎天然地与讽刺不搭界。杜甫的《诸将五首》,是对当时四方诸将进行指责、批评或赞美的,那是严肃的政治议论,而不是讽刺。《咏怀古迹》

和《秋兴八首》更是和讽刺不沾边。连刘禹锡那么爱在诗中寓讽的诗人，他的著名七律中也没有讽刺诗。与李商隐同时的杜牧，七绝咏史、伤时之作中颇多讽刺（如《过华清宫三首》《泊秦淮》），但七律中寓讽的却极少。可以说，在李商隐之前，七律与讽刺基本上是绝缘的[1]。可能多数诗人已经形成了一种思维定势，觉得这种出身于庙堂，风格典雅华赡的诗体不宜于用来讽刺。但李商隐的咏史七律，却以擅长讽刺为其显著特色。他的讽刺，不是那种刻露缺乏含蕴，经不起咀嚼回味的讽刺，而是一种既讽刺到骨而又感慨深沉、耐人涵泳的讽刺，一种深婉含蓄的讽刺。《隋宫》在这方面表现得最出色。颔、尾两联，对炀帝的贪侈昏顽、肆意纵欲、至死不悟的本性进行了辛辣的嘲讽，但用"不缘""应是""若逢""岂宜"等假设推想之语摇曳出之，便觉深婉耐味。腹联将放萤取乐与开河佚游二事与隋朝的兴亡联系起来。两句中的"无"与"有"正是集中表现讽慨的句眼。"腐草无萤火"，既是辛辣嘲讽萤火虫被炀帝搜尽，至今连腐草亦不复生萤；又是感慨荒宫腐草，满目凄凉。今日之"无"，正透露昔日之有，也正暗示往昔隋宫繁华何以变为一片空无。"垂杨有暮鸦"，不只是着意渲染昏暗凄凉的景象，更寓有无限今昔盛衰的感慨。昔日龙舟游幸，锦帆蔽日，何等煊赫，而今唯余隋堤衰柳，暮鸦聒噪。这样的"有"，比什么都没有的"无"更令人感慨唏嘘，诗人对隋炀帝的讽刺，正是通过这种俯仰今昔的历史感慨更深刻也更含蓄地表达出来。再如《马嵬》：

> 海外徒闻更九州，他生未卜此生休。
> 空闻虎旅传宵柝，无复鸡人报晓筹。
> 此日六军同驻马，当时七夕笑牵牛。
> 如何四纪为天子，不及卢家有莫愁。

---

[1] 以选诗较多的沈德潜《唐诗别裁集》为例，李商隐以前的七律中，无一首是讽刺诗。

不少评家都认为此诗尾联"轻薄"①，实际上都只看到了其讥刺尖锐辛辣的一面，而对全诗的深层意蕴缺乏深入体味。诗的每一联都包含着鲜明的对照：方士召魂的虚妄与杨妃已死的现实的对照，承平年代的鸡人报晓和奔亡道中虎旅宵柝的对照，长生殿的七夕盟誓与马嵬坡六军驻马的对照，以及贵为四纪天子反不如民间夫妇白头相守的对照，再辅之以一系列虚字的抑扬（徒、未；空、无；如何、不及），既尖锐地讽刺唐玄宗沉迷不悟，又留下一连串引人深思的问题。特别是尾联引而不发的设问，更寓含带有民主精神和哲理意味的思考，在冷讽中寓有深沉的感慨。不同的读者对这个问题会有各种不同角度的思考与答案，而这些思考与答案又都是值得为人君者认真记取的。以上两首七律的讽刺艺术，可以说已经达到前人很少达到的高度，而与那种浅薄发露、略无余蕴的讽刺大相径庭。《南朝》七律的讽刺也具有意余言外的特点：

> 玄武湖中玉漏催，鸡鸣埭口绣襦回。
> 谁言琼树朝朝见，不及金莲步步来？
> 敌国军营漂木柿，前朝神庙锁烟煤。
> 满宫学士皆颜色，江令年年只费才。

"谁言"一联，表面上看纯粹是对陈后主奢淫享乐生活超越齐后主的一种调侃和嘲讽。但如果结合这首诗的整体构思来体味，就会发现其中寓含深意。诗人将南朝作为一个整体，着重咏陈事而兼顾前此各朝。首联点地纪游，不但兼写宋、齐，实亦包举梁、陈，即所谓"玄武开新苑，龙舟宴幸频"（《陈后宫》）之意。次联从字面看，是说陈后主之荒淫有过于齐后主，然其真意则在讽慨南朝君主荒淫相继，变本加厉，特举一端以概其余。后幅乃专咏陈事，以见南朝之末政与必然覆亡的趋势，咏陈之亡，

---

① 如屈复谓"七八轻薄甚"（《玉溪生诗意》），毛奇龄谓"落句则以本朝列祖皇帝而调笑如此……虽轻薄，不至此矣"（《唐七律选》），施补华谓"义山'如何四纪为天子，不及卢家有莫愁'，尤为轻薄坏心术"（《岘佣说诗》）。

即所以咏南朝之亡。末联又似对江总等狎客大臣的调侃，但调侃中仍寓深慨，慨叹末世才士不能自持，以致其才不用于匡国济民而用于歌咏宫中女学士之颜色。商隐这种七律，在艺术上与杜甫的一些运古于律的七律相比，具有更加精纯的特点。尽管有议论，但富于情韵；有辛辣讽刺，但又感慨深沉，耐人讽咏。

二是极大地提高了七律抒写心灵的艺术。这主要体现在他的七律无题和风格近似的《春雨》《重过圣女祠》等诗中。传统七律首尾两联多叙事，中间两联分写情、景，商隐的七律无题和《春雨》等诗却打破了这种传统的写法，把它完全变成抒写心灵的诗。尽管有时首尾两联仍有叙事的痕迹，每首七律无题后面都可能隐藏着一个爱情故事、一段爱情经历，诗中也偶尔有某一联闪现过爱情经历中的某一片段，但这一切，在商隐的上述七律中都被心灵化了，成了抒写心灵的凭藉或心灵的象征。例如他那首流传极为广远的《无题》：

> 昨夜星辰昨夜风，画楼西畔桂堂东。
> 身无彩凤双飞翼，心有灵犀一点通。
> 隔座送钩春酒暖，分曹射覆蜡灯红。
> 嗟余听鼓应官去，走马兰台类转蓬。

首联初看似乎是叙写昨夜情事，实际上对此只是虚点，并未涉及发生在"画楼西畔桂堂东"的任何具体情事。诗人在这里只是用咏叹的笔调抒写对昨夜星辰好风、画楼桂堂温馨旖旎氛围的深情回忆。在回忆中有甜美与陶醉，也有怅惘与遗憾。颔联由追忆回到现境，抒写今夕的相隔和由此引起的复杂微妙心理，不用说是直接抒写心灵活动的。腹联似是描绘夜间宴席上灯红酒暖、送钩射覆的热闹场景，实际上仍是借此抒写内心感受。无论是把它理解为对昨夜曾历情境的追忆，或是对今夜意中人处境的遥想，其中都渗透了诗人的无限追恋或强烈向往。直到尾联，仍然不是听鼓应官、走马兰台的写实，而是抒写良会不再、身如飘蓬的心灵叹息。整首诗可以说都是在写抒情主人公的心理活动，断续无端，跳跃多变，宛若意识流之作。这种抒情方式，在其他七律无题中同样表现得非常突出，如《无题二首》：

> 凤尾香罗薄几重，碧文圆顶夜深缝。
> 扇裁月魄羞难掩，车走雷声语未通。
> 曾是寂寥金烬暗，断无消息石榴红。
> 斑骓只系垂杨岸，何处西南待好风。

> 重帷深下莫愁堂，卧后清宵细细长。
> 神女生涯原是梦，小姑居处本无郎。
> 风波不信菱枝弱，月露谁教桂叶香。
> 直道相思了无益，未妨惆怅是清狂。

两首诗都采取女主人公静夜追思的抒情方式，都可视为女主人公的心理独白。前一首是女主人公在寂寥的长夜默默缝制罗帐时展开对往事的追忆和对意中人的深情期盼。颔联孤立地看像是叙事——叙写与对方邂逅的情景：对方驱车匆匆走过，自己因为羞怯，以团扇掩面，虽相遇而未及通一语。但由于这是夜深缝罗帐时的追思，这一闪回于女主人公脑际的场景就转化成了情思，曲折地表达了她在追思往事时那种既感温馨甜蜜，又感惆怅遗憾的复杂微妙心理。腹联像是叙写匆匆路遇后长期的等待与思念，但那在寂寥的等待中慢慢暗淡下去的灯烬和青春过后的石榴花红，却被心灵化了，成了无望的相思与期待的象征，青春在寂寞的等待中暗自消逝的象征。尾联更是直接抒写心灵的期盼。后一首也同样是"卧后清宵"对自己生涯身世的追思叹息和明知相思无益而终抱痴情的心灵独白。我们不妨再从抒写心灵的角度来品味《春雨》中的名联：

> 红楼隔雨相望冷，珠箔飘灯独自归。

通过对重访旧地，不见伊人，独自提灯在雨中踽踽归来这段惆怅经历的描写，传达出了一种氛围与心境。红楼作为所爱者曾经居住过的地方，本应唤起许多温馨美好、热烈欢快的记忆，而此刻却因人去楼空，隔雨相望，只觉得它仿佛透出一股寂寥冷落的气氛。这是雨浸冷了抒情主人公的心，还是抒情主人公的心浸冷了雨中的红楼？是雨"隔"断了近在咫尺的红楼，还是心灵中的阻隔感使眼前的红楼变得遥远了？景象与心理感受之间这种微妙的关系正透露了抒情主人公心境的孤寂凄冷和心灵深处的阻隔感。用珠箔飘灯来形容丝丝雨帘在提灯前摇曳飘荡，这本身就包含了一种联想：由雨帘映灯联想到往昔红楼高阁之中，珠帘灯影之间的温馨旖旎生活，而这一切都已随着伊人的远去而成为遥远的过去。这里有温馨的追忆，更有失落的怅惘。再如《重过圣女祠》中的名联：

　　一春梦雨常飘瓦，尽日灵风不满旗。

这是写圣女祠的幽缈迷濛的环境气氛，又是心灵景观的象征性展现。那如梦似幻、似有若无的春天细雨悄悄地持续不断地飘洒在屋瓦上，既朦胧而又飘忽，似乎带有某种朦胧的希望，又似乎透出虚缈的气息；那轻柔得吹扬不起祠前神旗的灵风更传达出一种"东风无力"的气息和心灵深处的"不满"与遗憾。而在展现心灵境界方面最突出的当属《锦瑟》。诗人追忆华年往事而深感心绪一片惘然。这种"惘然"心绪，借助颔、腹两联的四幅象征性图景得到最富于含蕴的多方面展现。音乐境界与人生境界、心灵境界，瑟声与心声借助朦胧而多义的象征性图景融为一体。这种纯粹写心的七律，在中国诗歌史上是非常独特的存在，不但在李商隐之前之后很少出现，即或在商隐其他诗体中也很少出现。即以无题诗而论，五古"八岁偷照镜"篇，尽管也借少女伤春寄寓了少年诗人忧虑遇合和命运不由自主的心理，但从写法上看，从八岁次第写来，迤逦而下，一直写到"十五泣春风"，明显是用传统的叙事手法表现少女的生活历程与行为历程。虽也写到她的盼嫁、伤春心理，但主要不是写心灵而是写成长与命运。七古"何处哀筝随急管",五律"照梁初有情",七绝"白道萦回入暮霞",也都或以写具体场景为主,或以写人物为主,不像七律无题和《春雨》《重过圣女祠》那样,以写心灵感受为主,以意境的朦胧为显著特色。总之,这些七律艺术上最突出的特征与成就,可以说是对人的心灵境界的抒写达到了从未有过的深度[①]。

三、李商隐七律的两种类型
——典丽精工与清空流美

这一节主要想通过对商隐七律两种主要类型的分析,来讨论其七律风格的多样性与统一性。

商隐七律中最为人们熟知的一种类型,可以称之为典丽精工型。这类七律的显著特点是词藻华美,色彩秾艳,意象繁密,典故众多,有的具有浓郁的象征暗示色彩。像《锦瑟》《曲江》《重有感》《隋宫》《南朝》《茂陵》《泪》《闻歌》《牡丹》(锦帷初卷)、《马嵬》《筹笔驿》《井络》诸篇,即是这种类型的突出代表,一部分七律无题如"来是空言去绝踪""飒飒东南细雨来",以及《重过圣女祠》《碧城三首》等,也属于这种类型。后世学李商隐的西昆派作家,主要仿效的就是这种类型。由于这类诗中有不少代表了李商隐七律的主要艺术特征与成就,因此也不妨说这是李商隐七律的主流类型。

但商隐七律中还有一种明显与此相对应的类型,即很少用典故和华丽的词藻,多用白描和直接抒情,通体清空疏朗的类型,不妨称之为清空流美型。像《二月二日》《即日》(一岁林花即日休)、《写意》《七月二十九日崇让宅宴作》《王十二与畏之员外相访见招小饮时予因悼亡日近不去因寄》《无题》(相见时难别亦难)、《春雨》《九日》等诗即是这种类型的突出代表。尽管这种类型的诗中同样有许多流传广远的精品,但由于人们对

---

① 《李商隐传论》(黄山书社2013年增订本)"李商隐的无题诗"第三节指出其无题诗有纯情化、纯诗化、深微化、象征化的特征,可以参看。

商隐典丽精工型的七律印象特深，无形中将主要当成了唯一，因此很少注意到这是和前一种类型明显不同但同样有很高艺术成就的风格类型。像他的《二月二日》：

> 二月二日江上行，东风日暖闻吹笙。
> 柳眼花须各无赖，紫蝶黄蜂俱有情。
> 万里忆归元亮井，三年从事亚夫营。
> 新滩莫悟游人意，更作风檐夜雨声。

全篇除用"元亮井""亚夫营"两个熟典和紫、黄两个色彩字外，可以说是清空流走，一片神行。但所抒发的感情却深挚浓至，一点也不轻飘浮薄。它以乐境写哀思，以美好的春色反衬深长的羁愁，以轻快流畅的笔调抒写抑郁不舒的情怀，以清空如话的语言表现深浓的情思，收到了相反相成的艺术效果。又如作于同年秋的《写意》：

> 燕雁迢迢隔上林，高秋望断正长吟。
> 人间路有潼江险，天外山唯玉垒深。
> 日向花间留晚照，云从城上结层阴。
> 三年已制思乡泪，更入新年恐不禁。

除首句用上林雁典故的字面略加点缀外，全篇也都是白描和直抒。开阔的境界、浏亮的声调中蕴含的是凄惋抑郁的情思。颔联因江险山深而发世路崎岖险阻之慨，腹联于景物描写中寓时世阴霾衰颓之悲，说明诗中所写之意并不止"思乡"一端，思乡只是感情的结穴。以上两例，说明这种清空流美型的七律内容和思想感情并不浅薄单纯，而是深挚浓至、丰富复杂。而《七月二十九日崇让宅宴作》又说明这类诗的清空流美并非滑易流靡：

> 露如微霰下前池，风过回塘万竹悲。

浮世本来多聚散，红蘤何事亦离披？

悠扬归梦唯灯见，濩落生涯独酒知。

岂到白头长只尔，嵩阳松雪有心期。

全篇不用一个典故，全用白描手法。清词丽句，情深于言。但它却是用轻快流利中含顿宕曲折的笔调来抒写身世濩落之悲和悼亡伤逝之痛。赵臣瑗评曰："华筵既收，嘉宾尽去，触景伤情，不胜惆怅。浮世之聚散，红蘤之离披，其理一也。今乃故作低昂之笔，以聚散为固然，以离披为意外，何为者乎？此盖先生托喻以悼王夫人耳"（《山满楼笺注唐诗七言律》）。由于在流走中有顿宕，不仅使整首诗不致流于滑易，而且很好地表现了诗人于人世聚散不能已已的深悲。《即日》也属于这种流走中有曲折顿宕的类型：

一岁林花即日休，江间亭下怅淹留。

重吟细把真无奈，已落犹开未放愁。

山色正来衔小苑，春阴只欲傍高楼。

金鞍忽散银壶滴，更醉谁家白玉钩。

笔笔唱叹而又层层转进，故虽笔致流走，声调悠扬，却能传达出一种歌与泣俱的无奈意绪。胡以梅《唐诗贯珠串释》云："因落花而怅恨留连于花间亭下，把玩重吟，真出无奈。落者落，开者犹开，愁愈难放。此联实写而曲折，故佳。"所评切实。比较起来，他的《子初郊墅》《曲池》等作，虽亦清空流美，风致甚佳，却缺乏顿宕曲折而显得有些滑易，举前者为例：

看山对酒君思我，听鼓离城我访君。

腊雪已添墙下水，斋钟不散槛前云。

阴移竹柏浓还淡，歌杂渔樵断更闻。

亦拟村南买烟舍，子孙相约事耕耘。

　　子初系令狐绹之兄令狐绪之字①，这首诗是商隐往访令狐绪在长安南郊的别墅而作。何焯评："起联便笼罩得子孙世世相好在。买舍、耕耘，恰从腹连生下，更无起承转合之迹……中四句一片烟波。"正说明此诗虽意致流走，但不免少顿宕流于滑易。

　　值得注意的是，典丽精工与清空流美这两种风格类型，不但在商隐的七律中存在，而且在他的五言排律、五言律诗、七言绝句乃至某些骈体文中也都存在。后者如五言排律中的《戏赠张书记》《西溪》（怅望西溪水）《摇落》，五言律诗中的《春宵自遣》《落花》《高松》《晚晴》《凉思》，七言绝句中的《夜雨寄北》《离亭赋得折杨柳》二首，骈文中的《祭小侄女寄寄文》《奠相国令狐公文》等，都是典型的例证。这两种风格看似殊异的诗文，实际上有其内在的统一性。

　　刘熙载在《艺概·诗概》中说："诗有借色而无真色，虽藻缋实死灰耳。李义山却是绚中有素。敖器之谓其'绮密瑰妍，要非适用'，岂尽然哉？"这是很有见地的。商隐典丽精工型的近体诗之所以不同于晚唐一般的绮艳诗，正因为其中蕴含作者深挚浓至的思想感情、深刻的人生体验、深沉的人生感慨。这一点，无论是咏史、咏物、无题七律乃至《锦瑟》等诗都是如此。如果商隐典丽精工型的七律和其他近体没有这种"真色""本色"，那就确实成了玩弄典故词藻的形式主义、唯美主义的东西。同样，他的清空流美型的七律和其他近体诗中的优秀之作，也内含深挚浓至的情感。刘熙载说"李樊南深情绵邈"（《艺概·诗概》），正准确概括了义山两种风格类型的作品共同的本质特征。如果对这两类诗的共同本质即内在统一性缺乏认识，在评论时便容易产生种种偏差或误解。如认为《锦瑟》"体涩而味薄"，"非真有深味可寻"，"大抵《无题》是义山偶然一种，本非一生精神所注"，认为《无题》（相见时难）"三四（"春蚕"一联）太纤近鄙，不足存"、《无题》（昨夜星辰）"了无可取"（以上均纪昀《玉

────────────────

　　① 见王达津：《李商隐诗杂考》（之一），载《古典文学论丛》（第1辑），陕西人民出版社1980年版。

溪生诗说》中评语），除了艺术上的偏嗜外，还由于对诗中寓含的深慨真情缺乏感受与理解。有的诗，评家对它的评价反差极大，究其原因，也往往缘于对藻缋中所含的"真色"缺乏认识，如《牡丹》（锦帷初卷）：

> 锦帷初卷卫夫人，绣被犹堆越鄂君。
>
> 垂手乱翻雕玉佩，折腰争舞郁金裙。
>
> 石家蜡烛何曾剪，荀令香炉可待熏。
>
> 我是梦中传彩笔，欲书花片寄朝云。

朱彝尊评曰："堆而无味，拙而无法，咏物之最下者"（《李义山诗集辑评》引）。而何焯则谓："起连生气涌出，无复用事之迹"（《义门读书记》）。纪昀亦谓："八句八事，却一气鼓荡，不见用事之迹，绝大神力。所恶乎《碧瓦》诸作，为其琱琢支凑，无复神味，非以用事也。如此诗，神力完足，岂复以纤靡繁碎为病哉"（《玉溪生诗说》）。但何、纪二氏并没有说出他们这种评价的依据。这实际上是一首借咏物以抒风怀之作。从写法说，是借艳色（卫夫人南子、越人、贵家舞妓、巫山神女）以写牡丹之华贵富艳；从寓意说，是借牡丹比喻艳姝。牡丹与艳姝，实二而一，构思巧妙，不露痕迹。前三联分咏牡丹的花叶、情态、色香，均指富贵家艳色或富贵家带有香艳色彩的故事比拟，固然由于牡丹是富贵华艳之花，须如此用笔方见本色，也暗透诗人意念中自有此如花之女子。尾联由赏而思，将牡丹比作高唐神女，更透露出有所思慕、欲寄相思的消息。作单纯咏物诗读，确有堆砌繁碎之弊。从寓托着眼，则牡丹的容色情态，都宛若有人，密实处也变得空灵了。尾联用艳事丽语，却全不用雕镂刻画，而是以想象与风致取胜，更使全篇都因此点睛式的一结而灵动起来，变得富于情韵了。此诗的好处，正在于它不仅是对牡丹的单纯刻画与形容，而是注入了对人化的牡丹的一片深情。

从另一方面说，无论是典丽精工型的，或是清空流美型的，如果缺乏"深情绵邈"这一内在本质，则都不可能成为真正的好诗。我们可以把它作为一种衡量的标准，来判别其诗歌的高下精粗。尽管这不是唯一的标准，但对商隐诗来说，却无疑是重要的标准。商隐七律绝非都是佳品，其中也有相当一部分平庸浅率之作，像在永乐闲居期间写的一部分七律，如《题道靖院》《奉同诸公题河中任中丞新创河亭四韵之作》《和马郎中移白菊见示》《题小柏》等都不免此弊。关键在于这些酬应气味很重的题赠唱和之作缺乏真感受、真感情，虽也清疏流畅，却没有"深情绵邈"的内质。又如《人日即事》：

> 文王喻复今朝是，子晋吹笙此日同。
> 舜格有苗旬太远，周称流火月难穷。
> 镂金作胜传荆俗，剪彩为人起晋风。
> 独想道衡诗思苦，离家恨得二年中。

范晞文《对床夜语》评曰："前辈云，诗家病使事太多，盖皆取其与题合者类之，如此乃是编事，虽工何益也。李商隐《人日》诗……正如前语。"这首诗把堆砌典故和浅率鄙俗两种弊病结合在一起，正好将两种类型的流弊占全了，怪不得屈复说："此首乃獭祭之最下者"（《玉溪生诗意》）。

商隐七律的类型自然不止这两种，但这两种风格殊异而又有内在统一性的七律却可以帮助我们进一步认识商隐优秀七律的真精神和内在本质。

［原载《安徽师范大学学报》（人文社会科学版）2002年第1期］

李商隐开成五年九月至会昌元年正月行踪考述

——对李商隐开成末南游江乡说的续辨正

  李商隐在开成五年九月到会昌元年正月这四五个月时间中，究竟存不存在冯浩、张采田所考证的"江乡之游"，我已先后写过两篇考辨文章（《李商隐开成末南游江乡说再辨正》，载《文学遗产》1980 年 3 期；《〈李商隐开成末南游江乡说再辨正〉补证》，载《文史》40 辑），主要是从李商隐与刘蕡湘阴黄陵晤别的时间不在冯、张所说的会昌元年春，而是在大中二年春加以辨正。但对冯、张之说的辨正还有另一重要的方面，即考证李商隐在开成五年九月至会昌元年正月这段期间的具体行踪，以证明商隐在此期间绝无可能作江乡之游。岑仲勉在《玉溪生年谱会笺平质》及《唐史余沈（瀋）·李商隐南游江乡辨正》中虽曾指出冯、张之说中商隐会昌元年正月与刘蕡春雪黄陵晤别与代华州、陕虢草拟贺表在时间上的矛盾，但由于未结合商隐诗文详考这四五个月间商隐的具体行踪，故仍留下疑问。近年来，笔者在撰著《李商隐文编年校注》的过程中，结合每篇文章的系年考证与注释，接触、发现了一些有关材料。通过对商隐在开成五年九月至会昌元年正月这段期间所撰文章的系年考证及与此相关的商隐行踪考证，证实了这四五个月中，商隐先是于九月中下旬东去济源移家，十月十日移家长安甫毕，又应王茂元之召赴陈许幕，为其撰拟表状启牒多篇；约在十二月中下旬，又离陈许幕至华州，暂寓周墀幕，并于会昌元年正月上中旬为华、陕草贺表。从而证明在此期间商隐绝无可能分身作所谓"江乡之游"。

移家长安

商隐《祭小侄女寄寄文》云："尔生四年，方复本族。既复数月，奄然归无……时吾赴调京下，移家关中。事故纷纭，光阴迁贸。寄瘗尔骨，五年于兹。"祭文作于会昌四年正月二十五日，逆溯五年，寄寄当夭于开成五年，商隐之从济源移家长安及在京选调亦在同一年。移家的具体时间，冯谱误系开成四年，张笺则谓在开成五年夏，并举商隐《酬令狐补阙》为证。按诗谓"惜别夏仍半，回途秋已期。那修直谏草，又赋赠行诗"，不过谓仲夏告别，回途已届秋天，又匆匆离去而令狐有诗赠行，其间并无夏初移家之迹象。考商隐有关移家之文，自济源移家长安实在开成五年九月中下旬。其《与陶进士书》作于开成五年（书中提及"前年乃为吏部上之中书"即开成三年参加宏博试之事），末云："明日东去，既不得面，寓书惘惘。九月三日弘农尉李某顿首。"可证作书时犹在弘农尉任。辞尉、移家及赴调应在九月三日之后。商隐移家长安，曾得到河阳节度使李执方之资助（商隐系执方姨侄女婿），其《上河阳李大夫状一》云："伏以仍世羁宦，厥家屡迁。占数为民，莫寻乔木；画宫受吊，曾乏敝庐。近以亲族相依，友朋见处，卜邻上国，移贯长安。始议聚粮，俄沾厚赐。衣裾轻楚，匹帛珍华……白露初凝，朱门渐远。西园公子，恨轩盖之难攀；东道主人，仰馆谷而犹在。"状上于离河阳去济源移家时。"白露初凝"，指节届寒露。吴澄《月令七十二候集解》："寒露，九月节，露气寒冷，将凝结也。"时当在开成五年九月上中旬之间。商隐自济源移家前又得到执方再次资助，有《上河阳李大夫状二》致谢，状云："伏奉诲示，并赐借骣马及野戎馆熟食草料等……恤以长途，假之骏足。"自济源启程赴长安当已在九月下旬。到达长安后有《上李尚书状》致谢执方："昨者伏蒙恩造，重有沾赐，兼假长行人乘等，以今月十日到上都讫。"济源至长安约千里，此"今月"当是十月。状又云："既获安居，便从常调。"唐时内外官从调，不限已仕未仕，选人期集，始于孟冬，终于季春。十月十日抵京，正赶上常调之时。故张氏开成五年夏移家之说，验以商隐有关移家诸状，乃无一相合。

王茂元出镇陈许

商隐移家长安，本为选调。上节引《祭小侄女寄寄文》"时吾赴调京下，移家关中"及《上李尚书状》"既获安居，便从常调"均可证。然其时适遇王茂元由朝官出为陈许节度使，召商隐入幕，于是商隐遂有赴陈许之行。

王茂元出镇陈许的时间，冯谱系于会昌元年夏，张笺系于会昌元年秋冬之际，均非。吴廷燮《唐方镇年表考证》系于开成五年，云："李绅是年九月自宣武移淮南，彦威代绅，茂元又代彦威。"岑仲勉《玉溪生年谱会笺平质》乙承讹《王茂元为陈许》条从之。按《旧唐书·武宗纪》：开成五年九月，"以淮南节度使、检校尚书左仆射李德裕为吏部尚书，同中书门下平章事，寻兼门下侍郎；以宣武军节度使、检校吏部尚书、汴州刺史李绅代德裕镇淮南。"史未载王彦威由陈许徙镇宣武、王茂元由朝官出为陈许节度使之具体年月，但李绅、王彦威、王茂元之分别徙镇或出镇淮南、宣武、陈许，乃是因李德裕由淮南入相所引起的一连串先后承接之任命，时间上因相互交接容或有稍早稍迟，但决不可能如冯、张所考，将茂元出镇陈许的时间延至第二年的夏天或秋冬之际。实际上，冯、张之所以将茂元出镇陈许的时间定为会昌元年夏或秋冬间，主要是由于他们极力主张开成五年九月至会昌元年正月商隐有江乡之游，故不能不将茂元出镇陈许的时间推至会昌元年，以便将商隐为茂元代拟的陈许诸表状统系一于会昌元年。同时，也由于冯氏误解商隐文，谓茂元"于武宗即位之初入朝，历御史中承、太常卿、将作监，迁司农卿，而乃出镇（陈许），当在会昌元年"（见冯谱会昌元年）。以如此频繁之迁转，自非有一年以上的时间方有可能。但细按冯氏恃以为据的商隐文，除司农卿明确见于诸表状、祭文，将作监见于《新书》本传及诸文，可以确认以外，冯氏所云"历御史中承、太常卿"实属子虚乌有。商隐《为濮阳公陈许谢上表》云："旋属皇帝陛下，荆枝协庆，棣萼传辉，臣得先巾墨车，入拜丹陛。兰台假号，棘署参荣。奉汉后之园陵，获申送往；掌周王之廪庾，方切事居。不谓遽董戎旃，还持武节。"从武宗继位、茂元由泾原入朝叙到在朝所历官职直至出镇陈许。其中"奉汉后之园陵，获申送往"，指为将作监；"掌周王之廪庾，方切事居"，指任司农卿。冯氏谓"兰台"二句指茂元任御史中丞、太常卿，此全属误解。"兰台"即兰省，指尚书省（用尚书郎握兰含香故实），商隐《为濮阳公上杨相公状一》"柳营莫从于多让，兰台超假于前行"之"兰台"即指尚书省（兰台超假于前行，谓茂元在泾原时由检校工部尚书越级加授检校兵部尚书，旧注非）。"兰台假号"，指茂元由泾原入朝，加检校尚书右仆射，亦即《为濮阳公上淮南李相公状一》"荣兼右揆"之谓，因系检校官，故云"假号"。"棘署"泛称九卿官署，古代九卿统称棘卿。《唐语林·补遗四》："凡言九寺，皆曰棘卿。""棘署参荣"，即下四句所云，指任九卿中之将作监、司农卿。冯氏既误以为"兰台"指御史台，谓茂元任御史中丞；又误解"棘署"为太常寺，谓茂元为太常卿。并据《为濮阳公祭太常崔丞文》"棘署选丞，仍见谯玄之人"，谓"茂元亦入朝为太常，故仍选（崔为太常）丞"。实则此二句乃谓属于棘署（九卿衙门）之太常署选丞，又将崔选为太常丞，与茂元之任官无涉。总之，茂元开成五年正月文宗卒后入朝，至出镇陈许前，在朝所任实职仅司农卿、将作监而已。

茂元出镇陈许的具体时间，可以从商隐《为濮阳公陈许举人自代状》及有关材料中得到推定。此状所举以自代之官吏为崔蠡，状云："今沔水无兵，武昌非险，用为廉问，尚郁庙谋。臣所部乃秦、韩战伐之乡，周、郑交坼之地。军逾千乘，地控三州，若以代臣，必为名将。"可证其时崔蠡任鄂岳观察使。冯浩笺引《旧书·崔宁传》："宁弟孙蠡，元和五年擢第。大和初为侍御史，三迁户部郎中，出为汝州刺史。开成初，以司勋郎中征。寻以本官知制诰，明年正拜舍人。三年权知礼部贡举。四年拜礼部侍郎，转户部。寻为华州刺史、镇国军等使，再历方镇。"并加按语云：

“《新唐书·传》更略。此时（指会昌元年）岂已从华州观察鄂岳耶?”史未载崔蠡观察鄂岳的时间，但《千唐志·唐故朝议郎使持节光州诸军事守光州刺史赐绯鱼袋李公（潘）墓志铭并序》云：“出为江陵少尹，转光州刺史……今江夏崔公蠡、春官侍郎柳公璟、中书舍人裴公休、天官郎崔公球、柱史刘公濛，并交道之深契也……（公）以开成五年八月三日染疾于位，殁于弋阳之官舍……以其年十二月廿四日葬于洛阳县平阴乡从心里之原。”据此，墓铭当撰于开成五年八月三日至十二月廿四日之间，而崔蠡最迟在开成五年十二月已在鄂岳观察使任。《全唐诗》卷五四四有刘得仁《送鄂州崔大夫赴镇》云：“廉问初难人，朝廷辍重臣。入山初有雪，登路正无尘。去国鸣驺缓，经云住旆频。千峰与万木，吟坐叶纷纷。”入山，指入商山。入山初雪，木叶纷落，是深秋初冬间景象（商山一带，九月即有下雪者，商隐《九月于东逢雪》诗可证），崔蠡抵达鄂州任，当已十月。崔蠡之前任为高锴，卒于任，其卒时史未载。然商隐《与陶进士书》作于开成五年九月初三，书中犹称高锴为“夏口公”，可证其时锴尚在鄂岳任。参证刘得仁《送鄂州崔大夫赴镇》诗，可推知锴约卒于九月中下旬，崔蠡即锴卒后朝廷新任命之鄂岳观察使。又，《为濮阳公陈许举人自代状》在叙述崔蠡观察鄂岳前历官时，只说“既还纶阁，复掌礼闱……及司版籍，以副地官”，与《传》“寻以本官知制诰，明年正拜舍人。三年，权知礼部贡举。四年，拜礼部侍郎，转户部”合，无任华州刺史之迹。刘得仁送崔赴镇诗也无自华刺迁鄂岳的迹象，《传》任华刺之记载不确。开成五年七月以后任华刺者为周墀。

《为濮阳公陈许举人自代状》云：“（崔蠡）居然国器，实映朝伦。今沔水无兵，武昌非险，用为廉问，尚郁庙谋……若以代臣，必为名将。”细玩这段话的口吻，崔蠡和王茂元当是先后同时被分别任命为鄂岳观察使、陈许节度使的，故有“今……用为廉问，尚郁庙谋”的表述。如按冯、张二氏所考，茂元会昌元年方出镇陈许，则其举崔蠡以自代时，蠡在鄂岳任上历时已达半载乃至一年，与上引状文的叙述口吻显然不合。徐树谷笺云：“时崔蠡方除鄂岳观察，而王茂元为陈许节度，以鄂岳非当时重地，而己所部陈许乃中原要害，恐不胜任，故举崔以自代。"徐氏的理解是符合实际的。

既然王茂元出镇陈许是开成五年九月李德裕自淮南入相引起的一连串先后承接的方镇任命，王茂元举以自代的崔蠡又是开成五年秋冬间与自己先后同时被任命的鄂岳观察使，则王茂元出镇陈许的时间当在开成五年秋冬间而不会迟至会昌元年夏或秋冬间也就可以肯定。

商隐应茂元之召赴陈许幕

冯谱末提及商隐赴陈许幕之事，但列商隐《为濮阳公陈许谢上表》《为濮阳公举人自代状》《为濮阳公陈许奏韩琮等四人充判官状》于会昌元年，殊不可解。张氏《会笺》则于会昌二年谱书："义山居陈许幕，辟掌书记"然又云："赴陈许幕或当在会昌元年。"然无论元年赴幕、二年居幕，均误。会昌二年商隐已以书判拔萃重入秘书省为正字，后又丁母忧，其间不可能有时间居陈许幕。现存商隐诗文，亦无会昌二年居陈许幕之证。商隐之赴陈许幕，实在开成五年十月，乃应茂元之召赴幕。

商隐《祭外舅赠司徒公文》云："京西昔日，辇下当时，中堂评赋，后榭言诗……公在东藩，愚当再调，赍帛资费，衔书见召。水槛几醉，风亭一笑。"京西指泾原，辇下谓京师，四句指茂元任泾原及内召还朝期间翁婿评赋言诗情事。东藩指陈许。据"东藩"六句，知茂元镇陈许时，曾"赍帛资费，衔书见召"，延商隐赴幕，商隐遂应召入幕。当然，"公在东藩，愚当再调"，可以理解为王茂元镇陈许期间，正值商隐为调选官职奔忙之时；所谓"赍帛资费，衔书见召"，也可以理解为茂元镇陈许的中途召商隐入幕。但只要把商隐在陈许幕期间撰拟的表状启牒一开列出来，就可以明白这一系列表状绝非茂元镇陈许的中途所上，而是刚被任命为陈许节度使时及抵达陈许任后一个短时期内由商隐代拟。这些表状启牒按时间先后排列计有：《为濮阳公陈许奏韩琮等四人充判官状》《为濮阳公许州请判官上中书状》《为濮阳公上宾客李相公状一》（以上三状为接到任命后、赴陈许前所上）、《为濮阳公陈许谢上表》《为濮阳公陈许举人自代状》《为濮阳公上宾客李相公状二》《为濮阳公陈许补王琛衔前兵马使牒》《为濮阳公补卢处恭牒》《为濮阳公补仇坦牒》《为濮阳公补顾思言牒》《为司徒濮阳公祭忠武都押衙张士隐文》《为濮阳公上四相贺正启》（以上九篇均到陈许后作）。另有《淮阳路》诗，当是赴陈许途中已近许州时作。

前已考明，商隐移家抵达长安的时间为开成五年十月十日，其应茂元之召赴陈许当在此后。即令安顿好家室后即随茂元前往陈许，自长安启程时亦当在十月中旬乃至下旬，抵达陈许当已十一月初。其《淮阳路》诗云："荒村倚废营，投宿旅魂惊。断雁高仍急，寒溪晓更清。昔年尝聚盗（指淮西镇长期割据叛乱），此日颇分兵（指淮西平后，撤销彰义军建置，划归忠武军即陈许，冯浩笺谓指会昌二年讨回鹘、三年讨刘稹调遣汴蔡陈许之兵，非）。猜贰谁先致，三朝事始平。"写景切冬令。又《为濮阳公上宾客李相公状二》为初抵陈许时上太子宾客分司李宗闵之作，状云："此方地控淮徐，气连荆楚，不惟地薄，兼亦冬温。洛阳居万国之中，得四方之正，或闻今岁亦不甚寒。"亦明言时值冬令，而今岁不甚寒。故商隐随茂元赴陈许幕，当于开成五年十月中下旬启程，抵达陈许已是十一月。

商隐此次赴陈许幕，虽系应茂元之召，并在入幕之初撰拟了一系列表状启牒，在一段时间内担负了幕府的文字工作，但实际上并未正式辟奏为掌书记，陈许节度书记另有其人。《为濮阳公陈许奏韩琮等四人充判官状》中有段瑰状云："右件官言思无邪，学就有道，屡为从事，常佐正人，加以富有文辞，精于草隶……臣所部稍远京都，每繁章奏，敢兹上请，乞以自随，伏请依资赐授宪官，充臣节度掌书记。"可见，段瑰才是正式辟奏的掌书记。按理，上述表状应由段瑰撰拟。之所以"赍帛资费，衔书见召"，请商隐赴陈许幕，并由商隐撰上述表状，比较近理的解释是：段瑰虽应聘为节度书记，但临时因事不能在幕府初开时即到任，故茂元急召商隐入幕以担当幕府初开时的文字工作。等到段瑰事毕抵陈许幕，商隐即离陈许。否则，既已正式辟奏段瑰为节度书记，却又让商隐越俎代庖，便无法解释。从另一角度说，茂元既明知商隐移家长安，便从常调，却又要召其入幕，也不好理解。正因为是临时暂代其事，并非正式辟奏的幕僚，故段瑰到任后，商隐便可离幕。商隐《重祭外舅司徒公文》云："及移秩农卿，分忧旧许，羁牵少暇，陪奉多违。"茂元开成五年十一月至会昌三年四月末一直在陈许任，而商隐在陈许幕的时间不过月余（详下文），故云"陪奉多违"。

商隐何时离陈许幕？现可考知开成五年冬商隐在陈许幕为王茂元草拟的最后一封书启是《为濮阳公上四相贺正启》。张采田云："案四相无可征实，此启亦不审在泾原作，抑陈许也。"按启云："某方临征镇，伏贺无由。"商隐开成三年方入王茂元泾原幕，其时茂元已在泾原四年，不得云"方临征镇"，故此启当为茂元镇陈许时商隐代拟。贺正启当于翌年元旦前送达长安，计许州至长安之程途及所费时日、此启当作于十二月上旬。再参以会昌元年正月上旬商隐已在华州为周墀草贺表之事（见下文），商隐约在十二月中下旬间离开陈许幕。

离陈许幕后，商隐当抵华州，暂寓华州刺史周墀幕。会昌元年正月九日，改元，大赦，商隐有《为汝南公华州贺南郊赦表》《为京兆公陕州贺南郊赦表》。汝南公即华州刺史周墀，京兆公为陕虢观察使韦温。这两通贺表的写作时间当在会昌元年正月十日左右。据此，商隐当在这以前即已抵华州，方能有此代作。按照冯浩、张采田的考证，会昌元年正月初，商隐与刘蕡刚在洞庭湖畔的湘阴黄陵晤别，正月十日左右却又到华州为周墀、韦温代撰贺表，二千五百里的远距离竟似数日可达，"岂归期若是速耶？"连他们自己也不敢相信，无怪岑仲勉谓为不可通了。

顺便应当提及，冯谱、张笺于会昌元年编年文中均列有《为汝南公以妖星见贺德音表》《为汝南公贺彗星不见复正殿表》。张笺会昌二年正月初又有《为汝南公贺元日御正殿受朝贺表》（此表收入《樊南文集补编》，冯浩未见）。前二表分别上于会昌元年十一月十六七日、十二月末，后表上于会昌二年正月二日。这三首表的写作时间与地点（华州）进一步否定了张笺关于商隐"赴陈许幕或当在会昌元年"的说法。因为按张说，会昌元年十一月、十二月乃至二年正月，商隐应在陈许幕。如果这样，商隐何能为离许州千里之遥的华州周墀撰拟表章，换言之，周墀又何能撇下华州府中从事而让远在千里之外的商隐撰此表章？

综上考述，开成五年九月至会昌元年正月，商隐先是于九月中下旬东去济源移家，得李执方资助。十月十日抵达长安，旋因王茂元之"衔书见召"，于十月中下旬与茂元同赴陈许，暂时代理幕府初开时的表奏工作。约十一月初抵许州，十二月中旬离幕，年底前抵华州，暂寓周墀幕，并于会昌元年正月十日左右为陕、华两地拟贺表。因此，这四个月中，商隐绝不可能分身作"江乡之游"，自然也不可能在会昌元年正月初与刘蕡在湘阴黄陵晤别。

附考：从裴夷直的被贬及内徙考证刘蕡贬柳及"后归"的时间

本文一开头提到，刘蕡与李商隐湘阴黄陵晤别的时间不在冯、张所考的会昌元年正月，而是在大中二年正月。这是否定商隐开成五年南游江乡说的重要依据，这一节就裴夷直在开成末会昌初的刺杭贬驩、大中初的内徙，裴与刘的关系，以及裴在驩州贬所寄赠刘蕡的诗，对刘蕡的贬柳时间、原因及"后归"的时间作进一步考证，作为对开成末商隐南游江乡说的续辨正。

《旧唐书·文苑传》未载刘蕡贬柳事，《新唐书·刘蕡传》仅言"宦人深嫉蕡，诬以罪，贬柳州司户参军，卒"，未言何时因何"罪"贬柳。而裴夷直与刘蕡的关系及裴自开成末至大中初的宦历，特别是裴的赠刘诗则提供了刘蕡贬柳时间、原因及"后归"时间的旁证。

裴夷直，元和十年进士。大和八年，王质任宣歙池观察使，"辟崔珦、刘蕡、裴夷直、赵晳为从事，皆一代名流"（《旧唐书·王质传》），可证刘、裴早已结识。刘蕡宝历二年登进士第，其年礼部侍郎杨嗣复知贡举。《玉泉子》云："刘蕡，杨嗣复之门生也，对策以直言忤时，中官尤所嫉忌。中尉仇士良谓嗣复曰：'奈何以国家科第放此风汉耶？'嗣复惧而答曰：'嗣复昔与刘蕡及第时，犹未风耳。'"刘蕡作为正直的士人，并无党附杨嗣复之迹，杨嗣复在刘蕡对策忤宦官后，也惧而不承认与刘蕡有任何特殊关系，但在宦官头子仇士良眼里，刘蕡是杨嗣复一手提拔的。而《新唐书·李景让传》："所善苏涤、裴夷直皆为李宗闵、杨嗣复所擢"可见，裴夷直与开成三年正月起就担任宰相之职的杨嗣复确有人事上的特殊关系。开成五年正月，文宗病危，"命知枢密刘弘逸、薛季棱引杨嗣复、李珏至禁中，欲奉太子（陈王成美）监国。中尉仇士良、鱼弘志以太子之立，功不在己，乃言太子幼，且有疾，更议所立。李珏曰：'太子位已定，岂得中变！'士良、弘志遂矫诏立瀍为太弟……辛巳，上崩于太和殿。……癸未，仇士良说太弟赐杨贤妃、安王溶、陈王成美死。敕大行以十四日殡，成服。谏议大夫裴夷直上言期日太远，不听。时仇士良等追怨文宗，凡乐工及内侍得幸于文宗者，诛贬相继。夷直复上言……不听。辛卯，文宗始大敛，武宗即位"（《通鉴·开成五年》）。其年五月，杨嗣复罢为吏部尚书。八月李珏罢为太常卿。同月，杨、李又分别被贬为湖南观察使、桂管观察使。十一月，裴夷直因未在武宗即位的册牒上署名（据《新唐书·裴夷直传》及《通鉴》），出为杭州刺史。会昌元年三月，又贬为驩州（今越南荣市）司户参军。《通鉴》详载其事云："初，知枢密刘弘逸、薛季棱有宠于文宗，仇士良恶之。上之立，非二人及宰相意，故嗣复出为湖南观察使、李珏出为桂管观察使。士良屡谮弘逸等于上，劝上除之。（三月）乙未，赐弘逸、季棱死（《旧书·纪》载弘逸、季棱伏诛事于开成五年八月），遣中使就潭、桂诛嗣复及珏……（李）德裕与崔珙、崔郸、陈夷行三上奏……遂追还二使，更贬嗣复为潮州刺史、李珏为昭州刺史、裴夷直为驩州司户。"以上记载清楚地说明：裴夷直既曾受到杨嗣复的擢拔，又在文宗卒时两次上奏，触怒宦官仇士良，加以未在武宗即位的册牒上署名，故始则出为杭州刺史，继又被作为刘弘逸、薛季棱及杨嗣复、李珏等拥立太子成美或安王溶的党羽被远贬到驩州（据《旧书·嗣复传》，武宗曾谓"嗣复欲立安王，全是希杨妃意旨"，此不赘述）。值得注意的是，刘蕡被贬的地区、官职与裴夷直非常近似，也是遥远的岭外柳州，同样是严贬官常授的职位司户参军。刘、裴二人过去即有同幕之谊，又分别与杨嗣复有座主门生之谊或恩知擢拔之谊，对刘蕡“深嫉”的宦官要想“诬以罪”，最“合适”的时机莫过于旧君新君易位之际，最“合适”也最让新君恼火的“罪名”，莫过于党附杨嗣复、裴夷直，对新君不满。因此，结合杨、李、裴的贬潮、贬昭、贬驩，以及裴、刘与杨的人事关系来考察，刘蕡的被贬为柳州司户，当是宦人诬以党附杨、裴之罪的结果，时间当在会昌元年三月或稍后（裴被贬时刘蕡正在山南东道节度使牛僧孺幕。故刘也有可能于会昌元年七月僧孺罢镇后贬柳）。裴、刘之同贬可以从裴夷直在驩州贬所寄赠刘蕡的一首五律得到有力的证明。裴有《献岁书情》（一作《献刘蕡书情》）云：

> 白发添双鬓，空宫（一作过）又一年。音书鸿不到，梦寐兔空悬。地远星辰侧，天高雨露偏。圣期（一作朝）知有感，云海漫相连。

柳州、驩州均在岭南，两地相距近七千里，故云“音书鸿不到”“云海漫相连”。驩州距长安一万二千四百五十二里，故云“地远星辰侧”。会昌元年三月下制贬裴夷直为驩州司户，裴接到贬制自杭赴驩，到达贬所当已在是年秋甚至更晚。据“空宫又一年”之句，诗应为会昌三年初作（元年秋抵驩州，至二年初为一年，至三年初为又一年），可证其时刘蕡仍在柳州贬所。驩、柳二地相距如此遥远，如果裴、刘二人不是同时先后因同“罪”远贬，很可能裴连刘被贬柳州的消息都不知道。

《新唐书·裴夷直传》载：“斥驩州司户参军。宣宗初内徙，复拜江、华等州刺史。终散骑常侍。”按照惯例，获罪贬谪官吏应先量移而后牵复。何良俊《四友斋丛说·史四》：“尝观唐时诏令，凡即位改元之诏，其先朝贬窜诸臣即与量移，量移后方才牵复，牵复后方始收叙。”宣宗即位后，会昌年间被贬诸相（牛僧孺、李宗闵、崔珙、杨嗣复等）同日北迁为州司马、长史或刺史即为量移。刘蕡自柳州司户迁澧州司户（蕡迁澧州司户，见其子刘珵墓志）亦属于量移性质。因此裴夷直在“复拜江、华等州刺史"之前，应有一次"量移"的经历。《全唐诗》卷五一三裴夷直诗有一首《将发循州社日于所居馆宴送》："浪花如雪叠江风，社过高秋万恨中。明日便随江燕去，依依俱是故巢空。"诗一作赵嘏诗，但嘏生平足迹是否去过循州，难以确考。《古今岁时杂咏》卷二八收此诗，亦署裴夷直，题作《循州社日留题馆壁》。曰"故巢"，似在此有过较长时间居留。故循州有可能是裴自驩量移之地。此固不须深究，裴内徙江州刺史的时间，《唐刺史考》置于大中三年江州刺史崔黯之后，不书年月。但《传》既云"宣宗初内徙"，似不得迟至大中三年以后。按《通鉴》，会昌六年八月、"潮州刺史杨嗣复为江州刺史"，至大中二年二月，"以吏部尚书召，道岳州卒"（参两《唐书·杨嗣复传》，详《〈李商隐开成末南游江乡说再辨正〉补证》）。裴夷直之内徙江州刺史，很可能就在杨嗣复大中二年二月"以吏部尚书召"之后，崔黯任江州刺史之前。杨以吏部尚书内召与裴以江州刺史内徙，同属"牵复"性质，裴既因与杨的关系被远贬，牵复亦应同时，由他来接任杨嗣复的江州刺史之职，从朝廷的措置看是顺理成章的。如果这个推断能够成立，则刘蕡自柳州司户量移澧州司户的时间也可得到进一步确定。裴与刘既因同"罪"同时远贬，其量移的时间亦应大体相同。假设裴之量移在会昌六年八月杨嗣复量移江州刺史之后，则蕡之由柳移澧当距此不远，而绝不可能发生在武宗仍在位的时期内。前已据裴赠刘诗证明，会昌三年初刘蕡仍在柳州贬所，并不像冯、张所考在会昌二年即已去世。蕡子刘程墓志明说蕡"贬官累迁澧州员外司户"，商隐《赠刘司户蕡》诗又明言刘"骚客后归"，且无材料证实刘蕡在会昌三年初至六年八月这段时间内已经去世，则蕡之由柳移澧的时间即可定在会昌六年八月之后，最晚不会超过大中元年六月商隐抵达桂林前。这样，商隐与刘蕡春雪黄陵晤别的时间及《赠刘司户蕡》诗的作时便只能在大中二年正初商隐自江陵返桂林的途中。而裴夷直大中二年二月后任江州刺史的推断还可说明翌年刘蕡的讣音何以从溢浦（江州）传来的原因。杨嗣复离江州刺史任及道卒后，刘蕡前往江州依托昔日同罪被贬的裴夷直，直至客死溢浦，是符合他们之间的交情的。即使退一步说，刘蕡仍留澧州为司户，并死于澧州，讣音由故交所在的江州发出，也符合情理。刘蕡与商隐在开成二年山南西道令狐楚幕即已结识，裴与刘又为故交难友，故在大中三年刘蕡卒时，裴以蕡之死讯相告商隐是情理中事。至于刘蕡不卒于会昌二年，而是宣宗即位后方"骚客后归"，已在前两篇文章作过详细考证，此处不再赘述。但有一个问题，这里还想强调一下。这就是被冯、张视为"义山南游江乡之确证"的罗衮《请褒赠刘蕡疏》中"遂遭退黜，实负冤欺。其后竟陷侵诬，终罹谴逐，沉沦绝世，六十余年"一段文字，特别是对"沉沦绝世"一语的理解问题。"沉沦"的原义即埋没。刘向《九叹·愍命》："或沉沦其无所达兮，或清激其无所通。"《后汉书·孟尝传》："而沉沦草莽，好爵莫及，廊庙之器，弃于沟渠。"杜甫《赠鲜于京兆二十韵》："奋飞超等级，容易失沉沦。"司马光《华星篇》："丰城古剑沉沦久，匣中夜半双龙吼。"以上诸例，"沉沦"均为沉埋、埋没之义，且均指人才的沉埋沦落。以之指人，则指埋没不遇之才士，如李白《赠从弟南平太守之遥》："彤庭左右呼万岁，拜贺明主收沉沦。"商隐《献舍人彭城公启》："沉沦者延颈，逃散者动心。"罗疏"沉沦"一语，紧承上文"终罹谴逐"而来，意指因贬谪遐远而沉埋沦没，不显于世。"绝世"方指辞世。"沉沦绝世，六十余年"，谓刘蕡自被贬逐柳州，沉埋沦没，直至身死异乡，至今（指天复三年上疏时）已有六十余年。刘蕡会昌元年（841）与裴夷直同贬，至罗衮上疏时为六十三年（903），正合"六十余年"之数。罗疏标出"沉沦"，正是为了突出今天的"褒赠""褒荣"。《新书·刘蕡传》将罗疏撮述为"身死异土，六十余年"，不仅改变了罗疏的原意，连昔悴今荣这层含义也冲淡了。而《新传》"贬柳州司户参军，卒"的不准确记载（漏书迁澧州司户）与"身死异土，六十余年"的错误改动又误导了冯、张以来的许多学者。

［原载《文学遗产》2002年第2期］

李商隐梓幕期间归京考

"不拣花朝舆雪朝，五年从事霍嫖姚"（《梓州罢吟寄同舍》）。从大中五年（851）冬到九年冬，李商隐在东川节度使（治梓州）柳仲郢幕府首尾生活了五个年头。这是李商隐一生中寄幕时间最长的一次。在这长达五年的时间里，商隐有没有回过长安？此前冯浩的《玉溪生年谱》、钱振伦的《玉溪生年谱订误》、张采田的《玉溪生年谱会笺》、岑仲勉的《玉溪生年谱会笺平质》都从未提出商隐梓幕期间曾回长安的问题。但细审商隐诗文及有关材料，却发现在这五年中，商隐曾回过长安，而且在诗文中留下了回京的印迹。最初引起我对这一行踪的思考的，是他的《留赠畏之》七律：

> 清时无事奏明光，不遣当关报早霜。
> 中禁词臣寻引领，左川归客自回肠。
> 郎君下笔惊鹦鹉，侍女吹笙弄凤凰。
> 空寄大罗天上事，众仙同日咏霓裳。

题下原注云："时将赴职梓潼，遇韩朝回三首（按："三首"二字系后人误增之衍文）。"据"赴职梓潼"字，诗似当为大中五年赴梓幕前夕所作。但诗中却出现了"左川（即东川）归客"的字样，这就和题下注"时将赴职梓潼"发生了直接的矛盾。因为按通常的理解，"左川归客"只能是指从东川归来的羁客。如果是大中五年将赴东川时作此诗，如何能在尚未成行的情况下忽又自称"左川归客"？如果是大中十年东川幕罢归京之后作此诗，如何又在题下注中称"时将赴职梓潼"？这种显然的矛盾只有在一种情况下才能得到合理的解释，这就是梓幕期间商隐曾回过长安，这首《留赠畏之》是商隐自长安返回梓州前赠给韩瞻的。但由于当时并未在商隐其他诗文中发现梓幕期间曾回长安的证据，因此只好将"左川归客"解为"左川思归客"，并引王维《寒食汜上作》"广武城边逢暮春，汶阳归客泪沾巾"之"归客"为证。但尚未赴梓即自称"左川思归客"，这解释仍显得相当勉强。

再次引发对这一问题的思考，是缘于被冯浩、张采田系于梓州府罢归途（冯谱系大中十一年春，张笺系大中十年春）的《行至金牛驿寄兴元渤海尚书》：

> 楼上春云水底天，五云章色破巴笺。
> 诸生个个王恭柳，从事人人庾杲莲。
> 六曲屏风江雨急，九枝灯檠夜珠圆。
> 深惭走马金牛路，骤和陈王白玉篇。

题内"兴元渤海尚书"，冯浩据《旧唐书·封敖传》"（大中）四年，出为兴元尹、山西西道节度使，历左散骑常侍。十一年，拜太常卿"及《新唐书·传》"加检校吏部尚书，还为太常卿"之文，定为封敖，将此诗系于大中十一年商隐随柳仲郢自东川还朝途次。张采田改系大中十年春，同样认为"兴元渤海尚书"是封敖。但封敖任山南西道节度使的时间下限，是否如冯谱所考迟至大中十一年或如张笺所考迟至大中十年，却是绝大的疑问。因为李商隐有一篇《剑州重阳亭铭并序》提供了大中八年九月山南西道节度使已是蒋系的证据。序云："侯蒋氏，名侑"，铭云："伯氏南梁，重弓二矛。①古有鲁卫，唯我之曹。"末署"大中八年九月一日，太学博士河南（内）李商隐撰"。据《旧唐书·蒋乂传》：子係、伸、偕、仙、佶。又《蒋系传》："转吏部侍郎，改左丞，出为兴元节度使，入为刑部尚书。"《宣宗纪》：大中十一年十月，"以山南西道节度使、中散大夫、检校礼部尚书、兴元尹、上柱国、赐紫金鱼袋蒋系权知刑部尚书。"以上记载与《剑州重阳亭铭并序》互相参证，可以确知，最迟在大中八年九月，山南西道节度使已是蒋系，至大中十一年十月方离任，因此，《行次金牛驿寄兴元渤海尚书》这首诗绝不可能是大中十年春梓幕罢途次所作，而只能是大中八年九月之前，封敖仍在山南西道节度使任上所作。而大中五年商隐赴东川幕，时值深秋，有《悼伤后赴东蜀辟至散关遇雪》诗可证，与此诗"楼上春云"语不合。这就说明，大中五年秋至大中八年九月之间的某个春天，商隐曾有一次"走马金牛路"之行。金牛路为蜀道之南栈，自今陕西勉县而西，南至今四川剑门关口的一段栈道。从诗意看，诗人因"走马金牛路"而行色匆匆，未能在山南幕参与封敖及幕僚的诗酒之会，故寄此诗以"骤和陈王白玉篇"。

真正可以作为商隐梓幕期间曾有返汴京之行证据的，是他所写的一篇尚未编年的文章《为同州张评事（潜）谢辟启》（同时作的还有一篇《为同州张评事谢聘钱启》，不录）：

> 潜启：伏奉荣示，伏蒙猥赐奏署，今月某日敕旨授官。承命恐惶，不知所措。某文乖绮繡，学乏缣缃，负米东郊，止勤色养；献书北阙，未奉明恩。抚京洛之尘，素衣穿穴；访江湖之路，白发徘徊。大夫荣自山阳（楚州），来临沙苑（同州），固以室盈东箭，门咽南金，岂谓搜扬，乃加屏眄。府称莲沼，慚无倚马之能；地号云门，窃有化龙之势。便居帷幄，遽别蓬蒿。袁生有望于樵苏，楚子永辞于蓝缕。刻诸肌骨，知所依归。伏惟特赐鉴察，谨启。

---

① 南梁，唐人习惯上指山南西道节度使府所在兴元府。"重弓二矛"为节镇之仪。蒋系为剑州刺史蒋侑之堂兄，时任山南西道节度使，故云"伯氏南梁、重弓二矛"。

这是商隐为一个名叫张潜的士人代撰的谢辟启。启中提到奏署张潜为同州从事（从"惭无倚马之能"之语，可以推知当是担任文字工作）的这位新任同州刺史，乃是"荣自山阳，来临沙苑"。冯浩、张采田对此同州刺史缺考，故将此启及谢聘钱启均列于不编年文。据《隋唐五代墓志汇编·洛阳卷》第十四册《唐故范阳卢氏荥阳郑夫人墓志》（大中十二年五月十二日）："父曰祗德……时以关辅亢渗，民穷为盗，不可止，朝廷借公治冯翊……自冯翊廉问洪州……夫人即公长女也"郑祗德系宣宗女婿郑颢（尚万寿公主）之父，楚州即山阳，冯翊即同州。《东观奏记》卷上："大中五年，（白）敏中免相，为邠宁都统。行有日，奏上曰：顷者陛下爱女下嫁贵臣郎婿郑颢，赴昏楚州。"可证颢父郑祗德大中五年已在楚州任。又据《唐人墓志汇编·唐故承奉郎大理司直沈（中黄）府军墓志铭》（大中十二年四月十五日）："散骑郑公祗德出刺山阳，持檄就门，辟为从事，奏授廷评。才及期岁，丁先夫人忧。即除丧，复补大理司直……未暇考绩，旋婴痼疾，荼尔三年，奄然一旦，终于长安延康里，享年六十有七，时大中十二年岁次戊寅二月九日也。"郁贤皓《唐刺史考全编》据上述材料考郑祗德刺楚州在大中五年至七年，而谓其刺同州约大中六年至八年。按《通鉴·大中九年》：十二月，"江西观察使郑祗德以其子颢尚主通显，固求散地，甲午，以祗德为宾客、分司。"可证郑祗德刺同州的时间当在大中七年至九年，方与其前后历官之年相承接。祗德之由楚州迁同州，据上引《唐故范阳卢氏荥阳郑夫人墓志》，乃因其时"关辅亢渗，民穷为盗，不可止"，故"朝廷借公治冯翊"。其具体时间正可从《通鉴》的有关记载中得到佐证。《通鉴·大中七年》："冬，十二月，左补阙赵璘请罢来年元会，止御宣政。上以问宰相，对曰：'元会大礼，不可罢，况天下无事。'上曰：'近华州奏有贼光火劫下邽，关中少雪，皆朕之忧，何谓无事！虽宣政亦不可御也。'""有贼光火劫下邽，关中少雪"，正是《郑夫人墓志》所谓"关辅亢渗，民穷为盗，不可止"。因此，郑祗德之由楚州迁同州，当在大中七年冬。《唐阙史》："会昌二年，礼部侍郎柳璟再司文柄，都尉

（指郑颢。后尚主为驸马都尉，故称）以状头及第，第二人姓张名潜。"此张潜当即商隐为代其撰谢启之张评事潜。潜与祗德子颢为同年进士，故祗德奏署张潜为同州从事。祗德接到同州刺史的任命后，当自楚州赴京入谢，时约在大中八年春，其奏署张潜为同州从事即在其时。同州、长安距梓州三千里，张潜绝不可能驰书数千里，请远在梓州的商隐代撰此区区二谢启。换言之，只有在下列两种情况下，商隐方有可能为张潜代撰谢启。一是张潜时在梓州，或即梓州幕僚，但这在谢辟启和谢聘钱启中都无任何迹象，梓府幕僚中亦无张潜其人（时梓府幕僚中张姓者有大理评事张觌、掌书记张黯，无张潜），故这种可能性可以排除。另一种可能是郑祗德奏署张潜为同州从事，敕旨下时，商隐正好在长安，故张潜得以就便请商隐代撰谢启。在排除了上一种可能以后，唯一能成立的只有后一种可能性。即郑祗德奏署张潜为同州从事时，商隐已从梓州回到了长安。如前所考，郑祗德被任命为同州刺史在大中七年冬，其由楚州回到长安并奏署张潜为同州从事的时间约当大中八年春，商隐代撰之二谢启即作于此时。

为避免孤证之嫌，不妨再举出一证，这就是商隐的《为山南薛从事（杰逊）谢辟启》：

杰逊启，今月某日，伏蒙辟奏节度掌书记敕下。徒有长裾，曾无彩笔。初疑误听，久乃知归。感激惭惶，不知所喻。某受天和气，而鲜雄才，幸承旧族之华，遂窃名场之价。顷者湮沦孤贱，绵隔音尘。其后从事梓潼，经塗天汉。初筵末席，披雾睹天。自尔以来，常存梦寐，方思捧持杖屦，厕列生徒，岂望便上仙舟，遽尘莲府？尚书士林圭臬，翰苑龟龙，方殿大藩，将求记室，是才子悬心之地，词人效命之秋。岂伊疏芜，堪此选擢。思曾、颜之供养，念陈、阮之才华，自公及私，终荣且忝。伏以家室忧繁初解，山川跋涉未任，须至季秋，方离上国。抚躬泣下，尚遥郭隗之门；闭目梦游，已入孔融之座。下情无任攀恋铭镂之至。

这是为新被山南西道节度使辟奏为节度掌书记的薛杰逊代撰的谢辟启。冯浩据启内称幕主为"尚书士林圭臬，翰苑龟龙"，定此山南西道节度使为封敖，云："启言赴梓中途，得叨宴饮，其后不久被辟。虽未能细定何年，当在大中三、四年间也。"张采田《会笺》谓封敖出镇山南，实在大中四年，故编此启于大中四年。按：谓此山南西道节度使为封敖，可信，但编大中四年则非。因为根据启中所叙，薛杰逊先是在赴梓州为东川幕府从事的途中经过兴元，受到其时已在山南节度使任的封敖的款待，"自尔以来，怀恩莫极"，而后才受到封敖的奏辟。也就是说，薛杰逊自"从事梓潼，经塗天汉"，结识封敖，到此番被辟为山南节度书记，其间有相当长的时间距离，封敖并非大中四年刚被任命为山南西道节度使时辟奏杰逊为书记，因此编大中四年显然过早。此其一。其二，启称封敖为"尚书"。据《旧唐书·封敖传》："（大中）四年，出为兴元尹、御史大夫、山南西道节度使。"可证其初出镇时所带宪衔为御史大夫。《新唐书·封敖传》："大中中，历平庐、兴元节度使……蓬、果贼依阻鸡山，寇三川，敖遣副使王贽（《通鉴》作王贽弘）捕平之，加检校吏部尚书。"《通鉴·大中六年》："春，二月，王贽弘讨鸡山贼，平之。是时，山南西道节度使封敖奏巴南妖贼言辞悖慢，上怒甚。崔铉曰：'此皆陛下赤子，迫于饥寒，盗弄陛下兵于溪谷间，不足辱大军，但遣一使者可平矣。'乃遣京兆少尹刘潼诣果州招谕之……而王贽弘与中使似先义逸引兵已至山下，竟击灭之。"可见，封敖加检校吏部尚书是在大中六年二月鸡山事平后。商隐有《为兴元裴从事贺封尚书加官启》云："伏承天恩，荣加宠秩。伏惟感慰。伏以蓬、果凶徒，遂为逋寇……尚书四丈机在掌中，兵存堂上……一举而张角师歼，再战而孙恩党尽。"即叙因平鸡山而加检校吏部尚书事。可证薛杰逊被奏辟入山南幕，最早当在大中六年二月封敖加官之后，这时商隐早已在梓幕。其三，启又云："伏以家室忧繁初解，山川跋涉未任，须至季秋，方离上国。"说明作此启时，薛杰逊既不在梓州，也不在兴元，而是身在长安。这就和《为同州张评事（潜）谢辟启》一样，有一个商隐作启时身在何地的问题。如此时商隐身在梓州，薛杰逊必不可能驰书三千里请远在梓州的商隐代作此启；只有商隐身在长安，为薛代作此启，方合乎情理。从启中提到薛曾"从事梓潼"的经历看，薛很可能曾是商隐的梓幕同僚，因此二人早已结识。后薛因"家室忧繁"之事离梓幕回长安，而后又受封敖奏辟为山南西道节度书记，其时商隐正好由梓州回长安，故有此代作。总之，这篇启再次证明大中六年二月封敖加检校吏部尚书后至大中八年九月之前封敖罢山南西道节度使这段时期，商隐曾回过长安，并为薛杰逊撰此启。

还可以再提供一个证据，这就是商隐的一首诗《赠庾十二朱版》：

> 固漆投胶不可开，赠君珍重抵琼瑰。
> 君王晓坐金銮殿，只待相如草诏来。

庾十二，指庾道蔚。原注："时朱在翰林，朱书版也"张采田《会笺》云："考《翰苑群书·重修承旨学士壁记》：'（庾）道蔚大中六年七月十五日自起居舍人充。七年九月十九日加司封员外郎，九年八月十三日加驾部郎中知制诰，并依前充。十年正月十四日守本官出院，寻除连州刺史。'"与《纪》不合（按《旧唐书·宣宗纪》，大中三年九月，起居郎庾道蔚充翰林学士）。《樊川集》有《庾道蔚守起居舍人充翰林学士》等制，杜牧于大中五年冬自湖州刺史召拜考功郎中知制诰，此制即其时所作。则道蔚充学士，自当以《壁记》为定，甚是。但将《赠庾十二朱版》诗系大中十年正月十四道蔚出院稍前，且谓商隐正月十四前已自东川归抵长安，则误。据张氏《会笺》考证，柳仲郢内征为吏部侍郎的时间在大中九年十一月。但仲郢接到内征的制书后，并未立即启程返京，而是等待新任东川节度使韦有翼到任后方离任回京。商隐有《为京兆公乞留泸州刺史洗宗礼状》，乃是韦有翼到任后商隐为其代撰。则仲郢与商隐自梓州启程返京，当迟至大中九年末甚至十年初。以梓州至长安二千九百里需时约五十天计算，其到京的时间当在大中十年二月末或三月初。据自梓回京途次所作《重过圣女祠》"一春梦雨常飘瓦"之句，其到京的时间当在暮春三月，其时庚道蔚早已出翰林院。这就证明，《赠庚十二朱版》不可能是大中十年正月十四日稍前所作，而是作于大中六年七月十五日以后到大中十年正月以前的某一年内。这又再次证明，在此期间商隐曾回过长安，否则不可能有《赠庚十二朱版》这首诗。剩下的问题就是考证商隐究竟是在什么时候回过长安。不妨大致排一下商隐入梓幕后的工作经历和诗文写作时间表：

大中五年十月，商隐抵梓州，改任节度判官。当年十二月十八日，奉命差赴西川推狱。

大中六年年初返梓。其时东川节度书记"吴郡张黯……请如京师"，商隐乃以节度判官"复摄其事"，一身二任，工作十分繁忙。现存梓幕文章中，大中六年代摄节度书记期间所作的占有很大的比重。这一年的五月，还曾奉柳仲郢之命，至渝州界首迎送赴淮南节度使任的原西川节度使杜悰。

大中七年，仍在梓幕写了不少文章。梓幕期间三篇精心结撰的长文《梓州道兴观碑铭并序》《唐梓州慧义精舍南禅院四证堂碑铭并序》《道士胡君新井碣铭并序》，至少有两篇作于本年。此时商隐离开长安已有三年，一双幼小的儿女远离自己，寄养在长安，思归念子的情结变得十分深重，诗中一再出现强烈的怀归情绪：

> 万里忆归元亮井，三年从事亚夫营。
>
> ——《二月二日》
>
> 三年苦雾巴江水，不为离人照屋梁。
>
> ——《初起》
>
> 江海三年客，乾坤百战场。
>
> ——《夜饮》
>
> 三年已制思乡泪，更入新年恐不禁。
>
> ——《写意》

这一系列诗篇，一方面说明直到大中七年深秋，商隐仍然没有回过长安，另一方面也说明他的思归情绪已经强烈到难以禁受的程度。正好这年十月，"弘农杨本胜（杨筹，字本胜，杨汉公子）始来军中"，带来了商隐的儿子衮师在长安的情况，商隐有《杨本胜说于长安见小男阿衮》诗：

> 闻君来日下，见我最娇儿。
> 渐大啼应数，长贫学恐迟。
> 寄人龙种瘦，失母凤雏痴。
> 语罢休边角，青灯两鬓丝。

诗语浅情深，结联于深夜的寂静中出现诗人青灯映照鬓丝的身影，尤为惨然。杨筹带来的娇儿"寄人龙种瘦，失母凤雏痴"的消息无疑给商隐本已难制的思乡之情再增添了无法承受的重量，商隐当时恨不得立即插翅飞回长安的心情完全可以想见。

幕主柳仲郢对商隐的处境、心情一直相当同情体贴。早在商隐刚到梓州不久，就打算将使府乐营中一位美貌歌妓张懿仙赐给商隐，以安慰商隐客中的寂寞，后因商隐婉辞而作罢。但商隐在婉辞此事的《上河东公启》中所抒写的"某悼伤已来，光阴未几。梧桐半死，才有述哀；灵光独存，且兼多病。眷言息胤，不暇提携。或小于叔夜之男，或幼于伯喈之女。检庾信荀娘之启，常有酸辛；咏陶潜通子之诗，每嗟漂泊"这种极为深挚的怀念亡妻、眷念儿女的感情，肯定给仲郢留下了深刻印象。大中六年暮春，商隐因游梓州西溪触景兴感，写下"不惊春物少，只觉夕阳多……凤女弹瑶瑟，龙孙撼玉珂。京华它夜梦，好好寄云波"（《西溪》）的诗篇，柳仲郢看到后，还写了和诗（事见商隐《谢河东和诗启》）。在梓幕期间，仲郢与商隐常有诗文唱和。可见仲郢不但同情商隐的境遇心情，而且关注其诗文的写作，商隐在大中七年写的一系列怀归念子的诗篇，柳仲郢不会不看到，而增添对商隐的同情。在这种情况下，即使商隐自己因幕府工作繁忙不便提出回京探望儿女的要求，仲郢也势必主动提出让商隐回京（当然可以顺便给一个差事，以便用奉使的名义回京）。

　　商隐现存梓幕期间大中七、八两年的编年文可以为我们提供一个梓州、长安往返的时间上下限。《樊南乙集序》云："三年已来，丧失家道，平居忽忽不乐……十月，弘农杨本胜始来军中……因恳索其素所有（笺刺）……以时以类，亦为二十编，名之曰《四六乙》……是夕大中七年十一月十日夜，火尽灯暗，前无鬼鸟。"可证直到大中七年十一月十日编定《樊南乙集》时，商隐尚羁居梓幕。而《剑州重阳亭铭》末署"大中八年九月一日太学博士河内李商隐撰"，可证大中八年九月一日商隐已在剑州。也就是说，商隐梓州、长安往返的时间当在大中七年十一月十日至八年九月一日这近十个月的时期内。据《旧唐书·地理志》，长安至梓州二千九百里（商隐《赴职梓潼留别畏之员外同年》亦云"京华庸蜀三千里"）。又据《通鉴·大中十二年》胡三省注："唐制：凡陆行之程，马日七十里，步及驴日五十里，车三十里。水行之程，舟之重者泝河三十里，江四十里，余水四十五里。空舟泝河四十里，江五十里，余水六十里。沿流之舟，则轻重同制，河日一百五十里，江一百里，余水七十里。"梓州、长安往返，既有陆程，又有水程，以平均日行六十里计，单程约需五十天到两个月，往返则约需四个月。从大中七年商隐一系列思归念子的诗篇看，其自梓返京的启程时间很可能就在十一月十日编定《樊南乙集》后不久。其到达长安的时间约在大中八年正月。联系上文所考郑祗德由楚州迁同州的时间及祗德到京后奏署张潜的时间，二者正好相合。因此，可以大体断定《为同州张评事（潜）谢辟启》《谢聘钱启》当作于大中八年正月商隐抵达长安后不久，而《为山南薛从事（杰逊）谢辟启》及《赠庾十二朱版》亦当为同时先后之作。《为山南薛从事谢辟启》提到"须至季秋，方离上国"，也说明作启在季秋之前的某个时节。考虑到商隐此次回京探望儿女，带有明显的照顾性质，他在京居留的时间不可能太长，大约仲春最多暮春之初即动身返梓。《行至金牛驿寄兴元渤海尚书》诗有"楼上春云水底天"之句，写景切春暮，殆即自京返梓途中所作。因为急于赶回梓州担任幕职，商隐返梓时可能取骆谷路由长安至兴元、再由兴元西行至金牛道入蜀，故先已在兴元见过封敖并拜读其诗，未及赓和，即已续发，遂于金牛道上"骤和陈王白玉篇",寄呈此诗。

回过头来再看《留赠畏之》,并联系其他诗作,就更能证实此诗是大中八年由京返梓前留赠韩瞻之作,而非大中五年深秋赴职梓潼前所作。因为大中五年赴梓前夕,其连襟韩瞻设宴相送,瞻子韩偓即席赋诗,商隐日后追忆此事,有《韩冬郎即席为诗相送一座尽惊他日余方追吟连宵侍坐徘徊久之句有老成之风因成二绝寄酬兼呈畏之员外》。而《留赠畏之》诗中的"郎君下笔惊鹦鹉"即指"韩冬郎即席为诗相送,一座尽惊"的情事。如果韩瞻设宴饯别是在商隐赴梓前夕(商隐走的那天,韩瞻一直送商隐到咸阳,商隐《赴职梓潼留别畏之员外同年》云:"京华庸蜀三千里,送到咸阳见夕阳"),那么写在饯行、送行之前的《留赠畏之》就不可能出现饯行时的情事,这正反过来证明《留赠畏之》是"韩冬郎即席为诗相送"和韩瞻送行以后写的诗,"郎君下笔惊鹦鹉"是商隐这位"左川归客"对当年情事的追忆与感慨。又大中五年冬,韩瞻出为普州刺史(普原作鲁,从叶葱奇说改),商隐有《迎寄韩鲁(普)州瞻同年》云:"积雨晚骚骚,相思正郁陶。不知人万里,时有燕双高。寇盗缠三辅(自注:"时兴元贼起,三川兵出"),莓苔滑百牢。圣朝推卫索,归日动仙曹。"尾联预祝其平乱功成后归朝,名动仙曹。而《留赠畏之》诗有"中禁词臣寻引领"之句,又正是"圣朝"二句之意。这也证明《留赠畏之》当作于韩瞻自普州刺史回朝之后。韩瞻大中五年出刺,此时当已还朝(韩瞻还朝后曾任虞部郎中,后又出为凤州刺史)。

综上考述,商隐由于思乡念子情切,曾于大中七年仲冬由梓启程返京,约八年初春抵京。在京期间,曾分别为新奏署为同州从事的张潜及山南西道节度书记薛杰逊代撰谢辟启、谢聘钱启共三首,又有《赠庾十二朱版》诗。约在大中八年仲春末或暮春初启程返梓,行前往访韩瞻,遇韩朝回,作《留赠畏之》。暮春末过金牛道,约是年夏抵梓。九月一日作《剑州重阳亭铭》,考出的这次归京之行,涉及对这三篇文章和三首诗的正确系年,对旧说作了纠正。

由于这次回京,释放了郁结已久的思念家乡和子女的情怀。回梓之后，大中八、九两年所作的诗中，没有再出现先前那种强烈而频繁的思乡情绪，甚至连罢幕时作的《梓州罢吟寄同舍》和归京途次作的《筹笔驿》《重过圣女祠》中也没有出现思乡的诗句（《因书》诗也只说"生归话辛苦"而未言思家），这正从反面证明商隐在"三年已制思乡泪"之后的确回过一次长安。

[原载中华书局《文史》2002年第五十八辑]

从纷歧走向融通

——《锦瑟》阐释史所显示的客观趋势

在中国古典文学作品的阐释史上，对李商隐《锦瑟》纷纭多歧、层出不穷的解读无疑是最引人注目的现象之一。如果从北宋刘攽的《中山诗话》算起，对这篇诗谜式作品的解读已经延续了近千年。一篇只有八句五十六个字的作品，竟引起历代读者如此执着的关注，这种现象本身就很值得探讨。本文不打算在纷纭的歧说之外再另添新说，而是企图通过对历代纷纭歧说的梳理，发现其中所显示的总趋势。从而从阐释史的角度说明：融通各有依据、各有优长的主要歧说，可能是使《锦瑟》的解读更接近作品的实际，更能显示其丰富内涵，从而也更能为多数读者所接受的一种解读方式。

宋元明三代对《锦瑟》的阐释

据现存文献材料，最早记述对《锦瑟》的阐释，是著于熙宁、元祐间的刘攽《中山诗话》：

> 李商隐有《锦瑟》诗，人莫晓其意。或谓是令狐楚家青衣也。

义山诗集编定于真宗景德至仁宗庆历间（约1004—1042），第一首就是《锦瑟》，人们注意到它并力图解读原很自然。但《锦瑟》却一开始便显出了它的难解性。从"或谓是令狐楚家青衣也"的记述口吻看，这可能只是转述当时人们对题意的一种理解，未必就是刘攽自己的看法，也未必真有事实或文献依据。实际上，锦瑟是令狐楚家青衣之说，与其说是依据某种记载或传闻，不如说是读者的一种猜想。因为诗的首联很容易让人认为"锦瑟"是人名，诗即因见五十弦之锦瑟而联想到锦瑟其人的华年而作。而"锦瑟"作为人名，又颇似女子甚至侍女之名。因此"锦瑟是令狐楚家青衣"之说就这样产生了。它既是对题目含义的说明，也是对诗的内涵意蕴的解读。从考据学的观点看，这个"或谓"很可能查无实据甚至毫无依据，但从阐释学的观点看，却自有一定的文本依据。这正是此说虽乏实据却长期流传而且日后以"悼亡说"改头换面出现的原因所在。

稍后于刘攽，北宋末年成书的黄朝英《靖康缃素杂记》则记述了从另一思路出发而同样具有合理性的阐释：

> 义山《锦瑟》诗……山谷道人读此诗，殊不晓其意，后以问东坡，东坡云："此出《古今乐志》，云：'锦瑟之为器也，其弦五十，其柱如之，其声也，适、怨、清、和。'"案李诗，"庄生晓梦迷蝴蝶"，适也；"望帝春心托杜鹃"，怨也；"沧海月明珠有泪"，清也；"蓝田日暖玉生烟"，和也。一篇之中，曲尽其意，史称其"瑰迈奇古"，信然。刘贡父《诗话》（按：即刘攽《中山诗话》）以谓锦瑟乃当时贵人爱姬之名，义山因以寓意，非也。

后世诗评家对"适怨清和"之说是否出于东坡颇有怀疑。很有可能是此论的发明者（也有可能是黄朝英本人）为了加强这一阐释的权威性而故意抬出两位当朝诗坛巨擘来撑门面。从阐释史的角度说，东坡是否发表过这一意见并不重要，重要的是它提供了一种从咏音乐的角度对《锦瑟》进行解读的新说。唐代有许多咏乐诗，其中著称者如李贺《李凭箜篌引》、韩愈《听颖师弹琴》、白居易《琵琶行》均以各种形象化的比喻描摹乐声和乐境。"适怨清和"说正是将《锦瑟》看成一首咏瑟声与瑟境的诗。如果不过分追究中间两联所展示的境界是否完全切 合"适怨清和"四境，那么这一解读无论就切合诗题、首句及颔腹二联看，都有其文本依据与显然的合理性。但这一解读也有明显缺陷，即无法解释"一弦一柱思华年"和"此情可待成追忆，只是当时已惘然"。因为次句已明确显示听奏瑟而思忆人之华年，不管这人是诗人自己或他人。如果只是单纯咏瑟声瑟境，"思华年"及"追忆""惘然"都无所取义。正如胡应麟所批评的："宋人认作咏物，以适怨清和字面附会穿凿，遂令本意懵然。且至'此情可待成追忆'处，更说不通。"（《诗薮内编》卷四）但托名苏轼的"适怨清和"说在南宋却有很大影响。其具体表现是这一时期对《锦瑟》的阐释，几乎都离不开咏瑟声瑟境这一话题，如张邦基《墨庄漫录》将"适怨清和"说成《瑟谱》中的四曲，邵博的《邵氏闻见后录》甚至说《庄生》《望帝》皆瑟中古曲名。胡仔《苕溪渔隐丛话》虽认为《锦瑟》以景物故实状瑟声"不中的"，但却反映出他也认为《锦瑟》是咏乐诗。更有将托名苏轼解《锦瑟》之法加以活学活用，反过来解读苏轼《水龙吟》咏笛之妙的①，可谓即以其人之道，还释其人之词。认为东坡不但用此法解读义山《锦瑟》，且用之自创咏笛词。

由于"适怨清和"说在阐释"思华年"及尾联时存在明显缺陷，因而有的诗评家企图对它加以改进。成书稍后于《靖康缃素杂记》的《许彦周诗话》说：

　　《古今乐志》云："锦瑟之为器也，其柱如其弦数，其声有适、怨、清、和。"又云"：感、怨、清、和。昔令狐楚侍人能弹此四曲。诗中四句，状此四句也。章子厚曾疑此诗，而赵推官深为说如此。

在"适怨清和"之外又添出"感怨清和"的或说，并将它和"能弹此四曲"的"令狐楚侍人"联系起来，"诗中四句，状此四曲也"。很明显，这是企图将"适怨清和"说与"咏令狐楚青衣"说融合起来。既补"适怨

---

　　① 见张侃《张氏拙轩集》"孙仲益说《水龙吟》"条。

清和"说之脱离"思华年"与"惘然",又补"咏令狐青衣"说之脱离中间两联。许氏的记述中未及苏、黄而是拉出了章子厚与赵推官。这正反映出此说的假托或传闻性质。许氏所引此说在《锦瑟》阐释史上的意义,主要表现在它在纷歧阐释出现后不久,即显示出融通歧说的努力与趋势。而之所以出现这种趋势,根本原因在于两种说法既各有其文本依据与合理性,又各有其缺陷,客观上需要互补。

金代元好问《论诗》三十首之十二是直接对《锦瑟》作出新阐释的:

> 望帝春心托杜鹃,佳人锦瑟怨华年。
> 诗家总爱西昆好,独恨无人作郑笺。

此诗乃是首创《锦瑟》为义山自伤身世之作的一篇诗论。"佳人锦瑟怨华年"一句实即元氏对《锦瑟》主旨的诗意阐述:李商隐这位"佳人"正是借《锦瑟》这首诗来寄托他的华年之思、身世之悲。他的一生心事,都寄寓在如杜鹃泣血般哀怨悲惋的诗作中了。由于诗写得很概括,又有"独恨无人作郑笺"之语,历代论者多以为它仅仅是慨叹义山诗寄兴深微,无人能解其意,殊不知遗山已借点化义山诗语对《锦瑟》乃至义山一大批性质类似的诗作出了笺释。元氏对义山诗的真谛深有体悟,故对《锦瑟》的阐释也独具手眼。

至此,除自叙诗歌创作说及悼亡说以外,《锦瑟》阐释史上三种主要的解读(怀人说、咏瑟说、自伤说)均已先后出现(怀人说与悼亡说只是对象有别,后者实为前者的变异)。至明代,虽有好几位著名的诗论家都谈到过《锦瑟》,但基本上是沿袭旧说,很少新的发明。如王世贞虽认为中二联"作适、怨、清、和解甚通。然不解则涉无谓,既解则意味都尽"(《艺苑卮言》),虽赞同咏瑟说,又指出了它的缺陷。胡应麟则坚持咏令狐青衣说,指出咏瑟说之不可通之处。他列举诗中一系列用语,认为《锦瑟》的性质类似无题,只不过"首句略用锦瑟引起耳",并将咏令狐青衣说简括为"题面作青衣,诗意作追忆"(《诗薮》),但他对中间四句的具体涵义却避而不谈，而这正是令狐青衣说难以解释的要害。胡震亨则对令狐青衣说、适怨清和说均加否定，认为《锦瑟》是商隐之情诗，系借诗中两字为题者，但他对诗的具体的内涵却无任何解释（见《唐音癸签》）。周珽认为《锦瑟》是闺情诗，不泥在锦瑟，看法似与胡震亨接近。但他所引屠长卿（屠隆）之说则基本上沿袭许彦周之说，即将令狐青衣说与适怨清和说融合起来。饶有趣味的是屠氏将"锦瑟"二字分属"令狐楚之妾名锦"及"善弹（瑟）"，谓其所弹有适怨清和之妙。（见《唐诗选脉会通评林》）从而将题面与诗面完全统一起来。这算得上是对"令狐青衣"说与"适怨清和"说最巧妙的结合了。

清人对《锦瑟》的阐释

清代《锦瑟》阐释史上最引人注目的现象是悼亡说、自伤说的双峰并峙和自叙诗歌创作说的异军突起，从而改变了宋元明三代令狐楚青衣说与"适怨清和"说长期主宰《锦瑟》阐释的局面。

悼亡说的发明，一般都认为是清初的朱彝尊。其实，最早启示悼亡说的应是明末清初的钱龙惕。他在《玉溪生诗笺》卷上笺《锦瑟》时分别引《缃素杂记》《刘贡父诗话》及《唐诗纪事》之说，并加按语云：

> 义山《房中曲》有"归来已不见，锦瑟长于人"之句，此诗落句云："此情可待成追忆，只是当时已惘然。"或有所指，未可知也。唯彭阳公青衣则无所据。

钱氏引《房中曲》"归来已不见，锦瑟长于人"来类证《锦瑟》，是以义山诗证义山诗的典型例证。尽管钱氏未对《房中曲》作笺释，但《房中曲》的悼亡内容非常明显，故钱氏之笺释离悼亡说的正式提出实仅一步之遥。朱鹤龄的《李义山诗集笺注》采录钱氏笺而又有所前进：

> 按义山《房中曲》："归来已不见，锦瑟长于人。"此诗寓意略同。
> 是以锦瑟起兴，非专赋锦瑟也。

指出"此诗寓意略同"于《房中曲》，悼亡说实已呼之欲出。果然，朱氏
的《补注》中就明确指出"：此悼亡诗也。"

但朱鹤龄只下了判断，并未对《锦瑟》作具体阐释。朱彝尊乃进一步
对全诗作了解读：

> 此悼亡诗也。意亡者善弹此，故睹物思人，因而托物起兴也。瑟
> 本二十五弦，一断而为五十弦矣，故曰"无端"也，取断弦之意也。
> "一弦一柱"而接"思华年"三字，意其人年二十五而殁也。胡蝶、
> 杜鹃，言已化去也；珠有泪，哭之也；玉生烟，葬之也，犹言理香瘗
> 玉也。此情岂待今日追忆乎？只是在当时生存之日，已常忧其如此而
> 预为之惘然，意其人必婉弱而多病，故云然也。

这是自宋以来对《锦瑟》全诗作出详细解读的第一篇。它的主要发明是将
题目"锦瑟"与所悼亡妻平日"善弹此"结合起来，从而比较顺理成章地
得出首联是"睹物思人，因而托物起兴"的结论。如果说许彦周、屠隆谓
令狐楚侍人善弹适怨清和四曲仅仅是一种猜测，别无依据，那么朱彝尊的
"亡者善弹此"却是有义山的诗作有力依据的。除钱龙惕、朱鹤龄已引的
《房中曲》"归来已不见，锦瑟长于人"二句外，在桂幕期间作的《寓目》
（系忆内诗）有"新知他日好，锦瑟傍朱栊"同样可以作为其妻善弹瑟的
证明。悼亡说之所以自清初以来长期不衰，主要原因就在于义山诗中有这
样两个有力的旁证。朱彝尊的其他解说，问题自然很多。如解"五十弦"
为二十五弦之"断弦"，以附会悼亡，便显属臆解。商隐开成三年与王氏
结婚至大中五年王氏去世，夫妇共同生活的时间首尾十四年。如果按朱氏
所说王氏年二十五岁而殁推算，开成三年结婚时王氏才十二岁，这是根本
不可能的。开成三年义山年二十七，王氏为其续弦，年龄可能较商隐小一

些，但亦当在十六七岁左右。说"无端"取"断弦"之意，更属望文生义。以下六句的解说，也多有牵强支离之处（尤其是第六句与尾联）。尽管如此，朱彝尊的阐释仍值得充分重视，原因就在于他抓住王氏善弹瑟这一中心环节，将生活素材、情思触发到诗的构思、制题连成了一条线。从钱龙惕到朱鹤龄再到朱彝尊，悼亡说从萌芽到正式提出再到具体阐释的进展过程可以看得非常清晰。

悼亡说在清代前期的《锦瑟》阐释史上占据主导地位。其时除个别论者仍沿袭"令狐青衣"说（如施闰章《蠖斋诗话》）或"适怨清和"说（如冯班评《瀛奎律髓》）外，多数学者（包括对《锦瑟》持否定态度的学者）大都认为它是悼亡之作。其中较有影响的是何焯《义门读书记》：

> 此悼亡之诗也。首特借素女鼓五十弦瑟而悲，泰帝禁不可止发端。次连则悲其遽化为异物。腹连又悲其不能复起之九原也。曰"思华年"，曰"追忆"，指趣晓然，何事纷纷附会乎？钱饮光（澄之）亦以为悼亡之诗，与吾意合。"庄生"句，取义于鼓盆也。但云"生平不喜义山诗，意为词掩"，却所未喻。

何氏悼亡说与朱彝尊说不同之处有二：一是对诗的首联结合用典（五十弦）作了新的解释（悲思之情不可得而止）；二是紧扣"思华年"与"追忆"来证明此诗悼亡之"指趣晓然"，较之朱彝尊拐弯抹角解读尾联更为直捷。

此外，如陆昆曾、杨守智、姚培谦、程梦星、冯浩、许昂霄等注家均主悼亡说。其中，如陆氏解"蓝田"句，引戴叔伦"蓝田日暖，良玉生烟，可望而不可置于眉睫之间（前）"之语，姚氏解首联，谓"夫妇琴瑟之喻，经史历有陈言，以此发端，元非假借……怀人睹物，触绪兴思。'无端'者，致怨之词"，均各有所得。相反，专攻义山诗文的冯浩对此诗的笺解却时涉牵强，谓"五句美其明眸，六句美其容色"，更显得不伦不类。比较之下，许昂霄的诠释则较少穿凿拘实之弊：

三四庄生、望帝，皆谓生者也。往事难寻，竟同蝶梦；哀心莫寄，唯学鹃啼。五六珠、玉，以喻亡者也。月明日暖，岂非昔人所谓美景良辰，今则泉路深沉，徒有鲛人之泪；形容缥缈，已如吴女之烟矣。（张载华、张佩兼辑《初白庵诗评》附识引许氏《笺注玉溪生诗·锦瑟诗解》）

综观清代《锦瑟》阐释史上的悼亡说，尽管它具有《房中曲》这样有力的旁证，但在具体解读中却始终存在一个误区、一个盲区。误区就是将"五十弦"解作"断弦"，从而导致王氏"年二十五而殁"这种显然不符实际的推论，且使对此诗的阐释一开始就陷于混乱。盲区就是很难将"悼亡"与中间两联所用的典故、所构成的象征境界很好地契合。尽管许多学者作出了一系列各不相同或同中有异的具体诠释，但真正切合文本的不多，即使像许昂霄的笺解，也只能较贴切地解说颔联。这说明悼亡说虽有明显的优长与有力的依据，但要想用它贯通全诗，却相当困难，尤其是腹、尾二联的解读，更往往显得有些无能为力。

与悼亡说双峰并峙而时间稍后的是自伤身世说。持此说较早的是《李义山诗集辑评》所录某氏朱批：

此篇乃自伤之词，骚人所谓美人迟暮也。"庄生"句言付之梦寐，"望帝"句言待之来世。"沧海"、"蓝田"，言埋而不得自见。"月明"、'日暖'，则清时而独为不遇之人，尤可悲也。〇《义山集》三卷，犹是宋本相传旧次，始之以《锦瑟》，终之以《井泥》。合二诗观之，则吾谓自伤者更无可疑矣。〇感年华之易逝，借锦瑟以发端。"思华年"三字，一篇之骨。三四赋"思"也；五六赋"华年"也。末仍结归"思"字。〇"庄生"句，言其情历乱；"望帝"句，诉其情哀苦。"珠泪"、"玉烟"，以自喻其文采。

《辑评》朱批系何焯批，故学者多以为上述各条即为何氏批。但何氏《义门读书记》明言《锦瑟》为"悼亡之诗",并作了具体解读。而此朱批却说是"自伤之词",且谓"诸家皆以为悼亡之作",这"诸家"中当然也包括了《义门读书记》的《锦瑟》批。二者显有矛盾。同一评家,对某首诗的解读固然常有前后不一致的现象,但朱批中并未提及先主悼亡,后改自伤之事,故朱批是否何氏批确实不能不打上问号。当然,从义山诗阐释史的角度看,朱批的作者是谁并不太重要,重要的是自伤说本身的合理性和价值。从《辑评》所录的这几条朱批看,尽管对每一句的具体解释未必尽妥,第一条与末条亦有歧异,但就整体而言,显然比悼亡说更能切合诗的文本。特别是"感年华之易逝,借锦瑟以发端,'思华年'三字,一篇之骨"数语,确实提纲挈领式地揭示了全诗的主要内容。谓"庄生"句"言付之梦寐"或"言其情历乱","望帝"句"言待之来世"或"诉其情哀苦",虽有歧异,但都较符合典故原意,不像悼亡说解"庄生"句旁扯庄子鼓盆,离开典故本意。谓"珠泪""玉烟"系自喻文采,更与自叙创作说相合。故《辑评》朱批在自伤说的形成过程中带有里程碑性质。此前元好问《论诗》(其十二)"佳人锦瑟怨华年"之句,虽已喻示《锦瑟》系自伤华年不遇之作,但语焉不详,后世阐释《锦瑟》者亦未注意及此。《辑评》朱批很可能就是从元诗得到启发,演为美人自伤迟暮的具体阐释。

自伤说一经明确提出,因其与诗的文本较为切合,且具有较大的包容性,遂迅速流传开来,为许多注家评家所接受。王清臣、陆贻典等人的《唐诗鼓吹评注》、徐燉的《李义山诗集笺注》(见王欣夫《唐集书录》十四种)、杜诏的《唐诗叩弹集》、汪师韩的《诗学纂闻》、薛雪的《一瓢诗话》、宋翔凤的《过庭录》、姜炳璋的《选玉溪生诗补说》等均主自伤身世说。录较有代表性的汪师韩、姜炳璋二家之说于下。汪云:

> 《锦瑟》乃是以古瑟自况……世所用者,二十五弦之瑟,而此乃五十弦之古制,不为时尚。成此才学,有此文章,即己亦不解其故,故曰"无端",犹言无谓也。自顾头颅老大,一弦一柱,盖已半百之年矣。"晓梦",喻少年时事。义山早负才名,登第入仕,都如一梦。

春心者，壮心也。壮志消歇，如望帝之化杜鹃，已成隔世。珠、玉皆宝货。珠在沧海，则有遗珠之叹，唯见月照而泪；生烟者，玉之精气。玉虽不为人采，而日中之精气，自在蓝田。追忆，谓后世人追忆也；可待者，犹云必传于后无疑也。"当时"指现在言。惘然，无所适从他。言后世之传，虽自可信，而即今沦落为可叹耳。

除首尾二联之解，或稍牵强，或属误解外，其他均不乏精彩。解中间四句，或结合其身世遭遇，或结合其文章才情，均能紧贴诗句本身。特别是解第五句为"珠在沧海，则有遗珠之叹，唯见月明而泪"，既发前人之所未发，又紧扣诗句，是相当精彩切当的解读。姜氏云：

> 此义山行年五十，而以锦瑟自况也。和雅中存，文章早著，故取锦瑟。瑟五十弦，一弦一柱而思华年，盖无端已五十岁矣。此五十年中，其乐也，如庄生之梦为蝴蝶，而极其乐也；其哀也，如望帝之化为杜鹃，而极其哀也。哀乐之情，发之于诗，往往以艳冶之辞，寓凄绝之意。正如珠生沧海，一珠一泪，暗投于世，谁见之者？然而光气腾上，自不可掩，又如蓝田美玉，必有发越之气，《记》所谓精神见于山川是也。则望气者亦或相赏于形声之外矣。四句一气旋折，莫可端倪。末二言诗之所见，皆吾情之所钟，不历历堪忆乎？然在当时，用情而不知情之何以如此深，作诗而不知思之何以如此苦，有惘然相忘于语言文字之外者，又岂能追忆乎？此义山之自评其诗，故以为全集之冠也。

同样是以锦瑟自况，姜氏之解较汪氏更为直捷。以哀乐分属颔联出句与对句，亦一新解。以蝴蝶梦为乐境，着眼点在原典中之"栩栩然""适志"，即所谓"适"，其中实已融入咏瑟说之成分。腹联从"哀乐之情，发之于诗"着眼进行阐释，则又融进自叙诗歌创作说（此说发自程湘衡，见下文）。尾联亦贴紧作诗之情解说，虽稍迂执，但其整体思路是着眼于作为诗人之义山的自况，而非一般自伤说之着眼于身世遭遇之不幸。故姜说实可视为自伤说之变体，盖其已在内核上吸收了自叙诗歌创作说，并融入了咏瑟说的成分。"哀乐之情，发之于诗"，与后来主自叙诗歌创作说的钱锺书所说的"平生欢戚……开卷历历"几乎没有多少区别。从姜说正可看出自伤说与自叙诗歌创作说原可相通与兼融。姜氏时代后于主自叙诗歌创作说的程湘衡，"此义山自评其诗，故以为全集之冠也"之语，便明显源于程氏之说。

与自伤说同时产生的自叙诗歌创作说，据何焯《义门读书记》，其发明者应是程湘衡。何氏在上引"此悼亡之诗也……却所未喻"一段阐释后附述云：

> 亡友程湘衡谓此义山自题其诗以开集首者。次联言其作诗之旨趣，中联又自明其匠巧也。余初亦颇喜其说之新，然义山诗三卷出于后人掇拾，非自定，则程说固无据也。

但王应奎《柳南随笔》则谓：

> 玉溪《锦瑟》诗，从来解者纷纷，迄无定说。而何太史义门（焯）以为此义山自题其诗以开集首者。首联（略）言平时述作，遂以成集，而一言一咏，俱足追忆生平也。次联（略）言集中诸诗，或自伤其出处，或托讽于君亲，盖作诗之旨趣尽在于此也。中联（略）言清词丽句，珠辉玉润，而语多激映，又有根柢，则又自明其匠巧也。末联（略）言诗之所陈，虽不堪追忆，庶几后之读者知其人而论其世，犹可得其大凡耳。

从情理推断，何氏既已在《读书记》中明确记述此系"亡友程湘衡"之说，且在作出思考后认定"程说固不足据"，则其剿袭已被自己否定的亡友之说殆无可能。王应奎当是将何氏转述程说当成何氏自己的阐释。但由于王氏的记述，使后世得以了解程氏阐说《锦瑟》的具体内容。

　　自题其诗以开集首之说固无据，但自叙诗歌创作说却有其明显的优长与合理性。程氏将"一弦一柱思华年"解为"一言一咏，俱足追忆生平"，将一部义山诗集视为"锦瑟"之弦弦柱柱所奏出之曲调，应该说是紧扣题目与诗句本身的。将颔联解为"作诗文旨趣"，将"庄生"句解为"自伤其出处"，也较为贴切。将"望帝"句解为"或托讽于君亲"，虽稍嫌拘凿，亦自有典故方面的依据。谓腹联以清词丽句、珠辉玉润来形况义山诗之匠巧，也大体符合其创作实际。惜尾联之解泛而不切，特别是未贴紧"只是当时已惘然"来解说。但此说在总体上的合理性是显而易见的。尽管在整个清代，持此说的除程氏外仅宋翔凤（见《过庭录》卷一六）、邹弢（见《三借庐笔谈》）数家，但其阐释既贴紧题目与诗面，又较切合义山创作实际，值得充分重视。

　　值得注意的是，宋元明三代相当流行的"适怨清和"说在清代基本上销声匿迹。这说明，清代学者普遍认为，这首题为"锦瑟"的诗，与瑟的声音意境无关，根本不具有咏瑟诗的性质。他们或以为锦瑟为亡妻喜弹之乐器，或以为乃义山自身或者诗歌创作之象喻，故不再从瑟声瑟境上着想，因而在解读颔腹二联时不再与瑟之声与境挂钩。这可能是清代学者在《锦瑟》阐释中最大的失误，即在阐述各自的说法时将前代一项理应充分重视的阐释成果轻易抛掉了。

　　除以上三种主要说法外，清代还出现了一系列其他新说，如叶矫然的"自悔说"（见其《龙性堂诗话》），方文辀（见梁章钜《退庵随笔》引）、吴汝纶（见其《评点唐诗鼓吹》）的伤国祚兴衰说，屈复的"就诗论诗"说等。其中屈氏之说颇为论者所称引，略云："此诗解者纷纷……不可悉数。凡诗无自序，后之读者，就诗论诗而已。其寄托或在君臣朋友夫妇昆弟间，或实有其事，俱不可知。自《三百篇》、汉魏三唐，男女慕悦之词，皆寄托也，若必强牵其人其事以解之，作者固未尝语人，解者其谁起九原而问之哉！"他并不否认历代男女慕悦之词有寄托，但认为如无作者自序，则只能就诗论诗，不能强牵其人其事为解。在反对无依据的任意牵合穿凿这一点上，屈氏的看法是正确的，足以矫义山诗阐释中的积弊。但他对

《锦瑟》的"就诗论诗"之解却不免令人大失所望。《锦瑟》与《无题》诸诗，常被相提并论，实际上它们的性质并不相同。《无题》诸诗即使不探求其是否另有寄托，也能感受到它是深情绵邈的爱情诗，本身有独立的欣赏价值。而《锦瑟》，如果不明白它的寄托，本身就是一个只具形式美的谜团。梁启超说："义山的《锦瑟》《碧城》《圣女祠》等诗，讲的什么事，我理会不着……但我觉得它美，读起来令我精神上得一种新鲜的愉快。须知美是多方面的，美是含有神秘性的。我们若还承认美的价值，对于此种文字，便不容轻轻抹煞"（《中国韵文里所表现的情感》）。这段话亦每为论者称引。其实他所说的含有神秘性的美，既包含《锦瑟》等诗在语言文字、声律、对偶等形式方面的因素所构成的美感，也包含情思意境的朦胧缥缈所形成的美感。但这不意味着，"理会不着"就可以"不加理会"，只是这种"理会"必须是诗性的，不能"既解则意味都尽"（王世贞语），破坏了诗歌本身的美感。总之，对屈复的"就诗论诗"和梁启超的"理会不着"，应有正确的理解。

最后，要特别提出来加以评述的是徐德泓，陆鸣皋在其合著《李义山诗疏》中提出的"就瑟写情"说。徐解云：

> 此就瑟而写情也。弦多则哀乐杂出矣。中二联，分状其声，或迷离，或哀怨，或凄凉，或和畅，而俱有华年之思在内也。故结联以"此情"二字紧接。追维往昔，不禁百端交感，又不知从何而起，故曰'可待'，曰"惘然"，与"无端"两字合照，惝恍之情，流连不尽。

陆解云：

> "无端"二字，便含兴感意，而以"思华年"接之。物象人情，两意交注，首尾拍合，情境始佳。若仅谓写瑟之工，便成死煞。

徐的"就瑟而写情",即陆的"物象人情,两意交注";徐的"曰'可待'曰'惘然',与'无端'两字合照",即陆的"首尾拍合"。简言之,徐、陆认为《锦瑟》是一首借瑟声抒写华年之思的诗,其根本特点是"物象"(指瑟声所显现的音乐境界)与"人情"两意交注。无论迷离、哀怨、凄苦、和畅之境,均有华年之思在内。他们解《锦瑟》,主要是抓住"思华年"这个中心和"无端""惘然"等关键性词语,将声象与人情融合无间地联在一起,来揭示诗的丰富内涵(百端交感)。既避免执着一端(单纯咏瑟、怀人、悼亡、自伤、自叙诗歌创作),又不排斥每一种有一定依据的具体解说。引导读者沿着"无端五十弦""思华年""惘然"这条因瑟声而兴感的主线,在物象与心象、声情与心境的交融中多方面地体味诗的丰富内涵。从而使诗的蕴涵在不同读者的参与和再创造中得到最大限度的发掘。可以说,这是自宋以来对《锦瑟》的各种解说中最不执着穿凿、最通达而少窒碍的解说,也是最富包容性而能为持各种不同看法的读者所接受的一种解说。如果不是真正把握了《锦瑟》百端交感,意蕴虚涵的特点,不可能作出如此切当而富包容性的解说。清代注家评家普遍摒弃不取的"适怨清和"说,经徐、陆的吸取与改造,使之与"思华年"的"人情"紧密结合,遂使《锦瑟》的阐释在融通众说的基础上出现一个质的飞跃。

20世纪学者对《锦瑟》的阐释

20世纪的前80年,对《锦瑟》的解读基本上是沿袭前人成说而加以推衍发挥,但在有的解说中已显示出以一种说法为主、兼综诸说的趋向。间或出现某种新说,但影响不大。

张采田、汪辟疆都主自伤说。但张氏《玉溪生年谱会笺》不仅谓"一弦一柱思华年"句"隐然为一部诗集作解",谓"望帝"句系"叹文章之空托",明显融合了自叙诗歌创作说,且谓颔联"悼亡斥外之痛,皆于言外包之",又糅合了悼亡说。解腹联附会李德裕之贬珠崖与令狐绹之秉钧赫赫,则融合了寓托政治的成分。汪辟疆《玉溪诗笺举例》所解较张氏更为贴切，而谓"望帝句，喻己抱一腔忠愤，既不得语，而又不甘抑郁，只可以掩饰之词出之"，谓"蓝田日暖喻抱负，然玉韫土中，不为人知，而光彩终不可掩，则文章之事也"，也明显融合了自叙诗歌创作论。

禹苍（周汝昌）的《说〈锦瑟〉篇》（《光明日报》1961年11月26日）则将此诗看成一首听瑟曲而引起对华年的追忆，抒写"春心"之苦情的诗。其融通咏瑟、自伤、自序诗歌创作说的趋向也相当明显。

20世纪后20年，发表了一大批专门阐释讨论《锦瑟》的文章。其中影响最大的当属钱锺书的自叙诗歌创作说与王蒙的"无端"说。

钱锺书对《锦瑟》之笺解，首见于周振甫《诗词例话》引钱氏《冯注玉溪生诠评未刊稿》，再见于其《谈艺录补订》，后者长达五千余字，洵为其晚年精心结撰之作，节引如下：

> "锦瑟"喻诗，犹"玉琴"喻诗……借此物发兴，亦正睹物触绪，偶由瑟之五十弦而感"头颅老大"，亦行将半百。"无端"者，不意相值，所谓"没来由"……首两句……言景光虽逝，篇什犹留，毕世心力，平生欢戚"，清和适怨"，开卷历历。所谓"夫君自有恨，聊借此中传"。三四句……言作诗之法也。心之所思，情之所藏，寓言假物，譬喻拟象；如庄生逸兴之见形于飞蝶，望帝沉哀之结体为杜鹃，均词出比方，无取质言。举事寄意，故曰"托"；深文隐旨，故曰"迷"。李仲蒙谓"索物以托兴"，西方旧说谓"以迹显本"、"以形示神"，近说谓"情思须事物当对"，即其法耳。五六句……言诗成之风格或境界，犹司空表圣之形容词品也……曰"珠有泪"，以见虽凝珠圆，仍含泪热，已成珍稀，尚带酸辛，具宝质而不失人气……"日暖玉生烟"与"月明珠有泪"，此物此志，言不同常玉之冷，常珠之凝。喻诗虽琢磨光致，而须真情流露，生气蓬勃，异于雕绘汩性灵，工巧伤气韵之作……七八句……乃与首二句呼应作结。言前尘回首，怅触万端，顾当年行乐之时，既已觉世事无常，抟沙转烛，黯然于好梦易醒，盛筵必散，登场而预为下场之感，热闹中早含萧索矣。

钱氏博通古今中外，文中详征博引，相互参证，对发源于程湘衡之自叙诗歌创作说作了最详尽而具现代性之阐释。其中最有说服力者有二：一为论述以"锦瑟"喻诗，引杜甫、刘禹锡诗为旁证，将题目与对诗意的理解统一起来，这一点是程氏之说中所无的。二是据司空图《与极浦书》引戴叔论"诗家之景"语，谓"沧海""蓝田"一联乃言诗成后之风格或境界，亦犹司空图之以韵语形容诗品。此解有一系列唐人诗文中以形象描绘喻示诗文风格之例可证。由于有以上二"硬件"，再加以博引旁征的论证、细密的分析和对诗语的妙悟，此说遂成为20世纪八九十年代《锦瑟》阐释史上一大显说。尤可注意者，钱氏虽主自叙诗歌创作说，但在实际阐释中已经融合吸收了"适怨清和"说与自伤说。如释首联云："言景光虽逝，篇什犹留，毕世心力，平生欢戚，'清和适怨'，开卷历历"；释"珠有泪""玉生烟"云："虽凝珠圆，仍含泪热，已成珍稀，尚带酸辛"。这些阐释中就或显或隐含有自伤及"适怨清和"说的成分。

王蒙的"无端"说则在更高的层面上显示了兼融众说的趋势。20世纪90年代以来，他先后撰写了一系列关于《锦瑟》及《无题》的文章。其中反复论证并一再强调的一个基本观点是：《锦瑟》的创作缘起（或动机）与内容是"无端"的。下面是论述这一基本观点的一些重要段落：

> 一种浅层次的喜怒哀乐是很好回答为什么的，是"有端"可讲的：为某人某事某景某地某时某物而愉快或不愉快，这是很容易弄清的。但是经过了丧妻之痛，漂泊之苦、仕途之艰、诗家的呕心沥血与收获的喜悦及种种别人无法知晓的个人的感情经验内心体验之后的李商隐，当他深入再深入到自己内心深处再深处之后，他的感受是混沌的、一体的、概括的、莫名的，只可意会不可言传因而是略带神秘的。这样一种感受是惘然的与"无端"的。这种惘然之情惘然之感是多次和早就出现在他的内心生活里，如今以锦瑟之兴或因锦瑟之触动而追忆之抒写么？（《一篇〈锦瑟〉解人难》）

　　我们还可以设想，知乐者认为此是义山欣赏一曲锦瑟独奏时的感受——如醉如痴，若有若无，似烟似泪，或得或失……李商隐的《锦瑟》为读者，为古今中外后人留下了极自由的艺术空间。（同上）

　　盖此诗一切意象情感意境，无不具有一种朦胧、弥漫，干脆讲就是"无端"的特色……此诗实际题名应是"无端"。"无端的惘然"，就是这一首诗的情绪。这就是这一首诗的意蕴。（《〈锦瑟〉的野狐禅》）

　　含蓄与隐晦……其实质是对于感情的深度与弥漫的追求。爱和恨都不是无缘无故的，当然，深到一定的程度，爱和恨又都不是一缘一故那样有端的了……它们的费解不是由于诗的艰深晦涩，而是由于解人们执着地用解常诗的办法去测判诗人的写作意图……而没有适应这些诗超常的深度与泛度。（《对李商隐及其诗作的一些理解》）

　　王蒙的这一系列论述，从创作缘起到诗的内容意蕴、艺术手段、篇章结构、语言表达，对《锦瑟》及与之类似的诗作了极富创意的理论阐释。类似"无端"这种提法，在前人对义山诗的评论中并不是没有出现过。如杨守智评《乐游原》五绝："迟暮之感，沉沦之痛，触绪纷来。"纪昀评同诗："百感茫茫，一时交集，谓之悲身世可，谓之忧时世亦可。所谓触绪纷来""百感茫茫，一时交集"，即可视为对"无端"的另一种表述。但他们都没有将它扩展为对商隐某一类诗特别是对《锦瑟》创作缘起及内容意蕴特征的概括。对《锦瑟》，纪昀不仅不认为它"百感茫茫"，而且认为它内容本很简单："盖始有所欢，中有所恨，故追忆之而作。中四句迷离惝恍，所谓'惘然'也。"以为它不过是一首普通的情诗。徐德泓解《锦瑟》，虽说过"追维往昔，不禁百端交感，又不知从何而起"这样的话，但像王蒙这样从理论上深刻阐述"无端"的，却前所未见。经他阐释，遂使《锦瑟》及同类作品的创作特征得到精到简括的揭示。它表面上似乎没有对诗的内容意蕴给出一个明确的答案，实际上 "无端"即涵盖了"多端"，使古往今来一切有一定文本依据的纷歧阐释在更高层面上得到统摄与融通。不但解开了《锦瑟》本身创作缘起与内容意蕴的谜团，而且为正确解读这种非常态的诗提供了新的方法与思维。就这一点说，王蒙的"无端"说具有超越解读《锦瑟》诗的意义。自宋至今，一千余年的《锦瑟》阐释史，概括地说，就是从纷歧走向融通的历史。而纷歧与融通，又都与《锦瑟》本身的性质与特点密切相关。

歧解迭出，既由于其创作缘起、内容意蕴的不明与"无端"，也由于其表现手段的非常态。颔腹两联所展示的四幅意境朦胧缥缈、不相联属的象征性图景，为持有各种不同看法的读者提供了多种解读可能。自宋至今，对《锦瑟》的阐释最主要的异说有令狐青衣说、适怨清和说、悼亡说、自伤说、自叙诗歌创作说。这五种异说既各有其文本依据或旁证，有其各自的优长与合理性，又各有其自身的缺陷。这就在客观上提出了互补与融通的要求。

五种主要异说虽貌似互不相干，但实际上却是一体连枝，异派同源。这个"源"和"体"就是具有悲剧身世，在政治生活、爱情生活和婚姻生活上遭遇过种种不幸的感伤诗人李商隐。他的诗，就是上述种种不幸的表现与寄托。从这个意义上说，每一种异说实际上都是同一"体""源"上的"枝""派"。各种异说之产生，是由于不同的读者，站在不同的角度去感受，根据不同的内外证据去理解这首内容虚泛、表现"无端"的"惘然"之情的诗的结果。它们可以说都是对《锦瑟》这一艺术整体某一方面的真实反映与把握。因而对各种主要的异说加以融通，便有了合理的依据和基础。不妨说，纷歧的异说是分别认识其一枝一节，而融通则是将它们还原为一个有机的整体。那些牵合附会政治的异说之所以难以被融通，原因也在于它们既脱离文本，又脱离这个"体"与"源"。

融通的方式，基本上是两种。一种是以某一说为主，吸收融合它说的合理成分。这种方式比较常见，如上举许彦周之说即是以适怨清和说为主而兼融令狐青衣说，屠隆之说则是以令狐青衣说为主而兼融适怨清和说。汪师韩、姜炳璋、张采田、汪辟疆虽主自伤说，而又吸收了自叙诗歌创作说，张氏还包含了悼亡说的成分。钱锺书虽主自叙诗歌创作说，但又兼融了自伤说与适怨清和说。兼融的情况，主要视为主之说内涵的可容度。一般地说，像自伤、自叙诗歌创作说由于有较大的可容度，吸收融化异说便比较容易。适怨清和说也有较大变通余地。而悼亡说与令狐青衣说由于所指过于具体，便很难兼融其他异说。从《锦瑟》阐释史看，可容度大的异说往往比较通达，而可容度小的则往往牢守阃域而少旁通。

另一种融通方式是在主要异说的基础上概括提升，从更高层面加以统摄。清代徐、陆的"就瑟写情"说与当代王蒙的"无端"说便属于这种方式。徐、陆之说既有适怨清和的成分，又有自伤的成分，但不是二者的简单融合，而是从更高层面兼融众说，他们所说的"情"，内涵可以很广。王蒙的"无端"说更将《锦瑟》所抒的惘然之情视为一种综合了许多情感基因的形态混沌的既深又泛的情。两种不同的融通方式实际上反映了对《锦瑟》所抒之情的性质、内容、形态的不同看法，都各有其合理性。

人们对一个复杂对象的认识往往先从每一局部、方面开始，然后再整合概括，形成对它的整体认识。《锦瑟》阐释史上从纷歧到融通的总趋势正反映了人们认识复杂事物的历程。

至此，我们或许可以对《锦瑟》的主要异说作这样的融通：这是一首借咏瑟声瑟境以抒因"思华年"而引起的"惘然"之情的诗。颔腹两联所写的迷离、哀怨、清寥、虚缈之境，既是锦瑟的弦弦柱柱奏出的悲声，也是诗人在听奏锦瑟时引起对华年的思忆，与瑟声共振的心声心境，自然也不妨将它视为表现华年之思的诗歌中展现的种种境界。而诗人的怀人、悼亡之情也统包于上述诸境之中了。

[原载《安徽师范大学学报》(人文社会科学版) 2003年第3期]

白描胜境话玉溪

历代对李商隐诗的主导看法

在诗歌接受史上，某些有影响的"第一读者"对被接受对象的看法和评价，由于在一代又一代的接受之链上被充实和丰富，往往成为对被接受对象的主导看法乃至定论，但任何读者对前人创作的理解与接受都不可避免地有其时代和自身的局限性、片面性。因此，当某些"第一读者"的看法在代代相承的接受过程中成为主导意见乃至定论后，就有可能掩盖被接受对象客观存在的另一些特征乃至重要特征。这种情况，在李商隐诗歌接受史上表现得相当典型。本文拟在历代对李商隐诗的主导看法之外，揭示出李诗的另一重要特征——白描，以期对李诗有比较全面的认识。

历代对李商隐诗的主导看法，概略地说，有以下三个方面：一是风格绮艳，二是用典繁僻，三是善学杜诗。其中一、二两个方面都和西昆派对商隐诗的接受有密切关系。

西昆派之前，晚唐五代时期受商隐诗风影响的唐彦谦、韩偓、吴融等人的创作中，已经透露出其时诗坛对商隐诗的看法和选择趋向主要着眼于其诗风的绮艳。但他们对后世的影响都不如西昆派。在李商隐诗接受史上，西昆派是作为一个风靡宋初诗坛数十年、有相当规模的诗人群体而存在的，因此其影响相当巨大深远。他们对商隐诗的接受，主要体现在其诗歌创作对商隐诗的学习摹拟上。西昆体的主要特点，一是词藻华美，二是用典繁富，三是对仗工切、音韵铿锵。他们标榜学李商隐诗，主要着眼于这几方面。这实际上反映了他们对商隐诗的看法与取舍。尽管杨亿《谈苑》论及玉溪生诗时，曾谓其"富于才调，兼极雅丽，包蕴密致，演绎平畅"[1]，赞赏义山《宫妓》诗措辞寓意之"深妙"[2]，并不只赏其词藻典故之华赡。但在实际创作中，西昆派对李诗的接受主要是挹其芳润，侧重于雕章琢句，堆砌词藻典故。西昆派对商隐诗的这种片面接受，对后世评家对李商隐诗的看法影响很大。不但有人干脆将商隐诗也称作西昆体，而且在西昆体遭到严厉批评之后人们对商隐诗的看法仍受到西昆派的影响。从这个意义上说，西昆派是李商隐诗接受史上的最有影响力的"第一读者"群体。

西昆派之后，认为商隐诗风格绮艳的有代表性的评论如：

范晞文《对床夜语》：

> 商隐诗："斗鸡回玉勒，融麝暖金釭。玳瑁明珠阁，琉璃冰酒缸。"七言云"：不收金弹抛林外，却惜银床在井头。彩树转灯珠错落，绣檀回枕玉雕锼。"金玉锦绣，排比成句，乃知号至宝丹者，不独王禹玉也。[3]

敖陶孙《诗评》：

> 李义山如百宝流苏，千丝铁网，绮密瑰妍，要非适用。[4]

方回《秋晚杂书三十首》（其二十）：

> 人言太白豪，其诗丽以富……余编细读之，要自有朴处……何至

---

① 江少虞：《宋朝事实类苑》卷三四"玉溪生"条。上海古籍出版社1981年版。
② 胡仔：《苕溪渔隐丛话·后集》卷一四引《杨文公谈苑》。人民文学出版社1962年版。
③ 丁福保辑：《历代诗话续编》（上册），中华书局1983年版，第442页。
④ 《臞翁诗评》，《丛书集成初编》本。

昌谷生，一一雕丽句……亦焉用玉溪，纂组失天趣。①

杨基《无题和李义山商隐序》：

尝读李义山无题诗，爱其音调清婉，虽极其秾丽。然皆托于臣不忘君之意，而深惜乎才之不遇也。②

许学夷《诗源辩体》：

商隐七言律，语虽秾丽，而中多诡僻。
商隐七言绝，如《代赠》……《鸳鸯》……《春日》……全篇较古律艳情尤丽。③

陆时雍《诗镜总论》：

李商隐丽色闲情，雅道虽漓，亦一时之胜。④

钱谦益《题冯子永日草》：

又尝谓李义山之诗，其心肝腑脏窍穴筋脉，一一皆绮组缛绣排纂而成，泣而成珠，吐而成碧，此义山之艳也。⑤

又朱鹤龄引钱氏语云：

玉溪生诗，沉博绝丽。⑥

---

① 方回：《桐江续集》卷二，《四库全书》本。
② 杨基：《眉庵集》卷九，《四库全书》本。
③ 《诗源辩体》卷三〇，人民文学出版社1987年版，第289页。
④ 丁福保辑：《历代诗话续编》（下册），中华书局1983年版，第1422页。
⑤ 钱谦益：《有学集》卷四八，《四部丛刊》本。
⑥ 朱鹤龄：《李义山诗集笺注》卷首朱氏自序引钱氏语，清顺治十六年刻本。

除杨基、钱谦益外，多数评家对商隐诗的绮艳持批评甚至否定态度。
认为李商隐诗用典繁僻的代表性评论如：

惠洪《冷斋夜话》：

> 诗到李义山，谓之文章一厄，以其用事僻涩，时称西昆体。①

吴炯《五总志》：

> 唐李商隐为文，多检阅书史，鳞次堆积左右，时谓为獭祭鱼。②

黄彻《䂬溪诗话》：

> 李商隐诗好积故实，如《喜雪》……一篇中用事者十七八……以
> 是知凡作者，须饱材料。③

范晞文《对床夜语》：

> 诗用古人名，前辈谓之点鬼簿，盖恶其为事所使也……李商隐诗
> 半是古人名，不过因事造对，何益于诗？至有一篇而叠用者。④

胡应麟《诗薮》：

> 李商隐……填塞故实。⑤

除黄彻从商隐诗好积故实得出"作者须饱材料"的结论外，多数论者

---

① 《冷斋夜话》，《丛书集成初编》本。
② 《五总志》，《丛书集成初编》本。
③ 丁福保辑：《历代诗话续编》（上册），中华书局1983年版，第399页。
④ 丁福保辑：《历代诗话续编》（上册），中华书局1983年版，第427页。
⑤ 《诗薮·内编》卷五，中华书局上海编辑所1962年版。

认为用事繁僻是诗家一病。

第三个方面是认为商隐善学杜诗。此说首倡者为王安石。《蔡宽夫诗话》云:

> 王荆公晚年亦喜称义山诗,以为唐人知学老杜而得其藩篱者,唯义山一人而已。每诵其"雪岭未归天外使,松州犹驻殿前军""、永忆江湖归白发,欲回天地入扁舟"与"池光不受月,暮气欲沉山""、江海三年客,乾坤百战场"之类,虽老杜无以过。[①]

王氏于唐代诗人中最推尊杜甫,此论一出,对后代影响深远,成为商隐诗接受史上除西昆派之外另一著名的"第一读者"。后来阐发商隐学杜之说的评论很多,如:

朱弁《风月堂诗话》:

> 李义山拟老杜诗云:"岁月行如此,江湖坐渺然。"真是老杜语也。其他句"苍梧应露下,白阁自云深"、"天意怜幽草,人间重晚晴"之类,置杜集中亦无愧矣。然未似老杜沉涵汪洋,笔力有余也。义山亦自觉,故别立门户成一家。[②]

袁桷《书郑潜庵李商隐诗选》:

> 李商隐诗号为中唐警丽之作,其源出于杜拾遗。晚自以不及,故别为一体。[③]

释道源云:

---

① 胡仔:《苕溪渔隐丛话·前集》卷二二"王荆公爱义山诗"条。人民文学出版社 1962年版。
② 《风月堂诗话》,中华书局1988年版。
③ 《清容居士集》卷四八,《四部丛刊》本。

吾以为义山之诗，推原其志义，可以鼓吹少陵。[①]

钱龙惕《玉溪生诗笺叙》：

> 至如高廷礼、李空同之流，欲为杜诗而黜义山为晚唐卑近，是登山而不由径，泛海而断之港也。[②]

朱鹤龄《笺注李义山诗集序》：

> 且吾观其活狱弘农，则忤廉察；题诗九日，则忤政府；于刘蕡之斥，则抱痛巫咸；于乙卯之变，则衔冤晋石；大和东讨，怀"积骸成莽"之悲；党项兴师，有"穷兵祸胎"之戒。以至《汉宫》《瑶池》《华清》《马嵬》诸作，无非讽方士为不经，警色荒之覆国。此其指事怀忠，郁纡激切，直可与曲江老人相视而笑，断不得以"放利偷合"、"诡薄无行"嗤摘之也……义山之诗，乃风人之绪音，屈宋之遗响，盖得子美之深而变出之也。[③]

宋元明三代，除王安石之论内容形式并重外，论义山学杜者多从风貌句格与杜诗相似着眼。至清初则侧重从继承杜诗忧国伤时的精神着眼，但都认为义山善学杜诗。

以上列举的历代对李商隐诗的几种主导看法，归结到一点，即认为义山诗离朴素、自然、本色很远，是着意雕饰、锤炼的典丽精工型。辞采的华美绮艳、用事的繁富深僻以及杜诗式的锤炼精工都是和朴素、自然、本色相对立的。但是，商隐诗是否只有绮艳、锤炼和用事繁富这一面呢？回答是否定的。

---

① 钱谦益：《有学集》卷一五《注李义山诗集序》引道源语。《四部丛刊》本。
② 钱龙惕：《玉溪生诗笺》卷首，日本静嘉堂文库藏本。
③ 朱鹤龄：《李义山诗集笺注》卷首。

义山诗自有白描佳境

如果我们既充分尊重历代对商隐诗的主导看法，又不为其所囿，对商隐诗作更全面的考察，就不难发现，商隐许多写得相当出色的诗其实并不属于典丽精工型（或如钱谦益所说的"沉博绝丽"型），而是白描型的。它们往往采用直接描写、抒情的手段，不用秾艳的词藻，不用或少用典故，以清新流美的笔触创造出别具一格的白描诗境。

为了说明白描诗境在义山诗中所占的比重，便于与典丽精工型的作品作比较，不妨按诗体列出一个两种类型的诗选目对照表：

五古

白描型：无题（八岁偷照镜）　行次西郊作一百韵　戏题枢言草阁三十二韵　井泥四十韵　骄儿诗（5首）

典丽精工型：无

七古

白描型：无题四首（其四）韩碑（2首）

典丽精工型：七月二十八日夜与王郑二秀才听雨后梦作　无愁果有愁曲北齐歌　日高　海上谣　燕台诗四首　河内诗二首　河阳诗偶成转韵七十二句赠四同舍（12首）

五律

白描型：十一月中旬至扶风界见梅花　淮阳路　春宵自遣　幽居冬暮　落花　寒食行次冷泉驿　桂林　晚晴　高松　访秋　桂林道中作　江村题壁　即日（桂林闻旧说）北楼　思归　寓目　昭州风　江上　楚泽归墅　九月于东逢雪　哭刘司户蒉　哭刘司户二首　蝉　夜出西溪　杨本胜说于长安见小男阿衮　因书　风雨　赠柳　李花　秋月　北青萝　寄裴衡　河清与赵氏昆季宴集得拟杜工部　凉思（37首）

典丽精工型：鄠杜马上念汉书　明日　即日（小苑试春衣）　夜饮　如有（5首）

七律

白描型：及第东归次灞上却寄同年　出关宿盘豆馆对丛芦有感流莺

九日　野菊　辛未七夕　七月二十九日崇让宅宴作　王十二兄与畏之员外

相访见招　杜工部蜀中离席　二月二日　写意　即日（一岁林花）　柳

（江南江北）　子初郊墅　复至裴明府所居（15首）

典丽精工型：锦瑟　圣女祠　重过圣女祠　潭州　赠刘司户蕡南朝

寄令　狐学士　哭刘蕡　药转　隋宫　筹笔驿　九成宫　无题二首（其一

昨夜星辰）　无题四首（其一来是空言、其二飒飒东南）曲池　留赠畏之

（清时无事）　碧城三首　对雪二首　玉山　牡丹（锦帏初卷）　促漏

一片（一片非烟）　马嵬（海外徒闻）　富平少侯　临发崇让宅紫薇　过

伊仆射旧宅　银河吹笙　闻歌　水天闲话旧事重有感　中元作　楚宫（湘

波如泪）　利州江潭作　茂陵　泪　无题二首（凤尾香罗、重帏深下）

当句有对　隋　师东　宋玉　正月崇让宅　曲江　天平公座中呈令狐相

公　回中牡丹为雨所　败二首（49首）

五排

白描型：戏赠张书记　大卤平后移家到永乐县居书怀十韵　念远　摇

落　商於　西溪（怅望西溪水）（6首）

典丽精工型：碧瓦　武侯庙古柏　有感二首　肠　灯　镜槛　哭遂州

萧侍郎二十四韵　送千牛李将军赴阙五十韵　送从翁从东川弘农尚书幕

五言述德抒情诗一首四十韵献上杜七兄仆射相公　拟意（12首）

五绝

白描型：夜意　饯席重送从叔余之梓州　悼伤后赴东蜀辟至散关遇

雪　巴江柳　忆梅　天涯　滞雨　乐游原（向晚意不适）（8首）

典丽精工型：无

七绝

白描型：初食笋呈座中　宿骆氏亭寄怀崔雍崔衮　东还　夕阳楼　灞岸

寄令狐郎中　代秘书赠弘文馆诸校书　端居　过楚宫　楚吟　梦令狐学士

白云夫旧居　夜冷　西亭　七夕　夜雨寄北过招国李家南园二首　旧顿　天

津西望　离亭赋得折杨柳二首　关门柳　霜月　嫦娥　暮秋独游曲江　代赠二首　为有　宫辞　访隐者不遇成二绝　忆匡一师　春光（一作日日）夜半花下醉（36首）

　　典丽精工型：屏风　春日　汉宫词　隋宫（乘兴南游）明神　齐宫词　青陵台　闺情　宫妓　瑶池　骊山有感　北齐二首　月夜重寄宋华阳姊妹　贾生　漫成五章　寄怀书蟾　偶题二首　无题（紫府仙人）无题（白道萦回）（25首）

　　以上共计白描型各体诗109首，典丽精工型各体诗103首①，数量大体相当。从体裁看，白描型的诗主要分布在五律、七绝、五绝、五古这几种诗体中，而典丽精工型的诗则主要分布在七律、七古、五排这几种诗体中，二者正好互补。从题材看，白描型的诗多为一般即景即事抒情之作，而咏史、咏物、无题、爱情等题材的诗多为典丽精工型。从创作时期看，虽两种类型的诗均贯串了各个创作阶段，但从总的趋向看，后期创作（包括桂幕、梓幕）中白描型的作品明显增多。以上几个方面的对照，说明商隐的白描型作品跟特定的生活与感情内容、跟某些体裁的体性、跟特定时期的心境及诗艺发展由绚返素的一般规律等密切相关。

　　为了进一步说明商隐以白描为主要特征的诗艺术上的特点与成就，下面再按体裁结合有代表性的作品进行一些分析。

　　五绝。商隐37首五绝中以白描为主要特征的有两种类型：一种是以《乐游原》为代表的直抒感慨而意境浑融的类型，另一种是以《悼伤后赴东蜀辟至散关遇雪》为代表的思致婉曲而一气浑成的类型。《乐游原》所抒发的感慨，触绪多端，内涵深广，形态浑沌，难以指实。诗人用白描手法浑沦抒慨，而举凡时世衰颓、身世沉沦、年华消逝之慨，乃至对一切美好事物消逝之惋惜怅惘，均可在"向晚意不适"的情感基因与"夕阳无限好，只是近黄昏"的浩叹中包蕴，故管世铭谓其"消息甚大，为绝句中所

①　这个对照选目中的具体诗篇未必尽当，但大体情况不差。

未有"①。浑沦抒慨的白描手段为大容量大概括提供了成功的艺术创造凭借。《天涯》在感情的抒发与意境的创造方面与《乐游原》有相似之处。《悼伤后赴东蜀辟至散关遇雪》由"从军"转出"无衣",又由"无衣"转到眼前的"三尺雪",再转出梦中的"旧鸳机"。虽辗转相生,却始终不离"悼伤后"这个总背景,一气旋折而又一气浑成。《滞雨》由滞雨长安而生独对残灯的羁愁,由思归不得转生梦归故乡的痴想。但又转思值此秋霖苦雨之时,故乡恐亦为层云叠雾、凄风苦雨所笼罩,故又生"归梦不宜秋"的感慨。是则秋霖苦雨不但滞客之归,而且阻客之归梦,甚至阻归梦之想。思致之婉曲,于此为极,题中的"滞"字,也在连透数层中被写透了。但这层层曲折,在诗人笔下,却像行云流水,运转自如,毫无刻意求深求曲之迹,正如纪昀所评:"运思甚曲,而出以自然,故为高唱。"②

七绝。商隐192首七绝中,咏史七绝达40余首,这类七绝虽"以议论驱驾书卷,而神韵不乏"③,但因题材的关系,其基本手段是隶事用典,与白描自有明显区别。其以白描见长者,多为一般即景抒情之作。这些七绝,不事藻采,不用典故,以情韵风调取胜。历代传诵的《夜雨寄北》便是白描胜境的典型。评家虽可从"巴山夜雨"之境的虚实与时空转换中分析出此诗构思之精致,但实际上诗人在创作时或许只是在巴山夜雨之际,适逢友人来书询问归期,不禁触动绵长的羁愁,而生出"何当共剪西窗烛,却话巴山夜雨时"的期盼。诗的佳处,在诗心诗情,而非缘刻意构思。屈复评道:"即景见情,清空微妙,玉溪集中第一流也。"④纪昀评道:"作不尽语每不免有做作态,此诗含蓄不露,却只似一气说完,故为高唱。"⑤都揭示出此诗的自然本色之美。《宿骆氏亭寄怀崔雍崔衮》也有类似特点。秋阴、枯荷、夜雨,对于相思的旅人,本是难以为怀之境,但枯

---

① 管世铭:《读雪山房唐诗序例》,载《清诗话续编》(下册),上海古籍出版社1983年版,第1561页。

② 沈厚塽辑:《李义山诗集辑评》卷下引纪评,清同治九年广州倅署刻本。

③ 施补华:《岘佣说诗》,《清诗话》下册,上海古籍出版社1978年版,第998页。

④ 屈复:《玉溪生诗意》卷六,清乾隆四年扬州芝古堂刻本。

⑤ 纪昀:《玉溪生诗说》卷上,清光绪十三年朱记荣校刊本。

荷听雨的清韵，又别有一番情致，可以稍慰寂寥。这里包含了对衰飒凄清之美的发现与欣赏。这种诗境，并非刻意施巧而成，而是商隐审美个性与情趣的自然流露。但这种自然触发又出之自然的诗境有时却不免遭到评家的误解。如《夕阳楼》：

> 花明柳暗绕天愁，上尽重城更上楼。欲问孤鸿向何处，不知身世自悠悠。

纪昀评曰："借孤鸿对写，映出自己，吞吐有致，但不免有做作态，觉不十分深厚耳。"[①]纪氏将"欲问""不知"看成故作抑扬吞吐之致，又把"孤鸿"与诗人"身世"之间的关系看成有意的对映，自然觉得有做作态。实则三四两句抒写的是一种即景触发的人生感慨：方将同情孤鸿之孑然南征，忽悟自己的身世正复如彼，是怜人者正须被怜，而竟无人怜之。言情之凄惋入神，正在"欲问""不知"的忽然悟到与自然转换间。还是谢枋得说得好："若只道身世悠悠，与孤鸿相似，意思便浅。'欲问'、'不知'四字，无限精神。"[②]只说身世与孤鸿相似，是有意拉孤鸿作比，自不免呆相；而"欲问""不知"则是瞬间触发的自然联想，故显得"无限精神"。商隐许多七绝佳作，其深长的情韵每蕴含于此种情与景适然相触所构成的白描诗境中。如《代赠》：

> 楼上黄昏欲望休，玉梯横绝月如钩。芭蕉不展丁香结，同向春风各自愁。

三四移情入景，那不展的芭蕉与缄结的丁香，似乎成了女主人公愁绪的外化与象征。但这种象征意味正是由于作为客观物象的"芭蕉不展丁香结"，乃是女主人公愁绪的触发物的缘故。加上对称而错落的句式，一气流走而

---

① 纪昀：《玉溪生诗说》卷下，清光绪十三年朱记荣校刊本。
② 《谢叠山先生评注四种合刻·叠山先生注解章泉涧泉二先生选唐诗》，光绪刘氏刻本。

回环的格调，使这首诗情致宛转，极具自然流畅的风调之美。《端居》的写法与此类似而更含蓄：

> 远书归梦两悠悠，只有空床敌素秋。阶下青苔与红树，雨中寥落月中愁。

《离亭赋得折杨柳二首》与《暮秋独游曲江》则以直抒至深至挚之情创造白描胜境。前诗云：

> 暂凭尊酒送无憀，莫损愁眉与细腰。人世死前唯有别，春风争拟惜长条。
> 含烟惹雾每依依，万绪千条拂落晖。为报行人休尽折，半留相送半迎归。

两首为联章体，均从题内"折"字展转生发。首章先因柳之眉愁腰瘦而嘱以"莫损"。"人世"句突作转折，由"莫损"变为"争惜"，评家誉为"惊心动魄，一字千金"[①]，柳之不惜以身殉情的品格也因此而凸现。次首又由柳在斜日暮霭中依依飘拂的多情形象进一步生出"为报行人休尽折，半留相送半迎归"的妙想，不仅突破折柳送别的传统，而且创造出具有乐观情调的新境界。两首中的关键句，都是直接抒情的白描佳句。《暮秋独游曲江》：

> 荷叶生时春恨生，荷叶枯时秋恨成。深知身在情长在，怅望江头江水声。

"深知"句直抒至情，末句复以"怅望江头江水声"的不尽语作收，遂觉此恨绵绵永无绝期。

五律。商隐五律150余首，数量仅次于他的七绝而超过了七律。其中

---

① 何焯：《义门读书记·李商隐诗集笺记》，清乾隆三十一年蒋元益序刊本。

颇多学杜之作。反映时事的《淮阳路》《哭刘司户蒉》等作既能得杜之沉
着，又能得其流走，且均能创白描佳境。前诗云：

　　　　荒村倚废营，投宿旅魂惊。断雁高仍急，寒溪晓更清。昔年尝聚
　　盗，此日颇分兵。猜贰谁先致，三朝事始平。

前两联是荒村夜宿晓行的素描，描绘出淮西一带经历长期战乱后荒凉残破
景象，笔致流走。后两联推原祸始，感慨深沉。纪昀评曰："气脉既大，
意境亦深。沉着流走，居然老杜之遗。"①《哭刘司户蒉》前三联一气直
下，"天高"句感愤激烈，感情达到高潮。尾联"去年相送地，春雪满黄
陵"缓笔收转，逆挽去年黄陵雪中送别，于今昔对映中寓含无限怀想与感
怆，是很富抒情色彩的白描佳境。

　　五律中最能体现义山个性的是抒情书慨之作，其中以白描见长的佳篇
名联在义山诸体诗中最多。《落花》《晚晴》《高松》《北楼》《蝉》《杨本胜
说于长安见小男阿衮》《风雨》诸作，或抒惜花伤春意绪，或写珍重晚晴
之情，或抒僻处天涯之感，或写怀想中原之意，或抒系念儿女之怀，或发
梗泛羁泊之慨，大都与其悲剧性身世遭遇密切相关。《落花》：

　　　　高阁客竟去，小园花乱飞。参差连曲陌，迢递送斜晖。肠断未忍
　　扫，眼穿仍欲稀。芳心向春尽，所得是沾衣。

全篇不用一个典故，没有秾艳词藻，不施细致刻画，纯用白描。首联倒跌
而入，客去高阁，满目所见唯有落花乱飞，透露出心绪的迷惘纷乱。颔联
写落花纷飞，势连曲径，遥送斜晖的弥漫态势，诗人惜花的心情和目送落
花的黯然神伤也一齐传出。腹联侧重从人的主观感受角度写惜花心情，而
落花委积、残花依枝的情状仿佛可见。尾联"芳心""沾衣"双关，将落
花与具有落花般身世境遇与心境的诗人融为一体。诗中表现的"伤春"意

---

　　① 《玉溪生诗说》卷上。

绪，包蕴深广，诗人在表现这种意绪时，用笔也空灵超妙，毫不粘腻，正如吴乔所说，"通篇无实语"①。《蝉》诗"绝不描写用古"②，更是以白描著称的五律佳作。评家谓其"取题之神"③，正说明此诗写蝉，不重外在形状的描摹刻画，而是致力于表现人化的蝉的感情与心理。"一树"句奇想入幻，将清晨时分静寂不动的一树绿阴想象成对哀嘶欲绝的蝉冷漠无情的反应，显示出蝉对冷酷环境绝望的怨愤，这样的白描佳句，确实达到了离形得似的境界。《高松》同样以白描传神写意取胜，颔联"客散初晴后，僧来不语时"于侧面烘托中自见高松幽雅清高的气韵。《晚晴》的颔联"天意怜幽草，人间重晚晴"，境与情适然相值，于天意人情间恍若有悟，脱口道出，遂成诗情哲理与晚晴之景交融的境界。

写景抒情的白描佳作中，《凉思》《杨本胜说于长安见小男阿衮》在朴素平淡、清新流畅中蕴含绵邈深情。前诗云：

> 客去波平槛，蝉休露满枝。永怀当此节，倚立自移时。北斗兼春远，南陵寓使迟。天涯占梦数，疑误有新知。

这是诗人奉使南陵、留滞思家之作。首联写客去夜深的清寥境界，从仿佛意外发现江阔波平、蝉休露盈的视听感受中透出时间的悄然流逝和凉夜的寂寞，暗逗"思"字。颔联正写思念之悠长，语淡情深，笔意空灵，似对非对，情味隽永。腹联分写怀远之情与留滞之感。出句将空间的悬隔与时间的远隔在意念中融合，用一"远"字缩结，使时间之远仿佛具有空间的形象。尾联转从对面着笔，从遥揣妻子"疑误有新知"中进一步表现自己的深切思念与深情体贴。后诗是寄幕东川期间思念娇儿衮师之作：

---

① 吴乔：《围炉诗话》卷一，载《清诗话续编》（上册），上海古籍出版社1983年版，第543页。

② 吴乔：《围炉诗话》卷一，载《清诗话续编》（上册），上海古籍出版社1983年版，第543页。

③ 沈德潜：《唐诗别裁集》卷一二，中华书局1981年影印本。

闻君来日下，见我最娇儿。渐大啼应数，长贫学恐迟、寄人龙种瘦，失母凤雏痴。语罢休边角，青灯两鬓丝。

前三联一气直下，朴素如叙家常，尾联顿住，宕开写景，于青灯丝鬓的剪影和画角声停的旷寂中渗透无限悲凉。语淡情深，意余言外，最是白描佳境。

范晞文《对床夜语》云："'虹收青嶂雨，鸟没夕阳天'，'月澄新涨水，星见欲销云'，'池光不受月，野气欲沉山'，'城窄山将压，江宽地共浮'，'秋应为红叶，雨不厌苍苔'，皆商隐诗也，何以事为哉！又《落花》云'落时犹自舞，扫后更闻香'，《梅花》云'素娥唯与月，青女不饶霜'，尤妙。"[1]所举各联，除"池光"一联为五排中名联外，其他均为五律中白描佳联，说明范氏似已注意到商隐五律中颇多白描胜境。其实在商隐五律中，像这样的白描秀句还有不少。如："晚晴风过竹，深夜月当花"（《春宵自遣》），"独夜三更月，空庭一树花"（《寒食行次冷泉驿》），"江皋当落日，帆席见归风"（《访秋》），"异域东风湿，中华上象宽"（《北楼》），"虎当官路斗，猿上驿楼啼"（《昭州》），"四海秋风阔，千岩暮景迟"（《陆发荆南始至商洛》），"石梁高泻月，樵路细侵云"（《题郑大有隐居》），"桥回行欲断，堤远意相随"（《赠柳》），"自明无月夜，强笑欲风天"（《李花》），"秋池不自冷，风叶共成喧"（《雨》），"凭栏明日意，池阔雨萧萧"（《明日》），"落叶人何在，寒云路几层"（《北青萝》）。其中"桥回"一联，纪昀评曰："空外传神，极为得髓。"[2]袁枚更赞"堤远"句"真写柳之魂魄"[3]。"秋池"一联虽未描绘雨容雨声，却传出了秋雨的凄其寒意和诗人的凄寒心境，同样是离形取神的化工之笔。

七律。商隐七律117首，在诸体中艺术成就最高，也是用典繁富、词藻丽密、色彩秾艳的篇章最多的。西昆派刻意模仿的便主要是这类典丽精工型的七律和一部分同类型的五排。由于这一类型的七律被历代各种选本反复选

---

① 《对床夜语》卷四，载《历代诗话续编》（上册），第438页。

② 《玉溪生诗说》卷下。

③ 袁枚：《随园诗话》卷一，人民文学出版社1960年版。

录评赏，对后世的影响越来越大，不但被看成商隐七律的主流类型，甚至造成商隐七律唯有此种类型的错觉。实际上，商隐七律同样存在与典丽精工型相对的另一类型，即很少用典故和华丽的词藻，多用白描和直抒，通体清空疏朗的清空流美型。我在《李商隐的七律诗》①第三节"李商隐七律的两种类型——典丽精工与清空流美"中对后一种类型作过具体论述，并对两种七律的内在联系作过初步探讨，读者可以参看，这里不再重复。

五排。商隐五排共50首，多数属于典丽精工型，这和排律一向重典实藻采，重铺排对偶的传统有密切关系，长篇五排尤其如此。但商隐五排中一些抒情短章如《戏赠张书记》《大卤平后移家到永乐县居书怀十韵》《念远》《摇落》《崇让宅东亭醉后沔然有作》《西溪》等却很少用典，词采清丽，具有清畅流动的格调和深长的情韵。《戏赠张书记》：

> 别馆君孤枕，空庭我闭关。池光不受月，野气欲沉山。星汉秋方会，关河梦几还。危弦伤远道，明镜惜红颜。古木含风久，平芜尽日闲。心知两愁绝，不断若寻环。

结合眼前景写离思羁愁，戏张之想念妻室（张与商隐为连襟），妙不伤雅。"池光"一联，用白描手法写秋郊暮景，鲜明如画，且传出伤离者的索寞暗淡情思。"古木"一联，写秋郊萧瑟闲寂之景，寓兴在有无之间。《西溪》：

> 怅望西溪水，潺湲奈尔何。不惊春物少，只觉夕阳多。色染妖韶柳，光含窈窕萝。人间从到海，天上莫为河。凤女弹瑶瑟，龙孙撼玉珂。京华他夜梦，好好寄云波。

西溪在诗中是兴起迟暮之感、隔离之悲的触媒，诗亦如潺湲流水，自然流转。清空如话，情韵深长，堪称排律中之化境。

五古。商隐五古仅12首，各体中数量最少，但却包含了一系列重要作

---

① 刘学锴：《李商隐的七律诗》，《安徽师范大学学报》（人文社会科学版）2002年第1期。

品，如堪称一代史诗的长篇政治诗《行次西郊作一百韵》，反映其生平经历与思想性格的《戏题枢言草阁三十二韵》，表现骄儿衮师天真活泼情态，抒发人生感慨的《骄儿诗》，对世事变化莫测深表感慨的《井泥》，以及《无题》（八岁偷照镜）、悼亡诗《房中曲》等。这些诗大都写得比较质朴，其中有不少堪称白描妙境的段落，如《行次西郊》开头对京郊农村荒凉残破景象的素描，《骄儿诗》中间一大段对骄儿嬉戏情况的描摹，《戏题枢言草阁三十二韵》末段的即景抒怀等。贺裳说："义山绮才艳骨，作古诗乃学少陵，如《井泥》《骄儿》《行次西郊》《戏题枢言草阁》《李肱所遗画松》，颇能质朴。然已有'镜好鸾空舞，帘疏燕误飞'、'十五泣春风，背面秋千下'诸篇，正如木兰虽兜牟裲裆，驰逐金戈铁马间，神魂固犹在铅黛间也。"①其实，被贺氏指为不离绮艳本色的《无题》（八岁偷照镜）恰恰是义山无题诗中少见的白描佳作。前八句用乐府民歌中常用的年龄序数法叙事，迤逦写来，意注末二句："十五泣春风，背面秋千下。"这幅少女伤春的简洁素描正是全篇寓意的点眼。

七古。商隐20首七古中，仿长吉体的占了15首。它们大都辞采华美、色泽秾艳、意象繁密、意蕴隐晦，用典也比较多。但即使是以华艳隐晦为主要特征的商隐七古，也仍有别调。被誉为大手笔的《韩碑》既有高古奇崛的一面，又有清新明畅的一面，其中也不乏白描妙笔如"阴风惨澹天王旗"和受命撰碑、献碑的生动传神描写。短篇七古《无题四首》（其四）则颇有民歌风味，冯浩甚至极赞"东家老女嫁不售，白日当天三月半"为"神来奇句"②，说明这首诗深得乐府民歌擅长白描的神理。

以白描为主要特征的诗在义山创作中的意义
及不被重视的原因

从以上论列的义山白描佳作中可以看出，白描诗境并非义山偶然一

---

① 贺裳：《载酒园诗话又编·李商隐》，载《清诗话续编》（上册），第374页。
② 冯浩：《玉溪生诗集笺注》卷二，上海古籍出版社1979年版，第338页。

格，而是遍布于各种体裁，有相当大数量和相当高艺术质量的一大类作品的共同特点。指出这一点，丝毫不意味着要否认或贬低商隐诗风的另一面，即那些辞采华美、色泽秾艳、用典繁富、意象密集的典丽精工型之作。在某些诗体（七古、七律、五排）中，这还是一种主导诗风。问题在于，如何看待这两种表面上相对立的诗风在同一诗人的创作中并存，它们之间有无内在联系；白描诗境在商隐诗歌创作中究竟具有什么意义。

刘熙载《艺概·诗概》中论义山诗的两段话对我们思考这一问题很有启发，他说：

> 诗有借色而无真色，虽藻缋实死灰耳。李义山却是绚中有素。敖器之谓其"绮密瑰妍，要非适用"，岂尽然哉！①

所谓"借色"，联系上下文，即所谓"藻缋""绚"，亦即敖陶孙所说的"绮密瑰妍"，指义山诗绮艳华美的外表；而与之相对的"真色"，即"绚中有素"的"素"，究竟指义山诗中的什么东西呢？从刘氏的另一段话中可以得到回答：

> 杜樊川雄姿英发，李樊南深情绵邈。

"深情绵邈"是义山诗的内在本质。在刘氏看来，义山许多绮艳之作之所以能流传广远，关键在于其绮艳的外表下蕴含着绵邈的深情，这是义山的"真色"。这一点，完全可以从义山一系列绮艳中寓含真挚感情和深长感慨的咏史、咏物、无题及爱情诗中得到有力证明。刘氏虽未论及"绚中有素"之外的另一类以白描见长的诗，但他的上述评论却给我们以启示：义山一系列以白描见长的诗，其内在本质同样是"深情绵邈"。这一点，同样可以从上节论列的白描佳作中得到证实。这就是说，商隐两类表面上风格相对立的诗都具有共同的"真色"或本质——深情绵邈。这正是两类诗之间的内在联系，它们之间是对立的统一。如果说，前者是以"借色"显

---

① 刘熙载：《艺概》，上海古籍出版社1978年版，第65页。

"真色"，那么后者就是以朴素的白描手段直露本色。从更直接地显露义山诗"深情绵邈"的真色的角度看，后者对义山诗的本质更有认识意义、指示意义。把义山诗说成是唯美的，不如把它说成是唯情的。强调这一点，并不意味着贬低义山"绚中有素"这类诗的美学价值。两类不同特征的诗各有艺术表现的难度，也各有独特的美学价值。

既然商隐这类以白描见长的诗并非偶然一格，而是数量多、质量高且又直露深情绵邈本色的一大类作品，为什么自晚唐以来，一直得不到应有的重视呢？这和商隐诗在历代被接受的情况密切相关。晚唐五代，总体上说，是绮艳诗风盛行的时代，除了前面提到的唐彦谦、韩偓、吴融等人注目于商隐诗风绮艳的一面外，韦庄、韦縠的选本中也明显体现出这种倾向。韦庄《又玄集》选李诗4首（《碧城三首》之一、《对雪》《玉山》《饮席代官妓赠两从事》），多为绮艳之作。韦縠《才调集》选李诗多达40首，艳情之作占半数，其他咏史、咏物、宫怨等作，风格也偏于绮艳。当时严厉批评李商隐诗文的李涪也是从"词藻奇丽""纤巧万状，光辉耀日"而"无一言经国，无片意奖善"的角度来全盘否定的[①]。这些都反映了晚唐五代对商隐诗的基本看法。

宋初西昆派标榜学李商隐，更主要是从形式的整饬典丽、用事的繁密深僻等方面着眼，诚如范温所说，"盖俗学只见其皮肤，其高情远意皆不识也"[②]。但李商隐诗接受史上第一次大规模地集中地学习仿效李诗的群体性行动，无疑对后人认识、评价李诗产生了极深远的影响。后人批评西昆派，连及李商隐，也多从风格绮艳、用事深僻方面着眼。虽也有像王安石那样独具卓识的评论，但在当时并未成为共识。明代诗歌批评长期推尊盛唐，鄙弃中晚，李诗往往被批评为用事深僻，气韵衰飒。义山诗真正得到较高思想艺术评价是在清代。但钱谦益的"沉博绝丽"之评实际上一直影响着对商隐诗风的认识。因此尽管对义山诗的总体评价较此前有了很大提高，但李诗的白描胜境却一直很少有人注意到。从整个李商隐诗接受史

---

① 李涪：《刊误·释怪》。《四库全书》本。
② 胡仔：《苕溪渔隐丛话·前集》卷二二"李义山诗"条引。

看，真正注意及此的，除了前面引述的范晞文《对床夜语》的一段议论外，只有清代吴仰贤的这段话：

> 余初学诗，从玉溪生入手，每一握管，不离词藻，童而习之至老，未能摆脱也。然义山实有白描胜境，如咏蝉云"：五更疏欲断，一树碧无情。"咏柳云"：桥回行欲断，堤远意相随。"《李花》云："自明无月夜，强笑欲风天。"《落花》云："高阁客竟去，小园花乱飞。"《乐游原》云"：夕阳无限好，只是近黄昏。"《即日》云"：重吟细把真无奈，已落犹开未放愁。"《复至裴明府所居》云："求之流辈岂易得，行矣关山方独吟。"数联皆不着一字，尽得风流。①

不仅明确指出义山诗实有白描胜境，而且结合自己的创作实践交代了对此的认识过程。说明只有全面考察，才能摆脱传统看法的束缚，注意到义山诗实有白描胜境这一面。可惜范、吴两人在诗歌批评史上基本上没有什么影响，他们的评论也没有引起人们的注意。其实，对义山白描佳作中一些具体诗篇，像《夜雨寄北》《落花》《乐游原》等，不少选家评家都是交口称誉，且有精到评点的。但却很少有人由此出发，对义山诗集中同一类型的作品进行一次普查，从而发现这原是义山诗中一大类型，并进而对它在义山诗歌创作中的地位、意义，它与另一"绚中有素"类型的诗的内在联系等问题作进一步思考。因此，白描胜境的佳作始终只作为孤立的特例存在，没有作为一种重要类型进入研究者的视野。这就导致传统看法成为固定的难以突破的樊篱。这种长期积累加深的传统看法影响到对一个诗人的创作做出全面客观的认识与评价的情形，在李商隐身上表现得相当典型。

[原载《文学遗产》2003年第4期]

---

① 吴仰贤：《小匏庵诗话》卷一，光绪八年俞樾序本。

李商隐杂考二题

寄酬韩偓二绝作年考

李商隐大中五年深秋赴东川节度使幕（使府在梓州）前夕，同年兼连襟韩瞻设宴饯行。瞻子韩偓（小字冬郎）年方十岁，即席赋诗相送。韩偓敏捷的诗才给商隐和座客留下了深刻的印象。后来，商隐写了《韩冬郎即席为诗相送一座尽惊他日余方追吟连宵侍坐徘徊久之句有老成风因成二绝寄酬兼呈畏之员外》，诗云：

十岁裁诗走马成，冷灰残烛动离情。
桐花万里丹山路，雏凤清于老凤声。

剑栈风樯各苦辛，别时冰雪到时春。
为凭何逊休联句，瘦尽东阳姓沈人。

第二首诗末自注"沈东阳约尝谓何逊曰：'吾每读卿诗，一日三复，终未能到。'余虽无东阳之才，而有东阳之瘦矣。"

这两首七绝写得亲切风趣，风调甚佳。用"老成"与"清"来称赞韩偓的诗风，不仅表现了对诗坛后辈的激赏，也透露了诗人自己对诗歌的美学追求，有助于对商隐诗风诗境的把握。

但这两首诗究竟作于何时，却歧见杂出，迄无定论。冯浩《玉谿生年谱》系于大中七年，抵梓幕后不久（按：冯谱将商隐赴东川幕的时间定于大中六年，实误，应从张采田《玉谿生年谱会笺》改订为大中五年）。但具体解释诗句时却颇为犹疑："若云在梓幕作，则剑栈自谓，风樯似谓韩（瞻）有水程之役，颇通；但散关遇雪，抵梓赴蜀皆在岁前。且失偶未久，于寄韩情绪何不更含感悼？故两难细合也。无可定编，聊附于此。"

张采田《玉谿生年谱会笺》改系大中十年商隐罢东川幕随幕主柳仲郢还朝后，云："义山大中五年秋末赴梓，《散关遇雪》诗可证，有《留别畏之》作，故云'别时冰雪'。九年冬随仲郢还朝，十年春至京，有'楼上春云'诗（按：指《行至金牛驿寄兴元渤海尚书》）可证，故曰'到时春'。畏之自义山赴梓后，亦出刺果州（按：应为晋州，详下文），有《迎寄》诗可证。其还朝当在大中十年，所谓'剑栈风樯各苦辛'也。剑栈自谓，风樯指畏之。冬郎十岁裁诗相送，则追述大中五年赴梓时事，故《留赠畏之》诗有'郎君下笔惊鹦鹉'之句。至大中十年，冬郎当十五岁矣。近人震钧编韩（偓）谱，又列此诗于大中七年，似仍沿冯谬也。"

陈寅恪批吴汝纶评注本《韩翰林集》卷首则谓"此诗应作于大中五年"（见蒋天枢撰《陈寅恪先生编年事辑》民国三十年条）。叶葱奇《李商隐诗集疏注》亦谓二诗作于大中五年，解云："首句'各'是就'剑栈风樯'说，浅言之就是登山涉水总十分辛苦。冯浩以为'风樯似谓韩有水程之役'，大误。由长安到梓潼，经过汉水，经过嘉陵江，当然也须坐船。冯又疑'抵梓赴蜀，皆在岁前，且失偶未久，于寄韩情绪何不更含感悼？'其实这是将起程前所作。因为冬郎在钱筵上'即席为诗'，他隔了几天作此寄酬，所以序里说'他日追吟'，并不是抵蜀后才酬。古人同在一地赠答也多用寄……诗人当时虽然'失偶未久'，但在酬答一个少年晚辈的诗里，如何会沉痛地诉说？并且就第一首次句的'冷灰残烛'、第二首的下二句来看，虽未明及悼亡，凄怆的意味却已非常浓厚……细味'瘦尽'二字，显系作于悼伤后赴辟东川时。张采田……把'别时冰雪到时春'分成前后五年的事，未免太说不过去，并且看序文和诗中的意趣，分明距韩（偓）作诗相送的时间很近。"

霍松林、邓小军《韩偓年谱》［刊于《陕西师大学报》（哲学社会科学版）1988年第3、4期，1989年第1期］则谓二诗作于大中六年春，云："今案'剑栈风樯各苦辛，别时风（当作冰）雪到时春'，句意甚顺畅，谓：去冬分别于长安，各取道于水路，今春俱至蜀中矣。故此诗应为大中六年春追忆去冬韩偓裁诗相送之作。商隐时在梓州，诗成寄酬果（按：应作普）州。"

以上详征五家之说，归纳起来，实际上是三种说法。第一种，认为二诗作于大中五年赴东川幕前夕（叶葱奇、陈寅恪说）。第二种，认为二诗作于大中六年春（霍松林、邓小军说。冯浩虽系大中七年，但那是因为他将商隐赴东川幕定在大中六年，故与霍、邓说实相近）。第三种，认为二诗作于大中十年春自梓归长安后（张采田说）。

笔者原来赞同张说，在《李商隐诗歌集解》《李商隐诗选》中将二诗系于大中十年春。但近年因撰著《李商隐文编年校注》及《李商隐梓幕期间归京考》，对商隐梓幕期间的行踪及有关诗文的系年重新进行了考证，对韩瞻的仕历也在近人考证的基础上有了更具体的了解。重新审查诸家之说，认为这两首诗是商隐大中六年在梓幕时寄酬韩偓并兼呈时任普州刺史的韩瞻之作。结论与霍、邓之说虽同，但具体依据、论证及对有关诗句的解释均不相同。

先论证大中十年说之不能成立。张氏《会笺》在系年考证中举以为证的四首诗，有两首的系年明显错误，《留赠畏之》七律非大中五年赴梓前作，而是大中八年春商隐梓幕期间因事回京，事毕返梓前所作；《行至金牛驿寄兴元渤海尚书》非大中十年春随柳仲郢还朝途次所作，而是大中八年暮春自京返梓途次所作（详见笔者《李商隐梓幕期间归京考》，刊《文史》2002年第1辑）。撇开对这两首诗的误系不论，张氏所考的商隐大中五年秋赴梓，十年春随柳还朝的结论还是正确的（只是还京的日期不像张氏所考在春初，而是在暮春）。这样看来，张氏解"别时冰雪到时春"为五年秋在长安与韩瞻分别，十年春两人同时回京，似乎也可说得通。但将此说与韩瞻的宦历对照，却可断定其绝不可通。考韩瞻大中五年深秋商隐赴东川幕时正任尚书省某部员外郎，有《王十二兄与畏之员外相访见招小饮时余以悼亡日近不去因寄》《赴职梓潼留别畏之员外同年》可证。其后不久，韩瞻由员外郎出刺普州，商隐时在梓州，有《迎寄韩普州瞻同年》（普原作鲁，显误，冯浩以为当作果；叶葱奇、陶敏以为当作普，是，兹从叶、陶说）。出任普州刺史后数年，韩瞻当入朝任虞部郎中。《东观奏记》卷下："（夏侯）孜为右丞，以职方郎中裴诚、虞部郎中韩瞻俱声绩不立，诙谐取容，诚改太子中允，瞻凤州刺史。"《旧唐书·夏侯孜传》谓孜"（大中）十一年兼御史中丞，迁尚书右丞，然《通鉴·大中十一年》明确记载："春，正月，丙午，以御史中丞兼尚书右丞夏侯孜为户部侍郎、判户部事。"可证孜为尚书右丞在大中十一年正月之前。而韩瞻"声绩不立"当是已任虞部郎中有相当时日对其考绩所作出的结论。因而可大体推断其任虞中约在大中七、八年至十年这段时间内。又据大中八年春商隐自京返梓前所作《留赠畏之》诗，知韩偓其时已还朝。此诗首联云："清时无事奏明光，不遣当关报早霜。"其中两用郎中典。按《汉官仪》："尚书郎直宿建礼门，奏事明光殿。"《文选·沈约〈和谢宣城〉》"晨趋朝建礼"李善注引《汉书典职》："尚书郎昼夜更直于建礼门内。"联系此诗题下自注："时将赴职梓潼，遇韩朝回。"此时韩瞻所任官职当是尚书省郎中，诗当是韩瞻夜直宫中清晨朝回时商隐留赠之作。下句"当关"亦用郎中典。《东观汉记·汝郁传》："郁再征，载病诣公车……台遣两当关扶郁入，拜郎中。"两用郎中典，更加证明此时韩瞻必已升任郎中，很可能就是虞部郎中。将以上考述的韩瞻大中五年至十年的宦历与商隐寄酬韩偓的诗题对照，显然可见寄酬诗绝非大中十年所作。因为大中八年韩瞻已任郎中，商隐绝不可能在两年后的十年春仍称瞻为"畏之员外"。

而大中五年赴东川前作此二诗之说，则会遇到一个无法解释的问题，这就是对"剑栈风樯各苦辛，别时冰雪到时春"二句，特别是对后一句的解释。孤立地说，"别时"与"到时"不外乎以下三种可能的解读：一、别时与到时均指商隐；二、别时与到时均指韩瞻；三、别时与到时均兼指双方。而大中五年秋韩瞻正在朝任员外郎，自无"到时"可言，故依五年说，二、三两种可能可以排除，只剩下第一种，即"别时"与"到时"的主体都是商隐。五年秋商隐赴梓途中有《悼伤后赴东蜀辟至散关遇雪》诗，说"别时冰雪"似无问题（详究起来也存在一些问题，详后），但"到时春"却显然与实际情况不符，故不能成立。考商隐抵达梓州的时间在大中五年十月。《樊南乙集序》云："（大中五年）七月，尚书河东公（柳仲郢）守蜀东川，奏为记室。十月得见，吴郡张黯见代，改判上军。"柳仲郢七月被任命为东川节度使，按规定三千里内限二十日、三千里外限二十五日赴任，故最迟八月初即应启程，而商隐却因料理妻子王氏丧葬（王氏卒于是年春夏之交，商隐赴梓前当将其灵柩运回荥阳坛山旧茔安葬）及安顿幼小的儿女（寄养在长安）等事，直至中秋时仍在洛阳（有《西亭》诗可证），在长安所作《王十二兄与畏之员外相访见招小饮》诗尾联所写已是"秋霖"霏霏，"万里西风"的秋深景象。其自长安启程赴梓的时间当在九月初，故"十月得见"，明显是指十月（当是十月末）抵达梓州谒见幕主柳仲郢，其时书记之职已由张黯代理，故仲郢让商隐"改判上军"，担任节度判官。其后不久，十二月十八日，差赴成都推狱，有《为河东公上西川相国京兆公书》可证。在成都时，曾献诗文于西川节度使杜悰，有《献相国京兆公》二启及献杜悰五言长律二首。《武侯庙古柏》《杜工部蜀中离席》亦作于五年末六年正初西川推狱期间。这一切清楚不过地证明商隐抵达梓州的时间绝不是第二年春天，而是当年的十月。即使是出发前约略估计行程、预想抵达梓州的时间，也绝不可能和实际到达的时间相差两个月以上。叶葱奇先生对冯浩提出的问题（抵梓赴蜀，皆在岁前）和诗句中的"到时春"存在的明显矛盾没有任何正面解释，正说明依大中五年赴梓前作此二诗之说，这一显然的矛盾是无法弥合和解释的。

最后，来论证大中六年春作此二诗的理由，并对关键性的诗句"别时冰雪到时春"作出自己的解释。此说首先遇到的问题是何以题称"畏之员外"。因为其时韩瞻已就任普州刺史，诗是商隐由梓州寄酬并兼呈韩瞻的，何以题不称"韩普州"而仍称"畏之员外"？这一点可用唐人轻外郡重京职的风气来解释。在唐人诗文中，对方已出任外郡官职但仍以京职称之的情况十分普遍，即以商隐诗文而论，这方面的例证就有：《哭遂州萧侍郎二十四韵》、《哭虔州杨侍郎虞卿》、《郑州献从叔舍人褎》、《酬令狐郎中见寄》、《上郑州萧给事状》、《代李玄为崔京兆祭萧侍郎文》、《为濮阳公与蕲州李郎中状》、《上华州周侍郎状》、《上郑州李舍人状》四首、《上李舍人状》六首、《上河南卢给事状》、《为荥阳公祭长安杨郎中文》、《谢邓州周舍人启》、《为度支卢侍郎贺毕学士启》（以上列举各篇题内所称京职均为曾任的实职，而非检校官，也不包括对曾任宰相现任外官的相公一类尊称）。因此，韩瞻其时虽已任普州刺史，商隐在诗题中仍称其原任的京职"员外"，是完全符合唐人习惯的。其次，是对"剑栈风樯各苦辛，别时冰雪到时春"二句的解释。这两句诗的解释是相互关联的。如果上句是兼指商隐赴梓州和韩瞻赴普州各自的水陆行程，那么下句的"别时"和"到时"也理所当然地应兼指双方，即双方在冰雪中分别，又都在春天到达任所。但正如上文已详加考述的，商隐抵达梓州的时间是大中五年十月而绝非所谓"到时春"。由此可以推论出所谓"别时"并非指商隐与韩瞻在长安分别的时间。既然"别时"与"到时"都不指商隐或不包括商隐，那么剩下的唯一可能就是："别时"与"到时"都只指韩瞻。实际情况正是如此。所谓"别时冰雪"，是说韩瞻离别长安启程赴普州的时间正值冰雪严寒的冬天；"到时春"，是说韩瞻抵达普州的时间已是春天。"别"和"到"的对象都是地，而不是人，也不像一般所理解的那样，"别"指人，"到"指地方。由于商隐有一首《悼伤后赴东蜀辟至散关遇雪》，其中明确写到"散关三尺雪"，因此很容易将它与"别时冰雪"联系起来，认为"别时冰雪"是指商隐与韩瞻分别时正值冰雪之候。但细加推究，这并不符合实际。商隐从长安出发时，韩瞻殷勤相送，一直送到离长安九十里的咸阳。商隐有《赴职梓潼留别畏之员外》诗，尾联云：

京华庸蜀三千里，送到咸阳见夕阳。

　　诗是韩瞻将商隐送到咸阳后商隐留别之作，"见夕阳"是目击实景而非悬拟。说明两人分别时并非"冰雪"天气。离别韩瞻后，商隐独自西行，快到陈仓时，有《西南行却寄相送者》：

　　　　百里阴云覆雪泥，行人只在雪云西。
　　　　明朝惊破还乡梦，定是陈仓碧野鸡。

　　诗是离陈仓只有一天路程时写的。诗中提到了"雪泥"，说明已下过大雪，但从整个描写看，是已下小雪，正酝酿一场大雪的景象，果然到大散关就遇上了大雪。陈仓往东百里许为虢县境（即今之宝鸡），距长安已有三百里。这就说明商隐与韩瞻分别时并非"冰雪"天，只是在西行途中近陈仓时才下起了雪，至散关方是"三尺雪"。故"别时冰雪"只能是指韩瞻离别长安时正值冰天雪地的严冬。韩瞻从长安出发和抵达普州的时间虽无具体的文献记载，但从商隐的《迎寄韩普州瞻同年》一诗仍可大体推知：

　　　　积雨晚骚骚，相思正郁陶。
　　　　不知人万里，时有燕双高。
　　　　寇盗缠三蜀，莓苔滑百牢。
　　　　圣朝推卫索，归日动仙曹。

　　"寇盗"句下自注："时兴元贼起，三川兵出。"据《通鉴》，大中五年十月，"蓬、果群盗依阻鸡山，寇掠三川（按：指东、西川及山南西道），以果州刺史王赞弘充三川行营都知兵马使以讨之。"六年二月，"王赞弘讨鸡山贼，平之"，味诗中自注"时……三川兵出"，诗当作于平鸡山之前。而诗中所写"积雨晚骚骚""时有燕双高"等景象，已显为春天物候。因此，韩瞻抵达普州的时间在大中六年春天是没有问题的。普州距长安三千余里，按通常行程，需时两个月。因此可以推知韩瞻当在大中五年冬暮自长安启程，故云"别时冰雪"；行至梓州附近，已是"燕双高"之候，故抵普时当在二三月间，即所谓"到时春"。而明确了"别时冰雪到时春"分指韩瞻之别长安、到普州，则"剑栈风樯各苦辛"之所指也迎刃而解。韩瞻赴普州，既要经剑阁栈道（自利州至绵州一段路程），又要走嘉陵江、涪江水路，故说"剑栈风樯各苦辛"。"各"字是兼指水陆行程而言，而非指韩瞻赴普、义山赴梓的各自行程而言。

韩瞻此次出刺普州，其子韩偓当同往随侍，故商隐作此二诗"寄酬"在普州随侍其父的韩偓，并"兼呈"韩瞻。

"玉谿"考

商隐自号玉谿生，又自号樊南生。樊南生因开成五年秋冬自济源移家长安樊南而自号。玉谿生之自号，王士禛《居易录》曾云："同年子蒲州吴雯字天章……家蒲州中条山南永乐镇，临大河，对岸即华岳三峰也……有玉谿，即李商隐所居。"其《莲洋诗钞原序》亦云："中条之南，有地曰永乐，唐诗人玉谿生故居在焉。《水经》云：'河水又东，永乐涧水注之。'注谓渠猪之水，即其地也。《经》又云：'河水又东北，玉涧水注之。'注谓水南出玉谿。义山自号盖取诸此。"其《吴征君天章墓志铭》又云："中条山南之永乐，永乐唐县也。李石兄弟三相皆居之。诗人李商隐亦居之，号玉谿生。玉谿者，永乐水名也。"（以上三则均引自人民文学出版社出版之《带经堂诗话》）以为玉谿系永乐水名，义山曾居永乐，故以玉谿生自号。但义山移家永乐在会昌四年（844），而义山早在开成三年（838）作的《奠相国令狐公文》中即已自称"玉谿李商隐"，故其说实难成立。

冯浩《玉谿生诗集笺注》卷一考"玉谿"云："义山，怀州河内人。当少年未第时，习业于玉阳、王屋之山，详《画松》诗、《偶成转韵》诗。其《奠令狐公文》云'故山峨峨，玉谿在中'，必指玉阳、王屋山中无疑也。若《水经注》云：'河水自潼关东北流，玉涧水注之，水南出玉谿，北流径皇天原西，又北径闅乡城南，又北注于河。'此与义山所云，固相隔也。又云：'河水又东，永乐涧水注之。水北出薄山南，流经河北县故城西，又南入于河。'此亦称永乐溪水，而初无玉谿之名。乃会昌间义山曾寄居永乐，而后人遂以此为玉谿，亦非也。偶检《三水小牍》云：'高平县西南四十里，登山越玉谿。'此与玉阳、王屋地虽近接，界亦稍逾矣，细揣博求，意犹未惬。近读元耶律文正《王屋道中》诗云：'行吟想像罩怀景，多少梅花坼玉谿。'玩其词义，实有玉谿属怀州近王屋山者，大可为余说之一证。虽未能指明细处，必即义山之玉谿矣。"

冯氏不同意王士禛之说，认为《水经注》所云南出于玉谿之玉涧水，地与"故山"相隔。而"故山峨峨，玉谿在中"之"玉谿"必指玉阳、王屋山中无疑，并引耶律楚材诗句为证。由于有《奠相国令狐公文》的文字作为主要依据，其推论还是可靠的。但他所只指出了玉谿在玉阳、王屋山中这样一个较大的范围，并未明确其具体所在，而他所引元初耶律楚材诗这一外证，年代距唐又比较远，不能据此证明唐代王屋山中就有溪名为"玉谿"者。

解决这一问题的关键有二：一是"故山峨峨，玉谿在中"二句中的"故山"的具体含义；二是唐代在玉阳、王屋山中究竟有没有一条名叫玉谿的小溪。

故山或旧山，通常指代故乡。如司空图《漫书》之一："逢人渐觉乡音异，却恨莺声似故山。"高适《封丘作》："梦想旧山安在哉？为衔君命且迟回。"（旧山另有旧茔之义，亦多与故乡相关。）商隐祖籍怀州河内，但其诗文中的"故山"或"旧山"却非泛指故乡，而是指故乡的某座或某一片山。这从"故山峨峨""旧山万仞青霞外"（《偶成转韵七十二句赠四同舍》）的形容中可以明显看出。商隐青少年时代曾在王屋山的分支玉阳山学道。《李肱所遗画松诗书两纸得四十韵》云："忆昔谢骊骑，学仙玉阳东。千株尽若此，路入琼瑶宫……形魄天坛上，海日高瞳瞳。"玉阳东，即东玉阳山。将这几句与《偶成转韵》诗的这段文字对照：

旧山万仞青霞外，望见扶桑出东海。

爱君忧国去未能，白道青松了然在。

再联系"故山峨峨，玉谿在中"之文，可以断定他所说的"故山"或"旧山"就是靠近故乡怀州，早年曾在那里学道的王屋山及其分支玉阳山。

那么，玉谿究竟在玉阳、王屋山中的何处呢？与商隐同时代的温庭筠有一首《东峰歌》（见《温飞卿诗集笺注》卷二）为我们提供了最直接的证据。

> 锦砾潺湲玉谿水，晓来微雨藤花紫。
> 冉冉山鸡红尾长，一声樵斧惊飞起。
> 松刺梳空石差齿，烟香风软人参蕊。
> 阳崖一梦伴云根，仙菌灵芝梦魂里。

此诗又见于贾岛诗集，题作《莲峰歌》。佟培基《全唐诗重出误收考》云："《英华》三四二作岛，《乐府》一〇〇作温，则此诗之错简甚早。清人顾嗣立笺注飞卿诗时，依宋刻《金荃集》分为诗集七卷，别集一卷，此篇载卷二，乃宋椠原貌。而朱之蕃校本贾岛《长江集》中无此诗，《季稿》补入贾集卷后。李嘉言《长江集新校》作为附集，云：'按本诗似李贺体，温庭筠即学李贺为诗者，疑作温者是。'所论甚是。"除从版本及诗风方面辨明此系温诗外，还可从诗题的正误加以辨正。贾集题作《莲峰歌》，当指华山莲花峰，然诗中无一语涉及华山故实及莲峰形貌，其非咏华山莲花峰显然。而作《东峰歌》则是。盖此"东峰"即唐代道教圣地玉阳山之东峰，亦即义山诗"学仙玉阳东"之地。张籍《送吴炼师归王屋》云："玉阳峰下学长生，玉洞仙中已有名，……却到瑶坛上头宿，应闻空里步虚声。"玉阳山为王屋山之分支，在今河南济源县西，有东西两峰对峙，名东玉阳、西玉阳。朱鹤龄《李义山诗集笺注》卷下《李肱遗画松诗》"学仙玉阳东"句下注引《河南通志》："东玉阳山在怀庆府济源县西三十里，唐睿宗女玉真公主修道于此。有西玉阳山，亦其栖息之所。"《旧唐书·司马承祯传》："（开元）十五年，令承祯于王屋山自选形胜，置坛室以居焉……以承祯王屋所居为阳台观，上自题额，遣使送之……俄又令玉真公主及光禄卿韦绍至其所居，修金箓斋，复加锡赍。"可见无论是王屋山还是它的分支玉阳山，从开元时期起就是著名的求仙学道之地，故张籍诗有"玉阳峰下学长生"之说。诗中提到"仙菌灵芝"等景物，也说明"东峰"是求仙学道之所，且与商隐诗《东还》"自有仙才自不知，十年长梦采华芝"之语相合。而诗中提到的"阳崖"，当即王屋山之绝顶天坛，其南麓有阳台观，即司马承祯所居者。白居易有《早冬游王屋自灵都观抵阳台上方望天坛偶吟成章寄温谷周尊师中书李相公》诗，有句云："朝为灵都游，暮有阳台期……天坛在天半，欲上心迟迟。"灵都观即玉真公主修道之所。商隐《寄永道士》有"共上云山独下迟，阳台白道细如丝"之句。以上材料相互参证，可证阳台即温诗中的"阳崖"，亦即天坛。总之，《东峰歌》的"东峰"，即指东玉阳山无疑。

既然如此，则首句"锦砾潺湲玉谿水"之"玉谿"就必然是专称。联系《奠相国令狐公文》"故山峨峨，玉谿在中"之文，温诗中的"玉谿"显即义山文中的"玉谿"。笔者1998年曾至其地考察，见东西玉阳山高耸对峙，东峰尤其峻拔，两峰之间有溪水蜿蜒南流，当地人士云此即玉谿。当时对此犹未敢全信，今得温庭筠《东峰歌》这一同时代人的书证，方确信。将东西玉阳山之间的溪流命名为玉谿，谓"故山峨峨，玉谿在中"，那是再恰当不过的了。

由此得出的结论是《奠相国令狐公文》中所说的"故山峨峨，玉谿在中"和"弟子玉谿李商隐"，其"玉谿"即东西玉阳山之间的"玉谿"（亦即温庭筠《东峰歌》中所说的"玉谿水"）。而商隐即因其在玉阳山学道的经历而有此自号。

［清华大学出版社出版庆贺林庚先生九五华诞文集刊载，2005年］

温庭筠文笺证暨庭筠晚年事迹考辨

温庭筠诗词文兼擅。诗与李商隐并称"温李"，词为花间鼻祖，与韦庄并称"温韦"，骈文则与李商隐、段成式合称"三十六"。由于温文历来无人作过整理笺释，故研究其生平与创作者很少加以充分利用，致使这些文章中所反映的温氏生平行迹至今隐而未彰。笔者近来在撰《温庭筠全集校注》的过程中对其全部存世文（赋二首、状一首、书七首、启二十三首、榜文一首）均作了笺证注释，有不少新的发现，兹择要分别考述。

二十三首启中，除《上襄州李尚书启》系大和末开成初上山南东道节度使李翱的书信以外，其余均作于大中、咸通年间，即其晚年时期。其中涉及裴休的有四首。《上盐铁侍郎启》云："顷者萍蓬旅寄，江海羁游。达姓字于李膺，献篇章于沈约。特蒙俯开严重，不陋幽遐。至于远泛仙舟，高张妓席。识桓温之酒味，见羊祜之襟情。既而哲匠司文，至公当柄。犹困龙门之浪，不逢莺谷之春。今且俯及陶甄，将裁品物。辄申丹慊，更窃清阴。倘一顾之荣，将回于咳唾；则陆沉之质，庶望于骞翔。"此盐铁侍郎先历节镇，后知贡举，继以侍郎司盐铁，上启时又将为相。检孟二冬《登科记考补正》，庭筠所历诸朝知贡举者中，宦历与此完全相符者唯裴休一人。据郁贤皓《唐刺史考全编》，会昌元年至三年，裴休任江西观察使；会昌三年至大中元年，任湖南观察使；大中二年至三年，任宣歙观察使。又据《唐才子传·曹邺》，裴休大中四年，曾以礼部侍郎知贡举。此后，"累官户部侍郎，充诸道盐铁转运使，转兵部侍郎，领使如故"（《旧唐书·裴休传》)。题称"盐铁侍郎",启内又提及其"俯及陶甄,将裁品物"。启当上于大中六年八月稍前,即裴休以兵部侍郎领盐铁使行将为相之时。此启所透露的庭筠行迹有三点:一、裴休外任节镇时,庭筠曾往拜谒并献诗文,受到裴休款待。据庭筠现存诗文,在裴休任观察使的江西、湖南、宣歙三地中,庭筠行踪所及者唯有湖南一地。其《湘东宴曲》云:"湘东夜宴金貂人,楚女含情娇翠颦……重城漏断孤帆去,唯恐琼签报天曙。"湖南观察使治所潭州在湘水之东,故称"湘东"。诗中描写的湘东夜宴情景,当即启所谓"远泛仙舟,高张妓席",受裴休设宴款待的情景。诗、文互证,知会昌大中间休观察湖南期间,庭筠曾谒见献诗并受款待。又据庭筠会昌四年、六年均在长安,有《车驾西游因而有作》《会昌丙寅丰岁歌》为证,以及大中元年庭筠曾两次寄诗给岳州刺史李远,可以推知其谒见裴休当在大中元年,这从启述此事后紧接"既而哲匠司文"也可看出。二、裴休大中四年以礼部侍郎知贡举时,庭筠曾应进士试未第,此即启文所谓"哲匠司文,至公当柄,犹困龙门之浪,不逢莺谷之春"。三、此次上启,是祈裴休再予垂顾荐引,"庶望于骞翔",当与明春(大中七年春)应进士试有关(此点还可从其他上启中得到印证,详后)。

《上裴相公启》是裴休任宰相后所上。有的研究者认为此启系开成四年首春求恩裴度之作,并谓启内"至于有道之年,犹抱无辜之恨"的"有道之年"指郭有道(即郭泰)的享年四十二岁,借指上此启时庭筠自己的年岁〔见牟怀川《温庭筠生年新证》,载《上海师范学院学报》(哲学社会科学版)1984年第1期〕,并由此推出庭筠生于贞元十四年。但此说疑点颇多。其一,裴度为四朝元老,宪宗元和十二年即以平蔡首功封晋国公,大和八年加中书令。庭筠诗题或称裴晋公(《题裴晋公林亭》),或称中书令裴公(《中书令裴公挽歌词二首》),不应直到开成四年首春所上之启仍只称裴相公。其二,据《新唐书·裴度传》,开成三年,度"以病丐还东都。真拜中书令,卧家未克谢,有诏先给俸料。(四年)上巳宴群臣曲江,度不赴,帝赐诗曰:'注想待元老,识君恨不早。我家柱石衰,忧来学丘祷。'别诏曰:'方春慎疾为难,勉医药自持……'使者及门而度薨。"

可见自开成三年以来，度已衰病，且又年高（七十四岁）。揆之情理，庭筠也不大可能于度衰病时上启求助，且"以文赋诗各一卷率以抱献"，请其览阅揄扬。其三，"有道之年"非用郭泰卒年四十二岁之典（且以人之卒年借指己之现年，亦属不伦），而是泛称政治清明的年代。《论语·卫灵公》"邦有道，则仕"即"有道"二字所本。"至于有道之年，犹抱无辜之恨"与此启下文"康庄并轨，偏哭于穷途"意近。此裴相公亦指大中六年八月至十年十月任宰相之裴休（见《新唐书·宰相表》）。启末云"谨以文赋诗各一卷率以抱献"，则此启当是参加进士试前行卷的书信。参下《上封尚书启》《上杜舍人启》，此启当上于大中六年八月裴休任相后不久。

《上吏部韩郎中启》则是请求韩郎中在裴休前推荐自己，以求得盐铁转运使属官的书信。启云："升平相公，简翰为荣，巾箱永秘。颇垂敦奖，未至陵夷。倘蒙一话姓名，试令区处，分铁官之琐吏，厕盐酱之常僚，则亦不犯脂膏，免藏缣素。"此相公必兼领盐铁转运使者。合之"升平相公"之称，必指裴休。休居长安升平坊，故《剧谈录》《唐语林》称其为"升平裴相国""升平裴相公"。又，"休"有休平、休明之义，指天下太平。不敢称"休"之名，故以"升平相公"代指之。据《宰相表》，裴休大中六年八月为相，领使如故；八年十月罢使。故此启当上于此期间。六年八月休为相后，庭筠已上启裴休并献诗文赋，此必七年春落第后请韩郎中在休前荐举自己，以求得盐铁使之属官。韩郎中疑指韩琮。琮长庆四年登进士第。约大中五年擢户部郎中，李商隐有《为举人献韩郎中启》。大中八年任中书舍人（《东观奏记》卷中《广州节度使纥干泉贬庆王府长史分司东都制》，舍人韩琮之词。事在大中八年）。现存《郎官石柱题名》吏部郎中无韩琮，但其中既有残缺，柳仲郢以下又漫漶不能辨识，则琮或于大中五年任户中之后，八年任中舍之前曾任吏中。此启上于七年，时间正合。庭筠又有《为人上裴相公启》，系代人所拟，内容系请求裴休罢其现任县令之职，或改任虚闲散职，以便处理兄弟遭难、孀幼流离的家庭变故。启内述及"相公初缔郑栋，甫润殷林……拔于郎吏，委在弦歌"之事，并述及其人在担任县令期间的政事，此人当在大中六年八月休为相后不久即被任命为县令,至上启时已历数年。启当上于休为相之后期,约大中九年的"蝈鸣之月"(四月)。因与庭筠自身行止关系不大,不详述。

裴休之外,庭筠还分别给大中朝担任过宰相的白敏中、令狐绹乃至夏侯孜等人上启求助。其中上白敏中的两首或题目有误,或未具姓氏,须细加审辨。先看《上萧舍人启》:

> 某闻周公当国,东伐淮夷;陆抗持权,北临江汉……属者边塞失和,羌豪俶扰……相公手捐相印,腰佩兵符,威不搴旗,信惟盈缶……今者再振万机,重宣五教……四海遐瞻,共卜归还之兆;一阳初建,便当霖雨之期。

题曰"上萧舍人",文中却无一语涉及舍人。而是称"相公",且屡用"台庭""相印""陶熔""霖雨""周公当国"等指称宰相的词语。又云"今者再振万机,重宣五教",显系再居相位者。庭筠另有《上萧舍人启》,系代人上萧邺(或萧寘)之启,此启或涉前题而误。细审启文,所上之对象当为大中朝两任宰相之白敏中。据两《唐书》纪、传、表及《通鉴》,白敏中于会昌六年宣宗即位后不久即拜相,至大中五年三月出为邠宁节度使。《新唐书·白敏中传》:"会党项数寇边,(崔)铉言宜得大臣镇抚,天子向其言,故敏中以司空、平章事兼邠宁节度、招抚、制置使。"此即启所谓"羌豪俶扰""相公手捐相印,腰佩兵符"。"次宁州,诸将已破羌贼。敏中即说谕其众,皆愿弃兵为业",至是年八月,平夏、南山党项悉平。此即启所谓"威不搴旗,信惟盈缶"。大中六年四月,徙剑南西川节度使。十一年正月,徙荆南节度使。懿宗即位,敏中又于大中十三年十二月丁酉守司徒兼门下侍郎、同中书门下平章事,再度入相。咸通二年卒。启文"今者再振万机,重宣五教",即指其事。启又云"四海遐瞻,共卜归还之兆;一阳初建,便当霖雨之期",启当上于大中十三年十二月闻敏中重新入相消息不久,敏中尚在荆南未归朝时,离冬至未远。作启时庭筠仍在襄阳徐商幕。题当作《上司徒白相公启》。《上首座相公启》亦上白敏中之启，时间在一年后。首座相公，诸宰相中居首位者，又称首相。《春明退朝录》："唐制宰相四人，首相为太清宫使，次三相皆带馆职：弘文馆大学士、监修国史、集贤殿大学士。以此为序。"此首座相公的有关情况，启内虽未涉及，但言及自己的行踪时却有这样的叙写："昨者膏壤五秋，川途万里，远违慈训，就此穷栖。将卜良期，行当秒岁。"明言自己近五年来在远离京城的膏壤之地"就此穷栖"，眼下已值岁末，行将离此他适。对照庭筠生平经历行踪，所谓"膏壤五秋"的"穷栖"，只能指大中十年至咸通元年在襄阳徐商幕为巡官之事。《旧唐书·温庭筠传》："徐商镇襄阳，往依之，署为巡官。"《唐摭言》卷一一："执政间复有恶奏庭筠搅扰场屋，黜随州县尉。时中书舍人裴坦当制。"所谓"搅扰场屋"，一云指大中九年应举时"潜救八人"之事。《唐摭言》卷一三："北山（当作"山北"）沈侍郎主文年，特召温飞卿于帘前试之，为飞卿爱救人故也。适属翌日飞卿不乐，其日晚请开门先出，仍献启千余字，或曰潜救八人矣。"《东观奏记》卷下则载是年三月试宏词，"裴谂兼上铨，主试宏、拔两科。其年，争名者众，应宏词选……谂宽豫仁厚，有试题不密之说。前进士柳翰，京兆尹柳憙之子也。故事，宏词科只三人，翰在选中。不中选者言翰于谂处先得赋题，托词人温庭筠为之。翰既中选，其声聒不止，事彻宸听"。《旧唐书·宣宗纪》：大中九年，"三月，试宏词举人，漏泄题目，为御史台所劾，侍郎裴谂改国子祭酒，郎中周敬复罚两月俸料，考试官刑部郎中唐枝出为处州刺史，监察御史冯颢罚一月俸料。其登科十人并落下"。此事或更切"搅扰场屋"。庭筠因此被贬黜，时间不会离事发太久。裴坦大中十年即以职方郎中知制诰，职司起草诏敕。唐代他官知制诰者亦可称舍人（或云权知中书舍人事），故其贬隋县尉当在大中十年。《金华子》卷上："段郎中成式……退隐于岘山。时温博士庭筠方谪尉随县，廉帅徐太师商留为从事，与成式相善。"徐商大中十年春移山南东道节度使，庭筠之贬隋县尉、为徐商留署巡官正在十年。或据《东观奏记》卷下载庭筠贬隋县尉之"前一年，商隐以盐铁推官死"，认为庭筠之贬隋在大中十三年，此说明显与庭筠自己的上启"五秋""就此穷栖"之语不合。自大中十年至咸通元年岁杪，首尾正五秋。咸通元年，徐商征赴阙，庭筠罢幕，岁暮将谋他就，故云"将卜良期，行当杪岁"。其时宰相四人：白敏中、杜审权、蒋伸、毕诚。其中蒋伸大中十二年十二月拜相，杜审权大中十三年十二月拜相，毕诚咸通元年十月拜相，三相年资位望均远低于会昌六年即已拜相，大中十三年十二月再度入相之白敏中，故此"首座相公"当指白敏中[①]。与前启之仅表祝颂不同，此启明言己如"穷鸟入怀，靡及他所；羁禽绕树，更托何枝"，祈望白敏中"假一言之甄发"，表现了强烈的依投愿望。

大中朝另一长期居相位者为令狐绹，庭筠与绹及其子滈均有交往，见《北梦琐言》《旧唐书·温庭筠传》。其《上令狐相公启》透露了庭筠于咸通元年罢襄阳幕后曾在荆南节度使幕为从事的重要行迹，启云：

> 某郎第持囊，婴车执绋。旁征义故，最历星霜。三千子之声尘，预闻《诗》《礼》；十七年之铅椠，尚委泥沙。敢言蛮国参军，才得荆州从事。自顷藩床抚镜，校府招弓……藐是流离，自然飘荡。叫非独鹤，欲近商陵；啸类断猿，况邻巴峡……今者野氏辞任，宣武求才。倘令孙盛缇油，无惭素尚；蔡邕编录，偶获贞期。微回謦欬之荣，便在陶钧之列。

《新唐书·宰相表》：大中四年"十月辛未，翰林学士承旨、兵部侍郎令狐绹守本官、同中书门下平章事"。十三年十二月丁酉，"绹为检校司徒、同平章事、河中节度使"。咸通二年，改宣武节度使。三年冬，徙淮南节度副大使、知节度事。此启有"敢言蛮国参军，才得荆州从事"二语。上句用郝隆为桓温参军事。《世说新语·排调》："郝隆为桓公（温）参军。三月三日会作诗，不能者罚酒三升。隆初以不能受罚，既饮，揽笔便作一句云：'娵隅跃清池。'桓曰：'娵隅是何物？'答曰：'千里投公，始得蛮府

---

① 《全唐文》卷八三懿宗《授白敏中弘文馆大学士等制》："敏中可兼充太清宫使，弘文馆大学士"是为白敏中为首座相公之的证。

参军，那得不作蛮语也。'"时桓温"为都督荆梁四州诸军事、安西将军、荆州刺史、领护南蛮校尉，假节"（《晋书》本传），驻节江陵（即荆州）。古称长江流域中部荆州一带为蛮荆。下句用王粲依刘表事。《三国志·魏书·王粲传》："诏除黄门侍郎，以西京扰乱，皆不就，乃至荆州依刘表。"两句均用古人在荆州为从事之典。顾肇仓《温飞卿传订补》云："庭筠居江陵，颇历时日，其是否以荆州从事代署襄阳巡官之事，殊不可知。若谓实指荆州，又无他书佐验。意者，自襄阳解职，即暂寄寓江陵耶？"（西南联大师院《国文月刊》第57、62期）疑其以"荆州从事"代指"署襄阳巡官"之事。庭筠以工于用典著称于时，此二句两用荆州为从事之典，借指己为荆州从事，可谓精切不移，若谓借指为襄阳从事，则泛而不切，且隔一层。庭筠另有《谢纥干相公启》亦有"间关千里，仅为蛮国参军；荏苒百龄，甘作荆州从事"之语，可资佐证[1]。此"蛮国参军""荆州从事"当实指在荆州为从事。联系下文"啸类断猿，况邻巴峡"，更可证作启时庭筠居于邻近巴峡的江陵（此句用《水经注·江水·三峡》"高猿长啸，属引凄异""朝发白帝，暮到江陵"之典）。《上首座相公启》明言自己在襄阳穷栖五秋之后"将卜良期，行当杪岁"，将离襄阳另谋他就。其所往之地，所就之职，证以此启，即至荆州为幕府从事。大中十三年十二月白敏中离荆南节度使任后，继任者为萧邺（大中十三年至咸通三年）。庭筠当于咸通二年初抵江陵，在萧邺幕为从事，具体职务不详。同幕有段成式、卢知猷、沈参军。《唐文拾遗》卷三三卢知猷《卢鸿草堂图后跋》云："咸通初，余为荆州从事，与柯古（段成式）同在兰陵公幕下。"庭筠有《答段柯古赠葫芦管笔状》，段成式有《寄温飞卿葫芦管笔往复书》，今人或列于居襄阳幕时，然庭筠状有"庭筠累日来……荆州夜嗽"之语，则此二状实为温、段荆南幕酬唱之作。诗有《寄渚宫遗民弘里生》，渚宫即江陵之别称，弘里生即段成式。段文昌、成式父子世居江陵，弘里，谓其弘显故里。又有《和沈参军招友生观芙蓉池》，诗有"楚泽"字，当为在江陵作，

---

① 此启题有误。唐无纥干姓为宰相者。庭筠同时代纥干姓之高官仅纥干臮一人，官止广州节度使。后贬官，见上文。

沈参军亦荆州从事。凡此，均庭筠曾在荆南节度使幕为从事之迹。上此启时令狐绹正由河中节度使改任宣武节度使，故云"今者野氏辞任，宣武求才"。"宣武求才"既借桓宣武（桓温）广求人材以喻令狐绹，又切宣武节度使幕府，用事雅切。

《上宰相启二首》不标姓氏，但从第二启"既而放迹戎轩，遗荣画室。刘尹秣陵之柳，尚有清风；召公陕服之荣，空留美阴。窃闻谣咏，即付枢衡"等语中可以推知其人在任宰相之前曾任陕虢观察使。检《唐刺史考全编》及《旧唐书·夏侯孜传》《新唐书·宰相表》夏侯孜大中五年至七年曾任陕虢观察使。十年，改刑部侍郎。十一年，兼御史中丞，迁尚书右丞。大中十二年"四月戊申，兵部侍郎、诸道盐铁转运使夏侯孜本官同中书门下平章事，使如故"。咸通元年"十月己亥，孜为检校尚书右仆射、同平章事，剑南西川节度使"。《文苑英华》卷四四九《玉堂遗范·夏侯孜拜相制》云："洎甘棠政成，会府征命，兼领台辖之任，再居邦宪之尊……可尚书左仆射、同中书门下平章事。"吴廷燮《唐方镇年表考证》卷上："（夏侯孜）十一年兼御史中丞，兼领台辖也；迁右丞，再居邦宪也……唐人谓棠下、甘棠，皆陕虢。"此启"召公陕服"用周、召分陕事，陕服指陕虢观察使所管辖的地区，"召公"二句谓其廉察陕虢，有惠政。故此二启当上于大中十二年四月至咸通元年十月夏侯孜任宰相期间。又据第一启"银黄之末，则青草为袍"之语，其时庭筠已为着青袍之八、九品官，当在已贬为隋县尉，为徐商留署襄阳巡官之后。启又有"加以旅途劳止，末路萧条"之语，知其时庭筠已罢襄阳幕，故二启当上于咸通元年徐商自襄阳内征之后，十月夏侯孜罢相之前。视第一启"倘或王庭辨贵，许厕九疑；京县坐曹，令悬五色"之语，庭筠盖祈夏侯孜能汲引其供职朝廷或为京县县尉。

除上启诸相外，庭筠晚年还上书侍郎、舍人、学士及方镇等内外显宦。《上封尚书启》系上山南西道节度使封敖之书启，其中反映了庭筠大中年间两次参加进士试的行迹：

伏遇尚书秉甄藻之权，尽搜罗之道，谁言凡拙，获预恩知。华省崇严，广庭称奖。……虽楚国求才，难陪足迹；而丘门托质，不负心期。一旦推毂贞师，渠门锡社，顾惟孤拙，频有依投。今者正在穷途，将临献岁。曾无勺水，以化穷鳞。俯念归莫，犹怜弃席。假刘公之一纸，达彼春卿……微回咳唾，即变升沉。羁旅多虞，穷愁少暇，不获亲承师席，躬拜行台。

《旧唐书·封敖传》："宣宗即位，迁礼部侍郎。大中二年典贡部，多擢文士……大中四年，出为兴元尹、御史大夫、山南西道节度使。"《新唐书·封敖传》："大中中，历……兴元节度使……蓬、果贼依阻鸡山，寇三川，敖遣副使王赞捕平之，加检校吏部尚书。"（按：封敖任山南西道节度使，在大中四年至八年。）出镇时带宪衔御史大夫，至大中六年二月鸡山事平后加检校吏部尚书，李商隐有《为兴元裴从事贺封尚书加官启》，即贺敖大中六年二月加检校吏部尚书。庭筠此启有"伏遇尚书秉甄藻之权，尽搜罗之道"数语，即指封敖大中二年知贡举之前，庭筠曾获其公开奖誉；虽参加了二年的进士试未获登第，然座主门生之谊自存。启又有"一旦推毂贞师，渠门锡社""不获亲承师席，躬拜行台"等语，则指敖大中四年出镇兴元，目前仍在任上。结合"尚书"之称谓及"将临献岁"之语，启当上于大中六年岁末。上启的目的是祈求封敖给明春主持进士试的"春卿"（礼部侍郎崔瑶）写信推荐自己。这说明庭筠参加了大中七年的进士试，但结果再度落第。

《上蒋侍郎启二首》系上蒋係之启。据启内"既而文圃求知，神州就选……今者商飙已扇，高壤萧衰。楚贡将来，津涂怅望"及"谨以常所为文若干首上献""谨以新诗若干首上献"等语。二启均为参加进士试前向显宦行卷以求延誉的书信。《旧唐书·蒋乂传》："子係、伸、偕、仙、佶。係大和初授昭应尉……武宗朝，李德裕用事，恶李汉，以係与汉僚婿，出为桂管都防御观察使。宣宗即位，征拜给事中，集贤殿学士判院事。转吏部侍郎，改左丞，出为兴元节度使。""伸登进士第，历佐使府。大中初入朝，右补阙、史馆修撰，转中书舍人，召入翰林为学士，自员外、郎中至户部侍郎、学士承旨，转兵部侍郎。大中末，中书侍郎平章事。"是蒋係、蒋伸兄弟均曾任侍郎。係之任山南西道节度使，在大中八年九月之前（参李商隐《剑州重阳亭铭并序》），其"转吏部侍郎"当在此前的数年内，约大中五、六年。而据丁居晦《重修承旨学士壁记》，蒋伸"大中十一年八月二十六日自权知户部侍郎充。九月二日，拜户部侍郎、知制诰。十月二日加承旨。十二月二十九日转兵部侍郎，依前充。十二年五月十三日，守本官、判户部出院"，则蒋伸任侍郎时庭筠已在襄阳徐商幕，不复参加进士试。故此二首当是上蒋係之启。参《上封尚书启》，上启的时间或在大中六年秋。

《上杜舍人启》系上杜牧之启。裴延翰《樊川文集序》："上（宣宗）五年冬，仲舅（杜牧）自吴兴守拜考功郎中、知制诰⋯⋯明年（大中六年）冬，迁中书舍人。"张祜有《华清宫和杜舍人》，杜舍人亦指杜牧。（按：杜牧卒于大中六年十二月，故此启即有可能作于大中六年冬。）按照唐人称他官知制诰者亦可曰"舍人"的习惯，也有可能作于六年冬稍前。启云"是以陆机行止，惟系张华；孔阉文章，先投谢朓，遂得名高洛下，价重江南，惟彼归黄，同于拾芥"，盖祈杜牧借其在文坛的声望为其延誉，以求应试登第，此启亦为大中七年应进士试而上。

《上裴舍人启》系上裴坦之启。启称"舍人十一兄"，《太平广记》卷四九八引《玉泉子》，裴勋称其父坦为"十一郎"，可证此裴舍人即裴坦（《全唐文》作"舍人十六兄"，误，此依残宋本《文苑英华》）。坦大和八年登进士第。"令狐绹当国，荐为职方郎中、知制诰，而裴休持不可，不能夺"（《新唐书·裴坦传》），事当在裴休大中十年罢相之前。大中十一年四月，为中书舍人。大中十三年十月，以中书舍人裴坦权知礼部贡举，放咸通元年春榜，再进礼部侍郎。咸通二年，拜江西观察使。是大中十一年四月至咸通元年春，坦任中书舍人。而大中十一年四月之前的一段时间内，坦为职方郎中、知制诰，亦可称"舍人"。此启有"阮路兴悲，商歌结恨，牛衣夜哭，马柱晨吟。一笈徘徊，九门深阻"及"伏在庭除"

等语，其时庭筠仍困居长安，似为大中十年尚未贬隋县尉时所上。启内"如挤井谷""济绝气""起僵尸""济溺"等形容自己处于困绝之境的用语，亦暗示其时"搅扰场屋"事发，已临极艰危之局面。

《为前邕府段大夫上宰相启》系为段文楚所拟。段文楚系唐德宗时著名忠臣段秀实之孙，曾两任邕管经略使。第一次约大中九年至十二年二月。第二次为咸通二年七月至三年二月，分见《旧唐书·宣宗纪》《通鉴》咸通二年及三年，御史大夫为其第二次镇邕管时所带宪衔。启内叙及其初任邕管、离任及继任者李蒙安诛当地豪酋之事，及再任邕管、被罢任及其后"侨居乞食，蓬转萍飘"的困窘处境，希望宰相"录其勋旧，假以生成"。启内提及"今者九州征发，万里喧腾，凭贼请锋，已至城下"，指咸通五年，"康承训至邕州，蛮寇（指南诏侵扰）益炽，诏发许、滑、青、汴、兖、郓、宣、润八道兵以授之"（《通鉴》），故此启当作于咸通五年。《南楚新闻》卷二载："太常卿（应为少卿）段成式，相国文昌子也，与举子温庭筠亲善，咸通四年六月卒。庭筠闲居辇下。"说明最迟咸通四年六月，庭筠已回长安闲居，此启当为闲居长安时代段所拟。

《榜国子监》是咸通七年十月六月庭筠任国子助教主持国子监秋试后，将经过考试报送到礼部参加明春进士试者所作的诗张榜公示而写的榜文。此事胡宾王《邵谒诗序》《唐诗纪事》卷六七李涛下均有记载。此后不久，庭筠即贬方山尉，旋即辞世。

《答段成式书七首》系庭筠居襄阳徐商幕期间与段成式往返酬唱之作。《金华子》卷上谓："庭筠方谪尉随县，廉帅徐太师商留为从事，与成式甚相善。以其古学相遇，常送墨一铤，往复致谢，递搜故事者九函。"

以下数启，均存在各种疑误，从文献整理的角度略加申说。

《上崔相公启》《投宪丞启》《上萧舍人启》疑为代人所拟。上崔启云："窃仰洪钧，来窥皎镜……岂谓不遗孤拙，曲假生成。拔于泥滓之中，致在烟霄之上。遂使龙门奋发，不作穷鳞；莺谷翻翻，终陪逸翰……岂可犹希鼓铸……专门有暇，曾习政经；闭户无营，因窥吏事……倘蒙再扇薰风，仍宣厚泽，庶使晏婴精鉴，获脱于在途。"说明上启者在崔的荐拔下已登进士第，此次是祈求崔再施恩泽，助其为官。此与庭筠终身未登第不合。《投宪丞启》云"遂窃科名，才沾禄赐"，则不但科举登第，且已沾禄为官。"今者方抵下邑，又隔严扃……愿同晋室徐宁，因县僚而迁次"，系外任县僚前所上。此启亦与庭筠终身不第不合。且题称"宪丞"（指御史中丞），启又云"侍郎"，称谓不一，疑"侍郎"之称有误。《上萧舍人启》有"率尔中科，忝刘蕡之第"，"杨丞相铨衡，竟遗刘炫"之语，其人亦已科举登第，只是在吏部铨选官职时落选。此二节均与庭筠经历不合。启又称己"居惟岭峤"，尤与庭筠籍贯里居（郡望太原，居住吴地）不合。故可决以上三启均为代人所拟。《上萧舍人启》之"萧舍人"可能指两入翰林，并于大中五年七月至六年七月任中书舍人之萧邺。此启虽系代人作，而《上学士舍人启二首》则无代拟迹象，其所上对象可能即任中书舍人而为翰林学士之萧邺。庭筠有《投翰林萧舍人》七律，萧舍人亦指萧邺。启有"今乃受荐神州，争雄墨客。空持砚席，莫识津涂"之句，亦应进士试前投献希求汲引之作。如所上对象为萧邺，启或六年秋所上。

《上崔大夫启》疑非庭筠之作。据启内"已践埋轮，光膺弄印""诚宜便舍圭符，来调鼎鼐"及"嵇山灵爽，镜水澄明""窃料已饰廉车，行离郡界"等语，崔某盖任浙东观察使，已内征为御史大夫，行将离郡而回京者。然检《唐刺史考全编》，自元和初至咸通八年，历任浙东观察使班班可考，任期承接，无一崔姓者，亦无自浙东观察使召入为御史大夫者。再前溯至大历十一年七月至十四年，崔昭任浙东观察使，且有"御史大夫崔公"之称，但系所带宪衔，非征入授御史大夫之实职。故此启据现存资料，只能存疑。如系他人之作误植，则自《文苑英华》即已然（《英华》卷六六六载庭筠杂启三首，此首已在其中）。

两篇赋，《锦鞋赋》作于襄阳，系咏物艳情小赋。《再生桧赋》内容系颂武德四年亳州老子祠枯桧复生之祥瑞，署名温岐，当是早年之作。末云"敢献赋以扬荣，遂布之于翰墨"，或亦参加科举考试前呈献行卷之赋。

最后，将上述温文可考见其晚年事迹者，以年代为序，简列于下，作为本文的结论：

大中元年，羁游湖南，谒湖南观察使裴休，受到裴休的设宴款待。见《上盐铁侍郎启》。

大中二年，参加进士试未第。是年封敖以礼部侍郎知贡举。见《上封尚书启》。

大中四年，参加进士试未第。是年裴休以礼部侍郎知贡举。见《上盐铁侍郎启》。

大中六年，为参加明春进士试，曾分别上启裴休（《上盐铁侍郎启》《上裴相公启》）、封敖（《上封尚书启》）、杜牧（《上杜舍人启》）、蒋系（《上蒋侍郎启二首》）、萧邺（《上学士舍人启二首》），并献诗文行卷。

大中七年，参加进士试未第。是年崔瑶以礼部侍郎知贡举。上启吏部郎中韩琮，祈其在宰相兼领盐铁使裴休之前推荐自己，以求得盐铁使之属官。见《上吏部韩郎中启》。

大中九年，参加进士试未第。是年沈询以礼部侍郎知贡举。在考试中"潜救八人"。三月，吏部铨试漏泄试题，庭筠为柳憙之子柳翰假手作赋。此二事载《新唐书》《唐摭言》《北梦琐言》，以及《旧唐书》《东观奏记》。

大中十年，因"搅扰场屋"罪，贬隋州隋县尉。裴坦草制。是年春，徐商镇襄阳，署庭筠为巡官。贬前有《上裴舍人启》。在襄阳首尾五年，与时居襄阳之段成式诗文酬唱颇多，有《答段成式书七首》等。在襄阳"穷栖""五秋"事，见《上首座相公启》。

大中十三年，冬十二月，白敏中自荆南再度入相。庭筠时在襄阳，有启祝贺。见《上萧舍人启》（题误，当为《上司徒白相公启》）

咸通元年，徐商内征，庭筠罢襄阳幕，岁秒将赴荆南。先后有《上宰相启二首》《上首座相公启》，分别上宰相夏侯孜、首相白敏中，求其汲引。

咸通二年，庭筠至江陵，在荆南节度使萧邺幕为从事。有《上令狐相公启》及《谢纥干相公启》（题误），均言及其为"荆州从事"之事。在荆南幕，与同幕段成式有唱酬，庭筠有《答段柯古赠葫芦管笔状》。

咸通四年，在长安闲居，见《南楚新闻》。

咸通五年，在长安闲居，为段文楚作启上宰相，即《为前邕府段大夫上宰相启》。

咸通七年，任国子助教，主秋试，十月六日有《榜国子监》。旋贬方城尉，卒。其弟庭皓作《唐国子助教温庭筠墓志》。终年六十六（从陈尚君说）。

［原载《文学遗产》2006 年第 3 期］

《温庭筠诗词选》前言

温庭筠（801—866）是唐代后期诗、词、骈文、小说兼擅的作家。诗与李商隐并称"温李"，是晚唐绮艳诗风的重要代表；词为花间鼻祖，与韦庄并称"温韦"，是词的类型风格的奠基者，其影响及于整个词史上的婉约词风；骈文则与李商隐、段成式齐名，合称"三十六"；就连一般诗人词家很少涉足的小说创作领域，也有专集行世。在唐代作家中，他是在传统的诗文领域与新兴的词和小说领域都有重要成就的大家。

一

温庭筠（或作云，本名岐），字飞卿，是唐初开国功臣、宰相温彦博的裔孙（六或七世孙）。彦博兄大雅，是唐高祖太原起事时的佐命功臣，封黎国公，弟大有，封清河郡公。彦博唐初封西河郡公，后召入为中书舍人。突厥入侵，命右卫大将军张瑾为并州道行军总管以拒之，以彦博为行军长史。兵败被执，突厥以其近臣，苦问以国家虚实及兵马多少，彦博坚不肯言。被囚禁于阴山苦寒之地。太宗即位，突厥归款，始征其还朝。贞观四年（630），迁中书令，封虞国公。卒后陪葬昭陵。庭筠对自己祖上荣显的家世颇为自豪，诗文中屡有提及。《开成五年秋以抱疾郊野不得与乡计偕至王府将议遐适隆冬自伤因书怀奉寄殿院徐侍御察院陈李二侍御回中苏端公鄠县韦少府兼呈袁郊苗绅李逸三友人一百韵》（以下简称《书怀百韵》）自注说："予先祖国朝公相，晋阳佐命，食采于并、汾也。"诗中又说："奕世参周禄，承家学鲁儒，功庸留剑舄，铭戒在盘盂。"但到庭筠父亲一辈，却已式微，以致今天已难确考其父的名字与经历，可能早年即已去世。这种先世显赫，后渐式微的家世，使庭筠常叹"纂修祖业，远愧孔琳；承袭门风，近惭张岱"（《上裴相公启》），具有强烈的重振家声的责任感和建立功名的欲望。

他一生多次应举，屡战屡败，却仍不放弃对功名的追求。对其远祖温彦博坚守国家机密，被幽禁阴山苦寒之地的民族气节，庭筠似更怀有特殊的崇敬之情，这在他的著名诗篇《苏武庙》中有曲折的流露。

庭筠的籍贯，两《唐书》本传都说是太原（或太原祁县），但这只是他的祖籍和郡望，他的实际籍贯，应该是苏州。开成五年（840）冬所作《书怀百韵》云："是非觉别梦，行役议秦吴。"秦指长安，吴即吴中。这次由秦而吴的行役，在第二年春天成行，被诗人称为"东归"（《春日将欲东归寄新及第苗绅先辈》）。再证以《送卢处士（一作生）游吴越》"羡君东去见残梅，唯有王孙独未回。吴苑夕阳明古堞，越宫春草上高台"，《寄卢生》"遗业荒凉近故都，门前堤路枕平湖……此地别来双鬓改，几时归去片帆孤"，《溪上行》"绿塘漾漾烟濛濛，张翰此来情不穷……心羡夕阳波上客，片时归梦钓船中"，《卢氏池上遇雨赠同游者》"寂寞闲望久，飘泊独归迟。无限松江恨，烦君解钓丝"，《寄裴生乞钓钩》"一随菱棹谒王侯，深愧移文负钓舟。今日太湖风色好，却将诗句乞鱼钩"等诗句，可以证实庭筠的旧乡当在春秋时吴之故都姑苏附近，松江（吴淞江）之畔，太湖之滨。其地有先人留下的"遗业"（田宅），当是父辈时已经居此。庭筠离开旧乡"谒王侯"、觅功名的时间，约在青年时代已有妻室之后。其出塞时所作《敕勒歌塞北》云："却笑江南客，梅落不归家。"《边笳曲》云："江南戍客心，门外芙蓉老。"江南客、江南戍客均系自指，说明其时仍家居江南，且已有妻室（以"芙蓉老"暗透妻子芳华渐老）。出塞之游的时间下限在大和二三年（828年、829年），其时庭筠年二十八九岁。

庭筠的旧乡虽在吴中，但离乡后长期寓居之地却在长安西南的鄠县

（今户县）。他在鄠县东郊靠近杜城一带，有自己营建的别墅。诗中凡称"鄠郊别墅""鄠杜郊居""幽墅"者均指此。最迟在开成五年，已居于鄠郊，实际上始居的时间可能在大和年间游蜀后。直到咸通二年（861）居荆南萧邺幕时，其家仍在鄠郊，很可能一直到七年贬方城尉之前尚居于此。总之，庭筠生于吴中，青少年时代一直在苏州度过。约大和年间寓居鄠郊。除了羁游、寄幕、贬尉以外，大部分时间都在上述两地度过。庭筠的生年，有众多异说。这些异说，多因对其《感旧陈情五十韵献淮南李仆射》题内淮南李仆射所指有多种考证结论所致。有清顾嗣立的淮南李仆射为李蔚说及王达津的庭筠约生于长庆四年（824）说，夏承焘、顾学颉的李仆射为李德裕说及夏的庭筠约生于元和七年（812）说，黄震云的李仆射为李珏，庭筠约生于元和十二年说，牟怀川的庭筠生于贞元十四年（798）说，及陈尚君的李仆射为李绅，庭筠生于贞元十七年说。其中考证最为精密翔实的当属陈尚君的《温庭筠早年事迹考辨》一文所考的"淮南李仆射"为李绅，庭筠生于贞元十七年（801）之说，可以视为定论。本书即从陈说，详参陈文及本书所附《温庭筠简谱》。

二

温庭筠一生，大体上可分为三个阶段。

青少年时代（自德宗贞元十七年至敬宗宝历二年，801—826），基本上在旧乡吴中度过。除了元和三年（808）曾经吴中去近地无锡拜访过刚罢润州幕赋闲家居的李绅以外，其他的活动已难考索。从他日后文学创作所反映的文化素养来看，这一时期除了接受传统的儒家经典教育外，还广泛地涉猎过众多的文化典籍，其中像历代的史书（特别是《史记》《汉书》《后汉书》《三国志》《晋书》《南史》）及《世说新语》都是他相当熟悉的。唐代著名诗人的作品，他也广泛地阅读并从中汲取营养，其中李白、李贺的作品对他的影响尤深。对六朝乐府民歌吴歌、西曲也很爱好，这在他日后的诗词创作中有明显的反映。对志怪传奇故事的爱好也似乎从小就形成了。他的小说专集《干𦠆子》中有一篇题为《李𥙐伯》的故事，开头即交代这个故事是元和九年他听温县县令李𥙐伯讲述的。可见他对此类故事的特殊爱好，否则不可能长期保留在记忆中并把它写成小说。但青少年时代的生活经历对他影响最深刻的还是江南的自然风光和人文气息，使他的文学创作从题材到风格都具有浓郁的南方色彩。庭筠的乐府诗固多取材于六朝帝王宫苑情事及典实者，其近体诗更多描绘江南景物的篇章。其词亦极富南方色彩，诸如"江上柳如烟，雁飞残月天""杨柳又如丝，驿桥春雨时""画楼音信断，芳草江南岸""小园芳草绿，家住越溪曲""过尽千帆皆不是，斜晖脉脉水悠悠，肠断白𬞟洲"等，均为吟咏江南风物的典型丽句。其中渗透的是长期居住江南的人对自己故乡的热爱。一个人的青少年时代对故乡风物情事的记忆是最鲜明深刻、历久难忘的。吴中的山水人文，不仅给青少年时代的温庭筠留下历久弥新的美好记忆与日后诗词创作的素材，而且孕育了他爱好绮艳柔美的审美个性。如果按照籍贯太原、长期寓居鄠郊的生活经历去解释，就很难理解庭筠诗词创作何以有如此鲜明浓郁的南方色彩。其实，不仅温庭筠，整个晚唐前期的重要诗人的诗风也都不同程度地带有南方色彩，而这又都和他们的江南生活经历密切相关。李商隐幼年随父赴越，"浙水东西，半纪飘泊"，在江南度过六七年生活，以后又历湖湘桂管，羁幕经年；杜牧则在扬州（地虽在江北，自然景物和人文气息与江南无异）、宣州、池州、睦州、湖州有长时期的仕宦经历；许浑寓居润州丹阳，在当涂、太平、润州、睦州辗转历官，有"江南才子"之称。这一群诗人的诗风尽管各有个性，但又均具鲜明的南方色彩，有江南的清新明丽之美。这种共性的根源之一，就是他们都具有较长时间的江南生活经历。

壮年时代（自文宗大和元年至武宗会昌六年，827—846），即庭筠二十七岁到四十六岁。这二十年中，庭筠的主要活动，是羁游与求仕。具体地说，有以下这些活动。

出塞。最迟在大和二年秋到三年秋，曾有一次北方边塞之游。高秋由长安出发，沿渭川西北行，由回中道出萧关，其间在泾原节度使府曾有逗留。第二年（大和三年）初春在阴山敕勒川一带，然后折回绥州，有较长时间停留，直至初秋，尚为"江南戍客"，似有游幕之迹。总计时间在一年以上。这次出塞，留下了《敕勒歌塞北》《边笳曲》等一系列描绘边塞风物的诗篇，其中像《回中作》，在整个唐代边塞诗中也属上乘之作。有的边塞诗如《遐水谣》《塞寒行》虽难确定是此行所作，但跟这次出塞的实际感受、体验当有密切关系。

游蜀。大约在大和四年秋至五年夏秋间，又有入蜀之游。同样在秋天出发，经分水岭，沿嘉陵江至利州。过剑州时，与大和三年冬南诏攻掠成都时作战有功的某蜀将有过交往，约岁末抵达成都。当时新任西川节度使李德裕已经到任。庭筠与西川幕中的文士有过交游宴集，可能有入幕的企望，因此在成都逗留的时间较久。约暮春时，沿岷江南下，经新津时，写了《旅泊新津却寄一二知己》，所寄对象当即西川幕中文士。据开成五年冬写的《书怀百韵》诗"羁游欲渡泸"之句，庭筠循岷江南下抵戎州（今四川宜宾）后，曾有渡金沙江（长江上游自青海玉树至四川宜宾的一段）南行的打算而未成行，遂顺长江东下出峡。约五年夏初，经巫山，有《巫山神女庙》诗。出峡后至江陵，当由陆路取道襄、邓回长安。此行所作的《经分水岭》《利州南渡》《锦城曲》等，均为纪行写景的优秀篇章。

旅游淮上。约大和九年春，有淮上之游。庭筠《上裴相公启》谓："既而羁齿侯门，旅游淮上，投书自达，怀刺求知。岂期杜挚相倾，臧仓见嫉。守土者以忘情积恶，当权者以承意中伤。直视孤危，横相陵阻。绝飞驰之路，塞饮啄之涂。射血有冤，叫天无路。"而《玉泉子》则谓："温庭筠有词赋盛名。初从乡里举，客游江淮间，扬子留后姚勖厚遗之。庭筠少年，其所得钱帛，多为狭邪所费。勖大怒，笞而逐之，以故庭筠不中第。"《北梦琐言》也提到他"于江淮为亲表檟楚"之事。两种记载情节不同，但结果相同。很可能既有游狭邪为姚勖所笞逐之事，又有投书拜谒地方长官，为小人所嫉，致使"守土者以忘情积恶，当权者以承意中伤"，造成长期不中第的严重后果。小人的倾轧嫉忌，可能包含对庭筠品质的攻击诬陷，但详情已难以考索。大和九年任淮南节度使者为牛僧孺。

从太子永游。开成元年,因山南东道节度使李翱的推荐,庭筠入东宫,陪侍太子永游。

李永是文宗的长子,大和六年立为太子。文宗对他的教育十分重视,选拔了一批贤能的官吏为东宫的辅导官。庭筠在东宫,可能是一般的文学侍从。但这种从游,对庭筠日后的仕进肯定会有帮助。由于宫廷内部围绕皇位继承权的斗争,加上宦官为巩固权宠而教唆引诱太子游宴,开成三年九月,文宗"以皇太子宴游败度,不可教导,将议废黜",虽因群臣极力劝谏,未即废黜,但一个月后,太子却突然暴卒。太子死时,不过十来岁,庭筠作为一般的从游文士,与太子之间也未必有较深的关系。但这件事对他的仕进仍是相当大的打击。特别是太子因"宴游败度"而获罪,作为从游文士的温庭筠,在文宗追究诱导太子荒游者的责任时也难以免除干系。这一点,他自己虽未明言,但从他的诗文中隐约透露的消息以及此后他的遭遇中约略可以窥见。太子死后,他不但写挽歌辞哀悼,且在一系列诗中含蓄地影射这一政治事件,并对谗害太子的杨贤妃有所指责。

等第罢举。开成四年秋,温庭筠参加京兆府试,以列名第二荐送参加第二年春礼部进士试。《唐摭言》卷二《京兆府解送》:"神州(此指京兆府)解送,自开元、天宝之际,率以在上十人,谓之等第,必求名实相副,以滋教化之源。小宗伯(主持礼部进士试的礼部侍郎)倚而选之,或至浑化。不然,十得其七八。苟异于是,则往往牒贡院请落由。"可见,参加京兆府试,举送的名次列第二,次年进士登第是十拿九稳的事。但庭筠却意外遭到了"罢举"。《唐摭言》卷二"等第罢举"条下列出了自元和七年至乾符三年(876)的"等第罢举"士子姓名,开成四年有温岐(即庭筠)。其中有的年份在罢举士子名下说明:"卒"。说明该士子被荐送后未及参加进士试即已亡故。同卷"争解元"条则反映有的士子之所以罢举是由于遭人毁谤。庭筠之所以"等第罢举",他自己在《感旧陈情五十韵献淮南李仆射》自注中说是由于"抱疾",真实原因当是遭谤,这从《书怀百韵》诗"积毁方销骨""寒心畏厚诬"等句中不难看出。但诬毁的具体内容,则未曾明言。从《上裴相公启》追叙旅游淮上遭谗忌中伤致使

"绝飞驰之路"来看，可能与此事有关。但联系庭筠曾从太子永游及太子因"宴游败度"而获罪暴卒之事，以及文宗事后追究有关近侍乐官、宫人的责任而加以诛贬之事，庭筠开成四年的"等第罢举"很可能还由于受此事的牵连。开成四年十月，文宗新立陈王成美（敬宗子）为太子，并杀了诱使太子宴游败度的教坊乐工和宫人十四人，说："构会太子，皆尔曹也。"庭筠既有"旅游淮上"时的"前科"，又曾从太子游并具有文艺音乐方面的才能，诬陷者很容易抓住这两点做文章，诬陷他在诱使太子宴游败度方面起过不好的作用，从而导致"罢举"即被取消参加次年进士试资格的后果。京兆府解送的时间与文宗追究太子近侍之罪的时间，和庭筠"罢举"时间的重合，不是偶然的。不仅开成四年"等第罢举"，连开成五年的京兆府试和第二年（会昌元年）的进士试也都未能参加。这就是他在《感旧陈情五十韵献淮南李仆射》自注中所说的"二年抱疾，不赴乡荐，试有司"。旅游淮上游狭邪遭笞逐犹属品行问题，诱导太子宴游败度的嫌疑则涉及政治大事。因此他深感自己处境艰危，心怀疑惧，"处己将营窟""疑惧听冰狐"，以致不得不暂时离开长安，"将议遐适""行役议秦吴"，想回到吴中旧乡避一避风头。

东归吴中与漫游越中。会昌元年（841）仲春，庭筠终于踏上远赴吴中旧乡的归途。尽管这次东归，带有避祸的性质，但回到阔别十多年的故乡，见到故乡的风物，心中既有很深的人生歧路之感，又有喜悦和亲切。赴吴中前夕，有《春日将欲东归寄新及第苗绅先辈》，抒发自己数年来"得丧悲欢尽是空"的感慨，羡苗绅之登第，慨自己之飘蓬。路经下邳的陈琳墓，感慨自己与陈琳才同遇异，缅怀曹操那样能识才任才的明主，表示自己也要像陈琳那样寄身戎幕。春尽时抵达扬州，向淮南节度使李绅呈献长诗《感旧陈情五十韵献淮南李仆射》，表示企求入幕的意愿。在扬州羁留数月而终未能入幕，遂于同年秋渡江东归吴中。有《溪上行》《东归有怀》等诗。会昌二年春，由吴中至越中。在越中自春至秋，方折返吴中。会昌三年暮春，才由吴中启程返长安。在这两年多的时间里，庭筠写了一系列叙写羁旅行役、故乡风物和越中景物的诗篇，其间还作过《更漏子》(背江楼)、《河渎神》(孤庙对寒潮)这样的羁旅行役词。

鄠杜闲居。庭筠自大和中至去世前,除羁游、寄幕、贬谪外,大部分时间均寓居鄠郊。而从会昌三年由吴中返长安到会昌六年末,庭筠似乎一直居住在鄠郊。据现存诗文,看不出这几年中曾参加过京兆府试和进士试。如果情况确实如此,则"等第罢举"事件,以及造成这一事件的背后原因,对庭筠的政治打击可以说十分沉重。

总的来说,从大和初至会昌末这二十年的"壮岁"时期,温庭筠是在羁游、求仕和闲居中度过的,而求仕活动一直是他生活的中心。出塞与游蜀,乃至东归吴中途中,他都有游幕之迹乃至希企入幕的活动,闲居鄠杜期间,也流露出不能以词臣身份陪奉皇帝车驾巡游的遗憾,但他所有的求仕活动均归于失败。特别是"旅游淮上""从太子游""等第罢举"三次前后相接的事件,更给他带来极沉重的打击。

晚年时代(自宣宗大中元年至懿宗咸通七年末,847—866),即庭筠从四十七岁到六十六岁。这二十年,是温庭筠屡试不第、两次寄幕、两次被贬,最后冤死贬所的时期,也是他一生中遭遇最为困厄悲惨的时期。根据庭筠现存诗文及有关文献材料,除大中元年及八年春,他分别有过一次湖湘之游与河中之游外,从大中二年至九年,他至少先后四应进士试,但每次均告落第。主持考试的官吏,如大中二年的封敖,大中四年的裴休,都对庭筠的文才相当了解。裴休早年可能即与庭筠结识,大中元年春,庭筠游湖湘时还曾到潭州拜谒时任湖南观察使的裴休,并献诗文,受到裴休的款待。封敖在进士试前甚至曾在大庭广众中公开奖誉过庭筠。按照唐朝的惯例,庭筠得到主司的赏识,登第的可能性应该很大,但竟然落第,可见问题不在主司不了解不赏识其文才,而是另有原因。大中七年应进士试前,他曾分别给裴休、封敖、杜牧、蒋係、萧邺等人上启,希望得到他们的荐誉,但结果仍然落第。大中九年应试再次落第,第二年即贬隋县尉。《旧唐书·文苑列传》云:"大中初,应进士,苦心砚席,尤长于诗赋。初至京师,人士翕然推重。然士行尘杂,不修边幅,能逐弦吹之音,为侧艳之词。公卿家无赖子弟裴诚(当作'諴')、令狐滈之徒,相与蒲饮,酣醉终日，由是累年不第。"认为"士行尘杂"是"累年不第"的原因。而晚唐五代一些笔记如《北梦琐言》的记载则谓温庭筠恃才骄傲，得罪了令狐绚，绚"乃奏岐有才无行，不宜与第"。实际上这两种原因可能都存在。"士行尘杂"云云反映了当时上流社会对庭筠的普遍看法，这使当时一些欣赏庭筠文才的主司迫于舆论压力，不得不违心地使其落第，而大中四年十月令狐绚为相后，庭筠的某些倨傲言行，又正好使令狐绚在恼怒之余可以用"士行尘杂"作为压制他的一种借口。当然，大和末旅游江淮期间受谗忌中伤与受笞逐事件的深远影响也是重要原因。大中六年作的《上盐铁侍郎启》也说："遂使幽兰九畹，伤谣诼之情多；丹桂一枝，竟攀折之路断。"可见，对他品行的"谣诼之言"，从"旅游淮上"以来几乎没有停止过。这些远因近因叠加在一起，遂使温庭筠成为一个才名藉藉，而又屡试不第的文人。

除了屡试不第以外，庭筠晚年还有两次被贬、两次寄幕、一次为国子助教的经历。第一次是大中十年贬隋县尉，直接原因是在应博学宏词科试期间代京兆尹之子柳翰捉刀作赋（可能还加上进士试时"潜救八人"之事，给他加的罪名是"搅扰场屋"）。如果就事论事，庭筠本身确有瑕疵，而且从贬制看，这种无官受黜的做法既反映了当权者对他行为的恼怒，但多少带有一点照顾性质。但第二次贬方城尉，则完全是由于庭筠榜示被荐士子的旧文触犯了忌讳，遭到当权宰相杨收的怒贬，并最后导致了贬死异乡的惨剧。至于两次寄幕（大中十年至咸通元年在襄阳徐商幕，咸通二年至三年在荆南萧邺幕），则说明当时上层官吏中还偶有像徐商、萧邺这样的怜才惜才者，能凭借自己的权力给处于困境中的才人以暂时的托身庇护之所。因此，在幕期间，尤其是在襄阳幕期间，其生活境遇与思想感情都还比较正常。关于两次寄幕、两次被贬一些问题的考证，参书末所附《温庭筠简谱》。

综观温庭筠一生的经历遭遇，较之同时代的杜牧、李商隐，显得更加不幸，结局尤为惨酷。杜牧不但历任州郡刺史，晚年还曾以考功郎中知制诰，迁中书舍人。这种词臣身份，在晚唐士人眼中，已属荣显之职，甚至成为某些人终生追求的目标。李商隐虽长期处于悲剧性的政治漩涡，"虚负凌云万丈才"，但早年登第，也担任过秘书省校书郎、正字这样的清职。虽辗转寄幕，依人篱下，毕竟还得到过"侍御"（监察御史）的宪衔。而温庭筠则虽多次应试，却终身未第。出色的才能只能用来给人当枪手，这既是一种无可奈何、玩世不恭的发泄，也是对其才能的一种无情嘲弄。最后不但因才而被贬，并且因爱才而被贬窜致死。这种悲惨的经历遭遇，在晚唐重要作家中，可谓无出其右者。但庭筠却始终怀着经世济时的抱负、积极用世的态度，这一点显得尤为可贵。关于这方面的内容，下面将作进一步的论述。

三

温庭筠现存诗三百三十余首，从诗歌体式方面来看，他最擅长的是乐府和近体律绝。乐府诗共七十三首，约占其现存诗的四分之一弱。这个数量和比例，显示出他在乐府诗创作上的用力。其中按内容拟题的新乐府辞四十八首，这在唐人乐府诗创作中也是相当突出的。他的乐府诗中，成就较高的主要是咏史怀古、爱情风怀、记游写景（包括边塞之游）之作，但写宴饮、音乐的也有佳作。咏史怀古之作中，如《鸡鸣埭曲》《春江花月夜词》《达摩支曲》分咏陈、隋、北齐之亡国，深寓奢淫覆国的历史教训；《湖阴曲》《谢公墅歌》则咏东晋君臣平定内乱、战胜外敌的军事斗争，寄寓现实政治感慨，可以看出诗人对治乱兴亡的关切。吟咏爱情风怀的《织锦词》《春愁曲》《春晓曲》则或语言华美，风格秾艳；或着意渲染环境气氛，俨然花间词境；或格调清新流畅，亦各具特色。边塞纪游乐府《遄水谣》《塞寒行》描绘塞上苦寒，颇有警切之句，且极力强调战争对正常家庭幸福生活的影响，甚至连凌烟阁功臣的功名事业也加以否定，显示出晚唐时代的社会心理和人生价值观。《锦城曲》《常林欢歌》《吴苑行》等纪游写景之作，则生动展示了长江上游、中游、下游城市和乡间风物的不同特色，又同具鲜明的春天色彩。宴饮咏乐之作《郭处士击瓯歌》《觱篥歌》

《醉歌》，或极力描摹音乐意境，浮想联翩，或借醉酒抒写不得志的牢愁苦闷，学长吉、太白而自具个性。在唐代乐府诗作者中，温庭筠堪称重镇，有的研究者甚至将他与李、杜、白并列为唐代乐府四大家。

温庭筠的近体诗中成就最高的是七律，其次是五律和七绝。七律咏史之作如《过陈琳墓》《苏武庙》《马嵬驿》，历来被视为佳制，可与义山方驾。吟咏个人情怀之作如《郊居秋日有怀一二知己》《和友人题壁》《山中与诸道友夜坐闻边防不宁因示同志》则颇见其积极用世情怀。吟咏爱情的篇什如《经旧游》《池塘七夕》，或秾艳华美，或清倩婉畅，各具胜场。写景纪游之作如《利州南渡》《回中作》《开圣寺》写蜀中、北边、南国景物，地方色彩显著。五律颇多警句佳联，但亦有如《商山早行》《送人东游》《宿友人池》一类全篇匀称而风秀工整的佳作。有的五律如《鄂郊别墅寄所知》《寄山中友人》则颇得五古萧散自然之趣。七绝《瑶瑟怨》空灵含蓄，构思精细；《赠少年》点染景物、烘托气氛；《弹筝人》借音乐抒盛衰之慨；《蔡中郎坟》借咏古抒不遇之愤；《过分水岭》用朴素的语言抒写旅途中的新鲜感受。风格多样，而均擅胜场，较之五律多佳联少全篇，似更胜一筹。五绝仅四首，但亦有《碧涧驿晓思》这种写瞬间感触而颇具神韵的佳篇。七言排律仅一首《秘书省有贺监知章草题诗笔力遒健风尚高远因有此作》，清新流畅中寓纵逸之气与遒劲笔力，从中可以看出其所受李白诗清新俊逸一面的影响。在诸体中，五古、五排成就不高，虽有长达数十韵乃至百韵的长篇排律，但艺术上较之杜甫、李商隐，精粗顿见。其五古既拙于言理，亦短于叙事，晦涩之弊甚至超过某些学长吉体的乐府。

总的来说，温诗的思想内容有以下几个比较重要的方面。一是侧重抒写自己积极用世的情怀和怀才不遇的感慨。他一生境遇困厄，但却怀有经世济时的抱负。他一再表明自己"经济怀良画，行藏识远图"（《书怀百韵》），"不将心事许烟霞"（《郊居秋日有怀一二知己》），宣称"韬钤岂足为经济，岩壑何尝是隐沦"（《山中与诸道友夜坐闻边防不宁因示同志》），"西州未有看棋暇，涧户何由得掩扉"（《和友人题壁》）。在晚唐衰颓时世，文人普遍对时代抱有悲观态度，对功业的追求较初盛唐大为削弱甚至淡漠，他的这种积极用世态度显得相当突出。由于其实际境遇与追求抱负之间形成巨大反差，因此诗中抒写困顿遭际和不遇悲慨的篇章占有相当大的比重。《书怀百韵》《感旧陈情五十韵献淮南李仆射》等长篇排律固然是集中抒写这方面内容的重要篇章，但艺术上更成功的往往是通过咏史吊古等方式抒发怀才不遇的感慨之作，如《过陈琳墓》《蔡中郎坟》等。由于自己的怀才不遇，联及现实政治中功赏不平甚至有大功反遭迫害的现象，诗人也往往深表不平，如《赠蜀将》《题李相公敕赐锦屏风》等。

二是对羁旅行役和旅途景物的描写。庭筠一生中，青壮年时期有出塞之游、蜀游、东归吴中及越中之游，晚年又有湖湘之游、河中之游及襄阳、荆南两次幕游。足迹遍及除岭南外的大江南北各地，创作了一系列抒写羁旅情思、旅途风物的优秀篇章。《商山早行》作为写羁旅行役的名篇，历代流传，已成典型。他如《利州南渡》《回中作》《锦城曲》《过分水岭》《钱塘曲》《常林欢歌》《题友人池》《碧涧驿晓思》等，也都是这方面的佳构。严羽《沧浪诗话·诗评》云："唐人好诗，多是征戍、迁谪、行旅、离别之作，往往能感动激发人意。"温诗在这方面的成就，正可说明唐诗的这一特征。

三是对爱情的吟咏。所谓"温李新声"，其内容的重要特征就是抒写男女风情。温氏的乐府及七律中，颇多这方面的佳作。五代韦縠编选《才调集》，以"韵高""词丽"标榜，实则所选多为词藻华美的艳情诗，其中选温庭筠六十一首，是选诗仅次于韦庄（六十三首）的诗家。其中吟咏爱情或涉及爱情的占了近三分之二，可见在晚唐五代人心目中温庭筠之所长即所谓"侧艳之词"。

从温诗所表现的感情意绪看，"怀旧"是其贯串性、渗透性的重要特征。表现在以下各个方面：

追怀盛世。在庭筠诗中，追缅贞观、开元盛世，感慨时代盛衰的篇章颇多，像《题翠微寺二十二韵》《过华清宫二十二韵》《鸿胪寺有开元中锡宴堂楼台池沼雅为胜绝荒凉遗址仅有存者偶成四十韵》等长篇排律，对"偃息齐三代"的贞观之治、"承平"的"开元日"都表现出深情追缅，对它们的消逝不胜感慨。短篇中如《弹筝人》则通过一位"天宝年中事玉皇"的弹筝乐伎在衰世重弹盛世之音《伊州》大曲，寄寓了无穷的今昔盛衰之慨。

怀念旧乡。诗人在青年时代离开旧乡吴中以后，在很长的一段时间内，经常怀念旧乡的自然景物、风土人情乃至故居门前的堤路平湖、朋友相聚的旧日酒垆。思乡怀乡，成为他诗歌中一个历久弥深的情结。无论是羁旅行役、友朋相聚、考试落第、送人东游、平居有怀，都会触动他对旧乡的深情思念：

> 江南戍客心，门外芙蓉老。（《边笳曲》）
>
> 无限松江恨，烦君解钓丝。（《卢氏池上遇雨赠同游者》）
>
> 杏花落尽不归去，江上东风吹柳丝。（《长安春晚二首》之一）
>
> 羡君东去见残梅，唯有王孙独未回。
>
> 吴苑夕阳明古堞，越宫春草上高台。（《送卢处士游吴越》）
>
> 旧侣不归成独酌，故园虽在有谁耕。
>
> 悠然更起严滩恨，一宿东风蕙草生。（《寒食前有怀》）

故乡的景物在遥想中显得更为明媚秀丽：

> 遗业荒凉近故都，门前堤路枕平湖。
>
> 绿杨阴里千家月，红藕香中万点珠。（《寄卢生》）

直到晚年游河中幕、居荆南幕时，仍念念不忘故园：

> 添得五湖多少恨，柳花飘荡似寒梅。（《河中陪帅游亭》）
>
> 江上几人在，天涯孤棹还。何当重相见，尊酒慰离颜？（《送人东游》）

这种怀念旧乡的感情，像一条割不断的情丝，贯串在他各种题材的诗作中，成为他诗歌创作中最感人的因素之一。

怀念旧友。温庭筠是一个很重感情的诗人，李羽是他居鄠郊别墅期间经常过从的知己，李羽亡故后，他接连写了五首诗，抒发对亡友的深情追念。《经李征君故居》：

> 露浓烟重草萋萋，树映栏干柳拂堤。
> 一院落花无客醉，五更残月有莺啼。
> 芳筵想像情难尽，故榭荒凉路已迷。
> 惆怅羸骖往来惯，每经门巷亦长嘶。

景物依旧而人事全非，尾联借羸马经门巷长嘶的细节侧面烘托，而伤悼之意更深。《李羽处士故里》《宿城南亡友别墅》等作同样写得凄恻感人。对一位名不见当时人提及的处士，诗人如此眷念，可见其对友人感情的真挚。对自己有恩旧之谊者的伤悼，也充满了深挚的怀旧之情。《经故翰林袁学士居》：

> 剑逐惊波玉委尘，谢安门下更何人？
> 西州城外花千树，尽是羊昙醉后春。

怀念旧游。这类诗大都与怀想旧欢相关，有的意思比较明显，如《经旧游》：

> 珠箔金钩对彩桥，昔年于此见娇娆。
> 香灯怅望飞琼鬓，凉月殷勤碧玉箫。
> 屏倚故窗山六扇，柳垂寒砌露千条。
> 坏墙经雨苍苔遍，拾得当时旧翠翘。

但同样是写重游旧地不见昔日所欢的惆怅，《题崔公池亭旧游》却写得隐约含蓄而充满人生感慨：

皎镜芳塘菡萏秋，此来重见采莲舟。
谁能不逐当年乐，还恐添成异日愁。
红艳影多风袅袅，碧空云断水悠悠。
檐前依旧青山色，尽日无人独上楼。

明点"此来重见采莲舟"，而"不见采莲人"的意蕴却隐含在一系列对眼前情事景物的描写中。可见其写法之多变。

总之怀旧情绪是庭筠诗感情内容的一大特征。这种深挚普泛的怀旧情绪固然表现了诗人重感情的个性，也多少反映了晚唐的时代特征。一般地说，盛世治世的文人每充满对前途的展望，多着眼于将来；而衰颓之世的文人则每多怀旧之情，喜欢沉浸在对过去的追缅中。"白头宫女在，闲坐说玄宗"（元稹《行宫》）、"钿蝉金雁今零落，一曲伊州泪万行"（温庭筠《弹筝人》）只能是衰颓时世的产物。

四

温诗的总体风格无疑属于华美巧丽一路，重藻采、富色泽、谐声律、工对仗。但由于其体裁、体制的不同，又可分为两种基本类型，一种以七言或杂言古体乐府为代表，风格趋于秾艳繁密；另一种以五七言近体律绝（主要是七言律诗）为代表，风格趋于清丽流美。这当然只是就大体而言，实际上古体乐府中也有风格清丽流美或含有这方面的成分者，近体中亦有风格秾艳密丽者，只不过都不居于主导地位而已。

温氏古体乐府秾艳密丽的风格主要表现为辞藻的华艳、色彩的秾丽、铺叙的繁富、意象的密集等方面。像《织锦词》《舞衣曲》《张静婉采莲曲》《春愁曲》《湘宫人歌》《黄昙子歌》《照影曲》《兰塘词》《晚归曲》《湘东宴曲》《夜宴谣》《郭处士击瓯歌》《蒋篥歌》这些写爱情艳情、宴饮乐舞的乐府自不必说，就连写陈、隋、北齐奢淫亡国的咏史怀古乐府，如

《鸡鸣埭曲》《春江花月夜词》《达摩支曲》，描绘成都、荆门景物的《锦城曲》《常林欢歌》等也都写得非常华美秾艳。这说明他在乐府诗的创作上有明确固定的美学追求。例如隋炀帝不汲取近在咫尺的陈代荒淫亡国的教训，变本加厉，重蹈覆辙，本是令人感慨生愁的沉重话题，但在庭筠的《春江花月夜词》中，却把着力点放在铺陈渲染隋炀帝穷奢极欲的佚游上，诗中"百幅锦帆风力满，连天展尽金芙蓉。珠翠丁星复明灭，龙头劈浪哀筲发。千里涵空澄水魂，万枝破鼻团香雪。漏转霞高沧海西，玻璃枕上闻天鸡。蛮弦代雁曲如语，一醉昏昏天下迷"一类描写，可谓极铺陈奢淫华侈之能事。这固然是由于在诗人看来，不如此极力形容，就不能充分展示其"醉"其"梦"其"昏"其"迷"，但恐怕也由于诗人潜意识中，对这种豪侈奢华的生活有一种本能的爱好和流连情绪。

庭筠的古体乐府，主要受李贺的影响，是相当典型的"长吉体"。我们可以从他的不少乐府诗中找到李贺乐府歌行的影响，如《晓仙谣》之受李贺《天上谣》及《梦天》的影响，《郭处士击瓯歌》《觱篥歌》之受李贺《李凭箜篌引》的影响，《醉歌》之受李贺《浩歌》的影响，《湖阴行》之受李贺《雁门太守行》的影响。虽想象之奇瑰，庭筠有所不及，但在遣词用语、敷采设色、意象繁密、多用借代等方面，均能得长吉之真传。其总体风格之秾艳密丽，实与其刻意追摹长吉有密切关系。李贺爱写幽冷的鬼境，此虽庭筠乐府所无，但《生禖屏风歌》《蒋侯神歌》《走马楼三更曲》等境界幽冷诡异，亦近似李贺。

但庭筠的古体乐府还明显受到南朝乐府民歌与李白诗歌的影响，因此在秾艳密丽之中时露清新俊逸、明畅流美，富于民歌风的另一面。这在吟咏爱情的乐府中表现得尤为明显。如《莲浦谣》之"荷心有露似骊珠，不是真圆亦摇荡"；《张静婉采莲曲》之"郎心似月月未缺，十五十六清光圆"；《照影曲》之"桃花百媚如欲语，曾为无双今两身"；《兰塘词》之"知道无郎却有情，长教月照相思柳"；《晚归曲》之"莲塘艇子归不归，柳暗桑秾闻布谷"；《苏小小歌》之"吴宫女儿腰似束，家住钱塘小江曲。一自檀郎逐便风，门前春水年年绿"；《会昌丙寅丰岁歌》之"西野翁，生儿童，门前好树青芊芊。芊芊单衣麦田路，村南娶妇桃花红"。这些诗句，大都出现在诗的结尾处，平添了诗的情韵，也冲淡了全诗的秾艳气息，使其不至于浓得化不开。至于《醉歌》《公无渡河》之受李白诗影响，也非常明显。前人每言晚唐义山近杜、飞卿近李，庭筠诗清新俊逸一面确实受到李诗的影响。

庭筠的近体诗，尤其是七律，则以清畅流丽为其主导风格。尽管某些写艳情的七律如《偶游》《经旧游》《池塘七夕》也有秾丽的趋向，但绝大多数最能体现其风格的作品仍属清畅流丽的一路，如《开圣寺》《赠蜀将》《利州南渡》《郊居秋日有怀一二知己》《南湖》《寄湘阴阎少府乞钓轮子》《溪上行》《春日偶作》《李羽处士故里》《过陈琳墓》《题崔公池亭旧游》《回中作》《西江上送渔父》《七夕》《春日将欲东归寄新及第苗绅先辈》《送崔郎中赴幕》《送卢处士游吴越》《过新丰》《河中陪帅游亭》《苏武庙》《寄李外郎远》《寄卢生》《春日访李十四处士》《盘石寺留别成公》《寄崔先生》《秋日旅舍寄义山李侍御》等均其显例。五律、七绝中之佳作，亦大多属于此类。这些诗就其语言意象、意境来看，仍属于"丽"的范畴，但却不用秾艳密丽的辞藻和色彩，也很少甚至不用典故，不用象征暗示，不露刻意用力之迹；靠的是工整流丽的对仗、清新流畅的语言和情景交融的意境。许多名联名句，都不是出于刻意锤炼，而是多用白描。它们有时可能显得有些轻浅甚至浮滑，但整体风格是清畅明丽的，绝无奥涩生硬或故作高深之弊。

晚唐诗温李并称，比较而言，义山诗多悲秋意蕴，情调感伤，对时代对人生充满悲慨，飞卿诗却富春天的色彩和气息，对时代与人生相对比较乐观；温李诗均各有秾丽与清丽的风格，但温乐府以秾丽为主体风格，近体以清丽为主体风格，义山七律则以秾丽或典丽精工为主体风格；义山诗深厚，飞卿诗轻浅。从比较中，可以进一步看出同时并称的两位诗人的不同创作个性。

五

现存温词共六十八首，包括《花间集》所录的六十六首和《云谿友议》所载的《新添声杨柳枝词二首》。其中《杨柳枝八首》与《新添声杨柳枝词二首》也可以归入诗中。关于温词，前人、近人研究较多，有不少共识。这里只就几个问题略谈个人的看法。

温词的内容。刘熙载《艺概·词曲概》说："温飞卿词精妙绝人，然类不出乎绮怨。"这个结论为文学史家及词的研究者所普遍认同，也大体上是正确的。但如细加分析，则需要作适当的修正补充。六十八首温词中，《更漏子》（背江楼）是一首典型的行役词，约作于会昌三年（843）春暮由吴中旧乡返长安途中。"京口路，归帆渡"六字，一篇之主，显示出这首词纯为基于个人行旅生活体验的纪行之作。全篇境界开阔，格调清新，与其闺情词之局限于闺阁庭院，风格偏于密艳者迥然不同。温词中主人公为男性，内容不涉"绮怨"（相思离别之情）者，还有一首《清平乐》（洛阳愁绝），内容系写男子的壮别，视上片首二句用范云、何逊离别联句，下片"平原年少"用曹植诗借指贵游子弟可知。遣词用语略无脂粉气，声情亦遒壮浏亮。仿白居易《杨柳枝》而作的八首同调之作，是以杨柳为题的流行歌曲，其总体格调虽属华美轻倩一路，但就内容论，很难认定主角是女性，内容是写爱情。有的词，主角虽是女性，内容却无关乎爱情。如《菩萨蛮》（满宫明月梨花白）乃是写吴宫中的西施思念故乡的浣纱女伴，越溪的浣纱女伴亦思念西施；四首《酒泉子》中，"日映纱窗"与"楚女不归"二首系写在都市谋生的歌妓对故乡的怀念，类似今之"北漂族"女性。反映出随着城市商业经济的发展，像长安一类大都市中聚集了一大批离乡背井、以歌舞技艺谋生的女性。她们的思想感情（包括思念故乡的感情）已引起熟悉市井生活如温庭筠者的注意，在题材、主题的开拓方面有积极意义。另《荷叶杯》的第一、三首亦与女子绮怨无关，前首写晨间荷塘清景及词人面对此景物时的瞬间感受，后首写采莲女欲归南浦及风吹浪起舟行渐远的情景。此外，三首《定西番》、两首《蕃女怨》，抒写思妇对远戍征人的思念，《遐方怨》二首、《诉衷情》一首，性质与之相类。这与传统诗歌征夫思妇之词并无二致。还有一些作品，主角是女性，活动地点是闺阁妓楼，但内容并未明写爱情，像《菩萨蛮》（小山重叠金明灭）通篇写女子晨间娇卧未醒、梳洗画眉、照镜簪花、试穿新衣的过程，并未涉及相思离别之情。然则，温词中无关绮怨者已达二十四首之多，约占其存词总数三分之一强。根据对其词内容的具体分析，可以得出这样的结论：温词的大部分虽以女性为主人公，内容亦多抒写她们的离别相思，但她们的身份或为歌妓，或为女冠，或为丈夫远戍的思妇，或为深宫的嫔妃，或为采莲女，其中有相当一部分内容不涉绮怨；还有像《杨柳枝八首》这种以咏柳为内容的流行歌曲；更有主人公为男性，内容写行役、咏壮别的词作。可见，温词的内容并不能简单地归结为"类不出乎绮怨"。

温词的比兴寄托问题。清代以张惠言为代表的常州词派以比兴寄托说词，谓温词"深美闳约"，《菩萨蛮》（小山重叠金明灭）一首是"感士不遇"，"'照花'四句《离骚》'初服'之意"，谓《更漏子》"三首亦《菩萨蛮》之意"。陈廷焯《白雨斋词话》对此论有所发挥。他们为了推尊词体，将传统诗歌创作中的比兴寄托理论移之于词的创作、鉴赏与解读，这对提高词品、深化词的思想内容自有其积极意义，对宋代苏轼以后，日益成为个人抒情诗歌样式的词，特别是一部分有明显寄托意图的词作，也有其适用性。但用来解读温词，则完全不符实际。这是因为，词在当时，还处于作为饮席舞筵上的娱乐工具的发展阶段。它实际上就是当时的流行歌曲，内容是不登大雅之堂的，常被目为"浮艳"之作，写作这类歌词的人也常被视为"有异清洁之士"。不但在庭筠之前和同时的词作者，从未创作过有寄托的作品，就是在整个晚唐五代，在词中也很难找到有意寓托的作品（李煜在词中抒写亡国的哀怨、人生的长恨，是直接抒情而非比兴寄托）。这种情况，直到北宋中期，基本上没有改变。温庭筠不可能超越词在当时"自南朝之宫体，扇北里之倡风"的发展阶段而在词中搞比兴寄托。温词绝大部分是适应当时城市商业的发展，歌台舞榭需要大量用以歌唱的曲词而出现的应歌之作。演唱者是歌舞妓人，听歌者是流连于饮席舞筵上的达官贵人、文人学士和富商大贾，无论演唱者、听歌者都没有对词作者提出要寄寓言外之意的要求。他们所要求的只是抒写艳情绮思、离愁别恨，"用助娇娆之态"的曲词。总之，词在当时赖以生存的社会生活土壤，并没有也不可能向词曲作者提出别有寄托的要求。就创作主体温庭筠本人来看，他生活浪漫，饮酒狎妓几乎贯串他的一生。范摅《云谿友议》载："裴郎中诚，晋国公次弟子也。足情调、善谈谐，举子温岐为友，好作歌曲，迄今饮席多是其词焉……二人又为《新添声杨柳枝词》，饮筵竞唱其词而为打令也。"创制歌词，实际上只是他这种浪漫生活的点缀和副产品。

温词联章体问题。张惠言在提出温词比兴寄托之说的同时认为十四首《菩萨蛮》系联章体，十四首均用"梦"贯串。张以仁教授《温飞卿〈菩萨蛮〉词张惠言说试疏》及《温庭筠〈菩萨蛮〉词的联章体》对张说作了系统的发挥。窃以为联章体词当为作者有明确统一主题并有组织有计划创作之组词，组词中的地点、时间、人物、事件、思想感情应有其内在的统一性或连贯性，其中人物（主人公）之同一性尤为关键的因素。十四首的主人公虽同为女性，但身份不同，第一首为歌舞妓人，第四首为丈夫远戍的思妇，第九首为深宫妃嫔与越溪浣女，第十四首亦为宫女，其他十首大都为歌舞妓人（也不排斥其中有一般的闺中思妇）。总之，十四首的人物显然不具有同一性。时间上，多数为春天物候，但其中有初春，有仲春，有暮春，并不按照时间顺序组织，而是或前或后，随意跳跃，第十三首又忽然插入仲夏物候。地点亦随人物身份不同而改变，有妓楼，有闺阁，有深宫。综上数端，《菩萨蛮》之非联章体组词相当明显。但六十八首温词中，确有近似联章体者，如《归国遥》二首、《女冠子》二首、《遐方怨》二首、《蕃女怨》二首。当然这也许是偶然的巧合（二首咏同类题材、同类人物），并非有意为之。

温词的艺术风格。前人评温词，除张惠言"深美闳约"之评与其对温词比兴寄托的内容相关以外，大致认为温词有两种不同风格，一种秾丽密隐，一种流丽轻倩。有的研究者于此两种风格之外再加上通俗明快具有民歌风的一类。但从大的美感类型来看，实际上仍可以并为秾丽密隐与清疏明快的两大类型。在具体作品中，这两种风格可能交错出现，同时并现，如《更漏子》（玉炉香）。需要进一步探讨的是，温词中这两种不同的艺术风格究竟哪一种是主体风格，哪一种更能代表其成就，这是两个不同性质并不重合的问题，即所好与所长的问题，需要分别对待。如果将六十八首温词按照以上两种风格类型来划分，全篇或数联数句属于秾丽密隐类型的凡四十三例，约占其总篇数的三分之二，而全篇或大体上属于清疏明快类型的凡二十五例，只占其全部词作的三分之一强。从这个统计数字看，秾艳密隐确实是温词的主体风格。但清疏明快类型的词在温词中也并非偶见的特例，而是占有相当的比重。

如果将问题深入一步，看哪一种艺术风格的词更能代表其艺术成就，我们会发现，在秾丽密隐风格的作品中，写得比较成功的大约有《菩萨蛮》之一、二、四、五、六、十、十一、十三、十四，《更漏子》之一、二、三、六，《酒泉子》之四，《河渎神》之二，《蕃女怨》之二，总共十六首。而清疏明快风格的作品中，比较成功的则有《菩萨蛮》之九，《更漏子》之五，《酒泉子》之三，《定西番》之一，《杨柳枝》之一、三、五、八，《南歌子》之一，《清平乐》之二，《遐方怨》之一，《梦江南》之一、二，《蕃女怨》之二，共十四首。两种风格中较好的作品数量相近，因而还难确定哪一种更能代表其艺术成就。但当我们将分析再深入一步时，却意外发现那些整体上属于秾艳密隐风格的代表性作品（即《菩萨蛮》《更漏子》）中，写得最出色的甚至广为流传的联、句却正是属于清疏明快型的，如"照花前后镜，花面交相映""江上柳如烟，雁飞残月天""心事竟谁知，月明花满枝""池上海棠梨，雨晴红满枝""春梦正关情，镜中蝉鬓轻""花落子规啼，绿窗残梦迷""人远泪阑干，燕飞春又残""画楼相望久，栏外垂丝柳""杨柳又如丝，驿桥春雨时。画楼音信断，芳草江南岸""雨后却斜阳，杏花零落香""当年还自惜，往事那堪忆""春水渡溪桥，凭栏魂欲销""春梦正关情，画楼残点声""柳丝长，春雨细，花外漏声迢递""城上月，白如雪，蝉鬓美人愁绝""梧桐树，三更雨，不道离情正苦。一叶叶，一声声，空阶滴到明"。这就说明，温庭筠所好者虽属秾艳密隐一路，但其真正所长者却是清疏明快、流丽自然而又富于情韵的一路。作家之所好并非其所长的情况并非个别的存在，这是因为作家的好尚往往自觉或不自觉地受到时代风尚、社会风气的影响。拿温庭筠来说，他写的许多秾艳密隐的曲词，无疑是受到当时物情奢侈、追求靡丽，以秾艳为美的时俗和饮席酒宴文化崇尚奢华侈丽的影响。他所写的女性又大都是居于妓楼的歌舞妓人，以浓妆艳抹为美，要写她们的居住环境、妆饰打扮，势必要用秾艳的辞藻与色彩、密集的意象加以雕镂刻画、渲染形容，而实际上正是这些秾密处，往往是词中的晦涩处，堆砌处，缺乏真情实感处，或套语最多的地方，亦即词中的败笔。秾密处偶亦有出色的，像"鬓云欲度香腮雪""暖香惹梦鸳鸯锦""双鬓隔香红，玉钗头上风"，但从整体来看，这类例子实在是太少了。

应歌问题。温词绝大部分为应歌而作，《云谿友议》谓其与裴诚为友，"好作歌曲，迄今饮席多是其词焉"，真实地反映了他的歌词创作的娱乐功能与目的。正因为这样，他的词所写的人物多为虚拟的类型化人物，所表现的也多为一种类型化的感情，缺乏人物的个性（除《南歌子》七首所表现的感情比较本色，有一定个性色彩外）。但这并不是说他的词是纯客观的，并不表现人物感情，只不过所表现的是某一类人较普遍的感情而已。就表现某一类人的普遍感情而言，温词还是相当成功的，上面所列举的一系列清疏明快的句子，就多为写景抒情的名句，不能因为其应歌而作，表现类型化感情而贬低它的价值。

但温词中至少有两首可以肯定不是为应歌而作的。一首是《更漏子》（背江楼），一首是《清平乐》（洛阳愁绝）。前者是纯粹基于个人行旅生活体验的行役词。这样的作品，其创作的直接目的肯定不是为了应歌，因为拿它在饮席上歌唱，歌者与听者都弄不清它要表现的是哪些人的生活与感情。它很可能是词人在进行多次《更漏子》词的创作后，偶然用它来表现一下自己的羁旅行役生活与感情。《清平乐》写自己参与其中的丈夫壮别场景，情况与之相类。这两首非应歌之作在温词中所占的分量虽然很小，但在当时歌词创作普遍为应歌而作的环境中所标示的意义、所透露的信息却很重要。说明一旦歌词作者熟练掌握了这种新的抒情文学样式，就有可能用它来抒写自己的生活与情感，表现自己的个性。随着时间的推移，这种偶发的非应歌之作会越来越经常地出现在文人的歌词创作中，词也就由饮席上的娱宾遣兴之作向个人抒情之作，由伶工之词向士大夫之词过渡，我们从韦庄词到南唐冯延巳及二主词中可以越来越清楚地看到这种发展趋势。当然，词的个人抒情性的加强是一个缓慢的曲折的过程，而且在相当长的时间内与其娱乐功能也不矛盾。

六

温庭筠的赋与骈文当时都负盛名。《旧唐书·文苑列传》说他"长于诗赋"，《北梦琐言》谓其"才思艳丽，工于小赋"；其骈文则与李商隐、段成式齐名，合称"三十六"。但他的赋流传至今者仅《再生桧赋》与《锦鞋赋》二首，前者系颂祥瑞的咏物赋，后者实为艳情小赋，风格华艳，合乎《北梦琐言》"才思艳丽"之称，看来他的赋大部分已经失传。

庭筠现存骈文仅二十题三十二首，与同时齐名的李商隐存世骈文数量（三百二十九篇）相比，仅及其十分之一。除一首作于壮年时期外，均为晚年所作。可能是由于未曾结集而大部分散失。这三十二首骈文中，有两题共八首是他在襄阳幕、荆南幕期间因段成式送笔墨给他而往返致意的骈文书信，广搜关于墨、笔、砚、纸等文房四宝的典故，连缀成文，夸靡斗富，颇似专题典故的知识竞赛，《新唐书·文艺列传·李商隐》说："商隐俪偶长短，而繁缛过之。时温庭筠、段成式俱用是相夸。""俱用是相夸"五字确实道出了写作这类文章时的夸靡斗富心态和借此自娱遣兴的动机。从文学创作的角度看，自是"技"的成分多而"艺"的成分少，"繁缛"也在所难免。其余十八题二十四首，除一篇榜文之外，均为骈文书启，除代人撰拟的以外，多为呈献当朝显宦，希企荐引之作。内容多诉说自己坎坷困顿的经历境遇，或所遭的谗诬冤屈，希望对方予以荐誉汲引或加以昭雪。感情悲伤激切，但文字表达却俊逸畅达、流丽华美，读来毫无窒碍艰涩之感。而且声律和谐圆润，极富音乐美。虽用了很多典故，却无堆砌之弊，可以看出作者驾驭骈文这种文学样式的熟练技巧。比起李商隐的同类骈文书启来，其自诉困顿境遇时感伤之情少而愤激之情多，于中略可窥见二人的个性有内向、外向之别；文章的风格也有繁缛、清丽之别（《旧唐书·文苑列传》谓“文思清丽，庭筠过之”）。此外，商隐此类书启中常有较多叙述对方生平宦历、功业政绩的文字；而庭筠则较少，这似乎不大符合献显宦书启的常规，但多少可窥见庭筠的为人。

温庭筠有小说专集《干𦠆子》，宋代书目多有著录。晁公武《郡斋读书志》引其序云：“语怪以悦宾，无异馔味之适，遂以干𦠆命篇。”陈振孙《直斋书录解题》引其序云：“不爵不觥，非炮非炙，能悦诸心，聊甘众口，庶乎干𦠆之义。”可见这是一部主要以怪异之事为内容的小说专集，有明确的娱乐目的。原书已佚，现存的《干𦠆子》共三十二篇，系从《太平广记》中辑出，其中列入鬼类、妖怪类、狐类的有十来篇。从篇题看，基本上是以人物为中心，记人的遗闻逸事的。三十二篇中提到的人物，大都有行实可考，其中不少还是朝廷显宦、将帅和方镇大员，但这些故事并不完全是纪实的，有的还故意露出虚构的痕迹。从整体看，《干𦠆子》的怪异色彩相当浓重，其中真正有较高思想艺术价值的反倒是现实生活气息浓郁的《窦义》。另外《华州参军》写生死不渝的爱情，《陈义郎》写为父报仇，情节曲折，构思精巧，也是比较出色的篇章。个别速写式的故事如《严振》等也颇见人物个性。

七

范文澜曾精辟地指出：“唐朝文学是盛世，到了晚唐已经不可避免地要发生大分化。按照文学史的通例，总得出现两个代表人物，一个结束旧传统，一个发扬新趋势，李商隐是旧传统的结束者，温庭筠是新趋势的发扬者。"（《中国通史简编》第三编第二册"唐代文化"一章）这一论断对了解温庭筠在文学史上的地位，有重要的启示意义。从大处说，有以下两个主要方面。

首先，温庭筠是词体蔚为大国的真正奠基者。词在温庭筠之前，在民间和文人手中，已孕育发展了几百年，差不多跟它在晚唐五代蔚为大国至两宋达于极盛的时间相等。但在艺术上一直未臻于完全成熟，更未能成为可与五七言诗分庭抗礼的大国。这种状况到了温庭筠出现于词坛时才有了重大的变化。他一生大量创作歌词，现存的六十八首中，用调十九个，其中不少为他所首创，为词能表现多方面的生活内容，抒写不同的情感，形成多种风格提供了广泛的基础，而且艺术上普遍达到较高水准。这对于一个处于发展的关键期的艺术样式，无疑具有巨大的规模效应乃至轰动效应，从而起到极大的推进作用。从长远来说，这样多数量、高质量的歌词创作，它的影响力就远远大于已经发展到烂熟阶段的五七言诗。更重要的是，他为词奠定了一种类型风格，即内容以表现女子生活感情（多为离情别绪）为主，风格偏于华美柔婉，表情细腻婉曲的风格类型，其影响不但遍及整个花间词，而且一直影响到宋元明清时代的婉约词风。正是在这个意义上，温庭筠是词蔚为大国的真正奠基者。一个作家所创建的艺术风格能一直影响到清代的，除杜甫、温庭筠，似再无第三人。

其次，温庭筠又是晚唐时期诸体兼擅的全能作家。在传统的五七言诗领域，他的古体乐府近师李贺、李白，远绍齐梁及乐府民歌，秾艳之中时见清新明丽。在晚唐诗坛上，乐府诗的成就可称独步，为小李杜所不及。薛雪《一瓢诗话》云："温飞卿，晚唐之李青莲也，故其乐府最精，义山亦不及。"其七律总体成就虽不如义山，但不少作品风格清丽，对仗工整，音节流利，亦自成一格，在唐代七律发展史上有一定地位。五律七绝，亦颇多佳制。从整体看，在晚唐前期四大家中，温诗成就虽逊于小李杜，但高于工稳有余、精警不足的许浑。就温、李二家诗而论，李长于言情而短于写景，而温则颇多写景佳句，亦各擅其胜。在骈文发展史上，温、李、段"三十六体"是继六朝初唐骈文极盛之后，因儒学复古运动与古文运动而中衰后的又一次骈文复兴，其影响及于宋初的西昆体。庭筠骈文数量、质量虽不如义山，但"文思清丽，庭筠过之"，在骈文发展史上也有一定地位。尤应指出的是，他是晚唐主流派诗人中唯一一位进行过小说创作并撰有专集的作家（段成式的《酉阳杂俎》多为猎奇搜异的残丛小语，极少篇幅较长的小说），其中像《窦义》这种为商贾立传的作品，在题材、内容、思想倾向、人物形象类型上都有明显的创新性、开拓性。单凭这一点，他在小说发展史上就应占一席之地。

点的突破性成就与面的广泛性成就，使温庭筠在继承传统的文学样式和进行新的文学样式的创作两方面都取得了令人瞩目的成绩，从而成为一个大家。词与小说的创作更说明他与市民阶层生活与思想感情的密切联系，说明他的创作与文学由雅到俗、由抒情到叙事的发展趋势相吻合。从这方面看，他是一个走在文学发展潮流前列的作家。

这部选集是在《温庭筠全集校注》的基础上进行编选的。诗以明末冯彦渊家藏宋本《温庭筠诗集》为底本，以下列各本为校本：

（一）国家图书馆藏明弘治十二年李熙刻《温庭筠诗集》七卷、《别集》一卷。简称李本。

（二）国家图书馆藏明刻《温庭筠诗集》十卷、《补遗》一卷（配清抄）。简称十卷本。

（三）北京大学图书馆藏明姜道生刻《唐方城令温飞卿集》一卷。简称姜本。

（四）国家图书馆藏明毛氏汲古阁刻《五唐人诗集》之《金荃集》七卷、《别集》一卷。简称毛本。

（五）四部丛刊影印清钱氏述古堂钞本《温飞卿诗集》七卷、《别集》一卷。简称述钞。

（六）清康熙席启寓刻《唐人百家诗》之《温庭筠诗集》七卷、《别集》一卷、《温庭筠集外诗》一卷。简称席本。

（七）清顾嗣立刻康熙三十六年顾氏秀野草堂刻本《温飞卿诗集》七

卷、《别集》一卷、《集外诗》一卷。简称顾本。

（八）清康熙辑《全唐诗》之温庭筠诗八卷、《补遗》一卷。简称《全唐诗》。

《集外诗》以顾本为底本。

除本集外，复以《又玄集》《才调集》《文苑英华》《乐府诗集》《万首唐人绝句》《古今岁时杂咏》《唐诗纪事》等总集参校。分别简称《又玄》《才调》《英华》《乐府》《绝句》《杂咏》《纪事》。

词以中华书局出版的曾昭岷等辑校的《全唐五代词》中的温庭筠词部分为底本，骈文以清编《全唐文》为底本，小说则主要以谈恺刻本《太平广记》为底本（个别篇目据别本）。共选注了诗、词、骈文、小说共一百零一篇，每篇都作了注释疏解和必要的校勘。一些前人、近人评鉴较多的篇章还辑录了一些评论资料作为参考。书中汲取了前人及近人一些重要的研究成果，特致谢意。书中不足之处，希望能得到广大读者的指正。

［本文是《温庭筠诗词选》（中州古籍出版社2011年版）的前言］

温庭筠简谱

唐德宗贞元十七年辛巳（801）一岁，生于吴中（今江苏苏州）。

庭筠为唐初开国功臣温彦博之裔孙（夏承焘《温飞卿系年》谓是彦博六世孙，黄震云《温庭筠杂考三题》谓是彦博七世孙。似以黄说为是）。彦博贞观四年（630）迁中书令，封虞国公。十年，迁尚书右仆射。故庭筠《书怀百韵》诗自注云："予先祖国朝公相，晋阳佐命，食采于并、汾也。"其世系约为彦博—振—翁归—缵—曦—西华—场—庭筠。

庭筠之籍贯，《旧唐书·文苑列传·温庭筠》谓太原，《新唐书·温大雅传》附庭筠传则谓并州祁。此当是庭筠的祖籍与郡望。其实际出生地当为吴中。顾学颉《新旧〈唐书〉温庭筠传订补》谓"庭筠诗中，言其故乡太原者绝少，而言江南者反甚多。恐幼时已随家客游江淮，为时且必甚长……飞卿在江南日久，俨以江南为故乡矣。"陈尚君《温庭筠早年事迹考辨》乃据《感旧陈情五十韵献淮南李仆射》"嵇绍垂髫日，山涛筮仕年。琴樽陈座上，纨绮拜床前。邻里才三徙，云霄已数迁"数联，谓李绅元和三年（808）自润州归无锡县家居，庭筠时年八岁，其家居与李绅比邻，其占籍应在无锡附近。此说直接指出庭筠占籍即在江南，较顾说"在江南日久，俨以江南为故乡"进了一大步。但其说对"邻里才三徙"（此句用孟母三迁典故，乃赞颂李绅从小得到其母的良好教育。《新唐书·李绅传》："绅六岁而孤，哀等成人。母卢，躬授之学。"）一句有误解。故占籍无锡之说尚不足征信。据庭筠《书怀百韵》诗"行役议秦吴"，《春日将欲东归寄新及第苗绅先辈》诗题中之"东归"，《送卢处士（一作生）游吴越》之"羡君东去见残梅，唯有王孙独未回。吴苑夕阳明古堞，越宫春草上高台"，《寄卢生》之"遗业荒凉近故都（指吴国都城，今苏州），门前堤路枕平湖"，《东归有怀》之"晴川通野陂，此地昔伤离。一去迹常在，独来心自知"，《溪上行》之"绿塘漾漾烟濛濛，张翰此来情不穷（张翰吴郡吴人）……心羡夕阳波上客，片时归梦钓船中"，《卢氏池上遇雨赠同游者》之"寂寞闲望久，飘洒独归迟。无限松江恨，烦君解钓丝"，《寄湘阴阎少府乞钓轮子》之"篷声夜滴松江雨"，《寄裴生乞钓钩》之"今日太湖风色好，却将诗句乞鱼钩"等句，知庭筠之旧乡当在吴中，即在苏州附近，濒太湖，傍吴淞江之处。且在吴中有先人"旧业"（田产及房舍），门前有堤路平湖，当是其父辈时已居此。其离开吴中，长期寓居鄠郊当在其青年时代出塞之游以后。其《边笳曲》有"江南戍客心，门外芙蓉老"之句，《敕勒歌塞北》有"却笑江南客，梅落不归家"之句，似其时仍家居江南，且已有妻室（借"芙蓉老"暗喻妻子红颜渐老），然则其离吴中旧乡当在青年时代成婚以后数年。

最迟在开成五年（840），庭筠即已寓居长安鄠县郊墅。《书怀百韵》诗题称"开成五年秋以抱疾郊野"，诗云"穷郊独向隅""事迫离幽墅"，所指均其在长安西南鄠郊之别墅。其他诗凡题称"郊居""鄠杜郊居""有扈"者亦均指鄠郊别墅。其始居鄠郊之年代可能更早（约大和中）。直至咸通二年（861）居荆南萧邺幕时所作之《渚宫晚春寄秦地友人》写思归之情时仍透露出其时家仍居鄠郊。由荆南归长安后，直至贬方城尉前，当亦仍居于此。故庭筠一生，青少年时代居于出生地吴中；壮岁以后，除出塞、游蜀、东归吴中、游越及其他羁游、寄幕外，大部分时间寓居鄠郊。

庭筠生年，有多种异说。歧说之产生，又多缘于对其《感旧陈情五十韵献淮南李仆射》的呈献对象及写作时间有不同的考证结论所致。一是淮南李仆射为李蔚说，此说为清顾嗣立所持。王达津亦持其说，谓庭筠约生于长庆四年（824）。二是淮南李仆射为李德裕说。此说为顾学颉、夏承焘所持。夏氏《温飞卿系年》考温庭筠约生于元和七年。三是淮南李仆射为李珏说。此说为黄震云所持，见其《温庭筠的籍贯及生卒年》一文，考庭筠约生于元和十二年或十一年。四是淮南李仆射为李绅说，此说为陈尚君所创，见其《温庭筠早年事迹考辨》一文。并据此诗开头一段及李绅初仕情况考出元和三年庭筠约八岁，拜见李绅，其生年约在德宗贞元十七年（801）。五是牟怀川《温庭筠生年新证》一文虽亦认为《感旧》诗系呈献李绅之作，而考庭筠之生年则另据《上裴相公启》"至于有道之年"之句，认为此启系开成四年首春献裴度之作，此时庭筠四十二岁。上推四十二年，其生年当为德宗贞元十四年。以上五说之中，陈说考辨最为详密可信，李仆射为李绅之说可视为定论。其个别解释虽有小误，并不影响其整体考证结论之正确。故本书即采陈说，定庭筠之生年为贞元十七年。牟说之不能成立，详拙文《温庭筠文笺证暨晚年事迹考辨》及《温庭筠全集校注》下册《上裴相公启》注①关于此文呈献对象及作年的考证。

  唐德宗贞元十八年壬午（802） 二岁，在吴中。

  唐德宗贞元十九年癸未（803） 三岁，在吴中。杜牧生。

  唐德宗贞元二十年甲申（804） 四岁，在吴中。

  唐德宗贞元二十一年
       乙酉（805） 五岁，在吴中。
  唐顺宗永贞元年

  唐宪宗元和元年丙戌（806） 六岁，在吴中。

  唐宪宗元和二年丁亥（807） 七岁，在吴中。

  唐宪宗元和三年戊子（808） 八岁，在吴中。至无锡谒见李绅。

  唐宪宗元和四年己丑（809） 九岁，在吴中。

  唐宪宗元和五年庚寅（810） 十岁，在吴中。

  唐宪宗元和六年辛卯（811） 十一岁，在吴中。

  唐宪宗元和七年壬辰（812） 十二岁，在吴中。李商隐生。

唐宪宗元和八年癸巳（813）　　十三岁，在吴中。

唐宪宗元和九年甲午（814）　　十四岁，在吴中。

唐宪宗元和十年乙未（815）　　十五岁，在吴中。

唐宪宗元和十一年丙申（816）　　十六岁，在吴中。

唐宪宗元和十二年丁酉（817）　　十七岁，在吴中。

唐宪宗元和十三年戊戌（818）　　十八岁，在吴中。

唐宪宗元和十四年己亥（819）　　十九岁，在吴中。

唐宪宗元和十五年庚子（820）　　二十岁，在吴中。

唐穆宗长庆元年辛丑（821）　　二十一岁，在吴中。

唐穆宗长庆二年壬寅（822）　　二十二岁，在吴中。

唐穆宗长庆三年癸卯（823）　　二十三岁，在吴中。

唐穆宗长庆四年甲辰（824）　　二十四岁，在吴中。

唐敬宗宝历元年乙巳（825）　　二十五岁，在吴中。

唐敬宗宝历二年丙午（826）　　二十六岁，在吴中。

唐文宗大和元年丁未（827）　　二十七岁，在吴中。

唐文宗大和二年戊申（828）　　二十八岁。

庭筠出塞之游，至迟当在本年秋至次年秋。陈尚君《温庭筠早年事迹考辨》云："庭筠出塞是由长安出发，沿渭川西行，取回中道出萧关，到陇首后折向东北，在绥州一带停留较久。估计在边塞时间，在一年以上。"所作诗有《西游书怀》《回中作》《过西堡塞北》《敕勒歌塞北》《边笳曲》等。所历时间自头一年的"高秋辞故国"，到第二年的"芙蓉老"，即夏秋间。在绥州一带停留较久，或曾短期游幕。《敕勒歌塞北》有"却笑江南客，梅落不归家"之句，说明第二年春初在阴山一带；《边笳曲》有"江南戍客心，门外芙蓉老"之句，说明第二年夏秋间仍在夏绥一带。"江南客""江南戍客"均系自指，透露出塞期间庭筠家仍居江南，且已有妻室。

庭筠大和四至五年（830—831）游蜀。六年起行迹多在长安。此后事迹大体可考。故将出塞系于蜀游之前。将出塞之时间下限定于大和二三年间。

唐文宗大和三年己酉（829） 二十九岁。

本年夏秋间，犹在夏绥。大和二年九月至四年二月，夏绥节度使为李寰。

本年十一月，南诏入侵西川。十二月攻入成都，止西郭十日，掠女子工伎数万南去。

唐文宗大和四年庚戌（830） 三十岁。

约本年秋，庭筠有入蜀之行。入蜀途中，有《过分水岭》《利州南渡》诗。

过剑关，与某蜀将晤别。此人在大和三年"蛮入成都"期间曾"颇著功劳"。（见十年后所作《赠蜀将》题下自注及诗之首句"十年分散剑关秋"）

本年十月，李德裕由义成节度使调任西川节度副大使、知节度事。

唐文宗大和五年辛亥（831） 三十一岁。

本年春在成都，有《锦城曲》。在成都期间，似与西川幕下文士有交往，或有欲入幕之企求。

暮春后离成都顺岷江南下，至新津（属蜀州，在成都西南），有《旅泊新津却寄一二知己》，当是寄西川幕中文士相知者。

据庭筠《书怀百韵》诗"羁游欲渡泸"之句，似此次蜀游顺岷江南下抵戎州（今四川宜宾）后，曾欲渡泸水（今金沙江，即今长江上游自青海玉树至四川宜宾的一段）南去而未成行。

抵戎州后，似未由原路折回成都再返长安，而是顺长江东下出峡，道荆、襄回京。至黔巫一带，与崔某晤别（二十年后，有《送崔郎中赴幕》诗云："一别黔巫似断弦，故交东去更凄然。心游目送三千里，雨散云飞二十年"），又有《巫山神女庙》诗，诗云："古树芳菲尽，扁舟离恨多。"时将入夏。此次蜀游，四年秋由长安出发，五年春末夏初在巫山一带，至此已历三季。

唐文宗大和六年壬子（832） 三十二岁，在长安。

本年秋有《送渤海王子归本国》，夏承焘《温飞卿系年》谓此渤海王子系大和六年来朝之大明俊，姑系于此（顾学颉《温庭筠交游考》则谓系开成四年来朝之大延广，其回国或在五年）。

唐文宗大和七年癸丑（833） 三十三岁，在长安。

本年二月，李德裕由兵部尚书同中书门下平章事。

本年春，有《觱篥歌》，题下注："李相妓人吹。"此李相指李德裕。诗有"黑头丞相"语，德裕此次拜相年四十七，尚在壮岁，故云。德裕好觱篥，宝历元年（825）秋任浙西观察使时有《霜夜对月听小童薛阳陶吹觱篥歌》，刘禹锡、白居易、元稹均有和作。

唐文宗大和八年甲寅（834） 三十四岁，在长安。

本年正月，有《赠郑征君家匡山首春与丞相赞皇公游止》。"丞相赞皇公"指李德裕。

唐文宗大和九年乙卯（835） 三十五岁，旅游淮上。

无名氏《玉泉子》云："温庭筠有词赋盛名。初从乡里举，客游江淮间，扬子留后姚勖厚遗之。庭筠少年，其所得钱帛，多为狭邪所费。勖大怒，笞而逐之，以故庭筠不中第。"

《北梦琐言》卷四《温李齐名》："吴兴沈徽云：温舅尝于江淮为亲表槚楚，由是改名焉。"

顾学颉《温庭筠交游考·姚勖》："《通鉴》开成四年五月，'上以盐铁推官检校礼部员外郎姚勖，能鞫疑狱，命权知职方员外郎。右丞韦温不听，上奏称：郎官朝廷清选，不宜以赏能吏。上乃以勖检校礼部郎中，依前盐铁推官'。据此，知姚勖确为盐铁官（扬子留后，即盐铁转运使在扬州的分设机构）。笞逐庭筠事，当在开成四年之前。"其《温庭筠传论》引《通鉴》定飞卿游江淮在大和末。

按：顾氏定庭筠游江淮在大和末，近是，兹从之。《玉泉子》与《北梦琐言》均言其游江淮为亲表所槚楚或笞逐，《玉泉子》且将此事与此后庭筠长期不中第联系起来。而庭筠《上裴相公启》则言其旅游淮上拜谒地方长官，为其属下小人所嫉妒、相倾，并受到"守土者"之"忘情积恶"与"当权者"之"承意中伤"，从而导致"绝飞驰之路，塞饮啄之涂"的严重后果。所叙情事或有同异，而后果则同。如"旅游淮上"事在大和九年，则其时之"守土者"为（淮南节度使）牛僧孺，而"承意中伤"之"当权者"或即与僧孺同党之宰相李宗闵（李大和八年二月至九年六月为相）。

本年十一月，甘露之变发生。

唐文宗开成元年丙辰（836） 三十六岁，在长安。

本年七月前，因李翱之荐，始从太子永游。庭筠曾从太子永游，有其所作《庄恪太子挽歌词二首》"邺客瞻秦苑""西园寄梦思"等语为证。其荐举者及从游时间，陈尚君《温庭筠早年事迹考辨》据庭筠《谢襄州李尚书启》，认为系大和九年至开成元年七月间任山南东道节度使李翱之推荐，其入东宫从游，当始于开成元年，至三年九月始离去。所考大体可信。启内"俄升于桂苑"之"桂苑"即桂宫，汉成帝为太子时，曾居此宫，故以之借指太子宫。从"兰扃未染，已捧于紫泥"之语看，庭筠在从游太子时，可能从事文字之役。

本年夏或稍后之某年夏，有《题丰安里王相林亭二首》。丰安里，唐长安里坊名。王相指王涯，甘露之变中为宦官诬以谋反罪杀害。

唐文宗开成二年丁巳（837） 三十七岁，在长安，仍从太子永游。

本年正月，李商隐进士登第。

唐文宗开成三年戊午（838） 三十八岁，在长安。本年九月前，仍从太子永游。

《旧唐书·文宗纪》：开成三年，九月"壬戌，上以皇太子慢游败度，欲废之，中丞狄兼谟垂涕切谏。是夜，移太子于少阳院"。十月"庚子，皇太子薨于少阳院，谥曰庄恪"。同书《文宗二子传》对此事有更详细之记载："庄恪太子永，文宗长子也。母曰王德妃。大和四年正月，封鲁王。六年，上以王年幼，思得贤傅辅导之……因以户部侍郎庾敬休守本官，兼鲁王傅；太常卿郑肃守本官，兼王府长史；户部郎中李践方守本官，兼王府司马。其年十月，降诏册为皇太子。上自即位，承敬宗盘游荒怠之后，恭俭惕慎，以安天下。以晋王谨愿，且欲建为储贰。未几晋王（敬宗长子普）薨，上哀悼甚，不复言东宫事者久之。今有是命，中外庆悦。后以王起、陈夷行为侍读。开成三年，上以皇太子宴游败度，不可教导，将议废黜，特开延英，召宰相及两省御史台五品已上、南班四品已上官对。宰臣及众官以为储后年小，可俟改过，国本至重，愿宽宥。御史中丞狄兼谟上前雪涕以谏，词理恳切。翌日，翰林学士六人泊神策军军使十六人又进表陈论，上意稍解。其日一更，太子归少阳院。以中人张克己、柏常心充少阳院使，如京使王少华、判官袁载和及品官、白身、内园小儿、宫人等数十人连坐至死及剥色、流窜……其年薨……初，上以太子稍长，不循法度，昵近小人，欲加废黜，迫于公卿之请乃止。太子终不悛改，至是暴薨（按：太子卒于十月十六日）。时传云：太子，德妃之所出也，晚年宠衰。贤妃杨氏，恩渥方深，惧太子他日不利于己，故日加诬谮，太子终不能自辨明也。太子既薨，上意追悔。四年，因会宁殿宴，小儿缘橦，有一夫在下，忧其堕地，有若狂者。上问之，乃其父也。上因感泣，谓左右曰：'朕富有天下，不能全一子。'遂召乐官刘楚材、宫人张十十等责之，曰：'陷吾太子，皆尔曹也。今已有太子（按：是年十月，立敬宗子陈王成美为太子），更欲踵前邪？'立命杀之。"

庭筠于太子死后葬骊山北原时有《庄恪太子挽歌词二首》。

庭筠从太子永游之时间虽仅二年余，但却留下一系列与此事有关之诗文，除《谢襄州李尚书启》及《庄恪太子挽歌词二首》外，尚有《洞户二十二韵》（详参牟怀川《温庭筠从游庄恪太子考论》，载《唐代文学研究》第一辑）、《雍台歌》《生祺屏风歌》（详参詹安泰《读夏承焘先生〈温飞卿系年〉》）。此外，《题望苑驿》《四皓》二诗亦与庄恪太子事有关。详拙撰《温庭筠全集校注》卷四、卷五对此二诗之诠释。

唐文宗开成四年己未（839）　　三十九岁，在长安。

本年秋，参加京兆府试，荐名居第二。然竟被黜落罢举，不能参加次年春之礼部进士试。《书怀百韵》诗云："文闱陪多士，神州试大巫。对虽希鼓瑟，名亦滥吹竽。自注：予去秋（指开成四年秋）试京兆，荐名居其副。"《感旧陈情五十韵献淮南李仆射》云："未知鱼跃地，空愧《鹿鸣》

篇。自注：余尝忝京兆荐，名居其副。樱下期方至，漳滨病未痊。自注：二年抱疾，不赴乡荐试有司。""二年"指受荐名之开成四年及五年。《书怀百韵》诗题亦云："开成五年秋，以抱疾郊野，不得与乡计偕至王府。"《唐撷言》卷二"等第罢举"条开成四年有温岐，"等第罢举"即指开成四年秋以京兆府试荐名第二的身份上报竟被黜落不得应翌年进士试事。似此时尚未改名。

《赠蜀将》约作于本年秋。

唐文宗开成五年庚申（840）　四十岁，在长安。

因"等第罢举"，未能参加本年春举行之礼部进士试。五月，作《自有扈至京师已后朱樱之期》，借以抒发未能参加本年春进士试之遗憾，但仍希望"重作钓鱼期"，下次得以参试。但本年秋，又因故未能"赴乡荐，试有司"，详四年所引自注。二年不赴乡荐试有司的真正原因当是遭人毁谤，详《书怀百韵》。

冬，作《书怀百韵》。题称"将议遐适，隆冬自伤，因书怀奉寄"，诗云"行役议秦吴"，表明将有自长安赴吴中旧乡之远行。

《郭处士击瓯歌》当作于武宗会昌朝之前，姑系于此。郭处士指郭道源，善击瓯，武宗朝为凤翔府天兴县丞，充太常寺调音律官，见段安节《乐府杂录》。

唐武宗会昌元年辛酉（841）　四十一岁，自长安赴吴中旧乡。

本年春，有《送陈嘏之候官兼简李（黎）常侍》。

约仲春，自长安启程赴吴中，行前有《春日将欲东归寄新及第苗绅先辈》。

约暮春，经泗州下邳县，有《过陈琳墓》。自下邳县南行至盱眙县，有《旅次盱眙县》。

春末抵达扬州，向淮南节度使李绅呈献《感旧陈情五十韵献淮南李仆射》。诗云"旅食逢春尽，羁游为事牵"，又云"冉弱营中柳，披敷幕下莲。傥能容委质，非敢望差肩"，有希企入幕之意，与《过陈琳墓》"欲将书剑学从军"之语正合，因欲入淮南幕，故在扬州羁留时间较长。有《过孔北海墓二十韵》,《淮扬志》:墓在府治高士坊。诗有"墓平春草绿"之句,系春暮初抵扬州时作。又有《送淮阴孙令之官》,曰"杨柳烟",曰"青葭",时在春夏间。而《法云双桧》(一作《晋朝柏树》)、《经故秘书崔监扬州南塘旧居》,均秋令作,透露庭筠在扬州当羁留至秋,方渡江归吴中旧乡。

渡江后,有《溪上行》云:"绿塘漾漾烟濛濛,张翰此来情不穷。雪羽襟褷立倒影,金鳞拔刺跳晴空。风翻荷叶一片白,雨湿蓼花千穗红。心羡夕阳波上客,片时归梦钓船中。"用张翰归吴中旧乡典,正切己之东归吴中。写景切秋令。

下列诸诗,亦渡江后归吴中途中作:

《开圣寺》,寺在润州丹阳,诗有"出寺马嘶秋色里"之句,系秋令作。

《和盘石寺逢旧友》《盘石寺留别成公》。前诗有"烟浪有归舟"及"水关红叶秋"之句,后诗有"一夜林霜""浪连吴苑"之语。寺当离苏州不远。写景均深秋景象。

深秋抵达吴中旧居。《东归有怀》云:"晴川通野陂,此地昔伤离。一去迹常在,独来心自知。鹭眠菱叶折,鱼静蓼花垂。无限高秋泪,扁舟极路歧。"曰"高秋""蓼花",写景与《溪上行》《开圣寺》《和盘石寺逢旧友》《盘石寺留别成公》等合。首联写旧居景象,亦与前此《寄卢生》"遗业荒凉近故都,门前堤路枕平湖"所写旧居景象相合。

唐武宗会昌二年壬戌(842) 四十二岁。

春赴越中,秋后返吴中。

本年春赴越中,途经杭州,有《钱塘曲》,诗有"钱塘岸上春如织,淼淼寒潮带晴色"之句。又曰"淮南游客",盖用淮南小山《招隐士》之典。又有《苏小小歌》,末句云"门前年年春水绿",与《钱塘曲》时令相同。《河渎神》(孤庙对寒潮)有"西陵风雨萧萧""早梅香满山郭"之句,疑亦会昌二年初春赴越中途经萧山时作。

春抵越州(今浙江绍兴市)。有《南湖》七律,南湖即镜湖。诗有

"野船着岸偎春草"之句，说明春天已在越州。

在越州，有《题竹谷神祠》《题贺知章故居叠韵作》。又有《宿一公精舍》，此"一公"指僧一行，天台国清寺有其当年曾居之精舍。三诗写景均秋令景象。又《荷叶杯》（镜水夜来秋月）亦是年秋作于越州。

约本年秋，自越中折返吴中旧乡。《江上别友人》为返途经钱塘江别友之作，诗有"萧陵"字，指萧山。又有"秋色满葭葵"之句。《题萧山庙》有"马嘶秋庙空"之句，当与《江上别友人》同时作。

本年七月，刘禹锡卒。庭筠有《秘书刘尚书挽歌词二首》。

唐武宗会昌三年癸亥（843）　四十三岁。春暮，由吴中启程返长安。

春有《寄裴生乞钓钩》，诗有"今日太湖风色好"之句，说明其时庭筠居太湖滨之吴中旧乡，时令在春天。又有《寄湘阴阎少府乞钓轮子》，腹联云"篷声夜滴松江雨，菱叶秋传镜水风"，松江即吴淞江，镜水即镜湖，说明其时诗人已由越返吴。又，乐府有《吴苑行》，亦会昌三年春作。

约春暮，离吴中旧乡北归，途经常州，有《蔡中郎坟》。至润州，作《更漏子》词云："背江楼，临海月，城上角声呜咽。堤柳动，岛烟昏，两行征雁分。　京口路，归帆渡，正是芳菲欲度。银烛尽，玉绳低，一声村落鸡。"曰"背江楼"，曰"归帆渡"，说明系自京口北渡长江时作，时令值"芳菲欲度"之暮春。

《伤温德彝》七绝约作于本年，详参詹安泰《读夏承焘先生〈温飞卿系年〉》。

唐武宗会昌四年甲子（844）　四十四岁，在长安。

本年十月，武宗幸鄠县校猎。庭筠闲居鄠郊，有《车驾西游因而有作》："宣曲长杨瑞气凝，上林狐兔待秋鹰。谁将词赋陪雕辇，寂寞相如卧茂陵。"

本年八月，昭义镇刘稹叛平。庭筠之《湖阴词》或有感于此而借题以赋，作年当在五年春。

唐武宗会昌五年乙丑（845）　四十五岁，在长安。

《汉皇迎春词》或是年春在长安作。"汉皇"借指唐武宗，"豹尾竿头赵飞燕"则借指武宗所宠王才人。

唐武宗会昌六年丙寅（846） 四十六岁，在长安。

本年春，有《会昌丙寅丰岁歌》。诗对平定刘稹后时平年丰景象加以歌颂。武宗三月二十三日逝世，此诗有"村南娶妇桃花红"之句，当作于武宗逝世之前。

唐宣宗大中元年丁卯（847） 四十七岁，春游湖湘。

本年春至岳州，与时任岳州刺史之李远相晤，别后有《春日寄岳州李员外二首》，又有《寄岳州李外郎远》。

《次洞庭南》佚句云："自有晚风推楚浪，不劳春色染湘烟。"可证春日在洞庭湖南岸一带。

约春夏间抵潭州（今湖南长沙市），谒见时任湖南观察使之裴休，并献诗文，受到裴休的款待。其《上盐铁侍郎启》中提及此事："顷者萍蓬旅寄，江海羁游。达姓字于李膺，献篇章于沈约。特蒙俯开严重，不陋幽遐。至于远泛仙舟，高张妓席，识桓温之酒味，见羊祜之襟情。"乐府《湘东宴曲》云："湘东夜宴金貂人，楚女含情娇翠嚬。玉管将吹插钿带，锦囊斜拂双麒麟。重城漏断孤帆去，惟恐琼籤报天曙。万户沉沉碧树圆，云飞雨散知何处？堤外红尘蜡炬归，楼前澹月连江白。"湖南观察使治所潭州在湘水之东，故称"湘东"。诗中描写的湘东泛舟夜宴情景，正与《上盐铁侍郎启》所称"远泛仙舟，高张妓席"者吻合。关于大中元年湖湘之游的考证，可参拙文《温庭筠文笺证暨庭筠晚年事迹考辨》（载《文学遗产》2006年第3期）及《温庭筠全集校注》下册《上盐铁侍郎启》一文的注释。

唐宣宗大中二年戊辰（848） 四十八岁，在长安。

本年春，封敖知贡举。庭筠应礼部进士试未第。庭筠《上封尚书启》（启上于大中六年岁末）云："伏遇尚书秉甄藻之权，尽搜罗之道。谁言凡拙，获遇恩知。华省崇严，广庭称奖。自此乡间改观，瓦砾生姿。虽楚国求才，难陪足迹；而丘门托质，不负心期。"《旧唐书·封敖传》："宣宗即位，迁礼部侍郎。大中二年，典贡部。"庭筠在考试前虽曾受到封敖公开称奖，但进士试仍然落第。

本年九月，李德裕由潮州司马再贬崖州（今海南海口市琼山区东南）司户。庭筠有《题李相公敕赐锦屏风》，对宣宗君相贬逐功臣有所讽慨。其时，李商隐有《旧将军》，三年春有《李卫公》，亦讽宣宗之贬功臣，伤德裕之远谪。

唐宣宗大中三年己巳（849） 四十九岁，在长安。

唐宣宗大中四年庚午（850） 五十岁，在长安。

本年春，裴休以礼部侍郎知贡举，庭筠应进士试未第。

庭筠《上盐铁侍郎启》云："既而哲匠司文，至公当柄。犹困龙门之浪，不逢莺谷之春。"据《唐才子传·曹邺》："累举不第，为《四怨三愁五情诗》，雅道甚古。时为舍人韦悫所知，力荐于礼部侍郎裴休，大中四年张温琪榜中第。"

本年赵嘏在渭南尉任。庭筠《和赵嘏题岳寺》作于嘏任渭南尉期间。岳指西岳华山。

又，《山中与诸道友夜坐闻边防不宁因示同志》，夏承焘《温飞卿系年》引《通鉴》大中四年八月"党项为边患，发诸道兵讨之，连年无功，戍馈不已"，谓诗约在此一二年内作。《唐五代文学编年史》复引本年九月吐蕃"大掠河西鄯、廓等八州，杀其丁壮，劓刖其羸老及妇人，以槊贯婴儿为戏，焚其室庐，五千里间，赤地殆尽"，谓"此与温诗所言'边防不宁'事合，且'风卷蓬根'亦秋九月之景象"，系此诗于大中四年九月。然大中年间，庭筠似无山中习道之迹象，诗似早年之作。西北边防不宁，文、武、宣各朝皆有之，不独大中四年也。

唐宣宗大中五年辛未（851） 五十一岁，在长安。

本年三月，有《春暮宴罢寄宋寿先辈》。宋寿，大中五年登进士第。题称寿"先辈"而不称其官职，当是登第后未授官时作。

唐宣宗大中六年壬申（852） 五十二岁，在长安。

本年春，有《上翰林萧舍人》七律。萧舍人为萧邺。

本年八月，裴休以兵部侍郎领盐铁转运使同中书门下平章事。裴休拜相之前，庭筠有《上盐铁侍郎启》；拜相后，有《上裴相公启》。

本年四月，杜悰自西川节度使调任淮南节度使。约六月，庭筠有《题城南杜邠公林亭》，题下自注："时公镇淮南，自西蜀移节。"诗云："卓氏垆前金线柳，隋家堤畔锦帆风。贪为两地分霖雨，不见池莲照水红。"《北梦琐言》卷四谓："豳公闻之，遗绢一千匹。"

岁末，有《上封尚书启》云："今者正在穷途，将临献岁。曾无勺水，以化穷鳞。俯念归黄，犹怜弃席。假刘公之一纸，达彼春卿；成季布之千金，即变升沉。"祈求时任山南西道节度使之封敖给翌春主持礼部试之"春卿"（礼部侍郎崔瑶）写信推荐自己，以求进士试登第。

《上杜舍人启》作于本年。杜舍人指杜牧。大中六年冬任中书舍人，此前以考功郎中知制诰，皆可称"舍人"。牧卒于岁末。

《上蒋侍郎启二首》系上吏部侍郎蒋係之启。係任吏部侍郎在大中八年任山南西道节度使之前的数年内。启内有"既而文圃求知，神州就选……今则商飙已扇，高壤萧衰，楚贡将来，津涂怅望"及"谨以常所为文若干首上献"等语，则启亦为应进士试前向显宦行卷以求延誉而上。参以上上裴休、封敖、杜牧诸启，此启当亦为大中六年秋所上。

《上学士舍人启二首》所上对象可能为萧邺，邺大中五年七月至大中七年六月期间，曾以中书舍人充翰林学士。启二有"今乃受荐神州，争雄墨客。空持砚席，莫识津涂"等语，用语与上蒋係之第二启类似，当亦同为大中六年秋所上。

《北梦琐言》卷四："宣宗爱唱《菩萨蛮》词。令狐相国假其（按：指温庭筠）新撰进之，戒令勿他泄，而遽言于人，由是疏之。"《唐五代文学编年史》谓："庭筠与令狐绹交往，为撰《菩萨蛮》词在令狐绹为宰相时（大中四年至十三年），确年难考，今姑记于此。"

唐宣宗大中七年癸酉（853） 五十三岁，在长安。

本年春崔瑶以礼部侍郎知贡举，庭筠应进士试未第（参六年谱《上封尚书启》等）。

落第后有《上吏部韩郎中启》。吏部韩郎中指韩琮。琮大中五年为户部郎中，大中八年为中书舍人。其为吏部郎中当在大中六七年间。启云：
"升平相公，简翰为荣，巾箱永秘，颇垂敦奖，未至陵夷。倘蒙一话姓名，
试令区处，与铁官之琐吏，厕盐酱之常僚，则亦不犯脂膏，免藏缣素。"
"升平相公"指裴休（休居升平坊，又休有休平、升平之义），大中八年十
月之前以宰相领盐铁使。六年八月休拜相前后，庭筠均有启上裴休。此必
七年礼部试落第后请韩琮在休前荐举自己，以求得盐铁使之属官。此或因
琮曾为户部郎中，为休之下属之故。

《访知玄上人遇暴经因有赠》作于大中八年知玄归故山之前，姑系
于此。

《上萧舍人启》（某闻孙登之奖嵇康）系代人所拟，萧舍人指萧邺，启
上于大中五年七月至七年六月之间，姑系于此。

唐宣宗大中八年甲戌（854）　　五十四岁，游河中幕。

是年春，游河中节度使徐商幕。有《河中陪帅游亭》诗。按：李商隐
会昌四年（844）有《奉同诸公题河中任中丞新创河亭四韵之作》，所咏河
亭系河中节度留后任畹新建，亭建于黄河中央之岛上，有浮桥与东西两岸
相接。温诗中无新建河亭之迹象，当作于商隐诗之后。大中七年至十年，
徐商任河中节度使。庭筠最迟开成末即与徐商结识。大中十年至咸通元年
（860），又长期寓徐商襄阳幕，则此诗题内之"帅"，殆即徐商。诗有"柳
花飘荡"语，当作于暮春。大中九年庭筠参加进士试，故此诗当为八年暮
春作。《题河中紫极宫》或亦八年秋作于河中。其游河中幕或自春徂秋。
河中节度使治所在河中府，今山西永济市。

唐宣宗大中九年乙亥（855）　　五十五岁，在长安。

本年春，庭筠应礼部进士试未第。

《新唐书·温庭筠传》："数举进士不中第。思神速，多为人假手作文。
大中末，试有司，廉视尤谨。庭筠不乐，上书千余字，然私占授已八人。"
《唐摭言》卷十三《敏捷》："山北沈侍郎主文年，特召温飞卿于帘前试之，
为飞卿爱救人故也。适属其日飞卿不乐，翌日晚请开门先出，仍献启千余
字，或曰潜救八人矣。"《北梦琐言》卷四："庭云每岁贡场，多为举人假

手。沈询侍郎知举，别施铺席授庭云，不与诸公邻比。翌日，帘前谓庭云曰：'向来策名者，皆是文赋托于学士，某今岁举场并无假托，学士勉旃！'因遣之，由是不得意也。"《因话录》卷六："大中九年，沈询以中书舍人知举。"知大中九年沈询知举时，庭筠曾应进士试落第。此为庭筠最后一次应进士试。

本年三月，吏部博学宏词科考试，庭筠为京兆尹柳熹之子翰假手作赋。

夏承焘《温飞卿系年》大中九年："旧书纪，此年'三月试宏词，举人漏泄题目，为御史台所劾。裴谂改国子祭酒，郎中周敬复罚两月俸料，考试官唐枝出为处州刺史，监察御史冯颛罚俸一月，其登科十人并落下。'东观奏记下记此甚详。其事实起于飞卿。奏记云：'初，裴谂兼上铨，主试宏、技两科。其年争名者众应宏选，落进士苗台符、杨严、薛近、李询古、敬翱以下一十五人就试。谂宽裕仁厚，有题不密之说。落进士柳翰，京兆府柳熹之子也。故事，宏词科止三人，翰在选中。不中者言翰于谂处先得赋（题），托词人温庭筠为之。翰既中选，其声聒不止，彻于宸听。'《唐摭言》卷十一谓飞卿'卒以搅扰科场罪，为执政黜贬'，又谓其'以文为货'，当指此。"

《秋日旅舍寄义山李侍御》，张采田《玉谿生年谱会笺》谓此诗"盖寄义山东川者"。按：义山大中五年冬至九年冬在东川节度使柳仲郢幕。此诗当作于大中六至九年之某年秋。

《为人上裴相公启》约作于本年四月。

《上崔相公启》亦系代人所拟，其作启时间之下限当在本年崔铉罢相之前。

唐宣宗大中十年丙子（856）　五十六岁。贬隋县尉，旋居襄阳幕。

《唐摭言》卷十一《无官受黜》："开成中，温庭筠才名籍甚。然罕拘细行，以文为货，识者鄙之。无何，执政间复有恶奏庭筠搅扰场屋，贬隋州县尉。时中书舍人裴坦当制，忸怩含毫久之。时有老吏在侧，因讯之升黜，对曰：'舍人合为责辞。何者？入策进士，与望州司马一齐资。'坦释然。故有‘泽畔长沙’之比。”

《东观奏记》卷下：“敕：‘乡贡进士温庭筠早随计吏，夙著雄名。徒负不羁之才，罕有适时之用。放骚人于湘浦，移贾谊于长沙。尚有前席之期，未爽秋毫之思。可随州随县尉。’舍人裴坦之词也。庭筠字飞卿，彦博之裔孙也。词赋诗篇冠绝一时，与李商隐齐名，时号‘温李’。连举进士，竟不中第。至是谪为九品吏。进士纪唐夫叹庭筠之冤，赠之诗曰：‘凤凰诏下虽沾命，鸂鷘才高却累身。’人多讽诵。上明主也，而庭筠反以才废。制中自引骚人长沙之事，君子讥之。前一年，商隐以盐铁推官死。商隐字义山，文学宏博，笺表尤著于人间。自开成二年升进士第，至上（指宣宗）十二年，竟不升于王廷，而庭筠亦恓恓不涉第□□□□者，岂以文学为极致，已靳于此，遂于禄位有所爱耶？不可得而问矣。”

《金华子杂编》卷上：段郎中成式，博学精敏，文章冠于一时……牧庐陵日……为庐陵顽民妄诉，逾年方明其清白，乃退隐于岘山。时温博士庭筠，方谪尉随县，廉帅徐太师商留为从事，与成式甚相善，以其古学相遇，常送墨一铤与飞卿，往复致谢，递搜故事者九函，在禁集中。为其子安节娶飞卿女。

按：庭筠贬隋县尉之年，如据《东观奏记》之记载，当在大中十三年。因李商隐于大中十二年以盐铁推官死，其事在庭筠贬隋县尉之“前一年”，则庭筠之贬隋当在大中十三年。故夏承焘《温飞卿系年》即据此书庭筠之贬隋县尉于大中十三年，《唐五代文学编年史》从之。然庭筠既以执政恶奏其搅扰场屋（当指其大中九年吏部宏词试时为柳喜之子代笔作赋之事，也可能兼指其应是年进士试时潜救八人之事）而获遣，则其谪隋县尉之时间当离事发不远。试看宏词试漏泄题目事发后，对裴谂、唐枝等有关责任官吏之处分相当严厉且及时，即可推知对此案中为人假手作赋，“搅扰场屋”之庭筠之处分必不至于延至事隔四年之后的大中十三年。问题的关键在于裴坦草贬制究在何时。裴坦之为中书舍人，虽在大中十一年四月至十三年十一月期间，但在十一年四月之前，早已任职方郎中、知制诰。《新唐书·裴坦传》：“令狐绹当国，荐为职方郎中、知制诰，而裴休持不可，不能夺。故事，舍人初诣省视事，由丞相送之，施一榻堂上，压角而坐。坦见休，重愧谢。休勃然曰：'此令狐丞相之举，休何力！'顾左右索肩舆亟出，省吏眙骇，以为唐兴无有此辱。人为坦羞之。"此段记载当据《东观奏记》卷中："以楚州刺史裴坦为知制诰，坦罢职赴阙，宰臣令狐绹擢用，宰臣以坦非才，不称是选，建议拒之，力不胜。坦命既行，至政事堂谒谢宰相。故事，谢毕，便于本院上事，四辅送之，施一榻，压角而坐。坦巡谒执政，至休厅，多输感谢，休曰：'此乃首台缪选，非休力也。'立命肩舆便出，不与之坐，两阁老吏云：'自有中书，未有此事也。'"按：令狐绹为相在大中四年十月，裴休为相在六年八月，二人为任用裴坦为职方郎中、知制诰意见不合当在六年八月休拜相后，而坦之任命既行，最迟在大中十年十月休罢相之前。可见，大中十年十月之前，裴坦完全有可能草温庭筠贬隋县尉之制文。而唐人习惯，他官知制诰者亦可称舍人，或谓之行中书舍人事。上引《新唐书·裴坦传》称时任职方郎中、知制诰之裴坦为"舍人"，即为明证。既然裴坦大中十年十月之前已任职方郎中、知制诰，有草贬制之职能，而徐商又适于大中十年春由河中节度使调任山南东道节度使，如庭筠大中十年十月前被贬隋县尉，与徐商留署襄阳巡官，时间亦正相吻合。

庭筠于大中十年贬隋县尉，旋署襄阳巡官，其《上首座相公启》亦提供了内证。启云："昨者膏壤五秋，川途万里。远违慈训，就此穷栖。将卜良期，行当杪岁。"明言自己在远离京城的膏壤之地"就此穷栖"已达五年之久，眼下正值岁末，行当离此他适，另卜良遇。对照庭筠生平行踪，所谓"膏壤五秋"的"穷栖"，只能指居襄阳幕这段时期的生活（自大和初至咸通七年，四十年间，其生平行踪大体可考，除居襄阳幕外，别无京城外五秋穷栖的经历）。其离襄阳幕的时间，当在咸通元年岁杪，即徐商罢镇襄阳内征以后。自咸通元年逆数"五秋"，正在大中十年。然则庭筠之贬隋县尉，旋为徐商留署襄阳巡官之时间正在大中十年。此与贬隋县尉，事由"搅扰场屋"，时间上亦正相合。盖宣宗得知宏词试漏泄题目之弊案，处分有关责任官吏后，执政中复有奏庭筠在此案中"搅扰场屋"，代人作赋事，乃至进士试中"潜救八人"等事，故不久即有隋县尉之贬。如此，于情理，于时间方相合。《上首座相公启》所上之对象为白敏中。敏中大中十三年十二月自荆南再次入相，懿宗《授白敏中弘文馆大学士等制》云："敏中可兼充太清宫使、弘文馆大学士。"唐制宰相四人，首相例兼太清宫使。白敏中在同时四相（另三相为杜审权、毕诚、蒋伸）中，年资位望最高，故此"首座相公"指白敏中。启上于咸通元年岁杪。自咸通元年逆推"五年"，其始在襄阳幕之年正在大中十年。或谓此"首座相公"指温造，但温造根本没有当过宰相，更不用说是首相。唐人诗文称"首座相公"或"首相""首台""首辅"，必为现任宰相中之居首位者，绝不可能称从未当过宰相者为"首座相公"。此与称"相公"者可以是曾任宰相现已卸任者或带同中书门下平章事衔出镇者，乃至方镇加同中书门下平章事者不同。至于《东观奏记》有关庭筠贬隋县尉时间之记载，因与庭筠《上首座相公启》所提供的第一手材料不合，只能存疑。

贬隋县尉前，有《上裴舍人启》。裴舍人即裴坦，时任职方郎中、知制诰。

至襄阳，为山南东道节度使留署巡官。事见两《唐书》本传及《金华子杂编》等，已见上引。隋州为山南东道节度使所辖。徐商与庭筠早已结识。徐商镇河中时，庭筠曾游其幕。庭筠此次适贬其属郡为县尉，故徐商予以照顾，留使府署为巡官。

据戴伟华《唐方镇文职幕僚考》，大中十年至咸通元年徐商镇襄阳期间，幕府文职僚属有温庭筠（巡官）、韦蟾（掌书记）、温庭皓（庭筠弟，幕职不详）、王传（观察判官）、李骘（副使）、卢都（幕职不详）、元繇（带御史中丞衔，幕职不详）。段成式则于大中十二年起游襄阳幕，与幕中诸文士诗文唱和。余知古则以进士从诸人游。段成式后辑诸人唱和之作为《汉上题襟集》十卷。

唐宣宗大中十一年丁丑（857） 五十七岁，在襄阳幕。

唐宣宗大中十二年戊寅（858） 五十八岁，在襄阳幕。

是年春，李億登进士第，为状元。庭筠《送李億东归》作于此前某年春在长安时。

段成式隐于岘山，游襄阳幕。上元日（正月十五）有《观山灯献徐尚书三首并序》，序云"尚书东莞公（指徐商）镇襄之三年"。

本年岁暮，李商隐卒于郑州。

唐宣宗大中十三年己卯（859）　五十九岁，在襄阳幕。

在襄阳幕期间，与段成式诗文唱和。现存诗有《段柯古见嘲》，文有《答段成式书七首》。又有《和元繇襄阳公宴嘲段成式诗》《光风亭夜宴妓有醉殴者》及《锦鞵赋》。以上诗、文、赋当作于大中十二年至十三年段成式游襄阳幕期间。

《烧歌》作于大中十年至咸通元年居襄阳幕期间之某年春。

岁末，白敏中自荆南节度使征入再次拜相，庭筠有《上司徒白相公启》（题拟，原题《上萧舍人启》，显误。考辨详见《温庭筠文笺证暨庭筠晚年事迹考辨》）。启有"今者再振万机，重宣丘教"，即指其再次拜相事。又有"四海遐瞻，共卜归还之兆；一阳初建，便当霖雨之期"。启当上于大中十三年十二月闻敏中再次拜相后不久，敏中尚在荆南未归朝时。

唐懿宗咸通元年庚辰（860）　六十岁，在襄阳幕。岁杪赴江陵。本年十一月之前，徐商罢镇襄阳，诏征赴阙，为刑部尚书、诸道盐铁转运使。李骘《徐襄州碑》："大中十四年，诏征赴阙。"是年十一月改元咸通。

庭筠罢襄阳幕。岁杪，有《上首座相公启》，首座相公指白敏中。启有"昨者膏壤五秋，川途万里。远违慈训，就此穷栖。将卜良期，行当杪岁。通津加叹，旅舍伤怀"。所谓"膏壤五秋，就此穷栖"，即指在襄阳幕为巡官首尾五秋。"将卜良期，行当杪岁"，表明岁末将离襄阳他往，另卜良期。

《上宰相启二首》或为上夏侯孜之启。启一有"银黄之末，则青草为袍"之语，其时庭筠已为着青袍之八九品官，当在谪隋县尉为徐商留署襄阳幕巡官时。启二有"加以旅途劳止，末路萧条"之语，其时庭筠或已罢襄阳幕。夏侯孜本年十月己亥罢相出镇西川，启当上于此前。

唐懿宗咸通二年辛巳（861）　六十一岁。在荆南节度使萧邺幕。

本年春，自襄阳抵江陵，在荆南节度使萧邺幕为从事。

《上令狐相公启》云："敢言蛮国参军，才得荆州从事。自顷藩床抚镜，校府招弓。《戴经》称女子十年，留于外族；稽氏则男儿八岁，保在故人。貌是流离，自然飘荡。叫非独鹤，欲近商陵；啸类断猿，况邻巴峡……今者野氏辞任，宣武求才。倘令孙盛缇油，无惭素尚；蔡邕编录，偶获贞期。微回謦欬之荣，便在陶钧之列。"此启上于本年令狐绹自河中节度使移任宣武节度使时。"敢言蛮国参军，才得荆州从事"二语，上句用郝隆为桓温参军事。《世说新语·排调》："郝隆为桓公参军。三月三日会作诗，不能者罚酒三升。隆初以不能受罚。既饮，揽笔复作一首云：'娵隅跃清池。'桓曰：'娵隅是何物？'答曰：'千里投公，始得蛮府参军，那得不作蛮语也。'"时桓温"为都督荆梁四州诸军事、安西将军、荆州刺史，领护南蛮校尉，假节"（《晋书》本传），驻节荆州。古称长江流域中游荆州一带为"蛮荆"。下句用王粲依刘表事。《三国志·魏书·王粲传》："诏除黄门侍郎，以西京扰乱，皆不就，乃至荆州依刘表。"两句均用古人在荆州为从事之典，借指己为荆州从事，可谓精切不移。庭筠另有《上纥干相公启》（题有误，唐无纥干姓为相者），有"间关千里，仅为蛮国参军；荏苒百龄，甘作荆州从事"之语，亦可资佐证。故此二启之"荆州从事""蛮府（国）参军"乃实指己在江陵幕府为从事。联系《上令狐相公启》"啸类断猿，况邻巴峡"二语，更可证其时庭筠居于邻近巴峡之江陵（此句用《水经注·江水·三峡》"高猿长啸，属引凄异""朝发白帝，暮到江陵"之典）。若谓"以荆州从事代署襄阳巡官之事"（顾学颉《新旧〈唐书〉温庭筠传订补》），则不切矣。荆、襄虽邻接，然为二镇，不可借代。《上首座相公启》明言自己在"膏壤"之地"穷栖""五秋"之后"将卜良期，行当杪岁"，将离襄阳另卜良期，其所往之地即荆州，其所任之职即荆州从事。大中十三年十二月白敏中离荆南节度使任入朝为相后，继任荆南节度使者为萧邺（大中十三年十二月至咸通三年在任）。庭筠早在大中六年即有《上翰林萧舍人》七律，末联云："每过朱门爱庭树，一枝何日许相容？"表现出强烈的依投愿望。故此次罢襄阳幕后即赴荆州依萧邺。庭筠当于咸通元年岁杪启程，于二年春初抵江陵，在萧邺幕为从事。

在荆南幕之同僚有段成式、卢知遒、沈参军等人。《唐文拾遗》卷三十二卢知遒《卢鸿草堂图后跋》云："咸通初，余为荆州从事，与柯古（段成式字）同在兰陵公（萧邺）幕下。"

在荆南幕期间，有《答段柯古赠葫芦管笔状》，其中有"庭筠累日来……荆州夜嗽"之语，当在荆幕时作。今人或列于襄幕时，或收入新辑之《汉上题襟集》中，殆误。又有《和沈参军招友生观芙蓉池》，诗有"楚泽"字，当荆幕同僚唱和之作，时令在秋初。

《渚宫晚春寄秦地友人》诗有"凫雁野塘水""秦原""灞浪"及"思归"语，系咸通二年春荆幕思归之作，说明其时庭筠家居仍在鄂郊。《西江贻钓叟骞生》有"春朝"及"梅谢楚江头"语，或为咸通二年春在荆幕作。

又有《游南塘寄知者》诗，有"楚水"及"杜陵秋思"语，题有"南塘"字，与《渚宫晚春寄秦地友人》诗意及诗语合，与《和沈参军招友生观芙蓉池》之"南塘烟雾枝"语亦合，系咸通二年秋荆幕作。

《送人东游》有"郢门山""汉阳渡"字，写景切秋令，系本年秋荆幕送人东游之作。《细雨》有"楚客秋江上，萧萧故国情"之语，则同年秋荆幕思乡（旧乡吴中）之作。

《寄渚宫遗民弘里生》系与段成式宴别后寄赠之作，"渚宫遗民"指段成式。其父文昌起即居荆州，"弘里"谓其弘显故里也。《答段柯古赠葫芦管笔状》有"却笑遗民，迁兹佳种"之句"，遗民"亦指段成式。

以上诸诗文，均庭筠曾居荆南幕之迹。

唐懿宗咸通三年壬午（862） 六十二岁。

春仍在荆幕。夏末秋初已在长安或洛阳。

《和段少常柯古》有"野梅江上晚，堤柳雨中春"之句，作诗时当仍居荆南幕，而段成式已入为太常少卿。

《和太常段少卿东都修行里有嘉莲》有"故持重艳向西风"之句，写景在秋初。而据《南楚新闻》，段成式卒于咸通四年六月，故此诗当作于咸通三年秋初。味诗意，庭筠此时已回到长安，诗或即作于洛阳。

唐懿宗咸通四年癸未（863） 六十三岁，闲居长安。

本年六月，段成式卒。《太平广记》卷三五一引《南楚新闻》："太常（少）卿段成式，相国文昌子也，与举子温庭筠亲善。咸通四年六月卒。庭筠闲居辇下。是岁十一月十三日冬至大雪（下略）。"

《旧唐书·温庭筠传》："咸通中，失意归江东，路由广陵，心怨令狐绹在位时不为成名。既至，与新进少年狂游狭邪，久不刺谒，又乞索于扬子院，为虞候所击，败面折齿，方还扬子诉之。令狐绹捕虞候治之，极言庭筠狭邪丑迹，乃两释之。自是污行闻于京师。庭筠自至长安，致书公卿间雪冤。"《新唐书·温廷筠传》："不得志，去归江东。令狐绹方镇淮南，廷筠怨居中时不为助力，过府不肯谒。丐钱扬子院，夜醉，为逻卒击折其齿，诉于绹。绹为劾吏，吏具道其污行，绹两置之。事闻京师，廷筠遍见公卿，言为吏诬染。"

按：据《旧唐书·令狐绹传》："（咸通）三年冬，迁扬州大都督府长史、淮南节度副大使、知节度事。"其到任当已在咸通四年初。庭筠之归江东，路由广陵，为虞候所击败面折齿之事，如确有其事，当发生在四年春令狐绹到任后至最迟本年六月庭筠已闲居长安的一段时间内。然此事颇有可疑之处。其一，此事不见于晚唐五代各种笔记小说之记载。两《唐书》关于此事之记载相当详细具体，按常理说，当有所本，然竟不见当时记载。其二，此事在庭筠诗文中也找不到任何有力之佐证。顾学颉《新旧〈唐书〉温庭筠传订补》举《春日将欲东归寄新及第苗绅先辈》证其归江东，举《上裴相公启》"旅游淮上"一节，谓"守土者以忘情积恶"当即在淮南令狐绹指使虞候折辱之事，"此启即《旧书》所谓'自至长安，致书公卿间雪冤'之事也"，均误。《春日将欲东归寄新及第苗绅先辈》为会昌元年（841）春自长安东归吴中旧乡前作，苗绅系会昌元年进士。《上裴相公启》为大中六年（852）八月裴休拜相后所上，启中所言"旅游淮上"乃大和九年（835）事，"守土者"自非令狐绹。总之均与两《唐书》所载咸通中失意归江东路由广陵事无涉。其三，此事在情节上与大和末游江淮为姚勖所笞逐之事颇多相似之点，如均有游狭邪的情事，均与从扬子院得厚遗或索钱有关，又均受到折辱。以六十三岁之老翁，即使风流成性，游狭邪之事容或有之，何至乞索于扬子院，遭虞候之击而败面折齿，在同一地点重演三十年前之荒唐行迹而竟忘却自己为此付出长期不登第之沉重代价？殊令人难以理解。其四，更重要的是，咸通四年自江陵归江东路由广陵之记载，与咸通三年秋初在长安或洛阳作之《和太常段少卿东都修行里有嘉莲》直接冲突。如咸通三年秋初已在长安或洛阳，咸通四年初岂能忽又由江陵归江东？即使撇开此诗不论，时间上也存在问题。设令庭筠咸通四年春启程归江东，至广陵当已春暮甚至夏初。至广陵"狂游狭邪""久不刺谒"，又过若干时日。至乞索扬子院遭折辱而诉之令狐绹，绹处置其事，又需时日。然后庭筠方由广陵返长安，二地相距二千七百里，至少需时四五十日。而至迟本年六月，庭筠已"闲居辇下"。然则在短短数月内，上述行程、情事之发生、进行，时间上又岂敷分配，此其五。综上五端，乃颇疑两《唐书》对此事之记载，乃是误读并误据《上裴相公启》的结果，以为启中所云"旅游淮上"乃咸通中事，将启内"射血有冤""靡能昭雪"等语及此启理解为庭筠"自至长安，致书公卿间雪冤"，而又杂采《玉泉子》庭筠客游江淮游狭邪遭笞辱之情节，从而添出这样一段找不到出处与佐证，充满疑点与矛盾的情节。史传编撰者在缺乏传主可靠材料的情况下，往往因误读、误据传主诗文而误载传主事迹，不但温庭筠，同时代的李商隐传中也有这种误载。

唐懿宗咸通五年甲申（864）　　六十四岁，闲居长安。

本年有《为前邕府段大夫上宰相启》。前邕府段大夫，指段文楚，唐德宗时著名忠臣段秀实之孙，曾两任邕管经略使，御史大夫为其第二次临邕管时所带宪衔。启内提及其初任邕管、离任、再临邕管、罢任及其后"侨居乞食，蓬转萍飘"之困境，希望宰相"录其勋旧，假以生成"。并叙及"今者九州征发，万里喧腾，凭贼请锋，已至城下"之情事，此指咸通五年，"康承训至邕州，蛮寇（指南诏侵边）益炽，诏发许、滑、青、汴、兖、郓、宣、润八道兵以授之"（《通鉴》）。故此启当作于咸通五年。段文楚咸通三年二月自邕管经略使左迁威卫将军分司，此时或仍在东都。

唐懿宗咸通六年乙酉（865）　六十五岁，在长安。约六月以后，因宰相徐商之荐，任国子监助教。

庭筠曾任国子监助教，见其咸通七年十月六日《榜国子监》文末所署本人姓名，以及其弟庭皓所撰《唐国子助教温庭筠墓志》（志文佚）。其始任国子助教之时间，可能在本年六月以后。《旧唐书·温庭筠传》："庭筠自至京师，致书公卿间雪冤。属徐商知政事，颇为言之。"《新唐书·温庭筠传》亦谓："俄而徐商执政，颇右之，欲白用。"据《新唐书·宰相表》，咸通六年六月，徐商为相。庭筠之任国子助教，当因徐商之荐。《新唐书·百官志》：国子监"助教五人，从六品上，掌佐博士分经教授"。

《题韦筹博士草堂》约作于本年至七年十月之间。

唐懿宗咸通七年丙戌（866）　六十六岁，在长安。任国子监助教，主秋试。冬，贬方城尉，旋卒。

本年春，有《休浣日西掖谒所知因成长句》，当为任国子监助教期间谒徐商之作。"西掖"指中书省。视"休浣日"语，庭筠当时已在朝中任职。考之庭筠生平，其唯一任京职之时间即咸通六七年任国子助教时。诗有"春晼晚"语，当作于咸通七年春。

本年秋，以国子监助教身份主国子监秋试。十月六日，将考试合格之士子所纳诗赋榜示于众，准备报送礼部，参加翌春进士试。榜文云："右前件进士所纳诗篇等，识略精微，堪裨教化；声词激切，曲备风谣。标题命篇，时所难著。灯烛之下，雄词卓然。诚宜榜示众人，不敢独专华藻。并仰榜出，以明无私。仍请申堂，并榜礼部。咸通七年十月六日，试官温庭筠榜。"榜文中所称"前件进士所纳诗篇"，系指国子监秋试合格的士子所纳的省卷，为礼部规定凡举进士者必须交纳之诗文，时间一般为考试前一年之冬天。所纳者系"旧文"，即作者从自己擅长的各种文体中选出一部分佳作纳献于礼部。故这批作品既要在进行秋试之国子监公布，又要在礼部榜示。也就是说，榜示者并非国子监秋试时按统一命题作的诗文，这类作品因受考试题目的限制，不可能有多少佳作，更无所谓"标题命篇，时所难著"的情况。而举子从平日所作旧文中选送者，方可能如榜文中所称之"识略精微，堪裨教化；声词激切，曲备风谣""雄词卓然"。明乎此，方能弄清庭筠因此榜文及榜示之旧文所引起之严重后果。

胡宾王《邵谒集序》云："（谒）寻抵京师隶国子，时温庭筠主试，乃榜三十余篇以振公道。"《唐才子传》卷九《邵谒传》亦云："苦吟，工古调，咸通七年抵京师，隶国子监。时温庭筠主试，悯擢寒苦，乃榜谒诗三十余篇以振公道。"《唐诗纪事》卷六十七《李涛传》云："温飞卿任太学博士，主秋试，涛与卫丹、张郃等诗赋，皆榜于都堂。"知此次所榜者有邵谒、李涛、卫丹、张郃等人之诗赋，三十余篇应是所榜旧文之总数。

顾学颉《新旧〈唐书〉温庭筠传订补》云："细玩两书本传'颇为言之'、'欲白用'文意，徐商为相时，庭筠必曾补官，否则，'杨收疾之，遂贬'、'遂废'之语蹈空矣。如本闲居无官，杨收又何以疾而废之耶……庭筠七年十月在国子监，而杨收罢相在八年……其为杨收所疾当在七年十月之后，八年杨罢相之前。况榜文有'声词激切'，'时所难著'之语，或是邵谒所为诗篇讽刺朝政，而庭筠榜之，遂触忌而遭废耶？"又引《唐才子传》卷九《温宪传》云："温宪，庭筠之子也。龙纪元年李瀚榜进士及第。出为山南节度使府从事，大著诗名。词人李巨川草荐表，盛述宪先人之屈，辞略曰：'蛾眉见妒，明妃为出国之人；猿臂自伤，李广乃不侯之将。'上读表恻然称美。时宰相亦有知者，曰：'父以窜死，今孽子宜稍振之，以厌公议，庶几少雪忌之恨。'上颔之。"陈尚君《温庭筠早年事迹考辨》从顾说，谓庭筠贬死之最明显原因，当即为榜诗触及时讳。梁超然《温庭筠考略》联系邵谒《岁丰》诗对豪强之抨击、《论政》诗对时政之讥刺作进一步具体论证。此处须强调指出："父以窜死"一语，明确指出庭筠系被贬窜而死，故《旧唐书·温庭筠传》"杨收怒之，贬为方城尉"的记载是可信的，证以纪唐夫《送温庭筠尉方城》诗，其事更确凿无疑。而"再贬隋县尉，卒"之记载则误。贬隋县尉在大中十年，系因"搅扰场屋"而贬，已见前，且旋即为徐商留署襄阳巡官，与"窜死"明显不合。庭筠之卒，在咸通七年，其弟庭皓撰《唐国子助教温庭筠墓志》署咸通七年可证。十月六日犹在国子监为助教，而最迟本年末即卒，可见从榜示诗赋到被贬、到窜死，前后时间不过两个多月，其罹祸之速之烈可以想见。据"窜死"语，庭筠可能即卒于方城贬所。

庭筠弟庭皓，大中十年至咸通元年为山南东道节度使徐商幕从事。咸通七年至九年，为武宁节度使崔彦曾团练巡官。九年冬，庞勋反，杀崔彦曾，以刃胁庭皓，使为表求节度使，庭皓拒之，曰："我岂以笔砚事汝邪？其速杀我。"十年四月，为庞勋所杀。两《唐书》有传。

子温宪，屡举进士不第，曾为山南西道节度使府从事，府主杨守亮颇重之，命李巨川草荐表，盛述其先人之屈，龙纪元年（889）方登进士第。宪有诗名，咸通中与许棠、张乔、郑谷等号称"咸通十哲"。事见《唐摭言》卷十、《唐才子传》卷九。

有姊适赵颛，见《玉泉子》。又有姊或妹适吴兴沈氏，见《北梦琐言》卷四。

女适段成式子安节。见《金华子杂编》卷上、《南楚新闻》。

［原载《温庭筠全集校注》，中华书局2007年版］

读唐诗名篇零札

魏徵《述怀》

"还惊九折魂。""折"，《全唐诗》校："一作逝。"或引《楚辞·九章·抽思》"惟郢路之辽远兮，魂一夕而九逝"之句以及与"魂"字相连，以为作"逝"较妥。按：此句有"惊"字，下句云"岂不惮艰险"，则"惊"自指因道路之艰险而惊魂。"九折"用《汉书·王尊传》："上以尊为郿令，迁益州刺史。先是，琅邪王阳为益州刺史，行部至邛郲九折坂，叹曰：'奉先人遗体，奈何数乘此险！'后以病去。"上文有"郁纡陟高岫"之句，故此云"还惊九折魂"，下云"岂不惮艰险"，一意贯串。如曰"九逝魂"，则是怀想故国旧都之意，与上下文均不相涉。又，此诗"慷慨志""国士恩"六字，一篇主意。

王绩《野望》

"相顾无相识，长歌怀采薇。"或谓《采薇》系用《诗·召南·草虫》"陟彼南山，言采其薇。未见君子，我心伤悲"或《诗·小雅·采薇》"采薇采薇，薇亦作止；曰归曰归，岁亦莫止。靡室靡家，猃狁之故，不遑启居，猃狁之故"，借以抒发隋末动乱年代彷徨无依的苦闷。按："采薇"一般多用《史记·伯夷列传》"武王已平殷乱，天下宗周。而伯夷、叔齐耻之，义不食周粟，隐于首阳山，采薇而食之"之事。王绩是著名的隐逸诗人，此诗用"采薇"典，自系夷齐高隐事。其《山家夏日九首》之五"不特嫌周粟，时时须采薇"亦用夷齐事，可以类证。但此诗写景所显现的乃是和平宁静、悠闲不迫的情调氛围，殊无作者在《薛记室收过庄见寻率题古意以赠》一诗中所追忆的"伊昔逢丧乱，历数闰当馀。豺狼塞衢路，桑梓成丘墟"之惨象，故诗未必作于隋末动乱年代。用夷齐采薇典，亦可说明诗当作于易代之后，但看不出有"耻事新朝"之意，所谓"长歌怀采薇"，殆为抒发隐逸高致或对隐逸高士的怀慕向往。吕才《王无功文集序》云："君河中先有渚田十数顷，颇称良沃。邻渚又有隐士仲长子光，服食养性。君重其贞洁，愿与相近，遂结庐河渚，纵意琴酒，庆吊礼绝，十有余年。"怀采薇，也可能包含对仲长子光这样的高隐的怀慕。诗可能作于晚年归隐龙门期间（贞观十三年至十八年）。此时离唐代建国已二十多年，政治经济显现兴盛景象。他在《答处士冯子华书》中说："乱极治至，王途渐亨，天灾不行，年谷丰熟。贤人充其朝，农夫满于野。吾徒江海之士，击壤鼓腹，输太平之税耳。帝何力于我哉？"可见在新朝治世当一名自适其适的隐士，正是他晚年的人生追求。这首诗所描绘的秋日乡野景物，充溢着一种和平宁静的田园牧歌式情调和对隐逸高致的向往，正是诗人当时心情的写照。尽管由于"所嗟同志少，无处可忘言"（《春庄走笔》），有时不免感到孤寂，"徙倚欲何依""相顾无相识"等句，正流露了缺乏同道的惆怅。

王勃《山中》

高步瀛《唐宋诗举要》卷八谓"此疑咸亨二年寓巴蜀时作（见《春思赋》），故有'长江悲已滞'之句。"按：王勃总章二年（669）五月游蜀，至咸亨二年（671）夏犹在梓州，有《梓潼南江泛舟序》署"咸亨二年六月"可证。然是年九月已归长安，有《为霍王祭徐王文》。此诗有"况复高风晚，山山黄叶飞"之句，时已深秋，故可证此诗非咸亨二年寓巴蜀时作，而系此前一年，即咸亨元年闰九月在蜀中作。其《别人四首》之一云："久客逢馀闰，他乡别故人。自然堪下泪，谁忍望征尘！"之四云："霜华净天末，雾色笼江际。客子常畏人，何为久留滞？"与《山中》时令相同，内容亦近似，当同时作。"悲已滞"之"滞"即"久留滞"之"滞"。

宋之问《寒食还陆浑别业》

诗有"且别河桥杨柳风，夕卧伊川桃李月"之句。或谓此"河桥"即河南府孟县南富平津上之黄河浮桥。按：自洛阳还陆浑山中之别业不经孟津桥。陆浑在洛阳之西南，孟县在洛阳之东北，方向正相反。此"河桥"当泛指洛阳城中跨洛水所建之桥，"且别河桥"即旦别洛阳之意。

张说《幽州夜饮》

诗云："凉风吹夜雨，萧瑟动寒林。正有高堂宴，能忘迟暮心？军中宜剑舞，塞上重笳音。不作边城将，谁知恩遇深！"唐玄宗开元六年至七年，张说任幽州都督、河北节度使，诗当作于六年秋冬间。此诗多遭明、清选家误解，以为张说"有不乐居边意"，尾联乃"自宽之词"（唐汝询《唐诗解》），"诗毕竟非忠厚和平之什"（黄生《唐诗矩》），甚至说"边塞之地，迟暮之年，风雨之夜，如此苦境，强说恩遇，其情伪矣"（顾安《唐律消夏录》）。虽周珽、沈德潜持正面评价，但不为人所注意。实则此诗颇见诗人之襟怀品格，诗亦沉雄悲壮，骨气端翔，洵为盛唐正音。《旧唐书·张说传》："始玄宗在东宫，说已蒙礼遇。及太平（公主）用事，储位颇危。说独排其党，请太子监国，竟清内难，遂为开元宗臣。"开元元年十二月，因与姚崇不叶，出贬相州，迁岳州。但四年末姚崇罢相后不久，即迁荆州大都督府长史，重新起用。六年二月，又迁幽州都督、河北节度使，委以安定东北边防之重任，"前后三秉大政，掌文学之任凡三十年"。故无论从玄宗与张说的长期关系看，或贬官后重新起用委以安边重任看，诗中所谓"恩遇深"，当是出于真情实感，而非"自宽之词"，更非伪饰之言。说在幽州，"一年而财用肃给，二年而蓄聚饶羡，军声武备，百倍于往时矣"，"自受命处此，声振殊俗，终公之代，不敢近边"（孙逖《唐故幽州都督河北节度使燕国文贞公遗爱颂并序》）。可见他确是将幽州之重任作为玄宗的恩遇而黾勉尽力的。诗中的"迟暮心"，既含"惟草木之零落兮，恐美人之迟暮""老冉冉其将至兮，恐修名之不立"之慨，亦包"老骥伏枥，志在千里。烈士暮年，壮心不已"之意，故说"能忘迟暮心"，盖以此自励。诗中渲染幽州夜饮的氛围，萧瑟中具阔大峭劲、悲壮慷慨之致，正为全篇主意"不作边城将，谁知恩遇深"蓄势，盖谓不亲任边城主帅，深感身系边境安宁，又焉能深切体会君主的恩遇之深。这种基于实践的深刻感悟以深婉和平语调道出，倍感其情感的深挚厚重。

王翰《凉州词》

"欲饮琵琶马上催"，或因下有"沙场""征战"字而解"催"为催征人出征者，当非。此承上句"葡萄美酒夜光杯"及此句句首"欲饮"，指催饮。琵琶马上之乐，旋律多急骤奔放，军中宴饮而奏琵琶，盖以侑酒助兴。李白《襄阳歌》："车旁侧挂一壶酒，龙管凤笙行相催。"刘禹锡《洛中送韩七中丞之吴兴口号》："今朝无意诉离杯，何况清管急弦催。"此二诗之"催"字均催饮之意，可以类证。此诗意蕴，自沈德潜解为"故作豪饮之词，然悲感已极"（《重订唐诗别裁集》）以来，颇多赞同者。然视通篇情调，实为酒催豪饮而发豪情作豪语，"醉卧沙场君莫笑，古来征战几人回"，神情口吻是视战死沙场为长眠醉卧，视"古来征战几人回"为常事而坦然面对。盛唐诗人对战争的艰苦和牺牲往往不是回避和无奈，而是将其诗化和浪漫化，这正是那个国力强盛、国威远扬、爱国精神和民族自豪感得到充分发扬的时代的产物。"孰知不向边庭苦，纵死犹闻侠骨香"

（王维《少年行》）、"羌笛何须怨杨柳，春风不度玉门关"（王之涣《凉州词》）和"醉卧沙场君莫笑，古来征战几人回"正是同一典型音调，与"伏波惟愿裹尸还，定远何须生入关"（李益《塞下曲》）同一豪概。

王维《终南山》

此诗曾被作为王维创造性地运用中国画特有的透视法，用诗的语言同时表现三远（高远、平远、深远）的范例，从仰观、俯瞰、回望、入看等不同的视角，分别描绘终南山的高峻、绵延、阔大深远、岚霭变化（指前三联）。但细味前三联，诗人的视角虽有变化，但观察景物的位置（即立足点）却始终是在山顶上。首联出句"太乙近天都"是在山顶上仰望而感到峰与天连（即所谓"去天不盈尺"），非在山下仰望。"连山到海隅"更明显是在山顶上向东极望，而有"颠连直接东溟"之势。颔联出句"白云回望合"是在山顶上向下看，但见白云四面围合，自己所处的山峰如孤峰在云海中耸峙，对句"青霭入看无"是说此前在山下看到的笼罩在山上的淡青色雾霭（因云雾笼罩青山，故呈淡青色），到进入山中，登上山顶时却看不到了，见到的只是白云四合（青霭已化为白云）。其中虽也包含了对此前山下所见景象的回忆，但诗人此刻的立足点仍在山顶。腹联"分野中峰变，阴晴众壑殊"自是身处中峰之巅，所见终南山千山万壑，分属不同星宿分野，山之南北，阴晴各异的景象。总之，前三联均为登上峰顶时仰观远望俯瞰时所见不同景象，视点虽异，位置则一。只有尾联才写到下山途中所见景象。弄清这个固定的立足点，才不至于感到前三联之诗人观察景物似毫无次第可言。

王维《汉江临泛》

题内"泛"字，《瀛奎律髓》作"眺"。或有据此后出之孤证而改者。按："临"有面对之义，细味此诗腹联，所写当为临流泛舟所见之景，而非登高览眺所见。且王维诗诸旧本及《文苑英华》卷七七三载王维此诗，题均作《汉江临泛》，故当仍从旧本作"泛"。诗系泛舟汉江所见所想。起联由眼前乘舟游泛之汉江遥想其沿流可南接三湘，西极荆门，东接九江，以虚笔写广远阔大之境。颔联写顺流泛舟极目所见江流远向天外，远山若有若无的杳远缥缈之境，腹联转写溯江而上泛舟所见。襄阳城紧靠汉江，泛舟江上，见江水似乎与郡城齐平，漂浮在前面的水边，故说"郡邑浮前浦"；而江波动荡，浪接远天，所乘之舟亦随波上下晃动，感觉当中似乎汉江的波澜在晃动着远处的天空，故说"波澜动远空"。远水无波，因此这里所说的"波澜"应是近处能见波浪的汉江。"浮""动"二字，正传神地写出临流泛舟的特有感受。尾联"山翁"借指陪自己临流泛舟游赏的襄阳太守，说自己承主人盛情，已充分领略了襄阳的好风光，今后这样的风景佳胜便只能留给嗜酒的风流贤主人了，表谢意而无酬应色彩，将"山翁"也带入这幅雄浑阔远的汉江泛舟图中了。如将山翁理解为历史上以嗜酒著称的山简，不免虚应故事，且与前三联也嫌脱节。

祖咏《终南望馀雪》

此诗《河岳英灵集》卷下题作《终南望馀雪作》。而《南部新书》乙云："祖咏赋《雪霁望终南》诗，限六十字（按：即六韵十二句试帖律诗）成。至四句，纳主司，诘之，对曰：'意尽。'"祖咏为开元十三年杜绾榜进士。《唐诗纪事》卷二十题《终南山望馀雪》，与《河岳英灵集》略同。按：据诗意，题当以作《雪霁望终南》者为最切。盖此诗所写，系雪后初晴的傍晚，从长安城遥望终南山上的积雪而生的感受，而《终南望馀雪作》的诗题，则有可能被误解为身处终南山上望山中馀雪。此诗是否即祖咏登进士第之年应试所赋，文献上无明确记载，但从记述的口吻看，很有可能是登第之年所赋。如果情况确实如此，则虽属特例，亦可见唐代科举考试之尊重人才的独特个性和重视诗歌的艺术独创性。有如此开明的主考官，才会有敢于冲破成规、唯艺术是尚的应举士人。祖咏此诗的产生和流传，对优秀唐诗产生的社会环境和艺术氛围，是一种有力的说明。从这首诗的起联看，祖咏在下笔之初，并无不遵格式的想法，上句点"终南"，下句点"雪"，正是应试诗最常见的起法。但当他写到第四句"城中增暮寒"时，却忽然悟到，这已经是一首意足神远的完整之作了，于是戛然止笔。这无心插柳成阴的创作过程和心态，也充分体现了盛唐诗人"伫兴而就"的创作理念。

李颀《送魏万之京》

此诗首联"朝闻游子唱离歌，昨夜微霜初渡河"系倒叙，即先写今晨魏万离此赴京，后写昨夜情事，解者意见一致。问题是"昨夜初渡河"者究竟属谁。一般都理解为游子（即赴京之魏万），如唐汝询谓："言朝来唱歌之游子，乃昨夜经微霜而渡河者也。"今人亦多主此说。但次句还可以有另一种理解，即"渡河"者是"微霜"，全句系写昨夜气候的变化。中国的气候，长城内外，黄河、淮河、长江南北是显著的分界线。说"昨夜微霜初渡河"，是指秋天的微霜从昨夜开始已从黄河北渡过黄河，整个河南地区已现一片秋色，写法类似"梅柳渡江春"，而出语似更自然。从情理说，"微霜"可曰"初渡河"，而人则很难说"初渡河"，除非是生平第一次渡越黄河。如"初"作"刚"解，则昨夜夜深霜凝时方渡河而南来，今晨又唱离歌而赴京，则是日夜兼程奔赴了，似无如此匆遽之态。"微霜初渡河"五字启下"鸿雁""树色催寒""砧声"，正写气候之变化引起景物的变化。

王昌龄《出塞》

"龙城飞将"究竟用什么典故，是久悬未决的老问题。"飞将"自然是用飞将军李广典，但李广一生从未到匈奴"祭其先、天地、鬼神"的"龙城"。清阎若璩《潜丘札记》卷二据王安石《唐百家诗选》载此诗作"卢城飞将"，遂谓"'卢'是也。李广为右北平太守，匈奴号曰飞将军，避不敢入塞。右北平，唐为北平郡，又名平州，治卢龙县。《唐书》有卢龙府，卢龙军……'龙城'明明属匈奴中，岂得冠于'飞将'上哉！"按：龙城在匈奴中，不能因此得出不能将"龙城"与"飞将"组合成一个词语的结论，且唐诗中亦未见将汉之右北平或卢龙城省称为"龙城"者。此"龙城"当用《汉书·卫青霍去病传》："青为太中大夫。元光六年，拜为车骑将军，击匈奴，出上谷……青至笼城（师古注："笼"读与"龙"同），斩首虏数百。""龙城飞将"乃合用卫青、李广二典所构成之浓缩性词语，以借指破敌守边之良将。

王昌龄《长信秋词》之四

"真成薄命久寻思，梦见君王觉后疑。火照西宫知夜饮，分明复道奉恩时。"沈德潜说："下'分明'二字，写梦境入微。"（《重订唐诗别裁集》卷二十）沈氏盖因次句有"梦见君王"之语而以三四句为女主人公（失宠宫妃）之梦境。按：次句已明言"觉后"，则三四句所写自是梦醒后所见所思。"火照"句系醒后望见不远处西宫灯火辉煌景象，推知这正是西宫的新承宠者与君王作长夜宴饮的情景，如在梦中，是不必推知的。末句则由眼前西宫新宠承欢侍宴的情景联想起自己昔日"复道奉恩时"的情景，"分明"二字，谓昔日自己奉恩承欢、侍宴夜饮情事正分明像今日西宫上演的一幕，往事历历，犹如目前，而已宠衰爱移，西宫易主了。三四两句，包含了热闹与冷寂、往昔与如今的鲜明对照。王昌龄的宫怨诗多用这种对照手法，以失宠者的视角写得宠者的情景，如"平阳歌舞新承宠，帘外春寒赐锦袍"，此首亦然。

高适《和王七玉门关听吹笛》

此诗系和王之涣《玉门关听吹笛》（即《凉州词》）而作，二诗同押间、山韵，详岑仲勉《唐人行第录》第十页。高诗次句"楼上萧条海月闲"，玉门关离海极远，而云"海月"，历来对此无解。按：此"海月"当指玉门关东的大泽升起的月亮。《元和郡县图志·陇右道下·瓜州》："晋昌县……冥水，自吐鲁番界流入大泽，东西二百六十里，南北六十里，丰水草，宜畜牧。玉门关，在县东二十步。"又《肃州·酒泉县》："白亭海，在县东北一百四十里。一名会水，以众水所会，故曰会水。以北有白亭，故曰白亭海。方俗之间，河北得水便名为河，塞外有水便名为海。"可见，"海月"之称，完全合乎玉门关一带的地理及方俗。东西二百六十里，南北六十里的玉门关东大泽，确实可以称得上"海"了。高适诗中的"海月"正是指在浩瀚宽广的大泽之东冉冉升起的月亮。由于不明地理及方俗，在流传过程中遂将"海月"改为"明月"（《河岳英灵集》作"明月"），反失特有的地域色彩。

李白《古风五十九首》之一

"大雅久不作，吾衰竟谁陈……我志在删述，垂辉映千春。希圣如有立，绝笔于获麟。"此首列《古风五十九首》之首，一头一尾又明显以"希圣"自许，以当代的孔子自命，口气大得惊人。诗中对春秋战国至隋代的诗赋基本上一笔横扫，不符其对谢朓的称赏推崇和对鲍照诗的明显摹仿，更无论其对屈原和汉魏六朝诗的学习继承。故解者多为其气势所震慑，对其所称"我志在删述"的具体所指每语焉不详，或过于拔高。只有王运熙先生说了一句非常平实而准确的话："'我志在删述'之意是删述、编选诗歌，而非俞平伯所云通过作史以显褒贬。"按："删述"一语，均与孔子有关。"删"指删选诗歌。《史记·孔子世家》："古者诗三千余篇，及至孔子，去其重，取可施于礼义……三百五篇。""述"指记叙、阐述前人之说。《论语·述而》："子曰：'述而不作，信而好古，窃比我于老彭。'"孔子删诗而编《诗》三百五篇，就是编选诗歌以施于礼义。李白所说的"删"，联系他所生活的时代《国秀集》《河岳英灵集》等诗歌选本纷出及梁萧统《文选》盛行于世的情况，还有本篇对历代诗赋的评价来看，很可能是想以《大雅》为标准来编选一部当代诗歌选本。从诗中所论来看，平王东迁以前及以后一段时间内的诗，孔子已作了删选；春秋战国以来至隋的诗赋，则"王风委蔓草""宪章亦已沦""绮丽不足珍"，自然不在选取之列。然而，可选的便只能是"圣代复元古"以来，"群才"的"文质相炳焕"之作了。按《大雅》的标准，首先入选的或许是陈子昂、张九龄的《感遇诗》和李白自己的《古风》一类作品吧。那么，什么是"述"呢？"述"与"作"（著作）相对，指阐述前人成说，亦可泛指一般的撰述之作。从这首《古风》的内容来看，很可能是指撰写一部历代的诗歌发展史，即上自《诗》《骚》，下迄盛唐的诗歌史，以阐述孔子的诗歌理论主张和自己以《大雅》为标准的复古主张。这样的"删述"之志，和他早年所宣称的"申管、晏之谈，谋帝王之术，奋其智能，愿为辅弼，使寰区大定，海县清一"的宏图大志似乎相距太远。但从这首诗一开头就用孔子"吾衰"之语来看，写这首诗时李白已经到了衰暮之年。大约自上元二年（761）秋因病未能从李光弼出征以后，诗人才彻底断了实现上述宏图大志的念头，而将自己的"志"缩小为效孔子删诗撰述以"垂辉映千春"上来，正如他在《临路（终）歌》中所慨叹的那样，"大鹏飞兮振八裔，中天摧兮力不济"，只能退而求其次，变"立功"为"立言"了。如果这个推断大体符合实际，则这首诗很可能是上元二年秋病还居当涂依李阳冰期间，打算编辑自己的诗文集时，通过对诗歌史的回顾和评论，表达自己对诗歌复古之大雅，抒写晚年之"志"——效孔子作"删述"的一首诗。在"天夺壮士心"的情况下，以管、晏自许的李白晚年以"删述"之志的实现自期，似乎有些无奈。但李白一生的行为和政治实践却证明其政治家之志的不切实际（时代环境和个人才能气质），而作为一个文学家，则确实可以"垂辉映千春"。李白暮年，是否终于悟到，自己能做什么，不能做什么了呢？尽管"我志在删述"的内容，和他所赞颂的"屈平词赋悬日月"并不是同一概念，但从他临终前嘱李阳冰编纂诗文集，不难看出他对文学之业的重视。

李白《长相思》

　　"长相思,在长安。络纬秋啼金井阑,微霜凄凄簟色寒。孤灯不明思欲绝,卷帷望月空长叹,美人如花隔云端。上有青冥之长天,下有渌水之波澜。天长路远魂飞苦,梦魂不到关山难。长相思,摧心肝!"此诗或以为写开元年间入长安时慕君的心情;或以为寄寓理想不能实现的苦闷;或以为寄赠远人自道相思之词,未必别有寓意;或以为以男女之情,写君国之恋,约作于天宝初出长安之后。按:此诗写一位痴情的男子秋夜对远在长安的女子的悠长思念,情深意挚,思苦语婉,情景交融,意境杳远,称得上是一首优秀的情诗。但细加吟味,又明显感到它不同于一般的情诗。最明显突出的表征是,诗人似乎有意将所思慕的对象虚化甚至仙化,不仅没有对所思对象身份、容饰、情态的任何具体描绘,而且将其写成一位遥隔云端、高居天上、可望而不可即的对象,一位带有象征色彩的人物。这就为寄寓象外之意创造了条件,也可以说是诗人对此诗别有寓托的一种提示。联系一开头点明的"长相思,在长安",其寓意便更加明显。为了说明问题,不妨引天宝三载赐金还山后作的《单父东楼秋夜送族弟沈之秦》的后段:"遥望长安日,不见长安人。长安宫阙九天上,此地曾经为近臣。一朝复一朝,发白心不改。屈平憔悴滞江潭,亭伯流离放辽海。圣朝久弃青云士,他日谁怜张长公!"两相对照,可以明显看出《长相思》中所怀想的遥隔云端的如花"美人",就是这首诗中高居"长安宫阙九天上"的"圣朝"君主唐玄宗。诗中所抒写的"长相思,摧心肝"之情,就是"此地(指长安)曾经为近臣"而此时处于被放逐境地,类似"屈平憔悴滞江潭"的诗人自己对玄宗的一片惓惓眷恋之情。两首诗的时令均在秋天,《长相思》中写到"天长路远"和"梦魂不到关山难",与单父(今山东单县)离长安遥远,关山阻隔(这种阻隔自然不单是地理上的,且兼有政治上的象征寓意)正复相似。可以推断,二诗系同时或先后之作,思想感情内容也大体相同。只不过《单父东楼秋夜送族弟沈之秦》采用赋的直叙写法,《长相思》则采取比兴象征写法而已。李白对天宝初为近臣的一段经历,始终视为一种荣耀。对玄宗在天宝初的"恩遇",也在相当长的一段时间中怀有感激眷恋之情,这种感情,到天宝中后期才有明显变化。

李白《关山月》

据此诗开头两句"明月出天山,苍茫云海间",征戍将士戍守之地应在天山之西。此天山即今新疆维吾尔自治区中部横亘之天山山脉。《元和郡县图志·陇右道·伊州》:"天山,一名白山,一名折罗漫山,在州北一百二十里,春夏有雪,出好木及金铁。匈奴谓之天山,过之皆下马拜。"伊州即今新疆哈密市。唐代版图辽阔,安西四镇及北庭都护府均在天山之西,故可望见"明月出天山"之景象。或谓此天山指祁连山(今甘肃、青海两省交界处之山脉),与下"长风几万里,吹度玉门关"不合,当非。又,有谓"吹度"的对象是"明月",此恐有悖事理。月自天山东升,至中天而西下,岂能因长风之劲吹度越玉门关而东行数万里?此固与"我寄愁心与明月,随风直到夜郎西"之风与明月均自东向西不同,不能类推。二句的主语是"长风","吹度玉门关"者亦为长风,句中自隐含戍客对远在玉门关东的中原故乡及亲人的思念和不能随长风回归故乡的惆怅,而诗的境界气象则极其雄浑阔远。

李白《杨叛儿》

此诗"白门""杨柳""乌""沉水香""博山炉"等意象及兴喻手法全本六朝乐府《杨叛儿》,而一经天才诗人妙手点化,精彩远胜古辞。尤其是末二句"博山炉中沉香火,双烟一气凌紫霞",不仅将古辞"欢作沉水香,侬作博山炉"简括为一句"博山炉中沉香火",使"沉水香"由静止状态变成燃烧着的"沉香火",由上文的"醉"进一步迸发出爱情之火,而且由"火"而"烟",创造出"双烟一气凌紫霞"的境界。香炉中点燃沉香，升腾起丝丝缕缕的香烟。烟气时呈互相缠绕之状，诗人从这生发出"双烟一气"这极富象征色彩的隐喻，寓意双方在极度欢洽中心灵的交融。而"凌紫霞"的夸张渲染则成了双方心灵无限升华的绝妙象征。将男女欢爱的高潮写得既淋漓尽致，又含蓄不露；既炽热浪漫，又极富象征色彩和浓郁诗情。古往今来，能将男女欢爱写得如此极艳极烈而又不亵不狎，达到纯美诗境者罕见。《红楼梦》中的贾宝玉，对心灵的知己黛玉说咱们一起化烟化灰如何，被讥为痴话，殊不知"化烟"之语早被李白道过了。而"化灰"之语，也近乎李白《长干行》之"愿同尘与灰"。曹之与李，可谓千载同心，灵犀暗通。

李白《清平调词三首》之三

此首"解释春风无限恨"一句，迄无定解。解者或因首章次句"春风拂槛露华浓"中的"春风""露华"有象喻君王恩宠之意，故连类而及，认为"解释春风无限恨"中的"春风"即君王的象喻，认为此句是说玄宗的无限愁恨均因"赏名花，对妃子"而消释。这恐怕有些拘执，不宜以彼例此。一则君王的恩宠不等于君王本身。二则在"春风拂槛露华浓"的诗句中，写实与象征是自然融为一体的，读者从浑融的意境中自然可以体味出"春风""露华"的象征色彩和象征寓意。但在"解释春风无限恨"的诗句中，若以"春风"直接象喻君王，不仅显得比较生硬呆滞，且上句既已言"长得君王带笑看"，则君主又有何恨，更不用说"无限恨"了。不但君王无恨，春风亦无恨。实际上三四两句并非写君王释恨，凭栏对妃子赏名花，而是写春风吹拂下的牡丹解苞怒放、倚栏摇曳飘舞的情景。花含苞未放时，花蕾固结不解，有似女子之脉脉含愁，故李商隐有"芭蕉不展丁香结，同向春风各自愁"之句。所谓"解释春风无限恨"，即"春风解释无限恨"，是说和煦的春风解开了牡丹花苞，消释了蕴涵其中的无限愁恨，使之枝枝朵朵迎风绽放，盈盈含笑。钱珝《未展芭蕉》"一封缄札藏何事，会被东风暗拆看"，写东风解开未舒的芭蕉，亦可参较解悟。而

"沉香亭北倚栏干"之"倚栏干",亦即"春风拂槛"之"拂槛",所指均为牡丹花在春风吹拂下枝条摇曳、轻拂栏干的情景。而写牡丹在春风吹拂下盛开绽放,倚栏拂槛,也自然会使人联想到杨妃在玄宗的恩宠下更加光艳照人,婀娜多姿,写花而人亦自见。

李白《梁园吟》

朱谏《李诗辨疑》云:"此诗可疑者无伦次也。前十句辞顺而意正矣。'人生达命'八句,意与上节不相蒙,辞欠纯。'昔人豪贵信陵君'八句,辞清而健……至'沉吟此事'八句,又驳杂而无意味。既无伦次,而又驳杂,故可疑也。若节去'人生达命'八句,'沉吟此事'八句,则以前面十句、'昔人豪贵信陵君'八句共为一首,则辞纯正,意又接续,譬如去玉之污点,皎然之白自见也。"按:此诗最早见于敦煌写本唐人选唐诗,又两见于《文苑英华》,虽题目有《梁园醉歌》与《梁园吟》之异,但文字略同,且均题为李白之作,诗的内容、风格也明显符合李白的经历、思想和创作特征。朱谏以"无伦次""驳杂"为由而疑之,可以说毫无文献学根据。但他提出的节去"人生达命"八句及"沉吟此事"八句,以前十句与"昔人豪贵信陵君"八句合为一首的主张,倒反映出一个带根本性的问题,即怀古诗的共性与个性问题。怀古诗一般以抒今昔盛衰变化之慨为基本主题,这不妨看作这一诗体在发展过程中形成的共性。不同经历、思想、个性和艺术风格的作者创作的怀古诗,本应有各自的个性特征。但在多数怀古诗中,却很少体现。这正是怀古诗的一个明显缺陷。但怀古诗这种个性不彰的创作套路,却造成了一些评家的思维定势,认为怀古诗只能抒写今昔盛衰之慨,如果掺入一些带有明显个人色彩的内容,便有可能被认为内容驳杂不纯、叙述语无伦次。朱谏的怀疑、批评和删节主张,实际上正反映了对怀古诗个性的排斥。他主张保留的十八句,恰恰是怀古诗抒今昔盛衰的常调;而主张删去的十六句,恰恰是最能体现李白思想、个性的部分。如果删去,这首《梁园吟》就基本上清除了李白的个人印记而不再是李白之作了。此诗的特色，正是在抒写梁园今昔盛衰之慨的同时抒发了个人坎壈失意的苦闷和才不逢时的感慨，于困顿蹉跎中仍怀着对未来的乐观信念。"东山高卧时起来，欲济苍生未应晚"，这正是典型的李白的声音。实际上，这是一首怀古与抒怀完美结合之作，也是怀古诗共性与个性融合之作。

李白《闻王昌龄左迁龙标遥有此寄》

此诗末句"随风直到夜郎西"，注家对"夜郎西"多有误解。按：夜郎，指唐业州夜郎县，在今湖南芷江县西南，与龙标相距很近。据《新唐书·地理志》，龙标县武德七年置。贞观八年，析置夜郎、郎溪、思微三县，九年省思微。因此，诗中的"夜郎"实即龙标的异称。因与第二句"龙标"避复及末句第五字宜仄，故不再用"龙标"而改用"夜郎"代替。由于不明这些缘故，误认为夜郎、龙标系分指二县，而龙标县又在夜郎县之东南，与"夜郎西"之语地理位置方向不合，遂将"西"字理解为"附近"，这里为了与"啼""溪"押韵而用"西"；或谓"夜郎西"系极言其远，非谓龙标在夜郎之西。实则"夜郎西"即远在西边的夜郎（龙标）之意，因押韵而倒置，诗中每有此种句法。

李白《峨眉山月歌》

诗中的"清溪"与"君"所指，有不同说法。旧注或云"清溪"指资州清溪县，今人或云指嘉州犍为县之清溪驿。按：资州清溪县本名牛鞞，天宝元年始更名清溪，而此诗作于开元十二年李白出蜀途中，其时尚未改名。且资州离峨眉、平羌江（即青衣江，源出今四川芦山县，东南流经雅安、乐山，会大渡河入岷江）甚远，可证诗中之"清溪"绝非资州之地名。王琦注引《舆地纪胜》谓犍为县有清溪驿，然今本《舆地纪胜》无此记载。又有谓"清溪"即板桥溪，位于嘉州龙游县，出平羌峡口五里，不知所据。实则此诗"清溪"意即清澈之溪水，亦即眼前的平羌江水。李白有《清溪行》云："清溪清我心，水色异诸水。借问新安江，见底何如此？人行明镜中，鸟度屏风里。向晚猩猩啼，空悲远游子。"将清澈见底的新安江水称作清溪，与将可见月影的平羌江水称为清溪，正属同例。末句"君"字，或有解为友人者，实非，全篇无别友意。题曰《峨眉山月歌》，此"君"即指峨眉山月。上弦月升起得早，天未煞黑即高挂空中，故落得也早，深夜时分已隐没不见。在舟行过程中，原先一直伴随着自己的峨眉山上的半轮秋月和映入平羌江水的月影在驶向三峡下渝州时已经隐没不见，不免平添了一份告别故乡月的思念和惆怅，这正是所谓"夜发清溪向三峡，思君不见下渝州"。

李白《金陵酒肆留别》

"风吹柳花满店香，吴姬压酒唤客尝。"杨慎《升庵诗话》卷七引温庭筠《咏柳》诗"香随静婉歌尘起"，传奇诗"柳自飘香雪"，谓："其实柳花亦有微香，诗人之言非诬也。"柳花是否有微香，可暂置不论；即令有风送微香，又何至于满店飘柳花之香？其实，一二两句是个整体，诗本易解。"风吹柳花"写酒肆外柳花漫天飘舞，诉之视觉，兼点暮春季候；"满店香"写酒肆内酒香扑鼻，诉之嗅觉。而"满店香"的来源便是"吴姬压酒唤客尝"。时值暮春，春酒已熟，酒肆女店主面对这一帮风流倜傥的年轻人（包括送客的金陵子弟和被送的李白），特意亲自榨酒相待。酒本飘香，何况又是现压的春酒，更何况又有春风传送，自然是"满店香"了。如果吹送的是淡淡的柳花香，恐怕早被浓浓的酒香所掩而闻不到了。

李白《渡荆门送别》

诗云："渡远荆门外，来从楚国游。山随平野尽，江入大荒流。月下飞天镜，云生结海楼。仍怜故乡水，万里送行舟。"一般的送别诗，无论题内是否标明送别对象（如《灞陵行送别》，题内即未标送别对象），但在诗中总可看出（如前诗首句即标"送君灞陵亭"）。而此诗却自始至终不见所送之人的身影。因此唐汝询谓："题中'送别'二字疑是衍文。"（《唐诗解》卷三十三）沈德潜亦谓："诗中无送别意，题中二字可删。"（《重订唐诗别裁集》卷十）而吴昌祺则谓："此在楚而渡江送别。前四句渡荆门也。五六即景。结言水远，正言心远，此送友东行，不必疑为衍文。"（《删订唐诗解》卷十六）今人或谓："所谓'送别'，乃自别蜀中故乡。"按：诸说不同，然均未会诗意。此诗作于开元十二年"仗剑去国，辞亲远游"出峡过荆门时。首联即点明自己离蜀远游已过荆门入楚境。颔、腹二联分写"荆门外"日间行舟时旁顾前瞻所见壮阔杳远景象及夜间泊舟时俯视水中月影、仰观天上层云的景观。"渡荆门"的题意已经写足。尾联乃掉转关合题内"送别"。但这"送别"却并非一般意义上以自己为送别主体、以别人为送别对象的送别，而是以"故乡水"为送别主体、以自己为送别对象的送别。回顾来路，这才发现，原来不远万里，一直相送自己的行舟历三峡、出荆门的江水，就是发自岷峨、来自故乡的"故乡水"啊！荆门为楚之西塞，蜀、楚的分界。在诗人的意念中，自然也成了蜀江和楚江的分界。明朝离荆门东去，舟行所经之江水就不再是"故乡水"了。也就是说，"故乡水"送自己到此，就要与自己告别了。而自己也即将与故乡水告别，奔向广阔的天地。这两层意思，都包含在"仍怜故乡水，万里送行舟"这充满深情的诗句中。题目的意思，说完整了应该是"渡荆门故乡水送别"，或换一个角度和说法，"渡荆门后与远送自己的故乡水告别"。将纯属自然物的江水人格化，将它想象成怀着缱绻深情遥送游子的有灵性的事物，正深切地表现了诗人对养育自己的蜀地故乡的无限眷恋。

李白《望天门山》

此诗末句"孤帆一片日边来"之"孤帆"，究竟是指诗人望中所见的江上孤帆，还是指诗人自己所乘的一叶孤舟，我的理解是指后者。三四两句一意贯串，不可分割。第三句写望中所见的天门山夹江对峙的雄姿由隐至显，越来越清晰地显现于视野之中的情状，下句则点出"望"的立脚点和诗人的淋漓兴会。诗人不是站在岸上某一个静止不动的地方远望天门山，而是在他所乘的映着红日的孤舟上由远到近地望着天门山渐次出现，故曰"相对出"。如果是站在岸边某个固定的立脚点望天门山，恐怕只会有"两岸青山相对立"的静态感；而乘舟顺流直下，望见天门山由隐至显，最后凸现于眼前的情况下，才会有"两岸青山相对出"的如同从地面渐次涌出的动态感。末句"孤帆一片日边来"正传神地描绘出自己乘舟映日、乘风破浪，越来越靠近天门山的动态过程，欣睹名山胜景、目注神驰的淋漓兴会。它似乎包含着这样的潜台词：雄伟险要的天门山，我这乘一片孤帆的远方来客，今天终于见到了你。如果要把题目的意思说得更清楚一点，应作《舟行望天门山》。顺便说一下，舟行中或在岸上当然也可见孤帆映日的情景，但那就和《望天门山》的题目脱榫，变成可有可无的闲笔或衬笔了。尽管孤立地看这一句，似乎也颇具美感。

李白《谢公亭》

题下注："盖谢朓、范云之所游。"叶庭珪《海录碎事》卷四："谢公亭在宣城，太守谢玄晖置。范云为零陵内史，谢送别于此，故有《新亭送别》诗。"《方舆胜览》卷十五："谢公亭，在宣城县北二里。《旧经》云：'谢玄晖送范云零陵内史之地。'"按：谢公亭，又称谢亭，在宣城，许浑有《谢亭送别》诗。此诗题注谓亭"盖谢朓范云之所游"。按：谢朓为宣城太守在齐明帝建武二年（495），在郡一年余。四年因事赴湘州，未几即返都。而范云已于此前之齐武帝永明十一年（493）秋迁零陵内史，故二人在谢朓任宣城太守期间同游宣城谢亭的可能性不大，此题注疑是后人所加，非李白自注。至于《海录碎事》《方舆胜览》谓此亭系谢朓送别范云任零陵内史之地，有《新亭送别》诗，更显属误载。范云既于永明十一年赴零陵内史任，谢朓何得于两年后之建武二年在宣城送别范云之零陵。谢胱诗集中确有《新亭渚别范零陵云》诗，然此"新亭"系东吴时始建于建业（今南京市）之亭，本名临沧观。晋安帝隆安中丹杨尹司马恢之重修，始名新亭。故址在今南京市江宁县南。东晋时京师名士周颙、王导等曾游宴于此，即新亭对泣故事的发生地。谢胱送范云赴零陵内史任之新亭渚，即都城建康之江边新亭，与宣城之"谢亭"无涉。此诗首句云"谢公（一作亭）离别处"，或谢胱任宣城太守时曾于此送人（但所送者并非赴零陵内史任之范云），后世遂常以之为送别之地。

李白《哭宣城善酿纪叟》

诗云："纪叟黄泉里，还应酿老春。夜台无晓日，沽酒与何人？"宋蜀刻本诗末注云："一作《题戴老酒店》云：'戴老黄泉下，还应酿大春。夜台无李白，沽酒与何人？'"按：当从一作。诗题中"纪叟"或"戴老"，与诗意及诗的工拙高下无关，但无论是哪一种诗面，都看不出有"哭"的意味，相反地倒是充满了亲切的调谑意味。因此题作《哭宣城善酿纪叟》，这"哭"字便首先值得怀疑。其次，"夜台无晓日，沽酒与何人"，不但"夜台"与"无晓日"犯复，而且与下句"沽酒与何人"毫无逻辑联系。何以"无晓日"就不能沽酒与人，这是说不通的，大诗人李白应无此种上下脱节的诗句。相反，《题戴老酒店》的诗题既与诗中夜台沽酒的想象十分吻合，又与诗中半开玩笑的口吻毫不矛盾。尤妙在三四两句，充满了老熟人、老主顾之间才能有的令人解颐的谐趣。可以设想，这位戴老开的酒店，是前店后坊式的，以酿制和出售"大春"酒而闻名。李白天宝十二三载游宣城时，是这爿酒店的常客。上元二年再游宣城，戴老已经作古，而酒店犹存，故有题诗酒店之举。在诗人的想象中，善酿"大春"酒的戴老虽然到了九泉之下，恐怕还是继操旧业，仍酿美酒吧。可这"大春"酒的发明酿造专卖的权利虽属戴老您，而品味享受"大春"酒的专利权则非我李白而莫属。试问如今阴阳相隔，夜台中尚无李白，您的酒又能卖给谁呢？不但上下句一气贯通，而且溢出了极浓郁而亲切的谐趣。在谐趣中蕴含的正是双方不拘形迹的亲密关系和真挚情谊。诗之高妙，全在于此。李白《重忆》云："欲向江东去，定将谁举杯？稽山无贺老，却棹酒船回。"对照此诗，也可见这是李白怀念故人的习惯性思维，也是此类诗的常用构思方式。而"夜台无晓日，沽酒与何人"便全乏诗趣了。

杜甫《彭衙行》

对这首诗的评点鉴赏，存在一个普遍的误区。这就是将前面一大段避难行程的描写仅仅看作后面一大段描写故人孙宰高情厚谊的一种衬托。认为此诗"感孙宰之高谊，故隔年赋诗。感之极，时往来于心。故写逃难之苦极真，返思其苦，故愈追思其恩。"（王嗣奭《杜臆》）"本怀孙宰，后人制题，必云怀人矣。然不先叙在途一节饥寒困苦之状，则不显此人情意之浓，并己感激之忱，亦不见刻挚。如此命题，如此构篇，可悟呆笔叙事与妙笔传神，相去天壤。"（黄生《唐诗摘抄》）王、黄二家的评鉴，虽道出了前段对后段的衬托作用，但并不符合诗的整体内容和立意构思的实际。此诗所记叙的是去年从白水县经彭衙道向北逃难的一段十来天的经历，夜宿同家洼，受到孙宰热情接待的情事也包括在整个"彭衙行"中。在诗人的意念中，举家徒步逃难的艰险经历和夜宿同家洼的温暖经历，都已成为永不磨灭的记忆，它们之间并无主次重轻之分。如果说衬托，也是相互衬托。这从前段二十四句写逃难，后段二十二句写夜宿同家洼及对孙宰的感念，篇幅基本平均这一点上也可明显看出。题之所以不称《避难夜宿同家洼感孙宰》或《怀孙宰》，正缘于此。夜宿同家洼所感受到的人情之美愈渲染得突出，战争带给普通人的灾难和流离颠沛之苦便愈显突出，这正说明衬托是双向的。

杜甫《新安吏》

"白水暮东流，青山犹哭声"两句和"眼枯即见骨，天地终无情"两句是《新安吏》中写得最精彩，感情最沉痛的警句。但对"青山"句，解说颇多分歧。如王嗣奭说:"哭者众,宛若声从山水出,而山哭,水亦哭矣。至暮,则哭别者已分手去矣,白水亦东流。独青山在,而犹带哭声,盖气青色惨,犹带余哀也。"气青色惨,呈现的是愁惨之色,与诉之听觉的哭声似不相干。仇兆鳌说:"白水流,比行者;青山哭,指居者。"不免拘执。马茂元先生指出:"这哭声,是一种听的幻觉,源于诗人的心境。"体会最为真切。但这种幻觉感受的产生除了诗人受到此前震天撼地的哭声的强烈刺激这一主观心理因素之外,似还有其客观的因素。这就是长时间的悲惨哭声所造成的"听觉暂留",即此前震天动地的哭声在听者耳膜中似有若无的余音与回响。好像此前那一阵阵行者送者哭成一片的声响既印在了两岸的青山之上,也印在了诗人的耳膜之中。由于这哭声似真似幻、似有若无,故说"青山犹哭声"。"犹"字的传神,主要不在说明其"仍有",而在表现其疑真疑幻的感受。

杜甫《石壕吏》

在"三吏""三别"中,《石壕吏》的题材最具典型性。此诗绝非只写一开头明点的"有吏夜捉人"事件,实际上它对捉人的情景几乎没有展开正面描写,而是集中叙写了老妇的一段"致词"。这看似离题的叙写正透露出诗人的注意力和用笔的重点并不在"夜捉人"这件事上,而是要通过夜捉过程中老妇的"致词"反映战乱年代一家普通百姓的极具典型性的悲惨命运。仇兆鳌说:"三男戍,二男死;孙方乳,媳无裙;翁逾墙,妇夜往。一家之中,父子、兄弟、祖孙、姑媳惨酷至此,民不聊生极矣。"(《杜诗详注》)这才是《石壕吏》的题材,而"民不聊生极矣"则是杜甫目睹耳闻这一家七口惨绝人寰的悲剧之后最突出的感受和诗的主题。这一题材,较之强征中男、新婚丈夫、老翁和无家可别的男子入伍,由于它的集中,典型性显然更突出。正由于其题材的典型,故情节的提炼和剪裁,叙写的详略安排都与此紧密联系。而一家人的命运惨酷至此,也使诗人打破"三吏"有诗人与诗中人物对话的成例,而自始至终保持无言而沉痛至极的沉默。

杜甫《佳人》

此诗"在山泉水清，出山泉水浊"二句的寓意，评家有各种不同的解读。或谓"比新人见宠而得意""比己见弃而失度"（唐汝询）；或谓"泉水，佳人自喻。山，喻夫婿之家。妇人在夫家，为夫所爱，世便谓是清的；妇人为夫所弃，即是出山之泉水，世便谓是浊的"（徐增）；或谓"'在山'二句，自写贞洁也"（沈德潜）。按：此诗作乱世中佳人命运的写实来读，固佳，但它有所象喻也是显然的，佳人身上自有诗人自己的影子。其处境命运，是丧乱时世中被弃而"零落依草木"，"幽居在空谷"；其品格操守，则一"清"字足以概之。诗的末段就是全篇托寓的集中表现。从侍婢"牵萝补茅屋"的行为，到女主人公"摘花不插发，采柏动盈掬"的举动，再到"天寒翠袖薄，日暮倚修竹"的风神意态，反复渲染的就是一种在艰困清苦、幽独寂寞的境遇中清高自守、淡泊自甘的人性之美。从这一基本认知出发，对诗中解说纷纭的"在山"二句的寓意便比较容易理解。佳人幽居于空谷之中，清澈的泉水是其幽居环境的有机组成部分，也是她清高莹洁精神气韵的象征。诗人以"浊"衬"清"，以"出山"衬"在山"，其寓意正是宁愿处此困苦穷悴、寂寞幽独之境而不愿受浊世的污染，正是为了引出下面六句极富象征色彩的描写。由于诗人所表现的并非封建礼教道德所赞美的所谓贞操，而是一种不为幽独清苦境遇所屈的高洁风标，故无半点道学气。

杜甫《后出塞五首》之二

末二句云："借问大将谁，恐是霍嫖姚。"霍嫖姚，指霍去病。《史记·卫将军嫖骑列传》："霍去病善骑射，再从大将军，受诏于壮士，为嫖姚校尉。"《全唐诗》二句下注云："天宝二年，禄山入朝，进骠骑大将军。"其意盖谓此诗之"霍嫖姚"即借指安禄山。由于这组诗一开头就明标"召募赴蓟门"，第三首又明言"古人重守边，今人重高勋"，讽玄宗意在开边，而边将邀勋，第四首更直接揭露主将位崇气骄，目无朝廷，第五首终于写到安史之乱即将爆发，故注家谓第二首之"霍嫖姚"即指安禄山。今人亦有谓此首尚归美主将，盖亦以"霍嫖姚"指主将安禄山。此恐属误解。组诗的主人公自称"跃马二十年"，其初入伍时当在开元二十三、四年，其时安禄山还只是幽州节度使张守珪部下的一名普通将领，根本未跻身"大将"之列。何况，此首所写系初入伍时行军宿营情景，"大将"非指边地之主将，而是指召募之新兵入伍后统军的将领。不能因后面几首写到安禄山之邀勋骄崇谋乱而例此。

杜甫《丹青引赠曹将军霸》

历代评家对此诗之艺术成就虽赞誉备至，但对其深层意蕴则少所抉发。杜甫写这首诗，并不单纯是要表彰曹霸的艺术成就，为一代才人立传，而且是在赞扬"将军善画盖有神"的同时，写出一代才人昔荣今悴的命运，并借此抒写时代的盛衰。杜甫的经历命运，与曹霸有相似之处。其《莫相疑行》云："忆献三赋蓬莱宫，自怪一日声辉赫。集贤学士如堵墙，观我落笔中书堂，往日文采动人主，此日饥寒趋路旁。"昔之辉赫，今之饥寒，正与曹霸"开元之中常引见，承恩数上南薰殿""即今飘泊干戈际，屡貌寻常行路人"的情形相似，故在抒写曹霸昔荣今悴的命运的同时，正寓含诗人自己的命运感慨。评家之中，真正看到这一点的是浦起龙，他说："自来注家只解作题画，不知诗意却是感遇也。"但只看到这一点，还未真正领会诗的深层意蕴和主旨。曹霸的昔荣今悴命运，与时代的治乱盛衰密切关联。诗中描绘渲染曹霸昔日之荣盛，着意强调"开元之中"的盛世，突出渲染"先帝"玄宗对艺事、才人的重视，明显是把重绘凌烟功臣、殿前为玉花骢图像作为盛世的艺术盛典来描绘的，其中渗透了对开元盛世的无限追恋缅怀。在诗人看来，一个繁荣昌盛的时代，才能有重视文艺事业的君主，才能有文艺事业的繁荣和才人的荣遇。而一个干戈乱离的衰世，只能导致才人的困穷漂泊和文艺的衰落。因此在悲慨曹霸今日坎壈缠身境遇的同时，正寓含对昔盛今衰沧桑时世的深悲。杜甫晚年写曹霸、写公孙大娘及其弟子舞剑器，写李龟年的漂泊江湘，写自己"漂泊西南天地间"的境遇，都同样渗透了浓重的个人荣悴与时代盛衰密切相关的感慨。

杜甫《月夜》

读这首诗，要避免两个误区。一是将诗人发自内心、自然流露的对妻子儿女的深情体贴与关爱怜惜理解为刻意追求用意构思和笔法的深曲；二是将诗人的感情神圣化，不敢面对诗中已经明显表露出来的绮思柔情。不走出这两个误区，都不可能了解真正的杜甫。感情深挚的夫妻由于战乱而分隔两地。身在沦陷区长安的诗人，对月思家，首先想到在鄜州的妻子，此刻也正在想念自己，而小儿女则还不懂得怀念在长安的父亲，更不理解母亲此刻"忆长安"时的复杂思绪。这种 由己及人的推想，原是深情的诗人对月的瞬间自然引发的联翩浮想，并非有意运用"从对面写来"的艺术表现手法来抒写感情的深曲，增强诗意的曲折。是因情感的自然流露而成文，而非为文之曲而刻意运 法。"香雾"一联，几近后世香艳词中用语，以致有的评家误认为这是诗人"初年始解言情之作"，而有的评家则囿于诗庄词媚的传统观念或对杜甫圣贤形象的固定看法，而"不喜之"，或认为此联非写其妻。关键是对杜甫其人已经形成了严肃而稍带迂腐的印象，觉得"香雾""云鬟""清辉""玉臂"一类绮艳的字眼用在年过四十的妻子身上，未免过于浪漫而不符合主观想象中的杜甫了。杜甫对妻子不仅有亲情，也和常人一样有恋情，而且注意于妻子的美丽。刻意回避杜甫自己都毫不掩饰的感情，只能说明对杜甫这位大及于国、小及于家、细及于物的"情圣"缺乏理解。

杜甫《喜达行在所三首》之二

首联"愁思胡笳夕，凄凉汉苑春"，历来注家均以为系诗人追忆身陷长安时所闻见之凄凉景象，谓向夕则闻胡笳之声而愁思难堪，当春则见汉苑春色而倍感凄凉。汉苑系指曲江、芙蓉苑等地。下句即"江头宫殿锁千门，细柳新蒲为谁绿"之意。此解孤立看似亦可通。但通观组诗，三首在时间上有明显的先后顺序。第一首写自京逃奔凤翔途中情景。第二首写初到凤翔时所闻所见所感。第三首则写授官后的感触。第一首尾联已言及刚到凤翔时"所亲惊老瘦，辛苦贼中来"，点清题内"达"字，过渡到第二首写既达之后。则第二首开头似不应再回过头去追忆身陷长安之昔境，而应写当下所见所闻。细味诗意，首联系写乍到凤翔之夜，听到军中胡笳之声，犹疑身在贼中，不免勾起愁思；至晓而目睹行在春色，仍不免有凄凉之感。较之肃宗初即位之灵武，凤翔行在虽有临时宫苑作为中央政府办事之地，但仍较简陋，故有凄凉之感。此正与太平盛世之长安宫苑繁华景象明显不同。杜甫到凤翔时正当四月，春季刚过，但郊原绿遍，有春意仍在的感觉也很自然。两句一写夕闻，一写朝见。夕闻胡笳犹疑身在贼中，朝见行宫方知已在凤翔。两相对照，有一种恍惚和疑幻疑真之感。此正初达凤翔行在时特有的心境和对氛围的感受，故下接云"生还今日事，间道暂时人"，确定生还之后，痛定思痛，愈感间道逃奔时之危殆与生还之侥幸矣。腹联"司隶章初睹"正承"汉苑"而言。

杜甫《绝句二首》之一

杜甫五绝现存者三十一首，其中对起对结者达二十二首，故评者每有半律之讥。此首虽亦两联皆对，一句一景，却非平列四景，各自孤立。首句"迟日江山丽"实为一篇之主，总领以下三句，系大景，犹如绘画之总题。其中"迟日"尤为起关键作用之核心意象，是全篇所描绘的春日江山丽景的总根由。由于这明亮温暖充足长久的春天阳光的照耀，才能使"江山丽""花草香"，才能出现"泥融飞燕子，沙暖睡鸳鸯"这一系列令人悦目娱情、心醉神怡的境界。首句是一个全景镜头，围绕着这个主句次第展现的三幅图景，则将春天的气息和芳香、生机和活力、温煦和安恬，组成了一个浑融完整的意境。全篇不用一个虚字，也没有一个勾连照应的字眼，意象密集，色彩浓艳，而读来却神理一片。

杜甫《秋兴八首》

论者多将第四首末句"故国平居有所思"作为组诗的转关。前三首详夔州而略长安，后五首详长安而略夔州。前三首由夔州而思及长安，后五首由思长安而归结到夔州。而其中心思想，则是"故国之思"。按："故国之思"固然是组诗的主要内容和中心思想，但与此密切相关，组诗还有一个或可称为次主题的"故园心"。从题目"秋兴"来说，诗人因夔峡的秋气秋色引发的感情实兼包两个方面：一是因秋气秋色引发的个人漂泊异乡之悲、栖迟不遇之感和人生衰暮之慨，亦即"孤舟一系故园心"之"故园心"。第一首点明之后，前三章乃反复加以描绘渲染，诸如"丛菊两开他日泪""每依北斗望京华""日日江楼坐翠微"；"画省香炉违伏枕""匡衡抗疏功名薄，刘向传经心事违"等诗句，均申述上意。第三首末尾已写到"同学少年多不贱，五陵衣马自轻肥"，涉及长安今日政坛人物和政治状况，第四首便自然过渡到对长安政局和国家忧患的描写和感慨。"百年世事不胜悲"一句可谓整个组诗的纲目和深层意蕴。这一首的末句"故国平居有所思"乃引出组诗另一主要内容和中心意蕴"故国之思"，启以下四首。整组诗就是抒发因秋气秋色引发的"故国思"和"故园心"。具体地说，就是抒发对唐王朝由极盛而急剧转衰的时代沧桑巨变的悲慨，和与之紧密关联的个人漂泊留滞异乡、栖迟不遇、衰暮难归的悲慨。二者既有联系，又有区别。

杜甫《咏怀古迹五首》之三

或据首联"群山万壑赴荆门，生长明妃尚有村"，谓昭君村在荆门山附近，恐非。这组诗五首分咏夔州辖境内及附近的五处古迹（庾信宅、宋玉宅、昭君村、永安宫、武侯庙），借以抒写自己的遭际、情怀。昭君村，在唐归州兴山县北（今湖北兴山县南），相传为汉王昭君故里，归州与夔州邻接，故诗人前往寻访。其《负薪行》云："夔州处女发半华，四十五十无夫家……若道巫山女粗丑，何得此有昭君村？"可证昭君村就在巫山巫峡附近。《太平寰宇记》："山南东道归州兴山县：王昭君宅，汉王嫱即此邑之人，故云昭君之县。村联巫峡，是此地。"按：北宋无山南东道之称，此数语当是《元和郡县图志·山南东道·归州》之逸文，为《太平寰宇记》引录者。至于荆门山附近之昭君故宅，恐非诗人所指。荆门山在今湖北枝江市，已出三峡。此诗首句勾画出三峡一带群山万壑，连绵不断，奔赴荆门的壮盛气势，是为昭君村展现出一个阔远的背景，而非谓昭君村就在荆门山附近。

杜甫《江汉》

此诗当作于大历三年（768）秋由江陵向公安的舟行途中。评家或对颔、腹二联连现云、天、夜、月、落日、秋风，特别是对日、月并现有微辞，并因此将"落日"解为纯粹的比喻（喻衰暮之年）。这其实是由于不了解中间两联的情思全由眼前景物的触发而引起，也不了解在特定情况下存在日月并现的景观所致。农历月初，西边的太阳沉落之际，上弦月已孤悬于天上的现象人所习见，诗人完全可以在舟行过程中一个较短的时间内既看到落日，又看到孤悬的新月。如果不是由于眼前景的触发而产生或反向（落日——心犹壮）、或正向（永夜——月同孤）的联想，诗的现场感就要大为削弱，诗的自然浑成风格亦将大为减色，更无论其远韵远神了。

像"片云天共远，永夜月同孤"一联，无论解为"共片云在远天，与孤月同长夜"，或是解为"如一片浮云飘荡在远天，如一轮孤月独处于长夜"，都难尽传它的韵味，问题就在于这种解说都将原诗中触景而生的自然联想变成了凭空搜求而得的刻意设喻。以"片云天共远"句为例，可以想象诗人在舟行过程中，眺望广阔的天宇，但见一片浮云，悠悠飘荡，随着逐渐伸展的远天越飘越远，忽然联想起自己也正像眼前这随天远去的一片浮云一样，飘飘然无所着落。这里，诗人所乘的小舟是移动的，诗人的视线也是延伸的，片云和天随着视线的伸展越来越远，诗人的情思也随着伸展的远天和飘荡的浮云越来越悠远。因此联想的产生既十分自然，而整个诗句又富于远神，使人宛见诗人伫立孤舟，翘首眺望，思随云去，情逐天远的神情意态。着一"共"字，更将人与物，情与景浑化为一体。

李华《春行寄兴》

"宜阳城外草萋萋，涧水东流复向西。芳树无人花自发，春山一路鸟空啼。"或谓诗系写安史乱后郡邑凋残景象，恐非。李华生平仕履，记述最早且详者，当为独孤及所撰《检校吏部员外郎赵郡李公中集序》。独孤及生于开元十三年（725），卒于大历十二年（777），年辈与李华相近，又与萧颖士、李华同倡古文。作此序时，华已病而尚未卒，故序中所叙仕履，当属可信。序云："开元二十三年举进士，天宝二年举博学宏词，皆为科首。由南和尉擢秘书省校书郎。八年，历伊阙尉……十一年拜监察御史。"此后仕历，均与首句"宜阳"无关，安史乱后，贬杭州司户、入李岘幕，皆在江南，晚年客隐楚州。华之任伊阙尉，当在天宝八载至十载这三年间。宜阳即河南府福昌县，在伊阙之西，与伊阙同为河南府畿县，此诗当为任伊阙尉期间近境经游所作。诗中所抒写的乃是春行途经宜阳城外一带时所见所闻草长花落、水流鸟啼的景象，以及其中所含的自然界的生机和诗意。由于一路无人，故草自萋萋、水自东西、鸟自啼鸣，"自"字"空"字，正含有好景无人欣赏，独有自己领略的意趣，非写乱后凋残荒寂景象。

元结《欸乃曲五首》之三

"湘江二月春水平，满月和风宜夜行。唱桡欲过平阳戍，守吏相呼问姓名。"诗作于大历二年（767）二月。平阳戍系唐代军镇，属衡州。时元结任道州刺史，因军事诣都使（湖南都团练观察使）。自使府所在地衡州返道州，须溯湘江而上，经平阳戍。或因末句"守吏相呼问姓名"而认为此诗"于一片和平宁谧之中，仍露出战乱未息景象"，似属误会。既与全篇"和平宁谧"的总体气氛不符，也与后两句音情摇曳的风调不合。其实夜间行舟，经过水边戍镇，值守之军吏相呼问姓名乃是例行公事，船夫边唱船歌边过守戍，毫无紧张气氛，可以想见问是悠悠地问，答也是悠悠地答。诗人正是有感于夜间行舟，守吏呼问这种场景中所含的新鲜感和诗意，故笔之于诗，遂成月夜行舟绝妙的写生。组诗的第三首说："千里枫林烟雨深，无朝无暮有猿吟。停桡静听曲中意，好是云山韶濩音"，正说明所透露的绝非战乱气息。那"守吏相呼问姓名"的声音实际上也融入这"云山韶濩音"中了。

刘长卿《穆陵关北逢人归渔阳》

"逢君穆陵路，匹马向桑乾。楚国苍山古，幽州白日寒。城池百战后，耆旧几家残。处处蓬蒿遍，归人掩泪看。"穆陵关在今湖北省麻城县北，渔阳即指幽燕之地，安史叛军老巢。由于题称"逢人归渔阳"，诗中又有"幽州白日寒"之想象，故前人、今人多将"城池"数句理解为写渔阳一带经战乱后城池残破，人烟稀少的景象。但这种理解与实际情况并不相符。幽燕地区在长达八年的安史之乱中，为了支撑前方战争，强征兵员，苛征暴敛，当地百姓自然饱受摧残。但整个安史之乱的八年中，唐军与叛军的战争一直未在幽燕地区进行，因而自然谈不上什么"城池百战后"。

真正饱受战乱直接、多次破坏摧残的地区，主要是今河南省黄河南北一带（关中虽亦遭战祸，但历时稍短）。而自穆陵关至渔阳这一"归人"所经的地区，正是战争破坏最惨烈之地。刘长卿《新息道中》所写的"古木苍苍离乱后，几家同住一孤城"的景象，正是此诗所写的"城池百战后，耆旧几家残"景象。尾联云"处处蓬蒿遍"，正透露这是归人道途所经的"处处"城池和广大乡村。

刘长卿《秋杪江亭有作》

"寂寞江亭下，江枫秋气斑。世情何处淡，湘水向人闲。寒渚一孤雁，夕阳千万山。扁舟如落叶，此去未知还。"题一作《秋杪干越亭》，或谓上元元年（760）至宝应元年（762），长卿议贬南巴，命至洪州待命，来往于鄱阳、馀干等地，系诗有《夕次担石湖梦洛阳亲故》《登馀干古县城》《馀干旅舍》《秋杪江亭有作》等。按：此诗有"湘水向人闲"之句，则题内之江亭显在湘江之滨，其非作于议贬待命，往来于鄱阳、馀干等地期间甚明。味"夕阳千万山"及"扁舟如落叶，此去未知还"等句，诗当为贬谪南巴尉途中乘舟上溯湘水过岭前所作。另有《长沙过贾谊宅》七律，时令亦在深秋，当同时先后之作。又有《赴南巴书情寄故人》，首联云："南过三湘去，巴人此路偏。谪居秋瘴里，归处夕阳边。"可证其赴南巴（今广东茂名市电白县东）系取道湘江过岭，与上二诗时、地均合。长卿是否在重推后赴南巴贬所任职，今之学者尚有不同考证结论。但据其《新年作》："乡心新岁切，天畔独潸然。老至居人下（指任尉职），春归在客先。岭猿同旦暮，江柳共风烟。已似长沙傅，从今又几年？"其曾抵达贬所确凿无疑（此诗一作宋之问诗，但宋本刘长卿集卷一已收此诗，故学者多认为系刘作）。或有将《新年作》系于长卿谪宦睦州时者，与诗中"岭猿""天畔"之语显然不合，疑非。

韦应物《登楼寄王卿》

"踏阁攀林恨不同，楚云沧海思无穷。数家砧杵秋山下，一郡荆榛寒雨中。"此诗颇饶情韵，后幅写景中亦富含蕴，但却遭到不少误解。无论是刘辰翁的"野兴正浓"，唐汝询的"楚云沧海，天各一方"，还是黄生的"章法倒叙"，都不符合实际。其中"楚云沧海，天各一方"之解，至今犹为学者沿用。其实王卿其人，作此诗时就在韦应物任刺史的滁州。韦集中，《郡斋寄王卿》《答王卿送别》《池上怀王卿》《陪王卿郎中游南池》《南园陪王卿游瞩》诸诗，均为韦任滁州刺史时所作。视诗中"郡中多山水，……相携在幽赏"，"鹡鸰俱失侣，用为此地游"，"兹游无时尽，旭日愿相将"，"元知数日别，要使两情伤"等句，诗人与王卿当同住滁州，常相携出游，偶有数日之别，也会感到情伤。故韦应物此次"踏阁攀林"之游而王未能偕游，方以为憾事。因此，将"楚云沧海"说成二人天各一方，显然不符事实。次句系写登楼所见楚云迷漫遥连沧海之景而思念王卿之情亦无穷。滁州楚地，故称所见之云为"楚云"；其地离东海不远，故登楼可见楚云遥接沧海的景象。"楚云沧海"与"楚雨连沧海"之境类似，不过易"雨"为"云"，省略"连"字而已。因虽同城而居而此次不能同游，故"恨不同"而"思无穷"。后二句虽写登楼览眺郡城之景，但景中寓情。表面上看，似乎只是借砧杵，秋山、荆榛、寒雨等带有萧瑟凄清、荒凉冷落的物象所构成的氛围意境来进一步渲染友人未能同游的寂寞凄清情思。但联系诗人的一郡长官身份，特别是在滁期间的有关诗作，就不难体味出其中自有更深广的意蕴。在写这首诗的头一年（建中三年）秋天，他在《答于郎中》诗中说："守郡犹羁寓，无以慰嘉宾……野旷归云尽，天清晓露新。池荷凉已至，窗梧落渐频。风物殊京国，邑里但荒榛。赋繁属军兴，政拙愧斯人（民）。"所谓"邑里但荒榛"，正是这首诗所描绘的"一郡荆榛寒雨中"的荒凉凋蔽景象。滁州虽未直接遭受战祸，但长期战乱造成的苛重赋税负担，却对这一带起着极大的破坏作用，如宝应元年

（762），宰相元载严令追征江淮欠缴租庸，官吏公开掠夺民财。特别是建中二年，河北强藩联兵抗命，藩镇割据加剧；三年，河北、山东、淮西诸镇叛乱，李希烈、朱滔、田悦等结盟称王；四年正月，李希烈陷汝州。作此诗后不久（十月）又发生朱泚之乱。在这样一种战乱频繁的局势下，滁州因军兴赋繁，导致邑里荒榛、百姓流亡的现象是必然的。诗人览眺秋山脚下为寒雨所笼罩的郡城，自然会因荆榛满目而生民生凋敝，愧对斯民之慨。秋天本是家家户户裁制寒衣的季节，如今却只有"数家砧杵"零零落落地传出，可以想见因赋税苛重，百姓流亡、人户稀疏的情景。只不过绝句尚含蓄、贵远韵，其他诗体可以明白道出的那些感触，就寓情于景，均在不言之中了。

韦应物《赋得暮雨送李胄》

或谓此诗系大历七、八年在洛阳作，诗中所写均为悬拟之辞，非眼前实有之景。按："赋得"之体，情况比较复杂，凡摘取古人成句为诗题，题首多冠以"赋得"二字；科举考试的试帖诗，因试题多取成句，故题前亦每加"赋得"二字；亦用于应制之作及诗人集会分题。以上各种情况，固为悬拟之辞。但后来将"赋得"视为一种诗体，即景赋诗者也往往以"赋得"为题。本篇有"楚江""建业""海门"等实有的地名和专称，写暮雨细致入微而不乏远神远韵，似非悬拟想象，而系即景送别。李胄系李昂之子。韦应物曾任滁州刺史，罢任后又曾居滁州。滁州离建业（今江苏南京）不远，完全有可能在此送别李胄东去。

钱起《暮春归故山草堂》

"谷口春残黄鸟稀，辛夷花尽杏花飞。始怜幽竹山窗下，不改清阴待我归。"值此春残花落鸟稀之际，清阴依旧的翠竹似乎成了诗人的旧友故交，在山窗下撑开一片绿阴，欢迎诗人的归来。使诗人因春残引起的失落惆怅得到慰藉，变得喜悦而充盈了。竹的四季长青的物性往往能引发对于人的品性的联想，古代士人对竹的喜爱和赞颂中也往往寄托有关士人品性的理想。但在这首诗里，诗人虽将竹拟人化，却未必将其道德化。如果认定诗人要表现的是岁寒而后凋的旨意，甚至联系到交道，世情，虽说不上穿凿，却将一首饶有情致的诗变成充满头巾气的道德说教了。自南宋末年谢枋得以来的许多评点，大都犯了这个毛病。还是宋宗元说得好："雅人自有深致，正不必作讽刺观。"（《网师园唐诗笺》）

韩翃《寒食》

自从清初高士奇、贺裳创此诗讽皇帝宠信宦官或贵戚杨氏之说以来，后之评点者纷纷附和。除寓讽对象有上述不同以外，在寓讽这一基本点上几乎是空前一致（除俞陛云持不同意见外）。但这种理解无论是从诗的形象意境或诗人的神情口吻、感情态度上看，都很难令人赞同。诗紧扣暮春的时令特征和寒食的节俗特征，描绘帝京的繁华承平气象。从三、四两句看，诗人明显是带着赞美、欣羡、向往的感情，将宫中传火先及"五侯"的场景当作帝京寒食节的一道风景、一桩盛事来描绘渲染的。作为帝京寒食的素描，这首诗既写得华美富丽，又潇洒风流，自有其美学价值。但人为地拔高其思想价值，说它寓讽贵显近臣，或斥之为粉饰升平，似乎都不符实际。诗中所描绘的客观景象可能会引发皇帝的恩光先及于权贵的联想，但这和诗人主观上是否有意寓讽是两回事。韩翃因此诗而得到德宗的欣赏，得以担任知制诰的要职。这一事实在不同的评家那里，或因此而得出此诗讽刺微婉的结论，或相反地得出德宗有感悟之意而特用之的结论，那就更是任意评说，毫无定准了。一首讽皇帝宠信贵近的诗，连皇帝自己也体味不出其中的讽意，不责罚反升官，在韩翃固然是因祸得福，就诗而言却是彻底的失败，这样"微婉"的讽刺几乎成了歌颂的同义语了。至于德宗有感悟之意而用之的说法，更是把以猜忌著称的德宗说成史上最大度的皇帝了。

卢纶《晚次鄂州》

题下原注："至德中作。"按：此"至德"系指池州属县至德。卢纶诗集卷五有《至德中途中书事寄李侗》。《新唐书·李芃传》："永泰初，宣、饶剧贼方清、陈庄西绝江，劫商旅为乱……奏以宣之秋浦、青阳，饶之至德置池州。"后人误以"至德"为肃宗年号，于其下妄加一"中"字，此诗之题注"中"字亦为衍文，当删去。

李益《过五原胡儿饮马泉》

题《全唐诗》原作《盐州过胡儿饮马泉》，校："一作《过五原胡儿饮马泉》。"按：五原，郡名。秦置九原郡，汉武帝改置五原郡，唐改置丰州，治所在九原，今内蒙古自治区五原县南。胡儿饮马泉，据次句原注："鸊鹈泉，在丰州城北，胡人饮马于此。"《新唐书·地理志》："丰州……西受降城……北三百里有鸊鹈泉。"可证鸊鹈泉即胡儿饮马泉，在丰州。或谓题当作《盐州过胡儿饮马泉》，引《元和郡县志》曰："关内盐州五原县，本汉马领县地，贞观二年与州同置。五原，谓龙游原、乞地干原、青领原、可岚贞原、横槽原也。"并谓胡儿饮马泉当即在盐州，郦道元所谓长城下往往可以饮马者。按：李益有《夜上受降城闻笛》，首句云"回乐烽前沙似雪"，又有《暮过回乐烽》诗，烽在西受降城附近。其《暖川》云："胡风冻合鸊鹈泉，牧马千群逐暖川。""胡风"二句意近此诗之"从来冻合关山路，今日分流汉使前"，可证胡儿饮马泉即指丰州西受降城北之鸊鹈泉。诗当作于李益在灵盐丰夏节度使杜希全幕期间之某年暮春。又，对此诗"几处吹笳明月夜，何人倚剑白云天"一联，古今学者每多误解，谓"吹笳明月夜"系用晋刘琨在晋阳为胡骑所困，琨中夜奏胡笳事，两句系慨叹当时边防不固，形势紧张。实则此联上句虽写想象中月明之夜，戍卒吹奏胡笳，思念家乡，但境界壮阔，色调明朗，无围城中之危困紧张气氛，与刘琨围城中吹笳事恐无关涉。下句则用传为宋玉所作《大言赋》"长剑耿耿倚天外"之语，展现出边地主帅倚天仗剑的伟岸形象，"何人"非谓无人，故以设问语指称守边将帅。与首句"绿杨着水柳如烟"的三春丽景联系起来，前两联展现的正是北方边地阔大朗爽、和平安宁的景象。腹联下句"今日分流汉使前"，也可看出这一带当时已为唐朝所控制。

张籍《节妇吟》

此诗题目有《节妇吟》《节妇吟寄东平李司空》《节妇吟寄东平李司空师道》之异；对李司空所指则有李师古、李师道之异（以上参张明华《关于张籍〈节妇吟〉的本事及异文等问题的探讨》）。刘文认为，张籍中进士后与李师古共时较短（张籍贞元十五年登进士第，元和元年始官太常太祝，而李师古元和元年已卒）。如张籍真有拒聘李司空之事，指李师道之可能性较大。按：姚合《赠张籍太祝》已有"甘贫辞聘币"的记述，但未明言所辞对象，只能推知此事当发生在官太祝（元和元年至十一年秋冬）期间或更前。李师道元和十一年十一月始加司空，但元和十年已发生师道遣刺客刺杀武元衡之事。八月又与嵩山僧谋反，遣勇士数百伏于京都进奏院，欲窃发焚烧宫殿而肆行焚掠。如师道于元和十一年十一月加司空后辟聘张籍为从事，一则此时张籍可能已由太祝迁国子助教，与姚合诗题及所述情况不符；二则在师道反迹已明的情况下似乎也不应再说"知君用心如日月"之类的话。因此，"甘贫辞聘币"之事反倒有可能是发生在其官太常寺太祝之前。李师古于永贞元年（805）三月兼检校司空，元和元年（806）六月卒。张籍贞元十五年（799）登第后一直未授官，直至元和元年始官太祝。永贞元年三月至元和元年六月这一年多时间，正是他穷极潦倒之时，师古聘其为从事，正可济其困穷。而张籍则或因"师古虽外奉朝命，而尝蓄侵轶之谋，招集亡命，必厚养之。其得罪于朝而逃诣师古者，当即用之"，德宗逝世后，又"冀因国丧以侵州县"（《旧唐书·李师古传》），故婉辞其辟聘。但此诗的艺术魅力和引起读者强烈感情共鸣者倒并非其寓托的意涵——婉拒割据势力的辟聘，而是女子以已嫁之身对向自己示爱者的表白，特别是它的末二句："还君明珠双泪垂，何（一作恨）不相逢未嫁时。"由于种种客观原因（包括偶然的机缘），无论是古代或现代，非常美满的婚姻总是少数。在婚姻取决于"父母之命，媒妁之言"的古代，双方有爱情的婚姻更为稀缺。即使在旁人看来非常美满幸福的婚姻，当事人的实际感受却并非如此；甚至当事人已经感到相当美满的婚姻，一旦遇到在她（或他）看来是更理想的对象向自己示爱时，也会感到自己的婚姻并非完美。但由于情与礼、情与道德、情与义务责任的矛盾，又感到必须维系原来的婚姻。从感情上说，是接受对方示爱的；但从礼法、道德、义务责任上说，又应拒绝对方的示爱。当后一方面的考虑战胜前一方面时，就有了将已经"系在红罗襦"上的明珠送还对方的举动。理智虽然战胜感情，却无法消弭感情，于是便不由自主地在"还君明珠"的同时双泪长流。在主人公看来，这是一种悲剧性的无奈，而造成它的根源则是人生的偶然性机缘，即在自己"未嫁"之时没有遇上理想的对象；从而在篇末集中地宣泄自己的无奈和遗憾——"何不相逢未嫁时"。从这个意义上说，这首诗的艺术魅力就在于非常真实深刻地表现了人们对于因偶然机缘造成的婚姻缺憾乃至人生缺憾的无奈，而且将这种情与礼的矛盾表现得非常富于人情味。这种人情味植根于唐代那样一个比较开放包容的时代。宋代以后，理学观念越来越强，诗中女主人公的行为受到的责难也越来越强烈，至清乾隆皇帝的《反张籍〈节妇吟〉》序及诗而达于极致。

韩愈《石鼓歌》

从内容看，这是一首呼吁保护抢救珍贵历史文物的长篇七古。据结尾处"安能以此上论列"的诗句，韩愈似乎真有以诗代疏，上奏朝廷的意图。但他之所以如此强调石鼓文的重要价值，甚至不惜为耸人视听的夸张之词，说"陋儒编诗不收入，二雅褊迫无委蛇。孔子西行不到秦，掎摭星宿遗羲娥"，却和他对石鼓文产生的时代及在当时的政治意义，以及保护重视石鼓文在现时的政治意义的认识密切相关。在他看来，石鼓文并非一般的历史文物，而是周宣王中兴王室的象征。诗中大笔濡染"周纲陵迟四海沸，宣王愤起挥天戈。大开明堂受朝贺，诸侯剑佩鸣相和。蒐于岐阳骋雄俊，万里禽兽皆遮罗。镌功勒成告万世，凿石作鼓隳嵯峨。从臣才艺咸第一，拣选撰刻留山阿"的壮盛景象，正是为了渲染这是一场庆功告成的盛典。作此诗时在元和六年。唐宪宗即位以来，先后平定西蜀刘辟之乱、夏绥杨惠琳之乱、浙西李锜之乱、计擒与王承宗通谋的昭义节度使卢从史。更大规模的平叛统一战争正在酝酿准备之中。在这样的时代背景氛围中，诗人着意渲染周宣王"愤起挥天戈"、中兴周室的功绩，描绘镌功刻石的盛大场面，强调石鼓文可告功万世的深远政治意义，其深层意蕴无疑是希望当今的皇帝也能像周宣王那样，重振天纲，削平跋扈反叛的强藩，再建全国统一的中兴伟业。历代评家多将此诗与杜甫《李潮八分小篆歌》及苏轼《石鼓歌》并论，以为韩学杜而苏又学韩，从艺术层面看，确有此传承关系。但从思想内容层面看，得韩愈此诗真传者实为李商隐的《韩碑》。李诗开篇即大书"元和天子神武姿，彼何人哉轩与羲。誓将上雪列圣耻，坐法宫中朝四夷"，与韩愈此诗大书"周纲陵迟四海沸，宣王愤起挥天戈"如出一辙。而一则曰"镌功勒成告万世"，一则曰"以为封禅玉检明堂基"，其强调石鼓文与韩碑的政治意义的用意亦复相同。可见二诗旨在通过对石鼓文、韩碑的赞颂，抒发平定反叛、统一中国、中兴唐室的政治理想。

韩愈《晚春》

务去陈言，对韩愈来说，不止是指陈旧的语言，而且包括一切陈旧的感受、思想和表现手法，读者也必须循着作者的全新感受与思路去理解诗的意蕴，而不能按习惯的套路去解诗。此诗前两句"草树知春不久归，百般红紫斗芳菲"就一扫惜春伤春的老套，显示出晚春季节的花草树木好像有灵性，知道春天就要归去，纷纷竞美斗妍，充分展示出各自的鲜艳色彩和芬芳气息，充满了生命活力和热闹气息。三四两句"杨花榆荚无才思，惟解漫天作雪飞"，曰"无才思"曰"惟解"，似含贬意讽意，解者多以为有所托寓或讽嘲。或说劝人珍惜光阴，抓紧勤学，以免如杨花榆荚之白首无成；或说嘲弄杨花榆荚没有红紫美丽的花，正如人之没有才华，不能写出美丽的文词来。其实，撇开一切先入为主的传统的比兴观念和借物寓理的成见，撇开写晚春景物必抒凋衰迟暮之感的老套，就诗解诗，三四两句只不过是用一种幽默风趣的口吻来表现杨花、榆荚也用自己特有的色彩和姿态来凑晚春的热闹。它们虽不像晚春的各种花卉那样红紫耀眼，美艳芬芳，却也同样懂得春天即将归去，扬起飞絮白英，漫天飞舞，如同白雪纷飞，和晚春花卉一样点缀着热闹的晚春风光，一样地显示出自己的活力和美感。如果缺了它们的"漫天作雪飞"，这晚春的丰富色彩和热闹气息不是要减弱很多吗？诗人写晚春，正是要写出他对晚春的独特感受：草树花卉、红紫芳菲、杨花柳絮、漫天雪飞的丰富色彩和生命活力、热闹气息。如此而已，何必比兴！

柳宗元《渔翁》

"渔翁夜傍西岩宿，晓汲清湘燃楚竹。烟销日出不见人，欸乃一声山水绿。回看天际下中流，岩上无心云相逐。"自从苏轼首发"尾两句，虽不必亦可"之论以来，评家或赞同或反对，成为一桩悬案。其实，离开了诗的主意，单纯从艺术上着眼，主张或删或留，评论其优其劣，就失去了根本的标准，变成毫无意义的争论。诗的前四句，写渔翁夜宿西岩、晓汲清湘、日出烟销、棹歌于青山绿水之间的潇洒出尘生活。五六两句，续写渔翁行舟直下中流时回望天际，但见西岩之上，白云悠悠飘荡，互相追逐的情景，云之悠然飘荡相逐，纯属自然之物态，特用"无心"来形容，正是诗人的感情意念投射的结果。"无心"二字，是全诗的结穴与灵魂。诗中所写的一切，都是为了突出渲染陶然忘机于美好自然之中的"无心"境界。可见五六两句不但是全诗的不可分割的部分，而且是画龙点睛之笔。

删去五六句，前四句也能成为一首意境完美的仄韵七绝，但似乎只能表现渔翁潇洒悠闲、享受湘中清丽山水之美的生活和恬然自适的精神风貌。但与"无心"的主旨终隔一层，因为还缺少了"云相逐"于岩上这一表现"无心"境界的主要景象。而有了"岩上无心云相逐"这一句，前四句所描写的景象也统统带上了"无心"的意味。正如刘熙载《艺概》所说："眼乃神光所聚，故有通体之眼，有数句之眼，前前后后无不待眼光照映。""无心"二字，正是照映全诗的通体之眼。

刘禹锡《酬乐天扬州初逢席上见赠》

诗作于宝历二年（826）秋，时刘禹锡罢和州刺史，游金陵，与罢苏州刺史任的白居易相遇于扬子津，同游扬州半月。此诗是秋末冬初在扬州宴席上和白居易《醉赠刘二十八使君》而作。首联说："巴水楚水凄凉地，二十三年弃置身。"刘禹锡自永贞元年（805）十一月贬朗州司马，历连州、夔州、和州刺史，至宝历二年罢和州，首尾为二十二年，而此云"二十三年弃置身"，白赠诗亦云"二十三年折太多"。注家因两人都错算了一年而有种种不同的解释，以设法替刘、白圆其非误。其实，无论是白诗或刘诗，之所以不用数字正确的"二十二年"，而偏用数字不正确的"二十三年"，原因非常简单，即为了使诗句合乎律诗对平仄的要求。因为如果写成"二十二年弃置身"和"二十二年折太多"，则这两句诗均犯孤平（除句末押韵字外只有一个平声字）。七律固可"一三五不论"，但在"仄仄平平仄仄平"这个格式中，第三字不能不论。犯孤平是律诗的大忌，故刘、白都不得不改"二"为"三"以就诗律。

刘禹锡《望洞庭》

"湖光秋月两相和，潭面无风镜未磨。遥望洞庭山水翠，白银盘里一青螺。"或有谓末句"青螺"指妇女画眉用的青黛墨者。借指君山。按：

青黛虽可用来形容山色，却难以用来形容山形，且在白银盘里放置了一支青黛墨（请注意，这盘里是盛满了水的），也显得有些不伦不类，匪夷所思。或以为"青螺"指妇女梳的螺形发髻。此说最为流行，因为似乎可以找到不少旁证。特别是稍晚于刘禹锡的诗人雍陶有《咏君山》云："疑是水仙梳洗处，一螺青黛镜中心。"这"一螺青黛"定指黑色的螺形发髻。《舆地纪胜》引《郡志》云："君山状如十二螺髻。"用"螺髻"来形容君山的山色山形，堪称妙喻，别具一种柔媚缥缈的美感。但移至于解刘诗，就会明显感到"白银盘里"有一"青螺发髻"同样不符生活情理，与雍诗由水仙梳洗时照镜，镜中映现螺形发髻之自然贴切完全不同。其实这里的"青螺"就是青色的大田螺。宋范成大《桂海虞衡志·志虫鱼》："青螺，状如田螺。其大两拳。"青螺本来就生活在水中，因此，说盛满了水的白银盘里矗立着一只青色的田螺就完全符合事理。三四两句写的是秋月映照下洞庭湖山水的全貌。白天遥望时，水翠山碧，上下一色，而在月光映照下，整个湖面为轻烟薄雾所笼盖，像是一个硕大的白银盘，而洞庭湖中的君山，则隐约显示青黛之色，矗立湖中，就像盘中立着一只青田螺。洞庭湖和君山，以这样的面貌出现在诗中，不但新颖独特，而且生动贴切。它的妙处，正在化大为小，将浩瀚混茫的洞庭山水壮观化为具体而微的盆景式景观，虽不以气势壮阔见长，却显得清丽秀美，别饶奇趣，带有童话色彩。而在化大为小的同时，诗人那种纳须弥于芥子，缩万里于咫尺的阔大胸襟也自然透露出来了。

刘禹锡《板桥路》

"清江一曲柳千条，二十年前旧板桥。曾与美人桥上别，恨无消息到今朝。"此诗刘禹锡集不载，唐范摅《云溪友议》卷中《温裴黜》载歌妓刘采春女周德华所唱而题为刘禹锡所作者。学者多认为此诗系删改白居易《板桥路》"梁苑城西二十里，一渠春水柳千条。若为此地重经过，十五年前旧板桥，曾共玉颜桥上别，不知消息到今朝"而成，诚然。但认为《云溪友议》所载此诗系删改白诗后误记为刘禹锡，则虽不排除这种可能，却未有确证。《云溪友议·温裴黜》提及的唐人诗、词有温庭筠、裴诚、滕迈、贺知章、杨巨源、刘禹锡、韩琮等人作品共十三首，除刘氏此首外，作者名、篇名、文字均无讹误，独谓此首主名有误，恐难成立。盖刘、白晚年诗歌酬唱既多，偶将对方诗作稍加改易加工，使其艺术价值更高，以显示己之诗才，亦属诗友间彼此切磋诗艺之常事。后世评家如谢榛每喜改前人诗而不免点金成铁，而刘禹锡之改作，虽内容与白诗相同，词语诗句亦多吸收采用原诗，但一经妙手点化，而精彩百倍，完全可以视为一首借同时人之诗料而创作的新诗。此校勘考证之学与文学批评之学有时立场、角度不同，自可有不同的结论。如果将此诗从刘集乃至唐诗中删去，不免遗珠之憾。据白诗改作的刘诗，虽然只少了两句十四个字，但显然比白诗更具浓郁的抒情气氛，通篇也更流畅自然，一气呵成。而它所独具的绵邈风神和深长情韵，更是白氏原作所难以企及的。如果一定要尊重白氏的原创权和刘氏的改作权，不妨仿《水浒传》的署名方式"罗贯中的本，施耐庵编次"，署为"白居易原作，刘禹锡改作"。

李贺《雁门太守行》

本篇主旨，或谓"城将陷敌，士怀敢死之志"（曾益）；或谓"宪宗元和四年，成德军节度使王承宗自立，吐突承璀为招讨使讨之，逾年无功，故诗刺诸将不力战，无报国死绥之志也"（陈沆）；或谓诗写敌兵压城，危城将破，日间鏖战，战血夜凝，撤退时军旗半卷，鼓声不扬，结尾表明寸土必争，奋死抗敌，以尽忠报国（叶葱奇）；或谓指王承宗自立反叛中央，派兵骚犹邻近的义武军节度使张茂昭的驻地定州，诗写叛军围城，守军固守待援（吴企明）。种种误解，均缘于二端：一则将首句以象征笔意泛写总体时代氛围坐实为具体的敌兵压境，危城将破，未注意到此解与"半卷红旗临易水"写出征军队急行军至易水前线相抵牾。二则将诗人虚构的出征赴敌之事实解为当时发生过的战争。实际上，自李贺出生至身死的二十七年（790—816）中，唐廷始终未曾对易水边上的河北藩镇用过兵。陈沆所引的突承璀讨王承宗事，系元和四年十月至五年七月间之战争，且王承宗系成德节度使，非易水边之义武军节度使（辖易、定二州），二者不可替代。更重要的是，此诗在唐人张固的《幽闲鼓吹》中有如下记载："李贺以歌诗谒（韩愈）吏部，吏部时为国子博士分司，送客归极困，行人呈卷，解带旋读之。首篇《雁门太守行》曰：'黑云压城城欲摧，甲光向日金鳞开。'却援带命邀之。"事在元和三年，而王承宗、张茂昭事均发生在其后，作于此前的《雁门太守行》何能预写此后发生的战事？且元和四年六月十日韩愈已改行尚书都官员外郎分司东都，不复为国子博士分司矣。约而言之，此诗实系诗人为抒报国无门之苦闷而虚构之一场想象中的对河北藩镇的出征行军场景，时间是从傍晚到次日黎明。起二句写藩镇猖獗，形势严重，出征部队在城下集结待发。三四写行军途中角声满天，塞土凝紫，暗示即将进行的战斗之惨烈。五六写夜间急行军到达易水前线，霜重鼓寒，已近黎明，渲染环境之艰苦与气氛之沉重。末二句写临战前慷慨赴死，以报君恩的决心。现实中思为国"收取关山五十州"而不能，故虚构其事以宣泄报国无门的苦闷。

李贺《南园十三首》之一

"花树草蔓眼中开，小白长红越女腮。可怜日暮嫣香落，嫁与春风不用媒。"思致造语，均新奇不落熟套。用小、长这种表体积、长度的形容词来形容"白"与"红"的程度，已属新创。但如果不和"越女腮"联系起来，则易生歧义误解，且传达不出"小白长红"的花特有的风韵。"越女天下白"，但这"白"乃是一种通体红润的白，一种白里透红的白。用越女白里透红的脸颊来形容花枝草蔓上盛开的花朵，不仅将其色彩之美描绘得真切传神，而且透出了浓郁的青春气息和风采，真正把花写活了。尤妙在三四两句构想的新颖奇妙。日暮风起花落，本易触动青春易逝、芳华迟暮的感伤，诗人却别具灵心慧感、奇思妙想，将落花随风飘扬想象成

"嫁与春风不用媒",连媒人也不用,就有了一个好的归宿。然则这"可怜"既绝非"可惜""可叹",也非一般的"可爱""可喜",简直就是"可羡"了。而在欣羡落花无媒嫁春风的幸运的背后,似乎又透出了诗人自己无媒难售的惆怅苦闷。

李贺《金铜仙人辞汉歌并序》

此诗主旨,旧有讽君主求仙、抒宗臣去国之思等说,实则其序所叙铜人辞汉而潸然泣下的传说,就明显透露出一种易代之悲。李贺现存的二百多首诗中,有序的不过八首,多数为交代作诗的缘由。而杜牧在《李长吉歌诗叙》中独提此诗及《还自会稽歌》,谓:"贺复能探寻前事,所以深叹恨古今未尝道者,如《金铜仙人辞汉歌》《补梁庾肩吾宫体谣》,求取情状,远去笔墨畦径间,亦殊不能知之。"《补梁庾肩吾宫体谣》,即《还自会稽歌》,其序云:"庾肩吾于梁时,尝作《宫体谣引》,以应和皇子。及国事沦败,肩吾先潜难会稽,后始还家。仆意其必有遗文,今无得焉,故作《还自会稽歌》以补其悲。"将二诗之序并读,再联系《金铜仙人辞汉歌》中"三十六宫土花碧""汉月""忆君清泪""天若有情天亦老"等语,其为借铜人辞故都、故宫、故君、汉月而潸然下泪,抒国势沦亡的易代沧桑之感显然。二诗所抒的悲感,亦即杜牧《李长吉歌诗叙》中所谓"荒国陊殿,梗莽丘垄,不足为其怨恨悲愁也"。《金铜仙人辞汉歌序》中之所以特意标明"唐诸王孙李长吉"的身份,正是为了强调他这位唐王室的后裔与正在走向沦亡的唐王朝之间有一种特殊的感情联系,诗所抒写的宗臣去国之思并非个人的不遇之悲。

李贺《致酒行》

因此诗次句有"主人奉觞客长寿"之语,故注家每将"吾闻马周昔作新丰客"数语解为旅店主人敬酒时劝慰之词。按:三四两句,因自己的

"零落栖迟"联想到古人曾历的类似境遇,说自己就像当年西游长安的主父偃那样,迟迟不归,家人攀柳望归,将门前的柳条都折断了。盖借古人以自伤。"吾闻"四句,转又联想起本朝名人马周先困后达的境遇,说马周昔日宿于新丰旅店,受到店主的冷遇,真可谓"天荒地老无人识"了。但他却只凭着奏疏上的条陈建议,就得到了皇帝的赏识和任用,盖以此自励。"吾闻"二字,既用以贯连"主父"二句与"马周"四句,又带有转折意味,且使诗的节奏稍作顿挫。不能因此将前二句与后四句分属诗人自伤和店主劝慰。李贺诗中用"吾闻"或"吾"作句首提顿语者,还有《苦昼短》可以参较。这种用语,近于乐府中的"君不见""君不闻",将它们删去,并不影响诗的内容意蕴。

李贺《长歌续短歌》

篇末"不得与之游",联系开头"秦王不可见,且夕成内热",显指秦始皇,借以象喻诗人向往追求的能赏识自己的君主。因为"不得与之游"五字系活用《史记·老子韩非列传》:"人或传其(指韩非)书至秦。秦王见《孤愤》《五蠹》之书,曰:'嗟乎!寡人得见此人与之游,死不恨矣?'"本来是君主重才,愿得才人而与之游,这里却用作才士希遇明君而与之游。不管诗人是否自觉,至少反映出在其潜意识中才士与明君之间的关系可以是"与之游"的平等关系,或者说寓含着一种君臣之间精神上彼此契合相通的意念。

李贺《昌谷北园新笋四首》之一

"斫取青光写楚辞,腻香春粉黑离离。无情有恨何人见,露压烟啼千万枝。"王琦《李长吉歌诗汇解》谓:"'无情有恨',即谓所写之《楚辞》,其句或出于无心,或出于有意,虽具题竹上,无人肯寻觅观之,千枝万干,惟有露压烟啼而已,慨世上无人能知之也。"此解以"无情有恨"

属之竹上所题之楚辞式诗篇，恐未谛。《昌谷北园新笋四首》均借竹自寓，此首亦然。由于题诗竹上，这诗又是蕴含怀才不遇的怨愤苦闷的楚辞式诗篇，因而这"写楚辞"的竹在不知不觉当中也就成了诗人自己的化身。它看似无情之物，实满怀怨愤苦闷，既无人见，亦无人怜。那千枝万枝为露水所压，为烟雾所笼，正像脉脉含愁，暗自啼泣。从削竹题诗到借诗传恨，再到借竹自寓，亦竹亦人，人竹一体，浑融莫辨，其间诗思的过渡转折，清晰自然。"无情有恨"四字，重点落在"有恨"上，而这"有恨"正承"写楚辞"而来。题诗写恨的竹成了诗人自己的化身，这是全篇诗思转变的关键。

李贺《美人梳头歌》

诗中有这样一段描写："双鸾开镜秋水光，解鬟临镜立象床。一编香丝云撒地，玉钗落处无声腻。纤手却盘老鸦色，翠滑宝钗簪不得。"王琦曰："鬟已解去，安得尚有玉钗在上，以致落地？况此句已用'玉钗'，下文又用'宝钗'，何不惮重复至是？恐是'鎞'字之讹。鎞是栉发器。他选本有作'玉梳'者，盖亦疑'钗'字之非矣。'落处'谓梳发，凡梳发原无声，'无声'是衬贴字，下着一'腻'字，方见其发之美。"今人多从其说。按：钗、鎞二字，虽同从金旁，但字形并不相似，如原是鎞字，似不大可能讹为钗字。至于二钗字重见，古体诗从不避忌。且此处之"腻"与下文写宝钗簪不得之"滑"正为对梳洗前后翠发情况之精确描绘。此句盖写卸钗解发时，玉钗偶而落地，因其上沾有发上之脂膏，故无声而腻也。"腻"字正传神地表现出其落地时悄然无声，发腻而不清脆的听觉感受。及至梳洗之后，翠发上之宿腻既去，丝丝光滑，故插钗时因其滑溜而簪不得。温庭筠《郭处士击瓯歌》写听击瓯时，四座全神贯注，有"侍女低鬟落翠花"之句，写静得连侍女低头时翠钗坠地的轻微声响都可以听见，与此句形容玉钗落地时无声而腻，虽一写有声，一写无声，却都是传神的描写，可谓异曲同工。

元稹《连昌宫词》

此诗从立意寓讽方面看，近于白居易之《新乐府》，首章标其目，卒章显其志尤为对白氏《新乐府》体制、手法之明显摹仿，但白氏《新乐府》强调"其事覈而实"（尽管并非单纯的生活事实），而元稹此诗在艺术上最显著的特征则是采用传奇笔法。一是通过移植、剪接，将许多在历史上并不同时同地发生的人物事件和场景，集中在特定时空之间加以展现，以突出渲染时代氛围。二是诗中对安史乱后连昌宫荒废景象的描绘，纯出想象虚构，并非作者亲历，连诗中贯串始终的故事叙述人——连昌宫边的老人也极可能是一个虚构的人物。三是注重细节描写。以上三端，均属传奇笔法，说明处于发展鼎盛期的传奇小说在艺术上通过想象虚构编织故事、塑造人物、描绘场景及细节的手法，渗透、影响到叙事诗创作的情况。

白居易《花非花》

此诗近乎诗谜，却非那种只有诗的形式而毫无诗情诗境的"打一物"的谜语。或有解其谜底为霜而被讥为煞风景者，原因就在这个谜底完全阉割了诗的优美意境，特别是诗的末二句"来如春梦几多时，去似朝云无觅处"所蕴含的诗情诗境，以及它所引发的美好联想与想象。即便单从外在形态而言，那洁白清冷的霜，和温馨美好的春梦以及绚丽红艳的朝云之间，有哪一点相似之处呢，更无论有无诗意了。这样的解释首先就不符合谜底与谜面必须契合无间的标准。"花非花，雾非雾"，表面上说它非花非雾，但实际上强调的是它既像花又像雾的一面。"花"之明艳绚丽色彩与"朝云"之间有明显相似之处，而"雾"之缥缈朦胧则近乎"梦"。"夜半来，天明去"，写所咏对象的来去行踪，带有时间短暂、行踪飘忽的特点，并显示出某种神秘或私密色彩。末二句紧承"来""去"二字，进一步表现其来时的短暂和消逝之无踪，点眼处正在"春梦"和"朝云"这两个核心意象。"春梦"带有温馨美好、缥缈朦胧、短暂飘忽等一系列特征，"朝云"则具有灿烂明艳、绚丽多彩而又短暂幻灭等特征，如将上述特征加以综合概括并联系前四句，则这首诗所抒发的感受不妨说是对某种美好温馨、缥缈朦胧的情事匆匆消逝的追忆和惆怅。诗人用"朝云"而不用"朝霞"，当因"朝云"暗用《高唐赋序》"旦为朝云"之典，其中包含着一段美好的故事，而且它本身就是一个虚无缥缈的梦境。这梦境中的情事，同样像春花朝云那样明艳灿烂、又像迷雾春梦那样缥缈朦胧，而且虽美好而短暂。"大都好物不坚牢，彩云易散琉璃脆"（《简简吟》）"脂肤荑手不牢固，世间尤物难留连。难留连、易销歇。塞北花，江南雪"（《真娘墓》），联系这些诗中的感慨，可以进一步体会《花非花》一诗的感情体验和丰富内涵。它可以引发对类似的人、事、情景的广泛联想，却不必也很难指实其具体所指。

白居易《赋得古原草送别》

历来评赏此诗，最大的误区是把它看成一首单纯的咏物诗乃至说理诗，而全然忽视诗中包蕴的浓郁诗情和韵致。更有甚者，则谓"诗以喻小人也，销除不尽，得时即生，干犯正路，文饰鄙陋，却最易感人"（《唐诗三百首》评），堪称史上最煞风景的解说评点。另一误区，是孤立赞赏诗中"野火"一联而忽视全篇。其实此诗前幅四句，一意贯串，意致流走，自然工妙，不可分割。从眼前所见茂密翠绿的"离离原上草"起兴，引发出对它生生不已的生命过程的联想。人人习见的原上草一岁一枯荣的景象，在诗人笔下，不但因"野火烧不尽，春风吹又生"这样平易浅切中寓含自然界生命的轮回奥妙的诗句而得到富于哲理意味的表现，而且渗透了诗人对自然界勃勃生机的热情礼赞和诗性感悟。语言既明白晓畅，又具有启发性。"远芳"一联，承首句"离离"续写远望中的"原上草"，关合送别，展现友人沿古道而远赴荒城的阔远图景。尾联化用《招隐士》故典，赋予春草以人的感情，构思意境类似"惟有相思似春色，江南江北送君归"，这"侵古道"而"接荒城"的萋萋春草也都充满了诗人的别情。赋物与送别，妙合无垠。不能因为其平易流畅且传为少作而轻易读过。

孙革《访羊尊师》

此首最早见于《文苑英华》卷二二八道门四，题即作《访羊尊师》，署孙革作，唯首句"花下问童子"之"花"字显误。而《万首唐人绝句》卷二七五署无本（即贾岛）。《唐音统签》校记："岛集不载此。"按：明朱之蕃校《长江集》不载此诗。今通行唐诗选本均署贾岛作，题为《寻隐者不遇》。据诗中"童子""师"及"采药"等语，此诗原题当作《访羊尊师》，所访者为道院之道士，非一般隐者，"童"即道院之道童。道院每有松林围绕，故有"松下问童子"之句，道士每入山采药，故有下数语。从清代徐增开始，多从诗中有几问几答着眼，并由此引出诗的精炼与曲折有致的优长。相对于实际生活情事来说，此诗确有寓问于答、省略紧凑、顿挫曲折之妙，但像徐增那样解说，却无异于将浓缩了的诗化为淡而无味的拙劣散文，完全消解了原作的浓郁诗情诗趣。此诗的妙处，正在从访而不遇当中写出了被访者的精神风貌。三四两句，于一转一跌之间，将本来仿佛已经拉近了距离的被访对象忽然又引向了虚无缥缈之境，变得杳不可寻了。这位寻常的入山采药的羊尊师也就飘飘然隐入深山云雾之中，成了与尘世绝缘的具有仙风道骨的另一世界中人了。连那漫不经意地答话的道童也似乎沾了一点仙气。诗人与读者，一齐悠然神往于深山白云的缥缈境界，而忘了此行此访的目的了。诗全用口语白描，却风格闲逸而飘忽，全无半点尘俗气，与贾岛的诗风也明显有别。

刘皂《旅次朔方》

朔方，有泛称北方与专指朔方郡两解。作泛称解，与"旅次"当有具体地方不合。作专称朔方郡解，则汉之朔方郡治在今内蒙古长锦旗北，唐夏州朔方郡治在今陕西靖边县北之白城子，均距诗人所言桑干水甚远。据三四两句，此"朔方"当指朔州（今属山西），地正当桑干河之北，南距并州（今山西太原）四百六十里，距咸阳一千七百余里。此诗最早见于元和九年至十三年间令狐楚编选之《御览诗》，署刘皂作，首句作"客舍并州数十霜"。宋王安石《唐百家诗选》卷十五、《万首唐人绝句》卷二十一、《唐诗纪事》卷四十均作贾岛诗，题为《渡桑干》。按：贾岛系范阳人，并无客居并州十载乃至数十载之生活经历，故此诗当从《御览诗》，定为刘皂所作。兹更补一证。令狐楚之父为太原府功曹，家居太原。贞元七年（791）楚中进士前大部分时间均在太原。贞元十一年至元和四年（809），李说、严绶、郑儋相继为河东节度使，均辟楚为掌书记。除贞元八年至九年短期为桂林从事外，未离开过太原。对照刘皂"客舍并州数十霜"的经历，令狐楚当与刘皂在并州结识，并熟知其诗，故编选《御览诗》时选了刘皂四首诗。总之，从令狐楚与刘皂同住并州的长期生活经历可以证明，《旅次朔方》为刘皂作确凿无疑。

许浑《金陵怀古》

此诗第五句"石燕拂云晴亦雨"，旧注引《水经注·湘水》："湘水东南流，迳石燕山东，其山有石，绀而状燕，因以名山。其石或大或小，若母子焉。及其雷风相薄，则石燕群飞颉颃，如真燕矣。"又《初学记》卷二引《湘州记》："零陵山上有石燕，遇风雨即飞，止还为石。"近人、今人注多从之。按：题曰《金陵怀古》，所咏皆金陵史事山川景物，与湘中石燕无涉。清初贺裳谓"金陵有燕子矶俯临江岸，此专咏其景，何暇远及零陵？"所言良是，与下句"江豚"相对，正写金陵山川景物虽犹昔日而人事盛衰无常，起下"英雄一去豪华尽，唯有青山似洛中"二句，怀古之意，盛衰之慨，一意贯串。惜贺裳之说长期不被人注意，致今人新注犹袭旧注而与题《金陵怀古》不符。燕子矶在南京东北观音山，三面环水，突入江中，其形状如燕展翅欲飞，故名。燕子矶之名不知起于何时，但此诗之"石燕"所指即燕子矶殆无疑问。

许浑《咸阳西门城楼晚眺》

《全唐诗》题作《咸阳城东楼》，《才调集》卷七、蜀刻本并同，非。据诗意及第三句"溪云初起日沉阁"自注："南近磻溪，西对慈福寺阁。"诗人所登览者，当为咸阳西门城楼而非"城东楼"。《乌丝栏诗》真迹作《咸阳西门城楼晚眺》，是。又，此登览诗，思乡、览景、怀古之意兼而有之，非单纯怀古诗。思乡之意，首联于写景中即已透露。所谓"一上高楼万里愁"，此"万里愁"即乡愁。许浑家居润州，距咸阳路程遥远，故望眼前蒹葭丛生、杨柳遍地的景象酷似润州故乡汀洲之景，自然引发万里思乡之愁。许浑润州诗中，如"吴门烟月昔同游，枫叶芦花并客舟"（《京口闲居寄西都亲友》），"潮生水国蒹柳响，雨过山村橘柚流"（《赠萧兵曹先辈》），"十里蒹葭入薜萝"（《春日郊园戏赠杨假评事》），"日照蒹葭明楚塞，烟分杨柳见隋堤"（《送上元王明府之任》），皆可证"蒹葭杨柳似汀洲"者实即风景依稀似故乡之意。如将此诗理解为单纯的怀古诗，则首联、颔联与怀古主题游离。

温庭筠《春江花月夜词》

"四方倾动烟尘起；犹在浓香梦魂里。""倾动"，《全唐诗》作"颎动"。按：倾动，倾覆动荡。魏曹冏《六代论》："天下所以不能倾动，百姓所以不易心者，徒以诸侯强大，盘石膠固。"四方倾动，谓四方变乱迭起，国家局势倾覆动荡。"烟"，《全唐诗》校："一作风。""倾动"字不误，因疑其为"颎动"之误，而连带改"烟尘"为"风尘"，以实其用杜诗"风尘颎洞昏王室"之说，更属臆改。

温庭筠《苏武庙》

或有疑此苏武庙在边塞者。按："云边雁断胡天月，陇上羊归塞草烟"之景象，并非诗人眼前所见实景（详下文），不能作为祠庙在边塞之证。苏武系杜陵（今西安市西南）人，其地或有纪念苏武之祠庙。温庭筠长期寓居鄠杜郊居，苏武庙或即在其附近，故往访谒而有此作。诗题为《苏武庙》，而全篇正面写庙者仅"古祠高树两茫然（久远貌）"七字，其他七句，均系描叙苏武奉命出使、幽系匈奴的生活及与汉使相见、归汉、谒陵等情事，直似一篇压缩之苏武传。初读似感脱题，细味方悟诗中所写苏武情事，均为谒庙时所见反映苏武出使始末之壁画，如此方与题内"庙"字符合。庙内之壁画，当按时间先后描绘其奉命出使、异域思归、持节牧羊、初见汉使、完节归汉、谒武帝陵等情事，为加强艺术效果，特错易次序，先将"魂销汉使前"这一最具感情冲击力之场景置于篇首，以凸显苏武之爱国感情与民族气节，以下则两两对写思归与牧羊、奉使与归来、谒陵与哭吊，可见其构思之精。庭筠远祖温彦博为唐初开国功臣，《新唐书》本传载："突厥入寇，彦博以并州道行军长史战太谷，王师败绩，被执。突厥知近臣，数问唐兵多少及国虚实，彦博不肯对，囚阴山苦寒地。太宗立，突厥归款，得还。"其事与苏武有相似处。此诗笔端富于感情，可能与其对远祖彦博的景仰有关。

杜牧《江南春绝句》

此诗所写之"江南春"，系经过艺术概括、浓缩了千里江南春日丽景的山水画卷。杨慎泥解诗意，认为系一时一地之实景，故有改"千里"为"十里"之谬说。诗不但有广远的千里空间，且有阴晴不同气候条件下的景色。前二句所写为晴日照映下绿树红花、水村山郭、酒旗迎风招展的景象。后二句所写则为烟雨楼台景象。在杜牧对江南春日丽景的审美体验中，佛寺作为一种自然景观和历史人文景观的结合体，乃是千里江南大地上最显眼、最华美的建筑。它们多建于山水佳胜之地，又往往历史悠久，多为南朝遗迹，极富历史文化气息和宗教气息。诸多因素的集合，遂使佛寺成为江南佳胜的典型代表。而江南佛寺最美的时节，又在春天迷蒙细雨笼罩之下，华美的楼台在周围山水树林的掩映之中，若隐若现，缥缈朦胧，恍若仙境。正因为这是杜牧心目中"江南春"景象最具美感的，故三四两句用咏叹的笔调重笔描绘渲染。

杜牧《赤壁》

小杜咏史诗喜作翻案文章，《赤壁》亦然。但并非故意标新立异，而是借此抒发人生感慨。"东风不与周郎便，铜雀春深锁二乔。"在杜牧看来，周瑜之破曹，纯粹是由于天赐东吴以有利的机缘（得"东风"之便）而已。在貌似戏说历史的深层意蕴中，深藏感慨：历史的某些偶然机缘或条件，使一些才能未必很高的人侥幸获得成功与不朽的声名，而另一些真正有才能的人却因为缺乏这些偶然的机缘条件而沉埋不显。单纯以成败论英雄，实际上是对怀才不遇者的又一种不公。联系杜牧其他诗作（如《杜秋娘诗》之"女子固不定，士林亦难期"），更可看出诗人对历史、对人生际遇时感偶然茫然，无法掌握自身命运的心态。这是衰颓时世士人一种典型的心态。对照李白的"天生我材必有用"的高度自信，可以明显感到这种机缘偶然的心态的时代根源。

司空图《华下》

"故国春归未有涯，小栏高槛别人家。五更惆怅回孤枕，犹自残灯照落花。"诗作于昭宗乾宁四年（897）春。三年七月，军阀李茂贞攻入长安，昭宗出奔华州。此为诗人避乱居华州时作。首句"故国"，或谓指其故乡，殆非。司空图系泗州临淮人。河中虞乡（今山西永济）中条山王官谷有先人所置别业，故栖隐其间。作者《漫题三首》之一有"乱后他乡节，烧残故国春"句，此"烧残"之"故国"定指长安。《华下》之"故国"亦然。首句盖谓春天又回到了人间，遥想故都，此时应是烂漫春色，无边无际的景象了，于想象中隐含因避乱而欲归未得的怅恨。

罗邺《雁二首》之一

"暮天新雁起汀洲，红蓼花开水国愁。想得故园今夜月，几人相忆在江楼。"或谓此诗系触景生情，托物起兴，以抒故园之思者。起二句写眼前景，因雁之一年一度去而复返而己长在异乡而想念故园。但联系同题之二："早背胡霜过戍楼，又随寒日下汀洲。江南江北多离别，忍报年年两地愁。"诗人当是身在江北，思念江南故乡。诗中亦有"汀洲"字，"愁"字"楼"字，与第一首押同韵，可证二首均罗邺之作（第一首一作杜荀鹤诗），且写作时地亦同。不过第二首通篇托物（雁）寓怀，而第一首之"新雁"只是引起乡思离愁的触发物。首句写自己身在江北，看到南飞的北雁起于汀洲之上，触发对江南故乡的思念。故第二句即转而想象，此时水国江南的故乡应是红蓼花盛开的景象了。"想得"二字，绾合前后幅，将全诗贯通为一个整体。

罗隐《绵谷回寄蔡氏昆仲》

诗题《全唐诗》作《魏城逢故人》。魏城，唐剑南道绵州（治所在今四川绵阳市）县名。诗云："一年两度锦城游，前值东风后值秋。芳草有情皆碍马，好云无处不遮楼。山将别恨和心断，水带离声入梦流。今日不堪回首望，淡烟乔木隔绵州。"按：详味全篇，诗无"逢故人"意。诗题当从《才调集》作《绵谷回寄蔡氏昆仲》。据诗意，诗人当于同一年之春秋两季，游于成都，与蔡氏兄弟同游，或驱马芳郊，或欣赏云雾楼台之景。于后一次游成都后归途中经绵谷县（今四川广元市）时，怀念同游之蔡氏兄弟，作此诗回寄。腹联"别恨""离声"均就与蔡氏昆仲之离别而言，如题曰"逢故人"，则了不相关。绵谷县与成都之间，隔着绵州，故尾联云今日回首遥望成都，但见淡烟高木，阻挡视线，中间又隔着绵州城，虽思念朋友，却无法相见，故云"不堪回首望"，第七句《全唐诗》作"今日因君回首望"，或是因题内"逢故人"而改。

罗隐《蜂》

此诗寓意，解者多歧。或云叹世人之劳心利禄者，或云讥横行乡里，聚敛无厌而终不能自保者。蜜蜂采花粉酿蜜，而蜜绝大部分属他人，是自然界的客观现象。不同的读者从这同一客观现象可能会引发对社会上类似现象的联想，但任何合理的联想都不能违背蜜蜂辛勤的劳动果实为他人所据有这一基本内容。或引张碧《农父》诗"运锄耕斸侵星起，垅亩丰盈满家喜。到头禾黍属他人，不知何处抛妻子"以印证诗的后两句，是比较符合诗的实际寓意的。如果说"不论平地与山尖，无限风光尽被占"让我们联想起李绅《悯农》的"四海无闲田"，那么"采得百花成蜜后，为谁辛苦为谁甜"就让我们联想起"春种一粒粟，秋成万颗子"而"农夫犹饿死"了。联系唐末乱世赋敛之苛，诗之悯农意旨显然。

韩偓《春尽》

这首诗的写作时地，前人和今人均有谓晚年入闽居南安时作者。但据诗中"地胜难招自古魂"之句，恐当作于唐亡前流寓湖南时。所谓"自古魂"，当首先包括放逐沅湘的屈原忠魂。王逸《楚辞章句》谓《招魂》系宋玉"怜哀屈原忠而斥弃……魂魄放佚"而作。"自古魂"即指自古以来如屈原一类忠而遭逐的忠魂，其中也包括了诗人自身的类似境遇。天复元年（901）冬，韩偓从昭宗避乱凤翔，拜兵部侍郎、翰林学士承旨。三年春，以不附朱温贬濮州司马，弃官南下，闲居湖南长沙岳麓山西。后又移居醴陵，时在天复四年。湖南系屈原放逐之地，自己的境遇亦似当年的屈原，故有"地胜难招自古魂"之句。其时当在春暮，故以《春尽》为题，亦借以抒发唐朝即将沦亡的"芳时恨"。

[原载《安徽师范大学学报》（人文社会学科版）2013年第3、4期]

附录：历年著述年表及著述获奖情况

著述年表

1957年4月

《〈长生殿〉的主题思想到底是什么?》（署名丁冬）　　载《光明日报》文学遗产专刊　收入人民文学出版社出版的《元明清戏曲研究论文集二集》

1961年8月

《选本也应该百花齐放》（署名丁一）　　载《光明日报》文学遗产专刊

1961年10月

《知人论世》（署名丁一）　　载《光明日报》"东风"文艺副刊

1961年12月

《关于古典文学研究的几点建议》（署名丁山）　　载《光明日报》文学遗产专刊　《文艺报》1962年第2期全文转载并加编者按语

1963年3月

《王昌龄七绝的艺术特色》（署名冯平）　　载《光明日报》文学遗产专刊

1977年12月

《李商隐诗选前言》（与余恕诚合撰）　　载《安徽师范大学学报》（哲学社会科学版）第4期

1978年6月

《李商隐诗选》(与余恕诚合撰)　人民文学出版社出版　列入"古典文学读本"丛书

1979年12月

《李商隐的无题诗》　载《安徽师范大学学报》(哲学社会科学版)第4期

1980年6月

《李商隐》(与余恕诚合撰)　中华书局出版　列入知识丛书

1980年9月

《李商隐开成末南游江乡说再辨正》　载《文学遗产》第3期

1981年3月

《唐代绝句赏析》(与赵其钧、周啸天合撰)　安徽文艺出版社出版

1983年6月

《唐诗鉴赏辞典》撰鉴赏文88篇　上海辞书出版社出版

1983年8月

《李商隐生平若干问题考辨》(与余恕诚合撰)　载《安徽师范大学学报》(哲学社会科学版)第4期

1986年6月

《唐代绝句赏析续编》(与赵其钧、周啸天合撰)　安徽文艺出版社出版

1986年11月

《李商隐诗选》(增订重排本,与余恕诚合撰)　人民文学出版社再版,增选诗60余首,内容上也作了大幅度增改。

1987年3月

《李商隐与宋玉——兼论中国文学史上的感伤主义传统》　载《文学遗产》第1期

1987年8月

《唐宋词鉴赏辞典》撰鉴赏文33篇　上海辞书出版社出版

1988 年 8 月

《李商隐无题诗研究综述》　载《唐代文学研究年鉴·一九八八》

1988 年 9 月

《李义山诗与唐宋婉约词》　载《安徽师范大学学报》（哲学社会科学版）第 3 期

1988 年 12 月

《李商隐诗歌集解》（全五册）（与余恕诚合撰）　中华书局出版列入"古典文学基本丛书"　1992 年台湾洪叶文化出版公司购中华书局版权，在台湾地区出版

1989 年 4 月

《编撰李商隐诗歌集解的一点体会》（与余恕诚合撰）　载《书品》第 2 期　中华书局出版

1991 年 3 月

《李商隐的托物寓怀诗及其对古代咏物诗的发展》　载《安徽师范大学学报》（哲学社会科学版）第 1 期，《唐代文学研究》第 3 辑

1992 年

《〈李商隐开成末南游江乡说再辨正〉补证》　载中华书局《文史》第 40 辑

1993 年 3 月

《李商隐咏史诗的基本特征及其对古代咏史诗的发展》　载《文学遗产》第 1 期

1993 年 3 月

《古代诗歌中的人生感慨与李商隐诗的基本特征》　载《安徽师范大学学报》（哲学社会科学版）第 1 期

1994 年 3 月

《开拓心灵世界的诗人》　载《古典文学知识》第 1 期

1994 年 9 月

《古代诗人研究的新尝试与新探索——评董乃斌著〈李商隐的心灵世

界〉》　载《文学遗产》第3期

1994年10月

《分歧与融通——集解李义山诗的体会》　载《唐代文学研究》第5辑

1996年6月

《〈樊南文集〉〈樊南文集补编〉旧笺补正与佚文补遗》（与余恕诚合撰）　载《中国古籍研究》创刊号、《唐代文学研究》第6辑

1997年6月

《樊南文的诗情诗境》　载《文学遗产》第2期

1997年7月

《古文鉴赏辞典》撰鉴赏文19篇　上海辞书出版社出版

1997年8月

《以白描写诗境抒至情——李商隐〈祭小侄女寄寄文〉赏析》　载《古典文学知识》第4期

1997年8月

《历代李商隐研究述略》　载新疆人民出版社出版的《二十世纪中国古代文学研究的回顾与前瞻》

1997年12月

《李商隐诗集版本系统考略》　载《安徽师范大学学报》（哲学社会科学版）第4期

1998年3月

《二十世纪中国大陆李商隐研究述略》　载《文学评论》第1期

1998年4月

《李商隐诗歌研究》　安徽大学出版社出版

1998年8月

《古典文学研究中的李商隐现象》　载人民文学出版社出版的《百年学科沉思录：二十世纪古代文学研究回顾与前瞻》

1998年

主编《李商隐研究论集（1949—1996）》　广西师范大学出版社出版

1999年

《我和李商隐研究》　载北京大学出版社出版的《国际汉学会议论文集》

1999年12月

《我和李商隐研究》　载朝华出版社出版的《学林春秋三编》

2000年1月

《历代叙事诗赏析》（与赵其钧、周啸天合撰）　安徽文艺出版社出版

2000年6月

《义山七绝三题》　载《文学遗产》第3期

2001年5月

《增订注释全唐诗》（全五卷）　担任全书副主编，第三卷主编，并撰李商隐诗一、二卷之注释，文化艺术出版社出版。

2001年8月

《一部国内失传多年的李商隐诗选疏选评本——徐、陆合解〈李义山诗疏〉评介》　载《安徽师范大学学报》（人文社会科学版）第3期

2001年11月

《李商隐研究资料汇编》（与余恕诚、黄世中合编）　中华书局出版

2001年12月

《李商隐诗文集中一种典型的脱误现象——从〈为尚书渤海公举人自代状〉题与文的脱节谈起》　载上海古籍出版社《中华文史论丛》第3辑

2002年1月

《汇评本李商隐诗》　上海社会科学院出版社出版

2002年3月

《李商隐的七律诗》　载《安徽师范大学学报》（人文社会科学版）第1期

2002年4月

《李商隐文编年校注》（全五册）　中华书局出版

2002年6月

《李商隐传论》（全二册）　安徽大学出版社出版

2002年6月

《李商隐开成五年九月至会昌元年正月行踪考述——对李商隐开成末南游江乡说的续辨正》　载《文学遗产》第3期

2002年

《李商隐梓幕归京考》　载中华书局《文史》第58辑

2003年6月

《从分歧走向融通——〈锦瑟〉阐释史所显示的客观趋势》　载《安徽师范大学学报》（人文社会科学版）第3期

2003年8月

《白描胜景话玉谿》　载《文学遗产》第4期

2004年8月

《李商隐诗歌接受史》　安徽大学出版社出版

2004年11月

《增订重排本李商隐诗歌集解》　中华书局出版　增订本在生平考证、诗歌系年及阐释、资料搜集等方面，吸收初版以来自己新的研究成果作了较大幅度的增补修订。

2005年4月

《李商隐杂考二题》　载清华大学出版社出版之　庆贺林庚先生　95华诞论文集

2006年6月

《温庭筠文笺证暨庭筠晚年事迹考辨》　载《文学遗产》第3期

2007年8月

《温庭筠全集校注》（全三册）　中华书局出版

2007年10月

《温庭筠全集校注撰后记》　载《古籍整理简报》第10期

2008年3月

《温庭筠传论》　安徽大学出版社出版

2008年3月

《唐宋八大家文品读辞典》　撰文24篇　新世界出版社出版

2008年11月

《唐诗名篇鉴赏》　黄山书社出版

2008年11月

《古典文学名篇鉴赏》　黄山书社出版

2009年7月

《中国诗文名著提要·李商隐诗文集提要》（16篇）　河北教育出版社出版

2011年11月

《李商隐诗选重订本》（与余恕诚合撰）　中州古籍出版社出版

2011年11月

《温庭筠诗词选》　中州古籍出版社出版

2012年8月

《〈过陈琳墓〉的受推崇和被误解》　载《人民政协报》"学术家园"专刊405期

2012年12月

《唐诗名篇异文的三个典型案例》　载《人民政协报》"学术家园"专刊414期

2013年8月

《醉眼中的洞庭秋色——李白诗"巴陵无限酒，醉杀洞庭秋"试解》载《人民政协报》"学术家园"专刊第429期

2013年6、8月

《唐诗名篇零札》　载《安徽师范大学学报》（人文社会科学版）第3、4期

2013年8月

《小学生必背古诗词（译注赏析）》　教育科学出版社出版

2013年8月

《李商隐传论增订本》(全二册)　　黄山书社出版　新增5章
2013年10月
《唐诗选注评鉴》(全二卷)　　中州古籍出版社出版

著述获奖情况

《李商隐诗歌集解》(1988年版)
1995年获国家教委首届人文社会科学研究优秀成果二等奖(1979—1994年间成果)

《李商隐文编年校注》
2003年获第四届全国古籍整理优秀图书一等奖,并获第六届国家图书奖

《李商隐传论》(2002年版)
2003年获安徽省社科著作一等奖,省图书一等奖

《李商隐诗选》(1978年版)
1985年获安徽省社科著作二等奖

《李商隐诗歌研究》
1999年获省图书二等奖

《李商隐诗歌接受史》
2005年获省图书二等奖

《温庭筠全集校注》
2011年获安徽省社科著作一等奖

《温庭筠传论》
2009年获安徽省图书二等奖

《唐诗名篇鉴赏》
2009年获全国古籍整理优秀图书奖普及读物奖

《古典文学名篇鉴赏》
2009年获华东地区古籍优秀图书通俗读物奖

后　记

安徽师范大学中国诗学研究中心和文学院打算出版几位年长教师的论文集，起初说就叫各人的自选集，后来又说要自拟书名，这使我有些犯难。从教半个世纪，由于一开头在北京大学古典文献专业任教，后来又在安徽师范大学长期担任唐宋文学课程的教学，我的几部主要著述《李商隐诗歌集解》《李商隐文编年校注》《温庭筠全集校注》便都属于唐代名家别集的整理，发表的研究考证文章也都与此相关。早年与晚年，亦偶有逸出上述范围者。想了想，就姑且叫《唐音浅尝集》吧。"浅尝"是实情，且所尝者亦仅一脔而已。

所收文章二十余篇，早年所写的仅选一篇，虽很幼稚，聊且留痕吧。所选文章，均照发表时的样子，不加改动，这是历史的记录，不必人为地去修饰改易。

特向搜集拙文并为校对工作付出了宝贵时间与精力的韩震军君及其研究生邵梅、江冰洁、顾梦婷等表示衷心的感谢。

刘学锴

2014 年 10 月